FRANCIS ROE

Tensions

BestSellers

Collection : BEST-SELLERS

Titre original : INTENSIVE CARE
publié par SIGNET BOOKS

HARLEQUIN®
est une marque déposée par le Groupe Harlequin
BEST-SELLERS®
est une marque déposée par Harlequin S.A.

Photo de couverture
Sablier : © PECHEUR UND SOIRON

83/85, boulevard Vincent-Auriol, 75646 PARIS CEDEX 13.
Tél. : 01 42 16 63 63
Service Lectrices — Tél. : 01 45 82 47 47
www.harlequin.fr
ISBN 978-2-2802-3158-9 — ISSN 1248-511X

A Barrett et Rini Price, pour leur amitié,
leur patience et leurs encouragements.

Prologue

Malgré plusieurs années d'expérience en bloc opératoire, Fran Dixon, ce jour-là, maîtrisait mal son anxiété. Elle n'avait disposé que de quelques heures pour se préparer à l'opération la plus importante à laquelle elle eût jamais participé ; et la personne qui aurait pu le mieux l'aider à tout coordonner était morte…

Fran avait déjà travaillé avec le Dr Winter, elle connaissait ses exigences et sa façon d'opérer ; ses habitudes aussi. Elle jeta un coup d'œil à l'horloge murale, puis à la grande baie vitrée qui séparait le sas de préparation de la salle d'opération. Caleb Winter serait là dans une minute. Il était toujours à l'heure.

L'infirmière vérifia pour la énième fois que rien ne manquait sur son chariot d'instruments. La patiente était prête, et l'on voyait sa poitrine se soulever au même rythme que le diaphragme noir du respirateur. De l'autre côté de la table, l'anesthésiste, Gabe Pinero, s'affairait autour de ses seringues. Trois autres chirurgiens en sarrau vert se tenaient non loin : Don McAuliffe, le chef de clinique en titre, silencieux, distant ; Ed van Stamm, l'assistant, un garçon costaud, généralement jovial, avec une tête aux traits épatés de boxeur ; et enfin Porky Rosen, l'interne du service.

— Pourquoi ne commences-tu pas à inciser ? demanda Ed van Stamm à Don dans un murmure.

Don McAuliffe secoua la tête.

— Le Dr Winter désire s'occuper de ce cas du début à la fin.

Fran lui jeta un regard surpris. Pourquoi cette amertume dans sa voix ?

— Le voilà, annonça alors Porky.

Par la baie vitrée, Fran vit en effet apparaître Caleb Winter en tenue de bloc verte, et l'atmosphère déjà tendue de la salle d'opération parut s'appesantir plus encore.

— Tout va bien ? marmonna Don d'une voix étouffée à l'adresse de Pinero, de l'autre côté de la table.

En vérité, il avait parlé surtout pour avertir l'anesthésiste de l'arrivée de Winter, afin qu'il sache que l'opération allait enfin commencer.

Pinero hocha la tête, régla rapidement le respirateur, et vérifia l'une des seringues branchées sur la voie veineuse.

La porte du vestiaire s'ouvrit, et Caleb parut, un masque non attaché devant son visage.

— Tout le monde est prêt ? demanda-t-il.

Pinero et McAuliffe acquiescèrent d'un hochement de tête, et tout de suite Pinero s'en voulut. Pourquoi avoir répondu avec autant d'empressement ? A présent qu'il n'était plus résident, il n'avait à faire de courbette devant personne !

D'un regard, Winter embrassa la salle d'opération avant de regagner le sas de préparation. Fran redressa quelques instruments sur la console. Le Dr Winter avait sûrement remarqué qu'ils n'étaient pas parfaitement alignés.

Il y eut un bruit d'eau : Caleb avait ouvert le robinet du lavabo pour se laver les mains.

Fran n'était pas la seule à se sentir nerveuse. Les autres l'étaient tout autant, elle le savait. Tous avaient conscience de l'importance de l'opération prévue pour ce matin. De plus, les rumeurs étaient allées bon train dans l'hôpital, ces derniers jours.

— Vérifiez les aspirateurs, ordonna Don. Les deux !

L'instrumentiste contourna la table et, quelques instants plus tard, on entendit un petit sifflement tandis que les deux tubes en plastique transparent se mettaient à vibrer.

Ed contrôla le bistouri électrique. Le cordon libre mesurait exactement un mètre : assez pour que l'on pût déplacer l'appareil partout dans le champ opératoire sans pour autant que le fil ne s'emmêle.

— Réglez-le à vingt, indiqua le médecin à Fran.

C'était ainsi que le voulait toujours Winter.

Gabe Pinero tripotait inutilement la voie veineuse. Comme les autres, il était anxieux, avait hâte que Caleb Winter ait fini de se brosser les mains, et que l'opération commence enfin.

Fran entendit le bruit du robinet que l'on fermait ; quand Caleb Winter apparut à la porte, elle lui tendit aussitôt une serviette stérile. Il s'essuya les mains sans un mot pendant qu'elle dépliait une blouse, qu'elle tint prête devant lui. Toujours sans parler, il l'enfila. L'instant d'après, il passait les gants de caoutchouc qu'elle lui présentait pendant que l'infirmière de salle attachait la blouse dans son dos.

A pas feutrés, Don McAuliffe contourna la table pour rejoindre Ed, à la gauche de la patiente. Le Dr Winter se tenait toujours à droite, à côté de l'instrumentiste, lorsqu'il opérait.

De la patiente, on ne voyait qu'un champ opératoire rectangulaire qui commençait sous les seins et s'arrêtait au pubis. Ce champ était recouvert d'un film de plastique adhésif transparent, et entouré par un drap vert de laparotomie qui dissimulait le reste du corps.

Don prit la parole. Sa voix était monocorde, sans la moindre inflexion.

— J'ai préparé le champ pour une incision médiane.

Fran posa les yeux sur le Dr Winter. Il palpait doucement la partie inférieure de la cage thoracique de la malade. L'incision serait sous-costale transversale, Fran le savait. Elle ignorait en revanche combien Caleb Winter avait dû se faire violence pour se persuader qu'il s'agissait seulement d'une opération délicate… une de plus parmi tant d'autres.

— Appelez mon labo, ordonna-t-il soudain à l'instrumentiste. Prévenez que nous allons greffer la patiente.

Don et Ed échangèrent un regard stupéfait.

Caleb recula d'un pas, comme toujours avant de commencer à opérer. D'un coup d'œil rapide, il vérifia les paramètres vitaux sur le moniteur, s'assura que Pinero était prêt, l'aspirateur branché, et le bistouri électrique en place. Il nota aussi le microscope opératoire préparé en cas de besoin, puis Fran vit son regard inspecter le chariot d'instruments.

— Vous avez les instruments de microchirurgie ?

L'infirmière souleva le linge vert posé sur une table à part, les dévoilant. Caleb eut un sourire crispé.

— Je voulais juste m'en assurer, marmonna-t-il avant de lever une dernière fois les yeux vers la pendule murale.

Après quoi, il tendit la main, et Fran y plaça un bistouri à lame froide.

Caleb s'immobilisa une seconde encore et, en cet instant, la peau dénudée, anonyme, exposée devant lui redevint celle d'une personne vivante, vibrante et tellement unique, exceptionnelle… Le chirurgien dut faire un effort presque surhumain pour oublier son émoi et s'absorber dans le présent.

— Tout le monde est prêt ? demanda-t-il d'une voix tout à fait normale. C'est bon, allons-y.

PREMIÈRE PARTIE

1

Les grilles servant de chaussée au pont de la Troisième Avenue vibrèrent avec un bruit métallique sous les roues de la limousine, et Céline de la Roche leva les yeux du dossier qu'elle était en train de lire. La circulation était dense, ils avançaient lentement. Sur la gauche, dans une vieille Plymouth de couleur crème avec des filets turquoise, quatre jeunes Noirs hurlaient quelque chose à l'adresse du chauffeur de Céline et cherchaient à voir l'intérieur de la voiture derrière ses vitres fumées.

A partir du F.D.R. Drive, la circulation devint plus fluide, et lorsque Trevor immobilisa le long véhicule devant l'immeuble des bureaux de Céline, cette dernière était en avance de sept minutes sur son horaire.

La petite maison d'édition qu'elle avait montée occupait le quatorzième étage d'un vieil immeuble sis dans la partie inférieure de la Cinquième Avenue. Oh, il ne s'agissait pas d'une prestigieuse adresse, comme celles de Random House ou Simon and Schuster, plus haut dans Manhattan ; pour l'instant, Céline préférait consacrer l'argent de sa société à signer des contrats avec des auteurs triés sur le volet et à s'entourer d'une équipe efficace de directeurs littéraires, commerciaux et publicitaires de talent. Le panache viendrait après.

Comme l'ascenseur s'élevait en grinçant, Céline se

sentit soudain heureuse et sûre d'elle. Ce serait une bonne journée, elle en était persuadée ! Arrivée à l'étage, elle poussa avec entrain la porte un peu écaillée des bureaux et entra d'un pas vif, heurtant presque Tom Pfeiffer, son directeur adjoint et bras droit. Il l'attendait, un dossier à la main. Céline le trouva encore plus pâle qu'à l'accoutumée. Dans son costume sombre, avec sa silhouette en forme de poire, ses cheveux de jais bien plaqués en arrière et ses manières impeccables, il évoquait un maître d'hôtel de restaurant trois étoiles.

— Un problème, Tom ? s'enquit la jeune femme. On dirait que vous avez vu un fantôme !

— Hélas, l'heure n'est pas aux plaisanteries, soupira l'interpellé. Il nous arrive un gros ennui.

Céline se dirigea vers son petit bureau.

— A part ça, quoi de neuf ? demanda-t-elle d'un ton léger.

Quand elle fut assise à sa table de travail, Tom posa devant elle le dossier qu'il tenait à la main : c'était celui du bail des locaux de la maison d'édition. Un contrat locatif de cinq ans que Céline avait signé deux ans plus tôt. Il restait donc trois années à courir. La jeune femme regarda Tom, étonnée.

— Et alors ?

Tom sortit de sa poche une lettre qu'il lui tendit. Le papier était à l'en-tête d'un cabinet d'avocats très en vogue.

— Frank Berwick, murmura Céline. Je le connais.

— Lisez, lui intima Tom, et vous souhaiterez n'avoir jamais entendu parler de cet homme.

La lettre stipulait simplement que l'immeuble venait d'être vendu et que les nouveaux propriétaires avaient l'intention de le démolir. Aux termes du bail, la maison d'édition avait exactement trente jours pour quitter les locaux. Suivaient les salutations d'usage.

Céline eut un instant de panique. Comment trouver de

nouveaux bureaux et déménager en un mois seulement ? Espérant dissimuler son trouble, elle choisit encore de plaisanter.

— Allons, Tom, je pensais que vous alliez m'annoncer une vraie catastrophe ! Que vous aviez mis Marilyn enceinte, par exemple…

Tom rougit. Marilyn, la jolie secrétaire de Céline, faisait de plus en plus souvent pour lui des photocopies et mille et une menues besognes dont normalement, dans une structure aussi petite, chacun se charge soi-même.

— Quels sont les termes du bail ? demanda encore Céline.

— Il est précisé qu'en cas de vente de l'immeuble, les nouveaux propriétaires sont en droit d'exiger une renégociation.

La jeune femme indiqua la lettre.

— Parce que vous appelez cela une renégociation ?

Tom réprima un soupir las.

— En vérité, s'ils démolissent l'immeuble, il n'y a pas grand-chose à…

— Vous avez raison, Tom, coupa Céline. Quel est le prix du mètre carré de bureau, en ce moment, à New York ?

— Pour des locaux à peu près identiques, dans les 100 dollars, j'imagine — autrement dit deux fois ce que nous payons ici. Mais le problème n'est pas seulement là. Il va falloir déménager deux mois avant Noël, c'est-à-dire quand nous avons le plus de travail. En outre, inutile de vous rappeler nos difficultés de trésorerie : une plaisanterie comme celle-là, non prévue au budget, pourrait bien nous couler, si les banques ne suivent pas.

Céline se carra contre le dossier de son siège, s'efforçant de ne pas montrer la panique qui la gagnait de plus en plus. Cette tuile, car c'en était bien une, tombait au pire moment. Le développement rapide de la société avait coûté beaucoup d'argent ; comme souvent dans l'édition, il avait fallu s'endetter et faire de grosses avances de trésorerie, qui ne porteraient leurs fruits qu'au bout de quelques années. Car, ainsi que l'avait fait remarquer Charles, le mari de Céline, qui était le conseiller juridique de l'affaire et s'occupait de ses finances, celle-ci n'était pas exactement surcapitalisée…

Soudain, une pensée vint à Céline : était-ce une coïncidence si ce problème survenait précisément maintenant ? Certaines personnes sur la place de New York ne seraient pas mécontentes de voir en difficulté cette nouvelle maison d'édition si prometteuse, et ces mêmes personnes avaient assez d'appuis pour tenter de la faire disparaître…

La jeune femme consulta sa montre.

— Laissez-moi une demi-heure, Tom, j'ai besoin de réfléchir.

Une fois seule, elle demeura de longues minutes immobile, concentrée. Puis, avec un sourire à demi esquissé, elle décrocha son téléphone.

A 10 heures, Tom revint avec trois directeurs littéraires pour la réunion éditoriale. Lorsqu'ils furent tous les cinq assis dans le petit bureau, il brandit un manuscrit avec enthousiasme.

— Nous avons peut-être une chance d'obtenir les droits de ce roman ! s'exclama-t-il. L'agent littéraire nous en a envoyé le synopsis ainsi que les trois premiers chapitres, que voici, et c'est le meilleur texte que j'aie lu depuis *Love Story*. Le héros est un vétéran du Viêt-nam devenu fou. Il rencontre une fille qui fait du jogging dans Central Park. Elle est vietnamienne, a trente ans de moins que lui, et…

Céline écoutait avec attention. Tom savait se montrer convaincant et faire partager ses coups de cœur, quand il le voulait.

— Ce livre rentre parfaitement dans notre ligne éditoriale, poursuivait-il. Je recommande que nous en achetions les droits.

Suivit une discussion animée. Puis Céline voulut savoir si l'auteur avait écrit d'autres romans.

— Non, celui-ci est son premier, répliqua Tom en tapotant le manuscrit et, si nous le publions, nous pourrons peut-être obtenir une option sur son prochain livre.

Céline réfléchit quelques secondes avant de reprendre la parole.

— J'ai lu le synopsis, dit-elle alors, et je conviens que l'histoire ne manque pas d'intérêt. Quant aux trois chapitres, ils sont bien écrits, c'est vrai ; néanmoins, en toute honnêteté, je n'ai rien trouvé là de vraiment exceptionnel.

— Karl Linstrom est l'un des meilleurs agents littéraires de New York, protesta aussitôt Tom, et je suis sidéré qu'il ait pensé à nous pour ce roman. C'est la première fois qu'il nous propose un livre et…

Céline l'interrompit.

— D'accord, Tom, et à votre avis, pourquoi nous avoir envoyé celui-ci précisément ?

Tom haussa les épaules.

— Sans doute parce que notre maison d'édition commence à se faire un nom et que…

— Bien sûr, bien sûr, l'interrompit encore Céline avec un sourire grinçant. Cependant, je crois surtout que Karl Linstrom est réaliste : aucun des grands de l'édition, ni Knopf, ni Viking, ni personne, ne prendra le risque de publier un auteur inconnu sur un simple synopsis et trois chapitres. Le sachant, Linstrom nous l'envoie, espérant que nous serons flattés, et que de ce fait nous le prendrons sans hésitation. Navrée, Tom, mais si je dois courir un risque sur un auteur, je veux pouvoir mettre davantage de chances de mon côté. Qu'avons-nous d'autre à l'ordre du jour ?

A l'issue de la réunion, vers 11 heures, Céline reçut plusieurs coups de téléphone. Au fur et à mesure qu'elle les prenait, son regard s'animait d'une sorte d'excitation non dénuée de malice.

— Elle nous trame quelque chose, murmura Marilyn lorsque Tom vint chercher son courrier.

La porte du bureau de Céline était demeurée entrouverte, et l'on pouvait entendre la voix pleine d'assurance de la jeune femme tandis qu'elle parlait au téléphone.

Peu avant midi, Marilyn lui passa un appel d'un certain Anwar Al-Khayib, président d'une grosse société de promotion new-yorkaise. Céline pensait bien que Al-Khayib l'appellerait, mais qu'il le fît si vite la surprit.

— Enchanté d'avoir l'honneur de vous parler, commença l'homme avec une emphase toute levantine. On dit qu'il n'est pas de femme plus élégante que vous dans le milieu de l'édition.

Céline prit à son tour son ton le plus sucré.

— Merci, monsieur Al-Khayib. Je suis moi-même très heureuse de m'adresser à un promoteur dont la réputation a largement dépassé le cadre de notre ville.

Si Céline n'avait jamais rencontré son interlocuteur, durant les quelques heures qui avaient précédé, elle en avait appris beaucoup sur lui. Elle savait qu'Anwar avait vécu toute sa vie aux Etats-Unis et qu'à la mort de son père, deux ans plus tôt, il avait hérité d'une énorme affaire d'investissements immobiliers et de promotion… Elle ne put réprimer un sourire satisfait. C'était comme en France où, en politique et dans les affaires, tous les coups sont permis à condition de respecter la forme la plus policée.

Al-Khayib poursuivait :

— Je viens de m'entretenir avec l'un de nos avocats, Frank Berwick, qui ne tarit pas de louanges à votre sujet, chère madame. Or, j'ai appris avec consternation que vos bureaux se trouvaient dans un immeuble que nous avons tout récemment acquis…

Il poussa un petit soupir plein de compassion avant de reprendre avec un regain d'entrain :

— Heureusement, vous n'aurez aucune difficulté à reloger votre maison d'édition. Sa réputation et la vôtre, madame, lui permettent de prétendre aux adresses les plus prestigieuses de Manhattan.

Pourquoi cet homme se montrait-il si flagorneur ? Ses origines orientales n'expliquaient pas tout…

— Quitter nos locaux nous chagrinerait beaucoup, dit Céline. Nous sommes si bien ici ! L'emplacement est idéal, et nous venons tout juste de terminer les aménagements qui font désormais de nos bureaux un cadre de travail parfaitement adapté à notre activité.

— Je suis vraiment désolé…

Sans lui permettre de poursuivre, Céline enchaîna, laissant une pointe d'enthousiasme percer dans sa voix :

— Connaissez-vous notre immeuble, monsieur Al-Khayib ? Le style en est tout à fait désuet, merveilleux. Si un jour vous avez l'occasion de passer le voir, je serai enchantée de vous en faire découvrir le charme.

— Je connais parfaitement l'immeuble…

Cette fois, Al-Khayib semblait surpris.

— Il a du charme, dites-vous ? demanda-t-il. Ce n'est pas le terme que j'aurais employé.

— C'est pourtant exactement celui qui convient, s'exclama Céline avec flamme. Savez-vous qui en fut l'architecte ? Sturtevant Burr, qui en a conçu les plans et surveillé la construction en 1929, juste avant le krach. Vous avez certainement entendu parler de Burr, l'associé de Aaron… Il a été le premier à utiliser ces entretoises métalliques extérieures qui renforcent les structures portantes. Croyez-moi, cet immeuble marque une étape dans l'histoire de l'architecture moderne, et je ne suis pas la seule à le penser.

A l'autre bout du fil, un silence ponctua cette affirmation. Puis Al-Khayib déclara avec une feinte jovialité :

— Je veux bien vous croire, chère madame ; mais, heureusement, les immeubles de ce style ne manquent pas à New York. Un de plus, un de moins…

— Vous vous trompez, répliqua Céline d'une voix de miel. Ce bâtiment, sur le plan architectural, est unique en son genre. C'est en tout cas ce que m'ont assuré les responsables du patrimoine historique lorsque je leur ai parlé de le faire classer.

Cette fois, Al-Khayib réagit au quart de tour.

— Madame de la Roche, vous plaisantez, n'est-ce pas ? Imaginez-vous un instant que vous réussirez à faire classer monument historique cet immeuble sordide ? Allons, s'il avait la moindre valeur architecturale, nous serions les premiers à…

Céline le coupa, doucereuse :

— Hélas, monsieur Al-Khayib, je ne m'illusionne pas sur nos chances de faire inscrire votre immeuble sur la liste du patrimoine historique de la ville.

— Heureux de vous l'entendre dire, madame, susurra Al-Khayib, radouci. Evidemment, si nous pouvons vous être utile en quoi que ce soit durant la période de transition et de relatif inconfort que vous allez devoir traverser pour déménager, je vous en prie, n'hésitez pas à nous le faire savoir…

— Merci de votre sollicitude, cher monsieur. En vérité, peut-être pourriez-vous nous aider. Vous êtes, me semble-t-il, propriétaire d'un immeuble à l'angle de la 34e Rue et de Lexington, dont le dixième étage, actuellement vacant, nous conviendrait tout à fait. Bien entendu, nous l'occuperions à titre gracieux pendant un an… en guise de dédommagement, pourrait-on dire.

A l'autre bout de la ligne s'établit un silence tendu,

presque palpable, avant qu'Al-Khayib n'explose, toute son onctuosité envolée.

— Trêve de plaisanterie, ma petite dame, et écoutez-moi bien. Je vous conseille de libérer vos locaux dans les plus brefs délais — sinon, c'est moi qui vous en ferai expulser en présence de toutes les télévisions. Vous héberger un an à titre gracieux ! Vous rêvez, ou vous me croyez idiot ?

— Allons, monsieur Al-Khayib, ne prenez pas la mouche ainsi !

Céline s'amusait follement. Tom, qui avait passé la tête par l'entrebâillement de la porte, l'écoutait, bouche bée.

— Parlons net, voulez-vous, poursuivit-elle. Voici la situation : ce matin, nous avons déposé une requête pour que votre immeuble soit classé monument historique. Je sais parfaitement que nous n'obtiendrons pas gain de cause, mais, avec la lenteur bureaucratique qui caractérise cette ville, il peut s'écouler des années avant que nous ne soyons déboutés. En attendant, l'immeuble ne sera pas démoli. Or je sais combien vous l'avez payé, et à combien se montent les intérêts de l'argent que vous avez emprunté. Quelle honte, d'ailleurs, que les prêts soient si chers par les temps qui courent, vous ne trouvez pas, cher monsieur ?

Comme son interlocuteur ne répondait pas, Céline reprit :

— Si vous avez une petite calculatrice sous la main, monsieur Al-Khayib, vous vous rendrez vite compte que vous ne perdrez rien à accepter ma suggestion — au contraire, vous y gagnerez. Néanmoins, je vous en prie, réfléchissez, prenez votre temps, et faites-moi connaître votre réponse dans les vingt-quatre heures.

A peine avait-elle raccroché que Céline tressaillit sous le coup d'une douleur intense, violente, inattendue, dans l'abdomen, juste sous le sternum. Instinctivement, elle se pencha en avant, prête à défaillir.

Tom la regardait, surpris. Ce n'est que lorsqu'elle releva

la tête vers lui qu'il comprit que quelque chose n'allait pas ; le visage de la jeune femme était blême, défait.

— Appelez Trevor sur le téléphone de la voiture, Tom, demanda-t-elle en s'efforçant de parler d'une voix égale. Je crains de devoir rentrer chez moi.

Le temps que son chauffeur arrive, Céline, qui avait bu un verre d'eau apporté par un Tom éploré, se sentait mieux.

Peu après, la limousine quittait New York sans problème. Mais, sur l'autoroute du Connecticut, près de la sortie de Round Hill Road, la douleur frappa de nouveau. Céline dut gémir assez fort, car Trevor lui demanda par l'Interphone si elle se sentait bien.

— Conduisez-moi directement chez le Dr Torrance, lui répondit-elle, à peine capable d'articuler tant elle souffrait. Son cabinet est dans Glenbrook.

— Oui, madame. Je sais où il se trouve.

Dans le rétroviseur, Trevor pouvait voir Céline livide, recroquevillée sur la banquette arrière, les mains crispées sur son estomac.

Le temps que la limousine s'immobilise devant la villa victorienne où Ned Torrance avait installé son cabinet, Céline s'était reprise et la douleur avait disparu. Ned la reçut avec son amabilité coutumière, et quand elle lui eut expliqué ce qui lui était arrivé, d'emblée, il mit les douleurs dont elle lui parlait sur le compte de sa vie professionnelle par trop exténuante.

Après l'avoir examinée, néanmoins, il semblait plus préoccupé. La jeune femme remarqua qu'il évitait son regard. Il lui prit une radio et regagna son bureau, l'air sombre. Une infirmière survint alors, qui lui fit une prise de sang, puis l'invita à se rhabiller. Quand Céline entra de nouveau dans le bureau de Ned, le médecin, qui était au téléphone, raccrocha aussitôt.

— Je vous adresse à un spécialiste, Céline, dit-il,

toujours sans la regarder. Le problème dont vous souffrez n'est pas de mon ressort.

Il y avait une sorte de solennité inhabituelle dans sa voix, et Céline sentit son cœur s'emballer en même temps qu'une insidieuse panique la gagnait.

— De quel « problème » s'agit-il exactement, Ned ?

Le médecin parut ne pas l'entendre et en guise de réponse poursuivit :

— Je veux que vous consultiez un certain Winter, à l'hôpital de New Coventry. Bien qu'il soit un peu jeune, on dit que c'est le plus compétent dans sa spécialité.

— Quelle spécialité ? insista encore Céline, luttant contre la peur qui maintenant la tenaillait.

— Le pancréas, chère amie, finit par avouer Ned Torrance. C'est lui qui vous fait des misères. Je viens de parler au Dr Winter. Il a une consultation externe cet après-midi, et vous recevra dès votre arrivée à son cabinet.

Le médecin consulta le bloc posé devant lui avant de préciser :

— Harkness Building, dans Walnut Street. C'est le bâtiment juste en face du vieil hôpital.

Sur ces mots, il se leva, affichant un sourire rassurant.

— Est-il indispensable que je consulte ce spécialiste si vite, Ned ? s'enquit Céline. Cela ne peut pas attendre demain ?

— Non, Céline. Allez-y tout de suite, sinon vous risquez un nouveau malaise.

La jeune femme s'apprêtait à discuter encore lorsque la douleur la poignarda de nouveau. Quelques minutes plus tard, la limousine reprenait l'autoroute, et Trevor, le pied sur l'accélérateur, fonçait vers New Coventry.

2

La limousine bifurqua lentement dans Walnut Street, et Céline jeta un coup d'œil à travers les vitres teintées. Comme la douleur ne s'était plus manifestée durant le trajet, la jeune femme commençait à regretter d'avoir cédé aux injonctions de Ned Torrance. Pourquoi s'était-elle laissé faire ? C'était stupide de sa part, et ce Dr Winter allait la prendre pour une cinglée en la voyant se ruer ainsi à sa consultation privée.

Oui, c'était bien le vieil hôpital, là, sur la droite. Et, sur la gauche, comme indiqué par Ned Torrance, se trouvait le Harkness Building ainsi que la faculté de médecine et les installations hospitalières plus modernes. Des sycomores grêles bordaient la rue et des voitures étaient garées le long des trottoirs. Trevor ralentit encore, cherchant l'entrée du bâtiment. Sur la banquette arrière, Céline sortit son poudrier et, d'une main qui tremblait un peu, se remit du rouge à lèvres. Cela fait, elle se dévisagea d'un œil critique dans le petit miroir : le mascara tenait à peu près, et les minuscules ridules aux coins de ses yeux n'étaient pas trop visibles. Ses « rides d'expression », comme les appelait Charles… Non, Dieu merci, Céline n'avait pas l'air malade. Elle s'essaya à sourire, et tourna la tête à gauche puis à droite, sortant le cou et pointant bien le menton en avant.

La limousine s'arrêta et, à cet instant, Céline revécut

soudain toutes ses expériences antérieures en matière d'hôpitaux et de médecins. Ce Pr Dupuis d'abord, qui avait soigné sa mère juste avant sa mort. Il avait un visage maigre, anguleux, des cheveux noirs et pommadés, sentait vaguement l'ail, et voulait toujours tenir la main de Céline lorsqu'il lui expliquait que, hélas, il n'y avait plus rien à espérer. Et puis le Dr Etienne, à Lyon, qui s'était occupé de son père. Débordé en permanence, il n'avait jamais le temps de voir Céline, et confiait toujours à son jeune assistant le soin de lui annoncer la progression de la maladie…

De seconde en seconde, l'appréhension gagnait davantage la jeune femme. De quoi diable pouvait-elle souffrir ? Cela faisait déjà plusieurs semaines qu'elle ne se sentait pas très bien. Même Charles avait remarqué qu'elle touchait à peine à la nourriture. Le pancréas, avait dit Ned. Où se trouvait exactement cet organe ? Céline n'en était pas bien sûre… sans doute là où la douleur l'avait transpercée comme un coup de poignard.

Pendant que Trevor contournait la voiture pour lui ouvrir la portière, la jeune femme se redressa : même si elle mourait de peur, elle ne le montrerait pas et afficherait son assurance des grands jours.

Elle prit une profonde inspiration et sortit ses longues jambes en un mouvement plein de grâce et de nonchalance. A cet instant, deux étudiants en médecine qui passaient sur le trottoir échangèrent un regard éberlué.

— Ben mon vieux ! murmura l'un d'eux entre ses dents.

Ce n'était pas la longue limousine gris métallisé qui suscitait son admiration, certes non !

Sans leur prêter attention, Céline regarda le triste bâtiment de cinq étages qui se dressait devant elle : gris, terne, délabré, il était bien dans la ligne de ces constructions hospitalo-universitaires pauvres, insipides et sans imagination qui avaient poussé un peu partout dans les années soixante. Aussitôt la jeune femme sentit la peur la tenailler de nouveau. Fallait-il vraiment qu'elle fût soignée dans un environnement aussi sordide ?

Elle gravit les marches de l'entrée derrière une corpulente femme noire qui portait un petit garçon. Celui-ci se débattait dans les bras de sa mère, et de grosses larmes roulaient sur son petit visage rond d'un noir d'ébène. Céline lui fit un imperceptible signe de la main, et l'enfant s'immobilisa, stupéfait, écarquillant de grands yeux. Céline lui sourit fugitivement, puis dépassa la mère et l'enfant, la tête haute. Un étudiant qui se trouvait là lui tint la porte d'entrée ouverte ; elle le remercia d'un sourire et pénétra dans le grand hall.

Après qu'un appariteur lui eut indiqué comment se rendre au service de chirurgie où le Dr Winter tenait sa consultation, Céline s'engagea dans un triste couloir, ses hauts talons résonnant sur le dallage de plastique décoloré. Tout en marchant, la jeune femme s'efforçait de s'imaginer qu'elle était juste venue ici pour rendre visite à un malade, et non pour consulter un spécialiste. De grandes marques noirâtres horizontales salissaient le mur à un mètre au-dessus du sol. Curieusement, elles étaient toutes au même niveau. Ah, si Céline avait la charge de cet établissement, elle aurait tôt fait d'en faire repeindre de couleurs gaies les parties communes ! Ce n'était sûrement pas très coûteux. De même, quelques plantes vertes égaieraient l'atmosphère, qui en avait bien besoin… Et peut-être aussi un tapis central, le long de ce couloir, afin de rompre la triste monotonie du dallage de plastique… Céline en était là de ses réflexions quand un chariot roulant apparut dans le corridor, poussé par un jeune aide-soignant d'apparence famélique. Comme il se rangeait sur le côté pour laisser passer Céline, les renforts en caoutchouc du chariot touchèrent le mur, y laissant une nouvelle traînée noire. Céline n'y prit pas garde, occupée qu'elle était à regarder la malade ainsi transportée — une jeune femme au teint cireux, au visage émacié de squelette, et au crâne complètement chauve. A sa main, qu'elle tenait posée sur la couverture, flottait une alliance ridiculement grande pour son pauvre doigt amaigri.

L'aide-soignant adressa un sourire grimaçant à Céline.

— Dieu du ciel, murmura-t-elle lorsque le chariot se fut éloigné.

Brusquement, l'envie la prit de courir rejoindre la pauvre femme pour l'interroger. Etait-elle une patiente du Dr Winter ? Comment s'appelait-elle ? Qu'est-ce qui l'avait mise dans un état pareil ?

Céline était tenaillée par une angoisse indescriptible, à présent, et, pour la dissimuler, elle s'efforça de reprendre calmement sa marche. Hélas, elle avait beau faire, il lui semblait que ses jambes la portaient de plus en plus vite, en même temps qu'une partie d'elle-même l'exhortait à fuir et que l'autre, au contraire, l'incitait à se hâter jusqu'au service du Dr Winter pour se débarrasser au plus vite de l'épreuve qui l'attendait. Elle, toujours si maîtresse d'elle-même, avait l'impression que ses nerfs étaient à vif, et que si on lui avait adressé la parole en cet instant, au lieu de répondre normalement, elle se serait mise à hurler.

La salle d'attente du service était sinistre, elle aussi, avec ses mauvaises chaises en plastique orange alignées contre les murs. Une demi-douzaine de patients attendaient, moroses, le regard perdu dans le vide. Un petit vieux parcheminé, tout essoufflé, s'efforçait de lire un journal. Céline jeta un regard circulaire autour de la pièce, s'exhortant au calme, mais elle était tendue et tremblait lorsqu'elle s'avança vers le bureau d'admission. Une infirmière se tenait derrière le comptoir. Sur l'étiquette épinglée sur sa blouse, on pouvait lire : Cathie Allen. Derrière elle se trouvait un couloir qui desservait les salles de consultation des médecins. La femme noire et son enfant, que Céline avait vus à l'entrée, se présentèrent au bureau derrière elle.

L'infirmière sourit à Céline.

— Est-ce la première fois que vous venez voir le Dr Winter ?

— Oui.

Céline fut surprise par la tonalité sèche de sa propre voix, mais qu'y pouvait-elle ? Sa tension était telle qu'il lui semblait qu'elle allait craquer. La dénommée Allen poussa vers elle un imprimé.

— Remplissez ce formulaire, s'il vous plaît, madame, sans oublier de préciser les renseignements sur votre mutuelle.

Céline pinça les lèvres et posa sur le bureau une grosse enveloppe qu'elle tenait à la main.

— Vous trouverez tous les détails dans ce dossier, dit-elle. C'est le Dr Torrance, mon généraliste, qui me l'a donné pour le Dr Winter. Il contient même une radio.

— Désolée, madame, les nouveaux patients doivent obligatoirement remplir ce formulaire. C'est le règlement et...

— Est-ce le Dr Winter, là-bas ? coupa vivement Céline.

Elle venait en effet de voir s'ouvrir, derrière l'infirmière, une porte donnant sur le couloir ; un homme grand, bien bâti, portant une veste blanche, était apparu sur le seuil et s'entretenait à présent avec un autre médecin en blouse blanche. Cathie Allen se détourna aussitôt et, à l'expression de son visage, Céline comprit qu'elle ne s'était pas trompée. Alors, sans l'ombre d'une hésitation, elle contourna le bureau pour s'élancer dans le couloir.

— Hé, cria aussitôt l'infirmière, vous n'avez pas le droit d'aller par là !

Ce disant, elle voulut rattraper Céline par le bras, mais la jeune femme se dégagea. A cet instant, l'enfant noir se mit à hurler, et l'infirmière hésita une seconde, avant de courir derrière Céline. Déjà, cette dernière avait rejoint les médecins et s'adressait à celui qui portait une veste blanche.

De près, il paraissait moins jeune ; il avait sans doute une quarantaine d'années, et ses cheveux bruns très drus grisonnaient aux tempes.

— Vous êtes le Dr Winter ?

L'interpellé marqua un temps d'arrêt, jeta un regard rapide à Céline, puis répondit :

— Oui, mais…

L'infirmière les avait rejoints.

— Cette… cette personne est passée sans que je puisse l'arrêter ! s'exclama-t-elle avec indignation. Je…

— Docteur Winter, Ned Torrance m'a dit que vous me recevriez dès mon arrivée et je ne voulais pas vous faire attendre, intervint Céline.

Cathie Allen prit une profonde inspiration.

— Madame Roche ! explosa-t-elle. Vous ne devez pas…

— De la Roche, l'interrompit de nouveau Céline, suave, et elle adressa un sourire irrésistible au Dr Winter, qui ne tarda pas à sourire à son tour.

— Vous ferez entrer Mme de la Roche en salle 12, mademoiselle Allen, dit-il, se tournant vers l'infirmière.

Puis il ajouta :

— Quand viendra son tour, bien sûr.

Sur quoi il reporta les yeux sur Céline et, l'espace d'un instant, son regard se fit impersonnel, clinique, évaluateur. Finalement, il reprit :

— Pour l'instant, faites-la patienter en salle d'attente. Ce ne sera pas long.

Cathie voulut prendre Céline par le bras, mais celle-ci se dégagea, furieuse. Comme des larmes de rage lui montaient aux yeux, elle se détourna afin que personne ne les voie et regagna la salle d'attente la tête haute, le menton fièrement pointé en avant.

De fait, elle n'eut pas à attendre longtemps. Elle était assise depuis à peine cinq minutes lorsque Cathie Allen, l'air pincé, vint lui demander de la suivre ; peu après, l'infirmière la faisait entrer dans la salle 12. Il s'agissait en fait d'un box sans fenêtre, peint en blanc, avec un rideau vert au fond, et équipé d'une table d'examen. S'y trouvait aussi un minuscule lavabo ainsi qu'une chaise en plastique orange. Une seconde porte faisait face à celle par laquelle était entrée Céline.

— Vous trouverez une chemise accrochée au portemanteau derrière le rideau, annonça Cathie. Otez tous vos vêtements, y compris votre soutien-gorge et votre slip, et enfilez la chemise. Le docteur ne va pas tarder.

Elle s'apprêtait à repasser la porte quand elle se ravisa et se tourna de nouveau vers Céline.

— Permettez-moi de vous donner un conseil, madame Roche : tout se passera au mieux pour vous si vous respectez nos habitudes. Elles ont été mises en place afin de faciliter la vie de tout le monde.

Céline était sur le point de s'excuser de son attitude quand elle vit le sourire condescendant de Cathie. Alors, l'envie la prit de gifler cette fille dont l'assurance lui devenait soudain insupportable.

Derrière le rideau vert, il n'y avait qu'une seule patère à côté d'une petite glace carrée. Y était accrochée, comme annoncé, une chemise usée et délavée à raies vaguement bleues, et Céline ne put s'empêcher de songer au héros du *Premier Cercle* de Soljenitsyne. Aussitôt sa panique resurgit. Incapable de se contrôler, elle ouvrit la porte du box et regagna en courant la salle d'attente.

Derrière son bureau, Cathie Allen écoutait la femme noire, essayant en vain de placer un mot de temps en temps. Le garçonnet, lui, ne cessait de gémir. Il souffrait, c'était clair, et Céline en conçut plus d'affolement encore. Elle ne s'en interposa pas moins entre la mère et l'infirmière et demanda à cette dernière d'un ton presque suppliant :

— Il me faut des cintres, mademoiselle. Mes vêtements…

Elle conclut sa phrase d'un geste, désignant le tailleur qu'elle portait : c'était un Armani.

— Excusez-moi quelques instants, soupira Cathie à l'adresse de la jeune femme noire.

Elle se leva de son siège, repoussant d'un mouvement las une boucle blonde qui lui retombait sur le front.

En temps normal, Céline s'en serait voulu de tracasser ainsi l'infirmière ; mais son désarroi était tel, en cet instant, qu'elle ne voyait plus en Cathie Allen qu'un être hostile, une ennemie.

Elle la suivit dans le couloir où, après avoir ouvert plusieurs portes, Cathie finit par lui présenter trois mauvais cintres en fil de fer, de ceux qu'utilisent les teinturiers.

— Voilà tout ce que j'ai, dit-elle froidement.

Dans la salle d'attente, la jeune femme noire s'impatientait bruyamment, et deux hommes l'avaient rejointe. L'un d'eux était très grand et efflanqué. Cathie regarda Céline avec un air de défi qui semblait dire : « Gare à toi, ma petite ; si d'aventure tu es admise ici et que je doive m'occuper de toi, tu vas voir ce que tu vas voir ! »

De retour dans son box, Céline s'aperçut qu'elle tremblait tant elle était tendue. Elle se déshabilla avec des gestes saccadés, enfila la chemise puis s'assit sur la chaise et attendit. Sa panique avait peu à peu fait place à une sorte de rage froide. Cependant, quand Caleb Winter parut enfin, elle s'était reprise.

Le médecin pénétra dans la petite pièce comme un tourbillon. Dans des conditions normales, Céline se serait sentie sur un pied d'égalité avec lui, mais, à cause de sa nudité que dissimulait à peine cette affreuse chemise d'hôpital, elle éprouvait soudain un désagréable sentiment d'infériorité mêlé de honte.

Caleb Winter, qui tenait à la main les radios de la jeune femme ainsi que son dossier, ne perdit pas de temps en préambule.

— Ces clichés ne m'apprennent pas grand-chose, pas plus que l'analyse de sang que l'on vous a faite à Greenwich.

Il s'assit sur la table d'examen et regarda la patiente. Au passage, il nota combien Céline de la Roche était séduisante, apprécia sa distinction, et ce beau visage racé qu'encadrait une masse de boucles brunes — mais il ne s'y attarda pas. Il cherchait autre chose. Il scruta d'abord le visage et le cou, s'efforçant de détecter un début de perte de poids, puis s'attarda sur le blanc des yeux, cherchant des traces de jaunisse, et son regard se porta enfin sur la veine du cou, afin de s'assurer que le cœur battait normalement. Tout en dévisageant la jeune femme, il écoutait attentivement sa respiration, guettant le signe d'un problème pulmonaire. Céline eût été étonnée si elle avait su les mille et une informations que Caleb Winter recueillait ainsi, rien qu'en la regardant, alors qu'elle s'efforçait de lui offrir l'image d'une jolie femme sûre d'elle, et croyait y parvenir !

Elle prit une profonde inspiration.

— Pardonnez mon indiscipline, tout à l'heure, dit-elle, je pensais seulement que…

Le Dr Winter ne la laissa pas terminer.

— Aucune importance.

Son ton laissait entendre qu'il avait l'habitude des pimbêches new-yorkaises et que rien de leur part ne pouvait l'étonner. Céline pinça les lèvres, vexée.

— Vous vous rendrez vite compte, reprit-il, que tout vous sera facilité si vous respectez nos règlements.

Cette fois, le ton était brusque, impersonnel. Winter enchaîna aussitôt :

— A présent, Céline, expliquez-moi ce qui vous tracasse.

La jeune femme posa la main sur la partie supérieure de son abdomen.

— J'ai ressenti à plusieurs reprises une douleur violente ici.

Elle avait utilisé les mêmes termes avec le Dr Torrance et se demanda soudain combien de fois elle devrait répéter son histoire.

— Depuis six mois environ, j'ai des problèmes de digestion, poursuivit-elle.

Elle regardait Caleb Winter bien en face. Il n'aurait su dire, dans la lumière crue et dure, si ses grands yeux étaient d'un bleu très sombre, ou simplement brun foncé. De temps à autre, ils s'éclairaient d'une lueur verte, lorsqu'elle tournait la tête.

— Qu'entendez-vous par problèmes de digestion ?

— Après les repas, j'ai l'impression d'avoir trop mangé, et je me sens ballonnée.

— Ressentez-vous des douleurs ?

— Comme cet après-midi ? Pas exactement, non, mais depuis plusieurs semaines, j'ai mal au ventre, et parfois la douleur irradie jusque dans le dos.

En parlant, Céline observait attentivement le médecin. La croyait-il ou la prenait-il pour une hypocondriaque comme il devait en voir souvent ?

Il lui posa encore quelques questions, puis appuya sur un bouton placé près de la table d'examen. Peu après, Cathie Allen faisait son entrée et aidait Céline à s'allonger.

Vu de si près, le Dr Winter possédait une sorte de magnétisme presque électrique et, pour oublier la peur viscérale qui la tenaillait, Céline se concentra sur lui. Il se mouvait avec une aisance tranquille — on l'imaginait incapable du moindre geste maladroit —, avait un cou puissant, mais long, une peau très lisse, et, lorsqu'il se penchait en avant, une veine apparaissait juste au coin de sa mâchoire. Quand il examina ses yeux à l'ophtalmoscope, son visage se trouva si proche du sien que Céline sentit sa chaleur, huma son odeur virile, et en fut presque troublée malgré son angoisse.

Puis il palpa son ventre. Ses mains étaient fraîches, expertes, impitoyables aussi. Elles eurent tôt fait de trouver l'endroit exact où Céline avait eu si mal, et la jeune femme sentit les doigts chercher, juger, jauger, évaluer, comme dotées d'une vie propre.

— Oui, docteur, ici, ça fait mal.

Et puis il en eut terminé. Il se lava soigneusement les mains dans le petit lavabo. Le voyant faire, Céline se sentit insultée. Etait-elle pestiférée ? Fallait-il qu'il se lave pour l'avoir simplement touchée ? Après tout, s'était-il lavé les mains *avant* de l'examiner ? Elle n'y avait pas prêté attention.

La jeune femme tremblait encore lorsqu'elle se rhabilla, mais elle réussit cependant à se remettre du rouge à lèvres d'une main à peu près ferme. Il lui fallait maintenant se rendre dans le bureau du Dr Winter.

Les murs de la pièce étaient couverts de diplômes, mais elle ne prit pas la peine de les regarder. Si Ned Torrance lui avait conseillé d'aller voir le Dr Winter, c'est qu'il avait les qualifications requises !

Il était assis derrière son bureau, et son immobilité accentuait encore cette impression d'énergie contenue et parfaitement maîtrisée qui se dégageait de lui. Voyant entrer Céline, il l'invita à s'asseoir.

— Vous avez une tumeur du pancréas, lui annonça-t-il sans ambages. Pour l'instant, je ne puis rien vous préciser de plus. Il nous faut d'autres examens plus précis, une échographie, une artériographie, un scanner et peut-être une I.R.M. Je vais m'occuper de vous faire hospitaliser ici le plus rapidement possible.

Aucune émotion ne se lisait sur son visage. Furieuse de le voir prendre les choses avec une telle indifférence,

Céline se leva, s'efforçant de dissimuler les tremblements nerveux qui l'agitaient. Pour une fois, elle ne trouvait rien à dire, et elle n'ouvrit pas la bouche lorsqu'il la raccompagna jusqu'à la porte du bureau.

Depuis la salle d'attente, Cathie Allen vit Céline trébucher en avançant dans le corridor, et comprit tout de suite que la jeune femme avait peur. Pire, elle était affolée. D'ailleurs, l'expression de son visage le confirmait.

Céline s'arrêta devant le bureau et posa sur Cathie un regard hébété. Se rappelant alors combien elle avait été désagréable avec l'infirmière, un peu plus tôt, elle fouilla dans son sac de cuir et en sortit un grand carré de soie sur lequel était imprimé un tigre or et noir enlacé dans une grosse chaîne dorée.

— Je suis désolée, dit-elle à Cathie. Je n'ai pas d'excuse pour m'être si mal comportée tout à l'heure avec vous.

Elle sourit, essayant de retrouver sa contenance et, d'un geste plein d'élégance, drapa le carré de soie autour des épaules de l'infirmière.

Celle-ci voulut protester, et s'apprêtait à manifester son indignation quand elle sentit la main de Céline qui tremblait.

— Les couleurs vous vont mieux qu'à moi, reprit la jeune femme. Acceptez ce foulard, je vous en prie.

Et, sans attendre de réponse, elle tourna les talons et partit à toute vitesse.

Céline disparue, Cathie enleva lentement le carré de soie. « Hermès », lut-elle, imprimé dans l'un des angles. La griffe ne lui disait rien, mais il s'agissait clairement d'un accessoire de grand prix…

Céline courait dans le couloir, à présent, ruminant sa fureur contre le Dr Winter.

— Le porc ! marmonna-t-elle en traversant le hall des admissions. Quel salaud prétentieux, distant, condescendant — et autoritaire, de surcroît !

3

Quand Trevor immobilisa la limousine devant la maison, le crissement du gravier blanc sous les pneus ramena Céline à la réalité. Sans attendre que le chauffeur lui ouvre la portière, elle sortit de voiture. La chaleur torride de cette fin d'après-midi la terrassa comme elle quittait l'habitacle climatisé et, aussitôt, un spasme à l'estomac l'obligea à se courber en deux, lui coupant le souffle. Il ne dura pas, Dieu merci, et l'instant d'après, Minette, la splendide chatte persane, venait à la rencontre de la jeune femme, se frottant avec volupté contre ses jambes en signe d'affection.

Céline se pencha pour effleurer la tête de Minette.

— Tu as tout compris, toi, n'est-ce pas ? murmura-t-elle.

Dans la maison régnait une agréable fraîcheur. Céline se rendit directement au bureau de Charles, tout au fond. C'était une pièce spacieuse, avec de grandes baies vitrées qui ouvraient sur l'une des extrémités de la piscine entourée de massifs de roses. Charles était assis, dos à la fenêtre, devant sa table envahie de dossiers. Il avait à portée de main trois téléphones et un terminal d'ordinateur, afin de suivre minute par minute les fluctuations des marchés et des monnaies.

Comme toujours, il portait un polo de coton blanc et une culotte de cheval. A l'entrée de Céline, il se leva, longue silhouette élégante, svelte mais néanmoins musclée. Tout en lui trahissait le cavalier.

— Comment cela s'est-il passé ? demanda-t-il aussitôt.

Il s'efforçait de parler très naturellement, bien qu'il ait attendu le retour de sa femme avec anxiété, comme en témoignaient ses traits plus tirés qu'à l'ordinaire.

Il s'approcha de Céline les bras grands ouverts, et comme toujours son cœur se serra en la sentant se raidir imperceptiblement lorsqu'il la toucha.

— Donne-moi quelque chose à boire, dit-elle.

Sa faiblesse passagère et sa peur avaient disparu, mais la laissaient épuisée. Charles se dirigea vers le petit bar, à l'opposé de la porte, et reparut un moment après, un verre dans chaque main. Dans celui qu'il tendit à Céline, la glace tintait contre les parois de cristal.

— Asseyons-nous un moment, veux-tu ? proposa-t-il avec un sourire. Tu me raconteras après. Pour l'instant, reprends ton souffle.

Céline se laissa tomber dans un fauteuil et ferma les yeux ; dans le regard de Charles, elle lisait une sollicitude muette qu'elle ne supportait pas. Non qu'elle lui en voulût de s'inquiéter pour elle ; mais, sous ce regard, elle se sentait vieillie, faible et dépendante. Elle imaginait très bien Charles regardant ainsi les pensionnaires d'une maison de retraite ou de convalescence. Il se demandait probablement si elle allait mourir. Et si elle mourait, eh bien, il serait libre de partir avec cette maudite femme ! Céline serra les dents, tandis que l'image de Marion Redwing se formait derrière ses paupières closes. Marion, dont les grands yeux gris prenaient une telle intensité lorsqu'elle se trouvait avec Charles. Marion qui, peut-être, saurait lui apporter ce dont il avait besoin…

Charles observait sa femme en silence. Mieux valait ne pas la presser, il le savait : elle parlerait lorsqu'elle s'en sentirait capable. Il la connaissait bien, savait sa retenue, ses humeurs. Parfois, il regrettait de l'avoir poussée à monter sa propre maison d'édition. Avant, ils étaient si merveilleusement proches l'un de l'autre ! Pourtant, au début, ils s'étaient beaucoup amusés : il avait fallu chercher des locaux, discuter avec des agents littéraires, rencontrer des auteurs, convaincre les banquiers, et fréquenter d'autres éditeurs qui de toute évidence leur enviaient leur jeunesse et leur enthousiasme. Ensuite, Charles avait assuré toute la partie administrative de la création de la société, et avait même mis au point les contrats d'auteur. Après cela, il avait fallu engager du personnel, et ils l'avaient fait ensemble. Au début, ils lisaient même les manuscrits tous les deux…

Puis, le succès venant, Céline s'était vite retrouvée très occupée et, maintenant, elle consacrait à son travail chaque minute de son existence. Ils avaient prévu d'avoir un enfant après quelques années de mariage ; à présent, il n'en était plus question. Céline n'en avait tout simplement pas le temps.

Charles chassa ces pensées et dévisagea de nouveau sa femme. Elle avait changé depuis leur première rencontre. Oh, elle était toujours aussi belle — mais la douceur enfantine mêlée d'innocence qui la caractérisait alors avait disparu. Depuis ces temps anciens, Céline avait dû se battre en maintes occasions, sans pour autant s'endurcir : elle demeurait fragile, manquait souvent d'assurance, et cherchait toujours à prouver ce qu'elle valait.

Le regard de Charles se porta vers la photo trônant dans un cadre d'argent sur son bureau : on y voyait Céline debout sur le perron du château familial. Le cliché datait du jour de leur première rencontre.

Charles voyageait alors en France avec deux camarades de l'université de droit de New Haven. Le père de l'un d'eux, Raymond Ansett, leur avait organisé une visite chez un ami à lui, Guy de la Roche, un éditeur vivant avec sa famille à une trentaine de kilomètres de Lyon.

Les trois jeunes gens avaient donc été reçus au château des de la Roche, très précisément le jour de la réception de fiançailles donnée par le maître de maison pour sa fille, Céline, qui s'apprêtait à épouser un jeune aristocrate, René du Plessis.

La fête se tenait dans le parc du château, dans un déploiement de luxe et de raffinement qui avait laissé les trois Américains pantois. Céline leur avait témoigné beaucoup de sympathie — comme son père d'ailleurs, un homme d'un certain âge qui portait encore beau, avec son épaisse toison de cheveux blancs. Pour être honnête, cependant, Charles l'avait à peine remarqué, tant il était subjugué par la saisissante beauté de Céline, éblouissante dans sa robe d'organdi blanc. Ses grands yeux sombres au regard altier lui avaient coupé le souffle. Malgré le caractère bien particulier de la célébration, et bien que lui-même ait été un célibataire endurci, Charles avait senti son cœur flancher. Ils avaient échangé quelques propos, et il s'était rendu compte que la belle Céline appréciait sa conversation. Après quoi, il lui avait demandé l'autorisation de la prendre en photo.

Le lendemain, comme prévu, Charles et ses amis étaient partis pour Perpignan ; chaque chose en entraînant une autre, le jeune homme n'avait pu téléphoner à Céline que plusieurs jours plus tard. Personne ne lui avait répondu, et il avait réitéré son appel de nombreuses fois, toujours sans succès.

Quand il avait fallu rentrer aux Etats-Unis, sur la route de Paris, Charles avait alors exigé de ses amis qu'ils fassent un long détour pour repasser près de Lyon.

Ils avaient trouvé les grilles de fer forgé du château entravées par une lourde chaîne. Le pavillon de la conciergerie était désert, et personne ne répondait à la cloche. La grande pelouse, impeccablement entretenue trois semaines plus tôt seulement, avait besoin maintenant d'être tondue, et l'on y voyait les empreintes des pneus de lourds camions, qui n'avaient même pas épargné certaines des plates-bandes fleuries…

Charles s'arracha à ses souvenirs. Céline, qui avait ouvert les yeux, le regardait avec une expression singulière, presque fixe.

Il prit l'une de ses mains entre les siennes, et elle se laissa faire.

— Tu aurais dû me laisser t'accompagner à New Coventry, murmura-t-il. Depuis ce coup de téléphone que tu m'as passé de chez Ned, je n'ai pas arrêté de penser à toi.

Comme Minette venait de sauter sur les genoux de sa maîtresse, il ajouta :

— Même la chatte s'inquiétait.

— Les nouvelles ne sont pas très rassurantes, hélas.

Charles prit une inspiration. Il n'imaginait pas que Céline pût être malade.

— Raconte-moi.

Céline sentit resurgir en elle un peu de sa fureur première, et ses yeux étincelèrent.

— Ned Torrance m'a adressée à un ringard, je ne vois pas comment le qualifier autrement.

— Tu parles du Dr Winter ? Je croyais que…

— C'est un odieux individu ! Hautain, dédaigneux, autoritaire…

— Allons, Céline…, intervint Charles.

Seules les compétences professionnelles du médecin l'intéressaient. Il se moquait pas mal de son caractère et de la façon dont il s'entendait avec ses patients !

— Cela n'a aucune importance, voyons, poursuivit-il. Tu n'es pas allée le voir pour t'en faire un ami.

Rageuse, Céline s'agrippa aux accoudoirs de son fauteuil.

— Il n'empêche que c'est un salaud prétentieux, condescendant et qui se prend pour Dieu le Père, maugréa-t-elle.

Suivit un bref silence. Puis Charles murmura :

— On dirait que tu as découvert pas mal de choses à son sujet. Et lui, qu'a-t-il découvert chez toi ?

Céline s'apprêtait à riposter vertement mais se retint. Elle regarda son mari droit dans les yeux.

— Il pense que j'ai une tumeur au pancréas, dit-elle. Il veut m'hospitaliser pour des examens plus approfondis.

Charles ne réagit pas tout de suite. Enfin, il déclara :

— C'est plutôt une bonne nouvelle. S'il lui faut davantage d'examens, c'est qu'il n'est pas sûr du diagnostic.

— En tout cas, pas question que je retourne dans cet hôpital, décréta Céline avec force.

— Je ne vois pourtant pas d'autre solution. Tu ne peux décemment pas…

— Je n'irai pas là-bas, coupa la jeune femme, dont les yeux brillaient soudain d'un éclat que son mari connaissait bien. Je n'aime pas cet hôpital, je n'aime pas ce médecin, ajouta-t-elle, butée. Ned n'a qu'à me trouver un spécialiste à New York. Il doit bien en exister ! Et qu'il choisisse de préférence quelqu'un avec qui je m'entende, cette fois.

Charles se leva pour se diriger vers la baie vitrée, devant laquelle il se tint un moment. Au choc qui avait suivi la révélation de Céline succédait une forme d'incrédulité. Comment sa femme pouvait-elle être gravement malade, elle qui n'avait jamais souffert de rien ?

La voix de Céline le tira de ses réflexions.

— Corinthien s'est-il bien débrouillé, aujourd'hui ? demandait-elle, désireuse de faire diversion.

Pourquoi, en effet, s'appesantir sur ses problèmes médicaux ? Elle n'était pas encore une vieillarde malade…

— Il progresse, répondit Charles en jetant, par la fenêtre, un coup d'œil aux écuries.

Il aimait toujours parler de son cheval favori.

— Il est encore un peu nerveux lorsqu'il se présente pour la première fois devant un obstacle, mais il s'y fait.

— Crois-tu qu'il sera prêt pour Atlanta ?

— Nous le verrons bien.

Charles avait parlé avec une certaine brusquerie, et il poursuivit dans la foulée :

— Pour l'instant, ta santé est beaucoup plus importante que n'importe quelle épreuve olympique.

Se tournant vers son bureau, il posa la main sur l'un des téléphones.

— Si j'appelais Ned ou ce Dr Winter ? Ils se sont certainement déjà parlé.

— Appelle Ned. Winter lui a sûrement téléphoné dès que j'ai eu le dos tourné. Il aura attendu que je ne puisse plus l'entendre… Après tout, cette affaire ne me concerne pas, n'est-ce pas ?

Il y avait de l'amertume dans la voix de la jeune femme. Elle se leva et posa les mains sur ses hanches étroites. La lumière qui filtrait à travers la fenêtre éclairait son visage et donnait plus d'éclat à sa chevelure sombre. En cet instant, elle avait un regard de dangereux défi, et ne semblait pas malade, certes non ! Au contraire : on l'aurait crue prête à conquérir le monde. Charles, qui l'observait avec attention, sentit sourdre en lui cette vague crainte qui lui venait toujours lorsque sa femme arborait cette expression. Elle aurait dû se prénommer Carmen, pas Céline, songea-t-il.

Il feuilleta le répertoire téléphonique, souleva le combiné de l'appareil et composa le numéro de Ned Torrance.

— Ned ? Ici Charles Forester… Oui, oui, je sais, mais votre Dr Winter ne plaît pas tellement à Céline. Je crains qu'il ne lui ait pas fait très bonne impression.

Suivit un long silence tandis que Ned, à l'autre bout du fil, répondait. Céline entendait seulement le timbre de sa voix ; il parlait avec animation. Etait-il indigné ? Furieux ? Les deux, peut-être ?

Quand Charles eut raccroché, il se leva, se tourna vers Céline et proposa :

— Allons nager, veux-tu ?

Charles connaissait bien sa femme. Inutile de discuter avec elle maintenant : Céline resterait sur ses positions et ne pourrait plus, ensuite, changer d'avis sans perdre la face. Or, Charles était bien décidé à trouver un moyen de la faire changer d'avis sans lui donner l'impression de se parjurer. Ned assurait l'avoir envoyée chez le meilleur spécialiste ; d'après lui, le seul et unique problème de Winter était qu'il ne se laissait pas impressionner par les jolies femmes…

Charles ouvrit la baie vitrée, et ils sortirent dans le jardin. Plissant les yeux pour les protéger des reflets aveuglants du soleil sur l'eau, la jeune femme suivit son mari tandis qu'il contournait la piscine. L'eau paraissait fraîche, tentante ; quelques feuilles mortes, les toutes premières, flottaient à sa surface, dérivant doucement vers le filtre. Derrière la piscine, sur la droite, les rosiers que Charles avait plantés en buissons semblaient accablés par la chaleur, au bord du dépérissement. Pour tenter de les protéger de l'ardeur impitoyable du soleil, Charles avait édifié des sortes d'auvents en treillis, mais l'ombre partielle ainsi créée n'avait eu pour résultat que d'affadir les couleurs des fleurs.

— Je vais devoir réfléchir sérieusement au problème, dit Charles après avoir contemplé quelques instants ses tristes plantations. Peut-être que, si je tendais un vélum pour les abriter, le résultat serait plus encourageant. On en fait d'assez jolis, maintenant.

— A ta place, j'arracherais ces maudits rosiers, rétorqua Céline, qui décidément se sentait d'humeur destructrice.

Si tu dois te donner tant de mal pour qu'ils poussent correctement, autant planter autre chose. Pourquoi ne pas essayer des cactus ?

Charles la regarda avec un sourire en coin.

— Tu donnes des conseils que tu serais bien incapable de suivre… Souviens-toi de cette fille à moitié folle, Margharita je ne sais quoi, qui avait entrepris un livre sur les femmes chez Freud. Combien de temps a-t-il fallu pour que son bouquin se retrouve sur la liste des best-sellers ? N'aurait-il pas été plus facile pour toi d'envoyer cette femme au diable et de choisir un autre auteur, sain d'esprit et plus facile à manier ?

Céline éclata de rire, tout de suite plus détendue.

— Tu as raison, Charles, comme d'habitude, admit-elle.

Elle avait travaillé comme une forcenée avec cette femme parce qu'elle croyait sincèrement en son projet. Tout pourtant avait failli mal se terminer, car Margharita, qui était bel et bien folle à lier, s'était un beau jour jetée à la tête de Céline pour la griffer, pensant que la jeune éditrice était venue l'assassiner…

Un petit bâtiment s'élevait près de la piscine, composé d'un vestiaire pour les hommes et d'un autre pour les femmes que séparait un patio. Derrière se trouvaient un sauna et, du côté de la piscine, une véranda ouverte avec un bar et des fauteuils en rotin garnis de jolis coussins de couleurs vives.

Une pénombre fraîche et apaisante régnait dans le vestiaire. Céline enfila un maillot une-pièce noir devenu peut-être un peu grand pour elle, mais dont Charles assurait qu'il lui allait à merveille. Elle se souvint alors de l'épisode des cintres, à l'hôpital, et, dès qu'elle eut rejoint son mari, elle le lui raconta. Il l'écouta, dissimulant l'émotion qui lui étreignait le cœur : pauvre Céline ! Il l'imaginait, terrifiée, affolée, prête à mordre la première personne qui se présenterait…

Il arborait un caleçon de bain rayé bleu, blanc et vert, et son hâle mettait en valeur sa silhouette musclée, sans une once de graisse superflue.

Céline se dirigea vers le plongeoir, puis se ravisa. Elle n'allait pas risquer de provoquer une nouvelle douleur. Mieux valait entrer lentement dans l'eau par l'escalier. Une eau délicieuse, d'ailleurs, fraîche, presque piquante, et qui lui donna instantanément une exquise chair de poule.

Peu après, tout en nageant avec langueur, Céline sentait son angoisse et sa colère se dissoudre, disparaître dans cette eau bienfaisante. Charles, lui, faisait des longueurs, nageant un crawl régulier, puissant, comme à son habitude. A le voir, on l'aurait cru capable de nager indéfiniment.

Céline le suivait du coin de l'œil, s'efforçant de ne pas se trouver sur sa ligne. Puis, comme le soleil disparaissait derrière les arbres et que l'ombre de ceux-ci s'allongeait sur la piscine, elle sortit de l'eau. Sur le côté de la maison, le mur blanc peint à la chaux était encore éblouissant sous le soleil, mais il commençait à se teinter de rose avec le soir.

Céline s'assit sur le bord de la piscine et voulut réfléchir à la situation. Ce Dr Winter… L'aurait-elle jugé un peu trop hâtivement ? Elle s'était comportée comme une enfant gâtée, dans cet hôpital de New Coventry, c'était clair. Quelle idée d'avoir voulu court-circuiter cette pauvre infirmière… comment s'appelait-elle déjà ? Oui, Cathie Allen… En vérité, à mieux y réfléchir, le Dr Winter avait été plutôt gentil — accommodant même, puisqu'il ne l'avait presque pas fait attendre… Il l'avait fait passer avant d'autres gens qui étaient là depuis plus longtemps.

Charles nageait toujours vingt longueurs, jamais plus, jamais moins, qu'il pleuve ou qu'il vente. Sans avoir vraiment suivi le compte, Céline savait instinctivement qu'il effectuait son dernier aller-retour.

Il ne tarda pas à la rejoindre, en effet, tout dégoulinant d'eau. Tandis qu'il se séchait, la jeune femme lui dit d'une petite voix soumise :

— Pourquoi ne pas planter des peupliers trembles pour faire de l'ombre à tes rosiers, Charles ? Ils en vendent chez Harrow, je crois, qui sont déjà d'une belle taille. Près de deux mètres, m'a-t-on dit. Et ils se chargent de venir les planter. Après quoi nous installerions un arrosage automatique au pied des rosiers…

Sans un mot, Charles s'approcha de sa femme pour la serrer longuement dans ses bras, et, bien qu'il fût encore mouillé et elle presque sèche, elle se laissa faire. Mieux, elle sentit sourdre en elle un lointain émoi qu'elle avait presque oublié.

Un son étrange, comme le bruit de sanglots étranglés, les fit sursauter. Se retournant, Céline découvrit Maggie, la fille de Trevor et de sa femme Catherine. L'enfant, qui avait huit ans, était retardée mentalement et ne parlait pas. Elle se tenait près d'un bosquet de roses, ses grands yeux pleins de larmes, un petit bouquet de fleurs fanées à la main.

En un bond, Céline fut auprès de l'enfant et s'agenouilla pour lui entourer les épaules de son bras.

— Pourquoi ce gros chagrin, ma chérie ?

Tout en parlant, elle essuyait le petit visage trempé de larmes. Maggie, qui pleurait et reniflait, tendit ses pauvres fleurs.

— Elles sont mortes, Maggie, lui dit Céline, qui soudain comprit et ajouta : allons voir ce qui s'est passé.

Elle se releva et, après un petit sourire d'excuse à Charles, s'en fut avec l'enfant de l'autre côté de la maison. Charles les regarda disparaître derrière l'angle du bâtiment et son cœur de nouveau se serra. Céline aurait fait une si bonne mère !

Toujours escortée de Maggie dont la petite main s'agrippait farouchement à la sienne, Céline traversa le potager de Catherine pour gagner le carré alloué à Maggie. Tout y était sec et mort ; les géraniums et les chrysanthèmes nains piquaient misérablement du nez vers le sol desséché.

— Oh, mon Dieu, s'exclama Céline, s'agenouillant pour attirer l'enfant contre elle. En voilà une triste affaire…

A quoi bon tenter d'expliquer à Maggie qu'il fallait arroser les plantes régulièrement ? Il était trop tard, de toute façon. Céline réfléchit un instant puis s'exclama :

— Oublions ce vilain jardin, Maggie, et viens avec moi, j'ai quelque chose à te montrer.

Main dans la main, la jeune femme et l'enfant regagnèrent la maison et montèrent au premier étage, dans le petit boudoir de Céline. Là, Maggie regarda autour d'elle, écarquillant de grands yeux émerveillés. Sur la table basse, devant le canapé, se trouvait un vase en porcelaine de Sèvres contenant un splendide bouquet de fleurs sauvages : coquelicots rouges et blancs, campanules, boutons-d'or, églantines et iris. Céline les sortit du vase et les tendit à la petite fille.

— Tiens, Maggie, celles-ci n'ont pas besoin d'eau, elles sont de soie.

La fillette la dévisagea, et mit les mains derrière son dos comme si elle refusait le présent.

— C'est bon, dit encore Céline, descendons dans la cuisine pour t'y trouver un vase.

Toutes deux redescendirent, Maggie tenant toujours la main de Céline, et affichant maintenant un grand sourire rassuré.

Un moment plus tard, Céline remontait au premier dans la pièce qui lui servait de bureau. Plusieurs feuillets dépassaient de son fax. Elle les sortit et les lut. La journée du lendemain s'annonçait sans grand imprévu : elle avait un petit déjeuner avec un éventuel distributeur à 8 heures, puis une réunion de marketing à 11 heures. Elle déjeunait avec un agent littéraire à 12 h 30. Les épreuves du livre sur les derniers scandales de Hollywood étaient prêtes et attendaient son bon à tirer. Un certain Didier Franchet avait téléphoné de Paris, sans laisser de message. Céline sourit. Cher vieil oncle Didi ! Si seulement il l'avait appelée à la maison ! Malheureusement, il ne s'entendait pas bien avec Charles. Cela chagrinait Céline, car Didier, qui avait été un ami proche de son père, était un de ses derniers liens avec son passé en France.

Se sentant fatiguée de nouveau, la jeune femme rangea ses papiers et gagna sa chambre. Elle s'assit devant sa coiffeuse, prenant soin de ne surtout pas se regarder dans la glace. Minette surgit alors de nulle part et sauta sur ses genoux. Comme à l'ordinaire, cette bête merveilleusement élégante ne montrait aucun sentiment, mais elle semblait sentir qu'il se passait quelque chose d'inhabituel. D'ordinaire, elle montait rarement sur les genoux de sa maîtresse ; or, c'était la seconde fois qu'elle le faisait, aujourd'hui. Céline voulut regarder ses yeux : l'animal les plissa langoureusement, et la jeune femme n'y décela rien.

— Eh bien, Minette, dit-elle, tu sais que j'ai des problèmes, n'est-ce pas ?

La chatte ne manifesta aucune émotion.

— En vérité, Minette, reprit Céline, je suis doublement ennuyée. D'abord je suis malade, et ensuite je suis en train de perdre mon mari.

Minette se mit à ronronner avec satisfaction, indifférente au trouble de sa maîtresse.

— Je sais que tout est ma faute, continua Céline, le ton vibrant d'exaspération. A sa place, j'aurais sans doute agi comme lui. Peut-être que je cherche seulement à me détruire… Qu'en penses-tu, Minette ?

Le splendide animal arqua le dos comme pour demander à Céline de le caresser. Ce qu'elle fit ; Minette ronronna de plus belle.

Dans la tête de Céline, mille pensées désespérées se bousculaient.

Charles retourna aux écuries et passa les deux heures suivantes en compagnie de Jérémy, son palefrenier. Ils installèrent d'abord dans la carrière une lampe à mercure en forme d'arc, semblable à celles qui éclaireraient le circuit de jumping d'Atlanta. Ils montèrent ensuite une série de nouveaux obstacles ; quand ils eurent fini, il faisait presque nuit. Charles décida pourtant de faire sauter les obstacles à Corinthien avant le dîner.

Corinthien, un splendide cheval aubère, jeune et puissant, était très agité, ce soir-là, et il ne se laissa pas seller facilement. Comme il était d'un naturel plutôt placide, Charles s'en inquiéta.

— Qu'est-ce qui le tracasse ? demanda-t-il à Jérémy.

— La chaleur, à mon avis, répondit celui-ci, occupé à passer les sangles de la selle sous le ventre de l'animal. En plus, il n'est pas sorti depuis ce matin.

Aidé de Jérémy, Charles se mit en selle. Corinthien hennit doucement et voulut faire un écart, mais son cavalier le calma d'une caresse de la main et lui fit prendre la direction de la carrière. Avec son nouvel éclairage orangé, l'endroit prenait des allures étranges, et les ombres projetées par les obstacles étaient noires comme de la suie. Charles laissa Corinthien s'y habituer une minute ou deux, et le cheval déambula à sa guise entre les barres et les petites haies, avant d'être ramené au départ. Là, il s'immobilisa quelques instants avant de s'élancer vers le premier obstacle.

Sentant la puissance de sa monture, Charles éprouva

une bouffée d'excitation, mais très vite il se concentra pour que Corinthien se présente devant l'obstacle dans la posture la plus favorable pour sauter. C'est alors que, du coin de l'œil, il vit quelque chose bouger : un chat noir s'était glissé sous la clôture et, terrifié maintenant par le martèlement des sabots sur le sol très dur, il filait à toute allure juste devant Corinthien. Celui-ci le vit ; affolé, il fit un écart, se cabra, et buta avec ses pattes arrière contre la première barrière. Paniqué, il devint dès lors incontrôlable : il s'élança dans un galop fou vers l'extrémité de la carrière, et Jérémy, assis sur une barrière près de l'entrée, faillit se trouver mal, tant un accident semblait inévitable. La barrière de protection de l'enclos était très haute, et Corinthien se dirigeait sur elle, tête baissée. Charles, qui s'accrochait désespérément à sa monture, voyait l'obstacle se rapprocher, grossir, devenir toujours plus haut, infranchissable. Dans un instant, l'animal réaliserait qu'il ne pouvait pas le sauter et stopperait net. Charles ne résisterait pas à la secousse et se trouverait précipité sur le sol, il en était sûr. Sentant la puissance effrayante du cheval sous lui, il prit alors sa décision en un éclair : il tenterait l'impossible. Il positionna Corinthien face à la barrière, lâcha les rênes et éperonna le flanc de l'animal pour qu'il prenne tout son élan. Il sentit l'étalon se raidir, tous ses muscles tendus, préparés pour franchir l'obstacle le plus gigantesque que la bête ait jamais affronté. Charles se dressa à demi sur ses étriers, se décolla de la selle pour se pencher sur le cou de sa monture, et puis… l'animal décolla… haut, plus haut… Charles ferma les yeux… Il lui faudrait de la chance pour s'en tirer lorsque Corinthien s'écraserait contre l'obstacle. Mais voilà que le cheval semblait voler, passait au-dessus de la barrière, qu'il effleurait à peine de ses cuisses arrière… Et oui… il était passé et redescendait à présent vers l'obscurité du pré environnant. Ses sabots avant touchèrent le sol. Corinthien trébucha et son cavalier s'allongea contre son encolure tandis que l'animal s'efforçait de recouvrer son équilibre. Charles, qui avait perdu un étrier, ne tenait plus maintenant en selle que par la force de ses bras et de ses épaules. Si Corinthien, toujours terrifié, se lançait dans un galop effréné, il était perdu, car il ne pourrait sortir son pied du second étrier. Alors l'animal galoperait jusqu'à épuisement en le tirant derrière lui... Corinthien, cependant, sans doute stupéfait par son saut prodigieux, et probablement aussi par l'obscurité qui l'environnait soudain, s'immobilisa dès qu'il eut récupéré son équilibre, et attendit, docile, que Charles eût recouvré son assiette et replacé son pied dans l'étrier. Alors, très calmement, il fit le tour extérieur de la carrière, suivant la clôture pour regagner l'entrée.

Jérémy, pâle comme un linge, leur ouvrit la porte. Il réajustait la sous-ventrière d'une main qui tremblait un peu lorsque Céline apparut. Charles, très pâle lui aussi, et encore mal remis de son émotion, signifia du regard au palefrenier qu'il ne devait rien dire à la jeune femme. Il fit faire à Corinthien deux ou trois tours de l'enclos au petit trot avant de l'immobiliser sur l'emplacement du départ. Là, avec un sourire à l'adresse de Céline, il effleura la visière de sa bombe, et, comme si rien ne s'était produit, éperonna sa monture, qui s'élança en direction du premier obstacle.

Corinthien accomplit tout le parcours avec brio, si bien que Céline applaudit de toutes ses forces lorsque, un peu plus tard, l'animal et son cavalier sortirent de la carrière au pas.

— Il est au mieux de sa forme, dit Charles un moment après en regagnant la maison en compagnie de sa femme. Je vais sans doute demander à Denis Devereaux de le monter à Atlanta. Je n'ai pas envie d'aller là-bas s'il faut que tu te fasses soigner.

Tout en marchant, il lui entoura les épaules de son bras et poursuivit :

— Cela tombe bien pour Denis : sa jument n'est pas en forme depuis six semaines, et il ne pense pas pouvoir la présenter aux épreuves.

— C'est idiot, rétorqua vivement Céline. D'abord, Denis n'est pas assez costaud pour tenir Corinthien, et puis, je veux que ce soit toi qui le montes.

Une méchanceté lui vint alors à l'esprit, et elle ne put s'empêcher d'ajouter :

— A moins bien sûr que tu ne veuilles le confier à Marion Redwing ? Elle sera à Atlanta, n'est-ce pas ?

— Quelle idée absurde ! s'exclama aussitôt Charles, visiblement contrarié. Elle ne le tiendrait jamais et risquerait de se briser le cou.

— Justement…, marmonna Céline.

Un lourd silence s'établit entre eux. Charles ne le rompit qu'une fois à la maison.

— Tu devrais réfléchir à ce que tu comptes faire, dit-il d'un ton froid. Je vais prendre une douche et me changer. Tu me feras part de tes intentions au dîner et nous en discuterons.

Céline s'en fut dans la cuisine, où Catherine préparait le repas. C'était une femme silencieuse et discrète, avec des cheveux courts grisonnants et un regard triste. Elle venait de piler du basilic, qu'elle mélangeait à présent avec de l'huile d'olive. Céline huma le contenu du mortier avec délice.

— Mmm, ça sent bon ! On va se régaler.

— Sans doute, oui, répondit Catherine de sa voix très douce. J'ai trouvé la recette de la sauce au basilic dans votre livre de cuisine.

Elle posa ensuite sur Céline un regard énigmatique et reprit, toujours doucement :

— Merci pour les fleurs que vous avez données à

Maggie. Elle était si contente qu'elle a voulu les garder dans son lit avec elle !

Au dîner, Céline, qui semblait ailleurs, parla peu. A la fin du repas, Charles se versa délibérément un nouveau verre de l'excellent Clos d'Estournelle, après que sa femme eut refusé qu'il remplisse le sien, et demanda :

— Dis-moi maintenant, as-tu décidé de ce que tu allais faire ?

— Il y a, paraît-il, un excellent guérisseur à Mexico, murmura Céline sans lever les yeux.

— Heureusement, tu n'auras pas à te déplacer si loin.

Charles avait parlé d'une voix ferme, bien qu'il sût combien il était vain de dire à Céline ce qu'elle devait ou ne devait pas faire.

— On dirait que vous vous êtes tous ligués contre moi, déclara la jeune femme d'un ton las. Ned, Winter, et maintenant toi…

— Peut-être sommes-nous la voix de la raison, suggéra Charles en souriant.

Il but une gorgée avant d'ajouter :

— La situation est trop grave pour que tu fasses semblant de l'ignorer.

— Je ne peux quand même pas tout laisser en plan, voulut protester Céline, qui commençait à se sentir vaincue. J'ai tant de choses en chantier… Tiens, par exemple, il y a cette affaire de Carfield et Fortman qu'il faudrait conclure…

— A ce propos, dit Charles en posant son verre, le vieux Dan Carfield m'a appelé ce matin. Son avocat a préparé le contrat de cession de ses parts. Tu peux le signer quand tu veux.

— Hélas, moi, je ne suis pas prête. Il faut encore que je trouve quatre pour cent du capital pour être sûre d'avoir la majorité. Oh, et puis merde !

Céline secoua la tête avec frustration. Elle avait tant

à faire ! Non, elle ne pouvait vraiment pas se permettre d'être malade. Surtout en ce moment !

— Je n'aurais peut-être pas dû te montrer ce manuscrit enluminé, murmura Charles en la dévisageant avec attention.

— Heureusement que tu me l'as montré, au contraire ! Sinon je n'aurais jamais connu Dan. Oh, Charles, la barbe ! Pourquoi faut-il que cette tuile tombe maintenant ?

— Ce n'est pas vraiment le propos, Céline chérie. La seule chose qui compte est de te faire soigner et de te guérir.

A la lueur vacillante des chandelles, il la trouva tout à coup infiniment séduisante — mieux, désirable.

Mais déjà elle reprenait :

— Je te propose un marché, Charles.

Il fronça les sourcils. Il fallait toujours faire très attention aux « marchés » de Céline.

— Tu vas à Atlanta, expliqua-t-elle, et moi, je vais à l'hôpital subir les examens qu'ils réclament. D'accord ?

— D'accord à une condition : qu'il ne s'agisse que d'examens et que tu sois de retour à la maison mardi. Sinon, pas de marché. De toute façon, je vais envoyer Corinthien à Atlanta avec Jérémy pour que Denis puisse le faire travailler, au cas où.

— C'est bon, acquiesça Céline, qui ajouta aussitôt : oh, à propos, j'imagine que Marion sera à Atlanta, elle aussi, non ?

Charles ne se troubla pas.

— Evidemment, oui. Tu m'as déjà posé cette question. C'est tout de même la meilleure cavalière de jumping du pays.

— Je me moque pas mal de ses qualifications, rétorqua Céline, je me demandais seulement si tu aurais quelqu'un pour réchauffer ton lit.

Charles haussa les épaules. Des disputes à ce sujet, ils en avaient eu beaucoup, et le moment était mal choisi pour en commencer une nouvelle.

Céline repoussa son assiette. Elle était éreintée, maintenant, et pouvait sentir l'emplacement exact où la douleur s'était manifestée, cet après-midi-là.

— Entendu, je ferai ces examens, dit-elle encore d'une voix lasse. Mais j'y mets une condition.

Charles attendit, résigné. La jeune femme se redressa sur son siège.

— Je ne veux plus de ce Dr Winter, décréta-t-elle. Ned n'a qu'à me trouver quelqu'un d'autre.

Cette nuit-là, ils se couchèrent tôt, et demeurèrent longuement éveillés, allongés côte à côte, conscients, tous les deux, de la présence physique de l'autre. Par la pensée, Céline revivait ce qui s'était produit à New Coventry, et elle avait peur, très peur. Tout au fond de son cœur, une petite voix lui disait que, quoi qu'il lui arrive, elle l'aurait mérité, et que cette maladie survenait pour la punir d'avoir laissé son mariage filer à la dérive. Qu'y pouvait-elle, pourtant ? Elle avait tout essayé pour améliorer la situation… Près d'elle, Charles remua et glissa une main caressante le long de son dos. Puis, timidement, il effleura l'un de ses seins. Il y avait une sorte de tendresse attentive et retenue dans son geste qui la hérissait.

Elle se retourna dans le lit avec brusquerie.

— Je ne suis pas encore morte, sais-tu ? dit-elle durement.

Sur ces mots, elle attira Charles à elle et se pressa contre lui avec force.

— Touche-moi, sens-moi, dit-elle, l'obligeant à caresser ses seins. Je suis là et je suis vivante. Prends-moi.

Charles hésita l'espace d'un instant, puis il s'allongea sur elle et, posant les coudes de part et d'autre de son visage levé vers lui, il la regarda dans l'obscurité.

Céline entrouvrit les jambes et vint à sa rencontre lorsqu'il la pénétra.

— Rappelle-toi une chose, murmura-t-elle avec une

violence contenue : ne me donne jamais l'impression d'avoir pitié de moi.

Sur ces mots, elle noua ses jambes derrière le dos de Charles et s'offrit à lui, brûlante d'ardeur.

Ils firent l'amour avec rage, chacun sachant qu'il nourrissait et libérait la colère et l'animosité de l'autre. Charles comprenait bien la fureur désespérée de Céline lorsqu'elle s'efforçait de le sentir loin, toujours plus loin en elle, et il savait que cette fureur, ce désespoir n'étaient pas dirigés contre lui.

Après, ils demeurèrent longtemps haletants dans l'obscurité tiède de la nuit. Une brise à peine perceptible agitait les rideaux de la fenêtre restée ouverte, et Charles se prit à regarder le ciel. Il voyait clignoter l'étoile rouge, Antarès, et se déplaça doucement pour repérer le reste de la constellation. Scorpion… belle et froide, avec cette queue toujours menaçante. Céline était Scorpion…

La respiration de la jeune femme se fit plus régulière, et tout son corps se tendit une ou deux fois, comme cela lui arrivait quand elle sombrait dans le sommeil. Charles réprima un soupir et se tourna sur le côté. Lui ne réussit à s'endormir qu'à l'aube.

4

Lorsque Céline s'éveilla, les toutes premières lueurs dorées de l'aube filtraient par la fenêtre, projetant les ombres des rideaux sur la grosse armoire en palissandre. Quand elle sortit de la salle de bains, ces rayons presque hésitants avaient disparu, remplacés par l'éblouissante clarté du soleil lui-même, qui déjà avait dépassé le toit des écuries. Une nouvelle journée torride s'annonçait.

Charles, qui dormait encore, avait dû sentir inconsciemment que sa femme n'était plus à son côté car il avait étendu un bras en travers du lit, comme pour la chercher.

Vêtue seulement de son slip et de son soutien-gorge, Céline hésita un moment. Elle se sentait abrutie, sonnée, incapable de remettre son cerveau en action. Elle se dirigea vers le dressing attenant à la chambre et, avec des gestes mécaniques, choisit un tailleur, un chemisier et une paire d'escarpins coordonnés. Après quoi, elle regagna la salle de bains pour se maquiller, et peu à peu, enfin, se sentit renaître. Quand elle eut appliqué une dernière touche de mascara, elle était une autre femme, belle et consciente de l'être. Elle se contempla un instant dans le miroir en pied. Qui aurait soupçonné la tumeur en elle ? Elle se regarda de profil, cherchant à déceler un début de protubérance. Rien. Rien encore, en tout cas. Hélas, combien de temps faudrait-il pour que son teint jaunisse et que ses joues se creusent ? Combien de temps pour qu'elle perde ses cheveux ?

La jeune femme sortit sans bruit et descendit le grand escalier. Dix minutes plus tard, elle grimpait dans la limousine.

Ils arrivaient à la bretelle d'accès de l'autoroute quand Céline ressentit une sorte de lourdeur d'estomac. Une seconde après, une douleur d'une violence inouïe la transperçait, plus atroce encore que celles de la veille. Trevor, dans son rétroviseur, vit sa patronne se décomposer puis se tordre sur la banquette, et tout de suite il immobilisa le véhicule sur la bande d'arrêt d'urgence. Après quoi il se retourna, et, voyant Céline prostrée, décrocha le téléphone de voiture.

— Conduisez-la immédiatement aux urgences de l'hôpital de New Coventry, lui ordonna Charles.

Il était assis dans son lit et serrait le combiné d'une main blanche tant elle était crispée.

— Je vais appeler le service pour les prévenir, ajouta-t-il. Rendez-vous là-bas le plus vite possible.

Trevor n'essaya même pas d'informer Céline de leur changement de destination. Les pneus de la limousine hurlèrent sur l'asphalte, et en un éclair le véhicule s'engagea sur l'autoroute à vive allure.

— Tu devrais pouvoir l'enlever assez facilement, à présent, Red, dit Caleb Winter, qui consulta la pendule murale avant de poursuivre : cependant, si tu préfères, je peux rester encore un moment.

La tumeur de l'intestin était grosse : de la taille d'un petit melon. Le Dr Red Felton, l'un des chirurgiens permanents de l'hôpital, s'était trouvé confronté à un problème délicat et imprévisible lorsque la tumeur s'était mise à saigner sans qu'il pût arrêter l'hémorragie. Par hasard, Caleb se trouvait au bloc, et Red l'avait appelé à l'aide. Il avait fallu près d'une heure à Caleb pour endiguer le saignement et dégager la tumeur de façon à pouvoir l'enlever sans léser d'autres organes.

— Je crois que ça va aller, maintenant, Cal, dit Red. Merci de m'avoir aidé. Je te revaudrai ça.

Bien que Red parût encore un peu secoué, Caleb lui faisait confiance : il n'aurait aucune difficulté à terminer seul l'opération. Aussi le chirurgien remit-il sa veste blanche et sortit-il du bloc. Il avait un quart d'heure de retard pour la réunion hebdomadaire de son programme de recherche.

Tous les mercredis matin, en effet, à 9 heures, se tenait la réunion de l'équipe de recherche que dirigeait Caleb Winter. On y discutait de l'avancement des travaux, et chacun pouvait confronter son travail avec celui des autres. Caleb avait insisté pour que ces réunions commencent à l'heure, qu'il soit présent ou pas. Sinon, les participants s'éternisaient et finissaient par perdre du temps.

Milo Zagros, immunologiste de son état et bras droit de Caleb, après un coup d'œil à la pendule, déclara la réunion ouverte, et lut l'ordre du jour. Milo, qui revenait d'un congrès à Londres, résuma d'abord les points forts des différentes communications qu'il avait entendues. Après quoi, à 9 h 15, Maureen Spark, chargée de l'aspect technique du programme de transplantation, exposa une nouvelle méthode pour raccorder au laser les canaux pancréatiques. Les autres chercheurs, une demi-douzaine, tous possesseurs d'un doctorat scientifique ou de médecine, ainsi que les médecins résidents du service de chirurgie de Caleb, l'écoutaient attentivement, mais elle sentait bien une tension sous-jacente : tous attendaient l'arrivée du Dr Winter.

Enfin, la porte s'ouvrit, et il apparut. Porky Rosen, l'interne du service, sursauta, écarquillant les yeux. Il somnolait entre Ed van Stamm, l'assistant, et Don McAuliffe, le chef de clinique. Un murmure vague courut dans les rangs, et chacun se redressa sur son siège.

Maureen observa Caleb, immobile un instant sur le seuil de la porte. Il y avait une telle assurance, une telle autorité dans sa façon de se tenir et de promener son regard sur l'assistance, que la jeune femme, chaque fois qu'elle le voyait, en était troublée. Caleb Winter possédait des yeux auxquels nul ne pouvait mentir, des yeux où se lisaient l'enthousiasme, l'énergie, l'intelligence et surtout, oui, surtout, la passion. La passion de son métier uniquement, hélas…, songea Maureen avec une pointe d'amertume. C'était bien la seule chose pour laquelle il se fût jamais passionné.

Depuis la porte, Caleb inspectait toujours le petit groupe. Puis il se fraya un chemin entre les chaises jusqu'au premier rang. Il éprouvait toujours de la fierté devant cette équipe, son équipe. Tous ces gens étaient sa famille professionnelle. Il lui avait fallu six années d'effort et de travail pour les réunir, mais le résultat en valait la peine, car il disposait désormais de ce que tous s'accordaient à reconnaître comme l'une des meilleures équipes de transplantation d'organes du pays.

Caleb prit le siège vacant à côté de Maureen et lui fit signe de poursuivre sa présentation. Au sein du groupe, il se considérait comme une sorte de chien de troupeau, chargé de s'assurer que ses chercheurs gardaient le bon cap. Les scientifiques qui travaillaient avec lui étaient des imaginatifs, et de ce fait auraient facilement pris des chemins de traverse, dans leurs recherches et leurs discussions. Caleb faisait en sorte que cela ne se produise pas pendant leurs heures de travail. En effet, les objectifs qu'il leur avait fixés étaient clairs et précis : il s'agissait de résoudre les difficultés posées par la transplantation du pancréas de certains animaux sur l'homme.

Les problèmes de l'ensemble du programme étaient de trois ordres. D'abord, le contrôle des rejets. Quand le receveur n'est pas compatible avec l'organe du donneur, une chaîne de réactions se déclenche qui aboutit à la destruction du greffon. Milo Zagros, l'immunologiste, dirigeait cette partie du programme. Venaient ensuite les problèmes techniques de raccordements des minuscules vaisseaux sanguins et des canaux pancréatiques de l'organe greffé sur le receveur. C'était Maureen qui dirigeait les recherches sur ce plan. Enfin, le troisième point les concernait tous très directement : comment maintenir vivant et fonctionnel le pancréas du donneur jusqu'à ce qu'il puisse être greffé sur le receveur ?

Caleb, cependant, avait deux autres problèmes à résoudre : des problèmes essentiels, et auxquels rien dans sa formation médicale ne l'avait préparé. Le premier était de trouver et d'assurer les ressources financières lui permettant de poursuivre son programme. Il fallait en effet beaucoup d'argent pour payer les chercheurs, les locaux, les animaux cobayes et le matériel. Le second problème était plus ardu encore puisqu'il s'agissait d'avoir raison des jalousies professionnelles et des intrigues de politique interne qui le menaçaient en permanence, comme toujours ceux qui innovent en médecine.

Le regard de Caleb se porta sur son équipe chirurgicale. Une fois de plus, Porky dormait à moitié, mais les deux autres résidents semblaient à peu près opérationnels. Pourtant, ils devaient être fatigués... Caleb incitait aussi les externes et les étudiants en stage dans son service à assister à ces réunions quand ils le pouvaient. Elles leur donnaient un point de vue différent sur leur futur méticr, et leur montraient que ni la chirurgie ni la pharmacologie, même de pointe, ne pouvaient résoudre tous les problèmes cliniques.

Devant les médecins résidents se trouvaient les quatre techniciennes, toutes des femmes, et Caleb remarqua vite qu'au moins deux d'entre elles jetaient des regards à la dérobée à Milo. Il est vrai que ce dernier était un homme à femmes, Caleb ne l'ignorait pas. Il n'était pourtant pas particulièrement beau : petit, très foncé de peau et très poilu, il dégageait une force virile presque bestiale à laquelle certaines femmes apparemment ne résistaient pas. Cela mis à part, c'était un chercheur extrêmement brillant.

Porky s'était rendormi. Voyant le regard de Caleb se tourner dans sa direction, Ed et Don lui donnèrent un bon coup de coude, chacun de son côté. A dire vrai, eux aussi avaient du mal à garder les yeux ouverts. Avec Porky, ils avaient opéré toute la nuit un chauffeur de taxi, victime d'une rupture d'anévrisme au niveau de l'aorte abdominale. L'homme d'ailleurs avait eu de la chance : l'accident étant survenu au moment où il venait chercher un patient au service des urgences pour le reconduire chez lui, on avait pu intervenir immédiatement.

Le téléphone retentit dans la salle de réunion, et Porky sauta sur ses pieds. L'appareil se trouvait sur le mur, près de la porte, et si d'autres en étaient plus près que lui, Porky, en tant qu'interne et plus jeune membre du service, se devait de répondre.

— Il est en réunion pour l'instant, dit-il dans l'appareil, s'efforçant de croiser le regard de Winter. Puis-je lui transmettre un message ?

Don surgit à côté de lui.

— Il s'agit d'un malade ?

Porky hocha la tête.

— Passe-moi la communication.

Don parla brièvement dans le combiné et raccrocha. Puis

il fit signe à Ed de les rejoindre, et tous trois se dirigèrent sans bruit vers la porte. Quand ils furent dans le couloir, Don s'exclama :

— Bon Dieu, Porky, tu es nul ! Je te l'ai dit cent fois : s'il s'agit d'un cas clinique, c'est à nous de nous en occuper d'abord. Faudra-t-il que je te le répète indéfiniment ?

— Quel est le problème, chef ? voulut savoir Ed. C'est toi qui as manigancé ce coup de fil pour nous permettre de nous éclipser ?

Il avait parlé avec un sourire grimaçant. Ed était un lourdaud toujours prêt à rigoler et très facile à vivre. C'était aussi un travailleur acharné et méticuleux. A l'inverse de Don, qui arborait toujours chemise blanche et cravate stricte quand il n'était pas en tenue de bloc, Ed affectionnait les chemises de couleurs gaies à col ouvert et les pantalons décontractés. Il donnait toujours l'impression d'être sur le point de partir en vacances.

— Il s'agit d'une malade privée de Winter, expliqua Don. Elle souffre de violentes douleurs abdominales, et on l'a admise aux urgences. Nous allons d'abord l'examiner, puis nous ferons un rapport au patron.

Ils s'engagèrent dans le couloir d'un pas rapide. Tous ceux qui travaillaient avec Caleb avaient appris à marcher vite. Porky allongeait le pas pour conserver l'allure, un peu décontenancé. Pourquoi ne faisait-il jamais les choses comme il le fallait ?

En traversant le service de chirurgie où le Dr Winter et les autres professeurs avaient leur consultation, ils entendirent le Dr Brighton, le grand patron de tous les services de chirurgie, vitupérer d'une voix stridente.

— Je me demande après qui il en a, murmura Ed.

— Je croyais qu'il était à la consultation externe, ce matin ? remarqua Don en consultant sa montre.

— Il n'y va jamais, dit Porky, tout essoufflé, dans leur dos. Il dit toujours qu'il a trop de boulot.

Don et Ed échangèrent un regard, puis Don déclara, cinglant :

— Concentre-toi donc sur ce que tu as à faire, Porky. Quand je voudrai ton avis, je te le demanderai.

Ils descendirent l'escalier sans plus échanger un mot, et prirent en hâte la direction du service des urgences.

Céline s'y trouvait dans un des box entourés de rideaux, en compagnie d'une assistante sociale qui l'interrogeait. Sa crise était presque passée, mais la laissait tremblante et sans force, et elle n'avait pas protesté quand Trevor avait immobilisé la limousine devant l'hôpital. En la voyant, Porky ouvrit de grands yeux éblouis.

Don posa un regard dépourvu d'aménité sur l'assistante sociale, qui aussitôt se troubla.

— Je reviendrai quand ces messieurs en auront terminé, bredouilla-t-elle à l'adresse de Céline.

Sur quoi, elle se leva ; tenant son dossier devant elle comme un bouclier, elle baissa le nez et marmonna un vague « excusez-moi » avant de disparaître.

— Bonjour, dit alors Don à la patiente.

Il la dévisagea de ses yeux froids, dénués de toute expression, avant de poursuivre :

— Je suis Don McAuliffe.

Il présenta ses deux compagnons avant d'ajouter :

— Je suis chef de clinique et nous travaillons tous trois avec le Dr Winter. Quel est votre problème ?

Son attitude distante indiquait clairement qu'il ne voyait en Céline qu'un cas pathologique et rien d'autre. Qu'elle fût belle et jeune n'avait aucune importance : c'était une patiente, et en conséquence il n'éprouvait pas à son égard le moindre sentiment, fût-il de solidarité humaine.

— J'ai tout expliqué à l'infirmière, il y a un instant, fit valoir Céline.

— Malheureusement, elle n'est plus là pour nous le répéter, rétorqua Don avec raideur.

Céline prit une profonde inspiration. Elle n'allait pas se mettre d'emblée ce jeune homme à dos — bien qu'il fût fort antipathique. Que lui avait dit Cathie Allen, la veille ? Oui… « Tout se passera au mieux si vous respectez nos habitudes… »

Il se révéla vite que Don McAuliffe n'avait pas la main aussi douce que Caleb Winter. Quand il examina Céline, il lui fit mal en lui palpant l'abdomen ; mais, malgré ses gémissements de douleur, il insista. Et puis, alors que le Dr Winter l'avait palpée sans cesser d'observer son visage, Céline nota que cet homme, lui, regardait dans le vide.

Il n'en finissait pas de toucher, tâter, presser, et posait des questions idiotes. Un autre garçon, gros et balourd, se tenait à côté de lui, avec l'air intéressé d'une vache qui regarde passer un train. Seul le plus jeune des trois médecins, un petit grassouillet avec une veste blanche douteuse et un bloc et des crayons qui sortaient de sa poche, sourit à Céline et vint se placer à côté d'elle pour poser une main réconfortante sur son épaule. Et il la tapota doucement lorsqu'il vit que l'autre lui faisait mal.

Enfin, Don se redressa, son examen terminé, et il sembla à Céline qu'il l'avait palpée pendant une éternité.

— Elle présente une espèce d'abcès dans l'abdomen, dit-il à l'adresse d'Ed.

Et, se tournant vers Porky, il ajouta :

— Appelle le Dr Winter, et dis-lui que sa patiente, Mme…

Il consulta la pancarte au pied du lit.

— Oui, Mme de la Roche est ici.

Quelques minutes après, les pas du chirurgien retentissaient dans le couloir. Ed se redressa comme s'il allait passer une inspection, et Don s'éclaircit la voix. Porky voulut prendre une raideur toute militaire, mais Céline songea qu'il ressemblait plutôt à un petit cochon grassouillet ne sachant sur quel pied danser. Quant à elle, à sa grande stupéfaction, en entendant le bruit de pas qui se rapprochait, elle sentit son cœur s'accélérer.

Le rideau s'écarta et Caleb pénétra dans le box comme un tourbillon. Il salua Céline d'un signe de tête et se tourna vers Don.

— Ton compte rendu, s'il te plaît.

— La patiente est une femme mariée de trente et un ans, commença le chef de clinique.

Winter jeta un coup d'œil à Céline mais se garda de sourire. Don poursuivit son rapport sur un ton guindé, impersonnel. Il n'en avait pas terminé quand une infirmière apparut avec un petit panier rempli de tubes et de seringues. Ne voulant pas interrompre le médecin, la nouvelle venue s'approcha sans bruit de la table d'examen et serra un garrot autour du bras de Céline, avant de planter une aiguille dans la veine au creux de son coude. La jeune femme serra les dents ; peu après, l'infirmière, son aiguille retirée, fixait un petit pansement à l'endroit de la piqûre et demandait à Céline de plier le coude. Cela fait, la fille s'éclipsa, et Céline réalisa seulement alors qu'elle ne lui avait même pas demandé la permission de la piquer. Cette pensée l'ulcéra : l'infirmière avait agi avec elle exactement comme elle l'aurait fait avec un objet.

Don achevait son rapport ; il présenta son diagnostic, puis se tut. Caleb leva un sourcil surpris.

— Un abcès, dis-tu ? Hum…

Il se tourna ensuite vers Céline, toujours allongée sur la table d'examen, et qui était maintenant recouverte d'un drap.

— Je ne m'attendais pas à vous revoir si vite, dit-il en écartant le tissu.

Son ton, bien qu'amical, demeurait distant.

— Je passais par là, justement, rétorqua la jeune femme d'un ton amer.

Le regard que lui jeta Caleb lui fit baisser les yeux. Elle avait soudain le sentiment d'avoir proféré une énormité.

Il entreprit tout de suite de l'examiner et ses mains coururent sur son ventre, s'arrêtant ici, insistant là, pressant doucement, sans jamais susciter de gêne ou de douleur. C'étaient des mains intelligentes, comme animées d'une vie propre, et ce furent elles qui indiquèrent à Céline que la grosseur, en elle, avait pris plus d'importance. Ce furent elles aussi qui lui apprirent la différence entre la manière d'examiner d'un Winter et celle d'un Don McAuliffe. Winter, clairement, avait une autre classe, une autre science, un autre don. C'était lui l'expert. Pour la première fois, Céline comprenait que le concept de qualité existait en médecine. Alors qu'il lui était facile de reconnaître un bon livre d'un mauvais, elle n'avait jamais pensé qu'il pût y avoir des différences entre les chirurgiens, hormis leurs spécialités.

— Approche-toi, Don, ordonna Caleb en s'écartant pour lui laisser la place. Applique ta main là.

La main de Don était plus froide, moins douce et surtout moins assurée, moins intelligente que celle de Winter.

— Tu sens les contours de la masse ?

Il y eut un silence, puis Don répondit d'une voix mal assurée :

— Mm… oui, je crois.

— Ed, viens palper à ton tour.

Don recula et Ed prit sa place. Lui avait des mains chaudes, énormes et plutôt hésitantes, Céline comprit tout de suite que des mains pareilles ne renseigneraient pas beaucoup leur propriétaire.

Brusquement, elle se redressa.

— Auriez-vous l'obligeance de m'expliquer de quoi il retourne ? Quelle est cette histoire d'abcès ?

— Ne vous énervez pas, Céline, lui dit Caleb, toujours distant. Nous sommes en train de poser notre diagnostic.

Néanmoins, il interrompit l'exploration d'Ed et s'éloigna de la table pour s'adresser à Don.

— Qu'est-ce qui te fait penser qu'il s'agit d'un abcès ?

De nouveau, Céline se sentit comme un objet que l'on manipule sans songer à lui demander son avis.

— On sent au toucher une masse souple, enflée et douloureuse, expliqua Don. C'est apparu très vite et…

— La masse s'est développée très vite, je te le concède, intervint Caleb. Mais Mme de la Roche ne t'a pas dit que la grosseur était déjà là ?

Don regarda Céline d'un air accusateur.

— Non, elle ne m'a rien dit.

— Evidemment ! Vous ne m'avez rien demandé, rétorqua sèchement la jeune femme.

Elle regarda ensuite Caleb. Elle ressentait une vague gêne douloureuse un peu partout dans le ventre, sans doute parce que les trois médecins l'avaient trop palpée. Elle en avait assez, maintenant. Si Caleb voulait jouer au grand professeur, qu'il le fasse plus tard, et de préférence avec un autre patient.

Des pas retentirent de nouveau dans le couloir. Bientôt, Céline reconnut avec bonheur la voix de Charles. Jamais elle n'avait été aussi heureuse de l'entendre ! Une femme, sans doute une infirmière, disait :

— Elle se trouve dans ce box. Mais attendez que les médecins aient terminé leur examen pour entrer.

La tête de Charles apparut entre les rideaux. Sans prêter attention aux médecins qui entouraient sa femme, il interrogea celle-ci du regard, et très vite afficha un relatif soulagement. Céline lui sourit.

— Je me sens beaucoup mieux, affirma-t-elle.

— Bien. Je reviendrai dès que ces messieurs en auront fini.

Il disparut et Winter reprit son discours comme si de rien n'était, s'adressant cette fois à ses trois collègues.

— Si nous étions en présence d'un abcès, surtout d'un abcès de cette grosseur, la patiente aurait de la fièvre, des frissons et tous les signes d'une infection grave, vous ne croyez pas ? Or sa température est normale. Dans ce cas, quel autre diagnostic proposez-vous ?

— Il s'agit peut-être d'un anévrisme ? intervint soudain Porky.

Un silence lui répondit. Puis Caleb posa les yeux sur lui comme s'il venait de découvrir sa présence.

— As-tu senti la masse palpiter ? lui demanda-t-il.

— Je ne sais pas, je ne l'ai pas palpée, avoua le jeune homme en regardant ses pieds, confus.

— Dans ce cas, n'avance pas ce que tu ne peux pas prouver, rétorqua aussitôt Caleb avec agacement.

Don foudroya Porky du regard, et l'interne se demanda soudain ce qu'il faisait là. Une envie folle de s'éclipser le saisit. C'est alors qu'Ed murmura à son adresse :

— Va donc chercher la nume, elle devrait être prête.

Porky s'en fut avec soulagement au bureau des infirmières, où il ne trouva qu'une jeune aide-soignante visiblement mal assurée.

— Avez-vous reçu la nume de Mme de la Roche ? demanda-t-il.

La fille sursauta, toute rougissante.

— Pardon ? Qu'appelez-vous la « nume » ?

— La numération globulaire, expliqua Porky.

Il prit aussitôt la fiche de labo posée sur l'étagère, derrière l'aide-soignante.

— Je suis là seulement pour répondre au téléphone,

expliqua celle-ci, pleine de confusion, le temps que l'infirmière de garde revienne de la cafétéria…

Elle avait un visage tout rond et constellé d'acné, et paraissait sur le point d'éclater en sanglots. Porky lui sourit. Oh, il comprenait bien ce qu'elle pouvait ressentir…

Il appela le laboratoire. On lui donna les résultats de l'analyse, qu'il nota sur une feuille de papier avant de se tourner vers l'aide-soignante.

— Dites-moi, murmura-t-il sur le ton de la confidence, qu'utilisez-vous pour soigner vos boutons ?

La fille prit une rapide inspiration et rougit jusqu'aux oreilles. Elle se cacha le visage derrière la main, et Porky repéra une petite larme qui glissait entre ses doigts.

— Allons, ne le prenez pas mal, dit-il, tout sourires. Moi, j'avais de l'acné pire que vous.

Sur ce, il griffonna quelque chose sur une feuille d'ordonnance avant de demander son nom à la pauvre fille.

Celle-ci répondit quelque chose d'incompréhensible et Porky dut la faire répéter. Puis il lui tendit l'ordonnance.

— Tenez, Gloria, c'est une prescription pour de la tétracycline. Prenez-en un comprimé toutes les huit heures pendant trois semaines, cessez de manger du chocolat et bientôt vous aurez un teint…

Il se pencha pour lui murmurer tout contre l'oreille :

— Vous aurez un teint comme celui de la dame dans le box, là-bas. Regardez-la bien quand elle sortira.

Gloria lui adressa un timide sourire et le suivit des yeux lorsqu'il reprit le couloir en direction du box. Porky était heureux, soudain, et avait l'impression d'avoir accompli une bonne action. Et puis, à présent, il existait au moins une personne qui le prenait pour un vrai médecin…

— La numération globulaire est normale, annonça-t-il en pénétrant dans le box.

— Donne-nous les valeurs, lui dit sèchement Caleb, nous nous chargerons de les interpréter.

Céline ne comprenait pas pourquoi tout le monde s'acharnait sur ce pauvre interne. C'est qu'elle ignorait tout du fonctionnement du système hospitalo-universitaire. Dans un service, l'interne représente le dernier échelon de la hiérarchie et, s'il veut avoir une chance de prendre du galon, il lui faut endurer les pressions, les tracasseries, les interminables heures de travail, et accepter d'être chargé des besognes les plus basses et les plus ennuyeuses. Or Porky s'y prenait mal, pour l'instant. Ses supérieurs n'appréciaient pas son attitude et jugeaient qu'il manquait de zèle. Et puis, c'est vrai, Porky était trop gros ; or, un chirurgien obèse, cela n'existe pas, n'est-ce pas ? Bref, Porky était déjà sur un siège éjectable mais, pour l'instant, il l'ignorait.

Il lut à haute voix les valeurs, que les trois autres s'accordèrent effectivement à trouver normales.

Caleb consulta sa montre avant d'observer :

— Voilà qui rend encore moins plausible l'hypothèse de l'abcès, tu ne penses pas, Don ?

— Quel est votre diagnostic, docteur Winter ? demanda aussitôt l'interpellé, ne sachant visiblement plus à quoi s'en tenir.

— Il s'agit d'une tumeur, cela me paraît évident, laissa tomber Caleb. Une tumeur de l'estomac ou du pancréas. Je pencherais plutôt pour le pancréas. Aujourd'hui, il s'est produit un saignement à l'intérieur de cette tumeur. Pas très abondant mais suffisant pour expliquer que la masse ait grossi, provoquant de ce fait les violentes douleurs que la patiente a ressenties.

Don paraissait sidéré. De toute évidence, cette possibilité ne lui avait pas effleuré l'esprit. Ed secoua la tête, s'efforçant de ne pas avoir l'air étonné. Quant à Porky, il éprouva bien du mal à dissimuler le choc que ce diagnostic lui causait. Comment une femme aussi belle pouvait-elle abriter dans son ventre un mal aussi terrible ?

Caleb marqua un temps d'hésitation. Normalement, c'était à ses résidents d'expliquer la situation à la patiente. Mais il savait déjà qu'il s'agissait d'un cas hors norme et qui prendrait pour lui beaucoup d'importance. En outre, Céline de la Roche ne serait certainement pas une malade facile. Ceux qui l'avaient déjà côtoyée dans l'hôpital avaient pu s'en rendre compte.

— Vous avez entendu mon diagnostic, madame, n'est-ce pas ? lui demanda-t-il alors. Il faut que nous vous hospitalisions pour procéder à de nouvelles explorations. Je vous tiendrai au courant de votre état à mesure de son évolution, mais je puis d'ores et déjà vous annoncer qu'il faudra très probablement vous opérer.

— Merci de ces précisions, docteur Winter, rétorqua Céline. Cependant, si vous le permettez, au sujet de l'opération, c'est moi qui prendrai la décision de la subir ou pas. Car, au cas où vous l'ignoreriez, c'est de mon corps qu'il s'agit.

De stupeur, Caleb se figea sur place, et Céline entendit Don retenir son souffle. Caleb ensuite la dévisagea quelques secondes avant de déclarer :

— Je passerai vous voir plus tard dans votre chambre.

L'instant d'après, il avait disparu, suivi de ses acolytes. En partant, seul Porky sourit à Céline — un sourire timide, qui évoquait un peu celui qu'adresserait un gardien de prison à un condamné partant à l'échafaud.

5

Caleb regagna à la hâte la salle de réunion. Il était resté un long quart d'heure aux urgences avec Céline de la Roche ; c'était trop, beaucoup trop. Par ailleurs, que Don McAuliffe se soit trompé dans son diagnostic était pour le moins préoccupant. Don arrivait à la fin de son stage de chef de clinique et, dans quelques mois, il serait lâché dans la nature, sans que quiconque puisse contrôler la façon dont il traiterait les patients qui passeraient entre ses mains.

Aujourd'hui, en particulier, Don s'était obstiné dans son erreur, et il avait fallu que Caleb lui prouve qu'il se trompait pour qu'il envisage une autre possibilité de diagnostic. C'était grave. Caleb en toucherait un mot à Henry Brighton. En tant que grand patron des services de chirurgie, ce dernier devait en effet savoir à quoi s'en tenir sur les résidents de l'hôpital, et s'assurer qu'ils étaient adéquatement formés quand ils sortaient de la structure hospitalo-universitaire.

Dans la salle de réunion se trouvaient deux nouveaux venus, chercheurs dans d'autres laboratoires. Ils avaient pris les sièges des résidents. Caleb, qui les connaissait, les salua aimablement, et ils lui expliquèrent en deux mots qu'ils avaient visité l'animalerie de l'hôpital pendant la première partie de la réunion.

Milo se trouvait sur l'estrade et présentait certains résultats de ses récents travaux. Son anglais s'était bien amélioré depuis le temps où il avait débarqué à New York. Au peu d'accent yougoslave qui lui restait se mêlaient maintenant des intonations de Brooklyn. Le résultat était pour le moins singulier. Il est vrai qu'à son arrivée aux Etats-Unis, Milo avait appris l'anglais avec un instituteur de Brooklyn à la retraite.

Il posa les yeux sur Caleb quand celui-ci reprit sa place.

— J'expliquais que nous avions quatre-vingts pour cent de survie à trois ans dans notre échantillon actuel de transplantations porc à singe, dit-il, et que ce résultat devrait bien nous servir la semaine prochaine.

Caleb soutint son regard sans ciller. Milo parlait trop, surtout devant des visiteurs de laboratoires étrangers ! Pourquoi ? Avait-il parlé à son auditoire de la réunion prévue la semaine suivante ? Caleb observa les deux chercheurs en visite : leurs visages ne trahissaient rien, et tous deux écoutaient attentivement Milo. Le premier, Hans Salzman, venait de Berne et prenait des notes dans un calepin à couverture de cuir. C'était un individu corpulent, avec des cheveux prématurément grisonnants, ondulés et gominés à la mode européenne. L'autre était une femme : Paula Muldrew, membre de l'équipe de transplantation de San Francisco. Bon sang ! Mais oui, c'était à cause d'elle que Milo parlait tant, oubliant la discrétion toujours de mise dans les milieux de la recherche scientifique ! Comme d'habitude, Milo faisait son cinéma pour attirer l'attention de cette jolie femme. C'était sans doute pourquoi le laboratoire de San Francisco avait choisi d'envoyer Paula ! Car on connaissait Milo, dans la communauté des chercheurs : difficile, méfiant et agressif avec les hommes, dès qu'apparaissait une femme, quelle qu'elle fût, il n'était plus que charme, gentillesse, disponibilité — avec toujours l'arrière-pensée de l'attirer dans son lit à la première occasion.

Eh bien, songea Caleb en posant les yeux sur la jolie

Paula, pourvu que lui-même n'ait jamais à utiliser les services d'agents secrets de ce style pour découvrir ce qui se tramait dans d'autres laboratoires !

Cela dit, Paula Muldrew n'était pas seulement belle. L'année précédente, son laboratoire avait mis au point une méthode très simple pour détecter les tout premiers signes de rejet d'un greffon, rendant ainsi possible de soigner le receveur de manière efficace. Il s'agissait d'un progrès majeur pour la réussite des transplantations, et la découverte avait fait beaucoup de bruit dans la communauté scientifique.

Caleb revint au problème présent. Pourvu que les deux visiteurs ignorent tout de la réunion du comité prévue le lundi suivant ! Car c'était une chose que d'échanger des informations scientifiques avec des collègues chercheurs éparpillés dans le monde, et c'en était une autre de révéler des plans et des projets qui risquaient de provoquer la convoitise d'autres laboratoires — et surtout de les inciter à vous doubler pour s'approprier vos propres résultats.

— Je demandais à votre immunologiste si ses singes greffés grognent comme des cochons, maintenant.

C'était le Suisse, Hans Salzman, qui avait parlé, tirant Caleb de ses pensées. Il ponctua sa phrase d'un rire gras et sonore, mais sa plaisanterie n'amusa que lui : le reste de l'auditoire n'appréciait visiblement pas l'humour suisse.

Caleb prit la parole.

— En vérité, pour l'instant, nous nous intéressons davantage au problème du fonctionnement de l'organe greffé qu'à celui de la survie. Milo, ajouta-t-il, as-tu montré à nos visiteurs nos résultats sur la sécrétion d'insuline ?

L'interpellé secoua la tête.

— Dans ce cas, passe les transparents.

Quelqu'un tira les rideaux, on alluma le projecteur, et Hans profita de la semi-obscurité pour sortir un long cigare. Il s'apprêtait à l'allumer quand Caleb surprit son geste.

— Désolé, Hans, pas ici, déclara-t-il avec un sourire grimaçant.

Hans, gêné, se tortilla sur son siège, puis remit le cigare dans sa poche. Sans doute était-ce la première fois depuis longtemps que quelqu'un se permettait de lui donner un ordre, songea Caleb, qui l'avait souvent côtoyé en Suisse et l'avait trouvé très tyrannique avec ses cochercheurs.

Un débat animé suivit la présentation des transparents, chacun voulant comparer les résultats annoncés à ceux obtenus dans son propre laboratoire.

En bon Suisse, Hans parlait beaucoup sans dévoiler grand-chose de ses recherches, mais cela ne l'empêchait pas de glaner tous les détails possibles sur le travail de Caleb. Paula, au contraire, était toute prête à révéler l'avancement des projets de son équipe, à San Francisco, car elle souhaitait mettre sur pied un programme de recherche commun avec le groupe de Caleb. Milo, bien entendu, ne rêvait que de cela. Cependant, à l'issue de la discussion, une chose apparut clairement, et ce fut Paula qui la formula :

— En matière de fonctionnement du greffon, vous êtes très en avance sur nous, docteur Winter.

Don, escorté d'Ed et de Porky, réapparut au moment où s'achevait la réunion. Tous trois attendirent que Caleb ait terminé son petit discours de clôture pour s'approcher de lui.

— Nous avons les radios abdominales de Mme de la Roche, annonça le chef de clinique, et elles ne nous apprennent pas grand-chose. L'amylasémie était un peu élevée. Sans doute l'hémorragie a-t-elle provoqué une inflammation.

Don semblait mal à l'aise et peu sûr de lui. Ses yeux gonflés trahissaient le manque de sommeil. Il est vrai que l'on dort peu lorsqu'on est chef de clinique résident dans un service de chirurgie, songea Caleb. Cela fait partie des contraintes du métier.

Ed prit ensuite la parole.

— Nous lui avons donné une chambre dans le Harkness Building.

Ed était un bon médecin, beaucoup plus vif et rapide que ne le laissaient supposer son physique balourd et son visage épaté de boxeur. Sentant flancher son supérieur, Don, il prenait la relève.

— Don a demandé une échographie de l'abdomen, poursuivit-il, ainsi qu'un scanner. Il sera effectué dès que le programme du service radio le permettra.

— Avez-vous prescrit des analgésiques à la patiente ? s'enquit Caleb.

Cette fois, ce fut Porky qui répondit.

— Je lui ai donné un Demerol 75 quand elle était aux urgences. Je passerai la voir tout à l'heure pour m'assurer qu'elle ne souffre pas.

Hans et Paula s'attardaient près de la porte afin de dire au revoir à Caleb quand celui-ci héla Milo.

— Ramène nos deux visiteurs à leur hôtel, Milo. Et ne fais pas de bêtise, ajouta-t-il à voix basse. Paula est la femme d'un de mes vieux amis, vu ?

En guise de réponse, le Yougoslave se contenta de sourire d'un air carnassier.

Caleb fit ensuite ses adieux aux deux invités. Quand ils se furent éloignés en compagnie de Milo, il s'adressa de nouveau à ses résidents.

— Quel est le numéro de la chambre de Mme de la Roche ?

Porky extirpa un papier de sa poche et le consulta avant d'annoncer :

— 427.

Caleb réprima un mouvement d'irritation. Lorsqu'il était interne, il n'avait pas besoin de noter quoi que ce fût sur un papier. Il connaissait tout par cœur ! La mollesse nonchalante qu'affichait Porky le desservait. Dans un contexte différent, personne ne s'en serait soucié, parce que Porky était un garçon intelligent et qui savait se faire apprécier des patients ; mais il lui manquait cet allant que l'on attend toujours d'un interne en première année, surtout dans un service de chirurgie. En bref, Porky faisait correctement son boulot, mais il n'avait pas l'étoffe d'un chirurgien et ne l'aurait jamais. Personne n'aurait su dire pourquoi, mais tout le monde en était conscient.

— Quoi d'autre dans le service ? demanda encore Caleb.

Porky consulta de nouveau son papier.

— Deux nouvelles entrées que nous ont envoyées les urgences : une appendicite probable et une hernie inguinale étranglée. Il y a aussi une ablation de vésicule programmée.

— Bon. On se retrouve à 6 heures à Harkness. Nous ferons la visite avant le dîner.

Tournant les talons, Caleb revint vers l'estrade où était assise Maureen. Dès qu'il fut près d'elle, la jeune femme se raidit imperceptiblement.

— Allons dans ton bureau, lui dit-il.

Sans l'attendre, il sortit de la pièce. La salle de réunion se trouvait tout à fait au bout du département de recherche, et les trois laboratoires de Caleb étaient situés à l'autre extrémité. C'étaient des labos qui avaient appartenu, à l'origine, aux équipes du service cardio-vasculaire.

Caleb marchait toujours très vite, et ne ralentissait jamais l'allure, quels que soient les gens qui l'accompagnaient. Même pour Maureen, il n'avait jamais fait ce genre d'effort — y compris du temps où les choses allaient mieux entre eux.

Le local qu'occupait la jeune femme formait un angle, et une grande baie vitrée ainsi qu'une porte de verre le séparaient du laboratoire principal. Maureen disposait d'une assez vaste table avec un terminal d'ordinateur et un téléphone, de deux sièges et de deux grandes armoires de classement qui contenaient ses archives. Mais désormais, bien sûr, tout était dans l'ordinateur : les protocoles, les données expérimentales, et même les demandes de subventions.

Le temps que la jeune biologiste arrive, Caleb était déjà assis sur le coin de la table. Il regardait des photos prises à une fête du laboratoire, quelques semaines plus tôt, et qu'il avait trouvées sur le bureau.

— Milo n'avait d'yeux que pour toi, ce soir-là, dirait-on, remarqua-t-il, montrant à Maureen l'un des clichés.

— Il n'y a rien là de très nouveau, rétorqua-t-elle. Il attend sa chance depuis le jour où tu m'as utilisée pour l'appâter, à Atlantic City.

Cela remontait à si longtemps, déjà ! Milo était venu de Yougoslavie pour faire une communication à un congrès international auquel assistaient Caleb et Maureen. Caleb s'était tout de suite rendu compte que le travail de Milo était exceptionnel, et présentait de surcroît une formidable complémentarité avec le sien. Dès lors, il s'était employé à le convaincre de rester aux Etats-Unis. Sans succès, jusqu'au moment où il avait eu la brillante idée d'envoyer Maureen plaider sa cause.

Et c'est ainsi que pour les jolis yeux bleus de Maureen, Milo avait renoncé à une carrière prometteuse à l'université de Belgrade, choisissant de se joindre à l'embryon d'équipe qu'avait commencé à constituer Caleb.

Curieusement, la « trahison » de Milo envers son propre pays avait mis Caleb sur la voie du succès et de la reconnaissance publique. A l'époque en effet, son domaine de recherche n'était pas à la mode. Tout le monde se passionnait pour la chirurgie cardio-vasculaire, les procédures d'opérations à cœur ouvert et les transplantations cardiaques ; le pancréas, lui, n'intéressait personne. Le grand public en connaissait à peine l'existence. Quant aux médecins, ils ne l'aimaient guère : c'était pour eux l'organe le plus difficile à opérer, avec un taux d'échec et de mortalité énorme. Les médias, cependant, avaient appris qu'un chercheur yougoslave de haut niveau avait choisi de ne pas rentrer dans son pays pour travailler aux Etats-Unis ; et quand la presse avait su comment Caleb et Maureen l'avaient persuadé de se joindre à leur équipe, les deux jeunes gens avaient été invités par toutes les radios et toutes les chaînes de télévision du pays. Caleb avait alors pu expliquer publiquement que ses recherches conduiraient peut-être à guérir le diabète, et offraient de bons espoirs de soigner un jour certains cancers du pancréas. C'est ainsi qu'il avait obtenu sa première subvention importante de l'Institut national de la santé.

Cela lui avait permis de payer Milo qui, jusque-là, avait vécu avec lui dans le petit appartement de célibataire qu'il louait. Le Yougoslave couchait sur le canapé du salon, écoutait de la musique pop et apprenait l'anglais. Le reste du temps, il s'efforçait de monter un laboratoire d'immunologie au sein de l'hôpital avec du vieux matériel recyclé.

Pendant cette période, Caleb s'était vite aperçu que Milo était obsédé par le sexe. Au début, il avait imputé ce travers au changement d'alimentation, de climat, d'ambiance sociale — jusqu'au jour où une discussion avec Milo lui avait appris que ce dernier était ainsi depuis que, à l'âge de treize ans, il avait perdu sa virginité avec une fille de deux ans son aînée, pendant des vacances passées avec ses parents dans les montagnes près de Vir-Pazar. Dès lors, Milo n'avait plus cessé d'être préoccupé par le sexe, qui formait la toile de fond de toutes ses pensées conscientes et inconscientes.

En se remémorant tout cela, Caleb ne put réprimer un sourire. Quel enthousiasme ils avaient tous manifesté, au début ! Ils s'amusaient comme des fous, bien que travaillant nuit et jour pour démarrer leur laboratoire.

Revenant au présent, il demanda à Maureen ce qu'elle pensait de Hans.

La jeune femme hésita.

— Je l'ai trouvé sympathique, mais…

Caleb vint à son secours.

— C'est un fouineur, n'est-ce pas ? Il a voulu te soutirer des renseignements ?

— Oui. On sent vite la différence entre quelqu'un qui pose des questions par intérêt scientifique et quelqu'un qui cherche à vous tirer les vers du nez. Où veut-il en venir, exactement ? Tu le sais ?

— Non. Il a de gros ennuis avec son programme de transplantation et la gestion de son laboratoire de Berne, mais j'ignore précisément lesquels. D'après Bob Rankine, de l'Hôpital général du Massachusetts, il pourrait bien tout lâcher et passer dans le privé. Bob essaie de se renseigner sur ce qui se passe à Berne. Il semblerait qu'il y ait des manigances politiques, là-bas.

Maureen haussa les épaules.

— De nos jours, tout est politique. Songe à notre séance de lundi prochain. Crois-tu que les décisions seront prises en fonction des intérêts scientifiques ? Tu peux être sûr que non !

Caleb sourit.

— Deviendrais-tu cynique avec l'âge, Maureen ? On dirait que tu ne crois plus en rien. Bientôt, tu ne croiras même plus aux vertus du mariage…

La jeune femme s'empourpra. Caleb avait de toute évidence touché un point douloureux.

— Si quelqu'un d'autre me parlait ainsi, Caleb, je le traiterais de con, riposta-t-elle, cinglante. Mais toi, c'est le mot de salaud qui te convient !

En guise de réponse, le médecin posa une main très douce sur le sein gauche de Maureen, en sentit la fermeté, la chaleur, en même temps que leurs regards se défiaient. Puis, lentement, Caleb retira sa main et reprit la conversation comme si rien ne s'était produit.

— La réunion a donc lieu lundi, mais je n'ai reçu qu'aujourd'hui la liste des gens constituant le comité.

En parlant il avait sorti une feuille de papier de sa poche et la dépliait.

— Pourquoi t'attends-tu à beaucoup de remous ? demanda Maureen. Notre projet n'a rien de très extraordinaire. Il n'y a pas de raison qu'il soit refusé.

— Tu plaisantes, voyons !

Caleb était agacé, à présent, et il poursuivit avec irritation :

— Greffer des organes d'animaux sur des êtres humains me semble un projet plutôt explosif. As-tu songé à ces multiples ligues de protection des animaux qui vont crier au scandale, et à toutes les grenouilles de bénitier qui gémiront que ce sont là des pratiques hérétiques ?

— J'y ai pensé, oui, répliqua Maureen avec calme. Cependant, la seule chose qui me préoccupe est la suivante : que se passera-t-il si d'aventure nous n'obtenons pas l'approbation du comité ?

Elle vit Caleb se raidir, mais il répondit d'une voix égale :

— Ils ne peuvent pas nous la refuser… sauf bien sûr si l'hôpital et l'université décidaient de ne plus soutenir l'ensemble de notre programme de recherche.

Comme Maureen le regardait avec l'air dubitatif de quelqu'un qui ne veut pas s'en laisser conter, Caleb ne dit plus rien pendant un moment. Puis, la jeune femme s'obstinant à le fixer, il finit par admettre :

— D'accord, Maureen, si nous n'avions pas l'approbation du comité, nous perdrions nos subventions, et il faudrait fermer le labo.

Sa compagne écarquilla les yeux.

— Tu veux dire que nous sommes à la merci de ces

gens-là ? murmura-t-elle, indiquant la feuille que Caleb tenait à la main.

Il haussa les épaules.

— C'est ainsi que vont les choses, de nos jours, dit-il en s'asseyant derrière le bureau. A nous de nous assurer que le projet sera approuvé.

Il posa la lettre ouverte devant lui avant d'ajouter :

— Maintenant, voyons cette liste.

Maureen contourna le bureau pour se placer derrière lui.

« Cher docteur Winter, lut-elle, nous vous informons par la présente que le Comité d'éthique et de santé publique se réunira lundi 24 août à 9 heures dans la salle du conseil d'administration de l'hôpital de New Coventry afin d'examiner votre proposition de transplantation de pancréas animaux sur des receveurs humains. Les membres du Comité seront les suivants :

Foster B. Armuth, Docteur en médecine (Président)

Anna Lynn Page (représentant le ministère de la Santé)

Graham Benson (Recteur de la Faculté de médecine)

Leroy Williams (Délégué du conseil municipal de New Coventry)

Chauncey Milford Roper (Représentant du conseil d'administration de l'Hôpital)

Henry Brighton, Docteur en médecine (Président des Services de chirurgie).

Le matériel pour passer des diapositives et des transparents sera disponible. Le Comité n'examinera pas d'autres propositions au cours de cette séance.

Cordialement. »

— Henry Brighton..., marmonna Maureen. Tu n'as pas peur qu'il te crée des ennuis ?

Caleb fronça les sourcils.

— Henry ? Pourquoi serait-il contre nous ? Il n'y a pas de raison… Il est vrai que l'on ne sait jamais.

Maureen sourit.

— Henry me fait penser à un joueur malchanceux, toujours à la recherche du bon tuyau, mais pas assez futé pour réaliser quand il en détient un. Néanmoins, à un moment de sa carrière, il a bien dû passer devant un Comité comme celui-ci, non ?

— Tu plaisantes ! Le seul travail de recherche que Henry ait jamais entrepris portait sur une maladie gastrique sans aucun intérêt : les ulcérations coliques. Depuis, il n'a jamais rien fait. En matière de recherche scientifique, Henry Brighton est un zéro.

— Comment est-il devenu patron du département de chirurgie, dans ce cas ?

Caleb haussa les épaules.

— Il cirait les bottes du patron précédent, Terence Oldham, qui l'avait pris sous son aile. Quand Terry est parti à la retraite, personne ne voulait du poste… Allons, tout cela est de l'histoire ancienne. Revenons à la séance de lundi.

Brusquement, le visage de Maureen devint grave, et elle posa la main sur le bras de Caleb.

— Méfie-toi de Henry Brighton, dit-elle avec force. Tu sais qu'il te déteste, qu'il envie ton succès et ta réussite. Tu verras, il essaiera de te couler, Caleb, et il ne reculera devant rien pour y parvenir.

Winter secoua la tête avec irritation. Il s'apprêtait à rétorquer quelque chose mais Maureen ne lui en laissa pas le temps.

— Ecoute-moi bien, Caleb, reprit-elle, secouant son bras, Brighton est ton ennemi. Crois-tu encore que tous les médecins se soutiennent entre eux comme tu le fais, toi ?

*
* *

Milo Zagros n'était plus lui-même. Une idée fixe d'une violence inouïe envahissait tout son champ de conscience et lui mettait les nerfs en feu. Deux sortes de choses produisaient cet effet sur lui : l'une était ces intuitions scientifiques inexplicables qui lui venaient parfois. C'étaient elles qui avaient fait de lui l'un des premiers immunologistes du monde. L'autre stimulus auquel il ne résistait pas était les femmes.

Celle qui l'obsédait en cet instant était Paula Muldrew, le chercheur californien. Milo se sentait si excité, si survolté que c'en était presque douloureux. Il ne voyait plus que cette femme, ne pensait plus qu'à elle, n'imaginait plus qu'elle. Caleb lui avait pourtant ordonné de bien se tenir avec Paula. Hélas, Milo avait déjà perdu tout sens commun. Il était comme un drogué en manque qui voit soudain sa dose, là, devant lui, à portée de la main. Quand Caleb lui avait parlé, il l'avait à peine écouté, obsédé par la vision de Paula dans un lit, nue, consentante, offerte…

Escortés de Hans Salzman, Paula et Milo prirent l'ascenseur. Milo en profita pour tenir Paula par le coude. C'était un premier pas vers un début d'intimité physique, un premier pas qui le conduirait sûrement à sentir sous lui la jeune femme, soumise, désireuse, ardente… Un élan sexuel d'une violence terrible lui donna le vertige quand Paula tourna vers lui son beau visage et lui sourit d'un air confiant, presque ingénu.

A la porte de l'hôpital, Milo demanda aux deux chercheurs à quel hôtel ils étaient descendus, priant *in petto* pour qu'ils fussent logés dans des établissements différents, Après un temps d'hésitation, Hans expliqua qu'il irait au Hilton, où il avait un rendez-vous, et prit rapidement congé. Milo se retrouva donc seul devant l'hôpital avec l'objet de ce désir qui le dévastait, lui ôtait tout jugement : Paula, proche, si proche… Il allait pouvoir la toucher, la sentir, la humer. A cette pensée, tout son corps se tendit, se gonfla d'un désir si violent qu'il lui sembla qu'il allait exploser.

Paula lui ayant révélé qu'elle avait réservé une chambre au Carleton, un hôtel situé deux rues plus loin, il lui reprit le coude afin de l'y raccompagner à pied. Ils traversèrent la rue et, pour se donner une contenance, Milo se mit à discuter boutique. C'était clairement le meilleur moyen de rompre la glace : Paula en connaissait long en immunologie.

Milo parlait maintenant un anglais rapide, précis, et quand par hasard il ne trouvait pas le mot exact, il complétait sa phrase avec les mains, comme les Italiens.

Lorsqu'ils arrivèrent à l'hôtel, après quelques minutes d'une marche rapide, Milo en était au point crucial de son exposé sur un nouveau système immuno-électrophorèse qu'il voulait expérimenter dans son labo, et Paula se montrait fort intéressée. Elle avait fait le déplacement depuis San Francisco pour apprendre ce qui se passait à New York dans son domaine de recherche, et voilà qu'elle avait la chance de s'entretenir en privé avec l'un des meilleurs immunologistes mondiaux — et il se montrait bavard, de surcroît !

— Montons donc dans ma chambre, proposa-t-elle spontanément. Il y a un petit salon, nous nous ferons servir du café et nous pourrons poursuivre cette discussion.

Dans l'ascenseur qui les conduisait au douzième étage, Milo continua à se montrer brillant. Il exposait ses idées, expliquait où elles pouvaient conduire et posait des hypothèses d'une audace qui stupéfiait sa compagne. On le sentait à l'aise avec son sujet comme Yehudi Menuhin avec son violon.

Une fois dans la suite de Paula, il jeta un regard circulaire au petit salon. Déjà, il analysait tout en terme de stratégie de séduction. Le canapé recouvert de soie damassée ivoire était trop haut, et trop étroit aussi… et surtout trop inconfortable pour qu'il puisse y renverser Paula. D'ailleurs, l'interrupteur de la lampe en cuivre posée derrière était mal placé, juste sous l'ampoule, ce qui rendrait difficile de l'éteindre subrepticement, le moment venu. En face du canapé, et séparés par une table basse, se trouvaient deux fauteuils recouverts de la même soie ivoire. Deux portes donnaient sur le petit salon, l'une ouvrant probablement sur la salle de bains et l'autre sur la chambre à coucher. D'instinct, Milo sut laquelle donnait accès à la chambre et il la fixa d'un regard brûlant, tandis que son esprit visualisait, étendu sur le grand lit, le corps nu et sublime de Paula…

— Asseyons-nous là, proposa-t-il, indiquant le canapé.

Paula prit place, tirant sur sa jupe. Mais Milo avait eu le temps d'apercevoir le haut d'une cuisse satinée, et son esprit enflammé poursuivait le travail, déshabillant Paula, puis fixant avidement le triangle de son pubis… Le besoin… le bonheur…

— Voulez-vous que je demande qu'on nous monte des cafés ? demandait Paula, une main sur le téléphone.

Milo redescendit sur terre et passa la langue sur ses lèvres sèches.

— Non… non, pour moi, c'est inutile…

Il sortit un morceau de papier de sa poche intérieure et le posa sur la table basse. Puis, se penchant en avant, il exécuta un petit diagramme avec son crayon.

— Normalement, le marqueur radioactif est du carbone 14, qui se fixe là…

Milo indiqua des points sur son diagramme d'une main qui tremblait, avant de poursuivre :

— Si nous utilisons du phosphore radioactif là, nous obtenons une réaction à l'opposé de…

Il se tut brusquement, incapable d'articuler un mot de

plus. Paula s'était penchée sur son dessin, et il entr'apercevait le renflement de ses seins dans l'échancrure de son chemisier. Un son qui ressemblait à un croassement lui échappa.

— Paula, je n'en peux plus !

La jeune femme tourna la tête vers lui, la bouche entrouverte, interdite. Milo laissa tomber son crayon et lentement posa la main sur sa poitrine chaude qu'il pressa doucement avant d'attirer Paula contre lui avec fièvre, tout comme il l'avait déjà fait mille fois dans sa tête.

Simplement, la suite ne se déroula pas comme prévu. Au lieu de se laisser aller langoureusement dans ses bras, Paula le saisit fermement par le poignet et écarta sa main… Mais Milo ne se maîtrisait plus. Il se jeta sur elle avec violence pour vaincre sa résistance et voulut prendre ses lèvres. Elle réussit à détourner la tête juste à temps.

— Arrêtez, docteur Zagros, je vous en prie…

Milo, frénétique à présent, ne l'entendit même pas. Dans un geste presque bestial, il lui arracha son chemisier, découvrant ses seins, seulement dissimulés par la fine dentelle d'un soutien-gorge. Avec un gémissement avide, il tendit la main dans leur direction.

Brusquement, il se retrouva à plat ventre sur la moquette, le bras tordu dans le dos, et ressentit une douleur terrible à l'aisselle. Paula était à califourchon sur lui — mais son attitude n'avait rien de sexuel ! Milo haletait, incapable de parler, priant seulement pour que la jeune femme relâche son bras, qui le faisait souffrir atrocement.

Paula demeura dans cette position un moment qui parut une éternité à Milo, puis elle se redressa d'un bond et tira sur sa jupe pour la remettre en place. Elle réajusta ensuite les pans de son chemisier déchiré. Milo, pendant ce temps, se remettait sur ses pieds, le souffle court, et secouait son bras engourdi.

— Vous êtes une dure, Paula, dit-il, essayant de sourire.

— Partez immédiatement, docteur Zagros, rétorqua la jeune femme sans élever la voix. Merci des explications que vous m'avez données. Ne vous inquiétez pas pour mon chemisier ; j'en achèterai un nouveau et enverrai la facture au Dr Winter.

— Pitié, murmura Milo. Je vous en prie, ne faites pas ça. Je serai heureux de vous rembourser…

Paula ouvrit la porte.

— Je ferai ce que j'ai dit, insista-t-elle. Non que je sois rancunière — au contraire. Mais vous êtes un danger pour les femmes, docteur Zagros. Maintenant, disparaissez !

6

Charles, l'air très détaché, était assis au bord du chariot sur lequel Céline était étendue.

— Que t'a dit le Dr Winter ? voulut savoir la jeune femme. Que j'allais mourir ?

— Grands dieux, non ! s'exclama son mari avec légèreté. Il m'a parlé d'examens auxquels on allait te soumettre, et a laissé entendre qu'il faudrait sans doute t'opérer.

Il semblait si étranger à ce qui arrivait ! Céline en était désarçonnée. Essayait-il de dissimuler son inquiétude, ou ne se sentait-il simplement pas concerné ? A présent, il inspectait le petit box et Céline savait que l'exiguïté du lieu le rendait claustrophobe. D'ailleurs, il se mit brusquement debout et commença à marcher le long du chariot, allant et venant comme un automate dans l'espace ridiculement réduit. Charles, un obsédé de la forme physique et de la santé, haïssait les hôpitaux, et la simple idée de la maladie lui répugnait.

— Tu devrais rentrer à la maison, lui dit Céline dans un soupir. Tu ne pourras rien faire de plus ici, et il faut donner à manger à Minette.

Charles hésita. Il savait, comme Céline, que Catherine s'occuperait de la chatte, mais il attendait la visite du vétérinaire chargé d'examiner Corinthien avant son départ pour Atlanta, et voulait lui parler d'un nouveau médicament en vente en Europe, très efficace, disait-on, contre le mal des transports des chevaux.

Il jeta un coup d'œil à sa femme. Elle semblait mieux, à présent ; et puis, on saurait où le joindre si d'aventure il se passait quelque chose…

— Entendu, je vais y aller, dit-il. Je t'appellerai dès mon arrivée à la maison, et je reviendrai te voir demain.

Il se pencha pour embrasser Céline sur le front, avant de disparaître.

Tandis qu'il se hâtait vers la sortie, une pensée lui vint qui l'atterra : comme leur couple s'était dégradé, ces derniers temps ! Voilà qu'il était presque soulagé de quitter sa femme, alors qu'il y a quelques années, jamais il ne l'aurait abandonnée une seconde dans de pareilles circonstances.

Céline, de son côté, écoutait son pas s'éloigner. Lorsqu'elle n'entendit plus rien, une tristesse infinie l'assaillit, sans qu'elle sût en définir la cause. Peut-être était-elle seulement très fatiguée. Soudain d'ailleurs, elle se surprit à frissonner, et repéra la bouche d'air conditionné placée exactement au-dessus de sa tête. Quand on l'avait admise aux urgences, elle avait dû se déshabiller et passer une chemise d'hôpital en coton élimé gris passé : à présent, elle n'était pas assez couverte, voilà pourquoi elle avait froid. D'un geste réflexe, elle remonta le drap jusqu'à son menton. Dieu merci, elle ne souffrait plus vraiment ; mais tous ces médecins qui l'avaient palpée l'avaient laissée endolorie, et ce léger malaise abdominal irradiait jusque dans son dos.

Les rideaux s'écartèrent une fois encore et une nouvelle technicienne apparut, un panier dans une main et une fiche dans l'autre.

— Madame de la Roche ? demanda-t-elle sans regarder Céline.

Elle était coiffée comme un garçon, avec des cheveux coupés très court, et ne portait aucun maquillage.

— C'est moi, oui.

— Remontez votre manche droite, ordonna-t-elle en posant son panier sur la chaise.

Elle préparait déjà une seringue, et de la poche de poitrine de sa blouse dépassaient plusieurs tubes de différentes couleurs.

— Pourquoi ? voulut savoir Céline.

La femme s'immobilisa une seconde et la dévisagea avec stupeur.

— Je dois vous faire des prises de sang, bien sûr. Tendez votre bras, s'il vous plaît.

— Ça alors, s'exclama Céline, feignant la surprise, des prises de sang, dites-vous ? Pour quoi faire ? On m'en a fait une il y a moins de vingt minutes. Est-il bien nécessaire de recommencer ?

— Tout à l'heure, c'était seulement pour une numération sanguine. Maintenant, il leur faut bien d'autres choses.

— C'est-à-dire ?

— Ça, je l'ignore, répliqua l'infirmière, je sais seulement que je dois remplir deux tubes rouges et deux blancs. Bon, ça va piquer un peu mais…

Quelques minutes après, elle repartait, ses tubes pleins, laissant Céline avec la consigne de tenir appuyé sur sa veine au creux de son coude un morceau de coton pour arrêter un éventuel petit saignement.

La grande salle des urgences était calme à présent, et Céline n'entendait que des voix étouffées provenant du bureau des admissions. Pourquoi la laissait-on ici ? Allait-on lui faire subir de nouveaux examens ? Attendait-on le retour des médecins ? Elle commençait à avoir mal au dos, depuis le temps qu'elle était allongée sur ce chariot rigide. Pourvu que cela ne déclenche pas l'horrible douleur dans son ventre ! On lui avait fait une piqûre, quand les médecins étaient partis, et depuis elle se sentait abrutie, vaguement nauséeuse. Elle tourna la tête, espérant mieux entendre ce qui se disait au bureau des admissions, mais ne perçut qu'un murmure confus.

Dans le box voisin, une voix s'éleva, monotone, monocorde, comme une mélopée :

— Putain de bon Dieu, putain de bon Dieu, putain de bon Dieu…

Quelqu'un se mit à rire. Un récipient métallique — une cuvette, peut-être — tomba sur le sol avec un bruit retentissant dans le couloir. Les rideaux du box de Céline étaient d'un vert fané, et les anneaux auxquels ils étaient accrochés crissaient lorsqu'on les tirait. Quant au plafond, il était fait de ces dalles en plastique carrées constellées de petits trous. Pour se distraire, Céline s'efforça de trouver un dessin dans la façon dont étaient disposés ces trous, mais sa vue se brouillait dès qu'elle tentait de fixer son regard. Soudain, elle comprit : bien sûr, l'analgésique qu'on lui avait administré l'abrutissait, l'empêchait de se concentrer. Et c'était lui aussi qui lui rendait la bouche si sèche. Elle passa la langue sur ses lèvres, sans succès.

Au moment où elle allait appeler une infirmière pour lui demander un peu d'eau, elle entendit prononcer son nom.

— C'est vous, de la Roche ?

Un aide-soignant, un garçon maigre avec de longs cheveux blond filasse et un anneau dans une oreille, avait passé la tête entre les rideaux.

— Oui, c'est moi.

— Je vous emmène en balade, dit-il, débloquant les roues du chariot de Céline.

— Où donc ?

— Là où on vous attend, ma petite dame.

Cette fois c'en était trop ! Céline allait-elle devoir

supporter longtemps d'être traitée comme un paquet ? Elle se redressa et se mit à hurler :

— Allez-vous me dire où vous m'emmenez, oui ou merde ?

A peine les mots avaient-ils franchi ses lèvres qu'elle se sentit honteuse. Comment pouvait-elle se laisser aller ainsi ? Charles n'en serait pas revenu s'il l'avait entendue parler avec autant de vulgarité !

L'aide-soignant la regarda un moment, visiblement sidéré. Puis, avec des gestes très lents, il ferma les rideaux, et Céline l'entendit se diriger vers le bureau pour s'entretenir avec les infirmières. Quand il revint, il tenait une feuille de papier qu'il agita sous le nez de la jeune femme, avant de déclamer à haute et intelligible voix, comme pour être entendu de toute la salle :

— Nous nous rendons au service de radiologie où l'on doit vous faire une…

Il s'interrompit pour mieux ménager son effet, et acheva théâtralement :

— Une échographie de l'abdomen !

Il attacha la sangle autour de Céline pour qu'elle ne bouge pas, lui adressa un sourire grimaçant, et s'empara des poignées du chariot, qu'il manœuvra avec une aisance insolente jusque dans le couloir. Céline ferma les yeux. Dieu seul savait comment ce garçon-là devait conduire une voiture. Sans doute laissait-il la moitié de ses pneus sur l'asphalte à chaque feu rouge !

La jeune femme conserva les yeux fermés lorsqu'ils passèrent devant le bureau des infirmières : elle était gênée et ne voulait pas croiser le regard de ces femmes.

L'aide-soignant ne traînait pas. Céline entrouvrit les yeux, mais le plafond défilait si vite au-dessus de sa tête qu'elle fut prise de vertige. Brusquement, elle se souvint de cette pauvre femme chauve qu'elle avait croisée sur un chariot semblable au sien, quand elle était allée consulter le Dr Winter. Les gens dans le couloir la regardaient-ils avec le même apitoiement qu'elle-même avait ressenti alors ? Sans doute pas encore, non — mais qu'en serait-il dans une semaine ou deux ?

Céline referma les paupières, s'efforçant de maîtriser l'épouvante qui montait en elle. Elle commençait à se rendre compte que ses brusques accès de colère et de rage étaient en réalité dus à l'angoisse viscérale qui la tenaillait. Quand elle s'emportait, comme tout à l'heure contre ce jeune homme qui à présent la pilotait, prenant son chariot pour une Maserati, elle avait moins peur du mal qui la rongeait, et surtout, elle songeait moins à la mort.

Tout à coup, elle réalisa qu'elle n'avait rien avalé depuis son petit déjeuner — et encore n'avait-elle alors absorbé qu'une tasse de café. Elle n'avait pourtant pas faim ; mais elle se sentait faible et tout lui paraissait étranger, si lointain ! Elle voulut se remémorer sa conversation avec Anwar Al-Khayib. Il avait promis de la rappeler aujourd'hui, et elle avait oublié de prévenir Tom. Que se passerait-il si cet individu douteux trouvait un moyen de déjouer le piège qu'elle lui avait tendu ? Tom… Al-Khayib… le bureau… Tout ce pan de son existence semblait tout à coup irréel, comme s'il appartenait à une vie antérieure.

L'aide-soignant négocia l'angle du couloir avec tant de brutalité que Céline fut projetée contre la sangle de sécurité qui la maintenait sur le chariot. Peu après, celui-ci s'immobilisait dans une salle d'attente. L'endroit évoquait une sorte de parking pour chariots roulants : une demi-douzaine de ces engins vides attendaient, alignés contre le mur. Céline regarda autour d'elle. Son aide-soignant avait disparu, et il n'y avait pas âme qui vive dans la salle. Régnait un silence presque angoissant. Où donc se trouvait-elle ? Rien n'indiquait qu'elle fût dans le service de radiologie ;

la pièce ressemblait plutôt à l'antichambre d'une morgue. Céline allait-elle attendre longtemps ainsi ? Pourvu que son aide-soignant ne se soit pas débarrassé d'elle dans un endroit isolé où personne ne passait jamais afin de la punir de s'être emportée contre lui !

« Tout se passera au mieux si vous respectez nos habitudes. » Les mots de Cathie Allen lui revinrent, et son épouvante resurgit. Pour la surmonter, elle voulut penser à sa vie de tous les jours. Charles… Qu'allait-il manger ce soir ? Les provisions ne manquaient pas dans le congélateur et, de toute façon, Catherine était là pour faire la cuisine. Céline évoqua ensuite sa maison. Quelqu'un penserait-il à arroser ses plantes d'intérieur ? Elle les vaporisait toujours en été pour éviter que les feuilles ne se dessèchent. Oh, pourquoi s'inquiéter de vétilles pareilles ? Fallait-il qu'elle fût devenue stupide pour se préoccuper de choses aussi dérisoires !

Soudain, la jeune femme sentit son chariot s'ébranler. De surprise, elle laissa échapper un petit cri.

— N'ayez pas peur, madame, je suis derrière vous.

Elle réussit péniblement à tourner la tête mais ne vit personne. Littéralement terrifiée, elle poussa une nouvelle exclamation étranglée. Aussitôt, le chariot s'immobilisa, et à son côté apparut un nain vêtu d'une minuscule veste blanche.

— Vous souffrez, madame ? s'enquit-il. Si vous voulez, je peux vous pousser plus lentement.

Il disparut de la vue de Céline et le chariot reprit son chemin laborieux. La jeune femme transpirait à présent, et sa panique atteignait son paroxysme. Il lui semblait vivre un cauchemar tout droit sorti de l'imagination macabre d'un Jérôme Bosch ou d'un Goya.

Elle s'apprêtait à demander au nain où il la conduisait lorsqu'elle lut l'enseigne : « Echographie ». Bien sûr !

C'était ce que l'aide-soignant blond lui avait dit. Pourquoi diable lui faisait-on une échographie ? Un jour, elle avait vu à la télévision un documentaire sur cette technique. On montrait, elle s'en souvenait fort bien, un fœtus dans le ventre de sa mère. Céline eut un sourire amer : les médecins la croyaient-ils enceinte ? Ce serait un comble !

— Bonjour, je m'appelle Candy.

Une fille assez jeune, en blouse blanche, s'était penchée sur Céline et lui souriait. Elle était blonde, sans aucune originalité, et Céline jugea son maquillage outré. Ah, s'il n'avait tenu qu'à elle, en une demi-heure elle aurait transformé cette fille, l'aurait rendue presque jolie, en commençant par lui décaper le visage !

Candy se baissa pour lire le nom inscrit sur le ruban que Céline portait au poignet.

— De la Roche. C'est un nom français, non ?

Céline acquiesça.

Le chariot roulant était immobilisé près d'une grosse console munie d'équipements compliqués dont s'échappait un léger ronflement sourd. Un écran était éclairé sur lequel on voyait une myriade de petits points clignotants. La fille blonde pressa plusieurs boutons, et une image de forme vaguement triangulaire et de couleur verte apparut.

Elle défit ensuite la sangle qui entourait la taille de Céline et souleva le drap pour découvrir son estomac.

— Je vais vous enduire l'abdomen de gel, annonça Candy. C'est froid, mais indolore et inodore.

Elle sourit, comme elle avait dû sourire des milliers de fois en répétant ces mêmes paroles, avant de prendre un tube en plastique blanc muni d'un embout doseur.

Céline sentit sa peau se couvrir de chair de poule tandis que Candy la recouvrait d'une substance gluante. L'infirmière prit ensuite le capteur, un cylindre de la taille d'un flacon de shampooing dont une extrémité formait un angle aplati. L'appareil se mit à vibrer avec un léger sifflement.

— N'ayez crainte, je ne vous ferai pas mal, madame, euh… Quel est votre prénom, déjà ?

Céline aurait voulu ne pas répondre, mais Candy attendait, son capteur à la main ; aussi se résolut-elle à obtempérer.

— Céline.

— C'est un joli nom. Français aussi ?

De nouveau, la jeune fille attendit la réponse, et Céline se prit à souhaiter être chez le dentiste, où au moins le patient a de bonnes raisons de ne pas répondre quand on lui parle.

Candy appuya sur une nouvelle série de boutons, et l'éclairage de la pièce s'éteignit. En quelques secondes, les yeux de Céline s'habituèrent à l'obscurité, et elle put scruter l'écran.

Près d'une demi-heure durant, Candy promena son capteur sur le ventre de sa patiente, revenant plusieurs fois en certains endroits, appuyant davantage sur d'autres, et au bout d'un temps il sembla à Céline que cet embout en plastique indiscret et insistant était animé d'une vie propre.

Le seul moment intéressant de la séance survint lorsque la porte de la pièce s'ouvrit. Céline sentit alors le capteur s'immobiliser sur sa peau. Un homme venait de pénétrer dans la salle et se tenait à côté de Candy, regardant l'écran par-dessus son épaule. Candy bougea, et Céline sut que l'homme, profitant de l'obscurité, l'avait touchée ou lui avait fait quelque chose. Quelques instants après, il s'éclipsait.

— Pouvez-vous m'expliquer ce que vous voyez sur l'écran ? demanda Céline quand l'examen fut terminé.

L'écran demeurait allumé, tandis que la technicienne, munie d'une serviette-éponge, essuyait le gel sur la peau de la jeune femme.

— Bien sûr, dit-elle.

Elle se tourna vers l'écran et indiqua à Céline plusieurs points de l'image.

— Là, c'est votre vésicule biliaire, et plus haut, cette masse, c'est le foie. Enfin, à gauche, vous voyez l'aorte, cette partie allongée, sombre.

— Et la tumeur ? voulut savoir Céline. Cette grosseur sur mon pancréas, vous pouvez la voir ?

— Il faudrait demander aux médecins, répliqua précipitamment Candy. Je ne suis pas habilitée à vous en parler.

Dix minutes plus tard, le nain — dénommé Albert, comme l'apprit Céline — pilotait de nouveau la jeune femme le long d'interminables couloirs. Ils prirent plusieurs ascenseurs, de nouveaux corridors et encore des ascenseurs, et arrivèrent enfin au Harkness Building, ainsi baptisé du nom de Mary Harkness, qui avait généreusement distribué des dizaines de millions de dollars à différentes institutions de santé publique de la côte Est des Etats-Unis, et en particulier à l'hôpital de New Coventry.

C'était l'heure de la visite des médecins et Albert ne réussit pas à dénicher une infirmière. Il gara donc le chariot de Céline contre un mur, près de l'ascenseur, s'assura que sa sangle était bien attachée, et, après lui avoir fait ses adieux avec beaucoup de jovialité, s'en fut de sa démarche un peu mécanique.

Toujours allongée, Céline observa, pour passer le temps, les gens qui allaient et venaient. Certains la regardaient avec curiosité, et la jeune femme se prit à rire sur elle-même — non sans amertume, hélas. Dieu sait à quoi elle devait ressembler, avec ses cheveux décoiffés et son maquillage défraîchi ! A ce propos, d'ailleurs, où se trouvaient ses vêtements ? Sans doute étaient-ils encore au service des urgences. Allait-elle devoir conserver durant tout son séjour cette horrible chemise d'hôpital ? Pourquoi n'avoir pas demandé à Charles de lui apporter le lendemain une ou deux chemises de nuit, de la lingerie et ses accessoires de toilette ? Elle lui en parlerait au téléphone. Il ne saurait sans doute pas où se trouvaient ses affaires, mais Catherine l'aiderait et les mettrait dans un petit sac de voyage.

Ce n'est que près d'une demi-heure plus tard qu'une infirmière apparut enfin.

— Bonjour, dit-elle à Céline. Je m'appelle Cindy.

— Eh bien, bonjour, Cindy. Moi, je suis Céline.

Cindy dévisagea la jeune femme quelques secondes puis expliqua :

— Navrée de vous faire attendre, mais on est en train de nettoyer votre chambre, la 427.

Nettoyer ! Nettoyer, avait-elle dit ! De quoi exactement ? Y avait-il du sang sur les murs ? Le malade précédent avait-il souillé le matelas ? Céline frissonna, et brusquement une pensée s'imposa à son esprit.

— Le patient qui était avant moi dans cette chambre est-il mort ? demanda-t-elle.

— Non, bien sûr que non !

Cindy semblait offusquée que quelqu'un pût avoir le mauvais goût de parler de mort ici, dans le Harkness Building. Pour changer de sujet, elle sortit un crayon à bille de sa poche et dégagea la pancarte qu'elle tenait sous son bras.

— Puisque nous y sommes, autant remplir votre dossier, dit-elle. Cela nous fera gagner du temps. Expliquez-moi pourquoi on vous a hospitalisée.

Céline étouffa un soupir.

— Avant de reprendre l'histoire depuis le début, j'aimerais bien avoir un petit quelque chose à manger. Je n'ai rien absorbé depuis ce matin.

Cindy consulta sa montre avant de secouer la tête.

— Je suis désolée, Céline. L'heure du déjeuner est passée depuis longtemps, et les cuisines sont fermées. J'irai voir si je peux vous trouver un sandwich ou un truc comme ça, mais j'aimerais remplir votre fiche d'abord. Alors, dites-moi pourquoi vous êtes ici.

« Tout se passera au mieux si vous respectez nos habitudes. » La voix de Cathie Allen résonna une nouvelle fois dans la tête de Céline, qui lentement recommença son récit.

Lorsqu'elle fut enfin installée dans sa chambre, elle n'en pouvait vraiment plus. La pièce elle-même était convenable, et le lit était muni de boutons permettant d'en relever la tête, ou encore le pied, et même la partie médiane, si bien que l'on pouvait plier les genoux et les sentir en même temps soutenus — une position très confortable, jugea Céline lorsqu'elle l'essaya. Au-dessus de la tête du lit, contre le mur, se trouvait un panneau horizontal avec toute une batterie d'interrupteurs, de lampes, et une petite plaque verte sur laquelle était inscrit le mot « oxygène ».

Céline frémit. Dire que si elle devenait vraiment malade, elle aurait probablement besoin d'oxygène ! Elle voulut se représenter avec un masque sur le visage, luttant pour trouver son souffle. On en avait mis un à son père, peu avant sa mort. Il est vrai qu'il respirait avec tant de difficulté… Ses inspirations étaient très rapides, et tous les muscles de son cou se tendaient… puis plus rien et il fallait attendre une éternité pour que se produise une nouvelle inspiration. A plusieurs reprises, Céline avait pensé qu'il ne respirerait plus, et elle-même avait retenu son souffle, le cœur serré. Et puis non, sa cage thoracique s'était soulevée encore, et Céline avait poussé un soupir de soulagement, malgré sa certitude que son père, hélas, ne tarderait pas à mourir.

Or voilà que c'était elle, maintenant, qui souffrait d'un mal incurable. Elle se prit à songer à tous ces gens qui étaient partis joyeux à l'hôpital pour y subir des examens, et n'en étaient jamais ressortis. Lorsque son père et sa mère avaient été hospitalisés, Céline au moins avait été présente auprès d'eux pour leur tenir la main quand ils souffraient trop. Elle, malheureusement, était seule, aujourd'hui, dans cet hôpital anonyme, impersonnel, pour ne pas dire inhumain. Céline n'était pas du genre à s'apitoyer sur elle-même ; pourtant le sentiment d'abandon qui l'assaillit soudain lui fit monter les larmes aux yeux. Elle était seule, atrocement isolée, sans personne à qui avouer ses angoisses, sans personne pour la rassurer ou la consoler.

Pour se reprendre, elle s'obligea à penser à son bureau, où elle avait laissé tant de choses en suspens. Tom se débrouillait très bien tant que ne surgissaient pas de vraies difficultés — néanmoins, le moment était mal choisi pour qu'elle s'absente. Et s'il était vrai que les problèmes ne lui avaient jamais fait peur, Céline était à présent terrifiée à l'idée de se trouver dans l'impossibilité physique de les résoudre. Depuis sa chambre d'hôpital, elle n'avait plus aucun pouvoir, ni sur son travail ni même — et c'était bien le pire — sur elle-même, dans la mesure où elle se trouvait à la merci d'un système hospitalier déshumanisé.

Frustrée, luttant contre le désespoir quelle sentait poindre en elle, Céline se laissa tomber sur son oreiller et voulut fermer les yeux. Hélas, la ronde infernale de ses angoisses reprit de plus belle dans sa tête, inlassable.

7

Après la réunion de son équipe de chercheurs, Caleb partit effectuer la visite du service en compagnie de Don, Ed et Porky. Ils se rendirent ensuite tous les quatre dans la salle de repos des médecins pour y prendre un café. Ils le faisaient toutes les semaines, et c'était devenu une habitude à laquelle aucun d'eux n'aurait songé à déroger. Porky, en tant que benjamin de l'équipe, se chargea du café. Depuis la machine, il écouta la discussion qui s'amorçait : Caleb parlait des débuts de la recherche sur le pancréas.

— Avez-vous entendu parler de Banting et Best ? demanda-t-il à la cantonade.

— Ce sont eux qui, les premiers, ont réussi à produire de l'insuline, répondit aussitôt Porky.

— C'était au Canada, ajouta Don pour ne pas être en reste.

Caleb se redressa sur son siège, une flamme dans le regard.

— Exact. Imaginez-vous, là-bas, à Toronto, il y a plus de soixante-dix ans. Ces gars-là savaient que l'ablation du pancréas provoquait le diabète, et Langerhans s'était aperçu que certaines cellules du pancréas disparaissaient chez les diabétiques.

— Oui, les cellules Bêta qui se trouvent dans les îlots

de Langerhans, intervint Ed, qui écoutait attentivement tout en remuant son café.

Il adorait la façon dont Caleb leur enseignait leur métier, les obligeant à réfléchir et à participer.

— Exact, poursuivit le chirurgien. D'où le mot insuline, qui vient du latin *insula* signifiant île. A présent, efforcez-vous d'imaginer le problème auquel se trouvaient confrontés Banting et Best. Ils cherchaient à isoler la sécrétion produite par ces petits îlots de Langerhans ; mais quand ils effectuaient une biopsie du pancréas, la production exocrine de celui-ci, c'est-à-dire le suc pancréatique, détruisait l'insuline. Or, n'oublions pas, continua-t-il, que ces pauvres chercheurs étaient soumis à toutes sortes de pressions.

Don, Ed et Porky sourirent. Ils savaient à quel type de pression faisait allusion Caleb — qui d'ailleurs précisa sans attendre :

— D'autres chercheurs travaillaient sur le problème et voulaient être les premiers à isoler l'insuline. Des bruits couraient donc en permanence sur tel ou tel groupe qui avait prétendument découvert un moyen efficace d'y parvenir.

A cet instant, le téléphone mural sonna, et Porky s'empressa d'aller répondre.

— En définitive, comment ont-ils résolu leur problème ? demanda Ed.

— Ils ont trouvé une solution admirable de simplicité, répliqua Caleb.

Ses interlocuteurs sourirent devant son enthousiasme presque enfantin.

— C'est pour vous, docteur Winter, dit alors Porky.

— Réfléchissez, dit Caleb en se levant. Il s'agit d'une méthode simple, logique et imparable.

Le coup de fil provenait des urgences : on demandait à Caleb de venir voir un malade dont l'état nécessitait sans doute une intervention. Escorté de son équipe, il quitta donc rapidement la salle de repos.

Un long moment plus tard, au sortir de la salle d'opération, alors que le patient s'y trouvait encore, Don demanda à Caleb comment Banting et Best avaient réussi à isoler l'insuline.

— Ils ont tout bêtement shunté les canaux pancréatiques. Cela a neutralisé les cellules digestives du pancréas, dont le suc ne pouvait plus alors détruire l'insuline, qu'il a suffi de recueillir. Simple comme bonjour, n'est-ce pas ?

Caleb regarda ses collègues avec un petit sourire avant d'ajouter :

— Les découvertes les plus brillantes sont souvent d'une simplicité confondante. C'est la raison pour laquelle elles sont si difficiles à trouver…

Il était assez tard lorsque le chirurgien put enfin aller voir ses malades privés dans le Harkness Building. Céline fut la dernière à qui il rendit visite.

— Tout va bien, Céline ? demanda-t-il en pénétrant dans la chambre. Etes-vous confortablement installée ?

Comme il était aimable ! Malheureusement, Céline était fatiguée, de méchante humeur, et elle n'apprécia pas qu'il l'appelle par son prénom. Est-ce qu'elle l'appelait « Cal », elle ?

— Cela n'a pas été précisément le plus beau jour de ma vie, docteur Winter, répliqua-t-elle assez sèchement.

Caleb sourit en secouant la tête. Céline prit ce geste pour de la désinvolture ; du coup, elle pinça les lèvres et reprit plus sèchement encore :

— J'ai dû perdre mon sens de l'humour en arrivant ici, car je ne vois pas ce que j'ai dit de drôle.

— Beaucoup de gens perdent leur sens de l'humour à l'hôpital, répliqua Caleb, grinçant. Rassurez-vous, cela ne dure généralement pas, et l'on en meurt rarement. Nul doute que vous retrouverez le vôtre.

— Je voulais seulement dire que…, bredouilla Céline, confuse. Oh, et puis à quoi bon… Je suis de mauvaise humeur, j'ai faim et…

— Faim, dites-vous ?

— Evidemment ! J'ai manqué le déjeuner à cause de mon échographie, et quand j'ai demandé un sandwich, juste un pauvre petit sandwich, on ne me l'a jamais apporté. Après quoi j'ai dû m'endormir, si bien que je n'ai pas eu de dîner. Alors voilà : je suis à jeun depuis ce matin !

— Vous n'avez pas demandé aux infirmières de vous apporter quelque chose ?

Caleb affichait maintenant l'expression distraite et légèrement agacée de quelqu'un qui n'a pas l'habitude d'être importuné par ce genre de détail.

— Bien sûr que si, je l'ai fait, je viens de vous le dire !

Céline fusillait Caleb du regard, et pour la première fois ce dernier sentit la force et l'obstination dont sa patiente était capable.

— N'ai-je pas le droit de me plaindre ? poursuivit-elle, toujours virulente. Vos malades ne peuvent-ils pas protester si quelque chose ne leur convient pas ? Ou leur faites-vous trop peur, vous et tout le système hospitalier, pour qu'ils osent ouvrir la bouche ?

Elle écumait de rage, à présent. Les mots lui avaient presque échappé, mais elle ne les regrettait pas, certes non !

Caleb, qui souriait toujours, s'était néanmoins raidi ; c'est alors qu'un léger coup retentit à la porte et qu'apparut une jeune aide-soignante. Elle portait un plateau avec un carton de lait, un petit pain et deux assiettes, dont l'une était recouverte d'un couvercle métallique.

— Désolée, madame, dit-elle à Céline, posant le plateau sur la table placée près du lit, les cuisines sont fermées, et j'ai dû aller chercher ceci à la cafétéria. J'espère que cela vous conviendra.

La pauvre fille jeta un regard affolé en direction de Caleb, qui lui répondit par un grand sourire amusé.

— Merci infiniment, dit Céline, consciente de s'être montrée stupide aux yeux de Caleb.

L'aide-soignante lui versa du lait dans son verre avant de disparaître. Céline souleva alors le couvercle de l'assiette, et le remit aussitôt en place.

— En définitive, je n'ai pas très faim, dit-elle, de plus en plus furieuse contre elle-même.

Décidément, tout ce qu'elle faisait ou disait la rendait encore plus ridicule ! Elle écarta la table du lit et jeta à Caleb un regard à la dérobée. Sa confusion l'amusait, elle en était sûre !

Après quelques instants de silence, il approcha une chaise de son chevet et s'assit.

— Qu'a-t-on trouvé à l'échographie ? demanda alors la jeune femme, dans un effort pour recouvrer sa contenance.

— Je n'ai pas eu le temps de voir les résultats, Céline. J'ai passé la journée en salle d'opération. Je les examinerai demain matin à la première heure, promis.

— Pourriez-vous m'expliquer où j'en suis ? Personne ne m'a encore rien dit, ni sur mes analyses ni sur ce que vous recherchez.

Caleb sourit.

— Pour l'instant, il n'y a pas grand-chose à dire. Ici, en règle générale, quand on ne dit rien, c'est que l'on ne sait pas ou que l'on n'est pas sûr de savoir.

Il s'étira sur sa chaise, détendu et très à l'aise. Céline aussi semblait tout à coup plus naturelle, remarqua-t-il. Quelle femme séduisante, d'ailleurs ! Sa personnalité bien marquée ne lui déplaisait pas — au contraire. Soudain, à sa grande stupeur, Caleb se rendit compte que toute la journée, inconsciemment, il n'avait cessé de penser à cette ravissante jeune femme.

Céline, qui l'observait, le vit se laisser aller imperceptiblement, à la manière d'un boxeur un peu fatigué qui conserve sa garde, mais a perdu de la rapidité dans son jeu de jambes.

— Vous semblez las, murmura-t-elle.

C'était bien la dernière chose à dire ! Caleb n'admettait pas la faiblesse, et surtout pas chez lui. Il se leva d'un bond, toute son énergie retrouvée.

— Pas du tout. Au contraire, je suis en pleine forme. Bon, je vais vous quitter : il est tard, et je dois opérer aux aurores, demain.

Il ponctua sa phrase d'un sourire avant de reprendre :

— Vous devez passer un scanner demain après-midi, et d'ici là, j'aurai vu les résultats de votre échographie. Je pourrai donc vous en parler.

A cet instant, la porte s'ouvrit et Porky Rosen passa une tête hésitante dans l'entrebâillement avant d'entrer dans la chambre.

— Bonsoir, dit-il à l'adresse de Céline, je me demandais si vous vouliez un somnifère ?

Caleb gagna la porte.

— Passez une bonne nuit, madame de la Roche, dit-il avant de sortir.

Il alla donner un coup de téléphone depuis le bureau des infirmières, après quoi il jeta un regard à sa montre et descendit au parking. Il avait donné rendez-vous à Maureen pour dîner chez Benno, et avait tout juste le temps de s'y rendre s'il ne voulait pas être en retard.

Cependant, tandis qu'il montait dans sa voiture et quittait l'hôpital, ce n'étaient pas les yeux bleus de Maureen qui dansaient devant les siens, mais d'autres, plus sombres, presque ténébreux et d'une couleur tellement indéfinissable…

*
* *

— Il ne manque ni d'énergie ni de dynamisme, n'est-ce pas ?

Porky s'était assis sur la chaise laissée vacante par Caleb et avait étendu les jambes devant lui. Il semblait fourbu mais, au contraire de son patron, se moquait bien que Céline le voie. Il déboutonna sa blouse blanche et son stéthoscope s'échappa de sa poche pour tomber sur le sol avec un bruit métallique. Il étouffa un juron avant de le ramasser.

— Sacrée journée, soupira-t-il.

Se souvenant soudain que Céline était une patiente et qu'il était censé s'occuper d'elle, non se faire plaindre par elle, il s'exclama aussitôt :

— Bon sang, excusez-moi ! Je suis un égoïste. Comment ça va, ce soir ?

Il souriait et, avec ses joues bien rondes, ce sourire prenait une malicieuse candeur.

— Savez-vous comment les infirmières vous ont surnommée ? poursuivit-il.

Céline lui rendit son sourire.

— Rien de bien gentil, je le crains.

Ce jeune homme trop gros, à l'allure plutôt négligée, évoquait davantage pour elle un vendeur stagiaire dans une grande surface qu'un médecin, mais elle lui trouvait un air sympathique.

— Ce n'est pas méchant du tout, non, répliqua-t-il, toujours avec son désarmant sourire. Elles vous appellent « la Frenchie », la Française.

— J'en conviens, ça pourrait être pire, répliqua Céline sur le ton de la plaisanterie. Quand j'étais écolière, en France, on m'avait surnommée la chipie. Vous voyez qu'il faut se méfier de moi !

Porky fit mine de se lever.

— Je dois filer, à présent, sinon je vais encore me faire sonner les cloches. Ce n'est pas que cela me gêne, non, j'y suis habitué, mais...

Au défi qui perçait dans sa voix, Céline eut l'intuition que la vie à l'hôpital n'était pas facile pour Porky.

— Quel est votre vrai nom ? voulut-elle savoir. Je connais votre surnom, mais je trouve que l'on devrait cesser de vous appeler ainsi. Cela fait collégien.

Porky prit un air pensif et ne répondit pas tout de suite.

— Mon vrai prénom est Ambroise, dit-il enfin. Je le tiens de mon grand-oncle, qui lui-même le tenait d'un célèbre chirurgien français, Ambroise Paré, lequel vivait au XVIe siècle, je crois. Que l'on m'appelle Porky ne m'ennuie pas du tout, vous savez. Il en a toujours été ainsi et j'y suis habitué.

Il sourit encore et, cette fois, Céline réalisa combien ce sourire était plein de charme, candide et coquin à la fois ; pourtant ce garçon était très vulnérable, elle en était sûre à présent. Porky s'inscrivait mal dans cet environnement hospitalier impersonnel, glacé et peuplé de technocrates de la santé humaine, dépourvus de tous sentiments...

— Comment avez-vous décidé de devenir chirurgien ? demanda la jeune femme, que la question brusquement intriguait.

— C'était écrit de toute éternité, répondit Porky avec une désarmante sincérité. Mon oncle est chirurgien, mon père est chirurgien, et mon frère David vient de terminer son assistanat à l'Hôpital Général du Massachusetts. Je crois que je suis né chirurgien — mais il faut que je vieillisse encore un peu pour que l'on m'autorise à opérer...

Il n'y avait pas de présomption dans sa déclaration, seulement une charmante naïveté, et peut-être aussi le désir de se persuader lui-même de l'inéluctabilité de sa vocation.

Il dut se rendre compte qu'il s'était trop mis à nu devant sa patiente, car il changea brutalement de sujet.

— Le Dr Winter vous a-t-il parlé des résultats de votre échographie ?

— Il n'a pas eu le temps d'en prendre connaissance. Il a passé l'après-midi en salle d'opération, m'a-t-il dit.

— Il n'a pas menti, ça non ! soupira Porky.

Une seconde, il se demanda s'il pouvait raconter l'opération qu'ils avaient dû pratiquer sans trahir le secret professionnel. Oh, et puis pourquoi pas ? Il ne donnerait aucun nom, voilà tout !

— C'était peu après le déjeuner, commença-t-il. Voilà que ce gars, un type jeune, dix-neuf ans peut-être, débarque au service des urgences tenant le manche d'un couteau devant lui, à hauteur de l'épaule. Jusque-là, rien de bien extraordinaire, mais ça se corse quand on découvre que la lame du couteau est fichée dans son cou. L'infirmière qui l'avait vu arriver l'avait d'abord pris pour un dingue qui jouait la comédie ; en réalité, le gars tenait son couteau pour qu'il ne bouge pas. Il y avait un monde fou au service des urgences, et l'infirmière a dit au type qu'on n'avait pas de temps à perdre avec ses âneries, et qu'il se trouvait des gens vraiment mal en point dont il fallait s'occuper. Bref, elle a tant et tant parlé que le gars a tiré son couteau et que le sang a jailli comme une fontaine. L'infirmière en a pris partout.

— Mon Dieu ! murmura Céline, écarquillant de grands yeux incrédules. Et alors ? Que s'est-il passé ?

Porky, pas mécontent de son petit effet, poursuivit son récit.

— A partir de là, tout s'est déroulé très vite. Le type saignait comme un veau et l'infirmière s'est mise à hurler. Il aurait pu mourir en quelques minutes, se vider complètement de son sang. Par chance, le Dr Winter se trouvait là, et achevait tout juste d'examiner un patient dans le box en face des admissions.

Curieusement, en entendant prononcer le nom de son médecin, Céline en conçut une sorte de fierté. C'était un comble, car elle ne l'aimait pourtant pas ; mais elle avait l'impression absurde qu'un étranger venait de faire un compliment sur un membre de sa famille. Et puis Céline, constatant combien Porky respectait et admirait son patron, se disait aussi qu'elle était sans doute entre de bonnes mains.

Porky continuait :

— Le Dr Winter est donc sorti en entendant hurler l'infirmière. Voyant ce qui se passait, il a bondi derrière le blessé, pour poser le pouce en un endroit précis de son cou et appuyer. Et hop ! Le sang s'est arrêté de gicler comme par magie.

— Et après ? Que s'est-il passé ensuite ? insista Céline, avide de connaître l'issue du drame.

— Un fauteuil roulant se trouvait non loin. Le Dr Winter y a installé le gars, sans cesser d'appuyer sur son cou. Puis il a parlé à Connie Davis, c'est le nom de l'infirmière. La pauvre était figée sur place, tout éclaboussée de sang. Il lui a expliqué où presser pour éviter que l'artère ne saigne de nouveau, après quoi il a demandé à la réceptionniste d'appeler Don McAuliffe, son chef de clinique, et donc mon supérieur. Ensuite on a prévenu le bloc opératoire de nous préparer une salle. Une demi-heure après, le Dr Winter nous montrait, à Don et à moi, comment suturer la carotide du blessé. Ça a pris du temps. Voilà pourquoi il est passé vous voir tard, ce soir.

Céline poussa un soupir et ferma les yeux, lasse soudain.

— Dans ce cas, il est excusable, je suppose, murmura-t-elle.

— Laissez-moi vous dire une chose, madame de la

Roche, reprit Porky avec un regain d'enthousiasme, vous ne pouviez pas tomber sur un meilleur chirurgien que lui.

— Appelez-moi donc Céline.

Porky rosit de plaisir.

— Si vous m'y autorisez…

— Porky, dit encore la jeune femme, je dois passer un scanner demain. Qu'espère-t-on trouver avec cet examen ?

Elle s'était redressée sur son lit, et regardait le jeune interne avec une intensité nouvelle. Celui-ci baissa les yeux, mal à l'aise, mais Céline n'en poursuivit pas moins :

— On sait déjà que j'ai une tumeur, alors pourquoi le Dr Winter ne m'opère-t-il pas pour l'enlever ?

— Pour vous opérer, il lui faut bien davantage d'informations qu'il n'en dispose pour le moment. Il doit connaître la grosseur de la tumeur, et si elle a des ramifications dans d'autres organes, comme l'estomac ou le duodénum, par exemple.

Un grand frisson parcourut Céline. Une vague de panique déferla en elle : on allait peut-être l'opérer, lui ouvrir le ventre, lui enlever des morceaux de sa propre chair ! L'idée la rendait muette d'épouvante. Porky s'en rendit compte, et fut alors submergé par un élan d'indicible compassion. Pauvre Céline : elle n'était guère plus âgée que lui et déjà une tumeur envahissait son corps, une tumeur qui la tuerait vraisemblablement en moins d'un an…

D'un geste presque instinctif, il se pencha sur son lit, lui prit la main et la caressa avec une maladresse touchante. Puis il se redressa.

— Il faut que je file. J'ai des fiches de malades à remplir. Je vous reverrai demain.

Il sortit et réapparut deux secondes après.

— Excusez-moi encore, Céline, vouliez-vous un somnifère ou non ? Je ne sais plus ce que vous m'avez dit…

Une fois seule, la jeune femme rapprocha la table où

était posé son repas et l'inspecta une seconde fois. Une vague faim la tenaillait, maintenant.

Elle grignotait un morceau de pain lorsque le téléphone sonna. Elle voulut décrocher mais, comme l'appareil était mal placé sur la table de nuit, elle le fit tomber.

— Pardon, dit-elle dans le combiné, le téléphone vient de s'effondrer sur le sol.

C'était Charles. Mais le plaisir qu'éprouva Céline à entendre sa voix s'évanouit dès qu'il eut prononcé ses premiers mots, tant son ton était détaché.

— Alors ? Comment ça se passe ? demanda-t-il.

Céline retint son souffle, puis la riposte partit, cinglante :

— Tu veux savoir comment je passe mon temps ? A ton avis ? Je suis au lit avec Caleb Winter, et nous faisons l'amour passionnément. Veux-tu que je lui donne l'appareil pour qu'il te dise si je suis douée et si je me débrouille bien malgré ma maladie ?

Charles se mit à rire. En vérité, il ne prenait pas au sérieux la maladie de sa femme, Céline en était sûre. Elle-même ne s'en sentait que plus solitaire, et elle lui en voulait.

— Je te téléphone, reprit Charles, parce que ton oncle Didi a appelé de Paris, tout à l'heure. J'ai dû lui expliquer que tu étais à l'hôpital, et il va venir te voir, m'a-t-il assuré. Il prétend qu'il doit se rendre à New York pour affaires.

— Cher oncle Didi, soupira Céline. Que lui as-tu raconté sur moi ?

— Que tu étais hospitalisée à New Coventry. Il m'a demandé pourquoi mais je suis resté évasif. A mon avis, il va prendre une chambre au Plaza et viendra te voir de là-bas.

— J'aimerais tant qu'il soit suffisamment à l'aise avec toi pour s'installer chez nous à Greenwich…, dit Céline.

— Eh bien, il ne l'est pas, et pour être franc, moi non plus, rétorqua Charles. Tom Pfeiffer a également appelé. Il a des manuscrits à te transmettre, mais je lui ai dit que tu aurais besoin de repos dans les jours qui viennent. Passe-lui un coup de fil demain, veux-tu ?

Céline ressentit un brin d'irritation à s'entendre ainsi dire ce qu'elle devait faire, mais promit tout de même de rappeler Tom.

Lorsqu'elle eut raccroché, elle voulut réfléchir à cette hostilité agacée que Charles, son mari, lui inspirait depuis quelque temps. Autrefois, il n'en était pas ainsi, au contraire. Même maintenant, lorsqu'elle n'était pas en sa présence ou n'entendait pas sa voix, elle pouvait encore se le représenter comme il apparaissait aux autres : élégant, intelligent, efficace. Mais, dès qu'elle se trouvait confrontée à lui, il l'irritait. Elle s'en voulait, car elle se reprochait de ne pas l'apprécier suffisamment, et peut-être de ne pas le mériter. « Au fond je ne m'aime pas moi-même, songea-t-elle avec tristesse. J'aimerais tant être quelqu'un d'autre… Si je pouvais modifier mon affectivité, je serais bien différente : chaleureuse, aimante — comme j'ai cru l'être au début de notre mariage. Et, surtout, je ne laisserais pas mon job envahir ma vie et reléguer tout le reste au second plan… »

Céline s'étira dans son lit avec lassitude. Jamais encore elle n'avait ressenti pareille fatigue. Il lui semblait qu'un poids énorme pesait sur tout son corps, l'empêchant de remuer, fût-ce pour éteindre la lampe, dont l'interrupteur se trouvait pourtant à portée de sa main.

Elle dormit très mal, cette nuit-là, et fit des cauchemars angoissés, où Caleb Winter était présent, dangereux, inquiétant, livrant des combats acharnés contre Grobochus et Jagragousse, les deux gentils dragons qui protégeaient Céline dans ses rêves depuis sa plus tendre enfance.

8

Caleb et Maureen avaient pris l'habitude de dîner ensemble en moyenne une fois par semaine mais, depuis quelque temps, ils le faisaient moins régulièrement.

Ils se retrouvèrent ce soir-là chez Benno, un restaurant italien tout proche de l'endroit où habitait Caleb. Le patron — Benno, justement — connaissait bien le chirurgien. Il les escorta lui-même jusqu'à une table d'angle, et déploya de grandes serviettes blanches sur leurs genoux, très protecteur comme le sont volontiers les Italiens. Malgré la convivialité du lieu, Caleb et Maureen ne se sentaient pas très à l'aise, sans qu'aucun d'eux n'eût su dire pourquoi.

Maureen la première prit la parole.

— J'ai cru comprendre que tu avais admis une candidate potentielle pour une greffe du pancréas ?

En parlant, elle regardait son compagnon par-dessus son menu.

— Tu veux parler de Mme de la Roche ? Qui t'a mise au courant ?

— Tu sais, les bruits vont vite, à l'hôpital. J'ai consulté la fiche de la patiente… Dis-moi, l'osso-buco est bon ? Il me semble que tu en avais pris, la dernière fois.

— Excellent ! Goûtes-y, tu ne seras pas déçue ! Pour en revenir à la malade, il semblerait en effet qu'elle soit capable de supporter une greffe. Elle appartient à la bonne tranche d'âge, ne souffre pas d'autres maladies, et son cancer n'est pas métastasé pour l'instant — du moins, si j'en crois les premiers examens.

Le serveur approchant, Caleb s'interrompit pour passer commande. Même pour les choses les plus futiles, il faisait preuve d'une autorité impressionnante, songea Maureen, admirative. Elle s'en remettait toujours à lui pour composer les menus, certaine qu'il ferait le bon choix.

— Le bruit court que cette Mme de la Roche possède un sacré caractère, reprit-elle, une fois le serveur parti. Elle est très belle, dit-on, égocentrique et plutôt difficile à contenter. Tu ne t'es aperçu de rien, j'imagine ?

Caleb la regarda, de toute évidence agacé. Le croyait-elle incapable du moindre esprit d'observation ?

— On dirait que tu la connais mieux que moi, rétorqua-t-il avec brusquerie.

Il se radoucit et reprit :

— Si les résultats des différents examens sont bons, j'aimerais l'opérer le plus vite possible — c'est-à-dire, dès que nous aurons le feu vert du Comité. A la fin de la semaine prochaine, par exemple. Ce serait idéal.

— Moi, ça me convient, dit Maureen après un instant de réflexion. J'aurai ainsi le temps de prélever puis de conditionner le greffon.

Peu après, le serveur leur apportait un osso-buco odorant. Maureen ne put s'empêcher de sourire avec nostalgie.

— Te souviens-tu du premier repas que nous avons pris ensemble ? demanda-t-elle.

Caleb fronça les sourcils. La conversation prenait un tour trop personnel à son goût ; mais comment le reprocher à la jeune femme quand ses yeux prenaient cet étrange éclat, à la lumière des bougies, et que ses cheveux s'animaient de reflets cuivrés, si chauds ? Oui, elle était aussi belle, aussi désirable qu'au soir de leur première rencontre…

Cet instant-là, Maureen s'en souvenait parfaitement. A cette époque, elle suivait un module facultatif de biologie expérimentale dont les cours avaient lieu le soir seulement. Or voilà qu'un soir, un intervenant extérieur était venu exposer ses travaux sur les xénogreffes, c'est-à-dire les implantations, sur une espèce animale donnée, de greffons prélevés sur une autre espèce.

Doug, le fiancé de Maureen, avait prévu de retrouver la jeune femme à 22 heures, une fois la communication terminée. Ils devaient aller manger une pizza ensemble avant de rentrer se coucher.

Le conférencier était un médecin, jeune et beau, bien que d'une beauté sévère. Au départ, sa présentation n'avait pas soulevé l'enthousiasme de son auditoire. Il avait commencé par un rapide historique des greffes, et montré une diapositive sur laquelle se trouvaient deux saints, Côme et Damien — le premier exemple présumé, avait-il expliqué, d'une greffe humaine, l'un des saints ayant donné, dit-on, sa jambe à l'autre. Avait suivi l'énumération d'autres cas très anciens aussi, dont le conférencier avait fait valoir qu'ils n'étaient pas très convaincants. Quelques rires avaient alors fusé dans la salle.

Puis, brusquement, le jeune médecin avait paru s'éveiller à la vie, et son auditoire avec lui. Avec un enthousiasme et un charisme qui n'enlevaient rien à la clarté de son exposé, il s'était mis à parler des possibilités exaltantes que laissaient entrevoir les transplantations d'organes d'une espèce à une autre, et ceux qui l'écoutaient buvaient ses paroles, bouche bée.

Comme les autres, Maureen était littéralement hypnotisée, transportée. Plus tard, durant les travaux pratiques concluant la séance, tandis qu'installée devant sa paillasse elle fixait sur un lapin un greffon de peau prélevé sur un cochon d'Inde, le conférencier s'était arrêté auprès d'elle pour la regarder travailler. Il émanait de cet homme une telle force, une telle présence que la jeune femme en avait eu le souffle coupé.

— Vous faites du très bon travail, lui avait dit le médecin, et elle avait su qu'il était sincère.

Elle avait alors levé les yeux pour croiser son regard et lui poser une question sur un point de son exposé qu'elle avait mal saisi. Maureen avait des yeux couleur de bleuet très étonnants, et, avec ses cheveux d'un roux sombre, elle était absolument splendide. Est-ce pour cela que l'intervenant avait jugé sa question fort intéressante ? Peut-être. En tout cas, il avait passé toute la fin de la session à y répondre.

Ils étaient toujours assis devant la paillasse du laboratoire à discuter, lorsque les gens chargés de faire le ménage étaient arrivés, armés de leur matériel. L'intervenant avait alors demandé à Maureen si elle voulait aller manger une pizza avec lui, et la jeune femme avait porté la main à sa bouche, effarée. Elle avait oublié Doug !

— Tu veux parler de cette pizza, après la communication que j'avais faite à ton université ?

En parlant, Caleb s'était mis à sourire. Il observa un temps de silence avant de poursuivre, comme s'il se parlait à lui-même :

— C'était l'époque où nous étions jeunes, Maureen, et décidés à sauver le monde envers et contre tout.

La nostalgie dans sa voix n'échappa pas à la jeune femme, et elle lui en voulut : une fois encore, Caleb songeait à son travail alors qu'elle-même se remémorait la façon tellement magique dont ils étaient tombés amoureux l'un de l'autre.

— Tu m'as tourné la tête si vite ! dit-elle dans un souffle, comme si cela l'étonnait encore. Jamais je n'aurais cru cela possible. D'un seul coup, je n'ai plus pensé qu'à toi.

C'était vrai. Des mois durant, Maureen avait tout oublié — sauf Caleb Winter. Ne pouvant l'installer dans son appartement, qu'elle partageait avec deux étudiantes, elle allait passer la nuit avec lui à l'hôpital chaque fois que c'était possible. Souvent, trop souvent hélas, elle se glissait seule dans la petite chambre d'internat, et attendait, attendait… En général, il l'appelait du service des urgences, de celui de soins intensifs, ou de là où il se trouvait, et, la plupart du temps, elle était endormie quand il la rejoignait, épuisé, certes, mais acharné à ne jamais le montrer. Souvent aussi, à peine était-il allongé auprès d'elle que le téléphone sonnait et qu'il lui fallait repartir !

Maureen, à cette époque, se moquait de tous ces désagréments. Les brefs moments qu'ils passaient ensemble suffisaient à nourrir le feu dévorant qui brûlait en elle depuis ce premier soir où ils s'étaient connus.

La voix de Caleb s'adressant à Benno la tira de ses souvenirs.

— Apportez-nous une bouteille de ce délicieux barolo, disait le médecin.

— Celui que vous avez bu la dernière fois, docteur Winter ? Tout de suite.

Benno reparti, Maureen posa sa main sur celle de Caleb.

— Tu as l'air fatigué, fit-elle observer.

— C'est exactement ce que m'a dit Céline de la Roche tout à l'heure, répliqua Caleb avec un petit rire. En réalité, je ne le suis pas, je crois seulement que je me fais vieux.

— Céline, dis-tu ?

Maureen avait brusquement retiré sa main. Pourquoi Caleb appelait-il la patiente par son prénom ? C'était une familiarité qu'il ne s'autorisait jamais d'ordinaire, et voilà qu'en plus il avait mis dans sa voix une intonation presque voluptueuse… Benno reparut avec la bouteille de barolo et remplit leurs verres. La jeune biologiste posa sur son compagnon ses yeux couleur de bleuet.

— Sais-tu ce qu'il te faut ? Des vacances ! déclara-t-elle

avec autorité. Tu deviens de plus en plus nerveux, tu te prends au sérieux et nous nous voyons de moins en moins. Partons une semaine ensemble, veux-tu ? Nous pourrions aller aux Bermudes. Qu'en dis-tu ?

Par-dessus son verre, Caleb la regarda comme si elle avait proféré une incongruité monumentale.

— Les Bermudes ? Maintenant ? Allons, Maureen, tu n'y songes pas ! Au moment précis où nous préparons notre première greffe du pancréas ! Voyons, tu sais comme moi que nous ne pouvons pas partir maintenant !

Il haussa les épaules et se remit à manger.

La jeune femme dissimula de son mieux sa déception. Oh, ce n'était pas la première fois ! Lorsqu'elle suggérait au médecin de prendre quelques jours de vacances avec elle, il y avait toujours un obstacle. On arrivait à la date limite d'une demande de subvention, ou le programme chirurgical était trop chargé, ou encore trop de chirurgiens de l'hôpital étaient en vacances… Bref, il n'y avait jamais moyen de partir. Quand Maureen avait obtenu officiellement le poste d'assistante dans l'équipe de recherche de Caleb, elle lui avait proposé de partir en week-end afin de célébrer l'événement ; hélas, leur programme antirejet venait juste de commencer, et Caleb ne pouvait se résoudre à abandonner ses animaux-cobayes, fût-ce une demi-journée.

D'ailleurs, elle n'aurait pas dû accepter de devenir l'assistante du chirurgien. Il n'avait pas tardé à ne voir en elle qu'une collaboratrice. Il se passionnait tellement pour son programme de transplantation et d'immunologie que c'était devenu leur unique sujet de conversation. Toute leur vie, professionnelle autant que privée, tournait autour de ce projet. Cependant, ils dormaient ensemble quand ils le pouvaient et, de temps en temps, ils réussissaient à s'échapper une heure ou deux pour dîner ; et, pendant très longtemps, Maureen s'était contentée de cette vie, heureuse de travailler avec l'homme qu'elle aimait, de partager son enthousiasme, et d'écrire en sa compagnie des articles pour des journaux médicaux de pointe. Avec elle, Caleb était autoritaire. Elle ne lui en voulait pas, considérant depuis le début qu'il était le patron et savait tout mieux qu'elle et les autres. Et puis, un beau matin, elle avait finalement admis la dure et triste réalité. Avec Caleb, elle ne partageait qu'une chose : le travail !

Revenant au présent, la jeune femme but une gorgée de vin avant de faire observer :

— Sais-tu, Caleb, que tu te comportes toujours à l'inverse des autres ?

L'interpellé continua à manger. Il n'aimait pas beaucoup que Maureen le compare ainsi au reste des humains, mais il avait appris à le tolérer, conscient que cette concession-là ne lui coûtait pas bien cher et lui en évitait d'autres.

— Regarde mon père, par exemple, poursuivait Maureen. Il aime son travail tout autant que la plupart des gens, mais sa vraie vie est à la maison. Quand il rentre chez lui, il est heureux, se détend, bricole sa voiture ou Dieu sait quoi, et tous les vendredis soir, il emmène sa femme au restaurant.

Caleb ne put réprimer un petit sourire cynique, mais Maureen n'en continua pas moins sur sa lancée.

— Toi, tu fonctionnes exactement à l'opposé. Tu ne te sens bien que lorsque tu travailles, et ta vraie maison, c'est l'hôpital. Le reste du temps, tes moments de loisirs ne sont que des parenthèses brèves durant lesquelles tu récupères avant de recommencer à travailler.

Caleb sourit.

— Je ne suis pas le seul homme à organiser sa vie ainsi, tu sais ? N'oublie pas Mme de Staël, qui disait que l'amour n'est qu'une péripétie dans la vie d'un homme alors qu'il est le fondement même de celle des femmes.

— C'est une vision complètement démodée, rétorqua

Maureen, piquée au vif. A l'époque de Mme de Staël, les femmes n'avaient rien d'autre à faire que de rêver à l'amour.

Souvent auparavant ils avaient eu ce type de conversation, qui ne les avait jamais menés à rien. Maureen commençait à regretter d'avoir accepté cette invitation à dîner lorsque Caleb suggéra qu'elle vienne chez lui pour un dernier verre. Elle n'hésita qu'une seconde. Comme toujours, sa volonté et ses belles résolutions fondaient comme neige au soleil quand elle se trouvait en présence du médecin.

Une heure plus tard, Caleb, qui venait d'achever sa dernière goutte de cognac, attendit qu'elle ait fini son cherry-brandy. Puis, avec un sourire, il lui prit la main pour l'entraîner dans sa chambre.

Caleb adorait regarder Maureen se déshabiller, et il s'assit sur le bord du lit pendant qu'elle se débarrassait rapidement de son chemisier. Elle se tourna pour qu'il décroche lui-même son soutien-gorge, après quoi elle lui refit face. A la vue de ses deux seins magnifiques, fermes, parfaits, Caleb retint son souffle. Un rien provocante, Maureen les pressa dans ses mains, puis les caressa, sans cesser de fixer son compagnon droit dans les yeux. La façon dont il dévorait ses seins du regard ne manquait pas d'érotisme, et Maureen se prit soudain à songer que faire l'amour avec lui était une manière merveilleuse, mais ô combien éphémère, d'apaiser en elle une blessure toujours ouverte et toujours douloureuse.

Caleb tendit les mains pour enlacer sa taille et l'attirer à lui. Alors il enfouit son visage entre les deux seins tièdes et généreusement offerts, et les pressa contre ses joues, comme pour s'y étouffer. Avec un sourire presque maternel, Maureen commença à déboutonner sa chemise.

Quand ils furent allongés nus sur le lit, ils demeurèrent d'abord immobiles, comme à l'écoute de leur désir, puis Caleb d'un mouvement souple se tourna sur le flanc et, avec son index au toucher précis, si doux, entreprit de tracer des cercles sur le sein gauche de la jeune femme. Quand il en sentit la pointe raidie, comme avide de ses caresses, il se pencha et la prit entre ses lèvres, tandis que sa main s'activait sur l'autre sein. Maureen, n'y tenant plus, gémit doucement, sentant ses forces l'abandonner. Elle était désormais à sa merci.

Caleb au contraire maîtrisait parfaitement son corps ; il connaissait bien celui de Maureen, ses réactions les plus intimes, les plus primitives et, d'instinct, savait donner à la jeune femme tout le plaisir que réclamait son ardeur. Mais lui-même ne cédait à son désir que lorsque leur passion mutuelle arrivait à des sommets où ils se laissaient tous les deux emporter dans un tourbillon de sensualité déchaînée et exquise. Alors, Caleb enfin n'était plus lui-même, et tout son champ de conscience était envahi par Maureen, son sexe, et le bonheur qu'il lui procurait…

Lorsqu'ils retombèrent sur terre, haletants, Maureen enlaça Caleb et l'attira contre elle. Nonchalant, presque désarmé, il se lova doucement au creux de ses bras, cherchant encore à se nicher entre ses seins, puis ses yeux se perdirent dans le vague. Très vite, à sa respiration très lente, Maureen comprit qu'il l'avait déjà quittée : il sommeillait.

Quand il se réveilla, une demi-heure plus tard à peine, la jeune femme n'était plus là.

9

Henry Brighton verrouilla avec soin la portière de sa voiture et gagna l'entrée de l'hôtel Hilton. C'était un homme de haute taille, maigre et légèrement voûté, et il marchait d'une allure pressée, l'air préoccupé, comme pour donner à penser qu'il était débordé, surmené, constamment engagé dans une activité d'importance vitale. Il avait un visage rond, avec de tout petits yeux, et une mèche de cheveux, qui autrefois avaient été blonds, retombait en travers de son front, lui donnant vaguement l'air de ces gamins béats et niais que l'on voit parfois dessinés sur des ballons de baudruche.

La réunion à laquelle il avait été convoqué intriguait beaucoup Henry, bien qu'il n'eût aucune idée de son objet. Il avait reçu, quelques jours plus tôt, un appel téléphonique de Chauncey Roper, l'un des membres les plus importants du conseil d'administration de l'hôpital, un homme qu'il ne connaissait que de loin mais qu'il savait très puissant. Henry ne s'était donc pas fait prier pour prendre l'appel.

— Brighton ?

Roper avait la voix autoritaire de ceux qui n'ont pas l'habitude d'être contredits. Clairement, s'il donnait souvent des ordres, il en recevait rarement.

— C'est lui-même, monsieur.

Henry avait pris un ton à mi-chemin entre la déférence

et la fermeté, en même temps qu'il tirait devant lui un bloc de papier. S'il devait prendre des notes, mieux valait être prêt. On ne faisait pas attendre un personnage comme Chauncey Roper.

Ce dernier reprenait :

— J'ai organisé une réunion la semaine prochaine, à laquelle je veux que vous assistiez. Nous devons y discuter de certains problèmes qui ne sont pas étrangers à vos services.

— S'agit-il d'une réunion du conseil de l'hôpital, monsieur Roper ? Parce que dans ce cas…

L'autre l'avait coupé sèchement.

— Le conseil de l'hôpital n'a rien à voir dans cette affaire, Brighton. Je réunis deux responsables de l'industrie pharmaceutique privée. Il se pourrait qu'ils aient à vous faire des propositions susceptibles de vous intéresser.

Henry ne savait que penser.

— M'intéresser, dites-vous, monsieur Roper ? Mon département, voulez-vous dire, ou… ?

Pour la seconde fois, Roper ne l'avait pas laissé achever sa phrase.

— Soyez au Hilton de New Coventry mardi prochain, à 15 heures. Suite 538.

Une brève pause, puis la voix de Roper avait de nouveau retenti dans l'appareil.

— C'est au cinquième étage.

— Entendu, monsieur Roper, merci, je ne manquerai pas d'y être, avait bredouillé Henry. Avez-vous besoin de documents… euh… des données statistiques, par exemple, ou…

Cette fois Chauncey avait tout simplement raccroché. C'était sans doute un monsieur très occupé, s'était dit Henry en regardant le combiné qu'il tenait toujours à la main. Il ne fallait donc pas se formaliser de sa brusquerie.

Dans les jours qui avaient suivi, Henry s'était beaucoup

interrogé sur la raison de cette convocation, car c'en était bien une. Roper avait parlé d'une proposition susceptible de l'intéresser. Allait-on lui offrir un travail ? Peut-être un de ces postes d'intermédiaire entre l'industrie pharmaceutique privée et la médecine publique… Comment savoir ? En tout cas, ce genre de position pouvait rapporter gros, si l'on savait s'y prendre…

Henry était donc fort intrigué et tout émoustillé, lorsqu'il entra dans le hall de l'hôtel. Il tenta d'apercevoir son image dans les grandes portes vitrées, pour s'assurer une fois encore que rien dans son apparence ne clochait, mais quelqu'un sortait au moment précis où il entra. Il se rendit donc directement aux toilettes des hommes, et s'inspecta un bon moment dans le miroir impeccable au-dessus de l'un des lavabos. Non, il n'était pas si mal… plutôt bien, même. Chemise blanche, cravate rayée assez discrète, costume foncé. Rien de trop voyant. Henry les connaissait, ces hommes d'affaires puissants de l'industrie privée : ils étaient toujours sobrement vêtus, presque conservateurs dans leurs habitudes vestimentaires, et lui-même, compte tenu de la circonstance, ne voulait surtout pas se démarquer. Il avait bien plaqué ses cheveux… Il lui en restait encore pas mal, d'ailleurs, et certains demeuraient blonds… Bien en place, comme cela, ils lui donnaient l'air plus jeune… dynamique aussi.

Henry consulta sa montre. Il avait huit minutes d'avance. Il était trop tôt pour se présenter dans la suite où il avait rendez-vous. Les autres discutaient peut-être encore les conditions de la proposition qu'ils s'apprêtaient à lui faire. Il ne pouvait cependant pas s'éterniser ici ; quelqu'un risquait de se méprendre sur ses intentions… Henry pénétra dans un box de toilette, tira le verrou et s'assit sur le siège. Il y demeura exactement cinq minutes, son attaché-case sur les genoux. Après quoi il se leva, sortit et, après un ultime regard à l'un des miroirs, regagna le hall pour se diriger vers les ascenseurs.

Peu après, il s'immobilisait devant la porte de la suite 538 et prenait une profonde inspiration avant de frapper un coup léger. A son grand dam, il sentait une légère transpiration perler à son front.

Chauncey Roper lui ouvrit lui-même la porte.

— Docteur Brighton !

Il consulta sa montre avant d'ajouter :

— Vous êtes la ponctualité même !

Il avait une voix de stentor, non dépourvue cependant de jovialité, et beaucoup plus aimable qu'au téléphone. Dans la suite, derrière lui, se trouvaient deux messieurs en costume sombre. L'un très grand et au teint plutôt cadavérique, l'autre au contraire gros, rougeaud, avec une épaisse toison de cheveux gris. Des étrangers sans aucun doute, se dit immédiatement Henry : leur allure parlait pour eux. Ils inclinèrent la tête quand Chauncey les présenta à Henry, à qui cette marque de déférence ne déplut pas, au contraire.

— Herr Ortweiler, du Consortium pharmaceutique de Bâle, annonça Chauncey avec un sourire plein d'une amabilité rayonnante, indiquant le grand maigre. Et voici le Pr Hans Salzman, docteur en médecine, qui vient de quitter l'université de Berne et est à présent notre porte-parole auprès des hautes instances médicales.

Peu après, Henry apprenait non sans surprise que le professeur Salzman avait passé un très long moment à visiter les laboratoires de recherches de Caleb Winter.

— Asseyons-nous, proposa Roper, indiquant du geste les confortables fauteuils placés autour d'une table basse à plateau de verre. Henry, puisque vous êtes l'hôte d'honneur, mettez-vous là. Quelqu'un désire-t-il boire quelque chose ? ajouta-t-il, montrant le bar sur le côté.

Henry consulta ostensiblement sa montre.

— Merci. Jamais pendant les heures de travail, dit-il, espérant par ce brillant mot d'esprit déclencher des rires qui détendraient un peu l'atmosphère.

Il en fut pour ses frais. Tant pis ! Il se cala confortablement contre le dossier de son siège. Il se devait de paraître très à l'aise en présence de personnages aussi importants. Car ces hommes étaient des huiles, aucun doute sur ce point.

— Merci d'avoir pris le temps de vous joindre à nous, dit Roper, le regardant avec un sourire des plus avenant. Nous savons combien vous autres médecins êtes sollicités.

Les deux étrangers hochèrent la tête en signe d'approbation, et Henry commença à se sentir tout à fait bien. De toute évidence, il avait mal jugé Chauncey Roper. C'était un personnage important, certes, mais plus simple qu'il n'y paraissait.

Ce dernier reprenait :

— Je le répète, vous êtes notre hôte d'honneur, Brighton, et, de ce fait, l'essentiel de ce qui sera dit au cours de cette réunion s'adressera à vous.

Henry approuva d'un air très assuré, puis repoussa la mèche de cheveux qui lui retombait sur le front.

— Je vous propose de commencer, Herr Ortweiler, continua Roper, s'adressant à l'intéressé avec un respect proche de la componction.

Aussitôt, Henry concentra son attention sur le représentant du Consortium pharmaceutique de Bâle.

Ce dernier afficha un fugitif sourire froid et mécanique. Il était grand, très grand même, avec un visage en lame de couteau au teint blafard, des cheveux très noirs plaqués en arrière, et un interminable cou d'une maigreur impressionnante. Henry songea qu'il évoquait un vieux héron plein de méfiance. Il dévisagea tour à tour ses trois interlocuteurs, et son regard s'appesantit sur Henry un peu plus longtemps que sur les autres, comme s'il cherchait à le jauger. Enfin, il prit la parole.

— Comme vous le savez sans doute, je représente quelques corporations internationales basées en Suisse, dont le chiffre d'affaires annuel dépasse largement les cinq milliards de dollars. Et ce, bien sûr, pour le mieux-être de l'humanité, comme l'on dit aujourd'hui.

Kurt Ortweiler prit une profonde inspiration avant de poursuivre de sa voix claire, à peine teintée d'accent allemand.

— Notre groupe produit une gamme assez étendue de médicaments d'importance vitale pour de nombreux malades, qu'il s'agisse d'antibiotiques, de tranquillisants, de médicaments psychotropes, etc. Je ne vous les énumérerai pas tous, la liste serait fastidieuse. Nous produisons également des hormones, et c'est là, je dois le dire, notre principal champ d'activité. Car parmi ces hormones, figure bien entendu l'insuline.

Il se tut et dévisagea de nouveau ses interlocuteurs avant de reprendre.

— J'aimerais maintenant dire un mot de ce que représente aujourd'hui le diabète, sur un plan économique uniquement. Il existe une population d'environ quatre-vingts millions de diabétiques auxquels nous pouvons avoir accès. Et ce chiffre ne prend en compte ni la Chine, ni la Russie et les anciens pays de l'U.R.S.S., ni ceux du tiers-monde. Sur ces quatre-vingts millions de diabétiques, quelque vingt millions sont hélas assez gravement atteints pour avoir recours à l'insuline de façon très régulière.

Ortweiler se tut une fois encore comme pour mieux ménager son effet.

— Ces vingt millions, messieurs, déclara-t-il alors avec emphase, représentent un marché captif de taille intéressante, vous en conviendrez !

— C'est bien la première fois que j'entends cette expression, murmura Henry Brighton à l'adresse de Chauncey Roper, mais celui-ci manifestement fit semblant de ne pas l'entendre.

Ortweiler, en revanche, avait entendu, et, se tournant avec courtoisie vers Henry, il expliqua :

— J'ai utilisé le mot « captif » dans son acception marketing, et j'ajoute que personne ne force ces gens à acheter notre produit.

Sur quoi il reprit son exposé, de toute évidence préparé avec soin.

— Nous savons que le diabète, bien qu'incurable, est néanmoins traitable, et que les individus qui en souffrent doivent se soigner jusqu'à la fin de leur vie. Il s'agit d'un traitement permanent qui demande des injections quotidiennes. Chaque piqûre coûte à peu près quatre-vingt-seize cents, sans compter la seringue, l'aiguille, les antiseptiques, etc. — bref, autant de produits annexes que fabriquent des entreprises satellites appartenant à notre groupe. En vérité, messieurs, nous parlons d'un marché qui rapporte en moyenne annuellement plus d'un milliard de dollars.

Un milliard de dollars ! Henry n'en revenait pas. A ce niveau-là, il avait du mal à se représenter la valeur de l'argent.

Ortweiler se taisait à présent, pour laisser à son auditoire le temps de bien réaliser le poids de ses paroles. Il reprit ensuite d'un ton grave, comme s'il parlait devant plusieurs centaines de personnes :

— Evidemment, c'est aussi pour nous une gigantesque responsabilité humaine que nous ne sous-estimons pas, loin s'en faut. Chaque année, nous investissons des sommes très importantes dans nos propres laboratoires de recherches, et nous subventionnons d'autres centres comme certains, ici, à l'hôpital de New Coventry.

Sur ces mots, il jeta un regard entendu à Henry Brighton,

qui hocha la tête avec un entrain un peu forcé. Son service s'était vu allouer une subvention de douze mille dollars pour évaluer in situ les taux d'infections consécutives à des injections d'insuline auprès d'une population-témoin de diabétiques. Une somme aussi minime justifiait à peine toute la paperasserie qu'elle avait nécessitée — mais l'argent demeurait l'argent, et Henry devait en prendre partout où il en trouvait.

Herr Ortweiler marqua une nouvelle pause, et Henry réalisa soudain qu'il se taisait parce qu'il s'apprêtait à faire une révélation d'importance capitale et voulait ménager son effet. Il avait du reste croisé les mains, dont il avait appuyé les index sur ses lèvres, et considérait ses trois interlocuteurs d'un air lointain.

— Je suis en mesure de vous annoncer en avant-première une découverte essentielle qui devrait révolutionner l'avenir de certains secteurs de notre industrie. Il s'agit d'un domaine que nos propres chercheurs explorent depuis des années, et il va de soi que l'information est strictement confidentielle pour l'instant. La presse internationale ainsi que les autres médias n'en seront informés qu'à une date ultérieure.

A cet instant, il apparut à Henry que les trois autres souriaient en le regardant comme s'il s'apprêtait à recevoir une décoration. Ortweiler ne tarda pas à reprendre :

— Notre centre de recherche de Bâle a réussi à reconstituer une molécule d'insuline assimilable par voie orale, et non plus par injection. Une molécule que ne détruit pas le suc pancréatique.

Henry étouffa une exclamation stupéfaite. Il s'agissait bel et bien d'une découverte majeure, dont les conséquences iraient très loin. Car si les diabétiques pouvaient absorber leur insuline par la bouche, ils n'auraient plus besoin de seringues, ne souffriraient plus, n'auraient plus à redouter ni l'infection ni la baisse de leur taux de glycémie souvent consécutives à une piqûre d'insuline… Bref la vie de millions de personnes se trouverait améliorée. Cependant, pourquoi Ortweiler lui révélait-il une nouvelle aussi sensationnelle, à lui, Henry Brighton ? Il y avait là quelque chose que le médecin ne saisissait pas, d'autant que l'on était d'ordinaire plutôt discret dans le milieu de la recherche pharmaceutique, et qu'une information de ce calibre valait de l'or sur plusieurs plans.

Henry venait en effet de comprendre que, sur celui de la spéculation boursière au moins, on venait de lui faire un inestimable cadeau, un cadeau qui pouvait peut-être s'évaluer en milliers de dollars. Car s'il achetait maintenant des actions de l'énorme consortium suisse, personne n'y prêterait attention. On ne ferait pas non plus le rapprochement lorsque la nouvelle de la découverte d'une insuline administrable par voie orale serait officielle ; et, entre-temps, le prix des actions de la corporation aurait doublé, voire triplé… Le médecin dut faire un gros effort pour ne pas quitter les lieux immédiatement afin d'aller appeler son agent de change.

Ortweiler sourit, et Henry découvrit qu'il avait de très grandes dents.

— Pardon d'avoir été un peu long, chers amis, dit-il avec beaucoup d'affabilité, mais je me devais de replacer cette information dans son contexte.

— Avez-vous d'autres éléments à nous communiquer ? demanda aussitôt Henry, espérant toujours pouvoir s'éclipser et passer ses ordres d'achat avant la fermeture des marchés boursiers.

— J'ai encore quelques précisions à apporter, oui.

Herr Ortweiler parlait un anglais d'une perfection toute académique, et son ton un brin condescendant ne choqua pas Henry le moins du monde. Après tout, l'homme s'adressait généralement aux directeurs et présidents de certaines des plus grosses corporations d'Europe et peut-être du monde… Voilà qu'il reprenait, le regard posé sur le mur du fond.

— La mise au point de cette insuline assimilable par voie orale nous a coûté plusieurs dizaines de millions de dollars. Nous avons d'ores et déjà investi plusieurs autres millions pour systématiser des méthodes de production et créer des centres de fabrication dans différents pays.

Il se tut et ses yeux se portèrent de nouveau sur Henry.

— Comme vous vous en rendez certainement compte, poursuivit-il, il s'agit là d'un projet à proprement parler colossal.

Henry, de son côté, conservait le regard fixé sur Ortweiler, s'efforçant d'imaginer ce que l'on ressentait lorsque l'on contrôlait un consortium d'une puissance pareille. Il avait parlé de milliards de dollars !

Le Suisse reprit la parole.

— Il nous faudra des années pour amortir un investissement pareil, je suis sûr que vous le comprenez tous. Bien évidemment, nous ne pouvons nous permettre de voir cette nouvelle insuline concurrencée par un autre produit ou une méthode de soins quelconque.

Henry afficha aussitôt un sourire goguenard.

— Vous faites allusion sans doute au programme de recherches sur les transplantations que dirige Caleb Winter ? Vous ne vous en inquiétez pas, j'espère ? Car, quand bien même tous les chirurgiens du monde passeraient leur vie entière à faire des xénogreffes de pancréas, la situation du diabète dans le monde ne s'en trouverait pratiquement pas modifiée…

Cela dit, Henry se cala contre le dossier de son siège, assez content de lui. Sa satisfaction hélas fut de courte durée.

— A ce sujet, peut-être le Pr Salzman aura-t-il l'amabilité de nous expliquer ce qu'il a vu de ses propres yeux, répliqua Ortweiler d'un ton de miel.

Hans se redressa, son visage rougeaud tout rayonnant. Lui aussi réservait des surprises à son auditoire.

— La visite que j'ai faite dans l'unité de recherches que dirige le Dr Winter s'est révélée du plus haut intérêt, déclara-t-il d'emblée d'un ton pompeux. Je dis bien *du plus haut intérêt.*

Il regarda ses interlocuteurs, enchanté de son petit effet, puis poursuivit, toujours très docte :

— Winter et ses collègues ont apparemment mis au point un protocole de transplantation viable. J'ai vu des macaques qui avaient subi l'ablation de leur pancréas et qui vivaient très bien avec un greffon de pancréas de porc.

— Il s'agit en effet d'une prouesse technique tout à fait louable, rétorqua Henry, poli mais néanmoins sarcastique. Cependant, elle ne met pas en cause ce que je disais il y a un instant : quand bien même tous les chirurgiens du monde…

— Excusez-moi, docteur Brighton, l'interrompit Salzman avec un sourire assez condescendant, je crois que nous nous sommes mal compris.

Henry s'apprêtait à remettre en place ce gros Suisse rougeaud et balourd lorsque Ortweiler reprit la parole. Il parla à voix si basse que Henry dut se pencher pour l'entendre :

— C'est le futur qui nous préoccupe, docteur Brighton, dit-il. Ce que fait aujourd'hui le Dr Winter ne nous intéresse pas ; en revanche, ce que fera son laboratoire l'année prochaine, ou la suivante, cela, oui, nous tient à cœur. Voyez-vous, s'il continue à progresser dans son domaine de recherches comme il l'a fait jusqu'à présent, à un moment donné, son équipe et lui feront une découverte capitale. Nous nous en réjouirons, bien sûr, puisque cela servira les intérêts et le devenir de l'humanité ; mais il ne faudrait pas que des innovations dans ce domaine surviennent trop rapidement.

Ortweiler regardait Salzman, à présent, et Brighton comprit soudain que le premier avait tout simplement acheté le second afin qu'il arrête ses recherches à l'université de Berne.

A cet instant, Chauncey Roper intervint, très affable.

— Bien évidemment, nous nous réjouissons des résultats prometteurs des travaux du Dr Winter, mais il ne s'agit que de balbutiements. En outre, nous réalisons pleinement qu'il est trop tôt, *beaucoup* trop tôt pour parler de réussite, moins encore de faisabilité. Au stade où en sont actuellement les recherches de Winter, il serait en effet immoral autant qu'irresponsable d'autoriser pareilles transplantations d'organes animaux sur des receveurs humains.

A présent, les trois hommes posaient sur Brighton des regards insistants, et il comprit enfin que l'on attendait qu'il réagisse. Une pensée lui vint aussitôt à l'esprit.

— Les recherches du Dr Winter reçoivent d'importantes subventions dont profite tout le service de chirurgie de l'hôpital, dit-il, s'efforçant d'adopter un ton à peu près ferme. Et si le Comité d'éthique et de santé publique ne donne pas son approbation pour que l'on transplante des organes animaux sur l'homme, nous risquons bien de perdre tout cet argent.

— Si pareille tragédie devait se produire, nous réagirions très rapidement, docteur Brighton, vous pouvez nous faire confiance, rétorqua doucement Ortweiler. Je crois d'ailleurs savoir qu'il y a, dans votre service, un programme de recherche d'une importance capitale actuellement interrompu faute de fonds…

Henry se creusa la tête un instant sans comprendre, puis tout à coup il retint son souffle, n'osant y croire.

— Vous parlez sans doute du projet de recherche sur les ulcérations coliques ? murmura-t-il. Oui, en effet, il s'agit d'un sujet très important… et oui, c'est vrai, nous avons dû interrompre nos travaux, temporairement du moins.

Henry se tut et interrogea du regard ses interlocuteurs.

Ce fut encore Ortweiler qui prit la parole, et son ton maintenant était assez hautain.

— Mon comité directeur a étudié ce projet et, conscient de l'importance vitale qu'il y a à le voir aboutir, a suggéré que nous le subventionnions à hauteur de la perte financière que subirait votre service si les recherches sur les transplantations du Dr Winter devaient être arrêtées faute de l'approbation du Comité d'éthique et de santé publique.

— Cela signifierait…

Henry n'acheva pas sa phrase tant il avait la gorge sèche. Les autres le dévisageaient à la dérobée, guettant sa réaction, mais il n'en avait cure. S'il obtenait l'équivalent de la subvention de Winter, quelle importance de perdre la face quelques minutes ? Une fois son programme de recherche remis sur les rails, il aurait droit à tous les honneurs, et c'était cela, l'essentiel.

Brusquement, pourtant, il retomba sur terre. Un point, de toute évidence, avait échappé à Ortweiler.

— J'aimerais rappeler à nos amis suisses, dit-il sans plus attendre, que, bien que M. Roper et moi-même soyons membres de ce Comité d'éthique et de santé publique, cela ne garantit pas que nous parviendrons à convaincre les autres membres de refuser leur approbation au projet du Dr Winter. Ils sont quatre, et nous ne sommes que deux.

— Je ne doute pas que vous saurez rallier à votre opinion les autres membres du Comité, affirma Ortweiler d'une voix suave. Et si vous deviez engager des frais imprévus, sachez que nous serions heureux d'en assurer la charge.

Henry lui sourit d'un air un brin condescendant. Ces

gros brasseurs d'affaires ignoraient souvent comment fonctionnent les choses et les gens dans les milieux académiques et institutionnels. On n'y achète pas n'importe qui !

— C'est aimable à vous d'y avoir pensé, répliqua-t-il, très détendu, mais, à mon avis, ce ne sera pas nécessaire. Je doute qu'aucun des membres de ce comité se laisse soudoyer, si c'est à cela que vous faites allusion.

Ortweiler ouvrit la bouche puis la referma presque aussitôt.

— Dans ce cas, dit-il sans élever la voix, je laisse l'affaire à votre entière discrétion.

Henry fut alors pris d'un très lointain, très fugitif remords, et il demanda d'une voix à peine audible :

— Si le comité refuse son approbation au projet du Dr Winter, ce dernier devra sans doute renoncer à sa carrière de chercheur, car il n'obtiendra plus aucune subvention des organismes officiels ou privés…

Les trois autres le regardaient fixement à présent. Une fois encore, ce fut Ortweiler qui répondit, laconique :

— Probablement.

Puis, et Henry en fut surpris, le Suisse eut une phrase brutale et qui n'était pas absolument nécessaire.

— Seuls les résultats nous importent, vous l'avez compris, n'est-ce pas, docteur Brighton ? Et nous ne payons que sur des résultats. Nous reprendrons cette discussion lorsque vous serez en possession de la notification de refus de votre comité au programme de transplantation du Dr Winter.

Sur ses mots il se leva.

— A présent, messieurs, dit-il encore, je crois n'avoir plus rien à ajouter sur cette affaire.

— En effet, approuva Chauncey, la séance est levée. Merci à vous trois d'être venus.

Henry consulta sa montre. Il était trop tard pour téléphoner à son agent de change. Il se tourna vers Chauncey avec une familiarité mêlée de respect.

— Allons boire un verre au bar, monsieur Roper. Nous avons des stratégies à mettre au point avant la réunion de lundi.

10

Porky referma doucement la porte de Céline et s'immobilisa quelques instants dans le couloir pour consulter le petit paquet de fiches tout écornées qu'il gardait dans sa poche. Il en avait une par malade hospitalisé dans le service, et sur chacune figuraient les derniers résultats d'analyses, la date de l'opération subie ou prévue, les médicaments administrés et éventuellement le protocole auquel était soumis le patient — plus bien sûr, le cas échéant, certains détails en rapport avec les soins à lui donner.

Rapidement, Porky remit en place l'élastique qui maintenait ensemble ses fiches, qu'il enfouit dans sa poche. C'était fini pour aujourd'hui. Mme de la Roche était la dernière patiente. Il reprit le couloir. Quel nom bizarre, « de la Roche » ! Pour un peu, Porky en aurait ri tout haut. Il est vrai que c'était un nom français, mais sa prononciation américaine convenait bien mal à une aussi jolie femme que Céline de la Roche ! Quelle classe ! Quelle beauté ! Et dire qu'elle était si malade !

Porky jeta un regard à sa vieille montre en forme de tête de Mickey. Curieusement, elle marchait toujours sans le moindre écart. Une antiquité pourtant, cette montre. Il la portait depuis le lycée et se moquait bien des remarques amusées de ses collègues, plus intéressés par les Rolex. Il considérait cette montre démodée comme un porte-bonheur, et pour rien au monde il ne l'aurait échangée contre une autre plus au goût du jour.

Il était assez tard, maintenant. Non que cela fît une différence : Porky passait la nuit à l'hôpital, de toute façon. Mais où étaient donc passés Don et Ed ? S'ils n'étaient pas rentrés chez eux, c'était certainement aux urgences que Porky les trouverait. La salle de repos du service des urgences était l'endroit où les médecins et résidents allaient le plus volontiers, tard dans la soirée. Là, on était sûr de tomber sur quelqu'un que l'on connaissait, et il régnait toujours une sorte d'étrange euphorie, particulièrement perceptible après minuit. Il est vrai que les gens qui se couchent tard ou pas du tout, pour lutter contre le sommeil, génèrent une manière d'excitation qui les tient éveillés. Or, ceux que l'on retrouvait dans cette salle n'avaient généralement pas dormi depuis vingt-quatre heures ou davantage, buvaient force café, et avaient toujours quelque chose d'amusant à raconter pour se tenir éveillés.

Comme prévu, Don et Ed se trouvaient aux urgences. Ils étaient en train d'écouter Bob Aminoke en riant. Ce dernier, un médecin nigérien responsable du service, racontait une histoire sur Sonja Blake, la surveillante de nuit.

Tout le monde connaissait Sonja, à l'hôpital. C'était une grande blonde, croqueuse d'hommes, qui avait deux buts dans la vie : se faire épouser par un médecin, et maintenir dans la rue, et en tout cas hors du service des urgences — « son » service —, toutes les épaves, ivrognes, drogués et clochards qui cherchaient à s'y faire admettre sous un prétexte quelconque, la nuit. Sur ce point, Sonja se montrait inflexible. Elle surveillait l'entrée du service donnant sur la rue depuis le bureau légèrement surélevé qu'elle occupait ; si l'un de ces bons à rien avait l'audace de se présenter, elle se précipitait sur lui en rugissant et vitupérait tant et si bien que généralement le pauvre bougre tournait les talons pour s'enfuir aussi vite qu'il le pouvait. Dans les faits, cependant, tous les clochards du quartier savaient quand Sonja était de service, et, ces nuits-là, ils ne se risquaient pas aux abords de l'hôpital.

— Cette chère Sonja donc était installée à son poste de garde, surélevé comme chacun sait, et écoutait avidement le baratin que lui servait Morrie Weinberger — le dermatologue de garde, ce soir-là, en médecine interne.

Bob avait une voix profonde, très mélodieuse, évoquant celle d'un chanteur de blues.

— Tout le monde connaît Morrie, poursuivait-il. Il se sait assez beau gosse, et c'est un homme à femmes. Il leur fait du gringue à la première occasion. Il était donc assis tout près de Sonja, et lui roucoulait des fadaises en lui faisant les yeux doux.

A cet instant, un fracas de verre brisé retentit à l'extérieur, puis l'on entendit un homme hurler ; mais, dans la salle de repos, nul n'y prêta attention, mis à part Porky, qui jeta un regard anxieux vers la porte. Bob Aminoke, nullement troublé, continua son récit.

— A un moment, la porte donnant sur la rue s'est ouverte, mais personne n'est entré. Du moins, c'est ce qu'a cru Sonja : impossible, depuis son perchoir, de voir un gars marchant à quatre pattes et rasant les murs. Or le gars en question, que l'on connaît dans le quartier sous le nom de Malou, est sans doute le clochard le plus sale et le plus puant de la ville entière. Il avait, ce soir-là, une belle estafilade au front et n'était pas beau à voir avec sa barbe hirsute, ses cheveux collés de sang et ses vêtements raides de crasse. En plus, il dégageait une odeur parfaitement nauséabonde.

Une sirène hulula au-dehors, puis mourut. Un bruit de pas résonna, suivi d'un choc sourd et d'un autre cri. Porky remarqua que le front de Bob Aminoke était luisant de sueur. Il ne faisait pourtant pas chaud dans la salle ; mais Bob, en parlant, gesticulait, remuant bras et jambes comme s'il cherchait à mimer son histoire…

— Donc, reprit-il, Sonja ne voit pas Malou, d'autant qu'elle n'a d'yeux que pour Morrie. Malou continue à ramper à quatre pattes, et finit par arriver au pied du bureau de Sonja, qui ne le remarque toujours pas. Sans un bruit, il reste accroupi et contourne le bureau de manière à se trouver juste à côté de Sonja. Et voilà que celle-ci sent une main sur sa cuisse. Evidemment, elle pense que c'est Morrie qui entame le second stade de ses travaux d'approche, et elle lui fait les yeux doux de plus belle. La main remonte le long de sa cuisse… Oh, bonheur ! Et elle grimpe, et elle caresse, et elle effleure le slip de la douce Sonja — etc., etc. La séance dure un moment, Sonja est en pâmoison ou presque, quand enfin Morrie se lève pour partir. Et bien sûr la main, elle, reste en place ! C'est seulement à ce moment que Sonja baisse les yeux. Et là, elle pousse un rugissement qui a dû s'entendre jusque dans le New Jersey…

Porky, qui s'était approché de la porte, n'écoutait plus depuis un moment. Il pensait encore à Céline de la Roche, et son esprit vagabondait quand la bruyante hilarité des autres le ramena sur terre.

— Que s'est-il passé dans le New Jersey ? demanda-t-il, l'air ahuri.

Tous le regardèrent comme s'il était transparent, puis Don lui ordonna :

— Va donc voir si tu nous trouves quelque chose à manger. Les cuisines sont peut-être encore ouvertes.

Porky sortit sans discuter. Dès qu'il eut fermé la porte, il entendit le commentaire de Bob Aminoke :

— Si quelqu'un peut trouver un truc à bouffer dans cette turne, c'est bien lui. Obèse comme il est !

Les rires qui ponctuèrent cette déclaration n'échappèrent pas non plus au pauvre Porky.

Ayant trouvé les cuisines closes, le jeune homme décida d'aller dormir. La chambre de l'interne de garde étant située au huitième étage, celui du bloc opératoire, il se dirigea d'un pas las vers l'ascenseur. Un moment après, il pénétrait sans enthousiasme dans la petite pièce. A cet instant précis, le téléphone se mit à sonner, comme par un fait exprès.

C'était la secrétaire du service des urgences. On venait d'admettre un couple, victime d'un accident de voiture. Une personne au moins était sérieusement touchée et devrait probablement être opérée.

— Alors descends en vitesse, conclut-elle avant de raccrocher.

Porky tourna les talons et regagna lentement le palier des ascenseurs. Tandis qu'il marchait, la vision de Ed van Stamm dans des circonstances similaires lui revint, vivante, presque palpable. Cela se passait quelques années plus tôt. Ed était alors jeune interne, et Porky, seulement étudiant, externe de seconde année. Ed, quand le service des urgences l'avait appelé, s'était rué dans les escaliers, hurlant que l'ascenseur était trop lent, toujours occupé. Porky l'avait suivi, suant et soufflant tandis qu'ils descendaient les huit étages en courant, et Ed devant lui ne cessait de crier, parlant d'airway qu'il fallait débloquer, et de brassards à tension, et de tout ce qu'il faudrait pour réanimer le blessé. Ce dernier était un homme, Porky s'en souvenait parfaitement, et il avait pris une balle en plein visage. Dans l'ambulance se trouvait un policier qui l'avait accompagné...

Tout en gagnant l'ascenseur, Porky songea qu'il ne remplissait pas sa tâche avec autant de zèle qu'un Ed van Stamm ou que des générations de jeunes internes en chirurgie avant lui. Hélas, qu'y pouvait-il ? Porky n'aimait pas courir, il était trop corpulent, perdait vite son souffle.

S'il descendait à pied, il arriverait aux urgences hors d'haleine, si bien qu'il ne serait plus bon à rien, Mieux valait donc prendre l'ascenseur.

Porky était différent du reste de sa famille, il le savait. Le seul parent proche qui fût gros comme lui était un cousin dont tout le monde se moquait — non seulement à cause de son obésité, mais parce qu'il était poète ! Il vivait modestement en Arizona où il enseignait l'anglais, et ne donnait jamais de nouvelles, complètement indifférent à la réussite sociale des autres, leur train de vie de nantis et leurs Mercedes métallisées.

Porky avait pour père un célèbre chirurgien orthopédiste, l'un des plus connus du pays en matière de prothèses de hanche. La façon dont il se consacrait à ses malades était légendaire, au point que Porky, lorsqu'il était enfant, ne le voyait pratiquement pas. Parfois, Porky se demandait avec angoisse s'il n'avait pas obtenu son poste d'interne en chirurgie à cause des mérites de son père, et l'idée ne lui plaisait pas beaucoup. Quand il était franchement déprimé, il se disait aussi que, sans son père, jamais il n'aurait été interne, et l'idée le déprimait plus encore.

Heureusement, Porky savait aussi qu'un jour les choses iraient mieux pour lui à l'hôpital, et que la première année était toujours la plus difficile. Quand il aurait davantage d'expérience, il saurait mieux s'organiser, et de ce fait se sentirait plus intégré. Malgré cela, d'instinct, il se sentait fondamentalement étranger à la grande communauté des chirurgiens. Il ne fonctionnait tout simplement pas comme eux — même si, sur le plan purement académique, il était aussi brillant que beaucoup d'autres.

L'ascenseur était décidément très long à monter jusqu'au huitième étage, Porky suivait son ascension grâce aux petites lumières qui s'allumaient l'une après l'autre au-dessus de la porte, et cela n'en finissait plus : l'appareil s'arrêtait à tous les paliers. Le jeune homme vacillait de fatigue et, n'y tenant plus, profitant de ce que le palier était désert, il céda à la tentation et s'assit par terre quelques instants, adossé au mur.

Le temps que l'ascenseur arrive, il dormait. Il n'entendit donc pas la porte automatique s'ouvrir, pas plus qu'il ne vit la lumière qui inonda le palier, le temps que la porte se referme. Et, bien sûr, il n'entendit pas non plus le téléphone qui sonnait et sonnait encore dans la chambre de l'interne de garde.

Porky dormit une heure et demie durant, et faillit céder à la panique quand il s'éveilla, réalisant tout à coup ce qui lui était arrivé. Prenant son courage à deux mains, il se rendit aussi vite qu'il le put au service des urgences, où tout était calme.

— Doux Jésus ! Un revenant, s'exclama Bob Aminoke, goguenard. Où donc avais-tu disparu ? Tu parles d'un cirque ! Comme tu ne répondais pas au téléphone, ils ont dû faire appel à un gars de médecine interne pour les aider. Ils sont encore au bloc. A ta place, je me grouillerais de les rejoindre.

Malade de remords, Porky remonta jusqu'à l'étage du bloc, et se mit en tenue dans le sas désert. Quand il pénétra dans le couloir sur lequel donnaient les différentes salles d'opération, il vit que l'une d'elles seulement était éclairée. On percevait un murmure de voix à l'intérieur. Eh bien, Porky allait s'y glisser sans attirer l'attention et tâcherait de se rendre utile à des besognes mineures…

Hélas, quand il franchit la porte du bloc opératoire, tout le monde se tut et cinq paires d'yeux se posèrent sur lui. Porky reconnut un interne en médecine qui tenait les écarteurs. C'était sans doute celui que l'on avait réquisitionné.

Don prit la parole.

— On est en train de refermer. On n'a plus besoin de toi. Disparais !

Porky voulut dire quelque chose mais se ravisa, tourna les talons et sortit. Bien qu'il fût encore étourdi de sommeil, le mépris qu'il avait perçu dans la voix de Don lui faisait mal. Il regagna la chambre de l'interne de garde et, toujours en tenue de bloc, s'affala sur le lit, où il s'endormit instantanément.

Après le départ de Porky, un bref silence s'établit dans la salle d'opération, seulement rompu par le bruit intermittent du respirateur.

Don jeta un regard à la pendule murale avant de demander :

— Quel est le programme, demain matin ?

Ed mit un petit moment à répondre. Il éprouvait une fatigue si intense que son cerveau fonctionnait mal, et ses réflexes étaient très ralentis.

— Le Dr Winter opère des voies biliaires, puis nous avons la hernie que nous devions faire hier, et une vésicule biliaire. Je comptais aider Porky à opérer la hernie.

— Fais-la tout seul. En ce qui me concerne, Porky ne fait plus partie du service. J'en parlerai au Dr Brighton demain matin, à la première heure, afin d'envisager avec lui un remplacement. Je connais quelqu'un chez les Vétérans, un certain Cormack. Il est en surnombre, et le patron du service accepterait peut-être de s'en séparer.

Ed se contenta de hausser les épaules. Il avait bon cœur, et jugeait que Porky ne méritait pas d'être renvoyé de la sorte. Mais il connaissait Don et savait qu'il ne servirait à rien d'en discuter avec lui, surtout à 2 heures du matin. D'ailleurs, Don n'agissait pas sur un coup de tête, Ed en était à peu près sûr. Il avait au contraire choisi son moment. Quel chef de clinique sain d'esprit s'amuserait à renvoyer l'interne du service sans avoir sous la main un remplaçant ? Il y avait bien trop de travail à assurer pour deux résidents seulement !

Ed aida Don à recoudre l'incision, maintenant les lèvres de la plaie, tandis que Don cousait avec une aiguille courbe et un fil de suture épais.

— Pinces et agrafes cutanées, s'il vous plaît.

L'instrumentiste tendit à Don ce qu'il demandait et Ed prit deux pinces à disséquer armées de petites dents pour bien coller les berges de la plaie. Don put ainsi placer ses agrafes en un éclair.

— Tu as la main qui tremble, fit-il observer à Ed. Tu baises trop cette nouvelle infirmière… comment s'appelle-t-elle, déjà ? Ah, oui, Collie Zintel.

Ed se mit à rire.

— Si c'était ça, je tremblerais au point de pouvoir actionner un marteau-piqueur sans compresseur !

Tout le monde se mit à rire. L'opération était presque terminée et l'on pouvait se détendre. Don recouvrit la plaie d'un pansement puis dégagea le champ opératoire. Après quoi Ed et lui ôtèrent leurs gants en caoutchouc.

Sur la table d'opération, il y eut un bruit de gargouillis, puis une toux rocailleuse retentit tandis que l'anesthésiste — un résident, lui aussi — retirait la sonde d'intubation avant de placer une sonde d'aspiration bronchique afin d'évacuer toutes les sécrétions accumulées pendant l'intervention.

— Le patient est O.K., dit-il. Sa température est un peu basse mais c'est normal. Que voulez-vous que je passe dans la voie veineuse ?

— Du Ringer-lactate, répliqua Don sans lever les yeux.

Il était accroupi sur le sol, la pancarte du malade sur les genoux, et inscrivait les médications postopératoires. Sa fatigue était telle qu'il avait du mal à écrire et devait vérifier qu'il ne notait pas deux fois la même chose.

— Il faudra lui passer une seconde poche de sang,

ajouta-t-il à la cantonade, mais cela peut attendre. En salle de réveil, qu'on lui fasse une numération globulaire.

Dans un bocal, la rate éclatée qu'ils venaient d'enlever attendait qu'on l'envoie au laboratoire d'anatomopathologie. Normalement, c'était à l'interne de remplir la fiche qui accompagnait les prélèvements à analyser ; à défaut de Porky, Ed emprunta un stylo à l'anesthésiste et se mit en devoir d'inscrire sur la fiche les renseignements requis : nom et âge du patient, numéro du service, résumé de l'histoire clinique, et tous les détails fastidieux qu'exigent les anatomopathologistes, toujours pointilleux. Chaque fois qu'il manquait des renseignements sur une fiche, ils téléphonaient aussitôt au Dr Brighton pour se plaindre, et Brighton en faisait toute une histoire. Mieux valait éviter ce genre de désagrément.

Don avait intérêt à trouver un remplaçant à Porky, songea Ed en remettant la fiche en place, sinon ils ne tarderaient pas à succomber sous le poids de la tâche. Assurer le service à deux était infernal, pour ne pas dire impossible.

Il rejoignit Don dans le sas, où ils se débarrassèrent sans un mot de leurs blouses vertes maculées de sang.

Ed prit ensuite la parole.

— Rentre chez toi, je surveillerai le malade.

Don ne répondit rien, et tous deux gagnèrent la salle de réveil. Leur patient, un homme d'un certain âge, s'y trouvait seul, perdu, abandonné, au milieu de tous les lits vides — une dizaine au total. L'anesthésiste s'était installé au bureau de surveillance.

— Il va bien, annonça-t-il. Sa tension est normale et la température remonte.

— Tant mieux, dit Don, mais laissons-le branché sur monitoring encore un moment. Si vous voulez me joindre, vous me trouverez dans la salle de repos des urgences. Tu rentres chez toi, n'est-ce pas, Ed ?

— Ce n'est pas de refus !

Ed ne cachait pas son soulagement. Pourtant, la nuit était déjà si avancée qu'il aurait à peine le temps de s'endormir avant de devoir se lever de nouveau… Tant pis, cela valait mieux que de somnoler sur un mauvais canapé en salle de repos. Il fallait être masochiste comme Don pour récupérer ainsi nuit après nuit.

Il est vrai que Don, lui, n'avait pas une Collie Zintel qui l'attendait dans son lit !

En arrivant chez lui, Ed se rendit dans la chambre à coucher sur la pointe des pieds, cherchant à tâtons son chemin dans le noir. Il était si fatigué qu'il espérait que Collie ne se réveillerait pas.

Mais elle l'attendait, parfaitement éveillée. Et quand il s'étendit à côté d'elle, il sentit tout de suite combien elle était tendue, excitée, avide. Elle était nue bien sûr, et se lova aussitôt contre lui, brûlante.

— Chéri, murmura-t-elle d'une voix étouffée, rauque de désir.

L'instant d'après, elle était assise à califourchon sur lui et le guidait en elle.

Ed sentit l'urgence du désir de sa compagne, la tension qui l'habitait. Elle émit un grognement presque animal en le sentant en elle, puis se mit à râler. Collie ne disait jamais grand-chose en faisant l'amour, et, même quand elle parlait, Ed n'arrivait pas à saisir le sens de ses paroles. Parfois, il avait même le curieux sentiment que ce n'était pas à lui qu'elle s'adressait, dans ces moments-là.

Elle le chevauchait comme un cheval emballé, à présent, toujours plus loin, toujours plus vite, les bras tendus devant elle, le buste cambré, les seins offerts. Il sentit qu'elle allait jouir, et au dernier moment, d'un coup de reins puissant, comme désespéré, il la pénétra plus profondément encore.

Collie rejeta la tête en arrière et poussa un long cri, à mi-chemin entre le râle et le rugissement.

Ensuite, elle demeura immobile, empalée, comme inerte, pendant un long, très long moment. Ed sentait toute l'énergie de la jeune femme se vider, en même temps que ses muscles se détendaient. Mais même lorsqu'elle se laissa glisser à son côté, toujours sans un mot, il sut qu'elle n'était pas complètement satisfaite — que quelque part, tout au fond d'elle-même, couvait un désir sauvage, violent, inhumain, qu'il ne comprendrait jamais et ne pourrait jamais satisfaire.

11

Céline s'éveilla dans son lit d'hôpital assez mal à son aise. Elle avait chaud, sa bouche était sèche, et elle ressentait dans l'abdomen une gêne presque douloureuse. Elle se redressa et repoussa les couvertures. A en juger par la faible lumière qui filtrait par la fenêtre, il devait être à peu près 6 heures. Un regard à sa montre lui précisa qu'il était 6 heures passées de vingt minutes.

Peu après, des rires retentirent dans le couloir, puis la porte de sa chambre s'ouvrit brusquement et une voix tonitruante lui cria depuis le seuil :

— Bonjour, Della ! Bien dormi ?

Une grande et grosse femme en uniforme d'infirmière, un sourire grimaçant sur le visage, apparut, portant un plateau sur lequel se trouvaient une dizaine de petits gobelets en plastique contenant des médicaments. A peine entrée, elle tourna la tête vers la porte et lança une remarque à quelqu'un dans le couloir. Suivit une nouvelle crise de bruyante hilarité.

— Vous vous trompez de chambre, lui dit froidement Céline.

Le sourire disparut aussitôt et la grosse infirmière afficha une expression butée, presque désagréable, avant de consulter sa liste.

— Comment ça, je me suis trompée ?

— Je ne m'appelle pas Della.

— O.K., oui, c'est bon, madame… euh… Ecoutez, votre nom, je ne peux pas le prononcer, alors je vous appellerai Della, et tant pis si ça ne vous plaît pas.

— Il n'en est pas question, rétorqua Céline sans élever le ton. Vous m'appellerez par mon nom, tout comme je vous appellerai par le vôtre, madame…

Céline se pencha pour lire le nom figurant sur le badge que portait l'infirmière.

—… madame Koslowski.

L'interpellée reprit sa liste et la parcourut avec son doigt jusqu'au nom de Céline.

— C'est pas un nom américain, ça, grommela-t-elle. Si vous ne voulez pas que je vous appelle Della, je vous appellerai 427, votre numéro de chambre, c'est plus simple, conclut-elle d'un ton péremptoire.

Sur ce, elle posa sur la table de nuit un gobelet en plastique contenant un liquide gluant et vaguement translucide.

— Buvez, ordonna-t-elle. Je resterai à côté de vous tant que vous n'aurez pas tout avalé.

Céline prit le verre et en inspecta le contenu.

— Qu'est-ce que c'est ? voulut-elle savoir.

— Vous ne voyez pas ? C'est de l'huile de ricin, bien sûr, ricana la dénommée Koslowski.

— De l'huile de ricin ? Pour quoi faire ?

— Pour votre transit intestinal.

Céline replaça le verre sur sa table de nuit et croisa dignement les bras.

— Désolée, je ne prendrai pas ce médicament

Une expression parfaitement outragée se peignit sur le visage de l'infirmière, qui prit une profonde inspiration, comme si soudain le souffle lui manquait.

— Cela vous a été prescrit, et vous allez le prendre, décréta-t-elle.

La menace perçait clairement dans sa voix.

— Qui l'a prescrit ? voulut savoir Céline, de plus en plus butée. Personne ne m'en a parlé, et mon transit intestinal ne présente aucun problème, merci.

Elle avait voulu prendre un ton léger, mais la situation commençait à l'exaspérer, et elle éprouvait bien du mal à le cacher.

— Je ne sais pas, rétorqua l'infirmière Koslowski, dont la patience semblait à bout. Les médecins n'ont pas toujours le temps d'expliquer aux malades les remèdes qu'ils leur donnent, figurez-vous. Buvez cette huile de ricin tout de suite !

Céline se redressa sur son lit et secoua résolument la tête. Non, elle ne prendrait pas ce médicament !

Furieuse, l'infirmière sortit de la chambre, hurlant qu'elle allait revenir avec l'infirmière en chef, ou peut-être même un médecin.

Céline affichait un calme relatif, mais son cœur battait à tout rompre. Elle savait que Charles n'aurait pas approuvé son attitude. « Pourquoi tant d'histoires ? aurait-il dit. Les médecins savent ce qu'ils font, et ne te prescriraient pas un médicament inutile. »

La jeune femme attendit le retour de l'infirmière ; ne voyant rien venir, elle prit un manuscrit qu'elle transportait avec elle, la veille, dans la voiture, et le lut jusqu'à l'arrivée du chariot des petits déjeuners.

— Je n'ai rien pour vous aujourd'hui, annonça joyeusement une jeune aide-soignante depuis le seuil de la porte. Vous êtes à la diète parce qu'on doit vous faire un examen.

— Oh, zut ! s'exclama Céline, que l'odeur du café mettait déjà en appétit. Gardez-moi de quoi manger pour après ! Je vais mourir de faim !

— Désolée, c'est impossible. Tout retourne aux cuisines.

Mais si vous le désirez, plus tard, on vous trouvera toujours quelque chose, au moins un sandwich.

L'aide-soignante se mit à rire avant de poursuivre.

— Personne n'est jamais mort de faim, dans ce service.

Sur quoi elle disparut. Céline se laissa aller dans son lit, découragée. Plus que jamais, elle avait l'impression d'être traitée comme un objet.

Elle écouta, la mort dans l'âme, le cliquetis du chariot qui s'éloignait dans le couloir. Il s'arrêtait devant chaque chambre et l'on entendait alors des rires et les patients qui répondaient à l'aide-soignante, la remerciant pour leur petit déjeuner. Exaspérée, furieuse, prête à faire un esclandre, la jeune femme voulut se boucher les oreilles avec son oreiller — et sans doute dut-elle s'assoupir, car elle se redressa en sursaut lorsque, un peu plus tard, les médecins entrèrent dans sa chambre.

— Bonjour, lui dit Ed van Stamm, debout près du lit.

Il y avait de l'entrain dans sa voix, mais il paraissait exténué.

— Avez-vous bien dormi ?

C'était Don qui avait posé la question, et lui n'était guère plus frais que la veille, au contraire. En outre, il ne s'était pas rasé, et sa barbe naissante n'améliorait pas son apparence.

— Très bien, merci, répondit distraitement Céline.

En réalité, elle regardait la porte ouverte derrière les deux médecins, étonnée de ne pas voir apparaître le petit interne qui les suivait toujours, d'ordinaire.

— Où est Porky ? demanda-t-elle.

Don et Ed échangèrent un regard furtif.

— Il n'est pas là, aujourd'hui, répondit Don.

*
* *

En vérité, à ce moment précis, Porky mordait la poussière dans le bureau du Dr Brighton.

— Vous vous êtes endormi après avoir reçu l'appel du service des urgences, dites-vous ?

— Oui, monsieur, répondit le malheureux Porky d'une voix où s'entendait toute la misère du monde. Ce n'était pas mon intention… Je m'étais seulement assis par terre pour attendre l'ascenseur.

— Parce que vous attendiez l'ascenseur ?

Le Dr Brighton affichait maintenant un infini mépris mêlé d'incrédulité.

— Vous prenez donc l'ascenseur pour descendre aux urgences, si je comprends bien ! C'est une grande première dans cet hôpital ! ricana Brighton.

Il écrivit quelque chose sur le bloc devant lui, puis leva son crayon, la pointe vers le plafond, et parut réfléchir.

— Vous savez, je suppose, que le Dr McAuliffe a demandé votre renvoi de son service ? reprit-il au bout d'un moment.

— Non… euh… enfin, je veux dire oui, mais je ne l'ai su que ce matin, et je n'ai pas pu lui expliquer…

Le pauvre Porky n'acheva pas sa phrase. Déjà, Brighton s'exclamait, furieux :

— Heureusement, ce genre de situation ne se présente pas souvent, car, quand cela arrive, il s'ensuit toute une désorganisation des rotations des internes, ce qui occasionne beaucoup de désagréments. Non que cela vous trouble ou vous empêche de dormir, j'imagine ?

Malheureux comme les pierres, Porky leva les yeux pour voir si Brighton faisait là une vague plaisanterie — mais pas du tout. D'ailleurs, il reprenait avec raideur :

— Le Dr McAuliffe n'est pas content de votre travail, depuis quelque temps. Quant à moi, qui m'efforce d'observer de très près le comportement des gens de ce service, j'avoue que vous ne m'avez pas convaincu non plus.

De sa vie entière, jamais Porky ne s'était senti aussi misérable. Il avait l'impression de se trouver sur l'échafaud, tandis que la guillotine descendait sur lui, lentement, très lentement, mais inexorablement. Il marmonnait quelque chose d'inintelligible quand Brighton fit observer à brûle-pourpoint :

— Vous appartenez pourtant à une famille de médecins, me semble-t-il ?

Porky se contenta de hocher la tête.

— Eh bien, vos parents vont être contents en apprenant ça. Ils seront fiers de vous, n'est-ce pas, docteur Rosen ?

Porky ne répondant rien, il répéta d'une voix forte :

— N'est-ce pas, docteur Rosen ?

Sur quoi, haussant les épaules, il consulta sa montre.

— Je n'ai personne pour vous remplacer dans le service du Dr Winter, pour l'instant, dit-il avec irritation. Dites-le de ma part au Dr McAuliffe.

Porky leva sur lui des yeux de chien battu. Que valait-il mieux pour lui : être renvoyé sur-le-champ, ou dans quelques jours ? Dans les deux cas, il n'y avait pas de quoi se réjouir ! Mais enfin, s'il restait encore un peu dans le service, il trouverait peut-être moyen de se racheter... En travaillant dur, il pourrait reconquérir l'estime de ses supérieurs, qui décideraient alors de le garder. A vrai dire, l'idée de rentrer chez lui et d'avouer à son père qu'il était renvoyé de l'hôpital le rendait physiquement malade.

Il se leva.

— Euh... merci, docteur Brighton.

— Vous pouvez me remercier, en effet, rétorqua Brighton avec une odieuse condescendance.

Puis, comme Porky se détournait pour sortir, il ajouta, plus méprisant que jamais :

— Autre chose, Rosen. Vous êtes obèse et négligé. Vous devriez soigner davantage votre apparence physique. D'abord, parce que votre surcharge pondérale est un obstacle à la vie active et trépidante que l'on attend d'un interne en chirurgie ; ensuite, parce qu'il est désagréable pour vos collègues de travailler avec quelqu'un d'aussi peu soigné.

Sur ces mots, le patron du département de chirurgie se replongea dans l'étude des papiers posés devant lui.

Le cœur lourd, Porky prit congé et se dirigea vers le service auquel il appartenait encore… mais pour combien de temps ? Sans compter qu'après Brighton il lui fallait maintenant affronter le mépris et les brimades de Don McAuliffe…

Il jeta un regard à sa montre Mickey, et, pris d'une impulsion subite, la décrocha de son poignet d'un geste rageur, pour la jeter par terre et l'écraser d'un coup de talon. Adieu, le vieux porte-bonheur ! Désormais, Porky serait un autre homme ! Il ferait tant et si bien que les autres le supplieraient de rester avec eux. Et il allait commencer tout de suite.

Porky se rendit donc dans le Harkness Building. Il verrait d'abord Céline de la Roche.

Arrivé devant la chambre de la malade, il tira sur sa blouse, espérant ainsi lui donner un aspect un peu plus net, puis frappa un coup léger à la porte avant d'entrer.

Assise dans son lit, Céline lisait une revue.

— Porky ! s'exclama-t-elle. Quelle surprise de vous voir ! Vos collègues m'ont dit que vous n'étiez pas là, aujourd'hui.

— J'ai dû voir le Dr Brighton, le directeur du département de chirurgie, expliqua Porky, les yeux baissés.

Le souvenir cuisant de cette entrevue lui faisait honte.

Céline le regarda d'un air songeur.

— Dites-moi, Porky, demanda-t-elle au bout de quelques

instants, m'aviez-vous prescrit de l'huile de ricin sans me le dire ?

— Certainement pas ! Pourquoi ?

Céline lui expliqua ce qui s'était produit le matin même avec Mme Koslowski.

— Je vais tout de suite vérifier ce qui s'est passé, décréta Porky avec un zèle tout neuf. Je veux en avoir le cœur net. Je reviens immédiatement.

En effet, quelques minutes après, Céline entendit des pas dans le couloir, et Porky reparut suivi de Etta Pringle, l'infirmière responsable du service. Cette dernière semblait préoccupée, et tenait un cahier à la main. Elle demanda à Céline de lui expliquer les faits, et la jeune femme s'exécuta.

— Sur le cahier, il n'est pourtant mentionné aucun médicament pour vous, admit Etta.

De toute évidence, elle était ennuyée et ne comprenait pas d'où venait l'erreur.

— Rien, en tout cas, reprit-elle, depuis votre somnifère d'hier soir — et je crois que vous ne l'avez pas pris, n'est-ce pas ?

Elle dévisageait Céline, qui hocha la tête.

— Pardonnez-moi un instant, dit encore Etta, je vais interroger l'infirmière qui était en charge, ce matin.

Elle s'éclipsa, et Porky s'assit sur la chaise à côté du lit.

— Vos collègues doivent vous attendre, fit observer Céline.

Bien que contente que Porky demeurât avec elle, elle ne voulait pas lui causer d'ennuis.

Dans le couloir, des pas résonnèrent de nouveau, et Mme Koslowski apparut, le visage empourpré, visiblement furieuse. Etta Pringle la suivait, s'efforçant de la ramener au calme.

Ce fut Etta qui prit la parole, s'adressant à Céline avec un embarras évident.

— Elle assure ne rien vous avoir donné, ce matin. Elle dit qu'elle est seulement entrée dans votre chambre pour vous dire bonjour, car vous n'aviez aucun médicament à prendre, comme le prouve le cahier.

Céline prit une profonde inspiration.

— Les choses se sont passées exactement comme je vous l'ai raconté.

— Ce n'est pas vrai ! s'écria Mme Koslowski. Je n'ai rien fait, j'ai seulement dit bonjour, comment ça va, et c'est tout !

— Vous ne m'avez pas donné un gobelet en plastique contenant de l'huile de ricin, peut-être ? rétorqua durement Céline.

— Non ! L'huile de ricin était pour Mme Magnusson, la malade du 429, qui a des problèmes de constipation. La pauvre ! C'est affreux ! Elle souffre tant, cette femme ! Vous, vous n'êtes pas constipée, n'est-ce pas ?

— Non. Je ne…

— Vous voyez, coupa Mme Koslowski, triomphante, c'est bien la preuve que je ne vous ai rien donné.

Etta Pringle regarda Céline, et l'infirmière Koslowski plaqua les deux mains sur ses hanches : elle avait gagné et le savait.

— J'ai lu, dernièrement, dit Céline, s'adressant à Etta, que, dans les hôpitaux, trente pour cent des médicaments prescrits à des patients sont par erreur administrés à d'autres. Pensez-vous que cela ait pu se produire ce matin ?

— Trente pour cent, dites-vous ! s'exclama Etta, forçant un peu sa surprise. Certainement pas dans cet hôpital, en tout cas.

— Le chiffre portait sur l'ensemble des hôpitaux du pays, fit valoir Céline en fixant sur Mme Koslowski un regard accusateur.

Celle-ci émit un petit ricanement et tourna les talons

pour quitter la chambre. Son pas lourd résonna dans le couloir jusqu'au poste des infirmières.

Ce fut le moment que choisit Porky pour s'éclipser, lui aussi. Il lui fallait rejoindre Ed et Don. Il promit à Céline de repasser la voir dès que possible, et la laissa avec Etta. Cette dernière semblait au bord des larmes.

— Nous avons tant de difficultés à recruter des infirmières ! gémit-elle sans regarder Céline. Si nous nous permettons la moindre remarque, elles s'en vont. Elles s'en moquent, elles savent qu'elles trouveront du travail à la clinique St Judes, de l'autre côté de la ville.

Céline ressentit un élan de pitié pour cette femme qui s'efforçait d'exercer son métier de son mieux, mais que les conditions de l'hôpital public n'aidaient guère.

— En vérité, dit-elle, je ne trouve pas très grave d'avoir failli prendre l'huile de ricin destinée à une autre malade. En revanche, je m'étonne que vous couvriez une infirmière qui a commis une faute et pourrait en commettre d'autres aux conséquences beaucoup plus tragiques.

— Il y a certainement eu un malentendu, répliqua Etta, qui recouvrait déjà son aplomb. Mais je consignerai l'incident dans le rapport hebdomadaire du service. Cela sera peut-être utile.

A cet instant, un coup léger fut frappé à la porte et Charles apparut, muni d'un petit sac de voyage contenant les affaires que lui avait demandées sa femme. Il regarda Etta, puis Céline.

— Je rentre à la maison, lui dit soudain cette dernière, qui venait à l'instant de prendre sa décision. Je ne resterai pas ici une minute de plus. Je t'expliquerai pourquoi dans la voiture.

Charles posa sur elle un regard très calme, et, se tournant vers Etta, demanda d'une voix parfaitement contrôlée :

— Voulez-vous nous laisser seuls quelques instants, madame ?

L'infirmière ne se le fit pas dire deux fois et disparut.

Après avoir posé le sac de voyage, Charles s'assit sur une chaise près de la fenêtre.

— Que s'est-il passé ? s'enquit-il, fixant sa femme droit dans les yeux.

Céline lui raconta les incidents de la matinée. Lorsqu'elle eut terminé, Charles haussa les épaules avec irritation.

— Je ne te comprends pas, Céline ! s'exclama-t-il. Tu accordes de l'importance à des vétilles, et à cause d'elles tu voudrais remettre en cause les conditions de ton traitement alors que tu es malade, gravement malade ! Tu veux mon avis ? Tu te comportes comme une enfant gâtée !

Il se tut un instant avant de reprendre, à voix basse mais très distinctement :

— N'as-tu pas compris que tu étais entre les mains de l'un des meilleurs spécialistes ? Un chirurgien de réputation internationale ?

— Je ne me plains pas de lui, rétorqua Céline avec un calme inquiétant. Mais dis-moi, Charles, de quel côté es-tu ? Du mien ou de celui de l'hôpital ? Tu ne tiens peut-être pas à me voir rentrer à la maison ? Marion Redwing se serait-elle déjà installée à ma place ?

Charles se leva d'un bond. Cette fois, sa patience était à bout. Il s'approcha du lit et planta son regard dans celui de sa femme.

— Je ne veux pas que tu rentres à la maison tant que tu ne seras pas guérie, articula-t-il d'une voix contenue. Est-ce bien clair ?

Céline sentit s'éveiller en elle un vieux démon destructeur, celui qui la poussait toujours à provoquer son mari.

— Inutile de chercher de faux prétextes, dit-elle d'une voix qui frisait l'hystérie. Il suffit que je quitte la maison pour que Marion s'y installe. Je parie qu'elle fait mieux l'amour que moi, n'est-ce pas ? Méfie-toi, cependant ; au début, c'est toujours…

La gifle de Charles lui coupa la parole. Il la regarda s'effondrer dans son lit, puis porter la main à sa joue ; puis il se détourna, gagna la porte et l'ouvrit.

— Appelle-moi si tu as besoin de quoi que ce soit, dit-il depuis le seuil d'une voix glaciale. Je serai à la maison.

12

Passer sa mauvaise humeur sur Porky Rosen avait bien soulagé Henry Brighton. Mais, à présent que ce petit interne gras et incompétent avait quitté son bureau, ses autres sujets de préoccupation revenaient en force… Il demeura assis à sa table quelques minutes encore, mâchonnant la gomme de son crayon, puis se leva pour se rendre au bureau de Red Felton, qui se trouvait en face du sien.

Red, qui était l'un des professeurs associés du département, lisait les pages financières du *New York Times*, les pieds sur sa table — table sur laquelle n'étaient posés qu'un téléphone et un vieux Stetson sale et déformé. Hormis ces deux objets, pas un livre, pas un dossier, pas une revue médicale, rien qui laissât penser qu'il s'agissait d'un lieu de travail. Henry s'immobilisa sur le seuil et regarda Red un instant en secouant la tête.

— Bon sang, Red, tu n'as rien de mieux à faire ? soupira-t-il enfin.

L'interpellé abaissa son journal de quelques centimètres afin de voir son interlocuteur.

— Rien, Henry ! Rien de rien, décréta-t-il avec un large sourire. Personne à opérer, pas un malade à voir et la visite du service n'est pas programmée avant 11 heures. Si j'avais su, je serais resté plus longtemps au lit avec ma douce, ce matin !

Red Felton était un chirurgien généraliste qui avait réussi à se faire nommer professeur quelques années auparavant. Très compétent en tant que chirurgien, il était également un enseignant que les résidents et les étudiants adoraient, car il ne cherchait de noises à personne et possédait un humour implacable, doublé d'un bon sens à toute épreuve. C'était un vrai médecin, pratique, terre à terre, qui suivait ses malades jusqu'au bout, et n'ennuyait pas ses étudiants avec des histoires compliquées d'électrophysiologie cardiaque ou d'équilibre hydroélectrolytique, comme le faisaient d'autres professeurs dans le seul but de faire étalage de leur savoir. Non, Red n'était pas ainsi : il préférait de loin raconter des anecdotes sur la chasse aux bêtes à cornes en Arizona, ou d'autres sujets du même ordre.

Le problème avec Red était qu'il ne faisait pas de recherche, et n'avait aucunement l'intention de s'y mettre. Depuis le début, c'était là un point qui irritait beaucoup Henry, car Red émargeait au budget de recherche de l'université, sans pour autant y contribuer. A plusieurs reprises dans le passé, Henry avait voulu se débarrasser de ce professeur qui ne remplissait que la moitié de sa mission ; sans succès. Red était très populaire auprès des résidents et des étudiants qui, à la moindre alerte, l'auraient soutenu. Résultat, Henry avait tempêté, menacé et, chaque fois, capitulé. Aujourd'hui, cependant, avec la perspective de l'argent alloué par le consortium suisse pour soutenir son projet de recherche, il détenait une nouvelle arme : à défaut de liquider ce bouffon de Texan, il allait le mettre au travail !

— J'ai appris hier des nouvelles plutôt encourageantes, Red, annonça-t-il.

Il s'était avancé dans le bureau, et s'assit sur le siège vacant face à Red, affichant une expression de bonhomie un peu forcée. Puis il écarta d'un geste affecté la maigre mèche de cheveux pâles qui lui tombait dans les yeux. Red, qui le connaissait bien, comprit vite qu'il n'était pas là par hasard, et que, pour s'en débarrasser, il ne suffirait hélas pas de l'ignorer. A regret, il posa son journal sur la table.

— On t'a offert un job en Californie ? demanda-t-il, tandis qu'un sourire plein de malice se dessinait sur son visage. Si tu savais comme je suis content pour toi, mon vieux ! A ta…

Henry le coupa aussitôt.

— Il ne s'agit pas de cela, Red. Voyons, sois sérieux pour une fois !

Une expression presque peinée remplaça le sourire de Red.

— Navré, mon ami ! C'est vrai qu'à bien y réfléchir qui diable t'offrirait un job en Californie ?

— Ce n'est pas le problème ! s'exclama Henry, agacé. Je n'ai aucune envie d'être muté, que ce soit en Californie ou ailleurs. J'ai tout ce qu'il me faut ici : Crin-crin, les enfants… et même mes casiers à langoustes, qui marchent du tonnerre, cette année. A ce propos, Red, pourquoi ne pas venir à la maison avec Charmaine pour un barbecue un de ces jours ? Tiens, disons samedi. Cela te dirait ? Il me reste des langoustes de l'an dernier dans le congélateur, et il faut les manger.

— Riche idée, Henry !

Red était en alerte, à présent. Son instinct lui dictait d'observer la plus extrême prudence, car Henry, de toute évidence, tramait quelque chose de louche. Brighton était en effet d'une pingrerie légendaire, d'autant plus méprisable qu'il n'était pas dénué de moyens, au contraire. Sa femme, Crin-crin, surnommée ainsi depuis son enfance à cause de sa voix geignarde, venait d'une famille fortunée du Connecticut, et ils habitaient une belle maison ancienne au bord de l'eau. Mais tous deux pinaillaient sur tout, vivaient chichement et ne recevaient jamais — sauf s'il s'agissait de quelqu'un d'important, ou s'ils savaient pouvoir en retirer des avantages certains et très précisément calculés à l'avance. Le bruit courait qu'un jour Henry avait dit au directeur du département de médecine que lorsque son congélateur était plein, il préférait donner à ses chats les langoustes qu'il ne pouvait plus y mettre que d'inviter des gens de son service à les manger.

— Crin-crin est au courant de ton invitation ? s'enquit Red pour gagner du temps.

— Bien sûr, pas de problème, elle sera ravie. Alors, entendu pour samedi ?

Red, en un geste d'une nonchalante insolence, tendit alors la main pour prendre son Stetson, puis se redressa sur son siège afin de coiffer son couvre-chef bien en arrière sur sa nuque. Après quoi, il posa sur Henry ses yeux d'un bleu très pâle, presque délavé.

— Sacré Henry ! dit-il avec une feinte jovialité. On peut dire que tu sais prendre les copains par surprise, hein ? Faut que je voie avec ma chérie avant de te donner une réponse. Tu connais les femmes, pas vrai ? Toutes plus susceptibles les unes que les autres — inutile de créer des incidents diplomatiques. Maintenant, si tu commençais par le début ? Raconte-moi ce qui agite ainsi ta pauvre matière grise, ou ce qu'il en reste. T'as quoi sur le cœur, exactement ?

Tout en parlant, Red avait sorti de son tiroir une boîte de tabac à chiquer. Il fourra dans sa bouche une prise qu'il entreprit de mâchonner à la façon d'un cow-boy. Il savait qu'Henry réprouvait cette habitude, qu'il trouvait répugnante et vulgaire, et cela augmentait d'autant son plaisir.

— Eh bien, voilà, Red, répondit Brighton, très sentencieux. Il semblerait que ces recherches sur lesquelles je m'acharne depuis bientôt dix ans, et qui ont trait aux ulcérations coliques, comme tu le sais, soient enfin sur le point de porter leurs fruits.

— J'admire le choix de ton vocabulaire, Henry. A t'entendre, on croirait que, pour la première fois depuis dix ans, tu t'apprêtes peut-être à aller à la selle.

Henry s'abstint de relever. Red était franchement ignoble, et son humour texan d'une trivialité !

— J'ai rencontré le représentant d'un groupe, ou plutôt d'un consortium, pourrait-on dire…

Henry entreprit d'expliquer les énormes sommes d'argent en jeu et l'importante subvention qui viendrait enfin renflouer un programme de recherche depuis longtemps enterré faute de crédits.

— Or, poursuivit-il, détachant bien ses mots, je te veux en première ligne dans ce programme, et je tiens à ce que tu t'y impliques à fond. Pour les biopsies du rectum et du côlon, tu es le meilleur, et tu assureras donc la coordination avec le service d'anatomopathologie. Je compte sur toi pour être le moteur du projet, Red, et je suis sûr que tu trouveras là un défi passionnant à relever.

Henry s'interrompit le temps d'afficher un sourire entendu, puis reprit :

— Tu sais comme les bruits vont vite dans nos milieux scientifiques. Nous saurons faire connaître les résultats de tes travaux en haut lieu, et ta réputation de chercheur fera rapidement le tour du pays.

Red mâchonna un moment sa chique sans répondre, puis il s'étira avec lassitude.

— Coordination, t'as dit, Henry ? C'est bien le mot que t'as employé, hein ? Ben moi, je ne sais même pas ce que ça veut dire, et ça peut te sembler incroyable, mais j'ai pas du tout envie de le savoir.

Henry pinça les lèvres. Oh, il ne s'était pas attendu que Red fût enthousiaste, non ! L'homme détestait tout ce qui n'était pas purement clinique. Mais tant pis. Cette fois, Henry tiendrait bon, et lui montrerait qui était le plus fort.

Après tout il était patron du département de chirurgie et, à ce titre, coiffait tous les chirurgiens de l'hôpital !

— Je parle très sérieusement, Red. Il s'agit d'un très gros projet, et je tiens à ce qu'il aboutisse dans les meilleures conditions. J'ai besoin de toi parce que les autres chirurgiens sont engagés dans d'autres travaux d'expérimentation. Je sais que la recherche n'a jamais été ton fort, mais, désolé, mon vieux, cela fait partie de ton job.

Henry se tut pour juger de l'effet de ses paroles. Red affichait un visage complètement vide d'expression, se contentant de mâcher sa chique, de sorte que son maxillaire inférieur se mouvait de façon rythmique, régulière, et comme automatique. Exaspérant ! Henry se sentit rougir tant il fulminait.

— Je ne plaisante pas, Red, dit-il encore d'une voix contenue. Si tu refuses de coopérer, je me verrai contraint de me séparer de toi et, crois-moi, je ne voudrais pas en arriver à pareille extrémité. Néanmoins, il existe des tas d'excellents jeunes chirurgiens qui se feraient damner pour travailler ici à ta place — surtout avec les brillantes perspectives qui nous sont ouvertes, désormais.

Cette fois, Red cessa de mâchonner. Affichant un sourire radieux, il s'exclama, plein d'un entrain subit :

— T'as raison, Henry ! Dis-moi ce qu'il faut faire, dis-moi quand tu veux que je commence ; je suis ton homme et je ferai de toi un chercheur riche et célèbre. Promis !

Sur ces mots, il reprit son journal et se plongea de nouveau dans les fluctuations des marchés à terme.

Après un temps d'hésitation, Henry se leva et quitta la pièce en s'exhortant au calme. Il aurait sans doute du mal à faire redémarrer son programme. Mais il y réussirait, et plus vite que prévu. Car cette fois, il n'aurait pas à subir les désagréments et les questions agaçantes de ces équipes de fouineurs chargées par le ministère d'évaluer le bien-fondé et la validité d'un projet de recherche. Ces équipes n'intervenaient en effet que lorsqu'on sollicitait une subvention publique ; or Henry bénéficierait, lui, d'une subvention privée, grâce au consortium suisse. Dans l'immédiat donc, seule une chose importait vraiment : faire refuser par le Comité d'éthique et de santé publique le projet de xénogreffe de Caleb Winter.

Une fois dans son bureau, Henry sortit de son tiroir la liste des membres du comité. Tant qu'à faire, autant commencer par le début. Il appellerait donc en premier le vieux Dr Armuth, qui était président de ces comités depuis leur création, quelques années plus tôt. On le disait très avisé, et c'était un homme qui ne s'en laissait pas compter. Hélas, Henry avait cru comprendre qu'il ne tenait pas les chirurgiens en très haute estime.

— Docteur Armuth ?

— C'est moi, oui.

— Bonjour, monsieur, Henry Brighton à l'appareil.

Il n'y eut aucun commentaire à l'autre bout du fil, moins encore le plus petit signe de reconnaissance.

— Je suis le directeur du département de chirurgie, précisa Henry.

Et, comme le titre lui paraissait toujours très pompeux, il ponctua son énoncé d'un petit rire de dérision.

— Je vous écoute, répondit Armuth, laconique.

— Je désirais vous entretenir du projet du Dr Winter portant sur des transplantations de pancréas animaux sur des êtres humains. Le Comité d'éthique et de santé publique que vous présidez doit étudier ce projet en vue d'une éventuelle approbation ou d'un rejet, lundi prochain. Or, il est un ou deux points particulièrement préoccupants sur lesquels je souhaitais attirer votre attention au préalable. Je pensais que nous pourrions peut-être déjeuner ensemble afin d'en parler ?

— Si cela vous semble tellement important, exposez-moi donc ces points par écrit. Je pourrai ainsi transmettre copie de votre lettre aux autres membres du comité, si vous n'y voyez pas d'inconvénient.

— En vérité, docteur Armuth, ce que j'ai à dire est assez confidentiel, et je n'aimerais pas que des secrétaires ou des…

— Ecrivez votre lettre à la main, monsieur euh… quel est votre nom, déjà ? Brigham ?

— Brighton, monsieur, Henry Brighton et je suis directeur du dépar…

— Oui, oui, j'ai bien compris, coupa Armuth d'un ton agacé. On n'entend guère parler de recherche dans votre département, dites-moi, à part ce jeune Winter qui paraît doué… Il est un peu comme une lumière dans le désert, non ?

Henry voulut protester.

— Je ne parlerais pas de désert, mais…

Une fois encore, Armuth le coupa.

— Bien sûr, je m'en doute, ce n'est pas le mot que vous emploieriez.

Il fit entendre un petit rire plein de sarcasme avant de reprendre :

— Ecoutez, docteur Brigham, je ne voudrais surtout pas empiéter sur le temps que vous consacrez à vos opérés. D'avance, je vous remercie de m'envoyer cette lettre. J'en prendrai connaissance avec le plus grand intérêt.

— Il s'agit de faits qu'il m'est difficile de consigner par écrit, insista Henry, ne sachant plus à quel saint se vouer. Je…

— Je sais, oui, vous autres chirurgiens avez toujours du mal à vous armer d'un stylo. Vous préférez les bistouris…

Armuth avait parlé sur un ton plein de fausse sollicitude. Il poursuivit, pressé à présent :

— Dans ce cas, faites-vous aider. Maintenant, si vous voulez bien m'excuser, un patient m'attend.

Henry raccrocha avec brutalité. Quelle vieille bique condescendante, cet Armuth !

Il s'apprêtait à appeler la deuxième personne de la liste quand sa secrétaire entra dans le bureau. Sa femme était en ligne, expliqua-t-elle, mais comme il y avait un problème avec le téléphone, elle n'arrivait pas à lui passer la communication. Pouvait-il venir la prendre au secrétariat ?

Henry leva les yeux au ciel et passa dans le bureau voisin.

— Oui, Crin-crin ?

En vérité, sa femme voulait seulement qu'il lui rapporte un pain de margarine en rentrant de l'hôpital. A cause des aigreurs d'estomac dont souffrait Henry depuis quelque temps, elle avait prévu pour le repas des filets de poisson pochés, et les servait toujours avec une noix de margarine, moins chère que le beurre.

Henry poussa un soupir las.

— Je t'en prie, Crin-crin, ne m'appelle pas ici pour des trucs pareils. Tu sais combien je suis débordé, n'est-ce pas ?

Ce disant, il jeta un regard méfiant à sa secrétaire ; Dieu merci, elle était occupée à ranger des dossiers dans l'armoire de classement et ne prêtait pas attention à la conversation.

— A propos, reprit-il dans l'appareil, j'ai invité les Felton pour un barbecue, samedi… Non, non, je ne plaisante pas… Mais si, tu sais bien, ces langoustes de l'an dernier qui sont tout au fond du congélateur ?… Exact, oui… Pas tout à fait sûr, non, Red doit en parler à sa femme.

Quand il eut raccroché, Henry se tourna vers ce qu'il appelait son centre de logistique opérationnelle. Il s'agissait d'un tableau collé sur un panneau de liège spécialement conçu à cet effet et qui occupait presque tout le mur extérieur latéral du secrétariat. Sur ce tableau figuraient en différentes couleurs tous les internes et tous les résidents des services de chirurgie, y compris ceux de l'hôpital des Vétérans de West Coventry, ainsi que tous les postes que chacun d'eux avait occupé ou occupait actuellement. L'organigramme couvrant une période de quatre ans, on pouvait grâce à lui suivre la carrière hospitalière entière des résidents. Etaient en effet consignés les rotations, mutations, vacances, stages et travaux de recherche de chacun, le tout de la petite écriture en pattes de mouche de Henry lui-même. Chaque individu était représenté par un rectangle d'une couleur particulière, et Henry attendait avec impatience la dernière semaine du mois, quand, monté sur une chaise et armé de crayons de couleur et d'une gomme, il déplaçait avec un soin confinant à la maniaquerie ses petits rectangles en fonction des mutations prévues et mettait son organigramme à jour. Ce travail lui prenait toujours de longues heures, durant lesquelles il interdisait à sa secrétaire de l'interrompre, fût-ce pour un appel téléphonique important.

Les derniers jours du mois, résidents et internes se présentaient au secrétariat afin de consulter le tableau et de savoir ainsi où ils travailleraient le mois suivant.

Henry contempla son œuvre dix bonnes minutes, sans prêter attention à sa secrétaire qui vaquait à ses besognes habituelles, tapant à la machine, répondant au téléphone, etc. Et soudain il tonna :

— Caran d'Ache !

La jeune femme bondit de son siège pour se précipiter vers un placard, d'où elle sortit une gigantesque boîte de crayons de couleur. Puis elle revint vers Henry, et se tint au garde-à-vous auprès de lui.

— Vert émeraude !

Il avait parlé avec l'autorité d'un général lançant ses troupes à la bataille. Sans regarder sa secrétaire, il tendit la main. Elle sélectionna rapidement le crayon de la couleur demandée et le déposa dans la main tendue, comme une instrumentiste en salle d'opération l'aurait fait d'un bistouri.

Henry travailla à son tableau de longues minutes, tellement absorbé par ce qu'il faisait qu'il en tirait la langue, comme un écolier appliqué. Puis il fit claquer ses doigts avec irritation.

— Gomme !

Vingt minutes après, il se reculait et admirait son minutieux travail. Cet organigramme était un outil admirable, et Henry mettait un point d'honneur à l'exhiber chaque fois qu'un professeur étranger était reçu à l'hôpital. Il avait d'ailleurs entendu dire qu'un département de chirurgie du Minnesota l'avait copié, et il songeait sérieusement depuis à faire breveter cette invention de génie.

— Et voilà le problème réglé, dit-il enfin à haute voix comme s'il se parlait à lui-même.

La secrétaire rangea le crayon dans la boîte, vérifiant que l'ordre des couleurs était bien celui qu'exigeait Henry : d'abord les rouges, puis les jaunes, les verts et les bleus, et pour finir, les violets. C'était l'ordre des couleurs du spectre dans un arc-en-ciel, lui avait-il doctement expliqué.

Grâce à sa puissance créatrice et à son imagination toujours en éveil, Henry avait réussi à éliminer Porky Rosen, dont le rectangle était jaune poussin. Le mois prochain, la place de Porky serait occupée par un rectangle vert émeraude : celui du Dr Denis Cormack, jusque-là figuré par un rectangle turquoise dans l'espace alloué au personnel de l'hôpital des Vétérans.

Henry resta encore un long moment à contempler son organigramme et ne s'en détourna que lorsque sa secrétaire l'informa qu'on le demandait au téléphone.

*
* *

En se rendant au bloc opératoire, Porky réfléchissait à tout ce qu'il lui faudrait faire. D'abord il devrait perdre du poids. Ce n'était pas très compliqué, il l'avait déjà fait, et les régimes n'avaient plus de secret pour lui.

Plus important, il lui faudrait apprendre à identifier les problèmes avant qu'ils ne deviennent trop préoccupants. C'est ainsi que faisaient Don et Ed. Par exemple, la veille de la grande visite du patron, les deux résidents récupéraient les radios des malades dont on discuterait le lendemain, et les mettaient à l'abri en lieu sûr afin de les avoir sous la main au moment voulu. Porky, au contraire, découvrait qu'il ne les avait pas quand on les lui demandait. Alors il courait à droite et à gauche, pestait contre les secrétaires et les gens du service de radiologie, et perdait ainsi un temps précieux.

Il devrait aussi s'entraîner à ne rien oublier. Il faisait pourtant des efforts dans ce domaine, tâchait de se souvenir des analyses à demander, des rapports d'anatomopathologie à réclamer, et autres détails toujours importants au moment de la visite du service. Mais hélas, en dépit de sa bonne volonté, il oubliait toujours quelque chose. Espérant l'aider à acquérir de meilleurs réflexes, Don avait commencé à lui établir une check-list quotidienne. Néanmoins, cela n'avait pas suffi. D'abord, dans son travail, Porky était lent. Il lui fallait plus de temps qu'à un autre pour faire une prise de sang, installer une voie veineuse ou effectuer une ponction lombaire. Cette lenteur s'expliquait en partie parce que, techniquement, Porky n'était pas encore très au point ; mais aussi parce qu'il n'aurait jamais ce don merveilleux de faire les choses à la fois vite et bien.

Cependant, tout allait changer, désormais, Porky en prenait la ferme résolution. En toutes circonstances, il s'efforcerait d'aller de l'avant au lieu d'être toujours à la traîne, comme par le passé.

Il trouva Don et Ed dans le vestiaire, occupés à passer leur tenue de bloc.

— Salut, s'écria-t-il, mal à l'aise. Le Dr Brighton m'a dit de revenir avec vous parce qu'il ne dispose de personne pour me remplacer pour l'instant. Je suis désolé…

Don haussa les épaules.

— Bah, moi, ça ne me gêne pas. Va donc aider Ed à opérer cette hernie.

Il se tourna vers l'assistant.

— Ça t'ennuie, Ed, si je vous laisse ? J'ai une tonne de paperasserie à faire. Aucun des dossiers n'est à jour.

— Don…, hasarda Porky d'une voix hésitante.

L'interpellé, qui s'apprêtait à sortir, s'immobilisa sur le pas de la porte et se retourna vers lui. Porky prit son courage à deux mains.

— Je vais faire des efforts, Don, dit-il, conservant les yeux baissés. Je te le promets. Je crois avoir compris en quoi je ne donnais pas satisfaction, et je vais me reprendre.

— Tant mieux. On t'aidera s'il le faut.

Don, hélas, ne semblait pas très convaincu — mais, compte tenu des circonstances, il ne fallait pas trop lui en demander…

— Allons, reprit-il, vaguement agacé, ne reste pas là planté comme une andouille. Change-toi et va aider les infirmières à préparer le malade.

Porky fila vers son casier. Voilà exactement ce qu'il lui fallait apprendre à faire : aller préparer un malade sans qu'on ait besoin de le lui dire. Il devait absolument prévoir les choses et les exécuter avant qu'on lui en donne l'ordre.

Ed, qui le regardait avec un sourire amusé, lui tendit un grand pantalon de toile verte ainsi que la plus grande blouse qu'il avait pu trouver.

— Content de te revoir, Porky !

Porky enfila sa tenue de bloc et, cela fait, regarda timidement son compagnon.

— Ed, dit-il d'une voix hésitante, j'ai une question à te poser.

Il se méfiait toujours de ses questions, car souvent elles provoquaient l'hilarité de ses collègues sans qu'il comprenne pourquoi.

Comme Ed le regardait avec un sourire encourageant, il poursuivit :

— Dis-moi, qu'appelle-t-on une D.P.C. ?

— Duodénopancréatectomie céphalique, récita Ed en accrochant sa montre à sa blouse au moyen d'une épingle de nourrice. C'est une très grosse intervention de chirurgie digestive. On la pratique en général dans le cas d'un cancer du pancréas.

Porky s'immobilisa, attendant la suite, et Ed expliqua :

— On ne charcute pas seulement la tête du pancréas, on enlève aussi la vésicule biliaire, une bonne partie de l'estomac et du duodénum…

Porky écarquillait des yeux de plus en plus grands à mesure qu'Ed poursuivait sa description.

— Quelle horreur, dit enfin le jeune interne quand son aîné en eut terminé. Et que reste-t-il du malade après cela ?

Ed expliqua encore comment on détournait une partie de l'intestin pour le raccorder en une anastomose compliquée, et lorsqu'il se tut, Porky, atterré, soupira.

— Moi, je préférerais mille fois mourir de mon cancer que de subir une opération pareille.

— D'autant que les résultats ne sont guère encourageants, avoua Ed. Il n'y a pratiquement aucune chance de survie à un an.

Il marqua un temps d'arrêt avant de reprendre :

— En vérité, Porky, une D.P.C. est une sorte d'opération-consécration pour un chef de clinique en chirurgie. Nous rêvons tous d'en faire une durant nos années d'hôpital. Si Don n'a pas l'occasion d'en effectuer une bientôt, il n'en fera probablement jamais de sa vie, car ce type d'intervention ne se pratique qu'en milieu hospitalier.

— Il n'y a donc pas d'autre moyen de traiter un cancer du pancréas ? interrogea encore Porky. Rien de moins mutilant ?

— C'est amusant que tu en parles aujourd'hui, Porky, car la première personne qui va tenter une opération différente sur ce type de cancer est vraisemblablement notre Dr Winter. On dit d'ailleurs qu'il est prêt à le faire. Sa méthode est la suivante : il enlève la tumeur, irradie ce qui reste du pancréas pour tuer les éventuelles cellules cancéreuses résiduelles, puis il pose un greffon animal qui prendra le relais de la fonction pancréatique.

Porky regarda son interlocuteur avec stupéfaction.

— Eh oui, poursuivit Ed en souriant. Et, pour ne rien te cacher, je me demande si Winter n'envisage pas d'effectuer sa première transplantation sur Mme de la Roche.

Sur ces mots, il verrouilla son casier et se tourna vers Porky.

— Maintenant, bouge-toi et va aider à préparer ce malade !

13

— Dilatateur Bakke, s'il vous plaît, Collie.

Collie Zintel, l'infirmière instrumentiste, fit passer à Caleb un tube très mince à embout olivaire flexible.

— Commençons par la plus petite taille, Collie, si cela ne vous ennuie pas.

— Excusez-moi.

Comment voyait-il la différence ? Il y avait à peine un millimètre d'écart entre l'instrument qu'elle lui avait donné et le plus petit…

De l'autre côté de la table d'opération, Ed adressa à Collie un sourire plein de tendre sollicitude, sans pour autant cesser de maintenir en place les écarteurs. Cher Ed, il possédait une nature si droite, si bonne, sans jamais la moindre arrière-pensée… Et cela ne manquait pas d'exaspérer Collie, qui parfois ne pouvait plus le supporter. Pourtant, vue de l'extérieur, leur relation paraissait tellement parfaite : Ed van Stamm représentait le parti idéal pour une fille comme Collie, le rêve de toute infirmière célibataire — les trois S, comme on disait dans le jargon hospitalier : Statut, Sécurité, Sexe. Encore que le sexe… Bref, mieux valait ne pas trop y penser.

Cela dit, tous deux s'entendaient à la perfection à peu près sur tous les autres plans. En outre, même si aux yeux de Collie ce n'était qu'un détail, en épousant Ed elle deviendrait femme de médecin, et grimperait d'un seul coup de plusieurs échelons dans la hiérarchie sociale. Ses parents eux-mêmes s'accordaient à reconnaître qu'Ed ferait un bon mari. C'était incroyable : pour une fois, ils s'entendaient sur quelque chose !

Du plus loin que Collie se souvenait, ils s'étaient toujours disputés à propos de tout. Et Dieu sait qu'ils n'y allaient pas de main morte ! Ils ne se contentaient pas de se jeter des insultes à la figure — c'eût été banal. Ils se battaient tant et si bien qu'à plusieurs reprises la police avait dû les séparer. D'ailleurs, leur maison était devenue un arrêt presque obligé pour les policiers du quartier… Pourtant, le père de Collie n'était pas très costaud, pas autant qu'Ed, par exemple. Mais il avait de bons muscles, et il émanait de lui une sorte de virilité primitive, violente et presque bestiale, qui avait de quoi impressionner.

— Repassez-moi le palpeur, je n'arrive pas à sentir le calcul.

Caleb avait enfoui une main dans l'abdomen du patient et, de l'autre, il manipulait un long instrument recourbé conçu pour retirer les calculs dans la voie biliaire principale. Le caillou s'y trouvait, l'échographie et la radio l'avaient montré ; il était de la grosseur d'un petit pois et empêchait la bile de s'écouler du foie dans l'intestin.

Collie avait placé le palpeur dans la main de Caleb presque avant qu'il l'ait demandé, et il la remercia d'un plissement des yeux derrière son masque.

— Vous êtes parfaite, Collie, quoi qu'en dise Ed !

Le chirurgien avait parlé sans interrompre son travail. Collie posa sur Ed des yeux faussement indignés. Ils s'amusaient souvent ainsi pendant qu'ils opéraient : c'était une façon de relâcher la tension que tous ressentaient au début de chaque intervention. Les amis de Collie, qui s'imaginaient pour la plupart que la salle d'opération était une sorte de sanctuaire, auraient été bien étonnés — et probablement choqués — d'entendre certaines des réflexions des chirurgiens…

On arrivait à présent à la fin de l'opération, et l'on pouvait un peu se détendre. Dans ces moments-là, Collie avait l'impression que son cerveau se scindait en deux parties. L'une demeurait fixée sur le travail présent, anticipant ce dont le Dr Winter risquait d'avoir besoin pour le lui présenter avant même qu'il l'ait demandé : fil à suturer, agrafes, instruments ; l'autre en revanche s'évadait ailleurs, loin dans l'espace et le temps, et c'était alors que Collie revivait généralement par la pensée certains épisodes de son enfance.

La vie à la maison n'avait pas été rose pour elle, et moins encore pour Sandra, sa petite sœur. Sandra, qui se faisait rosser plus souvent qu'à son tour… Collie s'expliquait mal pourquoi son père s'en prenait plus souvent à Sandra qu'à elle-même. Il arrivait fréquemment qu'elle aille à l'école sans sa petite sœur, dont les ecchymoses auraient sans nul doute attiré l'attention. Les deux fillettes ne parlaient jamais de leur vie à personne, ne s'en plaignaient pas non plus. Après tout, elles n'en connaissaient pas d'autre, puisqu'on leur interdisait d'aller chez leurs camarades. Et ce n'est que plus tard, bien plus tard, que Collie avait compris : son père ne se contentait pas de battre Sandra quand il s'enfermait avec elle dans la chambre à coucher…

— Je crois que je le tiens.

Caleb en parlant regardait Don, placé de l'autre côté de la table, mais ce dernier savait qu'il ne le voyait pas. En réalité, en cet instant, les seuls stimuli sensoriels qui arrivaient au cerveau de Caleb venaient du bout de ses doigts : ses doigts voyaient, sentaient, comprenaient, et les signaux qu'ils envoyaient occupaient tout le champ de conscience du chirurgien.

— Si c'était toi qui opérais, Don, reprit Caleb, que ferais-tu, maintenant ?

— Je laverais le canal afin de m'assurer qu'il ne reste pas d'autre calcul, répondit aussitôt le chef de clinique.

— Et je vérifierais aussi la vésicule biliaire, intervint Porky, parce que c'est de là que vient initialement le calcul.

— En effet, dit Caleb. Mais nous savons que ce malade a subi l'ablation de sa vésicule il y a cinq ans.

Porky rougit violemment sous son masque. Une fois de plus, il avait parlé sans réfléchir. Il connaissait pourtant la fiche du patient, pour l'avoir étudiée la veille au soir, quand l'homme avait été admis dans le service. Il secoua la tête, furieux contre lui-même.

— Moi, poursuivait Caleb, pour plus de sécurité, je vérifie toujours l'extrémité du canal cystique. Parfois, il peut s'y trouver un débris ou un micro-calcul qui risque un jour de remonter dans le canal principal.

Avec sa pince, Caleb sortit alors de la plaie un petit calcul lisse et de couleur brune, qu'il déposa dans sa paume.

— Porky, en voyant ce calcul, comment peux-tu dire avec certitude qu'il ne vient pas directement de la vésicule biliaire ? demanda-t-il.

Porky frémit. Pourvu qu'il ne se ridiculise pas une fois encore en donnant une réponse fantaisiste !

— Il est lisse, dit-il d'une voix mal assurée. Ceux que l'on sort de la vésicule biliaire présentent souvent des facettes parce qu'ils sont nombreux et, de ce fait, comprimés et qu'ils se frottent les uns contre les autres.

Sur quoi il posa sur Caleb un regard qui ressemblait à une supplication muette. Ah, si pour une fois il était tombé juste !

— C'est exact, dit Caleb Winter en souriant. Porky, tu es sur la bonne voie ! Nous ferons de toi un chirurgien.

L'intéressé, aux anges, regarda Don ; mais les yeux

de celui-ci étaient durs, lointains. « Cela m'étonnerait », semblait-il dire sans qu'aucun son ne sorte de sa bouche.

Collie présenta à Caleb le pot d'anatomopathologie et le chirurgien y déposa le calcul. Après en avoir remis le couvercle, Collie tendit le bocal à l'infirmier de salle. Maintenant, Winter aurait besoin de la canule d'irrigation, puis d'un drain en T. Elle en avait déjà sorti plusieurs, de différentes tailles. Les fils de soie pour suture 4/0 étaient prêts aussi, ainsi que les minuscules aiguilles courbes. Les deux premières se trouvaient déjà sur le porte-aiguilles. Le Dr Winter recousait toujours avec celles de ce calibre. Collie donc était parée pour les prochaines minutes — sauf accident, bien sûr, mais ceux-ci étaient rares lorsque le Dr Winter opérait.

Collie avait toujours été très jalouse de Sandra. Peut-être parce que son père ne faisait guère attention à elle. Collie aurait tant aimé qu'il s'enferme dans la chambre à coucher avec elle plutôt qu'avec sa sœur ! Non pas à cause de ce qu'il s'y passait — c'était sale et grossier —, mais parce qu'enfin elle se serait sentie la préférée. D'ailleurs, une fois, de chagrin, Collie avait voulu s'enfoncer un clou dans la tempe, et sa mère, qui l'avait surprise, l'avait giflée à toute volée.

— Un jour tu te tueras, avait-elle hurlé à Collie, qui jusqu'alors n'avait jamais réalisé que les gens pouvaient se tuer.

Dès lors, l'idée de la mort l'avait beaucoup préoccupée, et par moment séduite aussi. Elle y pensait souvent, et imaginait toutes sortes de façons de se donner la mort ou de mourir.

Caleb Winter se détourna de la table d'opération pour rincer ses mains gantées dans une cupule contenant du sérum physiologique tiède. Ed en profita pour sourire à Collie, et ses lèvres formèrent un baiser sous son masque.

Comme il était aimant ! Collie ne pouvait pas lui en vouloir, et elle savait combien elle se montrait ingrate ; mais, franchement, elle trouvait agaçant cet amour qu'il lui manifestait sans cesse. A vrai dire, la sollicitude et la tendresse d'Ed l'ennuyaient, et ses rapports avec lui manquaient trop de violence pour l'exciter vraiment.

Caleb regagna son poste. Il travaillait très vite, à présent qu'il avait extrait le calcul, et Collie ne chôma pas durant la demi-heure qui suivit. Il fallut ensuite attendre pour prendre des radios. L'hôpital n'était pas équipé de façon très moderne, et il fallait traîner un appareil de radio sur roues jusqu'à la table, sous laquelle on insérait les plaques. C'était long, incommode, mais on devait en passer par là.

Une fois les radios prises et développées, le technicien les rapporta en salle d'opération et les agrafa sur l'écran lumineux. Caleb, Don, Ed et Porky s'approchèrent.

— Cela me paraît correct, dit Caleb.

— Le canal est libre et le produit de contraste s'écoule bien dans le duodénum, ajouta Don.

— Si cela vous convient, messieurs, cela me convient aussi, s'exclama Ed en riant.

Puis tous regardèrent Porky d'un air faussement interrogateur, comme s'ils s'attendaient qu'il les contredise. Porky, comprenant la plaisanterie, éclata de rire. C'était bon, si bon ! Pour la première fois, il avait l'impression d'être véritablement intégré dans l'équipe.

Peu après, alors que les autres quittaient la salle, Porky y demeura pour consigner les instructions postopératoires. Il prit un stylo dans le tiroir du chariot d'anesthésie, et se mit à réfléchir tout haut.

— Voyons voir… analgésiques, perfusions…

Il se tourna vers l'anesthésiste, une résidente elle aussi. C'était une jeune Asiatique, toute frêle.

— Combien de liquide avez-vous passé durant l'opération ?

Elle lui sourit.

— Deux litres, Porky, un de Ringer-lactate, et un autre de sérum physiologique.

Porky écrivit : « Voie veineuse : un litre de sérum glucosé à 5 % — 125 cc/heure. »

Les analgésiques ! Il les avait presque oubliés. Il reprit son crayon. « Demerol : 100 milligrammes pas plus de toutes les trois heures en injections intramusculaires, si le patient souffre. »

Le malade avait été mis sous antibiotiques la veille : il suffirait de continuer.

Porky achevait de remplir sa feuille d'instructions lorsqu'un garçon de salle apparut, poussant un chariot roulant qu'il plaça tout contre la table d'opération, parallèle à celle-ci.

— On a besoin d'un coup de main ! cria Collie à la cantonade.

Aussitôt, ceux qui se trouvaient encore là — cinq personnes environ — entourèrent la table pour saisir le drap sur lequel était étendu le malade. En un clin d'œil et sans effort, le drap fut soulevé et le patient placé sur le chariot. Poussé par le jeune garçon, il partit aussitôt en direction de la salle de réveil.

Porky les suivit afin de passer les consignes au personnel de garde. Cela fait, il regarda un moment l'écran du moniteur auquel était relié l'opéré, et, comme tous les paramètres semblaient normaux, il quitta la pièce pour rejoindre la salle de repos du bloc, où le reste de l'équipe était sans doute déjà en train de prendre un café.

Ils s'y trouvaient en effet, en compagnie d'un visiteur inattendu : Milo Zagros. Celui-ci venait de temps en temps voir Caleb pour discuter avec lui et prendre un café.

Le chercheur, en l'occurrence, racontait qu'il avait dû un jour expliquer des notions élémentaires d'immunologie à un groupe d'éleveurs de porcs yougoslaves. Lorsqu'il en vint aux questions que son auditoire lui avait posées, tout le monde se mit à rire.

Milo se sentait fort à l'aise jusqu'au moment où, du coin de l'œil, il aperçut Collie Zintel, dont le regard était braqué sur lui. Elle travaillait avec Caleb depuis peu et Milo ne l'avait vue qu'une fois ou deux, et très rapidement. Mais, aujourd'hui, il y avait quelque chose de si primitif dans la façon dont elle le regardait que Milo perçut instantanément l'attirance sexuelle presque bestiale qui tout à coup les soudait. Il avait parfois cet effet sur certaines femmes et, quand cela se produisait, il ne s'y trompait jamais.

Il ressentit une décharge fulgurante dans tout son système nerveux, en même temps que ses muscles se tendaient. Collie se rapprocha, comme attirée par un aimant; Milo, sans la regarder, continua son histoire, mais il était infiniment conscient de l'électricité qui passait entre eux, puissante, violente, dévastatrice.

Les autres, cependant, ne semblaient se rendre compte de rien. Milo dirigea lentement son regard vers Ed, qui riait à gorge déployée en l'écoutant. Il racontait en effet que son exposé aux fermiers yougoslaves avait été interrompu par un énorme porc qui, non loin, avait entrepris de monter une truie tout aussi énorme, dont les cris avaient rendu impossible la poursuite de toute conversation.

Collie se rapprocha encore, et cette fois Milo eut l'impression que tous ses sens hurlaient comme sous le coup d'une dose massive d'amphétamines. Il continua pourtant son histoire, sans regarder la jeune femme. Il avait désormais la certitude de la tenir en son pouvoir.

Porky se servit un café avant d'embrasser l'assistance du regard. Aussitôt, le jeune interne comprit ce qui se passait entre Milo et Collie — ou, plus précisément, il le *sentit*, avec une acuité telle qu'il en fut cloué sur place. Ce qu'il devinait le bouleversait, car il aimait bien Ed. Ed lui avait toujours témoigné de la gentillesse et beaucoup d'indulgence, ne lui tenant jamais rigueur des erreurs qu'il commettait. A présent, Porky avait envie de lui crier d'ouvrir l'œil ! Se pouvait-il qu'il ne se rendît pas compte de ce qui arrivait à Collie ?

Porky, pour se ressaisir, regarda les autres. Personne apparemment n'avait conscience de ce qui se passait entre Milo et Collie. Se trompait-il, une fois de plus ? Il avala son café en vitesse et s'éclipsa, incapable de supporter plus longtemps ce qu'il voyait.

Il s'en fut en salle de réveil s'assurer que l'opéré allait bien. Tout en effet semblait en règle. D'après l'infirmière qui se trouvait au chevet du patient, sa tension était bonne, et sur l'écran du moniteur apparaissait un tracé cardiaque à peu près régulier.

Pendant ce temps, dans la salle de repos du bloc, Collie Zintel manquait s'étrangler en buvant son café, incapable de détacher les yeux de Milo. Il émanait de cet homme une telle virilité, une sexualité si brutale, qu'elle éveillait en Collie de très, très anciens souvenirs, enfouis au tréfonds de sa mémoire depuis des éternités. Elle sentait dans chacune des fibres de son corps la violence de Milo, une violence qui faisait naître en elle un trouble primitif, bestial, et elle en était brusquement chaude, moite, haletante, incapable de toute pensée rationnelle.

Elle s'approcha de la machine à café pour jeter son gobelet en plastique dans la poubelle et, ce faisant, se trouva plus proche encore de Milo, si proche qu'elle pouvait sentir l'extrême tension qui l'habitait. Leurs deux corps étaient irrésistiblement attirés l'un vers l'autre, sans que leurs volontés interviennent. Oui, c'était bien une attirance bestiale ! Et Milo la ressentait aussi, de cela, Collie ne doutait pas. D'ailleurs, il la regardait à présent. Ses yeux ne demeurèrent pas longtemps posés sur elle, mais cela suffit pour que Collie comprenne immédiatement le message : « Retourne en salle d'opération, je te suis », lui ordonnait-il.

La jeune infirmière, qui tremblait de tous ses membres, se tourna vers la porte. Elle vit alors le sourire d'Ed qui la regardait : un sourire innocent, inconscient, tendre, qui la frappa comme un coup de poing. Car Ed brusquement était devenu un étranger, quelqu'un qui venait de quitter sa vie pour toujours, quelqu'un qui ne la concernait plus. Pire, il ne lui inspirait même pas la moindre compassion. D'ailleurs, comment aurait-il pu ? Collie appartenait désormais tout entière à ce désir brûlant, presque douloureux qui la dévorait. Elle voulait Milo en elle, voulait qu'il la ravage sans pitié, qu'il la viole, qu'il la tue… Alors elle hurlerait et jouirait d'entendre ses propres cris… jouirait de sa propre mort…

Collie quitta la pièce presque en courant tant la violence de ses réactions lui faisait peur, et se rendit en hâte dans la salle d'opération. Il lui semblait que son corps prenait une autre dimension, animé d'une violence nouvelle, inconnue et qu'elle attendait depuis toujours.

Dans la salle de repos, Caleb se leva et les autres l'imitèrent. Le Dr Winter ne restait jamais en place très longtemps, tout le monde le savait. Il se tourna vers Don McAuliffe.

— On se retrouve pour la visite à 5 heures ?

Don acquiesça en silence. Caleb avait remarqué qu'il n'était pas très aimable, ces derniers temps ; il faisait souvent la tête et manquait de bonne volonté. Or, il n'était pas question de supporter un tel comportement dans le service. Il y avait trop à faire pour perdre son temps avec la susceptibilité des résidents.

— Cela te pose un problème ? demanda-t-il sèchement à Don.

Son ton glacial surprit ce dernier, qui se ressaisit aussitôt.

— Pas du tout. Nous serons à l'heure, vous pouvez compter sur nous.

Caleb chercha alors Milo du regard, mais l'immunologiste avait déjà quitté la pièce.

En vérité, en cet instant, Milo gagnait la salle d'opération sans perdre de temps. En passant dans le couloir, il enregistrait tout ce qu'il voyait, les différentes salles, le local de l'autoclave, les placards de rangement du stock.

Collie avait débarrassé la table d'opération de tous ses accessoires et guettait l'arrivée de Milo par la baie vitrée. Ce dernier savait qu'il la trouverait dans cette posture. D'un petit signe de tête impérieux, il lui fit signe de le rejoindre. Elle jeta un regard autour d'elle comme une enfant prise en faute, mais ceux qui se trouvaient dans la salle d'opération étaient tous occupés. Le cœur battant à tout rompre, elle sortit dans le couloir.

— Par ici, ordonna Milo, indiquant la porte du local où l'on rangeait les instruments.

Elle obéit et il la suivit, fermant la porte derrière lui.

— Vous n'avez pas de tenue de bloc, balbutia-t-elle d'une toute petite voix. Vous ne pouvez...

Elle se tut. D'une main brutale, il l'avait plaquée contre la paroi vitrée d'une haute armoire de rangement, où l'on voyait, alignés sur des étagères impeccables, une multitude de petits instruments étincelants.

Mais Milo ne voyait rien de tout ça. Il s'était collé contre Collie avec violence. Puis, toujours brutal, il passa une main rude sous la blouse de la jeune femme et saisit durement l'un de ses seins. Collie retint son souffle.

— Je pourrais te prendre tout de suite, murmura-t-il d'une voix rauque tout contre son visage.

Il se tut, la clouant sous son regard implacable.

— Chienne ! chuchota-t-il encore. Tu vas devoir

attendre ! Ça me plaît de te faire attendre jusqu'à ce soir. Où habites-tu ?

Collie lui donna son adresse d'une voix qui tremblait.

— Seule ? demanda encore Milo.

Cette fois, la jeune femme se contenta de hocher la tête.

— Sois prête à 8 heures. Pas de maquillage, pas de sous-vêtements. Compris ?

Sans attendre de réponse, Milo serra son sein avec une brutalité presque animale. Mais loin d'en ressentir de la souffrance, Collie fut parcourue par un intense courant électrique qui ne fit qu'accroître son désir.

— A présent, retourne à ton boulot, ordonna Milo en reculant d'un pas.

Collie se sentit vaciller. Ses jambes la portaient à peine.

— O.K., murmura-t-elle. Je serai prête.

Quelques instants après, elle regagnait la salle d'opération, titubante. Durant les heures qui suivirent, elle demeura tellement sous le choc qu'elle entendait à peine ses collègues infirmières quand celles-ci s'adressaient à elle.

14

Céline se leva de son lit pour gagner la salle de bains attenante à sa chambre. Là, elle se regarda dans le miroir. Sa joue portait encore la marque des doigts de Charles, là où il l'avait giflée. Eh bien, voilà qui sonnait le glas de leur mariage ! Adieu, Charles.

La jeune femme était folle de rage et d'humiliation. Jamais auparavant son mari n'avait osé lever la main sur elle ; et même si c'était la première fois, c'était une fois de trop. Dès sa sortie de l'hôpital, Céline irait consulter son homme de loi pour entamer une procédure de divorce.

Soudain il lui revint à l'esprit que c'était Charles, son homme de loi, et, presque malgré elle, elle éclata de rire. Comment défendrait-il ses intérêts à elle contre lui-même ? Allons, c'était ridicule ! Céline trouverait quelqu'un à New York. Pourquoi pas une femme, d'ailleurs ? On lui avait parlé d'une ou deux avocates, très féministes, qui prendraient certainement son cas au sérieux et la défendraient avec ardeur et conviction.

Céline haussa les épaules et décida de penser à autre chose. Après avoir regagné sa chambre, elle consulta le manuel du téléphone sur sa table de nuit afin de savoir comment avoir accès au réseau extérieur, puis décrocha le combiné et composa le numéro de sa maison d'édition.

— Marilyn ? Pouvez-vous me passer Tom, s'il vous plaît ?

Au bout d'un court moment, son directeur fut en ligne.

— Tom ? Je suis à l'hôpital… Oui, celui de New Coventry, et je risque d'y rester quelques jours… Non, j'ignore combien de temps exactement. Dites-moi, avez-vous eu des nouvelles de notre ami Anwar Al-Khayib ?

— Bien sûr, il a appelé. Il consent à nous octroyer six mois de loyer gratuit si nous signons un bail de cinq ans pour un loyer supérieur de dix pour cent à celui que nous payons actuellement, et qui augmentera de douze pour cent par an.

Céline sourit.

— Et les frais de déménagement ?

Elle entendit Tom marquer une hésitation, à l'autre bout du fil.

— Il veut en discuter avec vous personnellement. Il dit que ce sera pour lui l'occasion de vous inviter à déjeuner afin de vous connaître.

— Pas question, rétorqua Céline avec fermeté. Rappelez-le et demandez-lui une réponse. Dites-lui que votre patronne a l'habitude de déléguer, surtout lorsqu'il s'agit de détails pareils. S'il est d'accord pour payer les frais de déménagement, l'affaire est conclue.

— Et s'il refuse ?

— Elle est conclue aussi, bien entendu ! Nous ne trouverons jamais des conditions aussi avantageuses !

Céline prit une épaisse chemise posée sur sa table de nuit.

— Parlons travail, maintenant. J'ai lu le manuscrit de Jay Wiseman. Je l'ai d'ailleurs terminé ce matin. Dites à l'auteur que l'intrigue est passionnante, mais que le style et les détails sont un peu bâclés. Ainsi, lorsque sir Desmond Crane est en retard pour le couronnement de la reine Victoria et saute dans un cabriolet Hansom, il n'a pas à se pencher en avant pour s'adresser au cocher puisque dans une voiture attelée de cette sorte le cocher se tient derrière les passagers. Il y a dans ce texte beaucoup de négligences de cet ordre, et Wiseman doit revoir toute sa documentation.

Tom promit de le rappeler et de lui transmettre les critiques de Céline.

— Nous avons reçu plusieurs manuscrits qui semblent dignes d'intérêt et que vous devriez lire, ajouta-t-il. En particulier, une nouvelle biographie de Giovanni de Seingalt ; Virago nous propose les droits pour les Etats-Unis.

— Envoyez-moi ces textes par coursier. Ici, je n'ai rien d'autre à faire que lire.

Après avoir raccroché, la jeune femme s'étendit sur son lit, épuisée, vidée de toutes ses forces. Sa colère contre Charles s'était évanouie, remplacée par la peur de cette opération qu'elle allait devoir subir et dont l'idée même la glaçait. Charles ne reviendrait pas la voir, aujourd'hui, elle en était sûre ; et voilà que la pensée de devoir passer la journée seule dans sa chambre d'hôpital lui faisait monter les larmes aux yeux ! Furieuse de s'apitoyer ainsi sur elle-même, Céline reporta ses pensées sur Charles, qui allait retrouver Marion à Atlanta. Malgré la rage que cette perspective lui inspirait, une immense tristesse l'envahit peu à peu. Cela faisait si longtemps qu'elle était mariée à Charles ! Un pan entier de sa vie s'effondrait.

Un coup péremptoire fut frappé à sa porte, et peu après Céline écarquillait des yeux stupéfaits : Dan Carfield se tenait sur le seuil, vêtu de son éternel costume de tweed brun, et armé de sa canne d'ébène incrustée d'argent. Une infirmière l'escortait, qui l'aida à s'asseoir sur le siège près de la fenêtre.

Le vieux monsieur dévisagea Céline un moment pardessous ses épais sourcils broussailleux, avant de demander d'un ton bourru :

— Que vous arrive-t-il, mon petit ? Charles me dit que vous avez des problèmes avec votre pancréas ?

Céline lui expliqua succinctement ce qui lui était arrivé. Dan, qui avait autrefois créé la célèbre maison d'édition Fortman et Carfield, était pour elle un ami très spécial. Elle était allée le voir pour la première fois dans sa propriété de Greenwich, où il vivait en ermite, afin de le consulter sur un manuscrit enluminé du Moyen Age que lui avait donné Charles. Depuis, elle l'avait revu à de nombreuses reprises.

Une fois, il l'avait emmenée au dernier étage de l'immeuble qu'occupait la maison Fortman et Carfield, dans Manhattan, voir sa collection de manuscrits anciens. Et puis, après avoir ramené la jeune femme chez lui, Dan avait parlé affaires.

— Vous avez entendu parler de Derek Krueger, l'actuel P.-D.G. de Fortman et Carfield, j'imagine, Céline ?

Comme celle-ci hochait la tête, il avait continué :

— C'est un mauvais petit comptable parti de rien, qui ne connaît rien aux livres et moins encore à la littérature. Résultat, la maison va à la ruine.

Céline était au courant des nouvelles orientations désastreuses prises par la maison d'édition. Carfield l'avait fondée avec l'un de ses amis, Simon Fortman, plus de quarante ans auparavant, et, très vite, grâce à leur flair et leurs talents de gestionnaires, tous deux étaient devenus les meilleurs éditeurs de la place de New York. La jeune femme comprenait donc sans mal combien le vieux monsieur devait souffrir de voir les choses se dégrader ainsi.

— Ce qu'il faudrait, maintenant, poursuivait Dan Carfield, c'est que la maison soit reprise par quelqu'un qui lui redonne sa place dans l'édition américaine et redresse son image. Une petite maison d'édition très sélective ferait l'affaire. Il faudrait jouer la qualité, et non les gros tirages, et reconstruire ainsi la réputation que nous avions autrefois.

Il s'était tu pour regarder Céline bien en face. Après quoi il avait repris :

— Si d'aventure l'affaire vous intéressait, voici comment je verrais les choses. Je possède trente-cinq pour cent des parts de la société. La seule autre grosse actionnaire est Astrid Fortman, la veuve de Simon, qui en détient trente-neuf, peut-être quarante pour cent. Le reste se distribue entre des petits porteurs anonymes. Je suis prêt à vous donner une option sur mes parts au prix où l'action est cotée en bourse aujourd'hui.

A ce moment, Dan s'était mis à rire, plein de mépris.

— Quel crétin, ce Krueger ! Il est tellement occupé à publier ses cochonneries pornographiques qu'il ne connaît même pas les actifs de sa société ! Tout de suite après la guerre, j'ai passé un été à visiter des abbayes et des monastères en Europe, et je leur ai acheté des centaines de manuscrits enluminés pour pratiquement rien. A cette époque, les moines et les bonnes sœurs n'avaient pas un sou pour se payer de quoi manger. Bref, la collection que j'ai ainsi constituée appartient à la société, mais je suis le seul à en connaître la valeur. Tous les ans, sur son bilan, Krueger la porte dans ce qu'il appelle « Actifs divers » pour une valeur de 100 000 dollars, c'est-à-dire le double de ce que je l'ai payée. En réalité, ces manuscrits valent au bas mot 18 millions de dollars !

De stupeur, Céline avait entrouvert la bouche, mais s'était bien gardée du moindre commentaire.

— Et ce n'est pas tout, continuait Dan. Nous possédons le copyright de beaucoup d'ouvrages que nous avons publiés. Nous les avions achetés au départ, quand les auteurs étaient encore des inconnus. Nombre d'entre eux sont devenus célèbres depuis. Mais Krueger est trop occupé à publier ses romans de gare pour se rendre compte qu'il est assis sur un tas d'or…

— Pourquoi ne pas vous être entendu avec Mme Fortman pour placer un homme à vous à la tête de la maison d'édition ? Après tout, à vous deux, vous détenez près de soixante-quinze pour cent des parts.

Dan avait secoué la tête avec irritation.

— Cette vieille pie ne s'est jamais intéressée à l'édition. A la mort de Simon, elle a vendu sa maison de Long Island et a filé en Angleterre avec la seule chose qui lui tenait à cœur : sa collection de vieilles pendules ! Des pendules ! Ce n'est pas croyable !

Il y avait tant de dédain dans la voix de Dan que Céline avait eu du mal à garder son sérieux.

— Un jour, je l'ai appelée pour lui proposer de racheter ses parts. Elle m'a tout simplement raccroché au nez ! Je dois dire que nous ne nous sommes jamais entendus, elle et moi.

Au sourire de Dan, Céline avait compris qu'il se moquait pas mal qu'on l'aime ou pas. C'était lui qui choisissait ceux et celles qu'il voulait aimer.

— Quoi qu'il en soit, avait-il poursuivi, la cotation en bourse aujourd'hui est très basse par rapport à la valeur réelle de l'affaire. Vous devriez trouver facilement les seize pour cent qui vous manquent. Il suffit de vous adresser à votre agent de change. Et, quand vous les aurez, vous reprendrez mes parts, si bien que vous serez à la tête de cinquante et un pour cent de la société.

Ce jour-là, Céline était rentrée chez elle incapable de croire à sa chance, et elle avait tout raconté à Charles et à son vieil ami Didi, qui se trouvait là, à l'occasion de l'un de ses habituels voyages à New York.

— Sois prudente, ma chérie, avait grommelé oncle Didi.

Il était assis au bord de la piscine dans un fauteuil de rotin qui grinçait dangereusement sous son poids.

— Es-tu sûre que ce Carfield soit un homme honnête ? avait-il encore demandé.

C'était Charles qui avait répondu.

— Je m'en porte garant. Il jouit d'une réputation irréprochable.

— Je songe à cette pauvre vieille uniquement préoccupée par ses pendules, avait encore dit Didier, comme s'il se parlait à lui-même.

Sur quoi Catherine était apparue, annonçant que Madame était servie...

Céline repoussa ces souvenirs pour revenir au présent. Depuis son siège, près de la fenêtre, Dan lui souriait, et la jeune femme crut sentir qu'il était soulagé.

— Vous êtes trop séduisante pour être vraiment malade, affirma-t-il avec force. Pensez-vous rester longtemps hospitalisée ?

Ils parlèrent un moment de tout et de rien. Dan connaissait mille anecdotes amusantes sur les médecins et les hôpitaux, et il possédait un merveilleux talent de conteur, si bien que Céline ne vit pas le temps passer.

Peu avant de prendre congé cependant, Dan, tout son sérieux retrouvé, déclara :

— Désolé de parler travail ici, mais vous devriez vous hâter d'acheter en bourse les actions de Fortman et Carfield. Je sais qu'il vous en manque encore trois pour cent, et Gottlieb Ludman m'a signalé qu'il y avait en ce moment des mouvements de stocks qui ne lui disaient rien de bon.

— Je ne peux pas faire grand-chose. M. Ludman fait de son mieux, et je pense que tout sera en ordre d'ici une semaine ou deux.

Dan dévisagea Céline avec une attention mêlée de sollicitude.

— Tout va bien entre Charles et vous ? demanda-t-il à brûle-pourpoint en se levant de son siège.

Céline choisit de jouer la franchise.

— Non. Nous allons divorcer.

Dan parut choqué.

— Charles le sait-il ?

— Pas encore, mais cela ne saurait tarder.

Le vieux monsieur regarda son interlocutrice quelques instants encore.

— Ce sont des moments bien difficiles pour vous, ma chère enfant, dit-il enfin avant de se pencher pour l'embrasser sur le front.

Après quoi il sourit et reprit sa canne.

— Je vous quitte à présent. Surtout, ne vous inquiétez pas inutilement. Je reste persuadé que tout ira bien pour vous et que vous reprendrez votre travail sous peu.

DEUXIÈME PARTIE

15

Etait-ce la peur ou l'excitation qui nouait le ventre de Collie Zintel lorsqu'elle ouvrit la porte à Milo ? Les deux sans doute, et, quand Milo l'écarta d'un geste brutal pour pénétrer dans le salon, elle sentit son souffle lui manquer et son cœur tambouriner dans sa poitrine plus violemment que si elle avait bu trois litres de café. Tout l'après-midi, Collie n'avait pensé qu'à Milo. Elle imaginait son corps, ses bras, ses mains… des mains qui n'étaient pas très grandes, mais puissantes, avec des doigts épais, aux phalanges couvertes de poils. Et elle savait ce que Milo lui ferait avec des mains pareilles. A cette seule pensée, elle en vacillait sur ses jambes, sans savoir si c'était d'extase anticipée ou de terreur.

— Déshabille-toi, lui ordonna Milo sans même lui octroyer un regard.

Lui-même s'était déjà débarrassé de sa chemise et se tenait devant elle torse nu, muscles saillants. Un sillon de poils noirs partait de son nombril et disparaissait sous le pantalon qu'il portait encore.

A présent, il regardait Collie, ou plus exactement fixait sur elle des yeux pleins d'une insolente possessivité : on eût dit qu'il évaluait une esclave avant de décider de l'acheter ou pas.

— Dépêche-toi ! cria-t-il, menaçant, en avançant vers elle la main levée.

Elle venait d'ôter son chemisier et avait les bras derrière le dos quand il la gifla à toute volée par deux fois, d'abord avec la paume ; puis avec le dos de la main. Collie sentit la douleur vive, cuisante, et immédiatement après un élan d'excitation sexuelle sauvage et primitif, surgi du plus profond d'elle-même.

Milo recula d'un pas et se mit à enlever son pantalon. Devant l'expression cruelle de son visage, Collie sentit monter en elle une folle terreur mêlée d'hystérie, qui s'accrut encore lorsque, d'un geste impérieux, il arracha sa jupe.

Elle lui avait obéi et ne portait ni maquillage ni sous-vêtements. Elle se tenait à présent complètement nue devant lui, à la fois libre et vulnérable, envahie d'un désir ravageur et brûlant que Milo la frappe, lui fasse mal, comme pour la punir de toutes les fautes qu'elle avait commises dans sa vie.

Il se mit à lui hurler des insanités, la traitant de noms odieux, et curieusement la honte de se voir appelée ainsi emplit la jeune femme d'une étrange excitation. Et voilà qu'il l'obligeait à répéter les mots orduriers après lui, voulait qu'elle crie tout haut quelle traînée elle était, avait toujours été…

Il l'attrapa par les cheveux et la tira avec une brutalité inouïe jusque dans la chambre à coucher, où il la jeta sur le lit.

— Crie que tu es une salope, rugit-il, son visage tout contre le sien.

Quand il mordit la chair tendre de son cou, Collie sut que, le lendemain, elle en porterait les traces, mais quelle importance ? Elle ne souhaitait qu'une chose, qu'il fît pire encore, la marque, l'avilisse à jamais.

Elle hurlait à présent, criait elle aussi des injures qui sonnaient à ses oreilles comme des mots d'amour, et elle se convulsait, se contorsionnait, divinement meurtrie par le sexe énorme qui pénétrait en elle en la déchirant, en l'écartelant.

Quand elle sentit les doigts épais de Milo autour de son cou, un désir insoupçonné la saisit. Prenant une profonde inspiration, elle hurla à Milo de la tuer, maintenant, tout de suite, parce que c'était ainsi qu'elle voulait mourir, dans l'extase sauvage d'une mort qui n'en finirait pas d'arriver. Les mains de Milo serraient, serraient, il ne pouvait plus les contrôler. Un instinct inconnu, terrassant de violence, surgissait au creux de ses reins qui allait le conduire à quelque orgasme ultime, et Collie ne bougerait plus tandis qu'il jouirait à l'infini dans son corps devenu inerte... inerte à tout jamais...

Quand il revint sur terre, Collie avait les lèvres violacées et ses yeux étaient exorbités. Il lui fallut un moment pour recouvrer son souffle, et elle continua à suffoquer pendant de longues minutes. Puis, dès qu'elle en eut la force, elle se plaqua contre Milo, mue par une sorte d'instinct désespéré.

— La prochaine fois, dit-elle d'une voix rauque, méconnaissable, la prochaine fois, Milo, je veux que tu ailles jusqu'au bout.

Tant bien que mal, ensuite, elle se leva et tituba jusqu'à la salle de bains, la respiration toujours haletante, interrompue par une petite toux sifflante.

Sur le champ de bataille qu'était devenu le lit, Milo, une fois seul, fut soudain agité de tremblements incontrôlables. Il avait peur... peur de lui-même, il était terrifié par ce qu'il avait failli faire. Il mêlait pourtant souvent la violence au sexe — c'était même seulement sur ce mode qu'il aimait faire l'amour, et il se privait rarement de battre ses partenaires. Mais cela allait rarement au-delà du simulacre, et les filles s'en tiraient avec quelques marques çà et là, rien de plus. Milo n'avait jamais vraiment fait mal à qui que ce fût.

Avec Collie, tout avait brusquement basculé. Elle avait déclenché en lui une sorte de fureur passionnelle incontrôlable qu'il n'avait encore jamais éprouvée. Milo le savait, il avait failli tuer Collie, et elle l'avait supplié de le faire, l'avait conduit au bord de l'abîme. A cette pensée, il se remit à trembler. Dans la salle de bains, il entendait la jeune femme tousser, hoqueter encore, et un nouvel élan de passion meurtrière le submergea.

Il bondit hors du lit et se rhabilla rapidement. Il aurait voulu fuir, mais n'arrivait pas à s'y résoudre. Son bon sens le poussait à filer en toute hâte, et le souvenir des seins fermes de Collie, de ses cuisses laiteuses, le retenait, figé sur place, partagé entre un désir sexuel brûlant et la terreur de ce qu'il pourrait commettre, s'il s'abandonnait à ses pulsions destructrices. Quel était donc le problème de Collie ? Avait-elle réellement souhaité mourir au moment de l'orgasme ? Ou bien s'était-elle seulement laissée aller à la passion et au fantasme de l'instant ?

Aux bruits qui provenaient maintenant de la salle de bains, Milo sut que la jeune femme ne tarderait pas à reparaître. Brusquement, il se prit à la désirer encore. Et son désir était violent, si violent qu'il en fut effrayé lui-même. Il aurait voulu fracasser la porte de la salle de bains, se ruer sur Collie et la tirer par les cheveux jusque sur le lit. Alors, il lui referait l'amour et, cette fois, il irait jusqu'au bout...

Il se laissa tomber sur le bord du lit et se prit le visage dans les mains. « File ! Cours ! Va-t'en », hurlait en lui une voix sauvage.

Dans la pièce adjacente, de l'eau coulait. Milo enfila ses chaussures en vitesse. C'étaient des mocassins, heureusement. Jamais il n'aurait pu nouer des lacets tant ses mains tremblaient.

— Je dois partir, cria-t-il à travers la porte d'une voix qu'il reconnut à peine. Je t'appellerai.

— Attends une minute, répondit Collie d'une voix encore enrouée.

Elle apparut presque immédiatement, toujours nue, et Milo sentit toutes ses fibres se nouer. Collie était belle. Elle possédait un corps parfait… Mais c'était la vue des marques violacées sur son cou qui tétanisait ainsi Milo, lui coupait le souffle en même temps qu'il sentait renaître en lui cet instinct de puissance dominatrice et destructrice : le pouvoir de vie et de mort du maître sur l'esclave.

— Collie, je dois filer, je…, marmonna-t-il.

La jeune femme sourit, les yeux perdus dans le vide.

— Pas de problème, Milo.

Elle semblait sereine, tout à fait à l'aise, détendue.

— C'était si beau, si merveilleux, reprit-elle, avant qu'un accès de toux ne l'interrompe. Je t'appellerai, dit-elle quand Milo eut gagné la porte.

A cet instant, il sut que jamais il ne lui résisterait, et que si elle le lui demandait il viendrait la rejoindre, et lui obéirait jusqu'au bout.

Une fois seul sur le palier, il s'immobilisa quelques instants, pleinement conscient soudain qu'il n'était plus l'agresseur, mais bien la victime potentielle. A cette pensée, son cœur se mit à battre avec violence.

— Que vais-je faire ? Comment diable vais-je me tirer de cette situation ? gémit-il à mi-voix.

La question ne cessa de le hanter durant tout le trajet de retour à son appartement.

Don parlait de Céline de la Roche.

— Elle ferait un cas de duodénopancréatectomie céphalique idéal, disait-il d'une voix morose.

Il se trouvait avec Ed et Porky dans la salle de repos du service des urgences, à attendre qu'arrivent les victimes d'un accident de la circulation. Il poussa un soupir avant de reprendre, sans s'adresser à personne en particulier :

— Et dire qu'il a fallu que je tombe dans l'unique service de chirurgie de tout le pays où l'on va tenter une procédure alternative à la D.P.C. sur un cancer du pancréas ! Ce n'est pas de chance, tout de même !

Comprenant sa déception, Porky voulut le réconforter.

— Je suis sûr en tout cas que si le Dr Winter décide de pratiquer une D.P.C., il te laissera la faire. J'en ai la conviction profonde.

— Je préférerais une conviction moins profonde mais fondée sur des faits précis, ironisa Don avec amertume.

La perspective de voir une D.P.C. lui échapper le mettait de fort méchante humeur. Il avait passé toute l'heure du déjeuner sur l'ordinateur général de l'hôpital à explorer le dossier des admissions, espérant trouver un autre candidat possible pour cette intervention qu'il souhaitait tant pratiquer ; en vain. Il se sentait pourtant prêt, maintenant qu'il avait effectué au moins une fois à peu près chaque grosse intervention, qu'il s'agisse de colectomies, de résections abdomino-périnéales, ou de thyroïdectomies. Bref, il avait tout fait, sauf la plus belle de toutes les opérations, et la consécration de tout chirurgien digne de ce nom : une D.P.C. !

Sur ces entrefaites, Bob Aminoke fit son entrée dans la petite pièce. Une fois encore, Porky le trouva bien excité : il avait des mouvements brusques, remuait sans arrêt, et transpirait alors qu'il ne faisait pas chaud.

Il éclata de rire en voyant ses trois confrères.

— On dirait que vous veillez un mort ! s'exclama-t-il.

Il eut un sourire grimaçant à l'adresse de Don avant de lui demander, narquois :

— Tu parlais de D.P.C. Tu as peur de voir la tienne t'échapper ?

Don ne cacha pas son irritation.

— Il faut toujours que tu sois au courant de tout ! C'est agaçant — surtout si l'on songe que tu ne fais même pas partie de l'hôpital. Après tout, tu n'es qu'en stage intérimaire, ici…

Nullement vexé, Bob, toujours hilare, se tourna vers Ed et Porky.

— Dites-moi, les gars, connaissez-vous l'affaire de Graham Porter ?

— Moi, je ne la connais pas ! répondit sèchement Don.

— Dans ce cas, mes petits chéris, approchez-vous et écoutez ça, rétorqua Bob en riant.

Il se laissa tomber dans un fauteuil tandis qu'Ed et Porky échangeaient un clin d'œil.

Dans la rue, le hululement lointain d'une sirène se fit entendre. Don fit mine de se lever, puis y renonça.

— Il était une fois, commença Bob de sa voix profonde et mélodieuse, en fait, c'était il y a trois ans, un chef de clinique du nom de Graham Porter.

N'y tenant plus, Don se leva et se dirigea vers la porte.

— Bipe-moi à l'arrivée des blessés, dit-il à Ed. Je serai dans le bureau des résidents.

Sans lui prêter attention, Bob reprit son récit.

— Lorsqu'il n'était qu'assistant, ce Graham Porter jurait ses grands dieux qu'il ferait trois D.P.C. avant de quitter l'hôpital, une fois son cycle terminé. Bien entendu, personne n'y croyait. Pourtant, un mois avant la fin de ses stages, il en avait effectué deux, et laissez-moi vous dire, mes petits gars, que c'était là un exploit carrément prodigieux.

A ce point du récit, Porky, un peu distrait, sortit de sa poche le paquet de fiches de ses patients et entreprit de les examiner, sans pour autant cesser d'écouter Bob qui poursuivait :

— Hélas, cela ne suffisait pas à Porter. Eh non, messieurs,

il lui en fallait trois, ni plus ni moins. Et voilà qu'un beau jour, surgie de nulle part, arrive au service de chirurgie cette pauvre vieille toute ridée, avec un diagnostic de cancer du pancréas et ses radios pour le confirmer. En moins de temps qu'il ne faut pour le dire, le gars Porter et son équipe installent la vieille en salle d'opération, et cinq heures plus tard, Porter achevait sa troisième D.P.C. !

— Comment s'en est-elle remise ? voulut aussitôt savoir Porky, qui maintenant écoutait avec attention.

Bob haussa les épaules.

— Quelle importance ? Quoi qu'il en soit, tout alla comme sur des roulettes jusqu'au jour où l'on découvrit le pot aux roses.

A ce point de son récit, Bob se leva pour déambuler nerveusement dans la petite pièce, sous le regard attentif d'Ed et de Porky. Il reprit au bout d'un moment.

— Il faut savoir que Porter avait un ami à St Jude, la grande clinique privée de l'autre côté de New Coventry. Cet ami, chef de clinique en médecine, lui avait signalé qu'ils avaient admis un cas de cancer du pancréas que l'on devait opérer quelques jours plus tard. Dès qu'il l'avait su, notre ami Porter avait convoqué l'assistant de son service et les deux amis, vêtus de leurs vestes blanches de médecins hospitaliers, étaient partis en hâte à St Jude. Ils y étaient arrivés à 11 heures, l'heure de la relève des infirmières, quand elles se trouvent dans le bureau pour prendre les consignes de l'équipe sortante. Porter avait garé sa voiture devant l'entrée de l'hôpital, assurant au gardien qu'il en avait pour cinq minutes car ils allaient transférer un patient. Sur quoi les deux résidents étaient montés tranquillement jusqu'au service de chirurgie, où ils avaient trouvé la vieille femme dans sa chambre. Poliment, ils lui avaient expliqué que son cas nécessitait son transfert dans un hôpital public, après quoi ils l'avaient installée dans un fauteuil roulant trouvé dans le couloir. Porter avait même pensé à prendre ses vêtements, ses radios, ainsi que les affaires qui se trouvaient sur sa table de nuit.

Bob affichait un sourire ravi.

— Avouez que c'est la classe ! Bref, pour en revenir à l'histoire, ils ont poussé le fauteuil roulant jusqu'à l'ascenseur, et puis, ni vu ni connu, ils ont embarqué la vieille dans leur voiture. Celle-ci, paraît-il, ne comprenait pas bien ce qu'il lui arrivait, mais demeurait calme. Le gardien a aidé les deux médecins à la faire entrer dans la bagnole. Le reste était un jeu d'enfant : une fois de retour à l'hôpital, ils l'ont fait admettre aux urgences, et avant qu'elle ait pu dire « ouf », on l'installait dans le service de chirurgie.

A ce point de l'histoire, des sirènes retentirent, toutes proches dans la rue, et Porky tâta dans sa poche les gros cathéters qu'il portait maintenant toujours avec lui. Bob, lui, semblait ne rien entendre, pris qu'il était par son récit, et il continuait.

— Là-dessus, Porter a appelé les infirmières de St Jude, qui étaient aux cent coups après s'être aperçues de la disparition de la vieille dame. Il s'est fait passer pour son fils, et a dit que sa mère ne voulant pas être opérée, il l'avait ramenée chez elle. Evidemment, les chirurgiens de St Jude n'étaient pas très contents d'avoir perdu leur D.P.C., mais l'affaire en serait restée là sans l'assistant du service de Porter qui, incapable de tenir sa langue, a vendu la mèche.

La porte de la salle de repos s'ouvrit à cet instant, et une infirmière apparut.

— Les blessés sont là, annonça-t-elle. Il y en a un avec une plaie à la tête et peut-être une commotion cérébrale, et l'autre a très vraisemblablement une fracture du bassin.

— Va les voir, Porky, dit aussitôt Ed. Je te rejoins tout de suite, le temps de connaître la fin de l'histoire de Bob.

Porky disparut, et Bob reprit place dans son fauteuil.

Un tic agitait sa paupière droite, mais cela ne l'empêcha pas de reprendre :

— Quand les chirurgiens de St Jude ont compris la vérité, ils ont fait un vrai scandale, mais le directeur de l'hôpital a réussi à garder l'histoire secrète et les journaux ne s'en sont pas mêlés. De toute manière, on ne pouvait pas revenir en arrière, puisque la vieille dame avait déjà été opérée. Alors, autant étouffer l'affaire…

Il se tut, visiblement satisfait et Ed se leva.

— Je vais rejoindre Porky, dit-il.

Peu après, il retrouvait Don, qui lui aussi était avec Porky. Tous trois s'occupèrent alors des blessés.

Une heure après, ils en avaient terminé et regagnaient l'ascenseur d'un pas las, lorsque Porky dit à brûle-pourpoint :

— Il est bizarre, ce Bob. Je le trouve si nerveux !

— Il l'est, répliqua froidement Don. Et il a de bonnes raisons de l'être. Tout le monde sait qu'il se drogue ! Sauf toi, apparemment.

Porky n'en croyait pas ses oreilles.

— Peut-être faudrait-il faire quelque chose, murmura-t-il. Lui trouver un psychologue ou un conseiller, que sais-je ?

Don le toisa, plein de mépris.

— Un psychologue, dis-tu ? Pour faire quoi ? Laisse donc Bob tranquille. Après tout, s'il veut sniffer, c'est son problème, pas le nôtre. T'es pas de mon avis, Ed ?

L'interpellé se contenta de hocher la tête sans conviction.

16

Henry Brighton se trouvait dans le Harkness Building lorsque Céline revint du service radio, où on lui avait fait une tomographie. Brighton venait de rendre visite à l'une de ses rares patientes privées — car il en avait fort peu —, une femme souffrant d'une grosse hernie qu'il fallait enlever. En sortant de la chambre, il s'était arrêté au bureau des infirmières, pour noter de son écriture sinueuse et penchée en arrière quelques informations dans le dossier de sa patiente.

— Dieu du ciel, marmonna-t-il, voyant passer Céline dans le couloir, poussée dans un fauteuil roulant. Quelle est donc cette personne ?

— Une sacrée fauteuse de troubles, docteur Brighton, voilà ce qu'elle est !

C'était Mme Koslowski qui avait répondu, tout en suivant Céline du regard d'un air souverainement méprisant.

Henry aimait se tenir au courant de ce qui se passait dans ses services, le public autant que le privé — bien qu'il ne vînt guère dans ce dernier, faute d'y avoir des malades. Aussi, pour être informé, s'en remettait-il à deux personnes en qui il avait toute confiance. L'une était l'intendante du bloc et l'autre, Mme Koslowski, dont le parler fruste et l'absence absolue de subtilité étaient signes à ses yeux de sincérité et de franchise.

— Quel genre de troubles, madame Koslowski ? demanda-t-il sans quitter des yeux Céline qui s'éloignait.

Bon Dieu, ce devait être agréable de temps en temps de soigner une patiente aussi jolie et séduisante…

La voix de Mme Koslowski le ramena sur terre. L'arrogance de cette mijaurée, disait-elle, son exigence, lui avaient valu en moins de vingt-quatre heures d'être universellement haïe par toutes les infirmières sans exception. Elle avait même réussi à ce que elle, Mme Koslowski, ne l'aime pas ! Il faut dire qu'elle l'avait traitée de menteuse, et devant témoin, encore !

Henry haussa un sourcil étonné.

— Elle a dit que vous mentiez ?

— Parfaitement ! Vous vous rendez compte, docteur ?

Mme Koslowski s'était redressée, tout à son indignation.

— Qui est son médecin ? voulut savoir Henry.

L'infirmière prit une petite voix sifflante.

— Le Dr Winter, bien sûr !

Et soudain lui vint une idée sournoise.

— Il passe d'ailleurs un temps fou avec elle, savez-vous, docteur Brighton ?

Henry regarda son interlocutrice sans comprendre.

— Où est le mal ?

Mme Koslowski prit l'air de quelqu'un qui en sait long mais ne dira que le nécessaire.

— C'est une assez jolie femme, cette Mme Roche, et certains hommes la trouvent même séduisante…

Elle regardait le médecin de ses petits yeux porcins. Perfide, elle ajouta :

— Oh, il n'y a rien à dire à cela, pas vrai ? Mais, des fois, on se demande ce que le Dr Winter peut bien lui raconter quand il reste si longtemps enfermé avec elle dans sa chambre.

Sur ces mots, elle se leva.

— Pardonnez-moi, docteur Brighton, il faut que j'aille travailler. C'est que l'ouvrage ne manque pas ici, quand on est consciencieux. Notez bien, on en connaît qui ont toujours des heures à perdre, pas vrai ? Que voulez-vous, c'est une question de nature, ça. Il y a les travailleurs et les autres…

Une fois seul, Henry eut un sourire finaud. Quel personnage, cette Mme Koslowski ! Honnête, directe, avec un franc-parler précieux. Rien de tel que les gens simples pour vous sortir la vérité nue et crue.

Henry consulta sa montre : il avait une réunion administrative prévue dans quelques minutes. Mme Roche, avait dit l'infirmière ? Drôle de nom pour une femme aussi distinguée. Henry se dirigea vers le chariot où étaient rangés les dossiers des malades. Il lui fallut un petit moment pour trouver celui de Céline et il ne put s'empêcher de sourire en lisant le nom de la patiente : de la Roche. Voilà qui était plus vraisemblable. Céline de la Roche : sans doute une vieille famille noble française. Il feuilleta rapidement le dossier tout en s'interrogeant. Pourquoi les cas importants comme celui-ci étaient-ils toujours confiés à Caleb Winter ? Sans doute à cause de tout le battage que l'on avait fait autour de lui lorsqu'il avait obtenu son poste officiel à New Coventry. Caleb Winter, le grand expert en transplantation d'organes, l'homme qui avait monté un laboratoire de recherche modèle et qui obtenait toutes les subventions publiques et privées dont il avait besoin…

Eh bien, voilà qui allait changer, et rapidement encore ! songea Henry non sans une extrême satisfaction. Ce serait lui bientôt qui aurait droit aux feux de la rampe, lui qui donnerait des interviews aux médias, apparaîtrait aux journaux télévisés, serait sollicité pour participer à des émissions spécialisées !

C'est donc le cœur léger qu'il quitta le service pour se

rendre à sa réunion. Il sifflotait même en songeant aux allusions de Mme Koslowski au sujet de Winter et de cette belle Céline de la Roche.

Caleb Winter assurait la consultation externe avec cinq de ses étudiants en médecine. Il les formait depuis quelque temps et les connaissait bien.

— Qui parmi vous a lu Sherlock Holmes ?

Il avait posé la question alors qu'ils attendaient le patient suivant. Il apparut que tous les étudiants sauf un connaissaient les aventures du célèbre détective britannique.

— Saviez-vous que Conan Doyle, l'auteur des aventures de Sherlock Holmes, était médecin ? demanda encore Caleb.

De nouveau, quatre étudiants sur cinq le savaient.

— Doyle insistait toujours sur l'importance de l'observation, poursuivit Caleb. D'après lui, l'observation minutieuse peut révéler bien des choses qui échapperont à celui qui ne sait pas regarder.

En parlant, le médecin s'était assis sur le coin de la table d'examen. Le rideau du box était ouvert, si bien que l'on voyait la salle d'attente et le bureau, où les patients se présentaient pour se faire inscrire.

— Il y a sûrement beaucoup d'exagération dans ce qu'écrivait Conan Doyle, fit valoir Anne Fraser, une jeune femme à l'air appliqué, au visage encadré de longs cheveux noirs très raides et au nez chaussé de petites lunettes rondes. Ainsi, quand Holmes prétend qu'il peut dire avec certitude de quelle partie d'Angleterre vient un individu uniquement à la couleur de la boue sous ses chaussures…

Caleb sourit.

— Je vous le concède, mademoiselle Fraser. Néanmoins, le principe demeure : un bon médecin se doit de savoir observer et de tirer les bonnes déductions de ses observations.

Il jeta un regard à la salle d'attente. Les patients y étaient assez nombreux, et l'on entendait un murmure de voix ininterrompu. Soudain, des pleurs de bébé retentirent.

Un des étudiants, Phil Brooks, qui se destinait à l'anatomopathologie, intervint alors.

— Vous ne nierez pas, docteur Winter, qu'avec les progrès des méthodes d'exploration, l'observation de visu a moins d'importance. Aujourd'hui, nous avons des échographies, des tomographies, des scanners, des I.R.M., sans parler de tous les bilans sanguins et hormonaux, et ces examens nous renseignent sur le patient bien mieux que si nous l'examinions avec nos yeux.

Brooks se tut et regarda ses camarades, quêtant leur approbation ; mais eux attendaient la réaction de Caleb, qui très vite afficha un petit sourire amusé, tandis que ses yeux pétillaient de malice.

— Je me garderais bien de vous contredire, dit-il au bout d'un instant. Mais voyons les informations que vous tous pourrez récolter en vous contentant d'observer avec vos yeux. Livrons-nous à un petit exercice : nous allons tous regarder attentivement le prochain patient qui passera devant nous avant d'entrer dans le premier box. Nous ne lui parlerons pas, mais nous l'observerons, puis nous prendrons quelques secondes pour échanger nos impressions.

Les étudiants se consultèrent du regard. L'enthousiasme de Caleb et son approche nouvelle de l'enseignement leur plaisaient visiblement.

Au secrétariat, une infirmière appela un nom, et, quelques instants après, une jeune femme passait devant le box où se trouvaient Caleb et ses étudiants, pour gagner le box suivant où elle se déshabillerait. Elle était épaisse et lourde, portait des vêtements voyants mais bon marché, tristement élimés et trop petits pour elle. Elle jeta au médecin et à son petit groupe un regard embarrassé, en passant, en même temps qu'elle trébuchait sur ses talons trop hauts. Puis elle toussa, et un spasme de souffrance crispa son visage.

Quand elle eut disparu, Caleb tira les rideaux du box et attaqua.

— En avant ! Qui veut parler le premier ?

Comme tous hésitaient, ne sachant trop que dire, il reprit :

— L'un de vous a-t-il déjà vu la patiente avant ?

Tous secouèrent la tête. Non, personne ne l'avait vue.

— Moi non plus, dit encore Caleb. Bien. Mademoiselle Fraser, pourquoi ne pas commencer ?

— Euh… Je dirais qu'il s'agit d'une femme jeune. Elle tousse et sa toux pourrait être d'origine bronchique.

— Quoi d'autre ?

Ne trouvant rien de plus à dire, Anne Fraser jeta un regard anxieux à ses camarades.

Caleb intervint, s'adressant à Phil Brooks.

— Et vous, qu'avez-vous observé ?

L'interpellé secoua la tête, agacé. Il n'appréciait pas cette manière d'enseigner, qui lui paraissait par trop fantaisiste. On lui avait tant vanté les mérites du grand Dr Winter, et voilà qu'au lieu d'agir avec la rigueur attendue il leur faisait perdre leur temps en jouant avec eux les détectives amateurs !

A cet instant, Anne Fraser reprit la parole pour ajouter que la patiente avait le souffle un peu court et semblait éprouver de la difficulté à respirer.

— Exact ! s'exclama Caleb, ravi. Bien vu, mademoiselle Fraser.

Il se tourna de nouveau vers Phil.

— Dites-nous, Phil, ce que vous avez observé et que n'a pas mentionné votre camarade…

Le jeune homme s'étant contenté de hausser les épaules, Winter poursuivit, non sans sarcasme :

— Je sais : rien que n'aurait détecté une épreuve de

capacité respiratoire. C'est bien ce que vous aimeriez me répondre, n'est-ce pas ?

Cette fois, l'étudiant rougit ; mais, sans prêter attention à son embarras, Caleb entreprit d'expliquer :

— Anne Fraser a noté que les muscles respiratoires annexes de la patiente étaient sollicités. Vous l'avez certainement tous vu, mais n'y avez pas prêté attention. Pourtant, les muscles du cou de la jeune femme étaient en tension chaque fois qu'elle inspirait, et ses narines se dilataient. Je suis sûr que ce symptôme n'est nouveau pour aucun d'entre vous.

Comme personne ne répondait, le médecin se cala confortablement contre la table d'examen et, regardant son petit auditoire, continua :

— C'est bon. Je vais vous dire maintenant ce que j'ai appris de cette femme, par la simple observation. Elle est âgée de vingt-huit ans, a eu un bébé il y a une dizaine de jours, et a été très malade pendant sa grossesse. Elle a fait de la rétention d'eau, sa tension artérielle a beaucoup monté, surtout vers la fin, au point que son gynécologue a dû pratiquer une césarienne.

— Vous nous avez assuré ne pas la connaître, protesta Phil avec agressivité. Vous avez dit que…

— Je vous le répète, je n'ai jamais vu cette femme, le coupa calmement Caleb. Je ne lui ai jamais parlé, et n'ai jamais entendu parler d'elle.

Un silence ponctua sa déclaration.

— Pouvez-vous nous dire comment vous avez compris tout cela ?

C'était Anne Fraser qui timidement s'était décidée à prendre la parole.

— Bien sûr, dit Caleb, mais d'abord, laissez-moi poursuivre. Ensuite nous irons vérifier avec la patiente si je me suis trompé. Vous l'avez tous remarqué, j'en suis sûr, cette femme est gravement malade, et il va falloir l'hospitaliser d'urgence.

Les étudiants dévisagèrent leur maître, éberlués. Comment pouvait-il affirmer quelque chose d'aussi définitif alors qu'il n'avait fait qu'apercevoir cette femme, qu'il assurait ne pas connaître ?

— Cette fille travaillait comme serveuse et a conservé son emploi jusqu'à un stade très avancé de sa grossesse. Hélas pour elle, elle n'a jamais réussi à mettre de l'argent de côté, et, comme c'est une mère célibataire, elle s'est trouvée confrontée à de graves problèmes.

A cet instant, Phil fit entendre un petit ricanement sardonique, mais ses compagnons se tinrent cois, écoutant Caleb.

— Heureusement, la patiente a encore sa mère, qui a pu l'aider. Notre malade nourrissait son bébé, mais n'avait pas assez de lait.

Une fois encore, Phil intervint, plein d'agressivité.

— Docteur Winter, je ne suis pas d'accord avec votre méthode d'enseignement. Vous vous moquez de nous, et vous cherchez à nous ridiculiser.

Le garçon était furieux à présent, et prêt à quitter le box. Caleb ne s'en formalisa pas et poursuivit, toujours très calme :

— Ecoutez-moi jusqu'au bout, Phil. Je ne cherche pas du tout à vous ridiculiser — d'ailleurs vous y parvenez très bien tout seul.

Anne Fraser retint à grand-peine un éclat de rire. Déjà, Caleb reprenait.

— Où en étions-nous, déjà ? Oui, il y a quelques jours, notre patiente a commencé à avoir mal à sa jambe gauche, qui s'est mise à enfler. Elle a voulu continuer à mener une vie normale, mais en vain : elle se fatiguait tout de suite. Puis elle a ressenti des douleurs dans la poitrine, allant de pair avec une difficulté grandissante à respirer, et elle s'est mise à tousser et à cracher un peu de sang. Son médecin traitant l'a donc envoyée consulter ici, et la voici.

— Comment pouvez-vous raisonnablement savoir que cette femme a vu son médecin et ce qu'il lui a dit ? bougonna Phil, qui n'avait de toute évidence pas apprécié que Caleb le remette en place.

— Tais-toi, Phil, veux-tu ? lui ordonna Anne Fraser plutôt sèchement.

Les autres visiblement l'approuvèrent.

Caleb poursuivit son exposé.

— Reprenons toutes mes hypothèses les unes après les autres et voyons ce qui m'a amené à les poser. D'abord l'âge de la patiente. Il est facile à déterminer avec un peu d'expérience. Généralement, à un ou deux ans près, je ne me trompe pas, mais il est vrai que je vois des patients depuis des années. Deuxième point : j'ai dit que notre malade avait un bébé. C'est facile ; j'ai entendu comme vous un nouveau-né crier dans la salle d'attente. Nous pouvions voir tous les gens qui s'y trouvaient, et notre patiente était la seule en âge d'avoir un bébé. Par ailleurs…

— Elle avait une tache de lait sur son chemisier, intervint Anne Fraser, tout excitée.

— Exact. Cela nous indique bien qu'elle nourrit son enfant. De même, les profonds cernes sous ses yeux nous indiquent que le bébé ne la laisse guère dormir et qu'il pleure vraisemblablement parce qu'il a faim. D'où ma conclusion que la mère n'a pas assez de lait.

A ce point, Phil se mit à rire.

— Je retire ce que je vous ai dit tout à l'heure, docteur Winter, et vous demande de l'oublier. Néanmoins, je ne comprends pas comment vous pouvez assurer que cette femme a subi une césarienne.

— En vérité, j'ai noté pas mal d'indices qui le laissent à penser. D'abord, quand elle tousse, vous avez remarqué qu'elle a un rictus de souffrance et porte la main à son bas-ventre. Or interrogez tous ceux qui ont eu une opération de l'abdomen ; ils vous répondront que le plus douloureux pour eux est de tousser ou d'éternuer.

Anne Fraser avait sorti son cahier, et prenait des notes.

— Vous avez remarqué aussi, poursuivait Caleb, comme cette pauvre femme était bouffie. Vous avez vu son visage ? Ses chevilles ? Cette enflure générale est certainement le résultat d'une pré-éclampsie puerpérale, pathologie classique de la femme enceinte, que vous avez tous étudiée en obstétrique.

— Rétention d'eau, de sodium, montée de la tension artérielle. Nous savons cela, docteur Winter.

C'était Phil qui avait parlé. Il avait pris un ton supérieur que Caleb ignora délibérément.

— Je n'en doute pas, Phil, se contenta-t-il de faire observer. J'ai dit également que cette femme était mère célibataire. Savez-vous ce qui me l'indique ?

— Elle ne porte pas d'alliance.

La petite étudiante qui avait répondu était une fille assez jolie, avec de beaux yeux marron.

— Exact. Et l'infirmière de la réception l'a appelée *mademoiselle* Coughlan. Maintenant, parlons de la mère de la patiente. A votre avis, comment suis-je au courant de son existence ?

Un silence anxieux répondit à Caleb, qui reprit :

— D'après vous, qui garde le bébé en ce moment ? Si la patiente était venue seule, elle aurait emmené son enfant avec elle dans le box, ne croyez-vous pas ? Elle n'aurait certainement pas laissé un nouveau-né si petit à quelqu'un qu'elle ne connaissait pas dans la salle d'attente.

Les étudiants hochèrent la tête, vaguement penauds. Ils auraient pu y penser, tout de même.

Seul Phil Brooks conservait sa morgue, et ce fut lui qui demanda, toujours fanfaron :

— Dites-nous, docteur Winter, avez-vous une idée de ce que cette femme a sur son compte en banque ?

Caleb le prit sur le mode de la plaisanterie et se mit à rire.

— Bien sûr que non, voyons. Néanmoins, je parierais volontiers qu'il ne s'y trouve pas grand-chose. Souvenez-vous de la façon dont cette femme est vêtue : clairement, il s'agit d'un uniforme de serveuse : minijupe noire, corsage blanc, talons hauts. Mais sa jupe était trop serrée à la taille, et sciait littéralement cette pauvre femme en deux. De toute évidence, notre malade n'a pas les moyens de s'acheter de nouveaux vêtements à sa taille, même en se contentant de ceux à meilleur marché.

Phil ne se le tint pas pour dit pour autant.

— Vous avez assuré que cette femme était très malade, reprit-il d'un ton accusateur. D'où vous vient cette certitude ?

— Cela me paraît clair, rétorqua Caleb. A votre avis, de quoi souffre-t-elle ?

En posant la question, il avait jeté un regard circulaire à ses étudiants et, comme une fois de plus personne ne répondait, il en fut brusquement agacé.

— Aucun d'entre vous n'a donc remarqué comment cette patiente marchait ? Ni que sa jambe gauche était très enflée ? Cette femme a une thrombose, et sans doute le caillot qui bouche la veine de sa jambe commence-t-il à s'effriter, si bien que le sang charrie des particules résiduelles qui vont provoquer…

—… une embolie pulmonaire, coupa Anne Fraser, levant le nez du calepin où elle consignait ses notes. Et c'est pour cela qu'elle tousse. C'est très grave, car si le caillot est suffisamment gros, il peut provoquer une embolie mortelle.

Caleb sourit, radouci.

— Exactement. En conséquence, quel traitement prescririez-vous ?

— Il faut la mettre sous héparine, et qu'elle reste au lit avec la jambe surélevée.

Phil, qui avait répondu, avait déjà vu un cas d'embolie pulmonaire et savait donc comment on soignait cette maladie.

— Vous avez raison, lui dit Caleb. Eh bien, je crois que nous avons passé en revue tous les points que j'ai avancés. Allez maintenant vérifier auprès de la malade que je ne me suis pas trompé. Pendant ce temps, j'ai quelques coups de téléphone à donner. On se retrouve dans dix minutes.

Phil, cependant, ne paraissait pas satisfait, et, comme Caleb lui demandait ce qui le tracassait encore, il expliqua :

— Vous ne nous avez pas dit, docteur Winter, comment vous aviez compris que la malade avait consulté son médecin qui l'avait adressée ici.

— Cela n'est pas bien difficile à comprendre, Phil. Un patient ne peut se présenter à la consultation de cet hôpital que s'il est adressé par un médecin généraliste. Donc, manifestement, celui de notre patiente l'a envoyée ici.

Phil rougit et se garda de répondre. Penaud, il quitta rapidement le box pour rejoindre ses camarades, déjà attroupés dans le box voisin, auprès de la patiente.

Dix minutes plus tard, tout le monde se retrouvait dans le couloir, comme convenu.

Ce fut Anne Fraser qui prit la parole. Elle semblait beaucoup s'amuser.

— Docteur Winter, vous vous êtes trompé sur un point : la patiente a vingt-neuf ans et non vingt-huit, comme vous l'aviez annoncé.

Caleb se mit à rire.

— Décidément, je deviens mauvais ! C'est la deuxième fois en une semaine que je me trompe sur l'âge d'un malade. Je vais devoir me recycler !

— En tout cas, merci, docteur Winter, reprit Anne. Avec vous, la médecine ressemble à un jeu.

— Tant mieux. A propos, l'un d'entre vous a-t-il pris la peine de regarder attentivement les chaussures à hauts talons de la patiente ?

Il y eut un silence. Caleb reprit, plein de malice :

— Leurs semelles portaient des traces de boue d'une couleur singulière…

Il regarda ensuite ses étudiants avec un air très solennel avant de conclure :

— Oui, et cette boue nous apporte la clé du mystère : bien que ni vous ni l'inspecteur Lestrade n'ayez fait le rapprochement, cette boue provient d'une carrière abandonnée dans le nord-est du Devon…

— Je crois que, cette fois, vous vous moquez de nous, docteur Winter, intervint Phil avec un sourire hésitant.

Tous éclatèrent de rire.

17

Deux jours après que Céline eut été admise à l'hôpital de New Coventry, Didier Franchet s'installait dans son fauteuil à bord du Concorde d'Air France et laissait l'hôtesse lui attacher sa ceinture. Didier, qui était très corpulent, réservait depuis des années deux places adjacentes lorsqu'il se déplaçait en avion et occupait toujours celle près du hublot.

Il avait avancé ce voyage à New York de plusieurs semaines. La nouvelle que Céline était malade l'avait pris au dépourvu. Il ne savait pas encore très bien comment certains de ses projets s'en trouveraient affectés ; en outre, il connaissait Céline depuis sa plus tendre enfance, et sa maladie le chagrinait beaucoup.

Quand il eut trouvé une position confortable, il jeta un regard autour de lui. L'avion était plein aux deux tiers. Les passagers étaient presque exclusivement des hommes d'affaires, aisément reconnaissables à leur faciès dur et à leur menton volontaire, dans la digne tradition de l'Amérique conquérante. Cette pensée fit sourire Didier, en même temps qu'il continuait à examiner les autres voyageurs. Deux ou trois d'entre eux étaient escortés par de fort jolies femmes : sans doute leurs secrétaires, belles, intelligentes et efficaces… dans de multiples domaines !

Il avait appris la maladie de Céline la veille seulement,

par Charles, et, au ton de ce dernier, il avait compris que la jeune femme était gravement atteinte.

Le Français, après un bref soupir, ouvrit son attaché-case pour en sortir un volumineux dossier portant la mention « Fortman et Carfield ». S'y trouvaient d'abord les bilans de la célèbre maison d'édition pour les cinq dernières années comptables. Didier les examina rapidement, vérifiant çà et là un chiffre ou deux, en comparant d'autres d'une année sur l'autre. Après quoi il ne put s'empêcher de secouer la tête : Dieu, que cette affaire était mal gérée ! C'était une honte.

Il porta ensuite son attention sur une lettre qui se trouvait dans le dossier, après les différents éléments concernant la gestion. Elle provenait d'un cabinet d'agents de change de Wall Street, et l'informait que Mme Astrid Fortman avait vendu ses parts de la maison d'édition à l'une des filiales de la holding de Didier : Redi-Tech, société dont le siège se trouvait aux Bermudes. Interrompant sa lecture, Didier se mit à rire, revoyant soudain par la pensée cette pauvre vieille Mme Fortman et ses damnées pendules.

C'est que les choses n'avaient pas été faciles ! Après s'être longuement renseigné, Didier avait passé presque deux semaines à Londres pour amadouer la vieille pie afin qu'elle consente enfin à lui vendre ses parts. Elle en avait fait une tête, lorsque Didier lui avait montré les publications récentes de la digne maison d'édition fondée par feu son très cher époux !

Didier sourit encore, mais, cette fois, une autre pensée l'amusait : quelqu'un avait-il jamais réalisé que « Redi-Tech » était l'anagramme des quatre dernières lettres de ses nom et prénom : Didier Franchet ?

Il reprit sa lecture. Selon les instructions qu'il avait données, disait encore la lettre, le transfert des parts serait retardé ; mais M. Franchet pouvait-il avoir l'amabilité d'autoriser le cabinet à faire enregistrer la vente dans les plus brefs délais, afin de ne pas contrevenir aux règlements de la Commission des opérations boursières ? La lettre était signée par un certain Greg de Vito, un jeune associé récemment recruté par le cabinet, que Didier avait très brièvement rencontré quelque temps plus tôt. Didier d'ailleurs ne s'en étonnait pas. Il connaissait bien Gene Metscher, l'associé avec lequel il traitait habituellement : si d'aventure quelque chose tournait mal dans cette affaire, le nom de Metscher n'apparaîtrait dans aucun courrier.

Didier vérifia encore la date de la lettre : elle avait été envoyée un peu plus de trois mois plus tôt, quelques semaines après la dernière visite de Didier à cette folle d'Astrid Fortman.

Agrafées à la lettre se trouvaient les copies faxées de deux autres courriers expliquant comment, sur la demande de Didier, le cabinet d'agents de change avait fait une offre d'achat pour des actions de Fortman et Carfield détenues par des porteurs anonymes. Didier savait que Céline cherchait elle aussi à acheter ces actions, et qu'il lui en fallait davantage qu'à lui. Il détenait en effet maintenant celles de Mme Fortman, qui en avait toujours possédé plus que Dan Carfield. Pour avoir la majorité de la maison d'édition, il suffirait à Didier d'acquérir onze pour cent des actions restantes, alors qu'il en fallait seize pour cent à Céline pour compléter celles que lui proposait Dan.

Après avoir refermé son dossier, Didier en sortit un autre de son attaché-case. C'étaient les derniers comptes d'exploitation de la maison d'édition de Céline. En les feuilletant, Didier haussa les épaules. C'était une jolie petite affaire qui tournait rondement et avait de superbes potentialités. Mais elle manquait de liquidités et avait du mal à faire face à ses échéances. L'affaire Fortman et Carfield allait la couler — mais qu'y pouvait-il, lui, Didier Franchet ? Une idée lui traversa l'esprit, qui le fit sourire. Pourquoi, le moment venu, ne recruterait-il pas Céline pour diriger Fortman et Carfield à sa place ?

Tout simplement parce que Céline voudrait lui arracher les yeux quand elle aurait compris comment il l'avait manipulée, songea-t-il. Il faut dire qu'elle l'avait cherché ! Pourquoi avoir discuté devant lui de la proposition de Dan Carfield ? Didier était un homme d'affaires, après tout, et l'occasion était trop belle pour ne pas la saisir. Evidemment, l'édition n'intéressait pas Didier, mais Fortman et Carfield représentait un certain nombre d'actifs qu'il réaliserait dès qu'il serait l'actionnaire majoritaire de l'affaire et se trouverait libre de ses mouvements. Il ferait alors vendre aux enchères la collection de manuscrits enluminés. A Londres, Sotheby's s'en chargerait volontiers, puisqu'il s'agissait de pièces uniques. Quant aux copyrights des écrivains célèbres, il les vendrait à d'autres maisons d'édition, à moins que les auteurs ne désirent les racheter eux-mêmes. Ensuite, il braderait le matériel, les stocks ainsi que le système informatique, et, une fois tous les frais payés, Didier avait calculé qu'il lui resterait un joli petit bénéfice de vingt millions de dollars !

Avant de refermer son attaché-case, Didier en sortit un coffret à bijoux qu'il ouvrit. Sur le coussinet de soie immaculée était posée une broche en diamants et rubis représentant le drapeau américain, avec ses raies et ses étoiles. Céline lui avait offert ce bijou bien des années auparavant, lorsque Didier avait obtenu la citoyenneté américaine — un honneur que, depuis, il avait quasiment oublié. Didier avait des adresses légales à Andorre, aux Seychelles, à Paris et aux Bahamas, et ne payait d'impôts dans aucun de ces endroits. Il regarda le bijou quelques secondes, émerveillé comme chaque fois par le travail de joaillerie, puis il le piqua au revers de sa veste et retourna le tissu pour refermer le petit clip de sécurité.

Cela fait, il se cala aussi confortablement que possible dans son fauteuil. Eh oui, les Etats-Unis étaient bien le plus beau pays du monde !

Caleb regagna son bureau d'assez mauvaise humeur. Cette consultation avec son groupe d'étudiants l'avait fatigué. Autant il était amusant de sensibiliser à certaines techniques des jeunes gens vifs et enthousiastes, autant, des jours comme aujourd'hui, il avait l'impression de tomber à plat et se demandait si cette méthode d'enseignement était la bonne. Après tout, qu'avaient appris les étudiants pendant les deux heures qu'ils avaient passées ensemble ? Peut-être rien. Certains — Phil Brooks en particulier — n'avaient à aucun moment pris au sérieux ce qu'il avait tenté de leur démontrer. Eh bien, tant pis pour eux…

En passant devant le bureau de Red Felton, situé un peu avant le sien dans le couloir, Caleb eut la surprise de voir l'éternel Stetson de Red toujours posé sur la table. Red lui-même était encore là, ses pieds chaussés de ses habituelles boots de cow-boy posés eux aussi sur la table de part et d'autre du chapeau.

— Hé, Red, s'exclama Caleb en riant, t'es malade ou quoi ? Sais-tu qu'il est plus de 5 heures ? C'est rare que l'on te voie si tard dans ton bureau.

Red se redressa et, avec son inimitable accent texan, proposa à Caleb de s'asseoir un moment avec lui. C'est alors que Caleb comprit : Red l'avait attendu dans l'intention de lui parler.

— Quelque chose te tracasse, Red ? Ta poupée a ses vapeurs, ou quoi ?

Red avait récemment épousé une jeune étudiante en médecine, raison pour laquelle, expliquait-il à qui voulait l'entendre, il se devait de rentrer chez lui le plus tôt possible, l'après-midi.

— Je suis inquiet, Cal. Je suis au regret de te confier que je suis fichtrement inquiet !

Caleb attendit la suite. Si Red était inquiet, cela ne pouvait signifier qu'une chose : quelqu'un voulait l'obliger à travailler.

Voilà qu'il reprenait d'un air lugubre :

— Notre directeur et distingué patron m'a fait l'honneur de plusieurs visites dont je me serais volontiers passé. En bref, je l'ai eu sur le dos toute la journée, et ce que je vais te dire est la pure vérité vraie…

— Je t'écoute, Red. Dépêche-toi, j'ai encore pas mal à faire, ce soir.

Le long visage aux traits un peu chevalins du Texan prit une expression grave.

— Figure-toi que ce rigolo de Brighton m'assure qu'il a trouvé du fric pour financer ce projet de recherche bidon avec lequel il nous rebat les oreilles depuis des années. Tu sais, celui sur les ulcérations coliques…

— Tant mieux pour lui. Je croyais qu'il ne savait même pas comment remplir une demande de subvention !

— C'est justement le hic, mon vieux ! C'est même la grande question avec un Q majuscule. Il n'a *pas* fait de demande. Quelqu'un, un consortium dit-il, ou Dieu sait quoi, lui donne de l'argent, comme ça, pour rien, et sans crier gare.

— Et il veut que tu participes à ses travaux ? C'est une bonne chose pour toi, Red. A force de rester collé sur ta chaise, tu vas finir par avoir des escarres aux fesses.

— Tu me déçois, Cal, rétorqua Red, feignant un air infiniment douloureux. Moi qui ai toujours cru que tu pigeais au quart de tour, j'ai l'impression de m'être trompé.

Sur ce, il sortit une bonne chique de sa boîte à tabac et la contempla un instant avant de reprendre :

— Ce trou du cul de Brighton va avoir besoin de locaux pour ses foutues recherches. Il lui faut de l'espace, beaucoup d'espace. Il s'est mis dans la caboche d'expérimenter sur des animaux, il veut faire des endoscopies et tout le bastringue, si tu vois ce que je veux dire.

Caleb prit une longue inspiration. Il commençait à entrevoir où voulait en venir Red.

Ce dernier poursuivit d'un ton morne.

— Quand il est passé tout à l'heure, il était tout gonflé de fierté, et j'ai failli lui demander s'il s'était fait mordre par un crapaud venimeux, mais je n'en ai pas eu le temps, parce que c'est lui qui a parlé. Et sais-tu ce qu'il m'a dit ? Je cite : « Tu pourras prendre le petit labo du deuxième étage, Red, et j'installerai l'histologie et le matériel électronique dans le grand. »

Caleb écoutait attentivement, à présent, et Red ne le quittait pas des yeux, espérant qu'il comprenait enfin.

— Alors je lui ai dit : « Henry, il est à Caleb Winter, ce labo. C'est son équipe de transplantation qui l'occupe. » Et voilà qu'il me répond avec son air d'enflure : « Les choses changent vite, de nos jours, Red, plus vite qu'on ne l'imagine. » Voilà texto ce qu'il me dit, l'ordure, avant de s'en aller avec son mauvais bloc de papier tout gribouillé de plans et de diagrammes pour son nouveau laboratoire.

Chose rare, lorsque Red se tut, Caleb demeura quelques instants sans voix. Red, pendant ce temps, avait placé sa chique entre ses dents et commençait à mâchonner avec application.

Enfin Caleb dit très doucement :

— Aujourd'hui, Red, mon labo fonctionne grâce à des subventions de l'Institut national pour la recherche et à d'autres allouées par des institutions publiques également.

J'ai tout lieu de croire que ces subventions me seront renouvelées pour l'année qui vient.

— Quand doit-on les renouveler ?

— Pour la plus importante, la décision officielle intervient le 22 octobre, mais, je te le répète, il s'agit d'une simple formalité. Nous avons envoyé notre demande il y a quinze jours.

— Le 22 octobre, dis-tu…

Avec une stupéfiante précision Red cracha un long jet de salive brunâtre dans la boîte en plastique prévue à cet effet, placée pourtant à plus d'un mètre de lui.

— Ouais, reprit-il, le 22 octobre, c'est bien ce qu'il a dit, le vieux schnock. Il compte emménager dans « ses » labos précisément le 22 octobre. On dirait que l'animal est au courant de pas mal de choses que tu ignores…

— En tout cas, merci de m'avoir mis au courant. Mais que cela ne t'empêche surtout pas de dormir. J'ai gardé pas mal d'articles sur les ulcérations coliques ; je te les ferai passer. Il est temps que tu te documentes un peu, pas vrai ? Allez, salut, vieux frère !

Une fois sorti du bureau de Red, Caleb se mit en quête de Henry Brighton, mais il était déjà parti et sa secrétaire aussi. Il regagna donc son propre bureau. Son cerveau était en ébullition. Comment ce cloporte de Henry, dont les fumeux travaux de recherche avaient depuis longtemps cessé d'intéresser les autorités médicales et chirurgicales officielles, comment donc ce cloporte avait-il décroché ce qui ressemblait fort à une manne inespérée autant qu'imméritée ? S'était-il produit, quelque part dans le monde, un phénomène imprévisible qui ait pu mettre les ulcérations coliques sous les feux de la rampe ? Avait-on découvert lesdites ulcérations chez quelqu'un d'important, la reine Elizabeth ou Saddam Hussein par exemple ? Caleb n'en savait rien, mais ferait tout son possible pour en avoir le cœur net. Ce genre d'information devait se trouver au ministère de la Santé ou à la Fondation Ford.

Caleb réfléchit encore un moment et, finalement, après avoir mis bout à bout tout ce que lui avait dit Red, il en vint à une conclusion : il était urgent qu'il rencontre les membres du Comité d'éthique et de santé publique. Il n'avait déjà perdu que trop de temps !

18

Caleb sortait de son bureau pour se rendre en salle de réveil lorsque Donna, sa secrétaire, qui occupait une petite pièce adjacente, lui fit signe qu'on le demandait au téléphone. Caleb retourna donc prendre l'appel dans son bureau.

C'était Paula Muldrew.

— Quel plaisir de t'entendre ! s'exclama le chirurgien, souriant, en se calant dans son fauteuil. Quoi de neuf ?

Quelques instants après, il ne souriait plus du tout, au contraire. Ses lèvres ne formaient plus qu'une ligne mince, crispée, son visage était tendu, et plus il écoutait son interlocutrice, plus son regard se faisait dur. Il posa ensuite quelques brèves questions et, après avoir pris congé de Paula, remit lentement le combiné en place. Sous son calme apparent couvait une fureur terrible.

Il s'accorda cependant un moment de réflexion avant d'appuyer sur son intercom.

— Donna, appelez le Dr Zagros et demandez-lui de passer me voir, s'il vous plaît. Oui, tout de suite.

Cinq minutes après, Milo apparaissait, encore vêtu de sa veste blanche.

— Entre, Milo, lui dit Caleb, et ferme la porte. Je viens de recevoir un appel téléphonique de Paula Muldrew.

Les yeux noirs de Milo parurent se troubler, et il détourna

le regard. A l'expression qu'affichait Caleb, il avait compris : Paula lui avait tout raconté.

Très piteux, le Yougoslave avança lentement dans le bureau de son patron.

— Je me suis vraiment comporté comme un crétin avec elle, Caleb, murmura-t-il d'une voix mal assurée. J'avais d'ailleurs l'intention de t'en parler.

— Eh bien, vas-y, raconte-moi ta version, rétorqua sèchement le médecin.

De plus en plus mal à l'aise, Milo expliqua de façon succincte ce qui s'était passé à l'hôtel de Paula. A mesure qu'il parlait, le visage de Caleb se faisait plus dur. En vérité, la version de Milo ne différait guère de celle de Paula, et Caleb en était déçu, lui qui avait espéré sans trop y croire que peut-être Paula avait exagéré, noirci le tableau, ou simplement mal interprété certaines attitudes de Milo.

Quand ce dernier se tut, Caleb dut faire un effort pour contrôler sa voix. Ce qu'il venait d'entendre lui inspirait un mépris infini.

— Paula t'a-t-elle fait des avances, Milo ? T'a-t-elle laissé entendre d'une manière ou d'une autre que tu avais tes chances avec elle ?

Milo hésita l'espace d'une seconde. Il eût été facile de dire oui, qu'elle l'avait encouragé, puis avait changé d'avis après l'avoir bien allumé. Mais Milo respectait trop Caleb pour lui mentir.

— Non, pas vraiment. C'est moi qui me suis laissé emporter. Je me suis imaginé qu'elle comprenait où je voulais en venir, et que, mon Dieu, pourquoi pas, elle était d'accord.

— Tu ne l'as tout de même pas agressée ? Tu ne lui as pas fait mal, Milo ?

Milo songea à sa propre épaule, qui depuis la scène avec Paula n'avait cessé de le faire souffrir.

— Non, non, répondit-il. C'est vrai, son chemisier a un peu souffert, mais rien qui…

— Bon sang de bon sang, Milo, explosa Caleb, je t'avais dit que Paula était la femme d'un de mes amis et, malgré ça, tu l'as presque violée !

— Non, protesta vivement le Yougoslave, je n'ai rien fait de tel, je te le jure, Caleb. C'est elle qui a failli me tuer.

Il raconta alors comment Paula avait réagi et lui avait fait une prise de judo dont son épaule et son bras n'étaient toujours pas bien remis. Au téléphone, Paula avait passé sous silence ce détail, qui pourtant ne manquait pas de piquant.

Lorsqu'il se tut, Caleb lui indiqua un siège.

— Assieds-toi, Milo.

Il obéit et Caleb reprit :

— Il faut que tu saches une chose : si un autre que toi avait agi de la sorte, je l'aurais congédié sur-le-champ.

Le médecin avait parlé d'une voix froide, dépourvue d'émotion. Milo, qui gardait les yeux baissés, ne répondit pas, et Caleb poursuivit :

— Des incidents comme celui-ci sont inadmissibles et risquent de nous valoir une réputation qui pourrait ruiner l'avenir de nos recherches. Nous sommes une équipe restreinte, et notre image ne dépend pas seulement de la qualité de nos travaux.

Caleb s'interrompit, quêtant le regard de Milo. Comme celui-ci conservait les yeux fixés sur le sol, le chirurgien explosa de nouveau.

— Enfin, Milo, qu'est-ce qui te prend, par moments ? Tu t'attires toujours des ennuis avec les femmes. Cette histoire avec Paula n'est pas la première. Tu ne sais donc pas te contrôler ?

Caleb s'efforçait de contenir sa colère, sachant qu'au sein de son équipe la présence de Milo était capitale, et qu'il pouvait difficilement s'en passer.

Le Yougoslave se décida enfin à lever les yeux.

— Je ne sais pas ce que j'ai, Cal, dit-il d'une voix à peine audible. Parfois, les femmes déclenchent en moi des instincts que je n'arrive pas à dominer. Alors il me semble que je deviens fou, et je n'ai plus qu'une idée en tête : leur faire l'amour. Ce n'est pas ma faute, tu comprends ? Sans doute ai-je dans mon patrimoine génétique un gène bizarre, anormal.

— Gène ou pas, rétorqua Caleb, en Yougoslavie, tu pouvais peut-être mener ta vie privée comme bon te semblait ; mais pas ici. Nous avons un code moral qu'il ne faut pas transgresser sous peine de prendre des risques graves, tant sur le plan professionnel que personnel.

Tout en parlant, Caleb scrutait le visage de Milo pour voir s'il saisissait combien le problème était sérieux, mais les yeux sombres demeuraient impénétrables. Aussi voulut-il insister.

— Il faut que tu comprennes que tu dois choisir, Milo. Tu ne peux pas espérer devenir un savant internationalement connu et respecté si tu continues à être impliqué dans des histoires comme celle-là. Si tu veux devenir un grand scientifique, je ferai tout pour t'aider. Mais si tu souhaites continuer à jouer les don Juan de pacotille, c'est un autre problème, et tu devras te débrouiller tout seul.

Sur ces mots, Caleb se leva, comme pour donner plus de poids à ce qu'il allait ajouter.

— A présent, Milo, je te demande de m'écouter attentivement. Il faut que tu prennes une décision et que tu t'y tiennes. C'est à toi de choisir et je ne veux pas t'influencer. Tu dois cependant comprendre que les choses ne peuvent pas continuer ainsi. Tu saisis ?

A cet instant, la sonnerie du téléphone retentit et Milo sursauta. Caleb souleva le combiné. Etait-ce Basil Muldrew, le mari de Paula, qui annonçait qu'il arrivait à

New Coventry pour casser la figure à Milo Zagros ? Non, seulement l'infirmière de nuit du Harkness Building.

— Oui, bien sûr, dit Caleb dans l'appareil. Je passerai d'ici une demi-heure.

Après avoir raccroché, il s'adressa encore à Milo.

— Je vais manger un petit morceau à la cafétéria. Veux-tu venir avec moi ?

Milo, qui n'avait pas très faim, hésita, et finit par accepter. Il ressentait le besoin de rester encore un peu avec Caleb, fût-ce pour se persuader que son patron ne lui en voulait pas.

Il n'y avait presque personne dans l'immense cafétéria. Deux serveuses en toque et petit tablier blanc se tenaient derrière le long comptoir d'acier, occupées à servir trois infirmières du service de soins intensifs, qui semblaient fatiguées et tendues. Elles n'échangèrent pas un mot en transportant leurs plateaux jusqu'à la table la plus proche.

Milo, dont le naturel revenait au galop, ne put s'empêcher de leur jeter un regard de connaisseur, quand il passa à côté d'elles.

Caleb vit-il le regard de son subordonné ? En tout cas, il ne fit aucun commentaire. Lorsqu'ils furent installés, il déclara de but en blanc :

— J'ai deux choses importantes à te dire, Milo. La première, c'est que nous allons probablement effectuer notre première transplantation de pancréas.

Milo ouvrit de grands yeux stupéfaits.

— Tu as un receveur ? Quand comptes-tu opérer ?

— Quand tout sera prêt. Inutile de te dire, Milo, que la réussite de cette greffe dépend en grande partie de toi. Je te communiquerai la taille et le poids de la patiente — car c'est une femme. A toi de calculer les dosages du médicament immunosuppresseur et d'adapter la posologie. Tu sais l'importance de la précision dans ce domaine si l'on veut que l'opération soit un succès.

— Mon programme informatique est au point, Caleb, tu le sais, dit Milo sans dissimuler sa fierté. Il me faut une heure environ pour calculer toutes les variables, ainsi que les programmes alternatifs suivant la façon dont réagira la patiente. Je peux très bien faire ce travail durant le week-end.

Milo était émouvant soudain, tant il semblait heureux du rôle essentiel qui serait le sien dans la procédure de transplantation.

Caleb sourit, puis, se penchant en avant, il reprit avec un étrange éclat dans les yeux :

— Parfait, Milo. A présent, la seconde chose que j'avais à te dire est la suivante : je crois avoir défini le cadre et l'objectif de nos prochaines recherches.

Il avait adopté un ton délibérément neutre, que démentait son regard animé d'une fièvre inhabituelle. Milo posa un instant sur lui des yeux surpris, puis il avala une bouchée de sa salade de crevettes et attendit la suite. Il connaissait son patron. Si celui-ci parlait d'un nouveau champ de recherches, c'est qu'il y avait mûrement réfléchi, avait commencé à y travailler, et savait avec précision ce qu'il voulait faire.

— As-tu fait beaucoup d'embryologie, lorsque tu travaillais à Belgrade ? demanda Caleb au bout d'un moment.

— Pas plus que les autres. J'ai de bonnes notions dans ce domaine, c'est vrai, mais on ne peut pas dire que je sois un spécialiste.

— Te souviens-tu de la façon dont se forme le pancréas ?

— Plus ou moins. Cela commence par un petit bourgeon de cellules qui se différencient à partir de celles du tube digestif.

— Exact.

Caleb semblait de plus en plus excité. Clairement, le sujet le passionnait.

— On part donc de quelques cellules différenciées qui

vont former le système canalaire. Certaines de ces cellules deviendront des cellules Bêta qui produiront l'insuline.

Milo écoutait avec attention, mais Caleb voyait bien qu'il n'avait pas encore compris où il voulait en venir.

— En vérité, Milo, ces cellules naissent avec une différenciation précise, et si elles peuvent produire de l'insuline dans l'embryon…

Il n'acheva pas sa phrase. Milo, lui, avait posé sa fourchette. Du poing de sa main droite, il cogna sa paume gauche, tandis que son regard s'illuminait.

— Je commence à saisir… On pourrait mettre ces cellules en culture in vitro, par exemple, ou… Mon Dieu, Caleb, tu crois que…

— Pas si fort, Milo, murmura Caleb en souriant.

Les trois infirmières en effet commencaient à regarder de leur côté avec insistance.

— L'idée de base, reprit le chirurgien, serait d'implanter quelques cellules embryonnaires dans la paroi abdominale du malade. On laisserait ensuite les cellules s'y développer, organiser leur propre système de canaux et donner naissance aux cellules productrices d'insuline. Après quoi, tu imagines la suite, inutile de te faire un dessin. Tu vois un peu le potentiel gigantesque si nous réussissions à mettre au point une procédure de ce genre !

Milo avait du mal à tenir en place à présent. L'idée lui paraissait si fabuleuse ! Et simple aussi, comme toutes les découvertes majeures.

— En plus, on sait que les cellules embryonnaires déclenchent beaucoup moins de rejet, dit-il. Toute la recherche immunologique s'en trouverait donc simplifiée.

— Nous ignorons cependant si les réactions de rejet augmentent à mesure que les cellules embryonnaires se développent dans l'organisme receveur, fit valoir Caleb. C'est un domaine de recherche encore vierge.

Il donna ensuite à Milo les références de certains articles parus sur le sujet. A Bologne aussi, quelqu'un avait étudié la production d'anticorps chez les fœtus de porc, et un chercheur de l'hôpital d'Addenbrooke, à Cambridge, en Angleterre, travaillait sur l'identification d'un antigène chez le fœtus de mouton.

— Cela prendra du temps, Milo, conclut Caleb, et nous avons du pain sur la planche ; mais si nous obtenons des résultats, cela peut nous valoir un prix Nobel.

Milo termina rapidement son dîner, et se précipita aussitôt après à la bibliothèque de l'hôpital. Il avait hâte de se mettre au travail. Caleb avait raison, il s'agissait d'un projet d'une envergure gigantesque et qui pouvait leur apporter une notoriété inégalée dans le milieu international des chercheurs. Mais Milo savait aussi que pour réussir il lui faudrait se consacrer entièrement à son travail, et que rien ni personne, pas même Collie Zintel, ne vienne l'en distraire.

A la pensée de Collie, qu'il avait jusque-là soigneusement jugulée, Milo sentit son bas-ventre se nouer, et il dut se secouer pour ne pas céder au sentiment pénible de l'inéluctable. Car certains instincts, en lui, échappaient à son contrôle, quand bien même ils menaçaient sa survie et sa carrière de chercheur. Il avait bel et bien frôlé le drame avec Collie et, rien que d'y penser, il en avait des sueurs froides. Bien sûr, Collie l'avait poussé à bout, l'avait supplié de la tuer, de l'étrangler au moment de l'orgasme… et le pire était qu'elle le lui redemanderait… A cet instant les paroles de Caleb revinrent à Milo : « Tu dois choisir entre devenir un grand savant ou continuer à jouer les don Juan… » Dieu, combien ce choix allait lui coûter !

*
* *

Caleb quitta la cafétéria peu après le départ de Milo. Il était content d'avoir mis les choses au point avec son immunologiste, content aussi de lui avoir parlé de son nouveau projet. D'instinct, il savait que celui-ci lui vaudrait la gloire et que, grâce à lui, il passerait à la postérité. Quant aux problèmes annexes, ils se régleraient au fur et à mesure, comme cela s'était toujours produit dans le passé. Caleb était donc un homme heureux lorsqu'il prit l'ascenseur du Harkness Building.

Depuis le départ de Dan Carfield, Céline s'efforçait d'oublier ses problèmes professionnels. Elle effleura sa joue du bout des doigts, et la scène qu'elle avait eue avec Charles lui revint, l'emplissant de fureur. Pour se calmer, elle laissa sa pensée vagabonder, et voilà que l'image de Caleb Winter s'imposa soudain devant ses yeux. L'histoire qu'avait racontée Porky sur cet homme qui tenait le manche du couteau dont la lame était fichée dans son cou l'avait fortement impressionnée, et elle s'efforça de visualiser le moment où l'intervention rapide de Winter avait sauvé la vie du blessé. A mieux y réfléchir, Céline réalisait combien elle était devenue dépendante de son médecin. C'était une découverte pour elle, et elle tentait d'en comprendre la raison lorsqu'une fugitive douleur sous son estomac la ramena à des préoccupations plus terre à terre. Elle porta la main à son ventre, puis, comme la douleur disparaissait, sans même s'en rendre compte, elle laissa sa main glisser un peu plus bas. La pensée de Caleb venait d'éveiller au creux de ses reins une étrange chaleur qui maintenant envahissait tout son corps. Elle se laissa aller à ce bien-être inattendu, et se prit à s'imaginer dans un lit avec le médecin. Comment faisait-il l'amour ? Comment lui ferait-elle l'amour ?

Le hasard voulut qu'il apparaisse alors dans sa chambre.

Céline se redressa, toute honteuse de ses pensées, et serra machinalement le col de sa chemise de nuit.

— On me dit que vous avez eu des problèmes avec les infirmières ? dit-il en s'asseyant au bord du lit.

Il émanait de lui une telle puissance, une telle assurance que Céline s'en sentit d'autant plus faible. Quelle serait sa réaction s'il apprenait à quoi elle venait tout juste de penser ? Peut-être s'en doutait-il d'ailleurs. Apparemment, pas grand-chose n'échappait à ses grands yeux gris.

— J'ai eu des problèmes avec tout le monde, aujourd'hui, rétorqua la jeune femme, songeant à son altercation avec Charles. En vérité, je crois que j'ai peur, et cela me rend très nerveuse.

— La peur n'est pas une émotion que vous avez expérimentée souvent, n'est-ce pas ? répliqua Caleb en souriant.

— Pas cette peur-là, en tout cas.

Une ombre fugitive passa dans le regard de Céline. Caleb s'en aperçut ; pris d'une sorte de pitié proche de la sympathie, il dit d'un ton bourru :

— Je ferai tout pour vous faciliter les choses, je vous le promets.

Préférant changer de sujet, Céline déclara à brûle-pourpoint :

— Porky m'a parlé de votre programme de transplantation. D'après lui, dans peu de temps, vous pourrez pratiquer des greffes de pancréas sur vos malades.

Caleb sourit encore.

— C'est en effet un sujet d'actualité.

Il regardait la jeune femme à présent, et se sentait vulnérable, sensible, trop sensible aux formes douces et pleines que révélait la fine chemise de nuit…

— Nous devrions être fixés dans quelques jours, reprit-il. En fait…

Il se tut, parut hésiter, puis poursuivit :

— En fait, en fonction des résultats de certaines expérimentations, j'aimerais un de ces jours m'entretenir plus longuement sur ce sujet avec votre mari et vous.

Sans crier gare, Céline sortit alors de son lit et se planta devant lui, seulement vêtue de sa chemise.

— Parlez-m'en tout de suite, ordonna-t-elle, dardant sur Caleb des yeux emplis d'une étrange ardeur.

Elle lui tendit ensuite les deux mains. Il les prit et se mit debout à son tour. Il était tout proche d'elle, à présent, presque contre elle, et Céline en conçut un émoi tel qu'elle leva une main pour effleurer le visage du médecin tandis qu'elle plongeait ses yeux sombres dans les siens.

Caleb n'hésita qu'un instant. Il l'attira à lui, extraordinairement heureux soudain de sentir la chaleur de ses seins, la douceur de sa peau, et la soumission exquise de cette femme qui s'abandonnait. Il caressa son cou, puis ses mains descendirent le long de son dos pour s'alanguir sur la courbe ronde de ses fesses. Céline se pressait contre lui maintenant, offerte, ardente, heureuse de sentir qu'il la désirait.

Caleb passa une main très douce sous la chemise de nuit et caressa sa hanche, puis son ventre… Le cœur de Céline battait avec violence. Allait-il… oui, allait-il…

Brusquement, la porte s'ouvrit, et tous deux entendirent une exclamation de surprise à peine étouffée avant que l'on ne referme doucement mais rapidement la porte. Caleb recula d'un pas.

— Ce n'était pas très malin de notre part, dit-il en secouant la tête.

Il souriait cependant, et paraissait très décontracté.

— Asseyez-vous sur la chaise, dit-il encore à la jeune femme, et moi je m'installerai au bord du lit. C'est plus sage, vous ne croyez pas ?

Sans répondre, Céline, qui tremblait de tous ses membres, obéit.

— Où en étions-nous déjà ? reprit le médecin.

Il affichait une telle nonchalance, une telle aisance que Céline en ressentit une forme d'amertume. Avait-il seulement ressenti quelque chose, un instant plus tôt ? Ou se comportait-il ainsi avec toutes ses patientes ?

— Ah, oui, poursuivait-il, nous parlions de ces transplantations…

Il expliqua brièvement en quoi consistaient ses travaux de recherches, sans entrer dans les détails. Bien qu'il n'en montrât rien, il était beaucoup trop ému par ce qui s'était passé entre eux, et ne désirait qu'une chose : s'esquiver pour mettre de l'ordre dans son cœur et dans ses pensées.

De fait, il ne tarda pas à se lever et s'approcha de Céline. D'un geste très doux, il lui effleura la joue.

— A demain, Céline, murmura-t-il. Je repasserai vous voir. Bonne, très bonne nuit.

19

Le lendemain matin, Milo quitta tôt son laboratoire pour se rendre dans College Street, une rue dans laquelle beaucoup de médecins privés avaient leur cabinet. Milo avait en effet rendez-vous avec un urologue, le Dr Caldwell.

— Ainsi, vous travaillez pour Cal Winter ? demanda ce dernier après un regard à la fiche de Milo, qui venait le consulter pour la première fois.

— Non, c'est Caleb qui travaille pour moi.

Milo avait voulu faire de l'esprit : peine perdue. Le médecin ne sourit même pas. Il se cala un peu plus contre le dossier de son fauteuil afin d'observer Milo à travers les lunettes en demi-lune perchées sur le bout de son nez.

— Que puis-je pour vous ? demanda-t-il, une fois son inspection terminée.

En général, lorsque les gens qui travaillaient à l'hôpital ou à l'université venaient consulter un médecin privé, c'était pour conserver vis-à-vis de leurs collègues hospitaliers une relative discrétion.

Milo expliqua ce qu'il voulait et, quand il se tut, Caldwell parut horrifié. Il ôta ses petites lunettes, dont il nettoya vigoureusement les verres avec l'extrémité la plus large de sa cravate. Puis il demanda sans regarder son interlocuteur :

— Y a-t-il longtemps que vous vivez aux Etats-Unis ?

— Un peu plus de quatre ans, répondit Milo, ne voyant pas où il voulait en venir.

Derrière son bureau, Caldwell se leva dignement et reprit la parole avec emphase.

— Eh bien, mon ami, ce sont des pratiques qui ont peut-être cours dans la partie du monde d'où vous venez, mais, chez nous, ce n'est pas le cas, je vous le dis tout net.

Il eut ensuite un sourire grimaçant avant de demander, un peu radouci :

— De quel pays êtes-vous originaire, exactement ?

Lorsque Milo lui eut répondu, il afficha un sourire ravi.

— C'est amusant, dit-il. Pas plus tard que la semaine dernière, j'ai bu du riesling provenant de Yougoslavie. Un excellent vin pour le prix qu'il coûte, mais beaucoup moins bon néanmoins que le riesling de Rhéanamie. Vous n'êtes pas de mon avis ?

Milo se contenta de hocher mollement la tête. Le Dr Caldwell plaisantait-il ? Il n'en était pas sûr. Même après quatre ans dans ce pays, Milo ne comprenait toujours pas le sens de l'humour des Américains, et ceux-ci avaient souvent du mal à apprécier le sien.

— Avez-vous songé à un traitement hormonal ? demanda Caldwell, en un effort louable pour revenir au sujet de la consultation. Il fut un temps où l'on en prescrivait souvent aux maniaques sexuels.

Il vit le visage de Milo se figer et poursuivit précipitamment :

— Non que je suggère que… non, pas du tout, je voulais seulement dire que ces traitements se sont révélés très efficaces chez des gens qui avaient des problèmes similaires au vôtre.

La voix de Caldwell s'était fondue en un murmure en même temps qu'il se rendait compte qu'il avait peut-être manqué de tact. Le terme de maniaque sexuel n'était sans doute pas très judicieux…

Milo toujours sombre, réfléchissait. Enfin il demanda :

— En quoi consiste ce type de traitement ?

— Les traitements aux hormones, voulez-vous dire ? Eh bien…

Caldwell remit en place ses petites lunettes.

— Disons que les œstrogènes semblent sérieusement affaiblir la libido masculine.

Milo regarda le médecin sans comprendre.

— Comment cela, affaiblir ?

— Je veux dire que le besoin sexuel se trouve diminué, moins impérieux.

Caldwell avait parlé un peu sèchement. En vérité, il ne se sentait pas très à l'aise sur ce sujet — pas plus qu'il ne se sentait à l'aise avec cet étrange Milo Zagros.

Ce dernier réfléchissait de nouveau.

— C'est peut-être bien ce qu'il me faut, dit-il au bout d'un moment. Oui, je crois que c'est exactement ce dont j'ai besoin.

Cette fois, ce fut Caldwell qui secoua la tête.

— Il y a bien sûr des effets secondaires possibles, je suppose que vous vous en doutez ?

Non, Milo ne s'en doutait pas, et il demanda au médecin d'être plus précis.

— Les œstrogènes développent la poitrine, annonça Caldwell d'un ton las. Il arrive aussi que les hommes qui en prennent grossissent des hanches à la manière des femmes, et que leur système pileux se clairsème.

Cette fois, Milo écarquillait des yeux incrédules. Des seins allaient lui pousser ? Il prendrait du poids, perdrait ses poils ? Pas question ! Et tant pis pour le traitement hormonal.

— Pensez-vous qu'une vasectomie soit indiquée dans

mon cas ? demanda-t-il. Au moins, on ne risque pas les effets secondaires que vous venez de citer.

Voilà qu'ils revenaient à un domaine que Caldwell connaissait mieux et, d'un coup, il recouvra son aplomb.

— En effet, on ne risque rien de tout cela. En revanche, ce type d'opération n'est absolument pas indiquée dans un cas comme le vôtre. Chez certains hommes, une vasectomie augmente au contraire la libido. Dans la majorité des cas, néanmoins, on ne note aucune différence. Quoi qu'il en soit, ces hommes assurent avoir les mêmes désirs, les mêmes pulsions et les mêmes sensations qu'avant, or vous, si j'ai bien compris…

Il n'acheva pas sa phrase car Milo venait de se lever, conscient brusquement qu'il ne tirerait rien de cet homme.

— Merci de vos conseils, docteur Caldwell, dit-il avant de sortir du bureau.

Il se retrouva dans College Street, ne sachant plus trop où il en était. Que faire ? Cela faisait deux nuits qu'il ne dormait pas, ressassant son problème. S'il n'agissait pas de façon drastique, il courait au désastre, il le savait.

Milo regagna le quartier de l'hôpital, plongé dans un abîme de réflexion. Il passa devant un tout nouvel immeuble de garage, sans même voir sa façade originale en encorbellement. Une voiture de police mit en marche sa sirène tandis qu'il était sur le pont enjambant la bretelle de l'autoroute : il n'y prêta pas attention. Milo tournait et retournait son problème dans sa tête. Il lui restait une solution, mais il n'était pas sûr d'être capable de l'assumer jusqu'au bout. En tout cas, elle exigerait tout son courage et toute sa ténacité, car rien que d'y penser, Milo, malgré la chaleur, en avait des frissons…

*
* *

Caleb avait prévu d'aller rendre visite à Anna Lynn Page et son mari dans leur jolie maison de Fisher's Island, où, chaque année, ils passaient leurs vacances d'été. Anna Lynn, qui était membre du conseil d'administration de l'hôpital, avait aussi été nommée comme déléguée du ministère de la Santé dans le Comité d'éthique et de santé publique qui devait évaluer le projet de xénogreffe de Caleb, et éventuellement autoriser ce dernier à pratiquer cette méthode de transplantation sur des receveurs humains. Anna Lynn et son mari connaissaient et appréciaient Caleb depuis des années.

Tous deux étaient venus sur le terrain d'atterrissage attendre l'arrivée du petit avion de Caleb. Anna embrassa ce dernier avec chaleur dès qu'il posa le pied sur le tarmac, et Larry lui serra la main, tandis que Caleb complimentait ses deux amis sur leur teint bronzé et leur bonne mine. Visiblement, Anna et son mari étaient enchantés de la visite du médecin.

Caleb avait déjà été reçu à Fisher's Island une fois auparavant, il y avait de cela assez longtemps, mais il avait oublié combien ses amis vivaient agréablement, dans un luxe discret autant que confortable. Lorsqu'ils arrivèrent à la maison, la table du déjeuner était dressée de façon ravissante, avec une élégante vaisselle de Wedgwood. Le repas, préparé par le cuisinier et servi par une jeune domestique, se révéla simple et exquis : bisque de crabe, salade de homard frais et fraises à la crème.

Une fois le déjeuner terminé, les trois amis reprirent la voiture de Larry pour se rendre sur le port. A l'un des pontons était amarrée la grosse vedette à moteur des Page, et son capitaine, un jeune garçon à la barbe rousse, s'activait à faire reluire les cuivres du pont. Quelques minutes après que les passagers eurent embarqué, le bateau sortait lentement du port et pointait sa proue vers le large. A peine franchie la passe, ils croisèrent la navette régulière qui arrivait de New London, et la vedette privée se coula un moment dans le sillage qu'elle avait laissé. En mer, l'air était brusquement devenu plus frais, et une petite brise très agréable se leva dès que le bateau se fut suffisamment éloigné de la côte.

Les trois amis devisèrent un moment, puis Larry disparut dans la cabine pour préparer des boissons.

— C'est donc toi qui passes sur le grill, lundi prochain ? dit alors Anna Lynn, regardant Caleb en souriant.

Le médecin lui rendit son sourire.

— Crois-tu qu'ils vont me manger tout cru ? répondit-il.

Anna recouvra son sérieux.

— Ce n'est pas impossible.

C'était une femme d'un certain âge, qui avait été très belle et conservait beaucoup d'allure et de classe. En outre, elle était franche et directe, ce qu'appréciait beaucoup Caleb.

— D'aucuns assurent, reprit-elle, que ton protocole de transplantation n'est pas encore assez au point pour être effectué sur des êtres humains.

Comme Caleb s'apprêtait à protester, elle le fit taire d'un geste impérieux de la main.

— Inutile de me démontrer le contraire. Je te connais, et je sais que tu ne solliciterais pas l'autorisation d'étendre ton programme à des humains si tu n'étais pas prêt. Par ailleurs, je connais « d'aucuns », sans doute mieux que toi.

— Qui est-ce exactement ?

— Le Dr Brighton m'a appelée hier, avoua Anna Lynn. Il n'a pas tari de louanges sur tes travaux, bien entendu, sachant que toi et moi sommes amis.

— Que voulait-il ?

— Il a cherché à me démontrer que tu gâcherais ta brillante carrière si l'on t'autorisait prématurément à pratiquer tes xénogreffes sur l'homme. A l'entendre, il prenait très à cœur ton avenir de chercheur surdoué.

— J'imagine, en effet, ricana Caleb.

— Il m'a également laissé entendre qu'il m'appelait sur la demande des autres membres du comité, afin que je sois au courant de leur avis.

— Qu'en as-tu conclu, Anna Lynn ? voulut savoir Caleb.

— Je pense que Brighton cherche à te descendre, Cal. Aurais-tu fait quelque chose dont il ait pu prendre ombrage ?

— Je ne crois pas, non. Mais avec des gens comme lui, on ne sait jamais.

Soudain, Caleb eut très envie de parler de Henry Brighton à Anna Lynn. Il lui expliquerait son incompétence, son étroitesse d'esprit, ses mesquineries, et les mille et une petites trahisons qui en faisaient un être méprisable. Il lui expliquerait aussi comment Brighton voulait tout simplement faire arrêter les recherches de Caleb sur les xénogreffes afin de prendre sa place et de relancer son projet de recherche absurde sur les ulcérations coliques… Caleb pourtant se retint. Il n'aimait pas dire du mal de ses collègues.

Anna, qui était très fine, dut sentir le combat qui se livrait en lui, car très vite elle déclara sans ambages :

— Je n'aime pas beaucoup ce Brighton, et il ne m'inspire aucune confiance. Il y a chez lui quelque chose de faux et de tortueux qui me met mal à l'aise.

A cet instant, Larry reparut, portant un plateau avec des verres, et les trois amis allèrent s'installer sur le pont arrière de la vedette. Ils bavardèrent un long moment de tout et de rien, ravis d'être ensemble et de profiter de la mer et de la fraîcheur.

Caleb, qui portait une chemise à manches courtes rayée bleu et jaune, commençait à sentir le soleil brûler ses avant-bras, aussi déplaça-t-il son fauteuil de toile pour le placer à l'ombre. Voyant cela, Anna Lynn partit lui chercher de la crème solaire.

Profitant de l'absence momentanée de sa femme, Larry se pencha vers Caleb.

— Ne t'imagine pas qu'Anna se soit tourné les pouces en t'attendant. Depuis l'appel de ce Brighton, hier, elle passe sa vie au téléphone. Elle te soutient à cent pour cent.

Caleb se redressa avec brusquerie.

— Je suis navré que cette affaire devienne un enjeu de politique interne, dit-il d'un ton las.

Larry dut sentir le désarroi de son ami.

— C'était bien la même chose lorsque je travaillais dans la banque, déclara-t-il. Peut-être même pire ! Quand on atteint un certain niveau de pouvoir, de responsabilité ou de compétence, tout devient plus difficile, parce qu'il y a toujours davantage de gens qui veulent vous abattre.

Caleb soupira.

— Il y a hélas une différence majeure entre la banque et la recherche. Vous, Larry, aviez des bilans annuels qui parlaient d'eux-mêmes. Si vous aviez pris les bonnes décisions, fait une année profitable, cela apparaissait noir sur blanc. Dans mon travail, il est beaucoup plus dur de prouver que les choses avancent et vont bien.

Larry sourit encore.

— Tu serais néanmoins surpris si tu savais combien il a fallu que je me batte. En vérité, j'ai toujours essayé de suivre le principe de mon vieux patron ; définis d'abord tes priorités, et ensuite bats-toi pour elles jusqu'au bout — qu'il s'agisse d'obtenir un nouveau bureau pour ta secrétaire ou de demander un prêt au roi de Jordanie.

Caleb hocha la tête. Il avait compris le message…

20

Charles passa la plus grande partie de la matinée en compagnie de Mort Perkins, le vétérinaire qui s'occupait de ses chevaux. Corinthien partant à Atlanta en avion l'après-midi même, il fallait en effet le préparer. Charles connaissait Mort depuis des années. Il avait d'ailleurs été l'un de ses premiers clients puisqu'il lui avait demandé de suivre ses chevaux quand Mort, tout jeune homme, s'était établi dans la région, à sa sortie de l'école vétérinaire.

Mort poussa un petit sifflement admiratif en contournant Corinthien pour mieux l'admirer.

— Quelle bête superbe, Charles ! s'exclama-t-il. Franchement je ne vois rien qui…

Sans achever sa phrase, il plia la patte arrière de l'animal, vérifia le fanon, puis le sabot, par simple précaution de routine.

— Ce cheval est en très grande forme, Charles, reprit le vétérinaire. Il devrait faire des merveilles.

Il regarda ensuite la clôture de la carrière.

— Si je vous connaissais moins bien, Charles, dit-il encore, jamais je ne croirais que ce cheval a sauté une barrière aussi haute.

— C'est pourtant vrai, intervint Jérémy, le jeune palefrenier qui avait assisté à la scène. Je l'ai vu, et c'était magique.

Mort lança un regard malicieux à Charles.

— J'espère qu'il sautera aussi bien à Atlanta. S'il ne gagne pas, en tout cas, ce ne sera pas sa faute.

Charles se mit à rire.

— Tout dépend de la fatigue qu'il ressentira après son voyage en avion jusque-là-bas. C'est à vous, Mort, de faire en sorte qu'il ne souffre pas trop.

— Votre femme vous accompagne ? voulut savoir le vétérinaire.

— Pas cette fois, non.

Charles s'était brusquement rembruni, et sa bonne humeur semblait l'avoir abandonné.

— Je ne partirai que vers le milieu de la semaine, ajouta-t-il. Les épreuves éliminatoires commencent samedi.

Mort lui jeta un rapide coup d'œil, sans pour autant faire de commentaire. Quel gâchis ! Il se rappelait combien Céline et Charles étaient inséparables, autrefois. Il est vrai que c'était tout au début de leur mariage… Peut-être le bruit qui courait sur une idylle entre Charles et Marion Redwing était-il fondé ?

Un moment après, Mort repartait à bord de son 4x4. Charles regagna lentement la maison. Comme elle paraissait abandonnée, sans Céline ! Le moindre bruit prenait une étrange résonance. Minette vint à sa rencontre et se frotta contre ses jambes, puis elle le suivit tandis qu'il déambulait de pièce en pièce. Elle marchait si près de lui qu'il avait peur à tout instant de poser le pied sur elle par mégarde et de lui faire mal.

— Tu es tout esseulée parce qu'elle n'est plus là, n'est-ce pas ? lui dit-il à mi-voix. Ne t'inquiète pas, elle reviendra… Peut-être…

Il se trouvait dans la chambre, à présent. Il prit une paire de chaussures que Céline avait abandonnée près du lit. Elles étaient légères, si légères ! Il passa un doigt sur la doublure de fine peau grise de l'une, puis examina le talon. Comment pouvait-on marcher sur des talons aussi hauts et aussi fins ? C'était un mystère. D'un pas las, il s'en fut ranger les chaussures dans le placard.

Céline portait de très hauts talons, la première fois qu'il l'avait vue, le jour de ses fiançailles. Et ces talons avaient contribué à lui donner cette allure tellement aristocratique, altière même, qui avait tant impressionné Charles. Oh oui, il avait été séduit au premier regard ! Il avait réussi à éloigner son fiancé juste le temps nécessaire pour l'intéresser, et lorsque, au bout d'un moment, René du Plessis était revenu bredouille après avoir en vain cherché le whisky de marque introuvable que lui avait demandé Charles, Céline avait brusquement compris sa manœuvre, et s'était mise à rire. Plus tard, quand les trois jeunes Américains étaient repartis, Céline avait suivi des yeux leur voiture jusqu'au portail.

A son retour aux Etats-Unis, Charles avait dû faire un stage au ministère de la Justice, à Washington D.C. Un beau matin, en lisant le *Wall Street Journal*, il avait trouvé un article parlant de la faillite de l'éditeur lyonnais de la Roche. Il avait aussitôt contacté l'ambassade de France, et avait réussi à apprendre que Céline vivait maintenant à Lyon, où elle travaillait pour un petit éditeur installé rue du Tertre.

Charles avait attendu quelques mois pour se rendre à Lyon. Il y avait trouvé une Céline bien décidée à rompre avec tout ce qui lui rappelait son passé. En vérité, il avait eu beaucoup de mal à la convaincre d'accepter de le voir, et elle n'avait consenti à déjeuner avec lui qu'après qu'il l'eut invitée plusieurs fois. Elle lui était apparue plus belle, plus séduisante que jamais, bien qu'elle ait perdu son innocence et sa spontanéité d'autrefois. Elle était devenue plus dure, plus brusque aussi, mais, et cela Charles ne devait le découvrir que plus tard, c'était seulement une preuve de son manque de confiance en elle. Car Céline était très émotive, elle le savait, et devait se méfier de ses propres jugements tant ils étaient souvent dictés par ses états d'âme.

A cette époque, Charles avait déjà acquis une bonne notoriété dans les milieux hippiques internationaux. Il était beau, plein d'audace et de témérité, à la façon d'un héros de Tolstoï. Il savait aussi se montrer amusant, spirituel et décontracté, tout en étant fort intelligent et perspicace. Il s'était donné beaucoup de mal avec Céline, mais peu à peu, à force de patience, il avait réussi à la détendre, puis à la distraire, et enfin à la faire rire. Céline, avec lui, avait presque recouvré sa joie de vivre.

Au fil du temps, il avait obtenu qu'elle lui raconte l'histoire pénible de la faillite de son père. Céline avait alors parlé des huissiers, et des camions de déménagement qui avaient défoncé les pelouses et les plates-bandes en emportant les meubles, les tableaux et tous les objets du château. Les créanciers avaient même ordonné que l'on enlevât les statues qui ornaient le parc. Bien entendu, on avait coupé le téléphone du château sans crier gare et on avait pris les voitures, si bien que pendant plusieurs jours Céline et sa famille avaient vécu en reclus, ne mangeant que des conserves et du raisin que la vigne du parc donnait en abondance.

Dès l'arrivée du premier camion venu emporter le mobilier, Céline avait dû prendre la situation en main. Son père n'était plus en état de le faire, le choc ayant été trop violent.

Céline raconta d'ailleurs à Charles comment le pauvre homme, incapable de réagir, avait assisté à l'enlèvement de tous ses biens, assis dans un fauteuil capitonné de velours rouge au centre du grand salon. Les créanciers avaient tenu à ce que tout soit emporté : meubles, tapis, tableaux, objets, et les déménageurs avaient même arraché du mur des appliques en cuivre ouvragé, laissant à leur place de grands trous béants. Quand l'immense pièce avait été vidée, l'un des hommes avait dit à son père :

— Si vous voulez bien m'excuser, monsieur.

Sur quoi il avait obligé le vieux monsieur à se lever et avait embarqué son fauteuil.

Céline avait donc tenu la maison avec les moyens du bord, et c'était elle aussi qui s'était occupée de la faillite, s'assurant les services d'un bon avocat. Son père avait au préalable confié ses intérêts à un de ses vieux amis notaire, au demeurant fort honnête, mais qui s'était vite révélé inefficace.

Pendant ces douloureux moments, oncle Didi avait été très présent. Il venait souvent au château, apportant ce qu'il fallait pour que la famille survive, et ce jusqu'au jour où il fut décidé que les de la Roche quitteraient le château pour s'installer chez la grand-mère de Céline, qui vivait dans une ferme, à la campagne.

A peine Céline y était-elle arrivée qu'elle recevait deux douzaines de roses jaunes ainsi qu'une lettre de son fiancé, René du Plessis, lui expliquant brièvement qu'hélas les circonstances l'amenaient à rompre leurs fiançailles... Céline avait jeté les roses dans la fosse à purin de la ferme, avant d'y jeter aussi sa bague de fiançailles signée Cartier. Après quoi elle avait écrit une laconique missive à René lui disant que, s'il voulait récupérer le bijou, il était libre de venir le chercher dans le fumier.

Moins d'un mois plus tard, le père de Céline, très dépressif, tombait malade. Il fallut le transporter à l'hôpital Edouard-Herriot de Lyon, où il mourut peu de temps après.

Charles était resté à Lyon de longues semaines, et Céline avait appris à l'apprécier. Ils se voyaient aussi souvent qu'ils le pouvaient, et éprouvaient un plaisir grandissant à être ensemble, Céline s'était découvert des talents inattendus de cuisinière, et préparait de délicieux repas qu'elle mitonnait sur l'antique réchaud à gaz de son petit logement, plus que modeste. De son père, elle n'avait hérité que des dettes, mais sa fierté et son sens de l'indépendance lui interdisaient d'accepter l'aide de Charles sur le plan financier. Tous deux néanmoins parlaient souvent des problèmes de la jeune femme et de la façon dont ils pourraient se régler.

Un soir que Céline confectionnait un potage froid à la tomate, Charles, qui l'observait, réfléchissait. Il faisait très chaud, et Céline ne portait qu'une robe très légère, presque transparente. Elle était occupée à couper une gousse d'ail en tout petits morceaux.

— Je préfère ne pas hacher l'ail pour qu'il garde tout son parfum, dit la jeune femme, se méprenant sur le sens du regard de son compagnon. A présent, si tu veux bien dresser le couvert, Charles…

Charles, ce soir-là, avait apporté deux bougies, mais Céline refusa catégoriquement de souper aux chandelles.

— Quand j'étais petite, mon père m'a enseigné deux choses concernant les repas, dit-elle. La première est qu'il ne faut jamais flamber un plat à table. Il y a une pièce pour cela, elle s'appelle la cuisine. La seconde, c'est qu'il vaut mieux éviter d'avoir une table mal éclairée, car les invités pourraient penser qu'on veut leur cacher quelque chose dans la nourriture ou encore que les plats ne sont pas bien présentés.

Charles l'avait-il entendue ? Peut-être pas, car, à brûle-pourpoint, il déclara, sans qu'il y ait de rapport avec ce que venait de dire Céline :

— Depuis que je te vois faire une merveilleuse cuisine avec trois fois rien, je me demande pourquoi tu n'écris pas un livre de recettes spécialement conçues pour les étudiants démunis. On pourrait l'intituler « La cuisine sans-le-sou », ou encore « Bien manger quand on est jeune et pauvre ». Je suis sûr que ça aurait un succès fou. Si tu veux, je pourrais t'aider.

Céline avait trouvé l'idée très amusante et, dès le repas terminé, ils avaient en vitesse débarrassé la table pour se mettre au travail. Quatre heures durant, ils avaient noirci du papier, et il en était finalement sorti un projet de six pages pour un livre de recettes destiné aux étudiants, aux célibataires et à tous ceux qui aiment bien manger, sans avoir ni beaucoup d'argent ni beaucoup de temps pour faire la cuisine.

Le lendemain matin à la première heure, Céline avait apporté le projet à l'éditeur chez lequel elle travaillait.

— L'idée est bonne, lui avait dit celui-ci après avoir distraitement parcouru les deux premiers feuillets, une main sur son gros ventre. Cependant, si vous destinez ce livre à des gens qui n'ont pas d'argent, avec quoi l'achèteront-ils ?

Charles néanmoins avait obligé Céline à poursuivre son projet. Elle avait donc écrit les recettes, et lui avait composé pour accompagner chacune d'elles une courte anecdote humoristique. Six mois plus tard, le manuscrit était achevé, et il était en outre illustré de ravissants dessins à l'encre de Chine. Charles en effet avait rencontré Emile, un étudiant des Beaux-Arts merveilleusement doué, et il lui avait commandé les illustrations. Combien les avait-il payées ? Céline ne le saurait jamais. Sans doute assez cher. Charles avait ensuite rapporté le manuscrit à New York, où il l'avait vendu à un éditeur spécialisé dans les livres de poche.

Contre toute attente, l'ouvrage avait été très bien accueilli par les critiques, et il s'était bien vendu en première édition. De ce fait, il avait été traduit en différentes langues et, peu à peu, le bouche à oreille fonctionnant, il était devenu une sorte de livre de référence, un ouvrage à la mode que tout le monde voulait avoir chez soi. Bref, au bout d'un an, Céline, grâce à ses droits d'auteur, avait pu éponger à peu près toutes les dettes que lui avait laissées son père.

Entre-temps, Charles était entré dans le cabinet juridique et financier familial, à Wall Street. Mais il demeurait beaucoup plus intéressé par les chevaux que par le monde de la finance. De plus, chaque fois qu'il le pouvait, il sautait dans un avion pour la France, et retournait voir Céline à Lyon.

Quand, pour la seconde fois, Céline toucha un gros chèque de droits d'auteur, ils célébrèrent l'événement par un excellent repas au Cygne Noir, l'un des meilleurs établissements gastronomiques de Lyon, la ville au monde qui compte le plus grand nombre de bons restaurants au kilomètre carré.

— J'aimerais bien aller à New York, avait alors avoué Céline. J'y reprendrais mes études.

Charles avait immédiatement posé la carte des vins qu'il était en train d'étudier, et, se calant contre le dossier canné de son siège, avait regardé la jeune femme avec attention. Céline était ravissante, dans la lumière à peine rosée du soir qui s'installait. Quand il avait voulu parler, il avait compris qu'il était ému, car il avait du mal à poser sa voix.

— Ce serait une bonne idée, en effet, et je pense aussi que nous devrions nous marier afin de repartir à New York ensemble.

Céline avait alors souri.

— C'est exactement ce que j'aurais suggéré si tu ne m'avais pas devancée.

Charles avait fait mine de se lever pour aller l'embrasser lorsqu'il avait vu ses yeux voilés, tout humides.

Elle lui avait encore souri à travers ses larmes.

— Je suis seulement triste que tu n'aies pas pu demander ma main à mon père, avait-elle murmuré.

Ils s'étaient mariés quelques semaines plus tard dans une jolie petite église, non loin de la place Perrache, et, selon le vœu de Céline, c'est Didier Franchet, le plus vieil ami de son père, qui avait conduit la jeune femme à l'autel.

Charles retomba brusquement sur terre et ferma le placard où il avait rangé les escarpins de sa femme. Comme le destin était dur parfois ! Tant de choses s'étaient produites depuis leur mariage… Aujourd'hui, il lui fallait regarder la réalité en face et accepter que sa vie change. Car elle allait changer. Comment ? L'avenir le dirait, et lui n'aurait plus qu'à s'adapter…

21

Leroy Williams figurait sur la liste des membres du comité en tant que délégué du conseil municipal. Caleb ne put s'empêcher de sourire. Dire que ce type vivait de filles qu'il faisait travailler dans la rue, et qu'il ne s'était jamais gêné pour supprimer tous ceux qui de près ou de loin risquaient de lui faire de l'ombre ! Décidément, Leroy avait parcouru du chemin ! Dans sa jeunesse, il avait connu la prison pour vol à main armée, avait été condamné aussi pour proxénétisme, profits illicites, etc. Mais très vite, comme c'était un malin, il s'était assuré les services de Moe Isaacs, un avocat de New Coventry encore plus malin que lui, qui l'avait tiré d'affaire chaque fois qu'il avait eu des ennuis avec la loi — jusqu'au jour où, de guerre lasse, la police avait tout simplement cessé de l'inquiéter. Aujourd'hui, Leroy était devenu un personnage public très médiatique : c'était lui qui, chaque année, conduisait la grande marche à la mémoire de Martin Luther King, bras dessus bras dessous avec le maire, et les télévisions le sollicitaient chaque fois que se profilaient des troubles raciaux. Quand les détenus d'une prison locale s'étaient mutinés, ils avaient exigé Leroy comme médiateur. De même, Caleb gardait présente à l'esprit l'image d'un Leroy indigné, conduisant une manifestation contre la vivisection.

L'affaire datait de l'année précédente seulement, et toutes les télévisions avaient retransmis le défilé.

Leroy se trouvait chez lui lorsque Caleb l'appela. A l'inverse de beaucoup de ses congénères, qui fuyaient le ghetto noir dès qu'ils avaient les moyens de louer une maison dans les quartiers chic, Leroy continuait à habiter un appartement au quatrième étage sans ascenseur d'un immeuble délabré, dans Washington Avenue, l'un des endroits les plus mal famés de la ville. Certains mauvais esprits prétendaient qu'il préférait ne pas s'éloigner de ses prostituées afin de les surveiller. C'était pure calomnie, car cela faisait bien longtemps que Leroy avait confié cette partie contraignante du travail à ses deux fils, maintenant âgés de vingt ans tous les deux — ils étaient nés à une semaine d'écart. L'un, Maxie, avait pour mère une Blanche, ancienne serveuse à l'Elephant Grill, et l'autre, Leroy Jr, était le fils de la femme légitime de Leroy, une Jamaïcaine.

— Ouais ? dit Leroy dans l'appareil.

Caleb se présenta et ajouta :

— J'aimerais vous parler.

Leroy ne lui répondit pas tout de suite, et cria quelque chose à quelqu'un qui devait se trouver à l'autre bout de l'appartement. Apparemment, on ne manquait pas de vitalité, chez les Williams.

— Ouais, redit enfin le Noir dans l'appareil. Et c'est à quel sujet, exactement ?

— Vous faites partie du Comité d'éthique et de santé publique de l'hôpital.

Leroy se mit à rire, un rire de gorge très bas, plein de joie de vivre.

— Ouais, dit-il pour la troisième fois. Vous parlez d'un honneur ! Je crois que je vais le mentionner sur mes cartes de visite. Ça fera chic, non ? L'an prochain, je poserai ma candidature pour être président.

Dès qu'il se tut, Caleb reprit la parole.

— J'aimerais vous parler de la séance que va tenir le Comité lundi prochain. Vous devez examiner…

Leroy le coupa.

— Ouais, je sais. Un de vos copains m'a déjà appelé, un certain Henry quelque chose. Où est le problème ?

Caleb préféra jouer la prudence.

— Je vous dérange sûrement, monsieur Williams, dit-il. Pourquoi ne pas nous rencontrer et prendre un verre ensemble ?

— Dans ce cas, venez chez moi. J'habite 1444, Washington Avenue, au quatrième étage. Vous voyez, c'est facile à retenir. Garez votre bagnole devant l'immeuble, comme ça les copains comprendront qu'il vaut mieux ne pas y toucher. O.K. ?

Caleb hésita quelques secondes avant d'accepter. Un Blanc dans Washington Avenue passerait aussi inaperçu qu'un évêque coiffé de sa mitre dans un salon de massage thaïlandais. Néanmoins, il ne risquait sans doute rien à rendre visite à Leroy Williams chez lui, à condition que ce dernier prévienne ses voisins.

Vingt minutes plus tard, donc, Caleb descendait lentement Washington Avenue. Çà et là traînaient des carcasses de voitures échouées contre les trottoirs défoncés. La chaussée était jonchée de détritus divers, notamment des bouteilles vides et du verre brisé que Caleb s'efforçait d'éviter, tout en slalomant entre les nids-de-poule. La moitié des maisons qui bordaient la rue étaient laissées à l'abandon, leurs portes et fenêtres fermées par des planches, et sur les trottoirs déambulaient, nonchalants, de jeunes Noirs affichant avec provocation une oisiveté insolente. Quelques prostituées tristement aguicheuses se tenaient devant l'entrée d'immeubles délabrés, et d'innombrables chats faméliques traversaient paisiblement la chaussée comme si, de toute évidence, elle leur appartenait. C'est sans doute ce qui surprit le plus Caleb.

Evidemment, les immeubles ne portaient pas de numéro au-dessus de leur porte. Caleb commençait à s'en inquiéter lorsqu'il vit une rutilante Cadillac blanche dont la vitre arrière était ornée d'un petit rideau à volant. C'était à peu près le seul véhicule en état de marche qu'il ait repéré dans la rue, et il était garé devant un immeuble de quatre étages. Avec un peu de chance, la voiture appartenait à Leroy Williams, et l'immeuble était celui où il demeurait.

Caleb se gara donc devant la Cadillac et recula de telle sorte que son pare-chocs arrière touche celui avant du somptueux véhicule. Ainsi, tout le monde comprendrait que Leroy Williams recevait un ami... On pouvait au moins l'espérer.

Le hall de l'immeuble était sordide, avec ses murs recouverts de graffitis multicolores, et il y régnait une insoutenable odeur de vieille urine. Caleb dut retenir un haut-le-cœur tant la puanteur lui était insupportable. Il s'engagea en hâte dans l'escalier. Celui-ci ne valait guère mieux : il était sale, branlant et jonché de détritus. Au deuxième étage, Caleb remarqua une porte blindée, elle aussi recouverte de graffitis, et qui semblait solide au point de décourager l'assaut d'un tank. Curieuse idée de dépenser tant d'argent pour se protéger ainsi, lorsqu'on vivait dans un quartier aussi mal famé... Sans s'interroger davantage, Caleb poursuivit son ascension. Sur le palier de l'étage suivant, un rat occupé à dévorer un reste de vieux hamburger lui détala entre les jambes.

Pas mal de bruit s'échappait de l'appartement du quatrième. Caleb s'immobilisa quelques instants devant la porte pour reprendre son souffle. Puis, comme des bruits de bagarre retentissaient dans le hall du rez-de-chaussée, il appuya vite sur la sonnette à gauche de la porte.

Celle-ci fut ouverte presque aussitôt par un petit garçon noir assez maigrichon. Il devait avoir dix ans et portait ses cheveux crépus coupés très court. Il dévisagea le visiteur avec de grands yeux pleins de méfiance. Son inspection ne dura que quelques instants, après quoi il referma la porte en la claquant avec violence. Caleb l'entendit hurler quelque chose à l'intérieur de l'appartement.

Peu après, la porte s'ouvrait de nouveau — sur Leroy, cette fois. C'était un grand Noir assez corpulent, vêtu seulement d'un jean et d'un gilet, sous lequel il ne portait rien. Il arborait autour du cou un lacet de cuir où se balançait une longue dent jaune et pointue, une canine très certainement, provenant de quelque animal carnivore. Caleb nota également que son hôte marchait pieds nus.

Il sourit en voyant le médecin.

— Entrez, Doc, entrez donc. Le môme a pas l'habitude de voir des Blancs, par ici.

Caleb obtempéra. A sa droite se trouvait le living-room, où une très jeune femme noire vêtue d'une longue robe informe de couleur vive regardait la télévision.

— Bonjour, lui dit Caleb avec son plus charmant sourire.

La femme ne répondit pas, ne détourna même pas les yeux de son écran. Leroy ne parut pas s'en rendre compte. Il s'adressa au garçonnet.

— Descends surveiller la bagnole de mon copain, ordonna-t-il.

Le gosse fila comme une anguille.

Son hôte conduisit alors Caleb dans la chambre à coucher. S'y trouvait un gigantesque lit défait, dont la tête était en cuivre ciselé rehaussé d'incrustations en simili argent. Une horreur ! Il régnait en outre un désordre peu avenant : vêtements, chaussettes, collants, lingerie traînaient un peu partout. Etaient-ils propres ? Sales ? Mieux valait ne pas s'interroger à ce sujet. Presque malgré lui, Caleb remarqua un porte-jarretelles en dentelle noire et un soutien-gorge assorti jetés sur le dossier de l'unique siège, une espèce de fauteuil en rotin de couleur jaune vif.

Leroy s'assit sur le bord du lit, et d'un geste invita son hôte à prendre place dans le fauteuil. Puis il attaqua.

— Votre pote, le doc Brighton ou je ne sais quoi, il n'est jamais arrivé jusqu'ici, ce matin. Je sais qu'il est venu dans le quartier, mais il m'a appelé d'un bistrot pour me dire qu'il n'avait pas trouvé mon immeuble.

Sur ces mots, il éclata de rire, de ce rire heureux, communicatif que Caleb avait déjà entendu au téléphone.

A cet instant, deux très jeunes enfants apparurent sur le seuil de la porte. Sans ouvrir la bouche, ils posèrent sur Caleb de grands yeux pleins de sérieux, avant de disparaître comme ils étaient venus.

— Café ? Coke ? proposa Leroy.

Caleb secoua la tête en souriant. Leroy Williams lui offrait-il un Coca-Cola ou une prise de cocaïne ? Il l'observait avec un air amusé, parfaitement décontracté, comme s'il avait la situation bien en main. Il reprit avec jovialité :

— Alors, Doc, qu'est-ce qui vous amène chez les négros ?

Tout en parlant, Leroy s'était installé en tailleur, et Caleb nota que la plante de ses pieds était gris sombre et pleine de corne. Leroy ne devait pas souvent porter des chaussures.

— Pourquoi persistez-vous à habiter ici, Leroy ? demanda soudain Caleb à mi-voix.

— Pourquoi je partirais ? rétorqua l'autre du tac au tac. Pour aller chez les Blancs, dans un quartier rupin ? West-park, par exemple ? Pas question ! Ici, je suis chez moi. Il suffit que je descende dans la rue pour trouver un copain avec qui aller boire une bière. Et puis, dans vos beaux quartiers, on peut pas faire trop de bruit. Ça risquerait de gêner les voisins, pas vrai ? Et ma poupée et moi, des fois…

D'un geste du pouce, il indiqua le living-room où Caleb avait vu la jeune femme.

— Ouais, elle et moi, des fois, on en fait, du raffut !

Il se tut, se redressa, puis ajouta :

— De toute façon, tout ce qui me botte dans la vie est ici.

— Je peux comprendre, répliqua Caleb. Parlons maintenant de la séance du comité, Leroy. J'aimerais vous expliquer en quoi consiste mon projet de greffe.

Le Noir leva aussitôt la main.

— Inutile. C'est moi qui vais vous poser les questions qui m'intéressent.

— Allez-y.

— O.K. Premièrement : que retirez-vous de cette affaire ?

— Vous me demandez si j'en escompte un profit personnel ? La réponse est non. En revanche, si mon projet obtient l'approbation du Comité, je pourrai soigner des gens qui souffrent du diabète ou d'autres maladies du pancréas.

— Deuxième question : combien un singe a-t-il de pancréas ?

— Un seul, comme nous.

— Cela veut donc dire qu'un singe mourra chaque fois que vous ferez une greffe ?

— Oui, admit Caleb, ennuyé par le tour que prenait la conversation. Mais des milliers de bœufs et de cochons meurent tous les jours pour que nous puissions manger de la viande, et personne n'en fait un drame, sauf peut-être les bœufs et les cochons.

Leroy, qui avait recouvré tout son sérieux, secoua la tête.

— Moi, personnellement, Doc, faut que vous compreniez que ces histoires-là, je m'en fous éperdument. Que vous tuiez des singes, je m'en balance. Mon pancréas va bien, merci. Mais je dois soigner mon image, vieux — ça, c'est important. Faut qu'on continue à me considérer comme un mec fort, dans le coin, quelqu'un qui sait se battre, et faut aussi que j'aie des raisons de me battre. L'an dernier, on a fait ce truc contre la vivisection. Les bêtes, je m'en battais l'œil, vous vous en doutez, mais la manifestation m'a fait une publicité d'enfer. Du coup, je suis devenu un champion de la morale aux yeux des bons petits Américains.

Leroy eut un sourire de loup qui découvrit deux belles rangées de dents capables de croquer n'importe quoi. A cet instant, l'un des tout jeunes enfants réapparut dans la pièce et vint se nicher entre ses jambes pour mieux dévisager Caleb.

— Voyez-vous, Doc, reprit Leroy, je sais ce qu'ils veulent, les gens qui vivent par ici, je sais ce qu'il faut leur donner, et je sais ce qui est bon pour eux. Ils ont besoin de descendre dans la rue, de boire une ou deux bières, de faire du bruit et de participer à une bonne manif de temps en temps. Comme ça, ils évacuent la vapeur, et tout va bien. Vous autres, Blancs, vous pouvez bien penser ce que vous voulez ; ici, quand on est noir, il faut se battre tous les jours, parce que tout est un combat contre les Blancs.

Leroy déplia ses jambes pour se lever, et l'enfant l'imita aussitôt.

— Si je vote pour votre projet, Doc, mes amis penseront que j'ai voté pour un Blanc, et je ne peux pas me le permettre. Vous me comprenez, pas vrai ? J'ai rien contre vous, ni contre ces greffes, mais…

Au volant de sa voiture, Caleb reprit la route de l'hôpital. L'issue de sa rencontre avec Leroy Williams ne l'étonnait pas vraiment. En vérité, le médecin se surprenait à concevoir une sorte de respect nouveau pour cet homme, fruste et peu fréquentable, certes, mais qui avait le mérite d'être franc. Les motivations simplistes de Leroy avaient un côté rafraîchissant. Au moins, Caleb savait où il en était avec lui — et il savait aussi qu'il était inutile d'essayer de le faire changer d'avis.

Ses pensées dérivèrent ensuite sur ses patients de l'hôpital. Et d'abord ce vieux M. Montague, qu'il avait opéré le matin même du canal du cholédoque. Le malade était très ictérique, avant l'intervention… Pourvu que Don et Ed aient pensé à lui donner de la vitamine K ! Les cas comme le sien comportaient toujours des risques élevés d'hémorragie interne.

Don avait laissé entendre que Porky serait renvoyé du service parce qu'il s'était endormi alors qu'il était de garde. Personne n'était très content du travail de Porky, Caleb le savait. Lui-même d'ailleurs aurait pu s'en plaindre, mais il évitait toujours de prendre parti dans ce type de situation, quand il n'y était pas obligé. Mieux valait laisser les résidents se débrouiller entre eux ; et, en cas de problème, la décision ultime revenait à Henry Brighton. En tant que patron du département, c'était à lui de maintenir ordre et discipline dans les rangs de ses subordonnés.

A la pensée de Henry Brighton, Caleb sentit monter en lui une vague de fureur froide. Cet homme l'indignait, et pour des raisons plus subtiles qu'il n'y paraissait. Car que Henry, cet individu médiocre qui n'avait strictement aucun talent de chercheur, moins encore les qualités indispensables pour en être un, veuille supplanter Caleb dans ce domaine et reprendre son laboratoire était tellement absurde que mieux valait en rire. En revanche, la façon détournée, traîtresse, dont il agissait semblait particulièrement odieuse et condamnable à Caleb. Après tout, Caleb et son équipe pesaient lourd en matière de recherche dans le département de chirurgie, puisqu'ils étaient à peu près les seuls à faire avancer des projets. Brighton, au lieu de chercher à les couler, aurait dû user de son influence pour les appuyer et les défendre.

Il y avait pire encore, et, à mieux y réfléchir, Caleb se rendait compte que c'était là son plus grand reproche à l'encontre de Brighton. Celui-ci, en effet, violait de façon flagrante la solidarité indispensable et traditionnellement de mise dans la profession. Médecins et chirurgiens avaient à résoudre suffisamment de problèmes venant de l'extérieur sans avoir à redouter des trahisons et des coups bas venus de l'intérieur.

Caleb ralentit pour franchir le carrefour de Elm Street. Devant lui, au volant d'une voiture de sport, se trouvait une jeune femme dont le port de tête lui rappela soudain Céline de la Roche… Sans s'en rendre compte, le médecin laissa un moment son esprit vagabonder, puis brusquement s'obligea à retomber sur terre. Non, il ne s'impliquerait pas dans une situation qui deviendrait vite dangereuse. Céline était une patiente, dont la maladie exigerait très probablement qu'il prenne à son sujet des décisions médicales de la plus haute difficulté. Caleb devrait donc garder la tête froide, afin que son jugement ne soit jamais entravé par des sentiments qu'il maîtriserait mal.

Quelques minutes plus tard, Caleb se garait sur le parking réservé aux médecins, tout près de l'entrée de l'hôpital.

En gagnant l'ascenseur à grands pas, il consulta sa montre. Don avait dû commencer à opérer l'anévrisme de l'aorte abdominale avec le reste de l'équipe. Normalement, Caleb aurait pu le laisser se débrouiller seul. Après tout, Don effectuait sa dernière année en tant que chef de clinique résident. Pourtant, Caleb n'avait pas confiance en lui. Il trouvait qu'il manquait d'aisance dans ses gestes, d'assurance aussi, et, surtout, qu'il ne prenait pas toujours les bonnes décisions. Tant pis pour lui, Caleb irait l'assister en salle d'opération. Sans doute le prendrait-il mal. La belle affaire ! Pour Caleb, la sécurité du patient passait bien avant les susceptibilités de Don.

22

— On pourra clamper l'aorte abdominale dans trois minutes, Gabe, annonça Caleb.

Gabe Pinero, l'anesthésiste, murmura un mot à l'oreille de son assistant, qui sortit chercher une nouvelle poche de sang. Les doigts de Don s'activaient sur le gros anévrisme de l'aorte abdominale. La dilatation de l'artère était très importante et, par conséquent, la paroi du vaisseau était devenue très mince. Or l'aorte est la plus grosse artère du corps humain.

Caleb, qui surveillait tous les gestes de Don, se sentait très tendu, comme souvent quand il regardait opérer un de ses assistants. En vérité, il préférait mille fois intervenir lui-même, surtout dans le cas d'opérations présentant des risques graves ; mais il fallait que les assistants et chefs de clinique apprennent leur métier. Don aurait achevé sa formation hospitalière dans quelques mois, et il devrait alors être capable d'opérer tous les cas qui se présenteraient à lui. La prochaine fois qu'il serait confronté à un anévrisme, il serait sans doute seul, ou avec uniquement un assistant débutant pour l'aider.

— Attention, ici, la paroi artérielle est mince comme du papier à cigarette !

Caleb n'avait pu s'empêcher d'alerter son assistant. Don en effet tâtait l'aorte au-dessus et au-dessous de l'anévrisme qui battait, à la recherche de l'endroit où il devrait clamper le vaisseau. Dans la partie médiane de l'abdomen, l'aorte a normalement la section d'une bougie. Dans le cas présent, l'anévrisme était du calibre d'une bouteille de vin.

— Un peu plus de tension sur les écarteurs, Porky, marmonna Don. Je n'y vois rien.

Porky était blême de fatigue. L'équipe ne s'était pratiquement pas couchée la nuit précédente, et, lorsque Porky avait enfin regagné son lit, il n'avait pas réussi à trouver le sommeil tant il était épuisé.

Il enfonça davantage dans la plaie la lame plate de l'écarteur, s'efforçant désespérément de conserver les yeux ouverts. Il était si fatigué qu'il ne sentait plus ses jambes.

Don non plus n'avait pas beaucoup dormi la veille, mais, comme il opérait, la stimulation de l'action et les décharges d'adrénaline qu'elle déclenchait en lui l'empêchaient de sentir la fatigue. Néanmoins, il réagissait lentement, lui-même s'en rendait compte. Ses doigts répondaient moins vite aux ordres donnés par son cerveau.

Collie Zintel n'était pas au mieux de sa forme non plus, mais pour d'autres raisons. Si son bonnet et son masque dissimulaient en partie ses ecchymoses, son œil gauche demeurait bouffi, à demi fermé. Le détail n'avait pas échappé à Caleb, qui remarquait généralement à peu près tout, mais il n'avait formulé aucune remarque. Il se doutait bien pourtant que Collie n'avait pas percuté un mur. S'était-elle battue avec Ed ? Ce dernier lui lançait des regards assassins depuis le début de l'opération.

— Hémoclips. Les plus gros, ordonna Don.

Il venait de trouver une grosse artère lombaire qu'il préférait cliper avant d'ouvrir l'anévrisme.

Il clamperait en deux endroits, et sectionnerait le vaisseau entre les deux points de clampage pour supprimer la partie endommagée.

Collie, qui n'avait pas préparé les pinces, se hâta de placer celles-ci dans le porte-pinces. L'une d'elles lui échappa pour tomber sur le sol, et la jeune femme dut en vitesse en sortir une autre, alors qu'autour de la table tout le monde attendait. La tension monta d'un cran, soudain, mais nul ne dit mot. Si quelqu'un devait formuler une critique, ce serait Caleb, personne d'autre. Or, il se contentait d'attendre que Collie fît le nécessaire. Sa main tremblait lorsqu'elle tendit à Don le long instrument.

— Pas de panique, Collie, tout va bien, murmura Caleb.

Elle lui lança un regard reconnaissant. C'était gentil de la part du Dr Winter de réagir avec autant de calme. Sans lui, Don s'en serait pris à elle, Collie le savait. Il l'aurait injuriée, menacée, et ce, uniquement pour dissimuler son manque d'assurance.

Au lieu de quoi, entendant Caleb parler aussi calmement, tout le monde se détendit.

Hélas, à cet instant précis, l'anévrisme éclata. Quelle en fut la cause ? On ne le saurait jamais. Porky avait-il trop tendu les écarteurs ? Don avait-il palpé la paroi de l'artère un peu trop brutalement ? Ou l'anévrisme était-il fissuré ? Caleb en tout cas pressentit le drame une seconde avant que le sang ne gicle de la fissure comme un jet sous tension.

Don aussitôt prit peur et son front se couvrit de sueur. Déjà, Caleb avait plongé la main dans la plaie et comprimait l'aorte en amont de l'endroit où la paroi avait cédé. En un instant, Don avait retrouvé son rôle d'assistant et plaçait les deux aspirateurs dans l'abdomen afin de dégager aussi vite que possible le sang qui s'y accumulait.

— Nous avons un petit problème, dit Caleb d'une voix égale à l'anesthésiste. On vient de perdre d'un coup deux unités. Voulez-vous vous occuper de les remplacer ?

Sans qu'il fût besoin de le lui expliquer, Gabe Pinero avait compris ce qui s'était produit. En vérité, une rupture d'anévrisme de l'aorte abdominale en pleine intervention constituait le cauchemar de tout chirurgien, si expérimenté fût-il. Gabe, sans perdre une seconde, mit en place une nouvelle poche de sang et entreprit de pomper avec un transfuseur sous pression.

— Clamp aortique, Collie.

Cette fois, la jeune femme avait préparé l'instrument demandé : un long clamp courbé, spécialement conçu pour serrer l'aorte sans en abîmer les fragiles parois.

Il fallut à Caleb trois interminables minutes pour contrôler la situation. Puis, de même qu'en un instant il avait pris la direction des opérations, dès que l'urgence eut disparu et que l'hémorragie fut endiguée, il laissa Don reprendre sa place.

Caleb, cependant, s'interrogeait avec angoisse. A l'instant de la décision, durant ce quart de seconde où il avait fallu agir, Don n'avait pas été à la hauteur. Sans la présence de Caleb, le patient serait peut-être mort sur la table d'opération. Il se serait vidé de son sang sous les yeux de toute l'équipe pendant que Don aurait déployé des efforts ridicules autant qu'inutiles pour éponger le sang. Jusqu'au moment où le cœur, ne pouvant plus rien pomper, se serait arrêté.

Caleb fronça les sourcils : dans quelques mois, Don serait livré à lui-même, chirurgien diplômé, habilité à pratiquer toutes les interventions qu'il jugerait utile. Etait-ce bien raisonnable ?

Collie, qui tendait des compresses stériles pour nettoyer la plaie, le tira de ses réflexions. Don enleva celles qui étaient imbibées de sang et les remplaça par les propres. Une fois le champ opératoire bien nettoyé, le chef de clinique put reprendre l'opération.

Celle-ci se déroula ensuite sans problème majeur. Il s'agissait d'ouvrir l'aorte anévrismale et d'y installer un tube en Dacron — qui dans ce cas serait en forme d'Y, car l'anévrisme concernait les deux artères iliaques, branches de terminaison de l'aorte. La prothèse serait cousue en haut à l'aorte abdominale et, en bas, sur chacune des artères iliaques.

Pendant la durée de cette intervention, la partie inférieure du corps n'était bien sûr plus irriguée, d'où l'importance d'agir vite. Regardant toute son équipe s'activer, Caleb réalisa soudain qu'au moment de l'accident, Porky avait été celui dont les réactions avaient été les meilleures et certainement les plus efficaces. Galvanisé par l'action, il avait gardé la tête froide, et avait su voir où et comment il était le plus nécessaire afin de faciliter le travail des autres.

L'opération dura presque quatre heures, et pendant son déroulement à peu près personne ne parla. De temps en temps, Caleb prodiguait un encouragement laconique à l'un ou à l'autre, mais une fois l'urgence passée, tous les membres de l'équipe semblaient ressentir une sorte d'abattement. Don le premier, parce qu'il était bien conscient d'avoir failli à sa responsabilité, et que l'avenir l'inquiétait, pire, lui faisait peur. A ce point de sa carrière, il aurait dû savoir faire face à n'importe quelle urgence chirurgicale. Or il venait de démontrer que ce n'était pas le cas.

Quand l'anévrisme s'était rompu, Ed avait oublié sa fureur contre Collie, mais elle lui revint intacte sitôt la catastrophe évitée. Ed était placé à gauche du patient, juste en face de Collie, et de ce fait voyait son œil tuméfié chaque fois qu'il la regardait. Collie avait tant changé en un si bref laps de temps ! Ed n'aurait jamais pensé que quelqu'un pût devenir si différent. Ses ecchymoses lui donnaient un air étrange, insolite, même. Elle semblait emplie d'une sorte de contentement, mieux, il émanait d'elle une étrange aura de félicité, comme si elle avait attendu toute sa vie de se faire maltraiter, battre, cogner par ce sauvage de Milo Zagros ! Ed n'arrivait pas à la comprendre. D'autant qu'elle aurait dû être embarrassée en sa présence ; or, au contraire, elle le regardait avec une parfaite sérénité, comme s'il ne s'était jamais rien passé entre eux en dehors de leurs rapports professionnels.

— Ed, tends un peu plus le surjet.

Caleb le regardait avec une expression indéchiffrable, mais son ton était sec. Quand on opérait avec Caleb Winter, il était dangereux de laisser son esprit vagabonder.

Ed tira davantage le fil de suture dont se servait Don pour coudre la prothèse. Il savait l'importance de maintenir le fil en tension constante pendant que l'on plaçait les points. Si ce travail était mal fait, la suture risquait de ne pas être étanche ; alors, le sang s'échapperait de nouveau, provoquant une nouvelle hémorragie, difficile à contrôler.

Collie travaillait avec moins d'efficacité que d'habitude. Elle avait une conscience aiguë de son corps et chaque geste, le mouvement de chaque muscle lui rappelaient combien Milo l'avait rendue heureuse. A la simple évocation du Yougoslave, Collie sentait son sang brûler dans ses veines, et il lui semblait que sa tête tournait. Dieu merci, elle connaissait parfaitement son métier. Pendant que Caleb et Don vérifiaient que leur champ opératoire était bien sec, bien net, et qu'aucun petit vaisseau ne suintait, elle prépara les grosses aiguilles courbes munies de fil non résorbable et les disposa sur les porte-aiguilles. Don s'en servirait pour coudre la paroi abdominale. On n'en était pas encore là, mais mieux valait que tout soit prêt.

Les pensées de Collie retournèrent, malgré elle, à Milo. Son nom qu'elle articulait inlassablement dans sa tête résonnait comme une promesse de voluptés infinies. Déjà elle avait imaginé leur prochaine soirée ensemble. Elle préparerait le plus délicieux des repas, puis elle danserait nue devant lui avant de l'entraîner dans le lit où ils feraient l'amour jusqu'au dernier, ultime, irréparable orgasme…

Presque à son insu, Collie frissonna. Aussitôt, les yeux de Caleb se posèrent sur elle, l'interrogeant du regard. Décidément, rien n'échappait à Caleb Winter !

Une fois la prothèse mise en place, Caleb déclampa l'aorte, vérifia que le sang circulait de nouveau normalement et que la circulation de la partie inférieure du corps s'effectuait bien. Enfin, lorsque tous les paramètres apparurent à peu près stabilisés, le chirurgien s'éloigna de la table et retira ses gants.

— Bipe-moi en cas de besoin, dit-il à Don, s'apprêtant à sortir de la salle.

L'assistante de bloc courut derrière lui pour lui défaire sa blouse, mais il l'avait déjà enlevée lorsqu'elle arriva auprès de lui.

— Merci de votre aide, docteur Winter, lui dit Don au moment où il sortait.

Le chef de clinique se sentait d'une grande humilité, soudain. Il savait que jamais il n'aurait, en tant que chirurgien, l'aisance et la compétence de Caleb Winter.

Ce dernier hocha la tête par-dessus son épaule, et disparut.

Dans la salle d'opération, tous se taisaient. Au bout d'un moment, Don dit doucement :

— Sacré bonhomme.

Personne ne répondit. D'ailleurs il n'y avait rien à dire.

Ed ne desserra pas les dents jusqu'à sa sortie du bloc opératoire. Une telle fureur s'était accumulée en lui qu'il avait peur de la laisser exploser. Surtout lorsqu'il voyait l'œil tuméfié de Collie !

Au moment où ils débarrassaient le malade des derniers fixe-champ, une idée lui était venue, qui prit corps dans les minutes qui suivirent. Quand, plus tard, il se déshabilla avec Don dans le vestiaire, l'idée était devenue une ferme résolution.

— Je file au labo de Winter, dit-il à Don. On se retrouvera plus tard au Harkness Building.

Au ton de sa voix, Don comprit qu'il n'était pas dans son état normal et, craignant qu'il ne fît une bêtise, le mit en garde.

— Ne te laisse pas aller à quelque chose que tu pourrais regretter, Ed. Songe à ta carrière.

Dans l'instant présent, Ed considérait sa carrière comme le cadet de ses soucis. Sans répondre, il se rua hors du vestiaire et descendit en courant l'escalier jusqu'à l'étage du laboratoire. Il ne savait pas encore très bien ce qu'il ferait. Milo serait sans doute dans son labo ; Ed saisirait le salopard par le col pour lui écraser la figure contre sa paillasse, sous les yeux affolés des pauvres laborantines…

Ed marchait d'un pas rapide dans le couloir lorsqu'une porte s'ouvrit une dizaine de mètres devant lui, livrant passage à Milo Zagros. A sa vue, Ed se sentit galvanisé. Il courut pour rattraper le Yougoslave, le saisit à l'épaule et l'obligea à se tourner.

Milo, qui ne s'attendait à rien de tel, marqua un temps de surprise, puis il lut la fureur dans le regard d'Ed et ouvrit la bouche pour parler. Déjà, le médecin l'avait saisi par les revers de sa veste blanche et le secouait, avec une telle violence que le souffle lui manquait.

— Ecoute-moi bien, espèce de salaud, marmonna Ed d'une voix dangereusement basse, écoute-moi bien…

Il tremblait de fureur à présent, ne savait plus très bien où il en était, sentait monter en lui un désir de meurtre.

— Si tu touches encore à Collie, réussit-il à articuler, tu regretteras de l'avoir connue, je te le promets !

Sur ces mots, il attira le visage de Milo tout contre le sien comme pour le mordre et grommela :

— Je ne peux pas empêcher Collie de te voir, mais je te jure bien que je peux t'empêcher de la brutaliser.

Il resserra sa prise. Milo ne pouvait plus respirer. Il était pourtant costaud, et aurait pu échapper à Ed ; cependant, quelque chose le paralysait. Il avait peur — mais surtout, il savait que, sur le fond, Ed avait raison : il méritait une bonne leçon.

Ed changea sa prise et soudain Milo se sentit soulevé du sol, avant d'être projeté contre le mur. Sa tête cogna durement contre la paroi et il en vit trente-six chandelles. L'espace d'un instant, il eut même la vision de son crâne écrasé, fracassé par un Ed qui ne se maîtrisait plus.

De fait, le jeune assistant n'était plus lui-même. Il fulminait, et ses yeux scintillaient de fureur. De nouveau, il souleva Milo par le col et le cogna contre le mur avec violence, puis il le lâcha, et le Yougoslave, complètement sonné, se laissa glisser sur le sol.

— La prochaine fois que tu touches à Collie, ordure, marmonna encore Ed, la prochaine fois, je te jure que je t'écrabouillerai et que tu ne t'en relèveras pas !

Sur cette menace, il tourna les talons et reprit le couloir en sens inverse, encore bouillonnant de fureur.

En quittant le bloc opératoire, Caleb voulut se remémorer son programme de la journée. L'anévrisme lui avait fait perdre pas mal de temps, mais tant pis. Il eût été criminel de laisser Don et son équipe seuls dans une situation pareille.

Caleb consulta sa montre. Dans vingt minutes, il avait une réunion avec Graham Benson, le recteur de l'université. Grâce au ciel, Caleb n'aurait pas à se déplacer : contre toute attente, Benson avait insisté pour venir lui-même à la faculté de médecine.

— Votre temps est plus précieux que le mien, avait-il assuré au téléphone avec une fausse modestie flagrante, sur le ton de quelqu'un persuadé du contraire. N'ayez crainte, Mahomet sera très heureux de se rendre jusqu'à la montagne.

Un crétin prétentieux, voilà ce qu'était ce Benson, songea Caleb, qui décida d'utiliser le petit moment qu'il lui restait pour faire un saut jusqu'au labo. Après quoi, il lui resterait encore quelques minutes pour se rendre auprès de Céline. Il devait au préalable regarder les résultats du scanner de la jeune femme, car elle l'interrogerait certainement à ce sujet. La pensée le fit sourire. Il avait vite appris à connaître Céline, et n'irait plus lui rendre visite sans avoir préparé à l'avance les réponses à un certain nombre de questions.

Il rencontra Maureen à la porte du labo. En fait, tous deux faillirent se bousculer, l'un entrant au moment où l'autre sortait, chacun perdu dans ses pensées.

Dès qu'elle eut recouvré ses esprits, Maureen prit Caleb par le bras.

— C'est une chance qu'on se croise, dit-elle. Je voulais te prévenir que Basil Muldrew a appelé de San Francisco. Il désire te parler de toute urgence. Je lui ai dit que tu étais au bloc et que tu le rappellerais.

La jeune femme marqua un temps d'hésitation avant d'ajouter :

— Il m'a paru nerveux, Caleb, pour ne pas dire de fort mauvaise humeur.

— T'a-t-il donné la raison de son appel ? voulut savoir le médecin, qui n'avait cependant guère de doute à ce sujet. Paula avait sûrement raconté à son mari son incident avec Milo.

— Non, mais il a laissé entendre que tu étais au courant.

De nouveau, Maureen hésita avant de poursuivre :

— Dis-moi, Caleb, il n'y aurait pas eu un problème avec Milo ?

— Peut-être, oui, murmura Caleb, préférant rester évasif.

Très vite, néanmoins, il réalisa combien il était absurde

de ne pas faire confiance à sa collaboratrice la plus proche, et certainement la plus fidèle.

— C'est vrai, reprit-il. Milo a fait des bêtises.

Il expliqua alors toute l'affaire et, lorsqu'il se tut, Maureen éclata de rire.

— Tu sais, s'exclama-t-elle, avec dans les yeux la même lueur de malice qu'autrefois, il ne s'est peut-être rien passé du tout, et Paula a peut-être pris ses désirs pour des réalités. Ou, si ça se trouve, c'est elle qui a dragué ce pauvre Milo…

Caleb eut un sourire dubitatif.

— J'aimerais que tu aies raison, mais cela ne changerait pas grand-chose concernant Basil. Tu me vois lui expliquer que sa femme a fait la danse du ventre pour séduire notre brillant Milo ?

En parlant, il avait pris un air de gamin espiègle, et Maureen en fut brusquement toute bouleversée.

C'est alors seulement que Caleb se rendit compte que la jeune femme se comportait bizarrement.

— Ça ne va pas, Maureen ? Quelque chose te tracasse, dirait-on ?

— Je préférerais ne pas te parler ici, répondit-elle après un temps d'hésitation.

— Eh bien, allons dans ton bureau.

Sans attendre, Caleb s'engagea dans le couloir, et Maureen le suivit.

— Alors ? Raconte-moi, dit-il, dès qu'ils furent dans la pièce et qu'il en eut refermé la porte.

— J'ai décidé de partir, Cal. Je quitte l'équipe et le labo.

Bien que Maureen eût préparé sa petite déclaration, sa voix n'était guère assurée.

Caleb se laissa tomber sur une chaise, et dévisagea la jeune femme, incrédule.

— Pourquoi avoir pris cette décision ? Si c'est une question de salaire…

Elle le coupa sèchement.

— Allons, Caleb Winter, tu me connais mieux que ça, j'espère !

Elle était meurtrie qu'il pût à ce point manquer d'élégance, meurtrie aussi de son absence de perspicacité.

— L'argent n'a rien à voir dans ma décision, reprit-elle avec force, et tu le sais très bien. Rappelle-toi lorsque nous étions complètement démunis, les premiers temps. Nous n'avions pas encore obtenu de subvention, il nous fallait chaparder à droite et à gauche, emprunter du vieux matériel, et quand nous avions un article publié, nous célébrions l'événement avec une bouteille de gros rouge, pas deux ! Oh, Cal, nous étions si fauchés et si heureux, à cette époque !

Sous le coup des souvenirs, Maureen s'était approchée du médecin. Elle posa les deux mains sur ses épaules pour plonger dans les siens ses yeux embués de larmes. Caleb ne restait jamais indifférent à ces merveilleux yeux couleur de bleuet, et, aujourd'hui, les larmes leur donnaient le même éclat insolite que la première fois qu'il l'avait vue, quand il était intervenu dans son laboratoire de biologie.

Lui non plus n'avait pas oublié leurs débuts difficiles, ni la peur ni l'insécurité qui les habitaient alors tous les deux. Caleb avait-il jamais été plus heureux qu'à ce moment-là ? Certainement pas. Il sourit, se disant qu'il réussirait forcément à persuader Maureen de revenir sur sa décision. Déjà, la jeune femme reprenait, toujours perdue dans ses souvenirs :

— Te souviens-tu de cette fois où nous avons soûlé le représentant du laboratoire Davis et Geck ? Toutes nos réserves d'alcool à 90° y sont passées, mélangées avec un peu de jus d'orange que nous avions chipé dans le frigo du labo de biochimie.

Caleb se mit à rire. Bien sûr, il se rappelait la scène !

— L'affaire s'est révélée un bon investissement, fit-il valoir. Le gars nous a donné du fil à suturer et des aiguilles qui nous ont permis de tenir trois mois.

Les mains de Maureen glissèrent le long des revers de Caleb. Il les couvrit des siennes.

— Pourquoi cette décision absurde de nous quitter ? demanda-t-il d'une voix câline.

La jeune biologiste se libéra pour reculer d'un pas.

— Tout est devenu différent. Tu connais une réussite spectaculaire, tu mènes une brillante carrière, tes recherches aboutissent, et tu n'as plus besoin de moi, désormais.

— Tu dis des bêtises ! s'exclama Caleb. Tu sais combien le succès de nos travaux dépend de toi.

Il se tut pour examiner sa compagne avec attention avant de reprendre.

— O.K., assez de prétextes. Donne-moi la vraie raison.

Maureen soutint son regard sans ciller.

— C'est bon, Caleb, tu veux la vérité ? Tu l'auras. Si je m'en vais, c'est à cause de ton égocentrisme forcené. Tu te moques éperdument des sentiments des autres, tu te sers des gens à ta convenance et, moi, j'en ai marre.

Se calant contre le dossier de son siège, Caleb croisa les bras et observa un temps de silence. Il réfléchissait, se recroquevillait en lui-même comme pour ne pas risquer d'être blessé ou simplement atteint. Maureen connaissait bien cette attitude pour l'avoir souvent observée chez lui. Quand il parla, d'ailleurs, il avait le ton agressif de quelqu'un sur la défensive.

— C'est faux et tu le sais ! Je me bats pour ce qui est notre travail et notre but à tous, et pas seulement pour moi-même. Il est vrai que parfois je ne ménage pas les susceptibilités, et que je peux me montrer exigeant avec l'un ou l'autre, mais je le fais délibérément afin de vous maintenir tous alertes, en éveil, pour que vous ne vous endormiez pas sur vos lauriers.

Maureen avait touché un point sensible, elle le savait et n'en était pas mécontente, malgré le vague sentiment de culpabilité qui la taraudait.

Caleb poursuivit avec véhémence, comme s'il avait été pris injustement en faute :

— Si je suis dur avec vous, je le suis plus encore avec moi-même. Tu ne me contrediras pas sur ce point !

— Il y a autre chose, murmura alors Maureen, comme si elle ne l'avait pas entendu. Dans l'hôpital, toutes sortes de bruits courent sur Céline de la Roche et toi.

Un frémissement avait altéré sa voix, et la jeune femme s'en voulut de ne pas mieux se maîtriser.

— Ah, bon, rétorqua Caleb, feignant une incrédulité vaguement amusée. Et que dit-on ?

— On vous a surpris, paraît-il, dans sa chambre. Vous étiez dans les bras l'un de l'autre. Personnellement, je ne l'aurais pas cru, mais je te trouve si différent depuis que tu connais cette femme… En vérité, c'est pour cela que je préfère partir. Je regrette seulement d'avoir attendu tant d'années pour le faire.

Caleb bondit de son siège.

— Jamais je n'ai entendu pareilles inepties ! Si tu te tracasses pour ce genre de vétilles, je te conseille de retourner à ton travail, et tout de suite encore ! On a du pain sur la planche, et…

— Tu ne m'as pas écoutée, Caleb, coupa doucement Maureen. Je pars, je viens de te le dire. Si mes raisons ne te suffisent pas, mets-les toutes bout à bout, et peut-être me comprendras-tu. Hélas, j'en doute. Tu n'es pas amoureux, ne l'as probablement jamais été. C'est dommage. Un jour, tu devrais essayer, c'est si bon !

Cette fois, Caleb était fou de rage.

— Franchement, Maureen, tu choisis le pire moment pour laisser tes états d'âme te dicter tes décisions. Tu décides de nous quitter précisément quand nous allons réaliser notre première transplantation ! C'est moche ! Minable !

En parlant, il la fusillait du regard, mais, pour la première fois depuis qu'ils se connaissaient, la jeune femme demeurait indifférente à sa colère. Mieux, cette fureur la libérait.

— Il n'y aurait jamais eu de bon moment, dit-elle d'une voix très douce. Comme pour les vacances que nous n'avons jamais prises. Souviens-toi, il survenait toujours quelque chose pour nous empêcher de partir : une nouvelle forme d'expérimentation, une date limite de demande de subvention, une conférence, que sais-je ? Je te connais bien, Caleb, et je sais que, pour moi, c'est le bon moment de partir. Fais-moi seulement grâce d'une chose : ne me dis pas que je te quitte !

De rage, Caleb donna un grand coup de poing sur le bureau. Il n'avait pas l'habitude qu'on lui tienne tête, et que ce fût une femme le rendait fou. Il y avait pire cependant : la démission de Maureen lui apparaissait comme une trahison, une trahison inadmissible, compte tenu des liens qui les avaient unis. Caleb se sentait trompé sur le plan personnel autant que professionnel.

— A ta place, rétorqua-t-il, venimeux, j'irais travailler pour Henry Brighton. Ainsi, tu me trahirais doublement. Je sais qu'il cherche à recruter et sans doute sera-t-il enchanté de t'embaucher.

— Arrête ce genre de discours, Caleb, tu vaux mieux que cela, lui dit Maureen avec lassitude. Tu es furieux parce que, pour une fois, je ne me soumets pas à ta volonté. Tant pis pour toi. Tu es trop habitué à ce que rien ne te résiste. Un jour, il faudra que tu apprennes à composer.

Maureen hélas ne se faisait guère d'illusions. Rien ou presque ne résistait à une personnalité aussi forte que celle de Caleb. C'était pour cela qu'il réussissait si bien dans son travail. Plus il vieillirait, plus il gagnerait en puissance et en influence, et moins il rencontrerait de résistance et d'opposition de la part de ses semblables.

— Je viderai mon bureau cet après-midi, dit encore la jeune femme. Milo et toi possédez les doubles de tous mes programmes informatiques et savez où trouver les informations dont vous avez besoin. Inutile donc de m'éterniser davantage ici, maintenant que ma décision est irrévocable.

Sur ces mots, elle ouvrit la porte et sortit, laissant Caleb seul à ses réflexions.

— Saloperies de bonnes femmes ! s'exclama-t-il dans le bureau désert, un long moment après.

Comment Maureen osait-elle partir maintenant ? A la veille de la première transplantation ! Il faudrait que Milo et une technicienne préparent le greffon. Grâce au ciel, Milo avait fait un peu de chirurgie à Zagreb, et il avait aidé Maureen autrefois, pour les greffes sur des animaux. Il ne serait donc pas trop perdu. Cependant, il avait déjà à mettre au point le protocole antirejet de Céline… Tant pis, on se débrouillerait avec les moyens du bord.

Caleb se leva, toujours furieux contre Maureen. Dire qu'elle faisait tout ce cinéma parce qu'elle était jalouse de Céline de la Roche ! Comment diable avait-elle pu se persuader qu'il se passait quelque chose entre Céline et son médecin ?

23

Céline repoussa la table sur laquelle était posé son plateau-repas sans avoir rien mangé. Cuisse de poulet, haricots verts et purée de pommes de terre, fromage blanc et compote en conserve ; en temps normal déjà, pareil menu ne lui aurait guère excité l'appétit. Dans les circonstances présentes, c'était pire : la seule vue de la nourriture lui donnait envie de vomir, et elle avait l'impression que manger allait réveiller la douleur qu'elle redoutait tant.

Le scanner auquel on l'avait soumise tôt dans la matinée n'avait pas été trop pénible, Céline s'était mentalement préparée à une épreuve beaucoup plus dure. En vérité, il s'agissait d'un examen banal. On l'avait aidée à se glisser dans un long cylindre, puis le médecin lui avait demandé de ne plus respirer. Durant quelques secondes, une sorte de sifflement avait retenti ; c'était déjà fini.

Un léger coup retentit à la porte, et Caleb apparut dans la chambre. Céline, qui ne s'attendait pas à le voir, sentit son cœur bondir dans sa poitrine. Se rendait-il compte de l'effet qu'il produisait sur ses malades lorsqu'il surgissait ainsi, tel Hamlet sur une scène de théâtre ? Sans doute pas. Il s'immobilisa sur le seuil, et Céline dut tourner la tête pour lui faire face.

— Avant que vous ne me posiez la question, je vous

annonce que j'ai vu les résultats de votre scanner, commença le médecin. Nous pouvons en discuter, si vous voulez.

Sa voix avait aujourd'hui une sonorité particulière, et il sembla à Céline que, depuis la scène où il l'avait prise dans ses bras, il ne la traitait plus tout à fait comme une patiente ordinaire. Très vite cependant, une peur nouvelle la saisit : et si ce ton de voix indiquait autre chose ? Si Caleb s'apprêtait à lui annoncer une mauvaise nouvelle ? Oui, c'était cela, elle en était sûre, à présent…

— Entrez et installez-vous, lui dit-elle, s'efforçant de prendre un ton dégagé. Je ne peux pas vous parler si je dois tourner la tête ainsi.

Et elle ajouta avec un sourire de gamine malicieuse :

— En plus du reste, je vais attraper un torticolis !

Caleb s'assit sur le bord du lit, ce qu'il ne faisait jamais avec ses malades — mais quelque chose l'y poussait aujourd'hui, il n'aurait su dire quoi.

Tout à son angoisse, Céline scruta son visage, essayant d'y lire un signe de ce qui allait suivre. Hélas, rien de réjouissant, c'était clair. Elle le voyait non pas à ses yeux tout à fait énigmatiques, ni à sa bouche qui riait si rarement, mais bien plutôt à ses sourcils. Eux qui d'habitude étaient courbés, donnant de la douceur à son regard, n'étaient plus à présent qu'une ligne très droite interrompue au niveau du nez par une profonde ride verticale.

— Allons, qu'avez-vous à me dire ?

Céline avait posé la question le cœur battant, tout en regardant Caleb droit dans les yeux. Lui aussi d'ailleurs la détaillait, et la jeune femme comprit soudain combien il cherchait des informations lorsqu'il la regardait ainsi, chaque fois qu'il entrait dans sa chambre. C'était pour lui une manière d'examen clinique préliminaire.

Le cœur de Céline battait avec violence. Pourvu que

Caleb ne s'en aperçoive pas ! D'un geste instinctif, elle remonta le drap sous son cou.

— Mon diagnostic était le bon, annonça-t-il d'un ton très calme. Il s'agit bien d'une tumeur du pancréas. Elle n'est pas très grosse : six millimètres de diamètre, et à peu près sphérique.

Il regarda Céline, un sourire hésitant sur le visage.

— La taille d'un petit pois, reprit-il, et il ne semble pas qu'elle se soit étendue à d'autres organes. Evidemment, je ne peux pas en être certain avant d'avoir ouvert.

Céline avait vu juste : le diagnostic n'était pas bon. Curieusement pourtant, elle n'en était pas accablée. Au contraire, un courage nouveau commençait à poindre en elle.

— Je ne m'attendais pas à beaucoup mieux, répliqua-t-elle. Ce n'est pas dramatique, n'est-ce pas ?

Caleb, qui était honnête de nature, hésita un instant avant d'admettre :

— Peut-être pas, non.

Suivit un long silence assez tendu, que ni l'un ni l'autre ne semblait vouloir rompre, chacun perdu dans ses propres pensées. Puis Caleb s'éclaircit la voix et remua doucement sur le lit, s'approchant un peu de la jeune femme. Celle-ci sentait maintenant sa chaleur à travers le drap et le couvre-pieds, et un indicible émoi s'emparait d'elle. Dès que son compagnon parla, pourtant, la peur qui l'avait hantée un peu plus tôt lui revint.

— Nous pourrions vous opérer la semaine prochaine, disait Caleb. Mardi conviendrait bien. J'ignore encore beaucoup de choses sur cette tumeur.

— Que vous faut-il savoir de plus ? Son numéro de Sécurité sociale ? Sa couleur ? Si elle est fidèle à son époux ?

Céline avait parlé sans réfléchir, comme si les mots s'étaient échappés de ses lèvres et, tout de suite, elle eut honte. Qu'allait penser Caleb ?

Il ne parut pas troublé le moins du monde et, l'espace d'un instant, Céline se demanda s'il ne se moquait pas d'elle, car il répondit sans l'ombre d'un sourire :

— Pas du tout, non, cela, je le sais déjà. Je vais vous expliquer ce que j'ignore encore et qui est très important.

En parlant, il avait sorti de sa poche de poitrine un crayon et un petit calepin à couverture de cuir noir. Il ouvrit ce dernier à une page vierge.

— Regardez bien.

S'étant encore rapproché de Céline, il entreprit de dessiner une sorte de poire un peu allongée sur l'un des côtés.

— La tumeur se trouve là.

Il indiqua un point proche de l'extrémité renflée de la poire et l'entoura d'un cercle. Puis, avec une grande précision, il traça des lignes droites à la perpendiculaire de la poire. Céline, qui regardait ses gestes mesurés, très adroits, avait l'impression de le voir opérer et en était comme rassérénée. Un homme aussi précis ne pourrait pas lui faire de mal. Elle avait bien choisi son chirurgien.

— Ici, c'est la veine porte, et là ce sont les vaisseaux mésentériques supérieurs.

Sur ces mots, le médecin jeta à Céline un regard de biais et se mit à rire.

— Je sais, vous ne comprenez pas ce que je vous explique, et je m'en tiendrai là. Je voulais seulement vous montrer comment se présentaient les choses sur un plan purement anatomique. En effet, si la tumeur touche aux vaisseaux sanguins, je ne pourrai pas l'enlever. Dans le cas contraire, et si elle n'a pas encore contaminé d'autres organes, nous avons une bonne chance de pouvoir intervenir avec succès.

— Elle n'a rien envahi d'autre, déclara Céline avec un aplomb dont elle fut la première étonnée. Vous verrez, vous pourrez l'enlever sans problème, cette maudite tumeur.

Caleb l'entendit-il ? Peut-être pas, car il poursuivit, redevenu sérieux, soudain :

— Il faut que vous sachiez la vérité : il ne s'agit pas seulement d'extraire ce cancer.

Il se tut, hésita un instant, puis se leva du lit avant de reprendre :

— L'intervention que nous prévoyons s'appelle une duodénopancréatectomie céphalique, Céline, une D.P.C., pour abréger. Même si la tumeur est opérable, il faudra procéder à de grosses ablations assez mutilantes. En particulier, nous devrons enlever une bonne partie de l'estomac, un morceau d'intestin…

A mesure qu'il expliquait l'ampleur de l'opération, Céline sentait la panique la gagner. Elle en avait des sueurs froides.

— Est-ce vraiment la seule façon de traiter ce cancer ? demanda-t-elle d'une toute petite voix lorsque Caleb se tut. Si c'est le cas, je crois que je préfère mourir.

Caleb reprit sa place sur le lit.

— Il y a une autre possibilité, dit-il d'une voix si détachée que l'on aurait pu le croire en train d'expliquer différentes manières de lacer des chaussures. Une possibilité qui consisterait à enlever seulement le pancréas. On irradie ensuite la zone contaminée pour supprimer toute éventuelle cellule cancéreuse résiduelle, et puis l'on met en place un greffon de pancréas.

— Voilà qui me paraît plus encourageant ! s'exclama Céline quand le médecin eut terminé ses explications.

Elle tremblait, néanmoins, et pour que son compagnon ne s'en rendît pas compte, elle glissa les mains sous son drap.

Caleb reprit la parole.

— Il s'agit d'une procédure expérimentale, je veux que vous le sachiez, Céline. Mon équipe et moi-même n'avons jamais encore réalisé ce type de greffe, et personne d'autre ne l'a tenté, si bien que je ne puis vous donner une claire évaluation des chances de réussite.

— C'est sur cela que vous travaillez depuis des années, n'est-ce pas ? Je veux dire, c'est votre domaine de recherches ? Pas seulement quelque chose à quoi vous avez songé hier soir avant de vous endormir ?

— Voilà dix ans que nous travaillons à mettre au point ce type de greffe, Céline, et je crois que nous touchons au but.

En temps normal, Céline, quand elle avait peur, avait besoin de la présence de Charles à ses côtés. Elle cherchait son soutien, ses conseils, souvent. Or aujourd'hui, malgré ses angoisses, elle pensait à peine à son mari, consciente que la seule personne qui lui était nécessaire, mieux, indispensable, était Caleb. Et, bien qu'elle n'ait pas exactement compris tout ce que lui avait expliqué ce dernier, d'instinct, elle savait qu'elle n'accepterait jamais une D.P.C., alors qu'elle avait entièrement confiance en cette nouvelle procédure de greffe, tout expérimentale qu'elle fût.

— Il faudra que j'en parle à votre mari, bien sûr, disait Caleb, et, de toute façon, avant de prendre notre décision, il nous faut une artériographie. C'est un examen qui nécessite que l'on vous injecte un produit de contraste dans les artères, afin qu'elles apparaissent sur la radio. Quand nous aurons le résultat de cette exploration, nous déciderons de la procédure à adopter. Vous êtes d'accord ?

— A une condition.

— Laquelle ?

— Que vous soyez présent.

— Pendant l'artériographie, voulez-vous dire ? Je vous le promets. Je ne vous quitterai pas.

Un bref silence s'établit dans la chambre, puis Céline prit une inspiration, avant d'attaquer, conservant les yeux baissés :

— Je voulais vous dire un mot au sujet de ce qui s'est

passé entre nous… quand… euh… quand vous m'avez serrée dans vos bras.

Parfaitement immobile, Caleb la dévisagea.

— Oui ?

— Il faut que vous sachiez que je m'implique rarement dans ce type de relation.

Elle se tut, hésita encore, et courageusement poursuivit :

— Je suis quelqu'un de très sérieux, Caleb. Si, pour vous, ce n'était qu'un moment d'égarement, je préférerais le savoir.

Avec une infinie douceur, Caleb avança une main pour caresser la joue de la jeune femme, et s'y attarda plus qu'il n'aurait dû. Puis, plongeant ses yeux dans les siens, il la contempla avec une expression indéchiffrable.

— Je suis très sérieux aussi, Céline, dit-il enfin. Pour l'instant, vous êtes ma patiente, et votre guérison m'importe plus que tout au monde.

Sans un mot de plus, il sortit de la chambre, laissant à Céline le soin d'interpréter seule ce qu'il avait voulu lui dire.

A peine Caleb était-il parti que Mme Koslowski passait une tête dans la chambre.

— Vous n'avez besoin de rien ? demanda-t-elle avec ce grand sourire stupide qui horripilait Céline.

Celle-ci allait lui demander une bouteille d'eau, mais n'en eut pas le temps. Déjà, l'infirmière refermait la porte.

Mme Koslowski regagna le poste des infirmières en traînant les pieds, comme toujours, et sitôt auprès de ses collègues, elle s'exclama :

— Cette femme Roche est impossible. Elle nous prend pour des esclaves ! « Faites ceci, apportez-moi cela » ! Toujours à nous donner des ordres, et jamais contente, en plus. Quel casse-pieds !

— Ouais, c'est une vraie mijaurée, renchérit l'une de ses collègues. Cela dit, je crois qu'on l'opère mardi, ajouta-t-elle avec un sourire perfide, et qu'on envisage une D.P.C., je l'ai vu noté sur la pancarte au pied de son lit. Voilà qui devrait lui rabattre son caquet et la rendre plus aimable.

La sonnerie d'appel d'une chambre retentit. Les infirmières levèrent la tête vers la rangée de voyants : c'était celui de Céline qui s'était allumé. Sans hésiter, Mme Koslowski se pencha et tout simplement l'éteignit. Puis elle se replongea dans la revue qu'elle lisait un peu plus tôt.

Dans sa chambre, Céline vit disparaître la petite lumière jaune à la tête de son lit. Tant pis. Plutôt que de se mettre encore les infirmières à dos, elle préférait se passer d'eau. D'ailleurs, toutes ces émotions l'avaient fatiguée. Elle s'allongea, et se prit à souhaiter de tout son cœur et tout son corps que Caleb fût près d'elle. Elle avait tant besoin de lui ! Lorsqu'il se trouvait physiquement avec elle, elle se sentait invulnérable, mais, dès qu'elle était seule, ses terreurs resurgissaient sans qu'elle sût d'où elles venaient...

Céline se cacha le visage sous son drap. Si d'aventure quelqu'un entrait dans sa chambre, il ne verrait pas qu'elle pleurait.

— Que te dire de plus, Basil ? Tu te doutes bien que cette triste affaire m'a consterné !

Basil Muldrew était fou de rage, et ne s'en cachait pas.

— Je veux que ce grossier personnage écrive une lettre d'excuses à Paula, cria-t-il dans l'appareil. Elle était dans un tel état à son retour à San Francisco que, pour un peu, j'aurais sauté dans le premier avion pour New York afin de dire son fait à ce malotru, maniaque sexuel de surcroît. C'est un type dangereux, Caleb, franchement !

Caleb ne put s'empêcher de sourire. Basil était un tout petit bonhomme maigrichon dont Milo n'aurait fait qu'une bouchée, et si Paula était aussi redoutable que l'avait assuré ce dernier, son mari n'avait pas intérêt à la contrarier souvent…

— Milo écrira cette lettre, je te le promets, Basil, dit-il dans l'appareil d'une voix apaisante. Et crois-moi, je lui ai déjà dit son fait !

D'ailleurs, rien que de penser à l'entrevue qu'il avait eue avec le Yougoslave, Caleb sentait renaître en lui toute sa fureur contre ce crétin. Après tout, pourquoi ne pas le licencier ? Il le méritait !

Aussitôt, le médecin se reprit et s'en voulut même d'avoir envisagé pareille extrémité. Milo était son protégé. C'était Caleb qui lui avait demandé de quitter son pays, lui qui l'avait aidé à échapper aux services secrets de Yougoslavie quand ceux-ci avaient cherché à retrouver sa trace pour l'obliger à rentrer en Europe centrale. Si Caleb le renvoyait, personne d'autre ne voudrait l'engager parce que l'on en déduirait qu'il ne valait plus rien.

A cet instant, Donna, la secrétaire de Caleb, passa la tête par la porte du bureau et fit signe à son patron que Graham Benson, le recteur de l'université, était arrivé et l'attendait.

Quand, quelques minutes après, Caleb raccrocha son téléphone, il avait à peu près réussi à calmer Basil, et ce dernier, rassuré d'avoir pu se poser en gardien de la vertu de sa femme, avait recouvré son attitude amicale.

Benson, qui avait un peu plus de cinquante ans, en paraissait au moins dix de plus et ne semblait pas s'en inquiéter. Il cultivait aussi volontiers les rondeurs superflues que la solennité et parfois même une feinte componction. C'était un crétin prétentieux, sur ce point Caleb n'avait aucun doute. De plus, comme il était à peu près chauve, il ramenait en travers de son crâne rosé une unique mèche de cheveux, espérant ainsi dissimuler sa calvitie. Or cette mèche lui donnait simplement un air suprêmement ridicule.

Caleb l'invita à s'asseoir. Lorsqu'il obtempéra, il dut

écarter les jambes tant son gros ventre le gênait. Enfin, il leva sur son hôte deux petits yeux porcins et joignit les mains en une attitude pleine de fausse révérence.

— Je souhaite que nos délibérations vous soient favorables, dit-il alors d'une voix qui n'était qu'un murmure.

On eût dit qu'il se parlait à lui-même ou conversait avec Dieu. Caleb le regarda, cherchant où il voulait en venir. Car cette petite comédie avait certainement un but.

— C'est aimable à vous de vous être déplacé, dit-il. Je suppose que ces Comités d'éthique et de santé publique vous obligent à vous rendre dans toutes sortes d'endroits.

— En effet, oui, en effet, soupira Benson. Parfois, ce sont les taudis des miséreux, parfois les palais des grands de ce monde. Et nous n'avons pas le choix, vous vous en doutez.

Il se tut et baissa ses petits yeux avec un air empreint de fausse modestie.

— Parlant de palais, j'ai eu le privilège et le plaisir de rencontrer récemment un couple de vos amis, reprit-il enfin. Anna Lynn et Larry Page sont des gens si merveilleux, ne trouvez-vous pas ?

Caleb se garda bien de répondre. Benson, de toute évidence, aimait monologuer, et il finirait bien par en arriver à ce qui l'amenait ici.

Il palabrait depuis un moment déjà quand Caleb, qui ne l'écourait qu'à moitié, se contentant d'opiner du chef de temps en temps, l'entendit prononcer le mot « xénogreffe ». Aussitôt, il fut tout ouïe. Certes, assurait ce pompeux de Benson, ce projet de xénogreffe était tout à fait louable, et Caleb n'avait pas à lui en faire la démonstration. Les droits des animaux étaient importants, cela allait de soi, et nul ne le niait, mais le bien des hommes passait avant, n'est-ce pas ?

Benson continua sur ce ton pendant dix bonnes minutes.

Caleb n'en revenait pas, car le recteur était connu pour son militantisme en faveur des droits des animaux. Aurait-il retourné sa veste et décidé d'assurer son soutien à Caleb, lundi, lors de la séance du Comité ? Mais si oui, pourquoi ? Caleb n'eut pas à se poser longtemps la question. Au moment de prendre congé, Benson, plus onctueux que jamais, chanta encore les louanges des Page et, non sans naïveté, laissa entendre que le couple envisageait de lui organiser un voyage de deux mois à Jérusalem afin qu'il puisse consulter certains documents très secrets sur l'histoire judéo-chrétienne. Ces documents permettraient à Benson d'achever enfin l'ouvrage qu'il avait commencé sur le sujet, et qu'il présenterait comme thèse de doctorat. Dès lors, il serait un homme célèbre !

Chère, très chère Anna Lynn, songea Caleb une fois seul dans son bureau. Elle connaissait bien les hommes et savait comment les manipuler. En outre, elle n'hésitait pas à dépenser de l'argent, quand la cause lui paraissait bonne !

24

Installé dans le petit salon de sa suite du Plaza, Didier Franchet réfléchissait. Cela faisait près de deux heures qu'il n'avait cessé de téléphoner. Il avait parlé à ses agents de change, à ses conseillers financiers de Wall Street, s'était fait donner des adresses de marchands d'art, de commissaires-priseurs… A présent, tout était en place pour que la liquidation des actifs de Fortman et Carfield s'effectue dès qu'il aurait rassemblé la majorité des parts. La stratégie de Franchet était simple : quand il détiendrait 51 % de la maison d'édition, il convoquerait une assemblée extraordinaire et annoncerait sa décision de dissoudre la société et de vendre tout ce qui lui appartenait. En agissant ainsi, il léserait Céline, il le savait ; cependant, bien qu'il aimât beaucoup la jeune femme, il ne comptait pas se priver d'un profit certain pour lui faire plaisir. Céline avait dû souscrire des emprunts pour acheter les parts du vieux Carfield, et les banques l'avaient suivie, comptant sur son expérience de l'édition pour remettre à flot la vieille maison sur le déclin. Lorsque les banquiers connaîtraient les intentions de Didier, ils ne pourraient plus suivre la jeune femme, voudraient récupérer leur argent et, pour rembourser, Céline serait sans doute obligée de vendre sa propre maison d'édition. Dommage, mais tant pis ! Si

Didier avait pu faire autrement, il l'aurait fait. Hélas, les affaires étaient les affaires…

Bon, à présent, il allait devoir se rendre au fin fond du Connecticut pour faire une visite à cette pauvre Céline et juger de la gravité de son état…

Didier en était là de ses pensées lorsque la réception de l'hôtel l'appela au téléphone, le prévenant que sa limousine l'attendait. Il plaça rapidement quelques papiers dans son attaché-case, de façon à ne pas perdre de temps durant le trajet et, quelque deux heures après, il arrivait à l'hôpital et frappait à la porte de Céline.

— Oncle Didi !

La joie de la jeune femme lui fit plaisir et, quand elle lui tendit les bras, Didier se pencha pour l'embrasser.

Comme Céline était heureuse ! Elle retrouvait avec bonheur l'odeur de son after-shave, ces délicieux effluves de tabac blond anglais. Et voilà qu'elle sentait contre sa joue ce petit creux qu'il avait au menton, et qu'il ne parvenait jamais à raser de très près !

— Moi aussi, je suis content de te voir, ma chérie, soupira oncle Didi quelques instants après en s'asseyant sur la chaise près de la fenêtre. Franchement, je te trouve bien jolie et bien séduisante pour quelqu'un que l'on dit sérieusement malade.

Céline lui expliqua ce qui lui était arrivé. Elle parla de la douleur, des examens, et des choix thérapeutiques qui s'offraient à elle. La présence d'oncle Didi la rassurait. Avec lui, elle retrouvait son enfance, le bien-être et la sécurité qu'elle avait connus alors.

Pendant qu'elle parlait, Didier s'était levé. Il sortit d'un grand sac Hermès orange les cadeaux qu'il lui avait apportés et les disposa sur le lit. En même temps, à la dérobée, il observait Céline. Elle avait en vérité bien mauvaise mine ! Ce teint pâle ne lui disait rien de bon. Didier avait espéré qu'au téléphone on lui avait noirci le tableau. Hélas, il n'en était rien. D'ailleurs, Céline n'avait jamais été une malade imaginaire. C'était une femme bien trop équilibrée pour cela.

— Qui est ton chirurgien ? voulut-il savoir.

Comme Céline le lui disait, il sortit de sa poche une petite boîte jaune de cachous et en porta un à sa bouche.

— T'entends-tu bien avec lui ? demanda-t-il encore. Tu l'estimes compétent ?

Céline dut sentir le scepticisme dans sa voix car elle voulut aussitôt voler à la rescousse de Caleb, chanter ses louanges… Elle ne réussit à se contenir qu'in extremis.

— On dit que c'est le meilleur dans sa spécialité, déclara-t-elle, mesurant ses mots. Au début, il paraît assez arrogant, prétentieux, même, mais je crois que tous les chirurgiens sont ainsi.

Elle sourit pour se donner une contenance, sentant peser sur elle le regard pénétrant et vaguement cynique d'oncle Didi. Pour donner le change, elle voulut fanfaronner.

— Je suis charmante avec lui, et je lui fais le grand jeu de la séduction, dit-elle. Après tout c'est ma meilleure assurance vie, n'est-ce pas ?

Didier hocha la tête avec une feinte conviction.

— En effet, en effet, ma chérie.

Céline donc était éprise de son chirurgien. C'était amusant, mais sans grande importance, pour l'instant du moins. Plus tard, si la jeune femme survivait et que ses sentiments perduraient, alors Didier devrait reconsidérer la situation. Le Français savait d'ailleurs que beaucoup de femmes tombent amoureuses de leur médecin. Il savait aussi qu'il s'agit le plus souvent de passions éphémères, et que cela vaut mieux. Il sourit à Céline, avant de déclarer d'un ton vaguement paternaliste :

— N'oublie jamais une chose, ma chérie : l'amour, c'est comme les oreillons. Quand ça arrive, on ne pense qu'à ça, et ça disparaît au bout de deux ou trois semaines sans laisser la moindre trace.

Un peu vexée, Céline se contenta d'émettre un petit rire.

— Parle-moi des autres médecins, du personnel soignant ? L'ambiance est-elle agréable dans cet hôpital ?

De nouveau, Céline ouvrit son cœur, parla du sentiment d'anonymat, de l'inconfort qu'elle ressentait, et ajouta que, hélas, dans l'immédiat, il lui semblait qu'elle n'avait d'autre choix que de rester ici, si elle voulait être opérée par le Dr Winter.

Didier interrogeait la jeune femme sur sa maison d'édition et lui demandait comment le monde des livres réussissait à survivre malgré son absence lorsque Mme Koslowski entra dans la chambre sans avoir frappé.

— L'heure des visites est passée, fit-elle observer sèchement.

Elle regarda Didier, puis les cadeaux sur le lit, et son visage se ferma. Clairement, elle était jalouse.

Didier posa sur elle des yeux très froids et, presque en même temps, nota l'expression de fatigue sur le visage de Céline. La pauvre chérie était épuisée, et il ne voulait surtout pas que sa visite lui procure plus de lassitude que de plaisir. Il se leva donc.

— Je reviendrai te voir demain, si cela ne te fatigue pas trop, dit-il à Céline. Et je choisirai mieux mon moment, ajouta-t-il, avec un regard aigre à Mme Koslowski.

Il embrassa ensuite la malade et s'en fut, sous le regard narquois de l'infirmière.

Une fois dans le couloir, il se surprit à marmonner à mi-voix :

— D.P.C., D.P.C…

C'est l'indication opératoire qu'il avait lue sur la pancarte au pied du lit de Céline.

Arrivé dans le hall d'entrée de l'hôpital, il demanda

la direction de l'école de médecine, s'y rendit, et trouva facilement la bibliothèque. Là, il eut tôt fait de se faire expliquer par le responsable où trouver la documentation relative au sujet qui l'intéressait.

Une heure après, il savait tout ce qu'il voulait. Tout, et même davantage.

Lorsque Caleb voulut joindre Chauncey Milford Roper à son bureau, il apprit qu'il était en voyage, et injoignable. Caleb connaissait mal Chauncey. C'était un grand ponte de l'industrie pharmaceutique, et il avait, disait-on, gagné beaucoup d'argent grâce à elle. Caleb, qui l'avait rencontré une ou deux fois, l'avait trouvé cordial, mais, Chauncey ne s'intéressant qu'aux gens avec qui il pouvait faire des affaires, ces rencontres avaient été brèves. Pour autant, Caleb n'avait aucune raison de croire que l'homme voterait contre son projet de transplantation. On le disait intelligent, mesuré et prêt à soutenir tout ce qui lui semblait raisonnable.

Quant à Foster Armuth, le président du Comité, Caleb n'avait pas l'intention de le contacter. Armuth suivait ses travaux de recherches depuis longtemps, et savait parfaitement quels en étaient les enjeux. S'il avait des questions, il téléphonerait lui-même à Caleb.

Le dernier de la liste était Henry Brighton. Or le patron des services de chirurgie, ces derniers jours, s'était transformé en courant d'air… Presque systématiquement absent ou en réunion chaque fois que Caleb tentait de le contacter, quand d'aventure il se trouvait dans son bureau, il refusait de le recevoir, prétextant qu'il était débordé.

Caleb reprit sa liste afin de cocher les membres du Comité qui lui semblaient acquis à sa cause : d'abord Anna Lynn Page, bien sûr, puis le recteur Benson ; probablement Chauncey Roper, et presque certainement Foster Armuth.

Voteraient donc contre Leroy Williams et peut-être Henry Brighton. Au total quatre voix pour et deux contre. Il n'y avait donc pas à s'inquiéter. Caleb avait de bonnes chances d'obtenir l'approbation de son projet.

La sonnerie du téléphone le fit sursauter. C'était l'infirmière de l'unité de soins intensifs, qui venait d'admettre M. Gordon, l'homme dont l'équipe de Caleb avait opéré l'anévrisme le matin même. Le malade n'allait pas très bien, et les résidents, craignant une mauvaise pneumonie, envisageaient de le mettre sous assistance respiratoire.

— Il n'y a rien d'urgent, docteur, reprit l'infirmière, je voulais simplement vous tenir au courant.

Urgent ou pas, à peine son téléphone raccroché, Caleb se levait pour se rendre à la hâte en soins intensifs.

A la porte du service, il trouva Porky, qui tenait deux radios.

— Oh, je suis content de vous voir, docteur Winter, s'exclama le jeune interne.

Il affichait un tel soulagement que Caleb ne put s'empêcher de sourire.

— Quel est le problème, Porky ?

— M. Gordon, celui que nous avons opéré ce matin. On l'a mis dans le box 5.

— Il semblait pourtant bien après l'opération ?

— Tous ses paramètres étaient normaux, oui, et voilà qu'il y a une heure environ il a commencé à mal respirer. Comme il transpirait beaucoup, Don a pensé qu'il faisait peut-être un infarctus.

Porky se tut, indécis, et Caleb se garda de le presser. Comme tout interne, Porky devait apprendre à exposer une situation clinique sans toujours en référer à son chef résident. Il finit du reste par reprendre :

— Pourtant, son électrocardiogramme était normal. Sa tension en revanche avait un peu monté. Nous lui avons fait les examens de routine : dosage enzymatique, ionogramme, balance électrolytique, numération sanguine, etc., et tout est apparu satisfaisant.

— Avez-vous songé à prendre une radio des poumons ? voulut savoir Caleb.

Le visage de Porky s'éclaira.

— Oui, je viens de les avoir, dit-il.

Il tendit à Caleb les clichés qu'il avait à la main.

— Si vous aviez une seconde pour y jeter un coup d'œil, cela me tranquilliserait.

Caleb hocha la tête et ouvrit la porte du service. Le négatoscope se trouvait dans une petite salle, à droite de la porte. Caleb actionna l'interrupteur et la pièce fut illuminée d'une lumière blafarde.

Aussitôt, Porky plaça les radios contre l'appareil et les deux hommes les examinèrent attentivement. Tout de suite, Caleb remarqua que le poumon gauche était moins net et que sa masse apparaissait plus pâle que celle du droit. Il interrogea son interne.

— Tu ne notes rien de particulier, Porky ?

L'interpellé hésita.

— On distingue mal la trame du poumon gauche, docteur Winter. Je me demandais s'il n'y aurait pas là un pneumothorax.

— As-tu remarqué une anomalie à l'auscultation ?

— Oui, et c'est ce qui m'a incité à demander des radios. Je n'entendais pas sa respiration du côté gauche. Avec Ed, on a d'abord cru à une pneumonie.

Porky n'avait pas achevé sa phrase que déjà Caleb était parti en direction du box 5.

M. Gordon n'allait pas bien du tout, cela se voyait au premier coup d'œil. Une infirmière lui tamponnait le front avec une serviette humide, et il respirait très difficilement, malgré le masque à oxygène qu'on avait appliqué sur son visage. A l'entrée de Caleb, il entrouvrit les yeux et parut soulagé en reconnaissant le chirurgien.

Caleb le regarda avec un sourire encourageant en même temps que son cerveau enregistrait tous les détails cliniques. Le malade respirait trois fois plus vite que la normale, chaque inspiration nécessitait l'intervention des muscles annexes, et les veines de son cou étaient dangereusement dilatées, indication que le sang avait du mal à affluer dans les poumons. L'homme avait en outre les lèvres violacées, preuve qu'il s'oxygénait mal, en dépit de son masque. L'examen clinique confirmait la radio : il s'agissait bien d'un pneumothorax.

Caleb prit le stéthoscope que portait l'infirmière autour du cou et écarta le drap qui recouvrait le malade.

— Je n'en ai pas pour longtemps, monsieur Gordon. Je veux seulement m'assurer d'un ou deux détails.

Porky, qui se tenait non loin, nota combien la seule voix du Dr Winter semblait rassurer le patient. Décidément, être un bon chirurgien n'exigeait pas seulement de savoir jouer du bistouri.

Un regard rapide sous le pansement confirma à Caleb que la plaie consécutive à l'opération n'était pas en cause. La longue incision apparaissait tout à fait normale. En revanche, l'auscultation confirma que l'air n'arrivait pas au poumon gauche.

Marcie Cole, l'infirmière responsable de l'unité de soins intensifs, apparut sans bruit au côté de Caleb. Bien que toute jeune encore pour les lourdes responsabilités qui lui incombaient, Marcie était très compétente, et ravissante de surcroît. Par ailleurs, elle adorait Caleb.

— Merci de vous être dérangé, murmura-t-elle comme le médecin se redressait.

Sans lui répondre, Caleb s'adressa au patient.

— De l'air s'est infiltré autour de votre poumon gauche.

Il va falloir le faire sortir car il empêche le poumon de se dilater et, partant, de se remplir quand vous inspirez. Vous verrez, vous vous sentirez tout de suite mieux lorsque le Dr Rosen vous aura drainé.

En entendant cela, le pauvre Porky écarquilla des yeux affolés, tandis qu'un affreux sentiment de panique l'envahissait. Avait-il bien saisi ? C'était lui qui allait pratiquer le drainage thoracique ? Oh, Porky connaissait parfaitement la technique, mais jamais Ed ou Don ne l'auraient laissé exécuter pareille intervention seul…

— Le matériel est-il prêt ? demanda Caleb à Marcie.

— Tout est là, oui.

Le nécessaire de drainage se trouvait en effet sur une table à instruments, enveloppé dans un plastique transparent.

— J'en conclus que vous avez également préparé l'aspirateur, dit encore Caleb en souriant.

Marcie lui rendit son sourire en indiquant un container rectangulaire en plastique transparent, gros comme la moitié d'un attaché-case. La boîte était déjà reliée à la pompe murale et contenait une substance de couleur bleutée qui retiendrait l'air lorsque celui-ci serait aspiré hors de la cavité thoracique.

— O.K., Porky, c'est bon, dit encore Caleb. Attaque.

Il dut cependant noter la lueur de panique dans les yeux de Porky car, sans un mot de plus, il ôta sa veste blanche et entreprit de retrousser ses manches.

— Je te donnerai un coup de main, s'il le faut, murmura-t-il.

Porky lui lança un rapide regard reconnaissant, et les deux hommes se lavèrent les mains en silence avant d'enfiler leurs gants. Puis Porky examina les instruments sur le chariot. Ils étincelaient tellement qu'ils lui parurent presque menaçants. Le jeune homme voulut se reprendre. Allons, à la guerre, comme à la guerre. Jamais il ne retrouverait une occasion pareille d'accomplir un acte chirurgical tout seul. D'ailleurs, il n'était pas seul…

Il prit une profonde inspiration et jeta un regard circulaire dans la petite pièce. Marcie et une autre infirmière, Annie, l'entouraient et ne le quittaient pas des yeux, attendant ses ordres. Quant à Caleb, il l'observait aussi. En vérité, tous trois l'attendaient ! Oui, ils l'attendaient, lui, Porky Rosen ! Alors, soudain, Porky éprouva un merveilleux sentiment, de ceux que l'on n'oublie jamais : il savait exactement ce qu'il avait à faire, et il savait aussi comment le faire ! C'était cela, l'assurance d'un professionnel, et cela procurait à Porky le plus fabuleux des bonheurs.

Marcie et Annie avaient débarrassé le malade de sa veste de pyjama, avant de le redresser sur son lit. A présent, Marcie badigeonnait son thorax avec de la teinture d'iode.

— Cela ira comme ça, dit Porky.

La jeune femme s'interrompit, surprise de l'entendre parler avec autant d'autorité.

Porky, avec des gestes précis, installait maintenant un champ stérile au moyen de quatre serviettes, que Caleb maintint ensemble avec des pinces fixe-champ.

— Xylocaïne à 1 %, avec de l'adrénaline, ordonna calmement Porky à Annie.

Celle-ci lui tendit un flacon avec un bouchon rouge, le doseur en caoutchouc dirigé vers lui. Porky le prit d'une main parfaitement assurée. Bien que ne le connaissant pas, l'infirmière en fut étonnée, sachant que la maladresse habituelle du jeune interne lui valait souvent des plaisanteries de la part des infirmières et des autres médecins.

Porky palpa de son doigt ganté le thorax du patient, afin de repérer l'espace entre la troisième et la quatrième côte, et, quand il fut à peu près sûr de lui, il ne put s'empêcher de quêter du regard l'approbation de Caleb. Celui-ci hocha la tête en souriant.

— Vous allez sentir une petite piqûre, dit alors Porky au malade. C'est un anesthésiant local que je vous injecte pour que vous ne souffriez pas lorsque nous ponctionnerons.

Il planta la très fine aiguille dans la peau et appuya sur le piston de la seringue. Quand une petite plaque blanche apparut sur la peau, Porky enfonça davantage l'aiguille pour anesthésier les muscles et les différents tissus de la cage thoracique.

Caleb observait son interne avec une évidente satisfaction. Pour la première fois, Porky se comportait comme un vrai chirurgien.

Le trocart de drainage était caché sous une serviette stérile verte. En temps normal, Porky l'aurait cherché avec tant de fébrilité qu'il aurait désorganisé tout le chariot d'instruments. Aujourd'hui, au contraire, il affichait un calme imperturbable. Après avoir fait une courte incision cutanée sur le site d'anesthésie locale, serrant les dents, il se saisit du trocart et l'enfonça sans hésiter dans le thorax de M. Gordon. Il retira ensuite le mandrin pointu du trocart et obtura provisoirement ce dernier avec son pouce gauche. Puis il introduisit le drain thoracique dans le trocart métallique qu'il retira, laissant le drain parfaitement en place. Cela fait, il le relia immédiatement au système d'aspiration.

Tout de suite, des bulles d'air et des mucosités sanguinolentes apparurent dans le container transparent. Sans perdre une minute, Porky régla la puissance de la pompe, puis regarda le malade. Il avait déjà repris des couleurs et sa respiration était moins rapide, plus profonde. Porky ligatura alors la peau autour du drain thoracique, là où il pénétrait dans la poitrine du malade, afin de le maintenir en place, puis il recouvrit le tout d'un pansement adhésif imperméable.

Voilà. L'intervention était terminée et elle n'avait duré

que quelques minutes. En enlevant ses gants, Porky ressentit une joie inconnue, toute nouvelle pour lui.

— Bravo, Porky, lui dit doucement Caleb, je savais que tu t'en tirerais.

Un moment après, juste avant de quitter le malade, Porky l'ausculta une dernière fois. La respiration était normale, lente et profonde.

Et c'est seulement une fois sorti du box de M. Gordon que le pauvre Porky crut se trouver mal. Il lui fallut s'asseoir quelques instants dans le bureau des infirmières pour à son tour recouvrer son souffle !

Dix minutes plus tard, alors que le jeune homme quittait l'unité de soins intensifs, heureux d'avoir réussi tout seul sa première intervention d'importance, il s'entendit appeler par le haut-parleur général de l'hôpital. Le Dr Brighton l'attendait dans son bureau, qu'il veuille bien s'y rendre d'urgence.

Porky descendit comme un fou jusqu'au rez-de-chaussée et se présenta, haletant, au secrétariat d'Henry Brighton.

Ce dernier se tenait fièrement devant son grand tableau, armé de plusieurs petits rectangles de couleurs différentes ainsi que d'une paire de ciseaux. Lorsqu'il vit Porky, son visage rougeaud s'éclaira.

— Docteur Rosen, j'ai réussi à vous trouver un remplaçant, dit-il d'une voix claironnante. Vous êtes donc renvoyé du service à partir de ce vendredi.

Sur quoi il tourna le dos au pauvre Porky. Approchant un tabouret, il grimpa dessus pour réorganiser son tableau en fonction des changements qu'il venait d'annoncer.

TROISIÈME PARTIE

25

— Quelle surprise, docteur Winter ! Il est si rare que vous nous fassiez l'honneur de nous rendre visite !

C'était Morrie Stein qui avait parlé. Il dirigeait le département de radiologie où Caleb, comme promis, avait accompagné Céline pour son artériographie.

— Lorsque mon équipe descend au service radio, il est généralement tard, et vous n'êtes plus là, répondit Caleb avec un sourire.

En réalité, il n'était pas très à son aise. Il n'arrivait pas souvent qu'un chirurgien chef de service accompagne un de ses patients à la radio.

Céline intervint alors, souriant aux deux hommes.

— C'est moi qui ai supplié le Dr Winter de ne pas me laisser seule. Mieux, je lui ai dit que je ne subirais cette artériographie que s'il restait à mon côté.

— Je comprends tout à fait, répliqua précipitamment Morrie.

Il avait entendu les rumeurs qui couraient dans l'hôpital sur Céline et Caleb, mais n'y avait pas prêté foi. Peut-être avait-il eu tort ?

— Oui, je comprends, reprit-il. De toute façon, nous n'en aurons pas pour longtemps.

Sur ces mots, il sortit et se rendit dans la salle prévue pour les examens requérant du matériel stérile. Deux techniciennes s'y trouvaient : Selma Spratt, une Noire qui était opératrice en chef, et une nouvelle assistante. Toutes deux s'affairaient à préparer les instruments nécessaires à l'artériographie de Céline.

— Pour combien de temps en avez-vous ? voulut savoir Morrie.

Ce fut Selma qui répondit.

— Nous sommes pratiquement prêtes.

Elle tenait à la main une très grosse seringue d'aspect assez inhabituel.

— Je charge la pompe, ajouta-t-elle.

Morrie la regarda glisser le corps de la seringue dans un appareil posé sur la table. Ce dernier évoquait un fusil-harpon, et on l'utilisait pour injecter le produit de contraste dans les artères. Le sang étant ainsi coloré, à la radio apparaissaient les parois artérielles et veineuses, qui autrement seraient demeurées invisibles.

— Il faudra un tablier de plomb supplémentaire, annonça Morrie. Le Dr Winter assistera à l'examen.

Selma leva vers son supérieur un regard surpris.

— Ah bon ? O.K., pas de problème.

Quelques minutes après, on poussait le fauteuil roulant de Céline dans la salle. Caleb, qui la suivait, s'en fut dans le box de contrôle d'où il pouvait tout surveiller. La petite équipe de Morrie était très efficace, cela se remarquait vite. Chacun savait exactement ce qu'il avait à faire, et quand le faire. Clairement, c'était Selma la tête pensante et organisatrice de l'équipe, elle qui donnait le ton. Dieu sait pourtant qu'elle n'était ni jolie ni gracieuse. C'était une femme assez lourde, et plutôt lente dans ses mouvements. Elle portait ses cheveux noirs crépus en deux grosses tresses qu'elle dissimulait sous son bonnet d'uniforme. Elle avait en outre un visage épaté aux traits grossiers. Selma, Caleb le savait, avait commencé à travailler au service radio comme fille de salle, puis elle avait suivi des cours dans le cadre de la formation continue et avait passé les examens d'opératrice, qu'elle avait réussis. Maintenant, à force de volonté et d'intelligence, elle était devenue la première technicienne de cet important département de radiologie. Elle l'avait bien mérité, songeait Caleb en l'observant tandis qu'elle installait Céline sur la table d'examen.

Elle expliqua à la patiente en termes clairs et précis comment et pourquoi elle la positionnait ainsi.

Morrie apparut derrière Caleb, et les lueurs rouges de la console de contrôle illuminèrent son visage, lui donnant vaguement l'air d'un Méphistophélès en blouse blanche.

— Que recherchez-vous exactement ? demanda-t-il au chirurgien.

— Le scanner a révélé une tumeur, expliqua ce dernier. Il faut que je voie comment elle est irriguée, la ou les artères qui l'alimentent et les veines qui en sortent. Cela influencera ma décision d'opérer ou non.

Caleb simplifiait le problème, bien sûr. L'artériographie ne lui fournirait qu'une indication supplémentaire sur la situation d'ensemble, pas une certitude. Il ne saurait vraiment si l'ablation de la tumeur était possible que lorsqu'il aurait ouvert et verrait le pancréas. Jusque-là, il s'en remettait beaucoup à son intuition et à son expérience, bien que les différents examens l'aident aussi à prévoir comment il opérerait.

Selma avait découvert la jambe droite de Céline jusqu'à l'aine, que Mme Koslowski avait rasée avec acharnement le matin même. Du box de contrôle, Caleb voyait la peau irritée et les marques rouges laissées par le rasoir. Brusquement, il s'aperçut aussi que Morrie Stein fixait avec un intérêt évident la fine jambe galbée de Céline ainsi que sa cuisse, et il se surprit à serrer les dents. Salaud de Morrie ! Il abusait de la situation ! Les pensées qui l'occupaient n'avaient rien à voir avec son travail, c'était clair !

A cet instant, Morrie détourna les yeux, et, croisant le regard de Caleb, se méprit sur son expression.

— Bien balancée, non ? dit-il avant de sortir du box pour regagner la salle de radio.

Caleb, lorsqu'il le vit s'adresser à Céline, augmenta le volume sonore de l'Interphone.

— Nous allons introduire ce petit tube en plastique dans votre artère fémorale, expliquait le radiologue, et nous le ferons remonter jusqu'à l'intersection des vaisseaux irrigant le pancréas.

Caleb vit Céline écarquiller des yeux affolés. Le cathéter en plastique dur que lui montrait Morrie avait à peu près le calibre d'une allumette, et il était très long.

— Quand saurez-vous qu'il est à la bonne place ? demanda la jeune femme, s'efforçant de conserver une voix posée.

En dépit de tout ce qu'on lui avait dit pour la rassurer, elle savait qu'il s'agissait d'un examen délicat, et qui comportait des risques. Morrie lui-même, quand il était venu la voir dans sa chambre, avait passé un long moment à lui parler d'hématomes toujours possibles, de différentes réactions allergiques au produit de contraste, de la formation éventuelle de caillots et autres sinistres possibilités.

A ce propos, d'ailleurs, Céline ne cessait de s'étonner elle-même. C'était elle qui insistait toujours pour qu'on lui explique la vérité, et surtout qu'on ne lui cache rien ; pourtant, lorsqu'on lui disait des choses inquiétantes comme l'avait fait Morrie, d'abord elle ne les comprenait pas entièrement, et puis elle avait soudain si peur qu'elle ne voulait plus rien entendre.

L'endroit que cette brute de Koslowski avait rasé lui faisait mal. Il faut dire que l'infirmière n'y était pas allée de main morte, avec son rasoir ! « Oh, pardon », avait-elle dit une ou deux fois, avec un mauvais sourire. Elle avait fait exprès d'érafler Céline, et visiblement en avait tiré une intense satisfaction.

Contre toute attente, la jeune femme n'était pas du tout gênée d'être ainsi exposée, presque nue, devant des étrangers. Ces gens d'ailleurs passaient maintenant des blouses vertes ainsi que des masques, et ils lui apparurent soudain non pas comme de simples êtres humains, mais plutôt comme les grands prêtres d'une étrange religion ayant pour nom « Science ». Céline se sentait presque hypnotisée par ce rituel chirurgical et les gestes silencieux et méthodiques de ceux qui le pratiquaient. Quant à elle, elle s'identifiait un peu à ces prisonniers aztèques que l'on préparait jadis pour les sacrifier à Huitzilopochtli, le dieu du Soleil.

Le Dr Stein tenait à présent une petite seringue dont l'aiguille était minuscule : à peine un centimètre de long.

— Juste une piqûre superficielle pour endormir l'endroit où l'on passera le cathéter, expliqua-t-il dans un murmure.

Céline remarqua qu'il ne la regardait pas dans les yeux, en lui parlant. Elle était mal à son aise sur la table dure, très inconfortable, et s'efforçait de se protéger les yeux des lumières crues au-dessus de sa tête. Elle se raidit, prête à sentir la piqûre. C'est alors qu'une porte s'ouvrit et, l'instant d'après, la jeune femme eut la certitude que quelqu'un se tenait juste derrière elle. Son cœur bondit dans sa poitrine. Oui, elle savait qui venait d'entrer ! Dire qu'elle avait cru qu'il était reparti tout de suite après l'avoir accompagnée ! Comme elle ne pouvait pas bouger, elle ne le voyait pas, mais elle le sentait de plus en plus proche… Il ne l'avait pas abandonnée !

La voix de Morrie annonçant qu'il allait introduire le cathéter ramena brutalement Céline à la réalité, et sa terreur la reprit. Tous ses muscles se tendirent. Elle sentait ses nerfs frémir, comme pour mieux anticiper la douleur qu'elle n'allait pas manquer d'éprouver.

Les gens autour d'elle agissaient un peu différemment, maintenant. Céline avait l'impression que le Dr Stein n'était pas très à l'aise à cause de la présence de Caleb dans la salle, et Selma, l'opératrice, jetait de temps en temps des regards au chirurgien, comme si elle quêtait son approbation. Pourtant, ce n'était pas Caleb qui dirigeait les opérations, mais bien Morrie Stein.

— Il est en place.

Au ton presque triomphant de Morrie, Céline comprit qu'il était soulagé et elle-même le fut instantanément aussi. Elle avait à peine senti le cathéter remonter dans son artère ; or, on ne lui avait pas caché que cela ne se passait pas toujours sans difficulté. Elle sentit plus qu'elle n'entendit Caleb se déplacer un peu pour regarder l'écran verdâtre du moniteur. Des ombres y remuaient, et Céline repéra ce qui ressemblait à un fil noir qui glissait vers le haut de l'écran : c'était le cathéter que Morrie, avec beaucoup d'expertise, faisait remonter à l'intérieur de l'artère fémorale en direction de l'aorte, où il pénétra enfin. L'engin était muni d'une extrémité recourbée, qui permettait à Morrie de le manipuler avec ses instruments afin de le guider vers les artères plus petites qui allaient au foie et au pancréas.

— Ça va ? demanda quelqu'un à la jeune femme.

Comme il régnait une obscurité presque totale dans la pièce et que tout le monde portait une bavette, Céline n'aurait su dire qui avait parlé.

— Très bien, répondit-elle. Comment ça se passe à l'autre bout de votre instrument ?

Selma étouffa un petit rire, et quelqu'un d'autre répondit :

— Ça se passe très bien. Docteur Winter, vous voyez ce que vous cherchiez ? Placez-vous plus près, par ici, si vous voulez.

— Je vois parfaitement, merci.

La voix de Caleb avait retenti si près de Céline que celle-ci sursauta. Aussitôt, Morrie ordonna, autoritaire :

— Ne bougez pas !

Il émit ensuite un petit rire, sans doute destiné à cacher qu'il avait eu peur, l'espace d'un instant. Rien de cela n'échappa à Céline, qui comprit que le Dr Stein, malgré ses grands airs, n'était pas tellement sûr de lui. Peut-être n'effectuait-il pas souvent d'artériographies.

C'est à ce moment que la jeune femme sentit une main se glisser très doucement sous le drap vert qui recouvrait le haut de son corps et se poser sur son épaule gauche. Son cœur s'accéléra. Le simple contact de Caleb la mettait en émoi, et tous ses sens brusquement étaient affolés. Le moniteur cardiaque allait-il montrer les battements désordonnés de son cœur ? Heureusement non. Sur l'écran, le tracé de l'électrocardiogramme demeurait régulier… L'autre main de Caleb se faufila sous le drap stérile et s'immobilisa sur l'épaule droite de la jeune femme. Celle-ci retint son souffle, essayant de ne plus penser à rien… Hélas, la réalité devait rapidement reprendre ses droits.

Morrie l'avait avertie qu'au moment où l'on injecterait le produit de contraste par le cathéter Céline risquait d'avoir une sorte de coup de chaud, et c'est bien ce qui se produisit. Tout le monde s'était écarté de la table, et Selma ordonna de sa voix profonde et mélodieuse :

— Maintenant, surtout, ne bougez pas !

Céline entendit d'abord un ronronnement de moteur : celui de la pompe, et enfin le cliquetis d'une plaque que l'on changeait sous la table. Alors elle ressentit en elle une explosion brûlante, comme si son sang s'était soudain transformé en lave ou qu'une grenade avait éclaté dans son corps. Elle faillit hurler — mais déjà, c'était fini. Elle n'était plus soudain qu'une pauvre créature épuisée, moite, à bout de souffle et en proie à une faiblesse intense comme elle n'en avait jamais connu.

Au moment de l'injection du produit de contraste, Caleb avait reculé d'un pas. Presque immédiatement après, il posa de nouveau les mains sur les épaules de Céline. Dans l'état d'épuisement subit où celle-ci se trouvait, elle eut l'impression que ces mains lui transmettaient toute leur force, leur énergie et que toujours, oui, toujours, elle pourrait leur faire confiance.

— Voilà, c'est terminé, madame de la Roche.

La voix de Morrie Stein lui parvint, comme surgie de très très loin, et c'est à regret que la jeune femme revint au présent. Quand les lumières se rallumèrent, elle cligna des yeux tant elles lui paraissaient brutales. Elle sentit alors les mains de Caleb l'abandonner, et elle eut froid. Rêvait-elle, ou Caleb s'était-il dégagé comme à regret ?

Le chirurgien regagna le box de contrôle et examina, par-dessus l'épaule de Morrie Stein, les radios accrochées devant le négatoscope. Le réseau blanc des artères apparaissait très bien ; la tumeur de Céline se voyait aussi. Le tracé des vaisseaux sanguins ne montrait pas de distorsions permettant de penser que la tumeur en avait envahi ou obstrué certains.

— Joli travail, murmura Caleb, suivant des yeux, d'un cliché à l'autre, le tracé blanc des vaissaux sanguins autour de la tumeur.

Morrie le regardait, attendant visiblement que Caleb lui dise s'il décidait d'opérer ou non.

Il n'en fit rien. Après avoir attentivement examiné toutes les radios, il se détourna et quitta le box de contrôle sans un mot. Il reprit le couloir d'un pas rapide, comme à son habitude.

Tandis qu'il marchait, il s'efforçait de comprendre les étranges émotions qui l'avaient assailli, un peu plus tôt, auprès de Céline dans l'obscurité de la salle de radio. La première fois qu'il avait pris la jeune femme dans ses bras, il avait presque réussi à se convaincre qu'il l'avait fait parce que, la sentant terrorisée, il avait cherché à la rassurer… comme il l'aurait fait avec tout autre patient. C'était faux, bien sûr, et aujourd'hui il devait bien se rendre à l'évidence. Il n'avait pas posé les mains sur les épaules de Céline uniquement pour la rassurer, mais bien plutôt parce qu'il avait envie de la toucher, de sentir sa douce chaleur, et l'émoi que celle-ci lui communiquait. C'était un acte répréhensible et qui allait contre tous les principes de l'éthique médicale. Une petite voix retentit alors en lui, têtue, obstinée et vaguement réprobatrice : « Si tu dois tomber amoureux d'elle, attends au moins de l'avoir opérée. Tu n'as pas le droit de laisser tes sentiments prendre le pas sur ton objectivité dans un moment pareil. Il en va de sa survie. »

Cette voix avait raison. O.K., marmonna Caleb *in petto*, c'est promis. Après, pas avant.

Brusquement plus détendu, il hâta encore le pas. Quelques instants plus tard, alors que l'ascenseur le montait à l'étage chirurgical, il se demanda si l'étrange sentiment que lui inspirait Céline n'était pas dû au désir qu'il avait de réussir son opération. Allons, trêve de mauvaises excuses : s'il était honnête avec lui-même, la réponse était non. Caleb soignait d'autres patients souffrant de problèmes techniquement aussi complexes que celui de Céline. Or, en dépit de la politesse et de l'attention qu'il leur accordait, comme à tous ses malades, ces patients demeuraient pour lui ce qu'ils étaient : des problèmes techniquement complexes. Tandis que Céline de la Roche… Pour Caleb, elle était un être unique, infiniment précieux.

26

— Milo ?

Reconnaissant la voix hésitante, Milo faillit laisser tomber le téléphone. Dans un instant d'effroi, il envisagea de raccrocher ou de prétendre que c'était une erreur ; mais il n'en eut pas la force.

— Milo, c'est Collie, reprit la voix dans l'appareil. Voyons-nous vendredi, veux-tu ? Ce sera une soirée très spéciale, tu le sais, n'est-ce pas ? Je vais te préparer une fête que tu n'oublieras jamais. Ce vendredi, chez moi, vers 19 heures. Cela te convient ?

Milo avait soudain la gorge tellement sèche que lorsqu'il répondit sa voix résonna à ses oreilles comme un croassement.

— O.K., Collie. A vendredi.

Après avoir raccroché, il se frappa la tête avec violence du revers de la main et se mit à jurer dans sa langue natale. Qu'avait-il donc fait au bon Dieu ? La simple évocation du nom de Collie le mettait dans un état lamentable, et il en était parcouru de frissons !

Milo, il est vrai, était soumis à toutes sortes de pressions, ces temps-ci. D'abord, il travaillait beaucoup, et la préparation du nouveau projet dont lui avait parlé Caleb l'absorbait tant que, chaque fois qu'il dormait ou mangeait, il avait l'impression de perdre son temps, pire, de le voler !

A cela s'ajoutait le problème de Collie Zintel, et c'était

bien le plus grave de tous. Car Milo était à la fois terrifié et fasciné par la sexualité de la jeune femme et le pouvoir que celle-ci exerçait sur lui. Non qu'il s'agît d'un pouvoir de domination — il lui aurait alors été facile de lutter. Milo se savait, lui, très dominateur. Mais Collie détenait une force subtile, ensorcelante, comme celle d'un charmeur de serpent, une force irrésistible qui déclenchait en lui un besoin brutal, brûlant, envahissant tout son corps et prenant le pas sur sa raison, sa volonté, et même son instinct de conservation. Or, plus Milo y pensait, plus il se rendait compte qu'il lui fallait anéantir en lui ces pulsions incontrôlables, car elles finiraient par le détruire lui-même.

Il savait aussi que rien ne devait l'empêcher de se consacrer entièrement à son nouveau projet de recherche. Si Caleb et lui réussissaient ce qu'ils avaient décidé d'entreprendre, tous deux iraient un jour à Stockholm recevoir le prix Nobel, Milo n'en doutait pas une seconde. Jusqu'à présent, le travail se présentait bien. Milo n'avait pas rencontré de problème majeur, encore qu'il ne se fît aucune illusion : les difficultés surviendraient en leur temps, comme toujours. C'était ainsi qu'il en allait avec la science : on partait d'une intuition subite, presque une illumination, et suivaient des mois et des années de travail acharné pour que cette intuition se trouve confirmée.

Dire que Collie l'avait invité et qu'il n'avait pas eu la force de refuser ! Il savait pourtant ce qu'elle attendait de lui. Elle avait été claire sur ce point. Saurait-il lui résister ? Peut-être pas… Alors ? Eh bien, il faudrait qu'il prenne des mesures lui-même, puisque le médecin qu'il avait consulté avait refusé de l'aider…

Milo ne quitta le laboratoire que bien après 19 heures. Il en ferma soigneusement la porte et, son attaché-case à la main, regagna le parking où était garé son véhicule. La pensée de Collie Zintel n'avait cessé de le hanter depuis le coup de téléphone de la jeune femme.

De retour dans son lit, Céline découvrit qu'on lui avait encore apporté des fleurs. Décidément, sa chambre ressemblerait bientôt à un reposoir. Oncle Didi avait fait envoyer un magnifique gardénia dont les fleurs exhalaient un parfum suave, très doux, qui se mêlait à celui, plus fort, de la jacinthe bleue qu'avaient apportée, la veille, Trevor et Catherine. Etait posée également sur la table une immense gerbe de roses enveloppée dans de la Cellophane. Céline prenait la carte qui y était jointe pour la lire lorsque apparut Mme Koslowski. Cette dernière fronça le nez en sentant le parfum des fleurs.

— Vous a-t-on précisé que vous ne deviez pas bouger la jambe ? demanda-t-elle avec autorité.

— On me l'a dit, en effet, répliqua doucement Céline. Interdiction de remuer la jambe pendant deux heures, et de quitter mon lit pendant quatre heures.

— C'est bon. Il n'y a pas si longtemps, on a eu une malade dans le service qui a failli se saigner à blanc, après une artériographie.

Céline se serait bien passée de ce genre de détail, mais n'en dit rien.

Mme Koslowski jeta ensuite un regard lourd de désapprobation aux fleurs et quitta la chambre, péremptoire jusque dans sa façon de marcher.

Une fois seule, Céline se laissa aller contre ses oreillers, ressentant une singulière tension. En vérité, Mme Koslowski lui faisait peur, et ce parce qu'elle était foncièrement mauvaise, inintelligente, et que, dans les conditions présentes, Céline était à sa merci. Or, des femmes comme Mme Koslowski se vengeaient volontiers de leur existence morose sur plus faibles qu'elles — c'est pourquoi l'infirmière tracassait Céline chaque fois qu'elle le pouvait. Céline souffrait encore de la séance de rasage du matin. Mme Koslowski s'était montrée si brutale, insistant à plaisir sur les endroits où la peau était le plus sensible... Pourquoi tant de haine, de méchanceté ? Il y avait dans l'attitude de l'infirmière autre chose que de la rancune pour cette fameuse histoire d'huile de ricin. Mme Koslowski était foncièrement jalouse, et Céline savait d'instinct qu'elle aurait beau faire elle n'y pourrait rien changer.

A un moment, elle avait pensé l'amadouer en lui offrant des cadeaux. Elle aurait en quelque sorte « acheté » ses services. Mais Mme Koslowski aurait accepté les présents sans pour autant s'amender. Au contraire, elle aurait manifesté plus de mépris encore, et Céline avait trop d'orgueil pour supporter cela. Elle s'accommoderait de cette mégère, un point c'est tout.

Pourtant, ne devait-elle pas exposer la situation à Caleb ? Il la conseillerait sans doute. Il savait toujours comment gérer les situations difficiles. Caleb... Caleb... Céline articulait son nom en silence, et les syllabes roulaient dans sa bouche comme des bonbons.

Ses mains sur ses épaules, tout à l'heure... Rien que d'y penser, Céline sentait son cœur s'envoler. Elle voulait cet homme, le désirait de tout son corps, de tout son cœur ; c'était aussi simple que cela. En proie à une agitation grandissante, elle se tourna et se retourna dans son lit, au mépris des consignes qu'elle avait reçues de demeurer calme et de conserver sa jambe immobile. Tant pis. Qu'y pouvait-elle ? Un désir ardent la dévorait, et son corps ne lui appartenait plus. Ah, si seulement Caleb était là, allongé contre elle, la touchait, la caressait...

La porte de la chambre s'ouvrit et il apparut. Céline sentit aussitôt son visage s'empourprer. Certainement, il allait saisir son émoi, percer à jour ses pensées les plus intimes…

En tout cas, s'il le fit, il n'en montra rien. Après un rapide coup d'œil aux fleurs, il prit la chaise, face au lit de Céline.

— Je viens vous parler de votre artériographie, dit-il sans préambule. Il y a une bonne nouvelle : votre tumeur semble opérable.

Il se tut un instant et parut réfléchir avant de reprendre :

— Il y a aussi une moins bonne nouvelle…

— Je ne veux pas la connaître, le coupa Céline. C'est votre problème, pas le mien ! Quand comptez-vous m'opérer ?

— Je vous ai programmée pour mardi prochain. J'envisage de vous greffer, par conséquent ne vous inquiétez plus pour la D.P.C. Bien entendu, j'aimerais discuter de cette transplantation avec votre mari et vous, afin de vous expliquer comment je compte intervenir plus en détail.

— Pourquoi parler à mon mari de mon opération ? rétorqua aussitôt Céline avec une violence contenue.

Caleb ne s'en troubla pas.

— D'abord, c'est la loi. Ensuite, il s'agit d'une simple question de courtoisie.

Il se leva et déambula quelques instants dans la pièce. Céline espéra un moment qu'il cherchait une bonne raison pour ne pas la quitter. Si c'était le cas, il n'en trouva pas car, peu après, il prenait congé.

Céline se laissa de nouveau aller contre les coussins avec un sourire heureux. Son ancienne vie était bien finie, et une toute nouvelle commençait.

Hors-d'œuvre moscovites
Consommé de tortue
Foie gras frais en terrine
Truite au chambertin
Mignonnettes de sole

Petite friture d'éperlans
Cailles aux raisins
Baron d'agneau de lait Soubise
Petits pois en gelée printanière
Pommes Byron
Suprême de volaille Jeannette
Homard à la nage façon Maryland

Collie possédait une bonne douzaine de livres de cuisine qu'elle rangeait soigneusement sur le dessus de son réfrigérateur, serrés entre deux statuettes de nymphes en stuc. Elle feuilletait à présent avec volupté son Escoffier, dont les recettes semblaient sublimes. Riches aussi, et si elle préparait à Milo un repas trop conséquent, il risquait de s'endormir sur les fraises à la chantilly, et n'aurait plus assez d'énergie pour consommer le plat de résistance — c'est-à-dire elle, Collie.

Dans son imagination, Collie entrevoyait une fête digne des plus grandes orgies romaines, avec une musique douce et lancinante, des lumières tamisées, des vins fins… Après quoi elle conduirait un Milo incapable de lui résister jusqu'au lit qu'elle aurait recouvert d'un somptueux jeté de velours rouge, et sur cette belle étoffe très douce ils feraient l'amour lentement d'abord, puis avec une violence grandissante jusqu'à l'accomplissement de la grande scène finale.

Mais si l'amour pouvait s'évader dans l'horreur sublime du fantasme, le repas, lui, devait s'ancrer dans la réalité. Même dans les moments où Collie, par l'imagination, frisait la folie, il demeurait en elle un sens pratique qui la ramenait à des notions très terre à terre. Si l'ultime finalité de son projet était née d'une démence forgée depuis l'enfance, la méthode pour y parvenir serait, elle, rationnelle, efficace, frappée au coin du bon sens.

Une pensée soudain lui revint à la mémoire : les huîtres.

On les disait aphrodisiaques, non ? De même que les œufs de saumon… Ou bien était-ce le caviar ? Collie chercha fébrilement son livre de recettes de poissons et fruits de mer, le feuilleta et s'arrêta à la recette des « Huîtres farcies à la Rodolphe ». Mmm, ce devait être délicieux… mais… mais soudain un doute la saisit. Peut-être devrait-elle servir à Milo un plat yougoslave afin qu'il se sente un peu chez lui ? Malheureusement, Collie ne connaissait pas une seule recette de ce pays, sauf peut-être celle du goulasch — mais n'était-ce pas une spécialité hongroise ?

Elle remit son livre en place sur le réfrigérateur, se promettant de s'arrêter à la bibliothèque municipale, le lendemain, en sortant de l'hôpital. Il s'y trouvait un rayon entier de livres de cuisine de tous les pays du monde.

Tout en contemplant son petit appartement, Collie sentit monter en elle une excitation qu'elle connaissait bien. Où que ses yeux se posent, elle voyait Milo aussi nettement que s'il se fût trouvé là. Ainsi il lui souriait, là-bas, près de la fenêtre, et voilà qu'il était nu sur le lit, viril, musclé, et si velu… Collie en était moite, et toute son énergie se concentrait sur son bas-ventre qui lui faisait mal, soudain. Elle avait envie de sexe, de sexe et de violence. Elle avait envie de Milo…

Dire qu'elle était restée si longtemps avec Ed. Il s'était révélé plutôt bon amant, d'ailleurs, mais jamais ne l'avait comblée comme Milo avait su le faire, cette première fois. La brutalité de Milo, sa façon de parler à Collie, de la maltraiter, de lui faire mal, voilà ce qui avait conduit la jeune femme à une extase encore inconnue. Et puis aussi… ce bonheur d'avoir cru mourir avait décuplé son orgasme. C'était cela qu'elle voulait encore, et si Milo cette fois allait jusqu'au bout, la jouissance serait mille fois plus forte. Oui, Collie jouirait à en mourir ! C'est bien ce dont elle avait rêvé toute sa vie, dans un petit coin perdu de son cerveau. Car

Collie songeait souvent à la mort depuis qu'elle était petite fille. La mort ne l'avait jamais effrayée, au contraire, elle l'avait même souvent souhaitée. Un jour, elle avait vu un chat qu'un camion avait heurté et projeté dans un caniveau bordant la route. L'animal s'était contorsionné un long moment avant de retomber, inerte, quand son âme s'était envolée dans le ciel. Ce soir-là, en rentrant, Collie avait juré à ses parents qu'elle avait vu l'âme du chat partir, petit nuage blanc, presque translucide, qui était monté, monté pour se perdre dans le firmament. Une fois mort, le chat lui avait semblé si paisible ! Comme s'il avait fait exactement ce qu'il avait à faire, et était désormais libre de tout.

Dans sa vie d'infirmière, Collie avait vu beaucoup de gens mourir, et souffrir de mourir. De cette mort-là, elle ne voulait pas — ça, jamais ! Voilà pourquoi elle avait choisi la façon la plus sublime de s'en aller pour toujours. Elle avait fait le bon choix, elle en était sûre. Elle mourrait au bon moment, et de la manière dont elle avait toujours rêvé.

Assise sur le tabouret de la cuisine, la jeune femme, les yeux perdus dans le vide, jouissait déjà par la pensée du merveilleux moment qui ne tarderait plus. Au plus fort de la jouissance, elle ferait exploser les limites de la vie. A cette simple idée, elle se mit à trembler de tous ses membres. Si seulement on était déjà vendredi soir !

Les étudiants de Caleb l'attendaient dans le service de consultation externe. Le chirurgien, en arrivant, leur trouva l'air très préoccupé.

Phil, l'étudiant qui voulait devenir anatomopathologiste, parla le premier.

— Vous souvenez-vous de Bridget Coughlan, docteur Winter ? demanda-t-il.

— Oui, bien entendu. C'est cette femme dont j'avais

amorcé le diagnostic en la regardant passer devant notre box. Elle venait d'avoir un bébé qui était né par césarienne, à cause d'une menace d'éclampsie, à la fin de sa grossesse.

Quand Caleb se tut, Anne Fraser prit la parole.

— C'est bien elle, oui, et elle est toujours hospitalisée. Nous craignons qu'elle ait une embolie pulmonaire, bien que nous l'ayons mise sous héparine.

— Elle respire de plus en plus mal, renchérit Phil, et nous commençons à avoir peur que… que…

— Qu'elle meure, acheva pour lui Mlle Fraser.

— O.K., dit Caleb, nous irons la voir dès que nous en aurons terminé ici.

Les étudiants échangèrent un regard soulagé qui n'échappa pas au médecin. C'est alors que brusquement une pensée lui vint.

— Dans quel service cette femme a-t-elle été admise ? demanda-t-il.

— Celui du Dr Brighton, répondit aussitôt Anne Fraser, qui hésita, parut sur le point de dire autre chose et se ravisa.

Phil intervint de nouveau.

— La première fois, lorsque vous vouliez que nous fassions le diagnostic de cette patiente uniquement en l'ayant vue passer, vous nous avez dit qu'elle avait eu son bébé dix jours plus tôt. Il s'est révélé que c'était onze jours, ce qui n'est guère différent. Ma question est la suivante : comment l'aviez-vous deviné ?

Depuis ce fameux jour, Phil avait perdu pas mal de sa morgue, et Caleb sourit *in petto*. Puis, croisant les bras, il regarda tour à tour chacun de ses étudiants avant de poser sa question.

— Que savez-vous des mécanismes de la coagulation sanguine après une intervention chirurgicale ou tout autre traumatisme majeur ?

Les jeunes gens échangèrent des regards mal assurés.

Phil murmura quelque chose à propos de fibrinolyse mais se tut très vite.

— C'est bon, dit Caleb, sans dissimuler son irritation devant l'ignorance de ces étudiants, je vais formuler ma question d'une autre manière. A quel moment, après un traumatisme chirurgical ou d'une autre nature, les risques de coagulation sanguine sont-ils les plus élevés ?

Anne Fraser, qui était sans doute la plus vive, baissa les yeux et réfléchit quelques instants avant de suggérer :

— Dix jours après l'intervention, peut-être ?

— Exact. Ainsi, dans le cas qui nous intéresse, cette femme avait le plus de chance de faire un caillot dix jours après sa césarienne, et ce caillot est monté dans son poumon où il a provoqué une embolie, c'est bien cela, n'est-ce pas ? *Quod erat demonstrandum.*

— Quod quoi ? demanda Mlle Fraser à voix si basse que Caleb faillit ne pas l'entendre.

— Cela n'a pas d'importance, dit-il. Attaquons la consultation, voulez-vous ?

27

Ce matin-là, lorsque Charles revint de l'aéroport où il avait accompagné Jérémy et Corinthien — ce dernier confortablement installé dans un gigantesque van —, il s'arrêta pour prendre son courrier sur la table de l'entrée et s'en fut le dépouiller dans son bureau. Après quoi il lut rapidement le *Times*. Il allait le refermer lorsqu'il crut reconnaître un visage sur une photo prise à une soirée de bienfaisance qui avait eu lieu la veille. « Le promoteur Anwar Al-Khayib et sa nouvelle épouse participent activement à la lutte contre le cancer », disait la légende de la photographie. Celle-ci montrait un homme élégant d'une cinquantaine d'années, assis à table auprès d'une ravissante blonde dont il entourait les épaules d'un bras câlin, devant un magnum de champagne. La scène se passait au Pierre, l'un des établissements les plus élégants de New York.

Charles qui, bien sûr, avait eu vent des démêlés de Céline avec Al-Khayib, n'avait cependant jamais vu ce dernier. Aussi n'était-ce pas le promoteur qui avait attiré son attention, mais un visage que le photographe n'avait pas centré, et qui apparaissait un peu flou, juste à côté du couple. Celui d'un homme affichant un grand sourire, et que l'on reconnaissait assez facilement : il s'agissait du gros Didier Franchet, l'« oncle » chéri de Céline.

Charles examina la photo avec attention quelques

minutes encore tout en réfléchissant. Puis, d'un geste lent, il consulta sa montre. Il ne croyait pas aux coïncidences. Après avoir décroché son téléphone, il appela donc deux personnes. Son financier d'abord : C. Gottlieb Ludman, qui lui promit de le rappeler dès qu'il aurait l'information que Charles lui demandait. Dan Carfield, ensuite, avec qui il eut une longue conversation.

Moins d'une heure après, Ludman rappelait.

— J'ai peut-être trouvé quelque chose susceptible de vous intéresser, Charles.

Le financier parlait toujours de façon brève, précise et Charles le visualisait parfaitement, dans son costume gris impeccablement coupé. C'était un homme de petite taille, un peu gros, chauve, avec des yeux fort intelligents et un teint olivâtre de Levantin.

Il poursuivait :

— D'après mes informateurs à la Bourse, quelqu'un est en train de rafler sans bruit toutes les actions Fortman et Carfield qui se présentent sur le marché. Apparemment, reprit-il après une pause, ce quelqu'un achèterait pour le compte d'une société étrangère du nom de Redi-Tech. Pour l'instant, je n'en sais pas davantage. Et vous, auriez-vous un détail qui me permettrait d'en apprendre plus ?

— A mon avis, la personne qui tire les ficelles dans cette affaire s'appelle Didier Franchet, déclara Charles, pesant bien ses mots. Peut-être est-il de mèche avec Anwar Al-Khayib, le promoteur new-yorkais.

— Ces deux noms vont beaucoup m'aider, dit Gottlieb Ludman. Je vais tout de suite voir s'ils ont un lien avec Redi-Tech.

— Vous me rappellerez ?

— Ce n'est pas la peine, si vous pouvez rester en ligne quelques instants. Je n'en ai pas pour longtemps.

De fait, moins de deux minutes plus tard, la voix du financier résonnait de nouveau dans l'appareil.

— Voilà, nous y sommes : Redi-Tech, société au capital de 1 dollar, enregistrée à Hamilton, Bermudes, et créée en 1986. Montage classique… Voyons maintenant… Le président-directeur général est Didier Auguste Franchet, et… oui, Anwar Al-Khayib est membre du conseil d'administration. C'est tout ce que vous vouliez savoir, Charles ?

— Oui, mille mercis, Gottlieb. J'ai deux ou trois détails à vérifier ; je vous recontacterai d'ici un jour ou deux. Je vais sans doute avoir besoin de vous, mon bon ami !

Depuis son entrevue avec le Dr Brighton, Porky s'était complètement investi dans son travail et s'appliquait à exécuter de son mieux tout ce qu'on lui demandait. Bien que conscient des efforts du jeune interne, Don McAuliffe gardait avec lui ses distances. Ed van Stamm, lui, avait trop de problèmes personnels pour prêter attention à ceux des autres.

En vérité, ce qui torturait le plus Porky était d'annoncer la nouvelle de son renvoi à ses parents. Il venait d'une famille de chirurgiens, et serait le premier à rompre avec cette tradition. Son père, un orthopédiste de renom, l'avait toujours soutenu et poussé. Quant au frère aîné de Porky, il achevait brillamment à Boston son assistanat de chirurgie. Il avait déjà publié des articles qui avaient fait du bruit dans le milieu médical, et on lui offrait maintenant un poste prestigieux au C.H.U. de Chicago. Tous ces éléments ne facilitaient pas la tâche de Porky. Comment oserait-il rentrer chez lui et avouer la vérité à son père ? Rien que d'y penser, il en avait froid dans le dos.

Aujourd'hui, Porky avait été réquisitionné pour assurer la garde dans un autre service chirurgical, dont l'interne était absent. L'idée n'avait guère enchanté Don et Ed, mais, comme il s'agissait du service du Dr Brighton, ils n'avaient pas pu protester.

Evidemment, les autres membres de l'équipe de Brighton, sachant que Porky avait été renvoyé, l'avaient ignoré durant les visites des malades. A quoi bon s'intéresser à quelqu'un que l'on ne verra plus dans quelques jours ? Néanmoins Porky, qui observait tout, s'était vite aperçu que le service n'était pas aussi bien géré que celui du Dr Winter, loin s'en fallait. Il y régnait même un laisser-aller que Caleb Winter n'aurait jamais toléré. Ainsi, certains patients étaient hospitalisés depuis plusieurs jours et subissaient mille examens sans que l'on ait encore posé l'ombre d'un diagnostic ! En outre, une malade du nom de Bridget Coughlan était dans un état préoccupant. Elle présentait des signes d'embolie pulmonaire récurrente, et l'héparine qui lui était administrée afin d'empêcher que son sang ne coagule demeurait sans effet. C'était pourtant un traitement classique, compte tenu des symptômes que présentait cette femme ; mais celle-ci n'en continuait pas moins à mal respirer et, aujourd'hui, elle ne pouvait pratiquement plus remuer dans son lit, tant elle était à bout de forces.

Le Dr Brighton était passé la voir avec son équipe, plus tôt dans la journée. Hélas, comme d'habitude, il était pressé, et ne s'était arrêté qu'une minute auprès de Bridget. Son chef de clinique ne s'était pas étendu sur l'historique de la malade parce qu'un patient les attendait en salle d'opération, et qu'il ne voulait pas entamer une longue discussion avec le Dr Brighton. Aussi ce dernier n'avait-il pas noté combien cette pauvre femme était mal en point. Pourtant, elle était essoufflée au point d'avoir pu à peine répondre au salut des médecins, et, même dans la lumière parcimonieuse de son box, on voyait que ses lèvres avaient une vilaine couleur violacée.

Tous ces symptômes n'avaient pas échappé à Porky, qui avait demandé un scanner sans consulter les autres membres de l'équipe. A coup sûr, cette femme faisait de nouvelles embolies pulmonaires, et l'examen radiologique le montrerait. Si d'aventure Porky s'était trompé, eh bien, les résidents et le Dr Brighton le traiteraient de tous les noms, mais il s'en moquait. Après tout, il n'avait plus rien à perdre.

Un petit groupe d'étudiants se tenait autour du lit de Bridget lorsqu'il revint auprès d'elle, et le Dr Winter était avec eux. Porky en fut surpris car il était rare qu'un chirurgien chef de service accompagne des étudiants dans leur visite d'un service autre que le sien.

Voyant Porky, Caleb Winter dit aussitôt :

— Le Dr Rosen pourra peut-être nous dire ce qu'il en est de cette patiente.

Tout à coup, Porky ressentait un indicible soulagement à savoir le Dr Winter ici. Le simple fait de lui expliquer ce qu'il avait remarqué chez Bridget et le diagnostic qu'il pensait pouvoir poser le rassurait, parce qu'il se trouvait, en partie au moins, déchargé d'une responsabilité qui lui pesait et qui n'était pas vraiment la sienne.

Pendant que Porky parlait, le visage de Caleb avait pris une expression menaçante. Puis, l'interne en ayant terminé, le chirurgien s'approcha de Bridget et, après avoir emprunté le stéthoscope de l'un des étudiants, il sourit à la jeune femme et entreprit de l'ausculter. Cela fait, il chercha du regard le moniteur cardiaque. Il n'y en avait pas. Immédiatement, il appela la responsable du service, qui arriva en toute hâte.

— Essayez de joindre le Dr Brighton au plus vite, dit-il. Précisez que c'est moi qui le demande.

Caleb avait parlé sans élever la voix, et on aurait pu penser qu'il voulait discuter avec son confrère d'un simple petit problème clinique. Porky, cependant, qui avait travaillé avec lui, le connaissait trop pour se faire des illusions. Caleb Winter était hors de lui.

Pendant que tout le monde attendait l'arrivée du Dr Brighton, Porky en profita pour s'éclipser afin d'aller chercher les résultats du scanner. Ils étaient prêts, Dieu merci, et quelques minutes après le jeune homme revenait avec les radios, qu'il tendit à Caleb avec un petit air de triomphe modeste.

— Je vous ai aussi apporté le scanner qui a été fait quand Mme Coughlan a été admise, dit-il doucement.

Il savait en effet que Caleb voudrait comparer les derniers clichés avec les premiers.

La petite troupe s'en fut dans le bureau des médecins afin de regarder les radios sur le négatoscope.

Après les avoir examinées, Caleb expliqua en détail les différences que l'on pouvait observer entre les radios initiales et les plus récentes. De fait, l'état de Bridget Coughlan ne s'était pas amélioré. La majeure partie de son poumon droit ne formait plus qu'une masse sombre ; quant au poumon gauche, la presque totalité de son lobe supérieur ne fonctionnait pas. A cela s'ajoutaient les mauvais résultats des analyses destinées à doser l'oxygénation sanguine, et l'on pouvait raisonnablement en conclure que cette pauvre femme ne jouissait guère plus que de vingt pour cent de sa capacité respiratoire normale. Bref, juste de quoi survivre, mais pour combien de temps ?

La porte de la grande salle s'ouvrit avec brusquerie, et le Dr Brighton apparut. Il se dirigea d'un pas tout militaire vers le poste du secrétariat. Au passage, il jeta un bref regard à Caleb et aux étudiants ; puis, les ignorant, il s'arrêta devant le chariot où étaient classés les dossiers des malades. Il en sortit un d'un geste nerveux, et manqua le faire tomber. Sans doute était-ce celui de Bridget.

Caleb, qui ostensiblement ne lui prêtait pas attention, reprit sa discussion avec ses étudiants, leur expliquant les différents traitements indiqués dans le cas d'embolies pulmonaires, avec les avantages et les risques que présentait chacun.

Au bout de longues minutes, le Dr Brighton remit en place le dossier, et, redressant les épaules, se dirigea vers son confrère.

— Un cas intéressant que celui de Mme Coughlan, dit-il, fanfaron devant les étudiants. J'espère que le Dr Winter est d'accord sur le protocole de traitement que nous avons choisi.

En parlant, il avait lancé un regard de défi à Caleb, qui n'en fut pas troublé le moins du monde.

— Absolument, rétorqua-t-il d'un ton glacial. Surtout si vous faites transférer immédiatement la patiente en soins intensifs, que vous la mettez sous oxygène constant, et que vous placez un filtre-cave dans la veine cave inférieure afin d'éviter une nouvelle embolie.

Brighton regarda brièvement les étudiants, fixa un peu plus longtemps Porky, puis posa de nouveau les yeux sur Caleb.

— C'étaient exactement mes intentions, déclara-t-il, suave.

Sur quoi son regard se fit plus dur, et il s'adressa à Porky :

— Docteur Rosen, je m'étonne de vous voir traîner ainsi. Qu'attendez-vous pour faire transporter Mme Coughlan dans l'unité de soins intensifs ? Allons ! Pressez-vous, il n'y a pas un instant à perdre !

Brighton pensait certainement que Porky avait appelé le Dr Winter à la rescousse. Oh, et puis quelle importance ? songea l'interne. L'essentiel était que Bridget ne meure pas faute de soins. De cela au moins, Porky était sûr, désormais.

Caleb, qui l'observait, dut saisir combien le pauvre garçon était mal à son aise.

— Porky, passe à mon labo lorsque tu auras fini, veux-tu ? dit-il en jetant un regard à la dérobée à Brighton.

Porky parut surpris, mais il acquiesça sans poser de questions.

Caleb, après un petit signe de tête très froid à l'adresse de Henry, sortit, suivi de ses étudiants.

En salle d'opération, Don McAuliffe aidait Ed van Stamm à effectuer une cholécystectomie. C'était la première fois qu'Ed enlevait une vésicule biliaire, et voilà des mois qu'il en rêvait. Néanmoins, maintenant que le moment était arrivé, il appréhendait l'intervention, manquait d'assurance, et tremblait même un peu. Que Collie fût l'instrumentiste de service et se tînt juste à côté de lui n'arrangeait rien ; Ed avait beau avoir à demi assommé Milo, il ne s'en était pas trouvé calmé pour autant. Collie, au contraire, paraissait parfaitement sereine, et affichait sans gêne aucune son œil au beurre noir et ses divers bleus. Sans parler de ces marques cramoisies presque violacées qu'elle portait au cou… Quant à sa voix, quand par hasard la jeune femme parlait, elle sonnait affreusement rauque.

Ed commençait à comprendre qu'il s'était mépris sur Collie, et que dans la tête de la jeune femme s'agitaient d'étranges passions incontrôlées et sans doute dangereuses. Il n'arrivait pas à faire le lien entre la Collie qu'il avait connue des mois durant et celle qui avait vécu avec Milo Zagros des scènes d'une violence telle qu'elle en portait encore les marques.

Ed n'avait pas oublié la façon dont Collie faisait l'amour avec lui, et cette impression qu'elle lui avait toujours donnée d'être profondément insatisfaite. Après tout, Collie était peut-être folle…

— Essaie d'attaquer le canal cystique au dissecteur à angle droit.

C'était Don qui avait parlé. Il s'efforçait de faciliter au maximum le travail d'Ed, lui montrant les différents éléments qu'il soulevait afin qu'Ed puisse plus facilement les décoller des tissus auxquels ils adhéraient. Ed voulait à tout prix se concentrer sur ce qu'il faisait. Une cholécystectomie marque une étape importante dans l'apprentissage du métier de chirurgien, et personne n'oublie jamais la première qu'il a faite, ni qui l'a assisté, ni même le nom du malade.

— Pince avec fil de soie n° 2, s'il vous plaît, et dissecteur à angle droit.

Ed faisait un gros effort pour s'adresser à Collie sur un ton normal, et ce n'était certes pas facile. La pince avec le fil de soie noir surgit instantanément dans sa main, et il ligatura le canal cystique tout près de son point de jonction avec la voie biliaire principale.

— Comment sais-tu que tu n'as pas obturé la voie biliaire principale ? voulut savoir Don.

C'était un accident toujours possible, chez un débutant, et qui conduisait inévitablement à la catastrophe. Dans ce cas, la bile refluait dans le sang du patient qui devenait ictérique et, pour le sauver, il fallait le réopérer d'urgence.

— Parce que j'ai bien vérifié que je voyais le point de jonction du canal cystique, répliqua Ed presque automatiquement.

Il avait en effet assisté à tant d'opérations de la vésicule biliaire qu'il se sentait en terrain connu, sur un plan théorique du moins.

— C'est bien. A présent, serre davantage ton nœud, ordonna Don.

Ce dernier rongeait son frein. Il aurait aimé faire lui-même les gestes qu'Ed, à cause de son inexpérience, hésitait à accomplir. Mais il devait laisser le jeune médecin faire ses premières armes, cela faisait partie du métier. Lui-même se rappelait dans tous ses détails sa première cholécystectomie. C'était le Dr Winter qui l'avait aidé, lui prodiguant ses conseils sans jamais prendre sa place. L'expérience avait été exaltante, et l'opération s'était bien déroulée. Après, Caleb Winter avait félicité Don, qui du coup avait eu l'impression d'être le roi du monde.

Don à présent indiquait une structure du bout de sa pince à disséquer.

— Là, tu peux voir l'artère cystique. Regarde, elle apparaît très nettement.

Ed avait de la chance : le patient était maigre, ce qui permettait d'identifier facilement les différents organes.

Il fallait clamper l'artère cystique puis la couper avant d'enlever la vésicule, sinon le vaisseau risquait de saigner, rendant ainsi l'intervention plus difficile.

Collie tenait les clips prêts avant même qu'Ed ne les lui ait demandés, ce qui le mit en rage. Comment Collie pouvait-elle demeurer si calme ? Fichue bonne femme ! On avait presque l'impression qu'elle était heureuse d'afficher ses bleus et ses ecchymoses !

Ed laissa tomber le premier clip, et Don dut le retirer des profondeurs du champ opératoire. Il ne fit cependant aucun commentaire.

De nouveau, Collie tenait prêt le clip de remplacement et, de rage, Ed sentit sa main qui tremblait.

— Du calme, Ed, murmura Don, pensant que le jeune homme était nerveux parce qu'il effectuait sa première grosse intervention. Tout va bien, ajouta-t-il.

La vésicule ressemblait à un ballon de baudruche dégonflé. Et elle était pleine de petits cailloux pas plus gros que des lentilles, Ed le savait. Mieux, il les sentait à travers la paroi distendue de l'organe, une paroi qui avait une vilaine couleur verdâtre.

Hélas, malgré l'importance des gestes qu'il effectuait, les pensées d'Ed revenaient inlassablement à Collie. Se rendait-elle compte qu'elle risquait gros à jouer ce jeu de la violence ? Un jour, Milo pourrait la blesser très sérieusement… Incapable de s'en empêcher, Ed voulut regarder la jeune femme et, ce faisant, il fit sauter le clip qui maintenait étanche l'artère qui avait été sectionnée. Le sang aussitôt jaillit, et il fallut plusieurs minutes à Don pour reclamper le vaisseau et aspirer le sang.

— Il faut que tu sois plus attentif, Ed, dit-il sèchement lorsque l'artère fut de nouveau clampée. C'est ta première vésicule, je le sais, et je ne veux pas t'en priver en opérant à ta place, mais encore une maladresse comme celle-ci, et je serai obligé de le faire.

Il parlait sérieusement. S'il était normal d'apprendre à un jeune à opérer, il ne fallait pas non plus que l'inexpérience de ce dernier mette en danger la vie du patient. C'était là l'une des règles de base du Dr Winter, et Don l'avait reprise à son compte.

Durant la suite de l'opération, Ed, Dieu merci, réussit à se contrôler, et ne pensa plus à Collie jusqu'à ce que la vésicule soit placée dans le bocal du service d'anatomopathologie. Hélas, lorsqu'il fallut refermer l'incision, la présence de Collie toute proche mit de nouveau le pauvre garçon à la torture. Il était partagé entre sa fureur que Collie l'ait trompé, et le désir de la prendre dans ses bras et de la cajoler comme il l'avait fait tant de fois auparavant.

Une fois l'opération terminée, lorsque le malade eut été transporté en salle de réveil, Don et Ed partirent ensemble se changer.

— Que s'est-il passé, hier, au labo ? voulut savoir Don. As-tu parlé à Milo ?

Ed eut un sourire amer.

— Certainement, oui, je lui ai dit son fait. Hélas, je crains que cela ne change pas grand-chose. J'ai vraiment peur qu'il arrive malheur à Collie.

— Bah, rétorqua Don avec son indifférence habituelle, ce n'est plus ton problème. Oublie Collie et trouve-toi une fille qui saura mieux t'apprécier.

Il jeta sa blouse sale dans le sac prévu à cet effet. Son torse était très pâle et maigre, mais plus musclé qu'on ne l'imaginait lorsqu'on le voyait habillé.

— Tu as parlé de cette histoire au Dr Winter ? demanda-t-il encore.

— Bien sûr que non. Pourquoi l'aurais-je fait ?

— Parce que Milo Zagros travaille pour lui, et que si ce damné Yougoslave pète les plombs, cela pourrait lui porter ombrage ainsi qu'à son équipe.

Sur ces mots, Don enfila son pantalon puis récupéra la petite monnaie qu'il avait posée sur l'étagère de son casier afin de la remettre dans sa poche. Après quoi il dit encore :

— Le Dr Winter n'apprécierait pas qu'un membre de son personnel se trouve impliqué dans un scandale, tu le connais. Or c'est exactement ce qui guette Zagros.

Don dévisagea Ed et comprit combien le pauvre garçon souffrait.

— Tu vas devoir te secouer, ajouta-t-il. Sinon, c'est toi qui deviendras fou.

Il se tut un instant avant de reprendre à voix très basse :

— Fais attention aussi que cette histoire ne t'empêche pas de travailler.

Une fois Don parti, Ed demeura sous la douche presque dix minutes, dix minutes durant lesquelles il ne pensa qu'à

Collie. Et plus il y songeait, plus il lui apparaissait que la jeune femme n'était pas saine d'esprit. Non, à mieux y réfléchir, elle était même folle. Seulement voilà : qu'y pouvait-il ?

28

Caleb, qui disposait dans son laboratoire d'un Interphone direct avec les différents services de l'hôpital, s'apprêtait à appeler l'unité de soins intensifs pour s'assurer que Bridget Coughlan y avait bien été admise lorsque son téléphone sonna. C'était Porky. Pouvait-il passer voir le Dr Winter, comme celui-ci le lui avait demandé ?

Quelques minutes plus tard, Porky se présentait au laboratoire, hors d'haleine pour avoir couru depuis le service de soins intensifs. Ce fut Maureen qui le reçut, et, comme il aimait beaucoup la jeune femme, il discuta avec elle le temps de récupérer son souffle.

— J'ai fait ma thèse de doctorat sur l'immunologie dans les rejets de greffe, expliqua-t-il à la jeune femme quand celle-ci lui demanda si les travaux de recherches du Dr Winter l'intéressaient.

Il jeta ensuite un regard à la pièce avant de reprendre à voix presque basse.

— Le travail en laboratoire me manque.

— Pourquoi ne pas revenir en parler à Milo Zagros après votre entretien avec le Dr Winter ? suggéra la jeune femme en souriant. Il serait ravi de vous montrer ce que nous faisons ici et de vous l'expliquer en détail, j'en suis certaine.

Caleb survint à ce moment, et, voyant Porky, demanda aussitôt :

— Comment va Bridget ?

— Son état est stationnaire. Comme il n'y avait personne pour la transférer en soins intensifs, j'ai réquisitionné quelques étudiants, et nous l'avons transportée nous-mêmes.

Caleb hocha la tête. C'est ainsi qu'il aurait agi, dans les mêmes circonstances. Constatant que Porky hésitait à dire quelque chose, il voulut savoir ce qui le préoccupait.

— Ils vont placer un filtre-cave dans la veine cave inférieure de Mme Coughlan, expliqua l'interne, et…

Il se tut, embarrassé.

— Où est le problème ? insista Caleb. C'est l'indication thérapeutique que nous avions donnée.

— Je suis d'accord, oui, mais le Dr Brighton veut mettre le filtre en place lui-même, avec son chef de clinique.

Porky se tut encore, prit une profonde inspiration et finit par se jeter à l'eau.

— Je suis inquiet, docteur Winter. J'ai vu le Dr Brighton lire les instructions portées sur la boîte contenant ces filtres, et il a dit à l'infirmière en charge qu'il n'avait jamais utilisé des dispositifs de ce modèle-là, et n'en avait pas non plus placé lui-même.

Caleb ne put retenir un éclat de rire incrédule. Un interne résident de première année qui s'interrogeait sur les compétences professionnelles du grand patron du département : voilà qui ne manquait pas de cocasserie !

— Allons, Porky, tu ne vas pas te morfondre pour ça ! Le Dr Brighton sait ce qu'il fait, tout de même !

Comme l'interpellé, se gardant de répondre, baissait les yeux, Caleb reprit :

— En vérité, Porky, j'ai demandé à te voir pour te parler de tes propres problèmes. Tu es renvoyé du service, si j'ai bien compris ?

Porky haussa les épaules, accablé.

— Oui. Je m'en doutais, notez. Le Dr Brighton attendait seulement de m'avoir trouvé un remplaçant.

— Eh bien moi, j'estime qu'il s'agit d'une décision fort regrettable, répliqua Caleb. J'avoue que, jusqu'à ces jours-ci, je trouvais que tu faisais un piètre interne, et si l'on m'avait demandé mon avis, j'aurais dit que tu n'avais pas ta place parmi nous.

— Je le sais, docteur Winter, murmura Porky, penaud, mais j'avais l'impression d'avoir mieux compris ce que l'on attendait de moi, ces derniers temps, et j'espérais que le Dr Brighton me donnerait une seconde chance.

Sans quitter le garçon des yeux, Caleb décrocha son téléphone.

— Bipez le Dr McAuliffe pour moi, s'il vous plaît, demanda-t-il.

Quelques instants plus tard, Don rappelait.

— Quelle est ton opinion sur Porky, Don ? interrogea Caleb dans l'appareil. En particulier sur son travail de ces derniers jours, je veux dire.

Pendant que Don parlait, Caleb dévisageait l'intéressé, qui finit par détourner les yeux, tant il se sentait percé à jour.

— Parfait, c'est bien mon avis aussi, reprit Caleb dans le téléphone. Pas d'autre problème ?

Il écouta encore la réponse puis raccrocha.

— Eh bien, Porky, dit-il alors en se calant contre le dossier de son siège, on dirait que tu commences à faire du bon travail dans le service ! Pour une fois, Don lui-même n'a rien à te reprocher !

Il se leva avant de reprendre :

— Je vais voir ce que je peux faire pour toi. Je ne te garantis rien, tu t'en doutes, mais nous verrons bien.

Le visage de Porky s'illumina. Le pauvre garçon n'en

espérait pas tant, et savoir que le Dr Winter le soutenait lui procurait un intense sentiment de sécurité mêlée de fierté.

— Merci, docteur Winter, je…

Caleb le coupa aussitôt.

— Ne me remercie pas, Porky, je n'ai pas l'intention d'agir pour toi personnellement. J'en fais seulement une question de principe, et il faut savoir se battre pour des principes. A présent, retourne aux soins intensifs.

Le médecin se tut un instant. Puis, regardant son interne avec un sourire malicieux, il reprit :

— Va donc t'assurer que le Dr Brighton place son filtre-cave au bon endroit et dans la bonne position !

Avant de quitter le labo, Porky s'arrêta pour échanger quelques mots avec Milo Zagros. En vérité, il agissait ainsi par simple curiosité, mais, lorsqu'il quitta les lieux, il était tellement impressionné par la qualité des travaux du Yougoslave qu'il demanda la permission de revenir dès qu'il disposerait de plus de temps.

Le lendemain, à peu près à la même heure, Porky reprenait le couloir menant à l'unité de soins intensifs. Il se trouvait dans la position que connaissent souvent les internes : il sentait que quelque chose n'allait pas, et, ne sachant pas exactement quoi, il s'interrogeait avec angoisse sur ce qu'il convenait de faire.

L'état de Bridget Coughlan ne s'était pas amélioré, au contraire, depuis l'intervention du Dr Brighton, la veille. Celui-ci, conformément à ce qu'avait préconisé le Dr Winter, avait placé dans la veine cave inférieure de la jeune femme un petit appareil en forme d'ombrelle destiné à empêcher les caillots éventuels de remonter jusqu'aux poumons et de provoquer de nouvelles embolies.

Porky, qui avait assisté à l'intervention, en gardait

un souvenir horrifié. Le Dr Brighton, connaissant mal ce dispositif, n'avait accepté de le placer que parce que Caleb le lui avait pratiquement imposé. Aussi, en salle d'opération, avait-il perdu son sang-froid et s'en était-il pris à tout le monde avec une virulence indigne d'un patron. En outre, la malade avait beaucoup saigné quand il avait incisé en catastrophe la veine du cou afin d'y introduire le leader de l'ombrelle fermée, qui devait s'ouvrir une fois positionnée au bon endroit, dans la veine cave inférieure, sous les veines rénales.

Or, malgré cette intervention, et bien que le Dr Brighton n'eût cessé d'affirmer qu'elle allait de mieux en mieux, Bridget respirait toujours aussi mal. Aussi Porky, sans rien dire à personne, avait-il demandé ce matin une nouvelle radio, afin de s'assurer que l'ombrelle était bien en place, et ouverte, comme il le fallait. A présent, il retournait en soins intensifs voir si les clichés étaient disponibles.

Ils l'étaient. Porky les trouva dans leur enveloppe, au pied du lit de Bridget. Cette dernière se tenait presque assise, soutenue par de gros oreillers, et malgré son masque à oxygène elle respirait avec beaucoup de difficulté. Elle adressa à Porky un pâle sourire. Il était après tout le seul médecin qu'elle connaissait un peu, parce qu'il avait la gentillesse de passer du temps auprès d'elle quand les autres ne faisaient qu'aller et venir, toujours pressés, toujours débordés.

Porky se contenta de rendre son sourire à Bridget, sans lui adresser la parole. Il n'aimait pas parler aux malades qui avaient des difficultés respiratoires, de crainte que ceux-ci se croient obligés de lui répondre et fournissent de ce fait un effort supplémentaire. Sans un mot donc, il prit les radios et s'en fut au bureau des médecins les examiner sur le négatoscope.

— Oh, merde !

L'exclamation lui échappa presque immédiatement, et il sortit aussitôt le jeu de radios effectuées la veille, avant la mise en place du dispositif, afin de comparer les clichés. Sur ceux pris le matin et donc les plus récents, la petite ombrelle apparaissait clairement — hélas, pas du tout dans la position qu'elle aurait dû occuper. En effet, au lieu de se trouver à l'horizontale avec toutes les petites armatures réparties contre la paroi de la veine cave pour agir comme un filtre, elle avait glissé et gisait en équilibre instable sur le côté, incomplètement déployée. Comment s'étonner dans ces conditions que l'état de la pauvre Bridget ne se soit pas amélioré ? Dans la veine cave, les caillots, chaque fois qu'il s'en formait, cheminaient avec le sang, contournaient la petite ombrelle, et remontaient jusqu'aux poumons. La situation n'avait donc pas changé d'un iota.

Les yeux fixés sur les clichés, Porky réfléchissait. Que faire ? S'il exposait le problème au Dr Brighton, ce dernier l'en rendrait responsable d'une manière ou d'une autre. Quant aux résidents du service, ils étaient tous les deux occupés en salle d'opération.

— On dirait que tu as un sacré problème sur les bras, Porky !

La voix dans son dos fit sursauter le jeune homme. C'était le Dr Winter.

— Tu devais t'assurer que le Dr Brighton plaçait la petite ombrelle dans la bonne position, ajouta-t-il, railleur. Je te l'avais pourtant dit, non ?

— Il l'avait bien placée, docteur Winter, mais elle a bougé.

— Que vas-tu faire, à présent ?

— C'est bien la question que je me posais, avoua Porky. Franchement, je ne sais pas.

— Si tu ne fais rien, que se passera-t-il ?

— L'ombrelle risque de bouger davantage, c'est ce qui

m'inquiète le plus. Elle est en équilibre instable, on le voit sur la radio.

— Si elle se déplace, quel est le risque ? insista Caleb.

— Elle pourrait obstruer une veine importante, celle des reins par exemple, ou même…

Porky se tut et avala sa salive avant de poursuivre à voix très basse, comme horrifié par ce qu'il disait :

— Ou même aller jusqu'au cœur.

— Qu'arriverait-il alors ?

— Mort subite.

Cette fois, la voix de Porky était à peine audible.

Suivit un silence que Caleb ne rompit qu'au bout d'un moment pour demander :

— Le Dr Brighton a-t-il vu ces clichés ?

— Pas encore, non, je viens seulement de les récupérer.

— Il faut que tu le mettes au courant tout de suite, déclara Caleb.

Voyant Porky hésiter, il en comprit aussitôt la raison et se dirigea vers le téléphone afin de faire biper le Dr Brighton et lui demander de rappeler immédiatement l'unité de soins intensifs. Ce que fit l'intéressé quelques minutes plus tard.

Henry Brighton ne cacha pas sa surprise en reconnaissant la voix de Caleb. Sans doute en fut-il assez irrité, mais il ne dit rien, et promit de le rejoindre sans délai.

A peine avait-il raccroché que Caleb se tournait vers Porky en riant.

— File, lui dit-il, et ne reviens pas avant dix minutes.

Lorsque Henry Brighton arriva, quelques instants plus tard, il était visiblement furieux, et s'attendait à une algarade avec Caleb.

— Pourquoi m'avoir appelé en urgence, Cal ? demanda-t-il sèchement.

L'interpellé indiqua les radios. Henry chaussa ses lunettes pour les examiner et son expression changea brusquement lorsqu'il vit l'ombrelle inclinée sur le côté. Pour un pépin, c'en était un ! Car la seule façon de juguler les risques mortels que courait la patiente consistait à intervenir chirurgicalement pour placer un autre dispositif au-dessus du premier ainsi qu'un clip d'interception partielle autour de la veine cave et au-dessous des veines rénales. Or Henry n'était pas à l'aise avec ce type de chirurgie ; ce n'était pas sa spécialité, il n'avait jamais pratiqué ce genre d'intervention et s'en savait à peu près incapable.

Pour gagner du temps, il hasarda d'une voix mal assurée :

— Si cela se trouve, cette ombrelle ne bougera plus. Elle paraît bien accrochée, à ce que l'on voit sur la radio.

En entendant cela, Caleb se durcit. S'il était une chose qu'il ne supportait pas, c'était qu'un chirurgien manque d'honnêteté dans son travail et cherche à masquer les problèmes au lieu de trouver le moyen de les résoudre.

Feignant de ne pas avoir entendu, il demanda sans élever la voix :

— Quand comptez-vous opérer pour bloquer ce filtre ? Vous savez comme moi que cette femme est en danger de mort avec ce dispositif qui risque de migrer au gré de sa circulation sanguine.

Henry voulut hausser le ton, mais Caleb ne lui en laissa pas le temps.

— J'appelle le bloc tout de suite, déclara-t-il encore. Comme il s'agit d'une procédure d'urgence, nous aurons une salle prête dans moins d'une heure. L'anesthésiste pourra passer voir la malade, et cela vous laissera le temps de vérifier ses gaz sanguins et son ionogramme.

A présent, Henry paraissait fort embarrassé. Caleb dut se faire violence pour dissimuler le mépris qu'il lui inspirait.

— Voulez-vous que j'appelle vos résidents ? proposa-t-il encore. Cela permettra peut-être de gagner du temps ?

Henry ne répondit pas tout de suite, mais quand il parla il avait perdu toute son agressivité.

— Cal, dit-il d'une voix mal assurée, ce… enfin… je ne suis pas très à l'aise avec cette chirurgie vasculaire et…

Il acheva sa phrase d'un geste de la main suffisamment éloquent pour que son interlocuteur comprenne où il voulait en venir.

Caleb n'en croyait pas ses oreilles. Henry Brighton, patron du département de chirurgie d'un des grands hôpitaux du pays, reconnaissait qu'il s'était mis dans une situation chirurgicale dont il n'était pas en mesure de se sortir tout seul ! Un comble, surtout si l'on considérait que l'intervention qu'il convenait de pratiquer était classique, pour ne pas dire banale ! C'était grotesque. Et quelle humiliation pour cet homme !

Une lueur amusée brilla soudain dans les yeux de Caleb.

— Voulez-vous que je me charge de cette intervention ? proposa-t-il en consultant sa montre. J'avais des rendez-vous à l'extérieur, mais je peux les annuler.

Henry leva sur lui un regard où se lisait autant de reconnaissance que de lâcheté.

— J'accepte bien volontiers, Cal. En vérité, j'ai une journée très chargée, aussi si vous…

— Je vous propose un marché, Henry, le coupa aussitôt Caleb sans s'embarrasser de précautions de langage.

Henry plissa les yeux. Inutile de chercher bien loin : Caleb allait exiger qu'il soutienne son projet de transplantation, lundi, devant le Comité. Eh bien, Henry se trouvait dans de beaux draps, à présent !

— Quel genre de marché ? demanda-t-il, serrant l'une contre l'autre ses paumes moites.

— J'opère votre patiente, et vous redonnez un poste à Porky.

Stupéfait, Henry ouvrit lentement la bouche, puis se reprit.

— Nous devrions lui trouver quelque chose, oui, dit-il précipitamment. De fait, j'avais justement l'intention de…

— Parfait, marché conclu, le coupa de nouveau Caleb avec une brusquerie destinée à dissimuler les véritables sentiments que lui inspirait Brighton.

Sur quoi, il décrocha le téléphone pour appeler le bloc opératoire. Peu après, il annonçait :

— Tout va bien, une des salles se libère dans dix minutes et sera prête dans une demi-heure.

Quand Henry s'éclipsa enfin, il était le plus heureux des hommes. Comme il avait eu raison d'accepter sans discuter ce que lui demandait Caleb Winter ! C'était la meilleure façon que l'autre ne lui réclame plus rien, trop content d'avoir obtenu ce qu'il voulait. C'est que, depuis le temps, Henry savait comment tourner à son avantage toutes les situations ! Oui, il avait appris à naviguer, et c'était bien pour cela qu'il occupait le haut poste qui était le sien. Il s'était toujours habilement débrouillé… connaissait la vie… savait ce qu'étaient les hommes…

Dans le couloir, il était si occupé à se congratuler intérieurement qu'il ne vit pas Porky, et les deux hommes faillirent se heurter. Comme Porky, après de vagues excuses, repartait à la hâte, Henry l'arrêta.

— J'ai à vous parler, Porky. Suivez-moi dans mon bureau. Oui, tout de suite.

Luttant contre un sentiment de panique incontrôlé, le pauvre interne obéit. Après tout, songeait-il pour se calmer, que risquait-il, puisque Henry Brighton l'avait déjà renvoyé ?

Dans son bureau, Henry, contre toute attente, invita Porky à s'asseoir, puis, prenant un ton pompeux parfaitement ridicule, déclara :

— Après mûre réflexion, j'ai décidé de vous donner une seconde chance, mon garçon.

Porky rêvait-il ? Avait-il bien entendu, lui qui pensait

que son intervention dans le cas de cette pauvre Bridget Coughlan sonnerait le glas de sa carrière hospitalière ?

Henry le regardait avec un sourire dédaigneux, à présent.

— Ce qui vous a manqué jusqu'à présent, je crois, reprenait-il, c'est un encadrement solide. Je me propose d'y remédier.

Porky, mal à l'aise, se tortilla sur son siège. Pourquoi le Dr Brighton parlait-il ainsi ? Il savait pourtant que Porky avait travaillé dans le service de Caleb Winter, le chirurgien qui passait pour le plus exigeant de l'hôpital. Porky marmonna vaguement quelque chose d'inintelligible, et Henry afficha un mépris plus prononcé encore.

— J'ai donc décidé, poursuivit-il, de vous prendre dans mon service durant les trois mois qui viennent. Après quoi je vous programmerai six mois en laboratoire pour y effectuer de la recherche. Peut-être saurez-vous vous montrer utile dans ce domaine, sait-on jamais ?

Porky leva les yeux, n'osant croire à son bonheur. Il allait travailler au département de la recherche ! Avec le Dr Winter, donc, puisque ce dernier était le seul à avoir un laboratoire ! C'était là une chance inouïe, car les travaux de Winter sur les transplantations étaient déjà si connus que bien des résidents plus anciens que Porky souhaitaient y participer.

— Oh, merci, docteur Brighton ! s'exclama le jeune homme.

Puis une pensée lui traversa subitement l'esprit.

— Le Dr Winter sait-il que…

Il n'acheva pas sa phrase devant l'expression de Brighton.

— Le Dr Winter n'a rien à voir dans cette affaire, dit-il avec raideur. Vous travaillerez directement sous mes ordres. A présent, retournez dans votre service. J'ai moi-même beaucoup de travail, et à cause de vous je me suis déjà mis en retard.

Porky se dirigea vers la porte sans bien savoir à quoi s'en tenir. Il travaillerait directement avec lui, avait dit Brighton ? Qu'entendait-il par là ? A la connaissance de Porky, le Dr Brighton ne travaillait sur aucun projet de recherche. Il n'avait d'ailleurs pas de laboratoire...

La voix nasillarde et désagréable du Dr Brighton dans son dos le tira de ses pensées.

— Encore une chose, Porky. Allez changer de veste. La vôtre est d'un blanc douteux. Et j'insiste, je dis bien, j'insiste, pour que vous perdiez rapidement du poids. Personnellement, votre corpulence m'indispose.

— Décidément, on ne parle plus que de vous dans cet hôpital, dit Porky en souriant.

En quittant le Dr Brighton, il s'était rendu directement dans la chambre de Céline pour lui annoncer que, par miracle, on l'avait réintégré dans ses fonctions d'interne. Or, quand il était passé devant le poste des infirmières, celles-ci discutaient avec animation, et il n'avait pu s'empêcher de tendre l'oreille. Le bruit semblait courir que le Dr Winter s'apprêtait à réaliser sur Céline une opération d'une nouveauté si révolutionnaire qu'elle ferait date dans l'histoire de la chirurgie. On murmurait aussi que le médecin avait une liaison avec sa patiente.

Céline rendit son sourire au jeune homme.

— Je suis pourtant bien discrète, répliqua-t-elle, indiquant les manuscrits éparpillés sur son lit. Je ne quitte pas ma chambre, je ne me préoccupe pas des autres, et je me prépare pour mardi prochain, date de mon opération.

En prononçant ces derniers mots, elle ne put réprimer un frisson.

Porky, lui, hésitait.

— Il paraît que le Dr Winter et vous... heu...

Voyant son embarras, Céline se mit à rire et remonta pudiquement son drap.

— On m'a toujours dit que les femmes tombent généralement amoureuses de leur chirurgien, déclara-t-elle, choisissant le mode de la plaisanterie.

Sur quoi elle observa attentivement Porky avant d'ajouter, prêchant le faux pour savoir le vrai :

— Dans le cas du Dr Winter, je suppose qu'il est vacciné contre ce genre de risque, non ?

— Ce n'est pas ce que l'on dit, murmura Porky.

Il souriait encore, mais ne savait trop que penser. La rumeur était-elle fondée ou pas ? Après tout, un médecin n'était pas censé entretenir de relations personnelles — et moins encore passionnelles — avec ses patients, et Caleb Winter ne dérogerait jamais à l'éthique de son métier. De cela Porky était certain.

Céline, quant à elle, sentait une vague de chaleur l'envahir, comme si tout d'un coup le bonheur se trouvait presque à portée de main.

— Essayez-vous de me dire qu'il est demeuré un peu humain ? demanda-t-elle encore, toujours sur le ton de la plaisanterie.

— Oh, humain, il l'est certainement, répondit Porky sans l'ombre d'une hésitation.

Il se dirigea vers la porte ; mais, au moment de sortir, il se ravisa pour dire encore :

— Dans le service, nous pensions qu'il sortait avec Maureen Spark, une fille formidable qui travaille avec lui sur son programme de recherches.

Cette fois, Céline ne voulait pas en entendre davantage. Quand viendrait le moment opportun, elle se renseignerait sur cette Maureen Spark. D'ailleurs, elle interrogerait tout simplement Caleb à son sujet, décida-t-elle. Ainsi elle saurait exactement à quoi s'en tenir.

Peu après le départ de Porky, elle entendit le pas de Caleb dans le couloir et, l'instant suivant, il frappait à sa porte en même temps qu'il l'ouvrait.

— Entrez, entrez, lui dit Céline alors qu'il était déjà au milieu de la chambre.

Il prit la chaise près de la fenêtre et contempla un moment sa patiente avant de prendre la parole.

— Céline, j'ai beaucoup réfléchi à la situation. Je veux dire, à ce qui se passe entre vous et moi.

— Moi également, répliqua aussitôt la jeune femme, à la fois heureuse et inquiète qu'il aborde ainsi le sujet. En toute franchise, ajouta-t-elle, je ne pense pratiquement qu'à cela.

Caleb était visiblement embarrassé. Il remuait sans cesse sur son siège.

— Il faut arrêter, dit-il enfin.

Céline écarquilla des yeux incrédules.

— Arrêter ? Il n'y a pas grand-chose à arrêter, pour l'instant. Pratiquement rien ne s'est passé entre nous…

— Allons, vous savez très bien ce que je veux dire, répliqua le médecin avec irritation.

Se moquait-elle de lui ? Il n'aurait su l'affirmer, et c'était bien ce qui l'agaçait. Il poursuivit néanmoins :

— Je dois vous expliquer une chose.

— Oh, ne vous fatiguez pas, soupira Céline, qui soudain s'était mise à frissonner. Vous allez me raconter que vous ne pouvez pas entretenir de relation passionnelle avec une femme que vous allez opérer. Je me trompe ?

Comme Caleb demeurait muet, elle continua.

— C'est contraire au serment d'Hippocrate ou quelque chose comme ça, hein ?

— Quelque chose comme ça, oui, admit Caleb. Pourtant, j'ai une suggestion à vous faire.

Céline se redressa sur son lit, attendant la suite, le cœur battant.

— Jusqu'à mardi, nous conserverons des relations de médecin à patiente exclusivement. Mais après l'opération, alors…

Il laissa sa phrase en suspens, et Céline sourit, espérant que la joie subite qu'elle éprouvait ne se voyait pas trop.

— Caleb Winter, dit-elle alors, avec dans la voix la même fermeté qu'il avait eue un peu plus tôt, vous agirez comme vous voudrez, mais je me réserve le droit d'éprouver les sentiments que je veux quand je veux et envers qui je veux !

Puis, dardant sur Caleb ses yeux très sombres, elle ajouta :

— Programmez-vous comme bon vous semble ; moi, je veux être libre.

La scène se passait le vendredi soir…

29

A peine s'était-elle allongée sur le canapé que Collie s'endormit profondément. La tension accumulée durant ces derniers jours l'avait vidée de toute son énergie. Quand elle s'éveilla, il faisait presque nuit. Elle s'habilla comme dans un rêve : d'abord, le slip minuscule et le soutien-gorge en dentelle, puis le porte-jarretelles à petits volants et les bas résille qui mettaient si bien en valeur le galbe de ses jambes. Enfin, elle revêtit la robe courte, si collante qu'elle soulignait à l'envi toutes les courbes de son corps, y compris les plus secrètes… Oui, elle était belle, elle était belle et prête pour l'homme qu'elle aimait, et n'avait même pas besoin de consulter son miroir pour s'en assurer. Elle jeta un regard à la pendule. Milo était en retard, mais n'avait-elle pas toujours su qu'il le serait ? Il allait venir, il serait un peu pâle, lui sourirait et lui tendrait un bouquet de roses blanches…

Toujours dans un rêve, Collie passa dans la cuisine pour achever les ultimes préparatifs de son repas, un repas de fête, un repas d'amour, un repas de joie. Tout était irréel, ce soir, même la pendule, dont la grosse aiguille se déplaçait lentement — indiquait-elle l'heure d'aujourd'hui, d'hier, de demain ? Une chose était certaine, elle indiquait l'heure de l'éternité… l'éternité dans la félicité, l'éternité dans l'amour, dans la mort…

La sonnette de la porte avait-elle retenti ? Ou ce bruit qu'avait entendu Collie n'avait-il existé que dans sa tête ? Quelle importance ? La jeune femme se rendit à la porte. C'était Milo. Elle avait toujours su qu'il se présenterait chez elle à cette heure précise, elle n'en avait jamais douté. Tout était écrit depuis toujours. Oui, c'était Milo, un peu pâle, et qui lui souriait en lui tendant un bouquet de roses blanches…

Le lendemain matin, l'hôpital était sens dessus dessous et tout le monde ne parlait que de « la » tragédie. Dans la nuit, en effet, l'un des collaborateurs du Dr Winter, Milo Zagros, était arrivé aux urgences, conduit par la police. Le bruit courait que Milo avait été ramassé alors qu'il déambulait en divaguant dans la rue, hurlant et rugissant dans une langue inconnue. Au commissariat, les policiers, ayant remarqué son pantalon imbibé de sang ainsi que le sang qui coulait le long de sa jambe, avaient transporté Milo aux urgences de l'hôpital. Il y avait été reçu par le Dr Robert Aminoke, qui avait tout de suite appelé le Dr Ambroise Rosen, l'interne de garde en chirurgie.

Porky, après avoir examiné Milo, ne lui avait rien trouvé de grave, hormis une plaie assez profonde à l'aine, blessure que de toute évidence le Yougoslave s'était infligée lui-même. Porky n'avait pas pu l'interroger, car Milo divaguait encore ; il était très agité, désorienté, et tenait des propos incohérents. Porky avait donc soigneusement nettoyé la plaie et l'avait recousue avant de la recouvrir d'un pansement protecteur. Puis, très inquiet de l'état mental de Milo, malgré l'heure avancée de la nuit, il avait appelé Caleb chez lui afin de lui expliquer la situation.

Moins d'un quart d'heure après, Caleb Winter arrivait à l'hôpital et se précipitait aux urgences, dans le box où se trouvait Milo. Sans doute avait-il réussi à le calmer un peu car il avait passé un long moment avec lui. Porky l'avait entendu l'interroger, et Milo répondait à ses questions. Quand il était ressorti, Caleb, qui paraissait très préoccupé, avait aussitôt donné l'ordre de faire transférer Milo dans le service de psychiatrie afin que l'on évalue la gravité de son état et qu'on le soigne en conséquence. Il avait également interdit que Milo soit interrogé par la police ou qui que ce soit. Il n'était pas en état de répondre, avait-il assuré. Après quoi Caleb avait indiqué à la police de se rendre chez Collie Zintel, Milo lui ayant fait certaines révélations au sujet de la jeune femme.

Une demi-heure plus tard, deux policiers pénétraient dans l'appartement de Collie, dont la porte était demeurée ouverte. Ils trouvèrent la jeune femme étendue nue sur le lit, de la lingerie affriolante éparpillée sur la moquette, et une fine chemise de nuit jetée par terre. Collie portait des bleus à son cou ainsi que sur les bras et les seins, mais ces marques dataient de plusieurs jours déjà. Dans l'appartement, rien n'indiquait d'ailleurs que la jeune femme ait été agressée et qu'elle ait dû se défendre. Au contraire, tout était méticuleusement en place, et d'une propreté parfaite. Rien n'avait été bousculé, ni même dérangé.

Plusieurs détails insolites intriguèrent les policiers. D'abord ils découvrirent un verre de vin auquel personne n'avait touché, posé sur la table basse devant le canapé. On eût dit qu'il avait été placé là à l'intention d'un invité qui n'était jamais arrivé.

De même, dans la salle à manger, le couvert avait été dressé pour deux personnes, mais une seule s'était restaurée. Sur le second set de table en toile bleue se trouvait une assiette contenant un demi-avocat aux crevettes, puis, à droite, une autre assiette remplie de fines tranches de viandes avec leur accompagnement de légumes artistement disposés, et, à gauche, dans une coupe en cristal, des fraises couronnées de crème Chantilly. Tout cela créait une atmosphère étrange, insolite ; on eût dit une scène tirée de *La Belle au bois dormant.* Hélas, dans le cas présent, la Belle gisait morte, sur le lit de la chambre voisine.

— C'est franchement bizarre, murmura l'un des policiers.

— Ouais, approuva le second, qui n'en menait pas large. On dirait qu'elle a reçu un fantôme à souper.

— On trouvera peut-être des empreintes intéressantes sur les verres ou sur les assiettes, avança son collègue.

En fait, tous deux savaient que les seules empreintes qu'ils relèveraient seraient celles de Collie Zintel.

Plus tard, le médecin de la police, appelé sur les lieux, trouva un tube de somnifère vide dans la salle de bains, posé à côté d'une bouteille de gin, vide elle aussi. Il regagna la chambre à coucher, et s'approcha du visage de Collie pour humer.

— Ouais, marmonna-t-il, et il n'en dit pas plus.

Dans le bureau qui avait été celui de Maureen, Caleb se laissa tomber avec lassitude sur le siège derrière la table. Il lui fallait absolument se concentrer avant d'entreprendre ce qu'il avait décidé de tenter. Sa cause serait difficile à gagner, il devrait trouver les arguments convaincants, et les mots justes pour les exprimer... Au bout d'un bon moment de réflexion, il se décida à décrocher le téléphone pour composer le numéro qu'il connaissait par cœur. A l'autre bout, la sonnerie retentit interminablement et, presque à son insu, Caleb sentit ses doigts se crisper sur l'appareil. Et si elle n'était pas là ?

Et puis, Dieu merci, on décrocha. Caleb étouffa un soupir de soulagement.

— Maureen ? dit-il dans l'appareil.

Un silence pesant lui répondit.

— Maureen, reprit Caleb, il s'est produit un drame affreux. Deux drames, plutôt.

Comme la jeune femme lui posait une question, il répondit, catégorique :

— Non, Milo ne l'a pas tuée. J'ai pu lui parler avant qu'il ne soit interné, et il m'a brièvement raconté l'histoire. Collie l'avait invité et il ne voulait pas y aller, redoutant de se laisser aller avec elle à certaines violences qu'elle recherchait. Milo se contrôlait mal avec les femmes, tu le sais, d'ailleurs.

Caleb se tut un moment avant de poursuivre.

— Très tard dans la soirée, pris d'une impulsion subite, il a tout de même décidé de se rendre à l'invitation de Collie. Il a trouvé la porte ouverte, et Collie nue, morte sur son lit. Alors sans doute a-t-il perdu la tête, il ne le sait pas lui-même. En tout cas, pensant qu'il était responsable du drame, il a voulu se punir par où, estimait-il, il avait toujours péché, et il s'est blessé en essayant de se castrer. Tu imagines l'horreur ! De toute évidence, il n'était plus dans son état normal. La suite, tu as dû l'apprendre par la radio, je suppose ?

Maureen en effet avait entendu les nouvelles. Un point cependant demeurait obscur pour elle : qui avait tué Collie ?

— Elle s'est suicidée, dit Caleb, toujours très catégorique, la police en a la preuve. Elle non plus n'était sans doute pas tout à fait saine d'esprit, car elle a choisi une bien étrange mise en scène pour se donner la mort.

Caleb se tut, et Maureen ne fit rien pour le relancer. Elle avait compris d'emblée la raison de son appel, et se demandait avec curiosité comment il aborderait le sujet.

Enfin, après avoir soigneusement pesé les mots qu'il allait prononcer, Caleb reprit la parole.

— Nous devons effectuer notre première transplantation mardi prochain, tu le sais, n'est-ce pas ?

Il s'était efforcé de parler avec le plus grand naturel, mais Maureen, à l'autre bout, ne répondit rien.

— Tu es toujours en ligne, Maureen ?

— Oui, répliqua-t-elle très sèchement.

Prenant sur lui pour ne pas s'emporter, Caleb expliqua.

— Tu l'as compris, Milo n'est plus dans le circuit, et j'ignore quand il pourra reprendre sa place au sein de l'équipe, si toutefois il le peut un jour. Quant à toi, tu nous as quittés. Dans ces conditions, je vois mal comment nous pourrions greffer la patiente. Je n'ai personne pour mettre au point le protocole antirejet, et personne pour préparer le prélèvement du greffon puis l'effectuer. Or je ne peux pas tout faire.

Maureen ne disait toujours rien, et Caleb était maintenant sur le point d'exploser : le silence délibéré de la jeune femme le rendait fou de rage et de frustration. Pourtant, s'il ne conservait pas son calme, il n'obtiendrait rien de Maureen, il le savait.

— Maureen, reprit-il, contrôlant bien sa voix, si je ne peux pas greffer cette jeune femme, elle devra subir une D.P.C. C'est donc pour elle que je te demande de revenir avec nous le temps que nous effectuions cette transplantation. Après…

Caleb s'interrompit un instant, puis :

— Après, eh bien, tu feras ce que tu…

Sa voix se perdit, et il n'acheva pas sa phrase.

Maureen prit son temps pour répondre, un temps si long que Caleb pensa qu'elle allait raccrocher sans rien dire. Mais non, sa voix enfin retentit dans l'appareil, plate, complètement impersonnelle.

— Désolée, Caleb, je ne peux pas t'aider.

Furieux et presque désespéré, Caleb raccrocha d'un

geste brutal et se prit la tête dans les mains. Il devait bien exister une solution, tout de même ! L'idée de condamner Céline à subir une D.P.C. était tout simplement inacceptable. Non, non, Caleb, quoi qu'il lui en coûtât, trouverait un moyen de l'éviter.

D'un bond, il se leva. La première chose à faire était de mettre au point le protocole immunosuppresseur.

Caleb sortit dans le couloir et gagna à grands pas le laboratoire de Milo Zagros. Il y trouva l'ordinateur, et, juste à côté, le coffret de disquettes. Il commença par brancher l'appareil, et les différents bruits annonçant sa mise en marche le rassurèrent. Hélas, il ne put aller plus loin. Milo ayant pris soin de verrouiller son logiciel au moyen d'un mot-clé, il ne réussit jamais à ouvrir le programme des protocoles, et il eut beau insérer toutes les disquettes, l'écran, chaque fois, affichait le même message ô combien frustrant : « Procédure incorrecte — veuillez réinsérer votre disque. »

A bout de nerfs, Caleb songea un moment à utiliser un protocole standard de transplantation rénale, mais il y renonça vite : les problèmes posés par sa xénogreffe de pancréas n'avaient rien à voir avec ceux d'une greffe de rein d'humain à humain, et il ne pouvait courir des risques aussi importants, moins encore les faire courir à Céline.

Caleb s'était acharné sur ce maudit ordinateur trois heures durant et, au comble de l'exaspération, venait de l'arrêter pour rentrer chez lui lorsqu'on frappa un coup discret à la porte. Nul doute qu'il s'agissait des femmes de ménage venues faire leur besogne, comme tous les jours. Caleb sans répondre ouvrit la porte. Maureen se trouvait sur le seuil.

— Je ne veux pas que ta patiente subisse une D.P.C., dit-elle d'une voix froide. C'est pour elle que je suis revenue, pas pour toi.

Sur quoi, elle entra dans la pièce et, contournant Caleb,

se dirigea vers le placard, d'où elle sortit une blouse blanche appartenant à Milo.

— Je vais préparer le prélèvement du greffon, dit-elle encore, mais je ne pourrai pas t'aider avec le protocole immunosuppresseur. Seul Milo est compétent pour cela.

C'est alors qu'une idée lui vint à l'esprit

— Savais-tu que Porky avait fait une thèse d'immunologie ? La dernière fois qu'il est passé ici, Milo a longuement parlé avec lui et lui a montré en détail les récents développements de ses travaux.

Elle parlait encore que déjà Caleb avait bondi sur le téléphone. Quelques minutes plus tard, Porky se présentait. Caleb lui expliqua le problème auquel il était confronté.

— Franchement, j'ignore si je réussirai à mettre au point ce protocole, dit Porky, que visiblement le défi excitait. Je n'ai passé qu'une vingtaine de minutes avec le Dr Zagros…

Toujours est-il que Caleb, Maureen et Porky passèrent le week-end entier au laboratoire. Porky dut s'absenter de temps en temps pour se rendre dans son service, où il était de garde, mais Caleb et Maureen s'acharnèrent deux jours durant à mettre au point tous les préparatifs indispensables au prélèvement du greffon de pancréas. A plusieurs reprises, Porky nota bien que Maureen manifestait à l'endroit de Caleb une froideur délibérée, mais, chaque fois qu'elle venait auprès de lui pour l'aider à comprendre ce qu'affichait l'ordinateur, elle se montrait non seulement efficace et intelligente mais d'une gentillesse qui touchait Porky au plus profond de lui-même. Et quand, par hasard, pour mieux regarder l'écran, il arrivait à la jeune femme de le frôler, le jeune interne se sentait extraordinairement heureux. Jamais auparavant il n'avait eu cette impression merveilleuse de faire partie intégrante d'une équipe, et il avait à cœur de ne pas décevoir ses compagnons de travail.

Aussi, le dimanche, tard dans la soirée, Porky réussit-il

à sortir de l'ordinateur un protocole immunosuppresseur complet pour une greffe de pancréas sur la patiente nommée Céline de la Roche. De la sorte, tout était prêt pour que Maureen prélève son greffon aux premières heures de l'aube, mardi. L'opération de Céline était programmée un peu plus tard dans la matinée de ce même jour, c'est-à-dire le lendemain du jour où se tiendrait la séance du Comité d'éthique et de santé publique.

30

Le Comité d'éthique et de santé publique se réunit à 9 heures, le lundi matin, et la séance dura un peu plus d'une heure. A peine était-elle achevée qu'Anna Lynn Page appelait Caleb depuis la cabine du couloir, à la sortie de la salle de conférences.

Caleb n'entendit pas le haut-parleur général appeler son nom. Il était en train de se changer, au sortir de la salle d'opération où il venait d'intervenir sur un anévrisme atypique de l'artère sous-clavière. Il s'agissait d'un cas singulier, l'anévrisme étant apparu chez le patient plusieurs années après un accident d'automobile ; c'était le hasard d'une radio qui l'avait révélé. Sachant que l'opération serait inhabituelle, Caleb avait prévenu ses étudiants, qui bien entendu avaient demandé à y assister.

— On vous demande au téléphone, docteur Winter.

C'était la surveillante du bloc qui appelait Caleb par l'Interphone. Il venait tout juste d'ôter sa blouse, et sortit en chemise prendre la communication sur l'appareil mural du couloir.

Anna Lynn était tellement indignée qu'il lui fallut quelques instants pour réussir à parler à peu près calmement. Le Comité, finit-elle par annoncer, avait refusé son accord au projet de xénogreffe.

La réunion avait très bien commencé, et tous les membres

semblaient en faveur de Caleb, expliqua-t-elle. Elle-même avait tenu à prendre la parole pour dire combien ce projet de transplantation d'organes animaux sur des êtres humains constituait un grand pas vers la guérison définitive de certains cancers, et le Dr Armuth, assis à côté d'elle, n'avait cessé de hocher la tête en signe d'approbation.

Or, dès que Anna Lynn s'était tue, voilà que Henry Brighton s'était levé. Il lui semblait essentiel, avait-il déclaré d'emblée, qu'un travail de pareille envergure arrive à maturité en son temps et pas avant. Un projet aussi prometteur ne devait pas voir ses applications menacées parce qu'on les aurait étendues prématurément et de façon trop expérimentale à des êtres humains. Il fallait attendre, pour pratiquer ces xénogreffes sur l'homme, d'avoir toutes les garanties à la fois physiologiques et éthiques que ces transplants étrangers n'affecteraient en rien la vie et le devenir des éventuels greffés, et que soient contrôlés tous les risques inhérents à ces protocoles, en particulier concernant les éventuelles modifications génétiques toujours possibles. En parlant ainsi, avait précisé Henry Brighton, il songeait à la réputation de l'hôpital et de la faculté de médecine, bien sûr, mais il pensait surtout à protéger la réputation et l'avenir de Caleb Winter, un chirurgien-chercheur de tout premier plan, sans doute l'un des meilleurs du pays. Les techniques de mise en œuvre de ces transplantations n'étaient pas encore tout à fait au point, déclara-t-il ensuite, et, en ces temps où les procès intentés contre les médecins et chirurgiens pour de prétendues fautes professionnelles mettaient en jeu des centaines de milliers de dollars, autoriser le Dr Winter à pratiquer ces xénogreffes dans l'état actuel d'avancement de ses travaux pourrait porter un coup fatal à l'hôpital car les assureurs, considérant qu'il s'agissait de chirurgie expérimentale, refuseraient d'en couvrir les risques.

Au téléphone, Anna Lynn écumait de rage, mais elle

n'en poursuivit pas moins son compte rendu. Les autres membres du Comité avaient été très ébranlés par les propos de Brighton. Leroy Williams avait ensuite pris la parole pour dire que, Henry Brighton étant le directeur du département de chirurgie, il savait mieux que quiconque de quoi il parlait. Dans ces conditions, les autres membres du Comité devaient se ranger à son avis comme lui-même le ferait. Graham Benson, le recteur, avait ensuite un peu palabré, biaisé, discutaillé, sans doute pour le plaisir de s'écouter parler, et s'était finalement rangé à l'avis d'Anna Lynn. Chauncey Milford Roper, le magnat de l'industrie pharmaceutique, n'avait pas prononcé un mot mais avait voté avec Henry Brighton. Quant au vieux Dr Armuth, le président du Comité, il avait beaucoup hésité, visiblement très partagé. Il était convaincu, avait-il dit, que le projet du Dr Winter représentait un grand pas en avant dans la thérapie de certains cancers et de certaines maladies jusqu'alors incurables, et ferait de ce fait beaucoup progresser la médecine. Il savait aussi que l'Institut national de la santé n'aurait pas consenti une subvention de deux millions et demi de dollars à Caleb Winter sans la garantie que ce projet déboucherait sur des applications d'une importance capitale. Et il avait ensuite souligné que les expérimentations animales préliminaires avaient donné des résultats très prometteurs. Après quoi, il avait conclu :

— Si nous refusons notre approbation à ce projet, je m'inquiète de l'avenir de la recherche en général pour l'hôpital et la faculté de médecine de New Coventry, car le Dr Winter en est certainement le leader incontesté. Or, en cas de rejet, il n'obtiendra plus de subvention, et devra donc arrêter l'ensemble de son programme.

Le Dr Brighton l'avait aussitôt rassuré sur ce point. Il avait, expliqua-t-il, obtenu pour lui-même une subvention fort importante dont il allouerait une partie au Dr Winter afin que celui-ci puisse poursuivre son programme, en partie au moins, et peut-être à une échelle plus modeste. Bien entendu, et cela allait de soi, lui, Henry Brighton, superviserait de très près les travaux du Dr Winter.

Ce qu'entendant, le Dr Armuth avait voté contre le projet. Et voilà : deux voix pour, quatre contre, le tour était joué.

— Merci de m'avoir prévenu, Anna Lynn, dit Caleb.

Pour l'instant, il ne ressentait rien, qu'un effet de surprise. Plus tard, sans doute, il réaliserait mieux toutes les implications de ce qu'il venait d'apprendre.

Caleb était retourné au vestiaire du bloc quand on le demanda de nouveau au téléphone. Cette fois, c'était Leroy Williams, qui, sans s'embarrasser de préliminaires, en vint droit au sujet qui l'intéressait.

— J'ai voté contre vous comme je vous l'avais dit, annonça-t-il, mais je pensais que je serais le seul. Or quelqu'un voulait votre peau à cette réunion, mon vieux, et il l'a eue : c'est votre copain Henry Brighton. Pour mieux faire passer la pilule, il n'a cessé de chanter vos louanges, et a demandé que l'on rejette votre projet pour protéger votre réputation et votre avenir. Un comble, non ?

Lorsque Caleb eut raccroché, il sentit un accès de fureur monter en lui. L'opération de Céline était programmée pour le lendemain, tout était prêt pour sa transplantation. Hélas, il semblait bien que Don McAuliffe pourrait enfin exécuter sa première D.P.C., l'opération dont il rêvait depuis si longtemps — puisque la xénogreffe venait d'être interdite !

Caleb regagna son laboratoire à grands pas. Maureen, dans son bureau, achevait les derniers préparatifs pour le prélèvement du greffon. Avec ses deux techniciennes, demain, elle serait à pied d'œuvre dès 5 heures du matin. A 8 heures, le greffon serait prêt, et il demeurerait viable cinq heures à condition d'être irrigué en permanence. Caleb aurait donc largement le temps de le mettre en place.

A présent, rien que d'y penser, Caleb en avait la nausée. Dire qu'avec Porky et Maureen ils avaient travaillé tout le week-end ! Et Maureen avait recouvré en partie sa joie et son enthousiasme à l'idée de la grande première de demain. Décidément non, Caleb ne se sentait pas le courage de lui dire maintenant que l'opération était ajournée. Mais il ne pourrait guère attendre. Il n'était pas honnête de lui faire perdre davantage son temps.

Reprenant le couloir, Caleb se dirigea vers le laboratoire d'immunologie. L'un des techniciens de Milo travaillait sur un gros module en plastique de récepteurs cellulaires antigènes. On aurait dit une énorme orange cloutée de ventouses de pieuvre. Caleb voulut mettre l'homme au courant, et comprit soudain qu'il en était encore incapable. Alors il s'en fut aux soins intensifs voir comment allait son opéré de l'artère sous-clavière.

Red Felton, qui laissait toujours traîner ses oreilles là où il le fallait, apprit vite la nouvelle du rejet de la proposition de Caleb Winter, et ne put s'empêcher de jurer *in petto.* Caleb lui avait toujours servi de rempart : il s'était abrité derrière lui pour ne pas avoir à se lancer dans des travaux de recherches. Par ailleurs, il avait une confiance aveugle dans les compétences de son confrère. En outre, il avait toujours cru Caleb très fort pour tirer les ficelles à son avantage dans les situations difficiles. Et Dieu sait si c'était un art, avec tous ces crabes qui peuplaient l'hôpital ! Hélas, cette fois, il semblait bien que Caleb n'avait pas seulement perdu une bataille, mais toute la guerre !

Désormais, Red envisageait l'avenir avec autant d'optimisme que s'il avait vu surgir devant lui un serpent à sonnette prêt à lui fondre dessus. Henry Brighton allait se décharger sur Felton de tout le travail ingrat qu'exigeait son projet de recherches. C'est à Red qu'incomberait de rédiger les rapports, de participer aux conférences et de faire des communications débiles dans les congrès. A cette simple pensée, Red se sentait frémir. Et le pire serait que tous ses confrères se moqueraient de lui, certains ouvertement, d'autres dans son dos. On savait trop, dans les milieux universitaires et académiques, quelle nullité était Henry Brighton. Et lui, Red, allait passer pour son bras droit ! Quelle honte !

Red sortit sa boîte de tabac à chiquer. Et s'il laissait tomber l'hôpital et s'installait à son compte ? Hélas, ce serait tomber de Charybde en Scylla. Dans le privé, il devrait travailler encore plus que pour Henry Brighton, et en plus il lui faudrait acquitter lui-même son assurance professionnelle. Or, en ces temps maudits où personne ne respectait plus rien, les primes étaient exorbitantes... Oui, ce dernier point était un facteur décisif. Dans ce cas, Red allait se remuer un peu pour que ce brave Caleb retrouve la place qu'il méritait à la tête du département de la recherche. C'était encore la meilleure solution.

L'ennui était que Red ne jouissait pas d'une très grande influence — sauf auprès des étudiants et des résidents, bien sûr. On verrait bien... Il ouvrit sa boîte de tabac, et en sortit une chique de dimension exceptionnelle qu'il entreprit de mâchonner. Le tabac l'aidait toujours à réfléchir.

31

Caleb avait décidé qu'il annoncerait sans tarder la mauvaise nouvelle à Céline, aussi se présenta-t-il dans sa chambre tout de suite après être allé vérifier l'état de son malade aux soins intensifs. Malgré ses efforts, il conservait un visage tendu et son regard était dur. En entrant dans la chambre de Céline, il se dirigea droit sur la chaise près de la fenêtre et s'y laissa tomber avec lassitude.

— Nous avons un problème, dit-il, s'efforçant de dissimuler sa fureur autant que sa déception.

Céline se redressa. Caleb paraissait bouleversé ! Jamais encore elle ne l'avait vu ainsi.

— Expliquez-moi ce qui vous arrive, dit-elle doucement.

Caleb lui raconta la réunion du Comité, et la décision qui avait été prise par quatre voix contre deux de rejeter son projet de xénogreffe.

— Dans ces conditions, conclut-il, je ne peux pratiquer sur vous la transplantation que j'avais prévue.

— Pourquoi ne pas faire appel de cette décision ? suggéra Céline.

— Parce que la procédure prendrait des mois, et que dans votre cas nous ne pouvons nous permettre d'attendre.

— Dans ces conditions, quelle est l'alternative ?

Sans répondre, Caleb se prit le visage dans les mains. N'y tenant plus, Céline bondit de son lit et s'approcha de lui pour lui caresser doucement les cheveux. Très vite, Caleb se redressa. Il se leva de son siège et Céline avança encore d'un pas dans sa direction. Alors, presque involontairement, le médecin ouvrit les bras pour serrer la jeune femme contre lui.

— Alternative ? murmura-t-il tout contre son oreille. Hélas, il n'y en a plus.

Don McAuliffe et Ed van Stamm se trouvaient au poste des infirmières lorsque Caleb sortit de la chambre de Céline, et ce dernier eut l'impression très nette que les deux résidents l'attendaient. Don en particulier, dont les yeux gris reflétaient une froide détermination.

Il avança d'un pas vers Caleb et déclara d'emblée :

— J'ai vu que vous avez prévu d'opérer Mme de la Roche demain matin. Si vous envisagez pour elle une D.P.C., je me demandais si vous accepteriez de m'aider à la faire. Il ne me reste plus que quatre mois de service à l'hôpital, et je n'ai encore jamais pratiqué ce type d'intervention.

Planté devant Caleb, il le regardait avec un curieux mélange de défi et de déférence.

Caleb abaissa sur lui des yeux très froids, et Don aussitôt piqua du nez. Il venait de commettre une faute de protocole, et le savait. Céline étant une malade privée du Dr Winter, c'était à ce dernier de décider qui l'opérerait. Mais Don avait préféré jouer le tout pour le tout. Il était dans la dernière ligne droite avant l'arrivée, c'est-à-dire le moment où il quitterait l'hôpital pour voler de ses propres ailes. Or il venait de passer quatre longues années comme résident hospitalier, quatre années durant lesquelles il s'était donné corps et âme, quatre années où il n'avait pas fait le compte de ses nuits sans sommeil. A présent, il ne désirait plus qu'une chose : effectuer lui-même une D.P.C., l'opération dont rêvaient tous les résidents parce qu'elle ne se pratiquait qu'en milieu hospitalier. Quand il l'aurait faite, il pourrait quitter l'hôpital d'un cœur léger. Or voilà que Caleb, très poliment mais non sans froideur, répondait :

— En vérité, Don, je n'ai pas encore décidé du protocole opératoire le mieux indiqué pour Mme de la Roche.

Ed, qui se trouvait à quelques pas de là, dressa l'oreille : apparemment, Don ne ferait pas sa D.P.C. le lendemain matin…

Caleb, lui, pensait à tout autre chose. A la simple idée que Don McAuliffe pût toucher Céline, fût-ce avec un bistouri, il sentait une incontrôlable fureur le gagner. Jamais, non jamais, il n'autoriserait un autre chirurgien que lui à opérer Céline de la Roche.

D'un pas brusque et sans un mot de plus, il reprit sa marche en direction du bloc.

— Bonjour, Barb, dit-il à la surveillante générale. Avez-vous tapé le programme opératoire de demain ?

Barbara indiqua d'un geste un tableau sur son bureau.

— J'allais le transmettre à votre service, dit-elle.

— Il faut que j'y modifie quelque chose.

Barbara lui ayant tendu la feuille, Caleb la lut rapidement. La seule opération prévue pour lui devait avoir lieu le lendemain à 7 h 30. Caleb sortit un stylo de sa poche de poitrine, barra ce qui figurait dans la colonne intitulée « procédure », et écrivit à la place, face au nom de Céline de la Roche : D.P.C.

Le soir du même jour, lorsque Caleb retourna voir Céline, Charles venait juste d'arriver auprès de sa femme, et il régnait dans la chambre une atmosphère assez tendue.

— Content de vous voir, dit Caleb à l'adresse de Charles.

Aussitôt, il se mit en devoir de lui exposer la situation.

— J'ai expliqué à Céline que ma demande d'application de xénogreffe avait été rejetée par le Comité d'éthique et de santé publique de l'hôpital. Je vais donc devoir utiliser une autre procédure chirurgicale.

Il décrivit ensuite l'opération qu'il envisageait, s'efforçant de minimiser l'ampleur des mutilations qu'elle impliquait pour insister au contraire sur ses aspects positifs.

— Il s'agit, ajouta-t-il, d'une intervention classique lorsqu'on est confronté au type de tumeur dont souffre Céline. Une D.P.C. est ce que l'on pratiquerait dans tous les grands centres hospitaliers des Etats-Unis.

Charles prit alors la parole.

— Je ne suis guère familiarisé avec les problèmes que vous évoquez, mais vous êtes chirurgien, et ma femme et moi avons entière confiance en vous. Comment se fait-il qu'un comité puisse vous dire ce que vous pouvez ou ne pouvez pas faire ?

— En médecine comme dans d'autres secteurs d'activité, les temps ont changé, répliqua Caleb, s'efforçant de dissimuler le sentiment de révolte qui, depuis le matin, ne le quittait plus. Nous aussi maintenant recevons des ordres, et ils ne sont pas toujours édictés par les gens les mieux habilités à nous les donner.

Charles jeta un regard à Céline avant de s'adresser de nouveau à Caleb.

— Si d'aventure vous redoutiez un procès de notre part en cas d'échec, ou quoi que ce soit qui…

— Tais-toi, Charles, le coupa vivement Céline, qui s'était redressée sur son lit. Le Dr Winter sait que jamais, quoi qu'il arrive, nous ne l'attaquerions !

Jugeant inutile de poursuivre sur ce sujet, Caleb revint à celui qui lui tenait à cœur, s'adressant à ses deux interlocuteurs.

— Vous avez compris, je pense, que mon laboratoire

était prêt pour effectuer la greffe, demain matin. Mes chercheurs et leurs techniciens y ont consacré tout leur temps, ces jours derniers.

Sur ces mots, incapable de se contenir davantage, il frappa violemment la paume de sa main ouverte avec son autre poing. Brusquement lui revenaient, accompagnées d'un sentiment d'intense amertume, toutes ces années passées à travailler avec acharnement sur le programme de transplantation, qui désormais serait abandonné.

Charles reprit la parole.

— Si Céline est d'accord, pourquoi ne pas pratiquer cette greffe demain, contre l'avis du Comité ? Soyez sûr que nous vous soutiendrions si d'aventure survenaient des problèmes.

— C'est gentil de votre part, et je vous remercie de me parler ainsi, répondit Caleb avec lassitude, mais je ne puis désobéir aux ordres spécifiques de la direction de mon hôpital, vous le comprenez, je pense. A long terme, je n'en retirerais que des ennuis et ce serait préjudiciable à l'exercice de mon métier, et donc au bien de mes malades.

Il expliqua ensuite à Céline qu'elle passerait sans doute les premiers jours suivant l'opération en réanimation. Probablement serait-elle intubée afin de mieux respirer, et elle aurait plusieurs sondes, ainsi que des voies veineuses. Il y avait également tout lieu de croire qu'on la transfuserait en cours d'opération.

Pendant qu'il parlait, Céline demeurait impassible, tandis que Charles, au contraire, déambulait nerveusement dans la petite chambre, incapable, semblait-il, d'enregistrer dans le détail l'horreur de ce qu'allait subir sa femme.

Avec rapidité et une étonnante précision, le bistouri traça une ligne en forme de dôme allant d'un côté de l'abdomen à l'autre. Aussitôt, le sang surgit, envahissant l'incision. L'aspirateur entra en fonction et le bistouri électrique crépita sur les pinces à hémostase, rapidement, efficacement.

Caleb reprit la coupe au bistouri à lame afin de sectionner les muscles et les vaisseaux pariétaux, qu'il ligatura au fur et à mesure. Cela fait, il décolla à la compresse la fine membrane du péritoine.

— Fais la même chose de ton côté, dit-il à Don.

Il tourna ensuite les yeux vers l'instrumentiste.

— Metz.

Fran Dixon plaça immédiatement dans sa main les ciseaux Metzenbaum.

Elle s'en tirait assez bien, pour l'instant, et se sentait de plus en plus en confiance. Jusqu'à présent, elle avait réussi à prévoir tout ce dont Caleb Winter avait eu besoin.

Ce dernier incisait le péritoine, dévoilant la cavité abdominale, humide et luisante. Il y enfonça sa main gantée afin de palper et d'évaluer la texture et la consistance des différents tissus et organes. Là, cette masse douce, caoutchouteuse, c'était le foie, et son bord bien dessiné, ferme, indiquait qu'il s'agissait d'un jeune foie. Caleb en caressa le dôme supérieur, puis il glissa la main sur la face inférieure de l'organe où il trouva la vésicule biliaire, douce, souple comme une bourse de soie. Pour l'instant, pas de métastase, aucun signe de dissémination du cancer. La main de Caleb remonta plus à droite, sentit la rate, masse ferme de la grosseur d'un poing à peu près, et qui était logée sous les côtes. Puis il palpa le côlon, l'estomac, et enfin le pancréas, dont la tête s'insérait dans la courbure du duodénum. Après l'artériographie, le scanner et l'échographie, il savait à peu près ce qu'il allait trouver. Du reste, ces examens n'avaient fait que confirmer l'hypothèse qu'il avait posée après son tout premier examen, lorsqu'il avait reçu Céline à sa consultation privée. Quand était-ce déjà ?

Il ne s'en souvenait plus, ou ne voulait plus s'en souvenir, préférant croire qu'il connaissait la jeune femme de toute éternité…

D'instinct, la main de Caleb trouva la tumeur, pas bien grosse pourtant. Elle était faite d'un tissu plus résistant, plus grumeleux et formait une masse presque dure qui émergeait du pancréas pour appuyer contre le duodénum. De ses doigts habiles, le chirurgien explora la petite grosseur, en même temps que son cerveau triait à toute allure les informations que lui transmettait son toucher. La tumeur était-elle solide ou liquidienne, ou encore mucineuse ? Etait-ce un cancer ? Oui, très probablement.

— Don, glisse doucement ta main là, et dis-moi ce que tu sens.

Caleb se détourna de la table d'opération pour rincer ses mains gantées couvertes de sang. Dans sa poitrine, son cœur battait avec violence. Et si la tumeur était bénigne ? Il repoussa immédiatement cette hypothèse, furieux de s'être laissé aller à seulement l'envisager. Cette tumeur était maligne, il le savait, l'avait toujours su. Mais il fallait qu'une biopsie le confirme. Comme il n'avait pas encore effectué son prélèvement, il faudrait attendre une demi-heure avant que le laboratoire d'anatomopathologie donne le résultat de l'analyse.

Par la pensée, Caleb se remémora tous les gestes chirurgicaux d'une D.P.C. Cependant, avant de se lancer dans pareille intervention, il fallait s'assurer que la tumeur pouvait s'enlever. Dans le cas contraire, il serait inutile de pratiquer l'intervention, et Caleb se contenterait de refermer l'incision. Céline subirait alors une chimiothérapie, comme cette malheureuse jeune femme que Caleb avait reçue en consultation, ce fameux jour où Céline était venue elle aussi le consulter en urgence. Pauvre femme ! Caleb préférait ne pas y penser. Elle lui avait déchiré le cœur, avec son crâne chauve, son visage cireux et ravagé et son corps décharné.

Chassant l'image de cette femme, Caleb revint au présent. Si la tumeur de Céline n'avait pas envahi les organes voisins et les vaisseaux sanguins tout proches, il enlèverait le pancréas, une partie de l'estomac, le duodénum, la rate, une portion d'intestin, la vésicule biliaire… Caleb avait pratiqué plusieurs D.P.C. et malgré cela, parce que l'opération était très mutilante, elle le révoltait chaque fois davantage.

A l'aide d'un long bistouri à petite lame, Caleb préleva un minuscule échantillon de la tumeur, qu'il plaça dans la soucoupe que lui présentait Fran. Derrière la porte de la salle d'opération, l'anatomo-pathologiste attendait le prélèvement, et l'infirmier se hâta d'aller le lui remettre.

En attendant les résultats du laboratoire, Caleb montra à Don comment dégager la tumeur des structures qui l'entouraient, puis comment isoler les gros vaisseaux sanguins si dangereusement proches.

— Maintenant que j'ai dégagé la tumeur de ton côté, Don, glisse la main par ici, tu vas sentir les vaisseaux mésentériques supérieurs. Là, les sens-tu ?

Don obéit, les yeux fixés sur le mur face à lui, par-dessus l'épaule de Caleb.

— Oui, marmonna-t-il, je les sens.

Sa voix manquait étrangement de conviction et Caleb se demanda s'il disait la vérité.

— Porky, tire un peu plus sur les écarteurs, ordonna-t-il.

Porky s'arc-bouta sur les gros instruments d'acier, qui déjà lui faisaient mal aux mains.

— Regarde ici, Don.

A l'aide d'une longue pince à disséquer, Caleb avait délicatement dégagé la tumeur des vaisseaux sanguins.

— Tu vois, elle n'a pas envahi les parois artérielles. A présent, vérifions la veine cave inférieure.

Caleb était rapide, précis et expérimenté ; il ne lui fallut cependant pas moins de quarante-cinq minutes d'une chirurgie délicate et minutieuse pour s'assurer que la tumeur était bien opérable.

La voix de la surveillante du bloc retentit enfin dans l'Intercom.

— Nous avons les résultats du prélèvement, docteur Winter. Voulez-vous que je les lise ?

— Faites entrer l'anatomopathologiste, répondit Caleb.

Don, pendant qu'il parlait, l'observait avec une expression indéchiffrable. Très certainement attendait-il que Caleb lui dise : « Vas-y, Don, à toi de jouer, et je t'aiderai s'il le faut aux moments les plus délicats. »

Sur ces entrefaites, le Dr Ben Harris, anatomopathologiste en chef, entra dans la salle, suivi de son résident qui tenait quatre plaques.

— C'est une tumeur cancéreuse, docteur Winter, annonça Ben.

— Cela ne m'étonne qu'à moitié, rétorqua Caleb d'une voix plus cassante qu'il ne l'aurait voulu. Les cellules sont de quel type ?

— Adénocarcinome, apparemment à évolution lente, avec quelques configurations mitotiques, et pas mal de réactions fibreuses.

— Des ganglions lymphatiques ?

— Nous n'avons détecté aucune dissémination des cellules de la tumeur mais, pour en être certains, il nous faudra bien sûr des coupes sériées.

Caleb hocha la tête. Tout indiquait maintenant qu'il s'agissait d'un cancer curable, et que l'on pourrait enlever tous les tissus contaminés. Don l'avait compris aussi, et interrogeait anxieusement Caleb des yeux. Pourrait-il faire sa D.P.C. ?

Après le départ des deux anatomopathologistes, Caleb, comme à son habitude, s'écarta de la table d'opération. Don ne le quittait pas des yeux, et son regard s'était fait dur, soudain. Caleb en eut-il conscience ? Qui aurait pu le dire ? Il prit en tout cas une profonde inspiration et, sans prêter attention à son chef de clinique, s'adressa à l'infirmier de salle.

— Appelez mon labo, ordonna-t-il. Prévenez que nous allons greffer la patiente.

32

Soudain, la colère de Don, son indignation furent presque tan-gibles. Tout le monde à l'hôpital savait que le Comité d'éthique et de santé publique avait refusé à Caleb l'autorisation de pratiquer cette opération, et voilà que, au mépris de tous, il allait la faire !

Conscient de la fureur du chef de clinique, Caleb crut un instant qu'il allait se livrer sur lui à un geste inconsidéré, le gifler, par exemple. Et peut-être Don envisagea-t-il pareille extrémité — mais s'il le fit, il se reprit vite. C'eût été suicidaire, même pour quelqu'un en fin de formation hospitalière. Il risquait purement et simplement d'être renvoyé de l'hôpital pour faute grave, avec interdiction d'y revenir jamais.

Il fallut deux heures à Caleb pour enlever la tumeur ainsi que toute la glande pancréatique. A la suite de quoi, il fixa des plaques métalliques à l'endroit de la tumeur.

— Pouvez-vous expliquer ce que vous faites, docteur Winter ?

C'était Porky qui avait parlé, rompant le silence absolu qui avait régné jusqu'alors.

Caleb prit la parole.

— Lorsque l'on chauffe des cellules vivantes au-delà d'une certaine température, elles meurent, et les cellules cancéreuses meurent à plus basse température que les cellules normales. Ces bandes métalliques sont destinées à capter et réfléchir les micro-ondes de la radiothérapie que subira Mme de la Roche après son opération, et à les transformer en chaleur afin de tuer les éventuelles cellules malignes résiduelles.

Caleb se tut et regarda Porky pour voir s'il avait compris. Il se rendit alors compte que le jeune interne était très préoccupé. Visiblement, il se tracassait pour lui. Sa sollicitude toucha Caleb, qui lui sourit. Pour le détendre, il choisit de plaisanter.

— N'aie crainte, Porky, il s'agit d'un nouveau protocole recommandé par le département d'oncologie, et il a reçu l'approbation du Comité, lui !

Porky rougit et sourit à son tour. Don au contraire se raidit, se gardant de tout commentaire.

A mesure que l'opération progressait, Caleb prenait conscience d'une certaine agitation derrière la paroi vitrée qui séparait le bloc opératoire du couloir de desserte. Henry Brighton était apparu par deux fois et avait regardé quelques instants par la vitre avant de s'éclipser. Marshall Prince, le directeur administratif de l'hôpital, s'était montré à son tour, plutôt embarrassé dans son accoutrement vert réglementaire. Visiblement, il n'avait pas l'habitude de se déguiser ainsi, mais sans tenue il n'aurait pas pu pénétrer dans le bloc, le règlement étant inflexible sur ce point. Il croisa le regard de Caleb une fraction de seconde, puis disparut. Caleb sourit comme pour lui-même et reprit sa délicate besogne.

Peu à peu, Don lui-même parut s'amadouer. De toute évidence, la dextérité phénoménale de son supérieur le stupéfiait, et il ne pouvait s'empêcher de l'admirer. En vérité, il commençait à se rendre compte qu'il travaillait avec un chirurgien de génie et qu'en outre il participait à l'une des interventions les plus extraordinaires jamais exécutées dans l'histoire de la chirurgie. Pareille expérience se représenterait-elle jamais pour lui ? De plus en plus conscient de sa chance à mesure que l'heure avançait, il décida donc de faire contre mauvaise fortune bon cœur et, au lieu de regretter sa D.P.C., il se mit en devoir d'aider Caleb avec un regain d'enthousiasme.

Caleb le remarqua très vite et lui adressa un sourire heureux.

— On dirait que tu viens de rejoindre la grande fraternité des chirurgiens, murmura-t-il à son adresse.

Une fois le greffon en place, il fallut raccorder les différents canaux, puis suturer les artères et les veines — un travail infiniment délicat durant lequel personne ne parla. Puis, cela fait, l'atmosphère changea. Dans des circonstances normales, tout le monde aurait manifesté son soulagement et sa joie que cette nouvelle et révolutionnaire opération ait apparemment réussi. Aujourd'hui, c'était plutôt une sorte de solennité qui régnait dans la salle, car en vérité tout le monde redoutait ce qui ne manquerait pas de se produire, quand Caleb sortirait du bloc.

Porky jeta un regard à la baie vitrée donnant sur le couloir, et songea avec tristesse que derrière la vitre existait un monde hostile, qui s'en prendrait à Caleb malgré la magnifique intervention qu'il venait d'effectuer. Quel dommage ! Hélas, Porky n'y pouvait rien, et pour l'instant mieux valait qu'il se remémore les consignes postopératoires qu'il devrait transmettre au personnel de la salle de réveil, en sortant du bloc.

Tout en refermant l'incision, un peu après, Caleb discuta en détail avec Ed et Don de la façon dont il faudrait soigner Céline dans les jours qui suivraient. Il savait en effet que, selon les mesures qui seraient prises à son encontre par la direction de l'hôpital, il ne pourrait peut-être plus suivre la jeune femme dès l'instant où on la sortirait de salle d'opération. Or, quoi qu'il lui arrive, une seule chose comptait : que Céline de la Roche survive ; et dans les meilleures conditions !

Dans l'hôpital, le bruit s'était répandu comme une traînée de poudre : Caleb Winter pratiquait une greffe de pancréas sur une patiente, au mépris de l'interdiction qui lui en avait été faite par les plus hautes instances de l'hôpital.

Moins d'une heure plus tard, Henry Brighton, en sa qualité de patron du département de chirurgie, avait organisé une réunion d'urgence dans le bureau de Marshall Prince, le directeur administratif du C.H.U. Y étaient présents, outre Henry et Marshall, le doyen de la faculté de médecine ainsi que le directeur du personnel hospitalier.

— Ne serait-il pas plus correct d'attendre que le Dr Winter puisse se joindre à nous ? demanda Marshall Prince en préambule. Il pourrait nous expliquer pourquoi il a décidé d'agir ainsi. Il a sans doute d'excellentes raisons d'avoir tenu à effectuer cette transplantation.

— Winter est toujours en salle d'opération, rétorqua Henry, et il en a certainement pour plus de deux heures encore.

A l'entendre, on aurait pu croire que lui-même effectuait des transplantations tous les jours.

Le chef du personnel prit alors la parole, visiblement fort agacé.

— Dans ce cas, pourquoi nous précipiter ? Rien ne presse. Attendons qu'il puisse nous parler.

Henry haussa les épaules.

— Puisque nous sommes réunis, autant décider tout de suite des mesures à prendre.

Il leur fallut une demi-heure pour se mettre d'accord. Si, comme cela semblait à peu près certain, Caleb Winter avait bel et bien pratiqué une greffe du pancréas malgré l'interdiction officielle qui lui en avait été faite, il serait déchu de son titre de médecin hospitalier et, de ce fait, ne pourrait plus travailler à l'hôpital. La mise en application de cette mesure interviendrait immédiatement, avec néanmoins une réserve : c'est Caleb Winter qui suivrait Mme Céline de la Roche, la patiente qui avait été transplantée. Et ce pour une raison incontournable : il ne se trouvait personne dans l'hôpital capable de le faire. Même Henry Brighton, vers qui les autres participants à la réunion s'étaient tournés, ne s'était pas senti le courage ni les capacités d'endosser cette responsabilité. Pour ne pas perdre la face, cependant, il avait fait semblant d'hésiter avant de déclarer :

— Je m'en chargerais volontiers, mais je ne dispose hélas pas du temps disponible pour le faire, et je ne voudrais pas que mes propres patients pâtissent d'un surcroît de travail que j'aurais eu le tort d'accepter inconsidérément.

Didier Franchet aurait bien aimé rentrer en France, où pas mal d'affaires assez urgentes l'attendaient. Hélas, l'état de santé de Céline demeurait préoccupant, d'une part, et, d'autre part, il n'avait toujours pas réussi à acquérir les quelques parts de Fortman et Carfield qui le rendraient actionnaire majoritaire de la maison d'édition. Pour ces deux raisons, il se voyait contraint de prolonger son séjour aux Etats-Unis, un pays dont il n'aimait ni la langue, ni le climat, ni les habitants. Pour lui, le seul avantage que présentait l'Amérique du Nord était que l'on y trouvait de l'argent beaucoup plus facilement qu'ailleurs. C'était la conclusion à laquelle il était arrivé une bonne dizaine d'années plus tôt. Dans la plupart des pays, et surtout en France, les banquiers sont toujours très réticents pour vous prêter de l'argent, au point que, parfois, on pourrait penser qu'il s'agit de leurs propres deniers. Ils veulent savoir dans le détail comment seront dépensées les sommes qu'ils consentent parcimonieusement à vous allouer contre un maximum de garanties, et ne cessent de vérifier ensuite que celles-ci sont bien utilisées comme prévu. Didier, après des expériences assez fâcheuses avec le Crédit Lyonnais et d'autres grandes banques françaises, s'était un beau jour adressé à certains organismes de crédit américains, et dès lors avait compris la différence. Il aimait à raconter qu'il avait une fois obtenu d'une institution de Kansas City un prêt important destiné à financer une affaire de promotion immobilière. Cette dernière ayant mal tourné, la banque en question avait perdu beaucoup d'argent. Or Didier, grâce à son aplomb et à ses bonnes manières, avait obtenu un nouveau prêt de la même institution pour une nouvelle affaire immobilière dans la semaine qui avait suivi la faillite de la première !

Didier consulta sa montre et décrocha son téléphone. On lui avait signalé qu'un vieux couple habitant Peekskill, New York, détenait un petit pourcentage d'actions de Fortman et Carfield. Rompant avec la règle qu'il s'était toujours imposée, il allait faire une offre directement. Une offre que le couple ne pourrait pas refuser.

Assis dans la salle d'attente juste à l'extérieur du bloc opératoire, Charles se sentait comme un prisonnier attendant sa sentence. La maladie de Céline le bouleversait bien davantage qu'il ne l'aurait cru — surtout maintenant qu'il avait pleine conscience de la gravité de son état.

Il attendait déjà depuis un très long moment et son angoisse allait en empirant lorsqu'il remarqua un père et deux jeunes enfants qui étaient installés à l'autre bout de la pièce. Des Portoricains, très certainement. Maintenant qu'il leur prêtait attention, Charles les entendait parler. Il les observait depuis quelques minutes, heureux de cette diversion qui lui permettait de ne plus penser à Céline, lorsqu'une infirmière apparut à l'entrée de la pièce.

— Monsieur Gonzales ? appela-t-elle, regardant Charles.

Celui-ci secoua la tête avec un fugitif sourire, tandis que l'homme à l'autre bout de la salle se levait de sa chaise.

— On vous demande au téléphone, lui dit l'infirmière.

Elle lui emboîta le pas jusque dans le couloir.

Les deux jeunes enfants — un garçonnet d'environ quatre ans et une petite fille qui n'en avait sans doute guère plus de deux — jouaient sur le sol avec de grosses billes de verre. Charles les regardait avec des yeux absents lorsque, soudain, il vit la petite fille porter une bille à sa bouche. Sans même réfléchir, il bondit de son siège et se précipita sur l'enfant, qu'il souleva pour la prendre par les pieds et la tenir ainsi suspendue au-dessus du sol, la tête à l'envers. Son petit frère les regardait, stupéfait, la bouche grande ouverte. La gamine, cependant, ne réalisant pas ce qui lui arrivait, se mit à hurler ; la bille glissa de ses lèvres et roula sur le sol. A cet instant précis, le père rentra dans la salle, et voyant sa fille qu'un inconnu tenait suspendue la tête en bas dans les airs demeura immobile, stupéfait, une fraction de seconde. Charles, ayant vu la bille rouler par terre, reposait déjà la fillette sur le sol, mais celle-ci continuait à hurler. Le père, lui, était blême de rage, à présent, et serrait les poings. Charles crut un moment qu'il allait le frapper. L'enfant glapissait tant que Charles, malgré ses efforts, n'arrivait pas à expliquer pourquoi il avait agi ainsi, quand enfin, sans doute alertée par le tohu-bohu, l'infirmière reparut. Charles lui raconta alors exactement ce qui s'était passé, et elle-même le répéta à M. Gonzales, ajoutant que Charles avait sans doute tiré sa fille d'un mauvais pas.

L'incident étant clos, Charles regagna son siège à l'autre extrémité de la salle d'attente. Ses angoisses le reprirent aussitôt. Quand donc viendrait-on l'avertir que l'opération de Céline était terminée et s'était bien passée ?

Il lui fallut prendre son mal en patience encore un long moment. Puis, alors qu'il commençait à désespérer, il vit apparaître une autre infirmière en tenue réglementaire verte qui vint vers lui. Le Dr Winter l'avait chargée de lui transmettre les nouvelles, dit-elle à Charles en souriant. Tout se passait bien. Au sortir de la salle d'opération, Céline serait transportée directement en réanimation, et son mari pourrait la voir d'ici une heure, ou peut-être un peu plus.

La jeune femme s'éclipsa, et Charles, dont le soulagement était à la mesure de l'angoisse qu'il avait éprouvée un peu plus tôt, se rassit. Un lent sourire se dessina sur son visage en même temps qu'il recouvrait une nouvelle confiance dans l'avenir. Céline s'en sortirait, et sa maladie leur permettrait de faire redémarrer leur vie conjugale sur de nouvelles bases. Pendant sa convalescence, Charles aurait tout le loisir de parler à sa femme et de comprendre pourquoi ils s'étaient tant éloignés l'un de l'autre. Puis, ensemble, ils réfléchiraient à ce qu'il convenait de faire pour sauver leur mariage. Tout serait plus facile d'ailleurs car Céline ne verrait plus le Dr Winter. Charles en effet, s'il n'en avait rien dit, avait vite compris ce qui se passait entre eux… Oui, désormais, tout irait bien, songea-t-il.

Il sortit de son attaché-case une revue équestre et entreprit de lire un article sur les nouvelles techniques de jumping, un sujet qui l'intéressait au plus haut point.

33

Dès qu'il avait appris que Caleb était suspendu de ses fonctions au sein de l'hôpital, Porky s'était précipité au laboratoire pour en parler avec Maureen. Celle-ci, durant le week-end où ils avaient travaillé ensemble, avait appris à apprécier Porky, et le reçut avec un large sourire.

Lorsqu'il lui eut raconté ce qui arrivait à son idole, le Dr Winter, elle secoua la tête. A dire vrai, elle n'était pas vraiment étonnée. Elle avait depuis longtemps déjà compris comment fonctionnait le système hospitalier.

— Il y a mille et une manières de violer un règlement, dit-elle lorsque Porky se tut, et la meilleure n'est certainement pas de passer outre en force, comme si l'on se moquait du tiers comme du quart et que l'on voulait humilier ceux qui l'ont édicté. Sauf bien sûr si l'on est certain de son fait et que l'on se sait dans une position inexpugnable.

Elle sourit à Porky. Voyant combien le pauvre garçon était désarçonné, elle poursuivit :

— Ne sous-estime pas Caleb, Porky. Il connaît bien le système, et il est beaucoup plus malin que la plupart de ceux qui veulent sa peau, ici. Sans doute réussira-t-il à se sortir de cette situation sans y perdre trop de plumes.

En parlant ainsi, la jeune femme voulait aussi se rassurer car, tout au fond d'elle-même, elle commençait à se demander si Caleb ne finirait pas victime de sa témérité et de sa passion pour son métier.

La nouvelle de la suspension du médecin s'était répandue comme une traînée de poudre. Partout, que ce soit à la cafétéria ou dans les couloirs, on ne parlait que de cela, et les opinions étaient partagées : les médecins hospitaliers disaient se ranger du côté de la loi et de la discipline. Par conséquent, Winter ayant ouvertement bafoué le règlement et les ordres qu'il avait reçus, il devait en assumer les conséquences, si lourdes fussent-elles. Les médecins privés consultants à l'hôpital étaient, pour leur part, d'un tout autre avis : la sanction prise à l'encontre de Caleb Winter leur apparaissait comme une nouvelle ingérence de bureaucrates ignorants et tout-puissants dans des affaires médicales auxquelles ils ne comprenaient rien. Ils y voyaient donc une menace de plus pour la liberté des praticiens. Car, disaient-ils, Winter étant un chirurgien de réputation internationale, il était parfaitement inadmissible qu'un comité composé d'individus étrangers à la médecine lui dicte la façon dont il devait exercer son métier.

En définitive, la seule personne à avoir pris la nouvelle assez calmement avait été Caleb lui-même. Une fois l'opération de Céline terminée, il s'était rendu dans le bureau de Marshall Prince pour lui dire très exactement la nature de l'intervention qu'il venait de pratiquer.

Lorsqu'il se fut expliqué, Marshall ne lui cacha pas sa colère.

— Si vous voulez mon avis, Caleb, votre orgueil et votre témérité sont inqualifiables. Pratiquer cette transplantation le lendemain même du jour où vous vous êtes vu interdire de…

Il n'acheva pas sa phrase et sortit nerveusement son paquet de cigarettes pour s'en ficher une entre les lèvres.

Lorsqu'il l'eut allumée, il reprit.

— De plus, vous avez choisi un bien mauvais moment pour un scandale de ce genre, et sachez que nous nous en serions volontiers passés. En agissant comme vous venez de le faire, vous jetez le discrédit sur l'administration de l'hôpital. Or nous sommes en pleine négociation avec les représentants du syndicat des infirmières et du personnel hospitalier. Si les médias s'emparent de cette affaire, nous risquons de perdre de notre crédibilité et nous nous trouverons donc en position de faiblesse dans la négociation.

— Je crains que nous n'ayons pas le même point de vue, répliqua Caleb sans se troubler. Mon premier souci était de prendre la décision médicale la meilleure pour ma patiente, et c'est ce que j'ai fait.

Marshall le dévisagea, incrédule.

— Allons, mon vieux, s'exclama-t-il au bout de quelques instants, vous avez tout de même compris que la décision médicale en question, si bonne soit-elle, risque de vous priver désormais du droit de soigner d'autres patients ? Faut-il vous dire qu'il est certaines personnes, au sein de cet hôpital, qui sont trop heureuses d'avoir enfin l'occasion de vous couper les ailes ? Et, croyez-moi, elles tâcheront de vous mettre hors d'état de nuire, si j'ose dire, de façon définitive, pas seulement pour quelques mois. Me comprenez-vous ?

Caleb ne parut pas s'émouvoir.

— A vous de me comprendre, Marshall, répliqua-t-il : je veux et je dois prendre la meilleure décision médicale pour chaque malade qui passe entre mes mains, quelles que soient les circonstances, quelles qu'en soient les conséquences. C'est ma responsabilité en tant que médecin.

Marshall prit une profonde inspiration et se leva. Regardant alors Caleb droit dans les yeux, il déclara, très solennel :

— Docteur Winter, je suis au regret de vous informer que vous êtes désormais démis de vos fonctions de médecin-chirurgien dans cet hôpital. Cette décision prend effet immédiatement.

Il leva les yeux pour consulter la pendule murale, et nota l'heure sur la feuille de papier qu'il avait devant lui avant de reprendre :

— Vous serez néanmoins autorisé à suivre la patiente sur laquelle vous avez effectué une transplantation d'un greffon de pancréas. Concernant cette patiente, Mme Céline de la Roche, vous conservez donc toute autorité pour prescrire et suivre le ou les traitements que vous jugerez utiles pour elle, et ce, tant que son état nécessitera son hospitalisation.

Marshall s'interrompit pour prendre appui sur son bureau et poursuivit encore :

— Jusqu'à ce que la Haute Commission du Conseil de l'hôpital ait statué sur votre cas, vous ne pouvez admettre aucun patient dans cet établissement, ni pratiquer aucune intervention chirurgicale, quelle qu'elle soit. Est-ce clair ?

Caleb hocha la tête.

— Navré, Caleb, dit Marshall d'une voix radoucie. Mais vous ne nous avez guère laissé de choix.

Il se tut, écrasa son mégot et, relevant la tête, reprit :

— Une dernière chose ; à ce stade, j'aimerais que vous n'ébruitiez pas cette affaire en dehors de l'hôpital, ni surtout auprès des journalistes ou des médias en général.

— Rassurez-vous, je n'en ferai rien, répliqua Caleb. J'espère seulement que cette histoire se réglera le plus rapidement possible.

Marshall le dévisagea de longues secondes, comme incrédule.

— Elle se réglera, certes, dit-il lentement, mais sans doute pas à votre avantage.

Il y avait comme du regret dans sa voix et, après le départ du médecin, il abattit son poing sur le bureau avec violence. Pourquoi diable avait-il choisi de travailler dans l'administration hospitalière ? Il fallait être fou ! De tous les postes administratifs, c'était le seul où l'on devait constamment se colleter avec des individus qui se prenaient pour Dieu le Père !

En quittant Maureen, Porky retourna tristement à son poste dans le service du Dr Winter et vaqua à ses besognes habituelles ; mais il était encore tout remué.

Plus tard dans la journée, alors qu'il mangeait un morceau rapide à la cafétéria en compagnie de Don et Ed, il soupira.

— Je n'arrive pas à croire qu'ils aient démis le Dr Winter de ses fonctions, murmura-t-il.

Les résidents ne lui répondirent pas. Chacun avait ses propres problèmes à régler, et le sort de Caleb pour l'instant ne les affectait pas. Porky, en revanche, ne songeait qu'à cela. Autrefois, il le savait, rien de semblable n'aurait pu se produire. Son père lui avait si souvent parlé du temps où il était résident hospitalier ! Les médecins avaient alors toute autorité non seulement sur leurs malades mais aussi sur le personnel du service, et même sur celui des laboratoires. Nul n'aurait osé leur dire ce qu'ils devaient ou ne devaient pas faire. S'ils voulaient tenter un nouveau protocole thérapeutique, ils ne s'en privaient pas, souvent sans même en informer le patient qui en faisait l'objet.

Porky aurait tant voulu que le Dr Winter sache combien il l'admirait et que, pour lui, il aurait fait n'importe quoi… Hélas, sa propre position était déjà si précaire qu'il valait mieux garder un profil bas.

Don McAuliffe, quand il eut fini de manger, prit soudain la parole.

— Porky, va donc au bureau de Red Felton lui demander l'horaire des travaux pratiques du mois prochain, s'il te plaît.

Porky se leva et s'éclipsa, avec la très nette impression

que Don désirait en réalité être seul avec Ed pour discuter d'affaires qui ne le concernaient pas.

Il trouva Red Felton dans son bureau, ses pieds chaussés de bottes texanes posés sur son bureau, comme d'habitude. Le Stetson était accroché à une patère derrière la porte, et, étrangement, Red n'arborait pas sa nonchalance coutumière. Quelque chose semblait le préoccuper, et il mâchonnait sa chique de tabac presque nerveusement.

— Entre, entre donc, Porky, dit-il en regardant le jeune interne par-dessus le journal qu'il lisait.

Au premier coup d'œil, il avait vu que Porky était troublé et désirait lui parler, aussi lui indiqua-t-il une chaise au fond du bureau.

— Prends-toi un siège, mon gars, et raconte-moi ce qui perturbe ainsi tes pauvres méninges.

Sans hésiter, Porky lui ouvrit son cœur et parla de la sanction prise à l'encontre de Caleb Winter, demandant à Red si elle était légale, et si lui-même en savait davantage.

— Légale, j'ai bien peur qu'elle le soit, mon gars, répliqua Red en chiquant de plus belle.

Il expliqua ensuite à Porky que, malgré son interdiction d'exercer son métier au sein de l'hôpital, Caleb Winter était autorisé à assurer le suivi médical de la jeune femme qu'il avait opérée, celle qui en définitive était la cause de tout ce tintouin, conclut-il.

— Que peut-on faire pour lui ? demanda Porky dès que Red eut fini. On ne peut tout de même pas…

Il n'acheva pas sa phrase.

Red demeura quelques instants pensif.

— Je me posais précisément la question, Porky, et pour l'instant je n'ai pas l'ombre d'une réponse.

Un silence suivit, durant lequel Red tira de sous son bureau une corbeille à papier doublée d'un sac en plastique afin d'y cracher un long jet de salive teintée de tabac.

— Peut-être que si on s'y mettait tous…, hasarda Porky. Les résidents et les médecins… On pourrait se mettre en grève et…

— Tout le monde ne suivrait pas, coupa Red avec une étrange lueur dans les yeux. Les résidents peut-être, mais pas les médecins titulaires.

Sur quoi, il se redressa et ôta ses pieds du bureau.

— T'es venu chercher l'emploi du temps des travaux pratiques, non ? Le v'là.

Il tendit une feuille de papier à Porky avant d'ajouter :

— Merci de ta visite, Porky. Si ça se trouve, tu m'as peut-être donné une idée.

Dès que le jeune homme fut parti, Red prit son annuaire téléphonique et l'ouvrit à la lettre W.

— Wilk… Wilkins… nous y voilà, murmura-t-il. Williams.

Ensuite, conservant son doigt sur le nom, il composa le numéro.

Céline se réveillait lentement ; elle suffoquait, il lui semblait émerger d'un long tunnel très noir… Quelque chose la gênait dans sa gorge, elle ne pouvait ni respirer ni crier… et elle ne pouvait pas bouger non plus. Elle voulut ouvrir les yeux : la lumière aveuglante la meurtrit, comme si mille éclats de verre s'étaient enfoncés dans ses pupilles. Elle referma les paupières, puis involontairement les rouvrit et vit un nez terrifiant, déformé, dans un visage qu'elle percevait à l'envers… un cauchemar…

— Elle se réveille.

Les mots lui parvinrent comme surgis de très loin, feutrés, puis il y eut le fracas douloureux, assourdissant, de quelque chose qui tombait sur le sol. Céline avait l'impression d'étouffer avec cet objet dans sa gorge, et elle tenta de se redresser. Une douleur terrifiante lui transperça le ventre et elle voulut hurler, mais aucun son ne sortit de sa bouche. Peu après, elle sentit qu'on la déplaçait sur un chariot qui roulait, et vit vaguement, très vaguement, des lumières passer et disparaître tandis qu'elle entendait des bruits de voix intermittents. Enfin quelqu'un cria :

— Un, deux, trois… on y va !

On venait de la soulever pour la poser sur un autre lit. Des mains touchaient son visage. Elle inspira une bouffée d'air glacé, puis une autre et une autre encore. On eût dit que quelqu'un soufflait dans ses poumons au moment où elle s'efforçait d'expirer. Elle voulut résister, sentant la panique la gagner. Car elle allait mourir, c'était sûr, elle allait mourir étouffée, incapable de respirer… Déjà elle suffoquait…

— Respirez avec le respirateur, Céline.

C'était la voix de Caleb, surgie des ténèbres. Il y avait tant de force et de tendresse dans cette voix que Céline sortit encore un peu plus de son inconscience. Elle sentit alors la main du médecin sur la sienne, et voulut dire quelque chose, mais le souffle d'air glacé l'envahit de nouveau, déchirant ses poumons.

— Il faut respirer au même rythme que la machine, lui répéta Caleb, sa voix toute proche de son oreille. Quand je vous le dirai, expirez… A présent, laissez la machine vous aider à inspirer… là… c'est bien… voilà… Je vais ralentir le rythme du respirateur, vous aurez moins de mal…

Céline, pendant qu'il parlait, s'était concentrée sur sa voix comme un noyé s'accroche à une bouée, sans penser à rien d'autre.

— Rappelez-vous ce que je vais vous dire, reprenait doucement Caleb. Vous ne pourrez pas parler tant que vous serez intubée. Répondez à mes questions en serrant ma main : une fois pour dire oui, deux fois pour dire non. Vous m'avez compris ?

Céline voulut hocher la tête, mais, se souvenant de ce qu'il venait de dire, elle pressa la main qui tenait la sienne.

— Vous souffrez ? demanda le médecin.

Céline de nouveau pressa sa main, juste assez pour qu'il comprenne combien elle avait mal.

Caleb attendit qu'elle soit plus calme et, quand sa respiration eut pris un rythme régulier, il se pencha vers elle et murmura tout contre son oreille afin de se faire entendre par-dessus le bruit du respirateur :

— Je vais parler à votre mari, dans la salle d'attente. Je serai de retour dans quelques minutes.

Durant les heures qui suivirent, Céline ne vécut que dans une alter-nance de lumière et de ténèbres. Lumière quand Caleb était auprès d'elle, lui prenait la main et lui parlait de sa voix très douce ; ténèbres horribles lorsqu'il n'était pas là. Alors elle se sentait abandonnée et ne souhaitait qu'une chose : sombrer de nouveau dans l'oubli. De temps en temps, des voix inconnues lui demandaient si elle voulait un calmant, mais, très vite, elle se rendit compte que les médicaments la faisaient dormir — or elle ne voulait pas dormir lorsque Caleb se trouvait auprès d'elle…

L'anesthésiste, le Dr Pinero, vint la voir à plusieurs reprises, lui posant des questions auxquelles elle ne pouvait pas répondre, incapable qu'elle était de parler avec cette chose dans sa gorge. Et puis, peu à peu, Céline s'était rendu compte qu'elle ne pouvait pas non plus bouger ses deux bras. Il lui semblait qu'ils étaient ligotés. De temps en temps quelqu'un arrivait et tripotait quelque chose à l'un de ses poignets, et elle avait mal…

Il fallut longtemps à la jeune femme pour réussir à stabiliser son regard et comprendre de quoi il retournait : elle avait une perfusion à chaque bras, et au-dessus de son lit une armée de flacons suspendus à une potence déversaient leur contenu dans son sang grâce à deux minces tuyaux en plastique transparent.

A un moment survint une jeune femme en blouse blanche avec un petit panier plein de seringues, d'aiguilles et de tubes, qui lui préleva du sang.

Peu après, Céline entendait le Dr Pinero annoncer :

— Les gaz sanguins sont bons. Inutile de la maintenir intubée.

Sur ce, il décolla le sparadrap tenant l'un des deux tuyaux qui entraient dans son nez. Céline eut très mal. On aurait dit que quelqu'un écrasait sa narine avec un énorme doigt. Puis, lorsque le Dr Pinero retira la sonde naso-gastrique, il sembla à la jeune femme qu'il arrachait ses poumons, et des larmes lui vinrent aux yeux. En même temps, un goût affreux se répandait dans sa bouche, et elle se mit à tousser. Instantanément la douleur dans son ventre lui fit l'effet d'un coup de hache et, pour moins la sentir, Céline s'efforça de ne penser qu'à Caleb, sa présence auprès d'elle, sa main sur la sienne… Oui, il était là et la protégeait de toutes les choses horribles qui lui arrivaient…

Et voilà que, tout à coup, elle pouvait respirer librement. L'air irritait ses poumons, elle avait l'impression d'inspirer du sable, mais au moins elle décidait elle-même de sa respiration, et n'était plus obligée de suivre la machine. Elle ouvrit les yeux : penché au-dessus d'elle, Caleb lui souriait. Il prit une compresse et doucement lui essuya le visage et le nez ; alors brusquement Céline se retrouva petite fille, lorsque son père la mouchait avec son grand mouchoir blanc, au retour de leurs longues promenades dans le parc, en hiver…

Charles fut autorisé à voir Céline dès qu'on l'eut débarrassée de sa sonde naso-gastrique. On lui demanda d'enfiler une blouse stérile et de mettre un masque ; par ailleurs, il ne devait rester auprès de sa femme que quelques minutes.

Il observa d'abord Céline sans un mot et effleura le bout de ses doigts, sa main étant recouverte d'un pansement destiné à maintenir en place le dispositif de la perfusion à son poignet.

Caleb ne tarda pas à le rejoindre.

— Elle va pour le mieux, dit-il, et il sourit avant de poser une main très douce sur l'épaule de la patiente.

Celle-ci tourna la tête pour le regarder.

— Avec un peu de chance, elle pourra regagner sa chambre demain, ajouta-t-il.

— Voilà qui serait parfait, répondit Charles d'un ton morose.

Il sentait qu'il se passait entre Caleb et sa femme quelque chose dont il était exclu et contre quoi il ne pouvait rien. Il y avait entre eux une sorte d'intimité comme il n'en existe qu'entre les gens qui s'aiment. Alors soudain, sa vie future avec Céline lui parut complètement irréelle, impossible, et cette certitude le frappa comme un coup de poing. Il voulut cependant faire bonne figure, et une sorte de brutalité jalouse l'envahit. Il regarda Caleb droit dans les yeux.

— Je vois ma femme en de si bonnes mains et entourée de tant de soins attentionnés et tendres qu'elle se remettra certainement sans moi.

Comme Céline écarquillait des yeux encore vagues, il ajouta d'un ton froid, s'adressant à elle, cette fois :

— Céline, je pense que tu m'entends ? Je pars à Atlanta demain, et ne rentrerai qu'en milieu de semaine prochaine.

Sur quoi il gagna rapidement la porte. Au moment de sortir, il se retourna.

— Bonne chance, dit-il encore. Bonne chance à tous les deux.

Malgré son état, Céline sentit alors l'indignation la gagner. Au pire moment de sa vie, Charles la trahissait !

« Qu'il parte, disparaisse, songea-t-elle, je ne veux plus jamais le voir ! »

34

Caleb Winter ne l'aurait pas volontiers admis, mais l'interdiction qui le frappait d'opérer et de soigner ses malades à l'hôpital l'avait sérieusement ébranlé.

Le lendemain, alors qu'il traversait la salle des médecins pour se rendre en réanimation, le murmure des conversations se tut dès que ses confrères le virent.

L'anesthésiste, Gabe Pinero, qui se trouvait là, se précipita vers lui.

— Vous avez eu bien raison de pratiquer cette greffe, dit-il à haute et intelligible voix afin d'être entendu des autres médecins. Tout le monde vous soutient.

Caleb le remercia, non sans avoir noté que plusieurs de ses collègues évitaient soigneusement de croiser son regard.

La nouvelle avait soulevé beaucoup de remous dans l'hôpital et, en l'espace de vingt-quatre heures, tout le monde sans exception avait pris position. L'administration, voulant à tout prix que la décision concernant Caleb Winter ne soit pas ébruitée, avait interdit aux employés d'en parler en dehors de l'hôpital sous peine de licenciement. Par précaution, néanmoins, Marshall Prince avait demandé à Armon Willis, le directeur des relations publiques, de rédiger un communiqué de presse, au cas où les choses viendraient à se savoir. Ce communiqué avait été soumis au service juridique avant d'être transmis à Marshall, qui avait dû le réécrire en langage compréhensible, et en supprimer tous les « attendu que », « nonobstant » et autres termes abscons si chers aux juristes.

En signant cette dernière version du texte, Marshall ne put s'empêcher de secouer la tête en soupirant. Ces gens de loi ! D'une année sur l'autre, ils se multipliaient comme des lapins, dans les administrations. Le service juridique de l'hôpital occupait maintenant un étage entier du bâtiment administratif, et menaçait d'envahir l'étage du dessus. Quant au budget que représentaient tous ces gratte-papier, mieux valait ne pas y penser…

Caleb, très vite, n'ayant plus grand-chose à faire, découvrit le bonheur de la liberté. Il n'avait plus à opérer, n'était plus tenu d'aider les résidents, n'avait même plus à effectuer les visites du service ni les consultations… Voilà qui lui laissait un temps précieux pour se consacrer à ses recherches et rattraper tout le retard qu'il avait pris dans la lecture de ses journaux et revues spécialisées. Car à bien y réfléchir, pour se tenir au courant de ce qui se faisait de par le monde, dans le domaine hautement spécialisé qui était le sien, Caleb devait lire au moins trois heures par jour. Jusqu'à présent, où en aurait-il trouvé le temps ?

Bien entendu, il veillait sur Céline comme une mère poule sur son poussin, s'efforçant de prévoir les problèmes et complications avant qu'ils ne surgissent et ne deviennent préoccupants.

— Je rêve ou il fait mon boulot ? dit un jour Porky à Céline.

Il venait de voir Caleb sortir de la chambre de la jeune femme, portant un champ vert souillé : il venait de changer son pansement.

— La prochaine fois, c'est lui qui vous fera la prise de sang, reprit le jeune interne sur le ton de la plaisanterie.

— Il l'a déjà fait, murmura Céline, encore très lasse. Hier, je crois. Pourquoi dites-vous cela ? Il ne devrait pas ?

— En ce qui me concerne, le Dr Winter peut bien faire tout ce qu'il veut, rétorqua Porky. Je suis déjà tellement heureux qu'on l'ait autorisé à s'occuper de vous !

— Moi aussi, soupira Céline.

Elle était si faible que sa voix s'entendait à peine.

Porky l'observait avec attention. Elle souffrait toujours beaucoup du ventre, redoutait de tousser à cause des douleurs horribles que provoquait la toux, et se trouvait immobilisée par ses sondes et perfusions. Certes, c'était encore une malade lourde, même si ses jours n'étaient pas en danger. Et pourtant, pourtant... Il émanait d'elle une sorte d'aura, comme un violent désir de vivre, et Porky, qui le ressentait très fortement, s'en demandait souvent la raison.

Un long moment après le départ de l'interne, Caleb se glissa sans bruit dans la chambre de Céline, pensant qu'elle sommeillait. Elle avait les yeux fermés, en effet, et son visage était pâle, tiré. Doucement, le médecin effleura ses doigts.

— Bonsoir, Caleb, mon chéri, murmura la jeune femme sans ouvrir les paupières.

— Ou vous avez un don de seconde vue, ou alors vous prenez de gros risques, chuchota-t-il en souriant.

Elle replia les doigts, s'efforçant de tenir sa main.

— Je me sens si lasse, dit-elle dans un souffle.

— Bonne nouvelle ! Cela prouve que vous allez mieux.

En parlant, il s'était assis au bord du lit, sans la lâcher.

Longtemps, ils demeurèrent ainsi, muets, communiquant seulement par le toucher de leurs mains. Céline avait l'impression de retrouver de la force en s'abreuvant de la présence de Caleb...

*
* *

A l'hôpital, ce que l'on appelait maintenant « l'affaire Winter » était devenu le sujet de toutes les conversations, et les médecins attendaient avec curiosité la décision que prendrait le Conseil supérieur de l'administration hospitalière. Seul Henry Brighton se montrait très discret sur son confrère. Cependant, comme il passait beaucoup de temps avec Red Felton, espérant toujours éveiller en lui de l'intérêt pour son projet de recherches sur les fameuses ulcérations coliques, Red ne se privait pas de l'interroger, et souvent d'une manière fort habile.

Avec Henry, Red faisait, ces temps-ci, des efforts méritoires, si méritoires d'ailleurs qu'ils auraient mis la puce à l'oreille à n'importe qui d'un peu plus malin que Brighton. Ainsi, Red évitait de chiquer son tabac en présence de Henry. De même, chaque fois que le patron de chirurgie se présentait dans son bureau, il enlevait ses pieds de la table, et lui parlait avec une cordialité presque déférente. Cela aussi aurait dû intriguer Henry… Mais non. Ce dernier, avec son assurance coutumière, se disait seulement qu'il avait enfin ramené Red à la raison.

Un matin, peu après l'opération de Céline, Henry entra en trombe dans le bureau de Red, qui nota tout de suite que le visage poupin du directeur était rose de plaisir. Henry brandissait une lettre tapée à la machine et l'agitait comme un soldat victorieux agiterait son drapeau.

— La voilà enfin, s'écria-t-il, plaquant la missive sur le bureau de son confrère. C'est la notification officielle.

La lettre émanait d'une banque suisse. Elle était rédigée en anglais et le premier paragraphe stipulait que son signataire représentait le Consortium helvétique, une holding regroupant plusieurs laboratoires pharmaceutiques qui n'étaient pas nommément cités. Red enregistra ce détail quelque part dans son cerveau. Une subvention de 560 000 dollars était allouée à Herr Professor Doktor Henry Brighton, dont les recherches d'un intérêt vital pour la science en général et la chirurgie en particulier avaient retenu l'attention du Consortium. La somme susmentionnée était destinée à permettre au Pr Brighton de poursuivre et de développer lesdites recherches, et serait versée sur un compte spécial de l'université afin que l'administration de celle-ci puisse vérifier qu'elle était bien utilisée comme prévu. Compte tenu d'engagements préalablement pris entre les intéressés, elle serait disponible sous un mois, c'est-à-dire le 22 octobre.

— Bravo, félicitations et tout le toutim, mon vieux, grommela Red avec un petit rire. Pour ce qui est de la date, on peut dire que c'est finement calculé !

— Comment cela ?

Henry semblait interdit.

— La subvention que l'Institut national de la santé allouait à Caleb prend fin ce même 22 octobre, répliqua Red. Mais tu ne pouvais pas le savoir, pas vrai, vieux ? Maintenant, comment allez-vous procéder pour la passation des locaux ? Vous prévoyez la fête pour le 21, à minuit ? T'arrives avec ton bastringue par une porte, et lui il sort le sien par une autre ?

— Cela ne posera certainement aucun problème, déclara Henry, sérieux comme un pape. Caleb et moi trouverons une solution à l'amiable. De toute façon, le problème n'est pas là. Ce qui compte, vois-tu, c'est cette lettre ! Je suis sûr de mon fait, à présent.

Il reprit la feuille de papier et l'agita encore sous le nez de Red.

— Comprends-tu, Red, c'est comme si l'argent était en banque ! Tu réalises : plus d'un demi-million de dollars ! C'est une sacrée somme, tout de même !

En parlant, Henry regardait la lettre comme s'il redoutait qu'elle ne s'envole, et l'argent avec elle.

Red s'était rassis. Il avança la main vers sa boîte de tabac à chiquer, pour se raviser juste à temps.

— C'est quoi, exactement, ces « engagements préalablement pris entre les intéressés », comme ils disent là-dedans ? demanda-t-il, l'air de rien. Ils t'ont demandé des trucs ? Faut que tu fasses le singe à la télé dans des spots publicitaires pour vendre leurs produits à la gomme ? Ou tu leur as loué les murs des couloirs de l'hosto pour qu'ils y peignent des aspirines partout ?

Red affichait un sourire rigolard, sans toutefois quitter Henry des yeux.

Le regard du directeur se troubla un instant, pas davantage.

— Mais non, voyons, s'exclama-t-il. Tu es stupide, parfois, Red, et, surtout, tu manques de finesse. Il s'agissait d'une simple formalité, rien d'important — rien surtout qui engage à quoi que ce soit.

Henry prit une profonde inspiration, toute sa bonne humeur recouvrée, puis soudain il se pencha en avant et, à son air mystérieux, Red comprit qu'il s'apprêtait à lui faire une confidence. Son gros visage poupin rayonnait d'une autosatisfaction telle que Red dut se retenir pour ne pas lui écraser le nez d'un bon coup de poing libérateur.

— Red, je tiens à te montrer combien je suis heureux que tu fasses partie de mon équipe de recherche. Et pour te le prouver, je vais te révéler quelque chose qui pourrait te rendre très riche.

Henry, qui avait parlé avec emphase, se tut pour que son interlocuteur intègre bien l'importance de ce qu'il venait de dire.

Très raide sur son siège, Red se garda de broncher, attendant la suite.

— O.K., reprit Henry, ce que j'ai à t'apprendre pourrait

s'appeler un bon tuyau, ou même un tuyau en or, si tu vois ce que je veux dire.

Il ponctua ses mots d'un petit rire avant d'agiter de nouveau la lettre qu'il n'avait pas lâchée un instant.

— Comme tu as pu t'en rendre compte, j'ai des amis influents dans l'industrie pharmaceutique. Or je sais que, pour certaines raisons qu'il est inutile d'exposer en détail pour le moment, le prix des actions d'une des sociétés du Consortium qui m'a alloué ma subvention va tripler d'ici quelques semaines.

Sur ce, Henry sortit de sa poche son agenda, et Red nota qu'il s'agissait d'un de ces calepins bon marché qu'offrent les représentants en produits pharmaceutiques au moment des fêtes de fin d'année.

— Le 29 septembre exactement, reprit Henry, très concentré.

Et il donna à Red le nom de la société cotée en Bourse.

— Les actions de ce laboratoire se négocient aux Etats-Unis, précisa-t-il, si bien qu'il n'y a aucun problème pour en acheter. Et il n'y a pas de contrôle non plus… Bref, pour te montrer à quel point cette affaire me tient à cœur, je vais te confier une chose que je te demande évidemment de garder pour toi. Crin-crin et moi avons consacré toutes nos économies à acheter des actions de ce labo sur le marché à terme.

— Qu'est-ce que c'est ? demanda aussitôt Red, feignant d'être intrigué. Marché à terme, tu dis ? Jamais entendu parler de ce truc-là.

Déjà, Henry avait pris un air supérieur.

— C'est une manière d'acheter des actions à l'avance, à un prix convenu, la transaction ayant lieu à une date précisée à l'avance aussi. Si le prix de l'action monte entre le jour où tu as donné l'ordre d'acheter et celui où a lieu la transaction, eh bien, tu gagnes la différence.

— Ça paraît astucieux comme méthode — à condition bien sûr que les prix montent, comme tu dis.

— Dans le cas dont je viens de te parler, c'est une certitude, Red. Aussi, crois-moi, suis mon exemple. Le prix commence déjà à bouger un peu, et des gens plus habitués que nous à la Bourse pourraient s'intéresser à ces actions, se doutant qu'elles vont grimper.

— Eh bien, mille mercis pour le tuyau, vieux. Il a l'air assez sûr, en effet. En rentrant chez moi, je vais demander à ma douce s'il nous reste un peu de fric pour le placer comme tu l'as fait. Dis-moi, t'as l'intention de prendre ta retraite ? Je veux dire, quand tu seras devenu riche avec tes actions ?

— Si tu veux savoir la vérité, répliqua lentement Henry, prenant un ton très sentencieux, d'après mes calculs, je pourrais le faire et vivre très correctement. Hélas, en toute honnêteté, je n'en ai pas le droit. Il y a tant à faire ici ! Et je ne vois personne qui accepterait les responsabilités qui sont aujourd'hui les miennes. Non, vois-tu, je ne peux pas abandonner le navire si vite. Mais crois bien que, d'une certaine façon, je le regrette…

Après avoir expliqué de mille et une manières à Red combien il était important qu'il ne parle à personne de cette affaire de spéculation boursière, Henry partit enfin, tout guilleret. Tout allait bien pour lui, et c'est en sifflotant un air de *Oklahoma* qu'il regagna son bureau.

Red, lui, s'était calé contre le dossier de son siège, et mâchonnait enfin la chique de tabac qui lui avait tant manqué, lorsqu'il écoutait palabrer cet âne de Brighton. Lui-même n'était pas opposé à l'idée de s'enrichir rapidement, mais que ce fût grâce à Henry Brighton lui donnait des démangeaisons. Surtout, il avait d'autres sujets de réflexions dans l'immédiat. D'abord comment Henry avait-il obtenu sa mystérieuse subvention ? Ensuite, comment savait-il que les actions d'un certain laboratoire coté en Bourse allaient tripler ? Red décida qu'il en toucherait un mot à Caleb, qui serait peut-être plus inspiré que lui pour trouver une réponse à ces questions.

— A votre avis, quand pourrai-je lui parler ?

La voix de Tom Pfeiffer s'entendait mal à cause du bruit de la circulation, mais Charles comprit que le directeur de la maison d'édition de Céline frisait la crise de nerfs.

— Nous sommes dans une situation épouvantable…, gémit-il encore dans l'appareil.

Il voulut alors se reprendre. Céline lui avait souvent dit de ne pas importuner Charles avec les problèmes de la société.

— Expliquez-moi rapidement ce qui se passe, Tom, lui dit Charles d'une voix très calme, en jetant un coup d'œil rapide à sa pendule.

Il lui faudrait partir pour l'aéroport de La Guardia dans quelques minutes.

A l'autre bout du fil, Tom prit le temps de rassembler ses idées. Après tout, Céline étant indisponible, Charles pourrait peut-être l'aider. Il n'était pas du genre à s'affoler, moins encore à conseiller n'importe quoi. Et puis, de toute façon, Tom n'avait pas le choix. Il reprit la parole, forçant sa voix tant le bruit environnant était assourdissant :

— Le déménagement s'est très bien passé, en une journée on a réussi à tout mettre en place dans nos nouveaux bureaux : les équipements informatiques, le matériel de bureau, les meubles, etc. On n'a même rien cassé sauf la petite coupe en porcelaine dans laquelle je mettais mes trombones. Je l'aimais bien, elle me venait de ma mère mais, que voulez-vous, ce n'est pas grave…

L'espace de quelques instants, le tohu-bohu de la circulation noya la voix de Tom qui, reprenant son souffle, poursuivit, hurlant presque :

— Le problème est que ni la compagnie d'électricité ni celle de téléphone ne veulent nous brancher. Nous sommes de ce fait complètement paralysés et isolés. Il fait une chaleur effroyable dans les bureaux, puisque nous ne pouvons pas mettre en marche l'air conditionné, et dans l'impossibilité où nous nous trouvons de joindre nos fournisseurs, nos clients et nos auteurs faute de téléphone, nous ne travaillons pas.

Tom se tut, et Charles perçut des bruits de voix étouffées à l'arrière.

— Quelqu'un essaie d'entrer dans la cabine, expliqua très vite Tom. Bon, pour en revenir à ce problème… J'ai remué ciel et terre, mais en vain. Il semblerait que l'immeuble ne soit pas conforme à certaines normes de sécurité et qu'un règlement municipal interdise qu'on nous relie tant que le propriétaire n'aura pas effectué les travaux nécessaires pour obtenir son certificat de conformité.

— Avez-vous appelé M. Al-Khayib ? s'enquit Charles.

Il avait parlé avec tant de calme et d'assurance que Tom sentit son moral remonter pour la première fois de la journée.

— Je n'ai pas réussi à le joindre, dit-il d'un ton las, et personne à son bureau ne semble au courant de la situation. Franchement, monsieur Forester, je ne sais plus à quel saint me vouer !

— D'où m'appelez-vous, Tom ?

— D'une cabine dans la rue, devant l'immeuble. J'y ai passé une grande partie de la journée, et je n'ose pas en sortir même pour aller aux toilettes, parce que j'attends des appels. C'est trop bête, avouez, monsieur Forester ! Que feriez-vous à ma place ?

Charles réfléchit un bref instant avant de déclarer :

— O.K., Tom, voilà ce que je vous conseille. Appelez

le vendeur de téléphones cellulaires le plus proche, et demandez-lui de vous livrer tous les appareils dont vous avez besoin. Avec une commande pareille, il devrait être chez vous dans moins d'un quart d'heure.

Tout en parlant, Charles avait ouvert les pages jaunes de l'annuaire de Manhattan et les feuilletait rapidement.

— Après quoi, reprit-il, appelez la société Antartica, qui loue des climatiseurs portables fonctionnant sur batterie, et expliquez à votre interlocuteur que vous avez besoin d'un dépannage urgent. Vous pouvez joindre cette entreprise au…

Dès que Charles lui eut donné le numéro, Tom s'exclama :

— Ça va nous coûter une fortune, monsieur Forester. Nous n'en avons pas les moyens !

— C'est M. Al-Khayib qui paiera, rétorqua aussitôt Charles sans se départir de son calme. Il y a une autre loi municipale dont j'ai oublié les termes exacts, et qui dit en substance que si un bailleur loue un local qui ne peut être exploité par suite d'un vice de conformité, il lui incombe de payer tous les frais qu'aura engagés le locataire pour pouvoir utiliser ce local jusqu'à ce que celui-ci soit déclaré conforme aux normes réglementaires. Ne vous inquiétez pas, Tom, je ferai en sorte que M. Al-Khayib soit au courant de cette loi et, faites-moi confiance, il fera le nécessaire très rapidement pour que vos ennuis cessent.

Lorsqu'il eut raccroché, Charles demeura quelques instants devant son appareil, tout triste soudain que, de plus en plus, Céline l'ait tenu à l'écart de son travail. Comment tous deux avaient-ils pu dériver ainsi chacun de leur côté sans même s'en rendre compte ?

35

Depuis ce fameux week-end où il avait travaillé avec Caleb et Maureen, Porky se rendait au laboratoire chaque fois qu'il disposait d'un petit moment. Il aimait l'atmosphère qui y régnait ; elle le détendait. En outre, Maureen, contrairement à ce qu'elle avait annoncé, n'avait pas quitté le laboratoire après l'opération de Céline, et elle appréciait beaucoup Porky. Elle lui avait découvert un sens de l'humour très fin et une grande perspicacité, surtout lorsqu'il n'était pas trop fatigué et qu'on ne le maltraitait pas.

Ce jour-là, cependant, en le voyant apparaître à la porte de son bureau, un seul regard suffit à Maureen pour comprendre que le jeune homme était contrarié.

— Entre donc boire un café avec moi, proposa-t-elle. Tu sembles en avoir besoin.

Avec un sourire reconnaissant, Porky avança dans la pièce. Quelques instants plus tard, il se sentait mieux après avoir bu le café offert par Maureen, et il écoutait celle-ci lui parler des nouveaux projets de Caleb. De fait, les axes de recherche qu'envisageait ce dernier étaient révolutionnaires. Lorsque Maureen se tut, Porky le lui dit avec un enthousiasme tel qu'elle suggéra :

— Pourquoi ne pas venir travailler au labo, Porky ? Tu nous as montré ce dont tu étais capable, le week-end dernier. A ta place, j'en parlerais à Caleb, et tu pourrais valider un stage d'internat en tant que chercheur.

Comme Porky hésitait, Maureen insista.

— Peut-être feras-tu du meilleur travail avec nous que dans un service de chirurgie.

Porky la regarda alors bien en face.

— Il faut que je devienne chirurgien, dit-il d'une voix ferme. Voyez-vous, Maureen, nous le sommes par tradition dans ma famille. Mon père l'est et mon frère aussi. C'est comme une maladie contagieuse, chez nous.

Maureen se mit à rire : un rire très doux, musical, et Porky sentit un grand élan de tendresse le porter vers la jeune femme. Elle au moins ne le traitait pas comme un crétin. Depuis qu'il était interne, Porky avait presque oublié que l'on pouvait discuter d'égal à égal avec des collègues de travail. En général, quand il était avec Ed et Don, il suffisait qu'il ouvre la bouche pour que ceux-ci lui demandent de se taire, parce que, comme il manquait d'ancienneté, ils jugeaient que ce qu'il avait à dire était forcément stupide.

Il discutait toujours avec Maureen lorsque Caleb survint et prit part à la conversation. Ses relations avec Maureen semblaient s'être améliorées, songea Porky. Peut-être tous deux avaient-ils réglé le contentieux qui les opposait…

Très vite, la discussion s'orienta sur le protocole antirejet auquel était soumise Céline. Pour l'instant, il donnait des résultats satisfaisants, mais il était encore trop tôt bien sûr pour crier victoire.

— Tu sais, Porky, dit alors Caleb après un instant de réflexion, peut-être devrais-tu travailler quelque temps avec nous.

Porky esquissa un rapide sourire à l'adresse de Maureen, avant de déclarer, mal assuré :

— J'aimerais bien, oui, docteur Winter, franchement cela me plairait beaucoup mais…

Il croisa le regard de Caleb et poursuivit :

—... mais le Dr Brighton m'a dit que je devrais travailler dans son laboratoire d'ici quelques semaines, et...

A ce point, Porky, pour se donner du courage, dut prendre une profonde inspiration.

—... et on dit un peu partout dans l'hôpital que vous allez devoir fermer votre propre labo.

— Allons, Porky, rétorqua Caleb, visiblement amusé, tu sais bien que je ne te proposerais pas un poste sans être sûr de pouvoir tenir parole. Je n'ai jamais eu l'intention de fermer ce laboratoire.

Il eut un fugitif sourire en coin avant d'ajouter :

— Néanmoins, je suis tout à fait conscient que d'autres s'y emploient activement.

Sur ces mots, il se leva et se dirigea vers la porte.

— Réfléchis à ce que je t'ai proposé, Porky, conclut-il avant de sortir. A mon avis, tu serais beaucoup plus heureux ici que dans un service de chirurgie. D'ailleurs, pourquoi ne pas envisager une carrière de chercheur ? A moins que tu ne préfères allier les deux, comme moi. De toute façon, parles-en avec Maureen. Elle te sera de bon conseil.

A peine avait-il disparu que Porky ne put retenir une exclamation.

— Bon sang, j'espère qu'il dit vrai et qu'on ne va pas l'obliger à fermer son labo !

Maureen ne répondit rien. Elle aussi souhaitait la même chose. C'était même son vœu le plus cher.

Bridget Coughlan allait mal, très mal. Malgré l'intervention de Caleb, sa formule sanguine ne s'améliorait pas et la jeune femme, qui continuait à avoir des embolies pulmonaires à répétition, était dans le coma. Elle avait passé deux jours en soins intensifs, puis on l'avait transférée dans le service de chirurgie, où la seule chambre libre se trouvait juste en face de celle de Céline.

Bridget était sous assistance respiratoire permanente, reliée à une machine au moyen d'une sonde de trachéotomie, et ce respirateur lui insufflait exactement 480 millilitres d'air dosé à 40 % d'oxygène à une fréquence de quatorze fois par minute. Etaient également vérifiés très régulièrement ses taux de gaz carbonique, d'oxygène, de potassium, de sodium, ainsi que ses facteurs de coagulation sanguine et son taux d'urée. A en croire l'ordinateur, qui sortait à intervalles réguliers une feuille de papier portant ces paramètres, tout était normal. Dans la réalité, Bridget Coughlan se mourait.

Sa mère, Mary Coughlan, était autorisée à la voir cinq minutes par jour, pas une de plus. En vérité, cinq minutes suffisaient largement car, Bridget étant dans le coma, Mary se doutait bien qu'elle ne reconnaissait personne, pas même elle, sa propre mère. La pauvre Bridget gisait sur son lit, inerte, généralement à demi découverte parce qu'elle transpirait beaucoup, et elle avait les yeux mi-clos. Le tuyau du respirateur rentrait dans un autre tube qui pénétrait dans sa gorge par un trou dissimulé sous un pansement. Grâce à ce dispositif, elle respirait plus facilement, avaient assuré les médecins.

Tous les jours, quand elle venait voir sa fille, Mary observait le même rituel. Elle regardait d'abord le visage bouffi et suant de Bridget, puis remontait le drap sur elle afin de cacher sa poitrine. Après quoi, elle prenait dans la sienne sa main toute molle, et s'asseyait sur la chaise à côté du lit.

— Comment te sens-tu ? demandait-elle. Les infirmières assurent que tu vas bien.

Ce disant, elle pressait la main de sa fille, comme pour

l'encourager à lui répondre au moins par un battement de paupières. Puis, rien ne venant, elle poursuivait :

— Le bébé est très beau. Aujourd'hui, il a pris son biberon comme un ange, mais il le boit trop vite et il en a rendu une partie. Tu étais pareille, petite. Tu buvais ton lait à toute vitesse, et après, hop ! tu en régurgitais la moitié. Oh, cela ne te troublait pas, au contraire. Tu souriais tout le temps.

Quand elle avait monologué sur ce mode un moment, Mary marquait une pause, espérant lire sur le visage de sa fille un signe qui indiquerait qu'elle l'avait entendue. Devant son manque de réactions, elle s'interrogeait sur cette machine qui aidait Bridget à respirer. Sans elle, Bridget serait-elle déjà morte ? Sans doute pas, puisqu'elle avait les mains toutes chaudes. C'était bon signe, ça. La mère de Mary lui avait toujours dit que tant qu'on avait les mains bien chaudes on n'était pas vraiment malade.

Mary prenait ensuite un gros Coton-tige qu'elle enduisait de glycérine avant de le passer sur les lèvres desséchées de sa fille. Les premiers temps, elle n'osait pas la toucher, mais maintenant elle le faisait sans crainte, et humidifiait même la face intérieure de ses lèvres et ses gencives. Chaque fois, elle espérait que cela aiderait Bridget à parler ; il n'en était rien, hélas.

Et puis voilà, les cinq minutes étaient écoulées, et l'infirmière se présentait à la porte pour dire à Mary qu'elle devait partir. Mary obéissait sans discuter, ne voulant surtout ennuyer personne ni poser le moindre problème à qui que ce soit. Les infirmières se montraient très gentilles avec elle, et l'appelaient par son prénom. Toujours elles faisaient en sorte de lui redonner courage. Aussi Mary, en manière de reconnaissance, leur apportait-elle souvent quelque chose. Oh, rien de bien extraordinaire ; des bonbons ou des fruits, en général.

Les médecins aussi étaient gentils avec Mary, surtout ce jeune docteur que les autres surnommaient Porky, et qui un jour l'avait conduite à la cafétéria de l'hôpital pour lui offrir une tasse de café. Mary avait été bien gênée de se trouver au milieu de tous ces gens importants en blouse blanche, et n'avait su que dire au jeune Porky, mais il n'y avait pas prêté garde, parce que c'était lui qui parlait. Il lui avait demandé des nouvelles du bébé, le petit Kevin, que Mary avait amené avec elle à l'hôpital une ou deux fois, et l'avait interrogée sur le père de l'enfant. Mary s'était contentée de hausser les épaules sans répondre.

— C'est vous qui allez vous occuper du petit, n'est-ce pas ? avait encore demandé Porky.

Mary de nouveau avait haussé les épaules. Les gens comme elle devaient se montrer fatalistes, elle le savait, car ils n'avaient aucun moyen de changer la vie, pas même dans ses plus infimes détails.

— Il n'y a pas d'autre solution, pas vrai ? avait-elle dit.

Puis, comme Porky semblait tellement attristé par ce qui arrivait à Bridget, Mary pour le consoler avait repris :

— Dans notre famille, on a toujours été bons catholiques. Je suis croyante et Bridget aussi. C'est Dieu qui décide de nous rappeler à Lui, que l'on soit jeune ou vieux, prêt ou pas. La mort ne dépend pas des hommes mais de Dieu, comprenez-vous. Surtout n'y voyez pas d'offense, ni vous ni le Dr Brighton. Je suis sûre que vous avez fait de votre mieux mais, si Bridget meurt, ce sera la volonté de Dieu.

Céline émergeait par intermittence de la torpeur causée par les analgésiques qui lui étaient administrés. Ces médicaments lui donnaient la nausée et elle avait soif en permanence mais, sans eux, elle souffrait au-delà du tolérable. Une fois, elle avait voulu se tourner sur le côté, et la douleur qu'elle avait ressentie alors lui avait coupé le souffle au point qu'elle n'avait même pas eu la force de crier.

Lorsqu'elle se réveillait, malgré les médicaments, elle se sentait mal à cause des perfusions et des sondes qui sortaient de sa plaie et qui l'empêchaient de remuer. Souvent, elle avait la bouche sèche, et elle avait beau demander des compresses humides à poser sur ses lèvres, rien n'y faisait. Très vite, elle avait remarqué que ses souffrances et son inconfort empiraient chaque fois que Mme Koslowski était de service et, un jour, elle comprit pourquoi : l'infirmière, au lieu de lui administrer les analgésiques prévus, se contentait de lui faire des injections de sérum physiologique…

De même, alors qu'elle avait toujours soif, si soif, on ne lui autorisait que quelques gouttes d'eau toutes les heures, et elle les buvait avec difficulté dans un petit gobelet en plastique. Or, une fois sur deux, lorsque Mme Koslowski la faisait boire, elle répandait exprès le contenu du gobelet sur le sol, près du lit.

— Tant pis, ma petite, disait-elle alors avec un mauvais sourire, je vous en donnerai un peu plus dans une heure.

Céline, bien sûr, était trop faible, trop épuisée pour protester, et elle se disait qu'elle en parlerait à Caleb quand il viendrait. Etait-il déjà venu, d'ailleurs ? Bien sûr, oui, ce matin très tôt, avant même la relève des infirmières… Mais Céline perdait la notion du temps. Il était passé avec les premières lueurs de l'aube… et puis il était revenu… Il venait tout le temps d'ailleurs… Parfois, la jeune femme avait l'impression qu'il vivait dans sa chambre et n'en partait que de temps en temps.

Les rares fois où il n'était pas auprès d'elle, Céline, lorsqu'elle se réveillait, éprouvait un indicible vide, un besoin de lui qui était comme une souffrance de plus. Alors elle comprenait combien elle était éprise de Caleb… Et puis, voilà qu'il arrivait de nouveau.

— Vous êtes déjà venu, n'est-ce pas ? lui demandait-elle, entrouvrant à peine les yeux.

— Plusieurs fois déjà, bien sûr. Tout va bien, Céline, vos analyses sont bonnes.

Il lui prenait la main et Céline s'y accrochait comme un naufragé à une bouée.

— Caleb, ne me quittez jamais, je vous en supplie, murmura-t-elle un jour dans un souffle.

Il pressa sa main.

— Chérie, chuchota-t-il à son tour, c'est vous qui allez partir, pas moi.

Malgré le ton léger de sa voix, le cœur de Caleb s'était serré. Si, au cours de sa carrière, plusieurs de ses patientes s'étaient éprises de lui, c'était bien la première fois que lui-même était amoureux de l'une de ses malades. Oh, bien sûr, il éprouvait un merveilleux émoi, mais au-delà de ce bonheur immédiat, il se sentait insécurisé et avait peur. Caleb, en effet, n'avait pas l'habitude de se trouver dans des situations qu'il ne maîtrisait pas, et il n'appréciait pas que son équilibre affectif dépende de quelqu'un d'autre. A cela s'ajoutait le fait qu'il connaissait à peine Céline, ne l'avait jamais rencontrée autrement que dans le cadre d'une relation médecin/patiente, c'est-à-dire dans des circonstances où elle était par définition infiniment vulnérable. D'ailleurs, n'était-ce pas cette vulnérabilité qui l'avait séduit ? Une vulnérabilité qui apparaissait sous le masque pourtant parfait de la femme d'affaires solide, efficace et sûre d'elle…

Un peu plus tard, ce jour-là, en quittant la chambre de Céline, Caleb Winter se prit à redouter l'avenir. Il allait souffrir, il en était sûr, car lui qui maîtrisait toujours tout, décidait de tout, pour une fois se trouvait en position de subir. S'il ne réagissait pas, bientôt, il serait un jouet entre les mains de Céline…

*
* *

Le médecin se trouvait dans le labo, ce jour-là, lorsque Maureen y arriva. Apparemment très décontracté, comme à son habitude, il lisait une revue médicale, et sa nonchalance brusquement irrita la jeune femme.

— Bon sang, Caleb, tu es vraiment incroyable ! s'exclama-t-elle, incapable de se contrôler.

Comme l'interpellé levait vers elle un regard étonné, elle poursuivit :

— T'es-tu demandé ce qui allait nous arriver si d'aventure l'Institut national de la santé refuse de renouveler ta subvention ? Je ne parle pas seulement de ce que tu deviendras, toi, bien que ta situation soit sans doute plus préoccupante que celle de chacun d'entre nous. Je parle du labo dans son ensemble. Que vont devenir nos techniciens s'ils n'ont plus de boulot ? Moi, bien sûr, ce n'est pas grave, je peux toujours trouver du travail à New York…

En guise de réponse, Caleb se contenta de regarder la jeune femme avec un sourire sardonique qui ne fit qu'exaspérer davantage celle-ci.

— On dirait que tu te moques de tout, dit-elle avec une violence contenue. Tu te comportes comme si tu ne savais pas que Henry Brighton s'acharne à te détruire, toi, ta carrière, ta réputation et ton labo.

Lentement, Caleb posa sa revue sur la table devant lui, et Maureen, voyant son visage changer, comprit soudain qu'il ne prenait pas du tout la situation à la légère, au contraire.

— Cesse donc de te tracasser, Maureen, dit-il d'une voix de marbre. Ne fatigue pas ta jolie petite tête avec des problèmes qui ne te concernent pas. Tant que tu reçois ton chèque à la fin du mois, le reste n'a pas d'importance, n'est-ce pas ?

Sur quoi, il reprit sa revue avant d'ajouter méchamment :

— Laisse les responsables s'inquiéter, et concentre-toi sur ce qui est de ton ressort. A présent, si tu veux bien, j'aimerais lire en paix.

Maureen, hors d'elle, avait déjà levé la main pour le gifler, mais Caleb saisit son poignet juste à temps et le serra au point de lui faire mal. Il la regarda dans les yeux quelques instants, puis lui sourit et se leva. Enfin, sans un mot, il quitta la pièce, impassible.

Après son départ, Maureen demeura un moment interdite. Comment expliquer cet éclat de Caleb ? Par la tension de ces derniers jours ? Pourtant, en général, les ennuis le rendaient plus lointain, plus fermé encore que d'habitude… Non, à mieux y réfléchir, il existait une autre raison, et Maureen ne put s'empêcher d'émettre un petit rire triste.

— L'amour ne te convient pas, Caleb Winter, murmura-t-elle. On dirait que tu as du mal à t'y habituer…

Son algarade avec Maureen avait beaucoup contrarié Caleb et, pour se calmer, il décida de se rendre au labo de Milo, où Art, le technicien de ce dernier, s'occupait des cultures de tissu pancréatique embryonnaire effectuées à partir d'un petit groupe de cellules précurseurs.

Après s'être assis en face d'Art, Caleb approcha son œil du second viseur du microscope électronique, découvrant ainsi exactement ce que voyait le technicien.

— Les cellules sont-elles déjà différenciées ? demanda-t-il.

Malgré sa compétence, Caleb n'était pas spécialiste en biologie cellulaire et, à première vue, toutes les cellules lui paraissaient semblables : rondes, et pourvues d'un gros noyau.

— Sur cette lame, pas encore, répondit Art.

Lui avait acquis une bonne expérience durant les deux années où il avait travaillé avec Milo. Il reprit :

— Je vais vous montrer une autre lame où l'on voit déjà les cellules qui formeront les canaux.

— Et les cellules Bêta ? demanda encore Caleb.

Art hésita.

— A ce stade, c'est difficile à dire. Je pense qu'elles commencent à se différencier, mais je ne pourrais le jurer. Milo aurait sans doute été plus affirmatif.

— Voyons un peu.

Lorsque Art eut placé une autre lame dans le microscope, Caleb eut la très nette impression de percevoir des différences entre les cellules. Art, du reste, le lui confirma, indiquant celles qui formeraient les parois des canaux. Il s'en trouvait d'autres d'une coloration un peu différente, et Caleb décida qu'il s'agissait de cellules Bêta, celles responsables de la production d'insuline. Après tout, tant qu'on ne lui prouvait pas le contraire, cela ne coûtait rien d'y croire — et ce serait si bien si c'était vrai !

Caleb se leva de son siège.

— Joli boulot, Art, dit-il au technicien. Je suis sûr qu'il vous vaudra le prix Nobel, à Milo et à toi, dans un futur pas si lointain.

Reprenant le couloir en direction de son bureau, Caleb se surprit à songer au problème qui ne cessait de le préoccuper et qu'il refoulait dans son inconscient. La greffe de Céline allait-elle prendre ? On ne le saurait pas avant quelques jours encore et, en attendant, il fallait redoubler de vigilance, continuer à administrer le protocole antirejet, et surtout apparaître parfaitement confiant. Cela surtout était difficile. S'il s'était agi d'un patient ordinaire, l'attente aurait déjà été pénible ; mais quand la vie de Céline était en jeu, elle devenait carrément intolérable.

*
* *

Henry Brighton se trouvait débordé au point que, pour la première fois depuis qu'il occupait ses fonctions de directeur du service de chirurgie, son grand tableau stratégique toujours si méticuleusement tenu, avec ses petits carrés de couleurs différentes représentant les chefs de clinique, les assistants et les internes, n'était pas absolument à jour. On murmurait même que sa secrétaire avait dû prendre des décisions de dernière minute concernant l'affectation de certains résidents. Un comble !

Il faut dire que Henry ne chômait pas. Il manigançait le renvoi de l'hôpital de Caleb Winter, renvoi qui obligerait l'intéressé à démissionner immédiatement après de son poste d'enseignant à la faculté de médecine. Or la tâche se révélait plus délicate que prévu. Henry avait compté sur le soutien franc et massif des collègues de Caleb ; mais ceux-ci se montraient inexplicablement timorés, préférant attendre de voir comment évoluerait la situation avant de prendre parti. Il est vrai que tous avaient leurs propres problèmes, et, plutôt que de se précipiter dans la bataille aux côtés d'un patron souvent très critiqué, ils aimaient mieux voir d'où soufflait le vent.

Henry connaissait de graves difficultés sur deux flancs : le Conseil Supérieur de l'hôpital, d'abord, les étudiants et résidents ensuite. Anna Lynn Page lui avait téléphoné et l'avait accusé personnellement, d'une manière que Henry jugeait tout à fait déplacée et pour le moins offensante. Quant aux étudiants et résidents, ils étaient venus en délégation demander à Henry de réinstaurer Caleb dans ses fonctions de médecin-chirurgien hospitalier. Montés et manœuvrés par Red Felton, ils avaient envahi le bureau de Henry, affirmant qu'ils soutenaient le Dr Winter, et envisageraient d'autres moyens de pression si ce dernier ne retrouvait pas son poste à l'hôpital dans les plus brefs délais.

Henry avait mal toléré ce chantage — car il n'y avait

pas d'autre mot pour qualifier pareil comportement. Aussi avait-il pris soin de noter le nom du porte-parole de la délégation. Celui-là, le jour venu, ne l'emporterait pas au paradis ! Puis, jouant la conciliation et la sagesse, il avait calmement expliqué que quoi que fissent les étudiants, cela ne modifierait en rien le sort du Dr Winter, et qu'ils avaient tort de s'opposer à l'ordre et à la discipline d'une institution dont ils dépendaient. Le Dr Winter avait ouvertement bafoué le règlement, avait-il ajouté, et il payait le juste prix de son action, comme n'importe qui d'autre à sa place. Il fallait maintenant attendre la décision du Conseil supérieur de l'hôpital. Lui-même, Henry Brighton, bien qu'il fût patron du service de chirurgie, dans la situation présente, était dans l'impossibilité de modifier le sort de son confrère.

Depuis Atlanta, Charles restait en contact avec Tom Pfeiffer et suivait de près les problèmes de la maison d'édition de Céline. Tom, heureusement, avait recouvré sa belle assurance.

— On nous a branchés sur un groupe électrogène, et la climatisation fonctionne, annonça-t-il au téléphone. Je vous rassure, personne n'a succombé à la chaleur.

Tom, en bras de chemise, relisait une quatrième de couverture lorsque Charles avait appelé, et il venait d'avoir une importante réunion avec le principal acheteur d'une chaîne de librairie, B. Dalton.

— Saviez-vous, monsieur Forester, que chez B. Dalton ils n'achètent jamais les premiers romans en grand format et attendent toujours qu'ils soient publiés en poche ?

Tom était de toute évidence indigné, et il ajouta avec un petit rire :

— Heureusement, je crois avoir trouvé une manière de

les faire changer d'avis. A présent, parlez-moi de Céline. Avez-vous de ses nouvelles ?

— Elle se remet lentement de son opération, mais on ignore encore si elle tolérera sa greffe. Il est trop tôt pour se prononcer. Dites-moi, Tom, avez-vous réussi à joindre Anwar Al-Khayib ?

— Je lui ai téléphoné à son bureau à plusieurs reprises, demandant qu'il me rappelle ; pour l'instant, il ne l'a pas fait. De toute façon, je l'ai fait assigner devant le tribunal municipal, et il ne s'en sortira pas si facilement.

Charles ne put réprimer un sourire. Tom tenait finalement fort bien les rênes de la petite entreprise, en l'absence de Céline. Il échangea encore avec lui quelques propos sans importance avant de raccrocher.

Hélas, la bataille pour la survie de Céline ne se passait pas à son bureau, Charles ne le savait que trop.

36

A l'hôpital, tout le monde savait qu'il faudrait attendre plusieurs jours après l'opération pour savoir si la greffe de Céline avait de bonnes chances de prendre ou si au contraire son organisme la rejetterait.

Au matin du sixième jour, lorsque Caleb sortit de la chambre de la jeune femme pour gagner son laboratoire, il eut la très nette impression que les gens sur son passage le regardaient avec curiosité.

Dans la salle de repos des urgences, pour une fois, Don et Ed écoutaient Porky.

— On va voir aujourd'hui si on trouve dans le sang de Mme de la Roche des traces d'insuline produite par le greffon, expliquait-il, tout excité. Si c'est le cas, cela prouvera que le greffon commence à fonctionner.

— Ce n'est pas le type d'analyse que l'on peut faire à l'hôpital, fit valoir Ed qui, quand il était étudiant, avait travaillé au laboratoire du C.H.U.

Pauvre Ed ! Comme il était pâle et défait ! Il paraissait dix ans de plus que son âge, ces derniers jours, avec ses yeux soulignés de profonds cernes sombres et ses traits tirés.

— Le labo du Dr Winter est parfaitement équipé pour cette analyse, assura aussitôt Porky. D'après ce que j'ai compris, il s'agit d'une procédure complexe. Il faut d'abord séparer le plasma…

— Oh, tu nous fatigues, coupa Don non sans méchanceté. Nous, on veut seulement savoir si la greffe a pris ou pas. On n'a pas besoin d'un cours de biologie !

— Quand vont-ils faire cette première analyse ? demanda Ed.

Il échangea un regard entendu avec Don. Tous deux savaient en effet que le succès de l'opération ne serait pas important seulement pour Céline de la Roche : l'avenir professionnel de Caleb Winter en dépendait aussi.

Porky consulta sa montre.

— Ils devraient la commencer maintenant.

Dans le laboratoire de Caleb, la tension allait croissant. Red Felton venait d'arriver, prétendument pour prendre un café. En réalité, il était aussi anxieux que les autres, et voulait être l'un des premiers à savoir si la greffe avait pris.

Quand la technicienne apparut avec le prélèvement sanguin, tout le monde fit semblant de ne pas la voir, et l'on feignit de s'intéresser à autre chose quand elle versa le contenu de son tube dans la centrifugeuse.

Red s'approcha de Maureen, et grommela sans élever la voix :

— Vous croyez que ça prendra longtemps ? Pourquoi ne suffit-il pas de regarder le sang en transparence au soleil ? Ce serait tellement plus simple !

— Reprenez du café, lui conseilla Maureen, tout sourires, et essayez de vous détendre.

Sur ces entrefaites, Caleb arriva et s'assit avec eux dans la partie de la pièce qui servait de petite salle de réunion. Red, comme à son habitude, mit aussitôt les pieds sur la table placée devant lui, s'efforçant de paraître décontracté.

— C'est maintenant que le drame va se produire, dit-il soudain d'une voix traînante, en forçant son accent texan.

Maureen sursauta.

— Quel drame ?

— La centrifugeuse va tomber en panne et tout sera à recommencer !

La jeune femme se mit à rire.

— Pas cette centrifugeuse, non, Red, dit-elle. Nous l'avons fait vérifier hier et, croyez-moi, elle est bien entretenue.

Un peu plus d'un quart d'heure après, le bruit de l'imprimante qui se mettait en marche fit sursauter tout le monde, presque immédiatement suivi par celui du papier qui sortait de la machine. Red et Maureen se levèrent les premiers, très vite imités par les techniciens. Seul Caleb semblait se désintéresser de la situation, et lorsque la manipulatrice s'approcha de lui pour lui tendre la feuille de résultats, il était occupé à consulter son agenda pour vérifier ses rendez-vous du lendemain.

Tout le monde attendait, le cœur battant, car seul Caleb pouvait interpréter les données inscrites sur la feuille. Pendant une longue minute, il étudia les paramètres sans que son visage ne trahisse la moindre émotion. Puis enfin, dans le silence tendu, il déclara :

— Le greffon fonctionne.

Il regarda ceux qui l'entouraient, sourit, et dit encore :

— Nous fêterons la bonne nouvelle ce soir, comme d'habitude, à 17 heures.

Sur quoi, il se leva, et Maureen, qui croisa son regard, comprit sans difficulté où il allait. Pour sa part, elle se dirigea vers le téléphone afin d'appeler Porky. Cher Porky, il méritait bien d'être prévenu au plus vite du succès de l'opération ! Et d'ailleurs, Maureen voulait lui parler.

Caleb, malgré la joie intense qu'il ressentait, affichait un visage distant en gagnant le Harkness Building. Dans l'ascenseur, il fut rejoint par Gabe Pinero qui, depuis le premier jour, avait pris fait et cause pour lui et n'avait cessé de le soutenir.

— Tout va toujours bien ? demande Gabe, prenant délibérément un ton assez détaché afin que Caleb n'imagine pas qu'il cherchait à se mêler de ce qui ne le regardait pas.

Le chirurgien ne put s'empêcher de lui adresser un sourire radieux.

— La greffe a réussi, dit-il d'une voix qu'il voulait modeste, mais où perçait tout de même un sentiment de triomphe.

A cet instant, l'ascenseur s'immobilisa, la porte s'ouvrit et Gabe regarda son confrère filer à la hâte dans le couloir en direction de la chambre de Céline.

Cette dernière allait mieux, ce matin. Elle était presque assise sur son lit, soutenue par plusieurs oreillers, et l'une des perfusions avait été supprimée, ce qui lui laissait une main libre. A l'arrivée de Caleb, elle s'efforçait de lire un manuscrit. Oh, elle avait encore une petite mine, bien sûr, mais dans son regard brillait une flamme que le médecin n'avait pas vue depuis longtemps.

Caleb tira une chaise près du lit et s'assit.

— J'ai de bonnes nouvelles, dit-il.

La jeune femme écarquilla les yeux sans rien dire, et prit sa main qu'elle serra tout en l'interrogeant du regard.

Caleb lui donna les résultats de l'analyse et lui en expliqua la signification, puis ils bavardèrent. Peut-être était-ce le bon moment pour parler de leur futur ? Caleb le sentait confusément, mais quelque chose le retenait encore. Céline, même si sa greffe avait réussi, demeurait toujours sa patiente, et il ne se sentait pas le droit d'aborder avec elle un sujet aussi personnel. Plus tard, certainement, les choses viendraient toutes seules, sans qu'ils aient à se forcer… Pour changer le cours de ses pensées, il se pencha sur le manuscrit et en lut le titre.

— De quoi est-ce que ça parle ? voulut-il savoir.

— C'est un roman très intéressant, avec un suspense formidable. L'intrigue se passe dans le milieu des courses de chevaux, autrefois.

Comme toujours, Céline, quand il s'agissait de livres qu'elle aimait, faisait preuve d'un enthousiasme communicatif. Elle serra la main de Caleb et demanda :

— Saviez-vous qu'à peu près tous les pur-sang recensés aujourd'hui aux Etats-Unis descendent d'un cheval anglais qui s'appelait Messenger ? Il est arrivé à Philadelphie en 1788 et…

Caleb l'interrompit, souriant de son plus charmant sourire :

— Non, je l'ignorais. Comme vous l'imaginez sans doute, ce n'est pas le genre de livre que je choisirais de lire.

— Ah ? Et que lisez-vous donc ?

La jeune femme paraissait déroutée soudain, et cela n'échappa pas à Caleb. Il marqua un temps d'arrêt avant de déclarer :

— Essentiellement des revues médicales spécialisées. Vous n'imaginez pas tout ce qui est publié dans le domaine de la recherche, de nos jours. Même si je consacrais tout mon temps à lire, je crois que je n'aurais pas le temps de prendre connaissance de tout ce qui paraît !

— Cependant, vous lisez bien pour vous détendre, non ? insista Céline.

Elle aurait voulu ajouter « et pour mieux connaître et comprendre les gens », mais Caleb était déjà sur la défensive, elle l'avait remarqué, et, ne voulant surtout pas le contrarier, elle tint sa langue.

— Oh, de temps en temps, je prends un livre au kiosque où j'achète mes journaux, répliqua-t-il.

Il s'était levé et ajouta dans la foulée :

— Il faut que je retourne au labo. Il y a du monde là-bas qui m'attend.

Il sourit encore à la jeune femme, s'efforçant de recouvrer la joie qu'il éprouvait un peu plus tôt, lorsqu'il était entré dans sa chambre. Hélas, elle s'était envolée, sans qu'il sache pourquoi, un peu comme parfois, par une belle journée, le soleil se cache derrière un nuage fugitif…

Comme toujours, la nouvelle que la greffe de Caleb avait réussi se répandit très vite dans l'hôpital, provoquant des réactions mitigées : liesse, chez certains, critiques et méfiance chez d'autres. A 17 heures, comme le voulait la tradition, les amis de Caleb et ceux qui avaient participé au programme de transplantation se réunirent dans son laboratoire afin de célébrer l'événement comme il convenait. Tout le monde mesurait bien l'importance de ce succès, autant pour Céline de la Roche que pour l'avenir professionnel de son chirurgien.

— Tu vas annoncer ça à la presse et à la télé, j'espère, Caleb ? Vu ta situation, ça peut pas te faire de mal.

C'était Red qui avait parlé, et son regard trahissait sa préoccupation. Caleb aurait besoin de tous les appuis possibles pour tirer son épingle du jeu et retrouver sa place à l'hôpital, car Henry Brighton était teigneux comme un pitbull ; quand il tenait une proie, il ne la lâchait pas tant qu'il ne lui avait pas fait rendre l'âme.

— Je le ferai, Red, répondit Caleb, mais seulement quand viendra le moment opportun.

Maureen avait confectionné un punch avec de la limonade, du jus de fruits et l'alcool à 90° du labo. Il se buvait aussi facilement que de l'eau, mais déliait bien les langues, et se révéla vite très efficace pour remonter le moral des troupes fatiguées.

La jeune femme avait aussi pensé à convier Porky à la petite fête. La malchance voulut que le pauvre garçon arrive devant la porte du laboratoire au moment précis où Henry Brighton passait dans le couloir. Porky rougit et s'engouffra dans le labo comme un voleur, tandis que Henry, percevant le joyeux brouhaha qui régnait dans la pièce et en connaissant la raison, poursuivait son chemin d'un air hargneux et préoccupé.

Porky n'eut aucun mal à se mettre au diapason des gens qui se trouvaient là et avaient déjà bu beaucoup de punch. Il se sentait formidablement heureux et détendu, et avait l'impression de faire partie intégrante de l'équipe de chercheurs de Caleb. Si Dieu le voulait et que tout marchait comme prévu, sans doute pourrait-il devenir chirurgien sans pour autant renoncer à la recherche. C'est en tout cas ce que le Dr Winter lui avait laissé entendre…

— Salut, Porky !

Red venait au-devant de lui avec un gobelet en plastique rempli du redoutable breuvage rose de Maureen. Il le lui tendit et attendit qu'il ait bu pour reprendre :

— T'y connais quelque chose, toi, dans ces trucs d'immunologie ? Tu saurais reconnaître un anticorps s'il te sautait dessus et te mordait au mollet ?

Visiblement, Red, ayant déjà usé et abusé du punch, avait oublié ses soucis, et il était un homme heureux. Il jeta un regard à l'assistance avant de s'adresser de nouveau à Porky sur un ton de conspirateur.

— Ecoute un peu, Porky, dit-il, lui entourant les épaules d'un bras protecteur. Moi, j'entrave rien à ces foutaises d'immunologie, de récepteurs, d'anticorps et tout le bataclan, mais je sais une chose : ce labo est foutu ! Surtout, ne t'en mêle pas, tu m'entends ? Et refuse de venir y traîner tes guêtres. Dans deux mois de temps, il n'y aura plus personne ici pour faire le boulot et plus personne pour commander.

Red contempla tristement le fond de son verre vide, soupira et adressa un petit clin d'œil à Porky.

— Pauvre Amérique ! Tout fout le camp !

Sur quoi, il partit d'une démarche plus qu'hésitante vers la table à tréteaux qui servait de bar.

Céline, en se réveillant, découvrit une infirmière qu'elle ne reconnut pas sur le seuil de sa porte.

— Je suis Cathie Allen, dit la jeune femme après un temps d'hésitation. Sans doute ne vous souvenez-vous pas de moi. Vous m'avez donné un si joli foulard de soie…

Céline, qui avait complètement oublié l'incident, identifiait maintenant Cathie. Celle-ci paraissait nerveuse, presque craintive, comme si elle avait redouté que Céline ne se montre désagréable avec elle. Or cette dernière au contraire était touchée qu'une infirmière qui ne travaillait pas dans le service prît le temps de venir la voir.

— Entrez donc, lui dit-elle, et asseyez-vous. Je suis contente de vous revoir. Dites-moi, comment saviez-vous que je me trouvais ici ?

Pour la première fois, Cathie sourit.

— On ne parle que de vous dans l'hôpital ! Vous êtes notre célébrité. Il y a même des articles sur vous dans les journaux.

La conversation s'engagea entre les jeunes femmes. Cathie, qui avait deux petits garçons, ne tarda pas à sortir leurs photos de son sac pour les montrer à Céline, qui s'extasia sur leur ressemblance avec leur mère. Puis l'infirmière parla encore de la greffe, et de l'impact de sa réussite dans l'hôpital.

— En plus, c'est notre bourreau des cœurs à toutes qui vous a opérée, conclut-elle, observant attentivement Céline.

Celle-ci haussa les épaules et détourna les yeux.

Cathie sourit.

— C'est que la moitié du personnel féminin de l'hôpital

est amoureuse de lui, dit-elle sur le ton de la plaisanterie. Nous l'adorons toutes.

C'est l'instant que choisit Mme Koslowski pour apparaître dans la chambre de Céline avec sa ration horaire d'eau. Elle cligna ses petits yeux porcins en voyant Cathie, qu'elle connaissait, et demanda d'un ton rogue :

— Que fais-tu ici ?

— Je rends une petite visite à Mme de la Roche, répliqua froidement Cathie. Nous nous connaissons.

Toujours méfiante, Mme Koslowski dévisagea Céline, hésita un instant, et posa le gobelet en plastique contenant l'eau sur la table de nuit.

— Buvez ça tout de suite, ordonna-t-elle d'un ton sec. Vous savez que vous devez vider votre verre en ma présence.

— Pourquoi vous parle-t-elle sur ce ton ? demanda Cathie, qui de toute évidence n'en revenait pas, dès que la porte se fut refermée sur Mme Koslowski.

Céline voulut se déplacer légèrement sur le côté et réprima une grimace de souffrance.

— Cette femme est mauvaise, dit-elle, retrouvant un instant l'énergie que confère souvent l'indignation. La plupart du temps, elle fait exprès de renverser le contenu du gobelet par terre pour que je n'aie rien à boire, alors que je meurs de soif en permanence.

Comme Cathie la regardait, écarquillant des yeux incrédules, elle poursuivit :

— Quand j'ai besoin d'un calmant par intramusculaire, elle remplace souvent le produit par du sérum physiologique, et si je demande un somnifère comme m'en a prescrit le médecin, elle me donne de l'aspirine, prétendant qu'elle n'a pas autre chose pour moi. Cette femme est une calamité, mais qu'y puis-je ?

Epuisée d'avoir tant parlé, elle se laissa aller contre ses oreillers et ferma les yeux.

— On m'a déjà dit qu'elle était méchante, dit Cathie au bout d'un moment. Vous en êtes-vous plainte à quelqu'un, dans le service ?

Céline raconta en quelques mots l'épisode de l'huile de ricin que Mme Koslowski avait voulu lui faire prendre alors que le médicament était destiné à une autre patiente, et elle conclut :

— Tout cela n'a plus beaucoup d'importance. Je ne vais pas tarder à rentrer chez moi, et j'oublierai vite Mme Koslowski.

Cathie, pendant ce temps, réfléchissait.

— Du sérum physiologique, avez-vous dit ? demanda-t-elle. Vous en êtes sûre ?

— Oui. Je l'ai surprise un jour en train de remplir sa seringue avec. D'ailleurs, je crois que j'ai besoin d'un calmant, à présent. Restez dans ma chambre, voulez-vous ? Ainsi, j'ai une chance qu'elle utilise le bon produit…

— Je crois que j'ai une idée, dit Cathie. Réfléchissons ensemble, voulez-vous ? Il faut que nous coincions cette sale femme, et j'ai ma petite stratégie en tête. Ce n'est pas pour rien qu'elle vous fait des piqûres avec une seringue pour ainsi dire vide ! Elle y trouve certainement son compte.

Mme Koslowski n'avait pas passé un excellent après-midi. L'une des aides-soignantes du service était malade et l'autre, toute nouvelle, mettait un temps interminable à effectuer la moindre besogne, augmentant de ce fait la charge de travail des autres. Mais Mme Koslowski avait un grand principe auquel elle ne dérogeait jamais : en aucun cas elle ne restait une minute de plus à son poste quand prenait fin son service. Dans ce domaine, si l'on mettait le doigt dans l'engrenage, on était fichu, elle le savait, et vos supérieurs vous exploitaient et vous faisaient travailler deux fois plus que la normale.

Ce jour-là donc, cinq minutes exactement avant que ne sonnent 17 heures, l'infirmière passa voir une dernière fois cette prétentieuse de Mme de la Roche. Elle n'avait pas manqué de visites, cet après-midi, et évidemment, son amoureux, le Dr Winter, était venu la voir à plusieurs reprises. C'était à se demander s'il pouvait se passer d'elle !

En revenant au poste des infirmières, Mme Koslowski expliqua à la collègue qui prenait sa relève que le cahier était à jour, et qu'elle avait enregistré sur le magnétophone les consignes pour la soirée.

— A part ça, conclut-elle, rien à signaler.

A 17 heures précises, elle était partie et dévalait le couloir aussi vite que le lui permettaient ses courtes jambes. D'ailleurs elle avait mal aux pieds. Pas étonnant, quand on passait la majeure partie de la journée debout. Eh bien, puisque c'était comme ça, avant de rentrer chez elle, elle s'arrêterait dans un grand magasin pour s'acheter une paire de sabots à semelles orthopédiques. On en disait le plus grand bien…

Dans le vestiaire se trouvait une seule autre infirmière, une femme déjà âgée et toute maigre que Mme Koslowski connaissait de vue. Elle était assise sur le banc central, et de toute évidence respirait avec peine.

Mme Koslowski passa devant elle pour rejoindre son casier. L'espace étant étroit, elle la bouscula et manqua la faire tomber du banc.

— Pardon, marmonna-t-elle, la tête ailleurs, tout en ouvrant son casier.

Elle en sortit ses chaussures de ville et s'assit sur le banc pour les enfiler. L'autre infirmière tentait visiblement de lui dire quelque chose. Mme Koslowski lui jeta un regard noir.

—… mon remède pour le cœur, gémissait la femme, il est en haut de mon casier… Je n'ai pas la force de…

« Doux Jésus, songea Mme Koslowski, quelle idée d'employer des gens malades ! Mieux vaut filer en vitesse avant qu'elle n'ait sa crise ! »

— Désolée, je suis déjà en retard, dit-elle. Vous trouverez certainement quelqu'un pour vous les donner, vos médicaments.

Elle se changea ensuite à toute vitesse, jetant de temps en temps un regard plein d'appréhension à sa collègue dont l'état, de toute évidence, ne s'améliorait pas. Une fois habillée, elle s'empara de son sac, claqua la porte de son casier, et sortit sans traîner du vestiaire, dont elle referma la porte avec un soupir de soulagement.

Mme Koslowski tirait une grande fierté du fait qu'elle était toujours la première à quitter l'hôpital, une fois son service terminé, et ce, qu'il pleuve ou qu'il vente. Aujourd'hui ne faisait pas exception à la règle.

Dans le couloir menant à la sortie du personnel se trouvaient deux gardes en uniforme. L'un, très poliment, lui ouvrit la porte. L'autre, en revanche, se tenait sur son chemin ; elle voulut le pousser pour passer, mais il ne bougea pas d'un pouce.

— Qu'est-ce qui vous prend ? s'écria-t-elle en le fusillant du regard.

Elle vit alors que les deux gardes étaient devant elle et lui barraient la route.

— Vos papiers, s'il vous plaît, madame, dit le plus âgé.

— Vous rigolez ou quoi ? glapit Mme Koslowski. Je passe par cette porte tous les jours et jamais personne ne m'a demandé mes papiers !

Néanmoins, elle fouilla son sac et en sortit sa carte d'identité, que le second garde examina avec soin.

— Vous êtes donc bien Marsha Koslowski ?

— Qui voulez-vous que je sois ? rétorqua l'intéressée en tendant la main pour récupérer sa carte.

— Nous avons ordre de vérifier le contenu de votre sac, madame.

C'était le plus jeune des deux qui avait parlé. Il portait une moustache et n'avait pas l'air commode.

Hors d'elle, Mme Koslowski avait pris son sac pour le serrer sous son bras. Elle tenta d'écarter l'autre garde pour s'esquiver ; celui-ci s'y attendait, et il la saisit à bras-le-corps.

L'infirmière avait beaucoup de force, et se débattit si bien qu'une bagarre s'ensuivit. Dans le feu de l'action, Mme Koslowski ne vit pas la voiture de police qui faisait demi-tour dans la rue pour se ranger juste devant la sortie de l'hôpital. Deux policiers en sautèrent et entrèrent dans le bâtiment pour maîtriser la récalcitrante. Celle-ci hurlait au scandale à présent, envoyant des coups de pied à droite et à gauche et mordant tout ce qui passait à proximité de son visage. On la traîna dehors, et elle tenta de jeter son sac dans une bouche d'égout qui se trouvait là. En vain. Les policiers s'en emparèrent au vol.

Au poste de police, on découvrit dans le sac trois ampoules de Demerol 100 mg, un puissant analgésique, et, lorsque les policiers revinrent à l'hôpital vérifier le casier de l'infirmière, ils y trouvèrent une intéressante quantité d'amphétamines, plusieurs flacons de Valium, et différentes sortes de somnifères.

C'est ainsi que Mme Koslowski fut écrouée sous l'inculpation de vol et recel de stupéfiants.

Céline ne l'apprit que le lendemain matin. Lorsqu'elle sut que les soupçons de Cathie au sujet de Mme Koslowski s'étaient révélés fondés et que son traquenard avait marché, la vie lui apparut tout de suite sous un jour plus joyeux.

Caleb vint lui enlever sa dernière sonde vers 11 heures. Il l'aida ensuite à se lever. C'était la première fois, et Céline crut qu'elle n'y parviendrait jamais. Quand elle s'assit sur le bord du lit, une douleur fulgurante lui cisailla le ventre et, quand elle voulut se tenir sur ses jambes, elle crut s'évanouir. Heureusement, Caleb était là pour la soutenir.

Il voulait seulement lui faire faire quelques pas dans la chambre avant qu'elle ne regagne son lit, mais Céline insista pour sortir marcher un peu dans le couloir. A présent qu'elle avait fait l'effort de se lever, autant en profiter…

Dans le corridor se tenait une femme d'un certain âge, à l'air triste et résigné, qui attendait visiblement qu'on l'autorise à entrer dans la chambre faisant face à celle de Céline. Cette dernière ayant demandé à Caleb qui elle était, il lui raconta brièvement l'histoire de Bridget Coughlan et de son petit bébé. Il lui expliqua brièvement les problèmes pulmonaires dont elle souffrait et contre lesquels les traitements et interventions qu'elle avait subis s'étaient révélés inopérants.

— Pauvre femme — et pauvre petit enfant, surtout ! s'exclama Céline. J'aimerais faire quelque chose pour eux.

Caleb, qui soutenait Céline tout en poussant la potence de la perfusion, secoua la tête.

— Je crains hélas qu'il n'y ait rien à faire. A présent, Céline, vous avez assez marché, et vous devriez regagner votre lit.

— Pas tout de suite. J'aimerais m'asseoir un moment là-bas, près de la fenêtre, si cela ne vous ennuie pas.

Une fois la jeune femme installée là où elle le désirait, Caleb se tint un moment auprès d'elle, une main sur son épaule. Céline la recouvrit de la sienne, et tous deux regardèrent en silence à l'extérieur.

Quand ils ne discutaient pas des problèmes liés à l'opération de Céline et à sa convalescence, ils avaient du mal à trouver des sujets de conversation. Caleb en était conscient, et cela le chagrinait de ne rien avoir à dire à la jeune femme en dehors du contexte médical. Quant à Céline, elle s'interrogeait : peut-être Caleb n'aimait-il pas aborder des sujets qu'il ne connaissait pas parfaitement ? Quoi qu'il en soit, le silence devait lui peser car, au bout de quelques minutes seulement, il se pencha, effleura de ses lèvres les cheveux de sa compagne et s'en fut, murmurant qu'il lui enverrait une infirmière pour l'aider à rentrer dans sa chambre.

Au bout d'un moment, cependant, Céline réussit à se redresser seule. Elle se dirigea vers sa chambre, poussant elle-même sa potence. Mme Coughlan se tenait toujours près de la porte de sa fille et, au passage de Céline, elle leva les yeux vers elle.

— Comment va votre fille ? lui demanda Céline.

— Toujours pareil. Heureusement, les gens sont gentils, ici. Tout le monde fait son possible pour la soulager.

Céline réussit à s'asseoir sur une chaise à côté de la vieille dame.

— Vous paraissez encore bien fatiguée pour vous promener ainsi dans le couloir, fit observer Mary Coughlan avec sollicitude. Vous devriez vous recoucher. Voulez-vous que j'appelle une infirmière ?

— Je me sens à peu près bien, ne vous inquiétez pas pour moi. Parlez-moi plutôt de vous. Comment vous organisez-vous ? Cela ne doit pas être facile.

Céline avait parlé d'une voix faible, mais avec tant de sympathie que Mary en fut touchée.

— Pas vraiment, non, admit-elle. Surtout avec le bébé…

Elle secoua la tête avec lassitude.

— Je ne peux pas l'emmener avec moi tous les jours parce que j'habite trop loin, et je n'aime pas le laisser chez des voisins tout le temps.

— Où habitez-vous ? voulut savoir Céline.

— Près de Warren Street. Cela fait un peu plus de trois kilomètres, d'ici. Mais je me débrouille, n'ayez crainte, ajouta Mary, voyant que Céline semblait très préoccupée. Il ne faut surtout pas vous inquiéter pour moi.

Céline la dévisagea sans répondre. Caleb lui avait dit que Bridget Coughlan était en train de mourir, et que Mary, sa mère, avait la charge de son petit garçon nouveau-né. Comme la vieille dame paraissait calme et résignée dans l'épreuve ! Céline repensa avec remords à sa propre attitude. Elle s'était montrée si hostile et exigeante, au début de son séjour à l'hôpital…

Une infirmière sortit de la chambre de Bridget et s'entretint quelques instants avec Mary. Après son départ, Céline interrogea encore Mary sur le bébé, puis, infiniment fatiguée, elle prit congé et regagna sa chambre.

Une fois dans son lit, cependant, elle ne réussit pas à chasser la famille Coughlan de ses pensées. Aussi, au bout d'un moment, la jeune femme souleva-t-elle le combiné du téléphone posé sur sa table de nuit afin d'appeler le service social de l'hôpital. La femme qu'elle eut en ligne parut surprise lorsque Céline lui exprima sa requête, mais elle promit que désormais un taxi attendrait chaque jour Mme Coughlan devant chez elle pour la conduire à l'hôpital, et la ramènerait à son domicile après sa visite à sa fille.

37

Ce ne fut d'abord qu'une rumeur, et comme toutes les rumeurs, elle se répandit dans l'hôpital à la vitesse de l'éclair, reprise par certains, déformée par d'autres. Mais tout le monde y crut d'emblée, et ce pour une raison majeure : on avait vu le matin même Henry Brighton gagner son bureau en toute hâte, affichant un air particulièrement furieux et, durant la matinée, des gens influents de l'hôpital et de la faculté de médecine avaient tenu des réunions et conciliabules improvisés dans les endroits les plus inattendus, comme la salle de conférences des infirmières ou la bibliothèque du personnel.

Red Felton, dont les yeux bleus semblaient pour une fois aussi innocents que ceux d'un enfant, demanda à Caleb si c'était vrai, mais l'interrogé se contenta de secouer la tête. Soit il n'en savait rien, soit il ne voulait rien dire.

Dès lors, tout alla très vite. Le soir même, le *New Coventry Telegraph*, l'un des journaux les plus lus de la ville, publiait un article écrit par quelqu'un qui visiblement savait ce dont il parlait.

« Vote truqué au C.H.U. de New Coventry », titrait le quotidien. Le journaliste expliquait dans le détail comment Caleb Winter, le célèbre chirurgien spécialisé dans les transplantations d'organes, s'était vu démis de ses fonctions au sein de l'hôpital et n'allait pas tarder à être expulsé de la faculté de médecine. L'article se poursuivait ainsi :

« "Ce qui s'est passé est illégal, injuste et monstrueux", nous a confié Leroy Williams, membre influent de la communauté de New Coventry et membre également du Comité d'éthique et de santé publique de l'hôpital. D'après lui, le Comité a été manipulé pour voter contre le projet de transplantation d'organes soumis par Caleb Winter, et ce, afin d'empêcher le Dr Winter de poursuivre ses recherches, pourtant d'une importance vitale dans le cas de certaines maladies digestives. Williams se bat pour obtenir une nouvelle réunion du Comité, afin que celui-ci annule sa décision et vote de nouveau. "Des erreurs pareilles ne se reproduiront pas, assure-t-il. Winter est l'un des chefs incontestés de la recherche dans le domaine des transplantations, et nous devons l'aider plutôt que de faire obstacle à ses efforts."

» Williams, qui a toujours joué un rôle important dans les problèmes et conflits sociaux de New Coventry, a laissé entendre que si Winter ne retrouvait pas immédiatement son poste au sein de l'hôpital, la communauté noire de la ville se verrait dans l'obligation de s'impliquer sérieusement dans l'affaire, en accord avec les étudiants en médecine, les internes et les résidents. "Ceux-ci, a précisé Williams, sont d'ores et déjà sur le point de se soulever." »

Toujours d'après l'article, le *New Coventry Telegraph* avait joint par téléphone un porte-parole de l'hôpital, qui avait tenu à garder l'anonymat. Selon lui, la direction de l'hôpital, qui s'intéressait de très près à l'affaire, n'avait pas de commentaire à faire pour l'instant.

Dès la sortie du journal, Caleb fut convoqué en urgence dans le bureau de Marshall Prince. Le chirurgien nia avoir été au courant de l'article, et assura qu'il n'avait fait aucune déclaration à la presse. Tout le monde connaissait sa droiture, et il paraissait si sincèrement surpris que seul Henry Brighton pensa qu'il mentait.

— Tu es pourtant bien la seule personne à qui peut profiter ce papier, souligna le patron de chirurgie. A part toi, qui donc aurait pu mettre son auteur au courant de nos affaires internes ?

Caleb haussa les épaules.

— Je suis le premier étonné de ce que j'ai lu, répéta-t-il. Interroge donc Leroy Williams. Il en saura peut-être davantage.

Aux informations, ce soir-là, la télévision diffusa une interview de Leroy. Il était entouré d'une foule bruyante et agitée, composée de beaucoup de Noirs mais aussi d'internes et de résidents hospitaliers en blouse blanche.

— Nous voulons que justice soit faite, criait Leroy par-dessus le tohu-bohu. Nous sentons des relents de racisme dans cette affaire, et nous ne le tolérerons pas. Si demain le Dr Winter n'a pas réintégré son poste de chirurgien hospitalier, nous manifesterons. Pas vrai, mes amis ?

Les clameurs qui s'élevèrent autour de lui ne laissaient guère de doute quant aux intentions de la foule, et Marshall Prince, qui regardait les nouvelles chez lui, ne put s'empêcher de crisper les poings. Pourvu que cette histoire ne tourne pas trop mal !

Le lendemain matin à 8 heures, le porte-parole de l'hôpital annonçait que le Dr Winter serait réintégré dans ses fonctions hospitalières tant que l'enquête en cours sur les motifs de la sanction dont il avait fait l'objet n'aurait pas conclu à sa culpabilité. L'homme ajoutait :

— Nous ne voulons pas que le Dr Winter ou quelque autre de ses confrères soit pénalisé tant que n'ont pas été mis en lumière les faits justifiant cette pénalisation.

Néanmoins, comme pour mieux prouver leur détermination, Leroy et une centaine de ses émules se présentèrent devant l'entrée principale de l'hôpital, ce matin-là, armés de bannières et de calicots. Ils furent rejoints par un contingent assez important de résidents et d'étudiants et, pendant plus d'une heure, tous hurlèrent des slogans. Après quoi Leroy et ses hommes regagnèrent en bon ordre Washington Avenue, où les attendaient des bières bien fraîches et gratuites sur des tables de fortune montées sur le trottoir.

Dans son bureau, Henry Brighton, qui surveillait par la fenêtre l'agitation de la rue, n'arrivait plus à contenir sa colère.

— Pourquoi, bon Dieu, pourquoi ce salaud de nègre se mêle-t-il de nos affaires ? Comment a-t-il réussi à manipuler les étudiants et les résidents ? Et que cherche-t-il à gagner dans cette histoire ?

Autant de questions que bien d'autres, au sein de l'hôpital comme au-dehors, se posaient en termes plus mesurés, et qui pour l'instant demeuraient sans réponse.

La réaction des confrères de Caleb ne se fit pas attendre. On l'arrêtait dans les couloirs, maintenant, afin de le féliciter d'avoir eu gain de cause et d'avoir retrouvé son poste. A la cafétéria, plusieurs personnes lui donnèrent l'accolade, et les résidents le regardaient avec une fierté presque possessive. Après tout, Caleb avait été réintégré dans ses fonctions en partie grâce à leur manifestation… L'intéressé, cependant, continuait à vaquer à ses occupations, apparemment indifférent à tout le tapage dont il faisait l'objet.

— Notre vieux copain Henry ne se tient plus de rage, lui dit Red lorsqu'il le rencontra dans un couloir. Mais il est certain d'avoir ta peau à plus ou moins longue échéance. D'après lui, cette histoire avec Leroy Williams est un coup monté par Anna Lynn Page et toi, et il dit qu'il arrivera à prouver que vous avez graissé la patte de Leroy.

En guise de réponse, Caleb le regarda avec un sourire ironique.

— Quant au Comité d'éthique et de santé publique, continua Red, Henry jure ses grands dieux qu'il ne se réunira pas une seconde fois, et que, si d'aventure cela se produisait, il faudrait d'abord lui passer sur le corps.

— Pourquoi ne pas essayer ? suggéra Caleb d'un ton tellement glaçant que Red en fut pris de court.

Il n'en poursuivit pas moins, sans quitter son confrère des yeux :

— D'après Henry, le Comité s'est réuni en toute légalité, et a voté de même. On ne va pas tout recommencer parce qu'un sale nègre en a décidé ainsi, ne cesse-t-il de répéter.

— Attendons de voir, répliqua calmement Caleb. Parle-moi de tes recherches à présent. Ça marche ? Henry va te demander du vrai boulot et des résultats, lorsqu'il ouvrira son laboratoire. Tu ne pourras plus te contenter de lire le journal en mâchonnant ta chique, mon pauvre Red.

— Tu penses qu'il va vraiment l'ouvrir, ce labo ? demanda son interlocuteur, tout angoissé soudain. Je n'arrive pas à l'imaginer…

Caleb afficha de nouveau son sourire grimaçant.

— Red, il faut avoir confiance en Henry et le respecter. N'oublie pas qu'il est notre patron à tous, et désormais ton chef direct. Tu dois le prendre pour exemple.

Le sourire de Caleb s'élargit encore, et le médecin serra amicalement le bras de son confrère avant de poursuivre son chemin.

— Que prétend-il exactement ? demanda Henry Brighton.

Le Dr Karl Liebowitz, doyen de la faculté de médecine,

un psychiatre barbu et volubile, jeta un regard à Marshall Prince assis en face de lui avant de répondre.

— Dans sa lettre, dit-il enfin, indiquant la feuille posée devant lui sur la table, Leroy Williams assure que le Comité a été grossièrement trompé sur l'avancement des travaux du Dr Winter.

— Le rapport que le Dr Winter a remis au Comité en vue d'obtenir l'approbation de son projet expliquait clairement où en étaient ses travaux, répliqua vivement Henry. Je dirais même qu'il entrait dans tous les détails. Ce n'est pas ma faute si…

— Bien sûr, bien sûr, coupa Liebowitz, regardant Henry par-dessus ses lunettes en demi-lunes. Mais Leroy ne parle pas de cela. Il fait allusion à des remarques préliminaires énoncées par…

Il jeta un coup d'œil à la lettre, comme s'il cherchait confirmation de ce qu'il allait dire.

— Par… eh bien, par vous, Henry.

L'interpellé plissa les yeux, et ses lèvres ne formèrent plus qu'une mince ligne sévère. Il réfléchit un instant avant de déclarer d'un ton froid et supérieur :

— J'étais le seul chirurgien membre de ce Comité, et partant, celui qui en connaissait le plus dans ce domaine. On m'a demandé mon avis et je l'ai donné aussi honnêtement que possible.

— Je comprends, dit le psychiatre de cette voix apaisante qu'il devait prendre lorsqu'il avait affaire à un patient particulièrement récalcitrant, et je vous demande de m'excuser. Je n'avais pas réalisé que vous étiez un spécialiste dans le domaine de l'immunologie et des transplantations.

Son ton s'était fait doucereux, et Henry fut aussitôt sur ses gardes.

— Je n'ai jamais rien prétendu de tel, répliqua-t-il, feignant une légitime indignation, mais le Dr Winter appartenant au département que je dirige, je me suis toujours fait un devoir de…

Cette fois, c'est Marshall Prince qui le coupa, et sa voix très assurée ne manquait pas d'ironie.

— N'étant pas un spécialiste vous-même, vous avez dû passer beaucoup de temps avec le Dr Winter et son équipe pour étudier avec eux tout le détail de leurs travaux, si vous vouliez être en mesure de donner au Comité une opinion valable sur l'avancement de leur projet.

La phrase n'était pas formulée comme une question, mais elle exigeait une réponse. Au lieu de quoi, le silence se fit. Ses deux interlocuteurs regardaient Henry, guettant sa réaction. Quand le directeur reprit enfin la parole, il avait perdu un peu de sa superbe.

— Evidemment, je me tiens toujours très informé des travaux de mes confrères, surtout de ceux appartenant à mon département. De ce fait, je suis donc généralement qualifié pour donner un avis objectif sur la progression de leurs projets et leurs chances de les voir aboutir.

Un silence pesant s'instaura de nouveau dans la petite pièce. Marshall Prince prit la lettre qui se trouvait sur la table, la parcourut des yeux, et déclara au bout d'un moment :

— Dans ce courrier, M. Williams assure que, dans votre évaluation préliminaire du projet du Dr Winter, vous avez délibérément sous-estimé ses chances de réussite ainsi que le niveau d'avancement de ses travaux.

Il avait parlé d'un ton objectif, sans la moindre critique dans la voix.

— C'est trop fort tout de même ! s'exclama aussitôt Henry avec violence. Ce… ce souteneur prétendrait en savoir plus que moi en matière de transplantation ? C'est un comble, vous l'avouerez ! Pourquoi ne demandez-vous pas l'avis du Dr Armuth, le président du Comité ? Lui au moins est médecin, et il vous dira exactement ce qui s'est passé au cours de la séance.

— Nous avons interrogé le Dr Armuth, dit alors Liebowitz, et je dois hélas vous dire qu'il confirme les allégations de M. Williams.

Hors de lui, Henry donna un grand coup de poing sur la table.

— Tout ce que j'ai dit en préambule du vote du Comité, je l'ai dit en mon âme et conscience. Les transplantations de pancréas animaux sur des êtres humains sont prématurées, dangereuses et, à mon avis, elles ont peu de chances de réussir.

— Le Dr Winter en a pourtant pratiqué une, fit doucement valoir Marshall, et d'après les résultats des analyses la greffe fonctionne. Cela tend à prouver que le projet était au point, non ?

Pris de court par cet argument qu'il semblait ignorer, Henry, cette fois, ne trouva rien à répondre. Il parut se tasser sur son siège.

Liebowitz reprit la parole d'un ton las.

— Dans ces conditions, j'ai décidé de reconvoquer le Comité d'éthique et de santé publique.

Henry hocha la tête. Que faire d'autre ? Bien sûr, dans l'immédiat, il avait perdu la partie, mais au moment de la réunion, il saurait se montrer convaincant, et les membres du Comité confirmeraient leur première décision. Après tout, il était le seul d'entre eux à faire autorité dans un domaine aussi spécifique…

La voix du Dr Liebowitz le tira de ses pensées et il sursauta. Le psychiatre disait en effet que, conscient des multiples obligations et responsabilités qui incombaient au directeur d'un service de chirurgie, il préférait rayer Henry de la liste des membres du Comité. Le Dr Red Felton, un autre membre éminent du département, le remplacerait.

Henry quitta la réunion, blême de rage. La subvention que le Consortium comptait lui allouer semblait bien menacée à présent. Herr Ortweiler, au moment où les accords avaient été pris, s'était montré explicite : Henry ne recevrait les fonds que lorsque le Consortium aurait la preuve que le projet de transplantation de Caleb Winter était définitivement arrêté. Henry avait déjà écrit à Herr Ortweiler pour l'informer de la décision du Comité, et il avait joint à sa lettre une copie de la notification envoyée au Dr Winter.

D'ailleurs, à bien y réfléchir, était-il indispensable d'informer immédiatement Ortweiler que la situation avait changé ? Henry risquait de perdre la confiance des Suisses. Or, pour l'instant, rien n'était encore fondamentalement modifié. En outre, que Red Felton fît désormais partie du Comité était plutôt une bonne chose. Après tout, Henry était son patron, et pourrait faire pression sur lui. Bien sûr, il faudrait prendre le temps de lui parler longuement, le mettre en face de ses responsabilités, mais Felton, qui était un malin, verrait vite où était son avantage. Et d'ailleurs, s'il fallait en arriver là, Henry pourrait même sans doute le soudoyer.

Car grâce à ce qu'il savait sur cette nouvelle insuline révolutionnaire, Henry serait très bientôt un homme riche. Il pourrait acheter Red en lui allouant une subvention de recherche, par exemple. Ce serait même déductible de ses propres impôts... Oui, finalement l'avenir ne s'annonçait pas si mal !

38

Maureen, qui avait entendu mille choses sur les relations de Caleb avec Céline, décida un beau jour de se rendre au Harkness Building, dans le service de chirurgie de Caleb. Ainsi, elle en aurait le cœur net…

Céline n'était pas encore rétablie, loin de là. Néanmoins, bien qu'elle fût toujours sous perfusion, Maureen la trouva non pas dans son lit, mais assise à une table près de la fenêtre, occupée à corriger un manuscrit. Même sans maquillage, et malgré ses cheveux en désordre, Céline avait l'air d'une reine. En voyant Maureen, elle pinça les lèvres, comprenant immédiatement qui était cette jolie rousse aux ravissants yeux bleus qui se tenait indécise sur le seuil de sa porte. Il est vrai que Porky lui avait beaucoup parlé de Maureen.

Cette dernière s'était raidie, n'osant pas avancer dans la chambre. « Comme elle a de jolies jambes ! » songea Céline en la détaillant à la dérobée. Pas très longues peut-être, mais parfaitement galbées…

— Je suis Maureen Spark, murmura la nouvelle venue d'une voix mal assurée. Je travaille avec Caleb Winter.

Céline, que tout poussait à trouver Maureen déplaisante, dut sentir que cette dernière n'était pas heureuse car, soudain, toute son animosité disparut, laissant place à un élan de sympathie.

— J'ai participé à l'opération que vous avez subie,

continuait Maureen, et je voulais savoir si vous vous rétablissiez bien.

Comme Céline prenait l'air étonné, Maureen expliqua comment, après avoir démissionné de l'équipe de chercheurs de Caleb, elle était revenue aider le médecin après la malheureuse défection de Milo, quand il avait décidé d'effectuer sa transplantation.

— Je ne supportais pas l'idée que vous ayez à subir une D.P.C., ajouta-t-elle en baissant timidement les yeux. C'est une opération tellement mutilante ! Dans la mesure où Caleb pouvait l'éviter, je ne voulais pas qu'il renonce à une greffe par manque de personnel compétent.

— Je vous en suis très reconnaissante, répondit Céline. Cependant, pourquoi tant de sollicitude à mon égard alors que vous ne me connaissiez même pas ?

Maureen sourit.

— Bien sûr que si, je vous connaissais ! Vous êtes comme Caleb : dès que vous arrivez quelque part, on ne parle plus que de vous.

Un silence suivit cette déclaration. Céline reprit la parole au bout d'un moment.

— Que voulez-vous, exactement ?

— J'aimerais que nous parlions de Caleb, déclara doucement Maureen, et que nous en parlions entre femmes, à cœur ouvert.

— Eh bien, je vous écoute.

Céline s'était exprimée d'une voix ferme, bien qu'il lui fût encore difficile de parler — le moindre effort réveillait sa douleur.

— Je connais Caleb depuis longtemps, commença Maureen, et je travaille avec lui depuis longtemps aussi. Il m'a fallu des années pour saisir ce qu'il était vraiment et comment il fonctionnait.

Il y avait de la tristesse dans sa voix, et Céline comprit

que la jeune femme avait dû beaucoup souffrir dans sa relation avec Caleb.

Elle poursuivait :

— A présent, je sais qu'il se passe quelque chose entre lui et vous. J'ignore à quel point vous êtes… euh… enfin… impliquée, mais il faut que vous sachiez certaines choses à son sujet. Après tout, il n'est pas seulement le célèbre Dr Winter, brillant chirurgien poursuivant une carrière exceptionnelle.

Céline souffrait beaucoup à présent, mais pour rien au monde elle n'aurait interrompu cet entretien.

— Je crois pourtant le connaître assez bien, avança-t-elle. En tout cas, je le vois sous un jour très différent du vôtre.

— C'est tout à fait vrai, admit Maureen. Mais la vision que vous avez de lui n'est pas réaliste. Depuis que vous le connaissez, vous êtes complètement à sa merci, puisqu'il vous soigne d'une grave maladie et vous a sans doute sauvé la vie.

— Je ne suis pas d'accord, s'exclama Céline, toute sa vigueur recouvrée. D'abord, je ne supporte pas d'être dépendante de qui que ce soit, fût-ce lui. Ensuite, il y a bien davantage dans l'intérêt que je lui porte qu'une simple « dépendance » de patiente à médecin.

La jeune femme reprit son souffle avant de poursuivre :

— Comprenez-moi, Maureen. Vous, vous êtes impliquée dans son travail parce que vous collaborez avec lui ; moi, pas. Caleb a besoin de s'échapper de l'hôpital et de toutes ses préoccupations professionnelles pour voir de nouveaux horizons, respirer le parfum des fleurs, jouir de la vie… Voilà ce qui lui manque et ce qui lui a toujours manqué. Or il sait qu'avec moi il aura tout cela.

Maureen secoua tristement la tête.

— Sorti de l'hôpital, Caleb Winter n'est plus le même homme, dit-elle. Sa vraie vie est ici. Seul son métier l'intéresse — en fait, rien d'autre ne le touche vraiment. Vous verrez, jamais vous ne parviendrez à être réellement proche de lui. Vous réussirez parfois à l'émouvoir, mais jamais pour longtemps et, en définitive, il vous brisera le cœur.

— Ne vous inquiétez pas : mon cœur me semble plus solide que le vôtre, dit Céline non sans brusquerie. Je crois que je saurai m'accommoder de Caleb.

Maureen s'assit au pied du lit, face à Céline.

— Le problème n'est pas de s'accommoder de lui, dit-elle, pesant bien ses mots. Vous avez dit que vous vouliez le distraire de son travail, alors que c'est précisément sa raison de vivre. C'est la principale chose qu'il faut comprendre à son sujet.

Céline commençait à sentir les premiers germes du doute s'insinuer en elle. Quelque part, tout au fond de sa tête et de son cœur, elle s'était déjà obscurément posé la question. En dehors de sa carrière ô combien brillante, qu'était en réalité Caleb ? Existait-il seulement ?

Maureen se leva pour gagner la fenêtre.

— Autre chose, dit-elle sans regarder Céline, vous avez assuré tout à l'heure n'être pas impliquée dans son travail. C'est faux ! Comprenez une chose, Céline : en ce moment, vous *êtes* son travail. Il n'en sera pas toujours ainsi et, hélas, son travail continuera en dehors de vous. Voyez-vous où je veux en venir ?

Intérieurement, Céline commençait à se sentir très mal à l'aise. Maureen exprimait tout haut les craintes qu'elle-même n'avait jamais osé formuler. Mais elle n'allait tout de même pas s'en ouvrir à la jeune femme… Quand on était touché, mieux valait attaquer que montrer sa faiblesse.

— Soyez réaliste, Maureen, dit-elle d'une voix très assurée. Vous avez toujours travaillé avec lui, si bien que votre relation se fondait essentiellement sur l'aspect professionnel de vos vies. Vous êtes son assistante. Comment avez-vous pu croire un instant que vous obtiendriez davantage d'un homme comme lui ?

Les yeux bleus de Maureen se mirent à briller d'un éclat intense.

— Je l'ai cru pourtant.

— Et vous vous êtes trompée, conclut Céline, implacable.

Soudain, un accès de toux l'obligea à se courber en deux. Dieu, que tousser lui faisait mal ! Il fallait qu'elle l'évite à tout prix. Elle réussit à reprendre son souffle et continua d'une toute petite voix :

— Caleb n'est pas l'homme qu'il vous faut, Maureen, vous le savez bien. Trouvez quelqu'un qui ait besoin de vous.

— Peut-être avez-vous raison, murmura l'interpellée. Et peut-être l'ai-je déjà trouvé.

Elle sourit alors, ne voulant pas en dire davantage. La conversation roula ensuite quelques minutes encore sur l'état de santé de Céline, puis Maureen prit congé.

Lorsqu'elle fut seule, Céline se redressa sur sa chaise. Au premier abord, elle avait mésestimé Maureen, pensant que celle-ci cherchait à déconsidérer Caleb à ses yeux. Non, Maureen connaissait bien l'homme, et elle n'avait pas essayé d'en éloigner Céline. Elle avait simplement voulu lui dire la vérité — et sa conversation laissait un grand vide douloureux dans le cœur de la jeune femme.

Didier Franchet était très content de lui. Il avait eu une longue conversation téléphonique avec ces gens de Peekskill, et le vieux monsieur, un ingénieur à la retraite, avait accepté de vendre ses parts de Fortman et Carfield au prix que proposait Didier. Il ne restait plus à ce dernier qu'à se rendre sur place pour conclure la transaction.

Le téléphone sonna dans sa suite. C'était la réception qui

l'informait que son taxi l'attendait devant l'entrée. Didier saisit son attaché-case et sortit.

Deux hommes se trouvaient dans le couloir. Il ne leur prêta pas attention, d'autant que, au moment de fermer sa porte, il s'aperçut qu'il avait oublié de prendre la clé. Il rentra donc dans la suite, récupéra la clé et ressortit. Les deux individus étaient toujours là.

— Puis-je vous aider ? leur demanda Didier avec une certaine hauteur.

— Certainement oui, monsieur Franchet, acquiesça le plus petit des deux, le regardant droit dans les yeux. Je m'appelle Bert Zeigler, et voici Alvin Smith. J'appartiens à la brigade de répression de la fraude fiscale, et Alvin est inspecteur de la Commission des opérations boursières.

En parlant, Bert avait ouvert son portefeuille, et Didier vit l'éclat argenté d'un badge officiel.

Sans se troubler, il rouvrit la porte de sa suite et invita les deux hommes à entrer.

— Eh bien, que puis-je pour vous ? demanda-t-il non sans brusquerie. Je vous prierai d'être brefs car une voiture m'attend devant l'hôtel.

Bert posa sa serviette sur la table. C'était une antiquité dont les angles de cuir renforcé étaient tout râpés. Il l'ouvrit sans se presser.

— Agréable, cette suite, dit aimablement Alvin, qui s'était dirigé vers la fenêtre surplombant Central Park.

Bert tira une chemise de sa serviette avant de déclarer, indiquant la chaise en face de lui :

— Vous devriez vous asseoir, monsieur.

Didier obtempéra, se demandant où ces deux individus voulaient en venir.

Bert reprit la parole.

— Plusieurs choses nous amènent. D'abord, vos déclarations de revenus, ou plus exactement le fait que vous n'en n'avez pas fait depuis…

Bert feuilleta les papiers devant lui.

— Depuis… voyons… depuis 1949, c'est-à-dire depuis environ quarante ans.

Il eut ensuite un sourire réjoui à l'adresse de Didier, et l'on aurait pu croire qu'il se demandait comment pareil détail avait pu échapper à son interlocuteur pendant si longtemps.

Alvin s'était détourné sans bruit de la fenêtre pour se placer dans le dos de Didier. Contrairement à Bert, lorsqu'il parla, sa voix était dure et presque accusatrice.

— Il y a cinq mois, vous avez acheté pour une somme très importante des actions de Fortman et Carfield, une société cotée en Bourse.

Didier sursauta. Sans s'en préoccuper, l'autre poursuivit :

— Cette transaction ne nous a pas été signalée, pas plus qu'elle n'a été enregistrée officiellement, ce qui est une infraction aux règlements de la Commission des opérations boursières. Vous avez en outre voulu la dissimuler, et vous êtes là encore en infraction. Je dois donc vous informer, monsieur Franchet, que s'il y a procès et que vous êtes déclaré coupable, vous encourrez une peine d'emprisonnement doublée d'une amende importante.

Didier sourit. Il ne semblait pas troublé le moins du monde.

— Merci pour cette information, monsieur.

Se tournant ensuite vers Bert, il reprit :

— Il faut que vous sachiez, monsieur, que je n'ai fait de déclaration de revenus ni au Brésil, ni au Salvador, ni à Tahiti, ni en Australie, et ce parce que je ne vis pas davantage dans ces pays qu'aux Etats-Unis.

Didier avait reculé sa chaise et s'était levé, furieux brusquement de devoir se justifier devant ces deux imbéciles.

— Dois-je vous rappeler, poursuivit-il, qu'en tant que citoyen français je ne suis ici qu'un visiteur ? A ce titre, je n'ai pas à me soumettre aux tracasseries de votre système fiscal, et j'estime par ailleurs avoir droit à la courtoisie que l'on accorde généralement aux étrangers.

Bert poussa un soupir, et l'on aurait pu croire que cette affaire le chagrinait très sincèrement. Il fouilla de nouveau dans sa serviette et en sortit une photocopie.

— Voici la copie du document certifiant que vous êtes citoyen des Etats-Unis d'Amérique, dit-il d'un ton las. Or, en tant que citoyen de ce pays, vous êtes tenu de faire une déclaration de revenus à la fin de chaque année fiscale.

— Tout cela est ridicule ! s'exclama Didier. Je ne réside pas aux Etats-Unis ! Me prenez-vous pour un imbécile ? J'ai des conseillers juridiques et fiscaux, voyons !

— Nous aurons tout le loisir de discuter de vos problèmes dans nos bureaux, monsieur, intervint alors Alvin. En attendant, peut-être serait-il sage de renvoyer votre taxi.

Peu après, les trois hommes prenaient l'ascenseur afin de se rendre aux locaux new-yorkais de la brigade de répression de la fraude fiscale. En chemin, Alvin confia à Didier que ses ennuis étaient sérieux, et que, d'après ce qu'il avait entendu dire, Didier se verrait contraint de comparaître au tribunal.

Au bureau de la brigade, le Français refusa de parler sans la présence de son homme de loi, en l'occurrence Gene Mescher.

Mescher étant apparemment en déplacement hors de New York, ce fut Greg de Vito qui se présenta. Greg était au courant de toutes les transactions internationales de Didier.

— Sans doute ne pourront-ils rien contre vous, dit-il lorsque Didier lui eut expliqué la situation. Mais il aurait été plus judicieux de ne pas nous cacher votre nationalité américaine.

Didier haussa les épaules.

— Je paie mes impôts en Andorre, dit-il.

— Vous faites néanmoins des affaires aux Etats-Unis, lui rappela Greg en ouvrant un dossier qu'il avait apporté. Cette histoire de citoyenneté complique bien les choses...

Il regarda Didier en fronçant les sourcils.

— Voilà des années que vous entrez et sortez de ce pays avec un passeport étranger, dit-il encore, et personne jusqu'ici ne vous a ennuyé. Qu'est-ce qui a pu attirer l'attention sur vous, à votre avis ?

— Je n'en ai pas la moindre idée, rétorqua Didier, visiblement excédé. Maintenant, quel est le problème avec la Commission des opérations boursières ?

Greg secoua la tête.

— Ils risquent fort de vous coincer, sur ce point, dit-il, feuilletant son dossier. Nous vous avons pourtant rappelé par plusieurs courriers de faire enregistrer votre transaction, comme l'exige la loi. J'ai ici copie de nos lettres...

Didier pinça les lèvres. Le premier souci de Greg, il le savait, serait de préserver les intérêts et la réputation du cabinet auquel il appartenait.

— Quelque chose me chiffonne, néanmoins, reprit l'homme de loi en jetant un regard perplexe autour de lui. Je travaille très souvent avec les agents de la brigade de répression et ceux de la C.O.B., et jamais je ne les ai vus agir ainsi. Tout de même, ils vous ont arraché de votre hôtel manu militari, si l'on peut dire...

Il se tut et regarda Didier pensivement avant de poursuivre :

— On dirait que quelqu'un vous a donné. Et si ce quelqu'un est bien au courant de vos affaires et connaît aussi les lois, vous risquez de vous retrouver dans de beaux draps.

Voyant l'expression inquiète de Didier, il se reprit aussitôt.

— Pas dans une situation tragique, bien sûr — à moins que vous ne nous ayez caché d'autres choses, évidemment.

Il tapota son dossier.

— Vous savez, l'administration fiscale est très stricte, dans ce pays, et elle pourrait vous causer de sérieux ennuis. La loi concernant les déclarations de revenus des citoyens non résidents n'est pas très claire et peut donner lieu à toutes sortes d'interprétations.

Didier l'écoutait à peine, trop occupé à se creuser la tête. Qui avait pu le donner ainsi et le mettre dans cette situation ô combien inconfortable ? Brusquement, l'évidence le frappa comme un coup de marteau. Charles Forester, bien sûr ! Le salaud !

39

— Tout a marché comme sur des roulettes, vieux frère !

C'était Red qui parlait, assez content de lui. Il se sentait d'humeur très communicative, aujourd'hui. A vrai dire, il n'était pas peu fier d'avoir été choisi pour faire partie du Comité d'éthique et de santé publique.

Il se trouvait à présent dans le bureau de Caleb, pour lui rendre compte de la séance qui s'était tenue le matin. Il songea un instant à mettre ses pieds sur le coin du bureau, puis se ravisa.

— Personne n'a dit un mot contre toi. Personne, tu m'entends ? reprit-il, toujours joyeux. Tout le monde au contraire a chanté tes louanges — moi le premier, tu t'en doutes.

— Qu'a dit Leroy Williams ? demanda Caleb sans quitter Red des yeux. J'aimerais vraiment savoir pourquoi il a retourné sa veste ainsi, sans crier gare.

— Il a gueulé, tempêté, râlé contre la façon dont s'était déroulée la première réunion et tous les mensonges qu'avait racontés à ton sujet notre cher ami et patron, Henry. Puis il a entonné son refrain habituel, comme quoi ses pauvres petits copains noirs n'avaient pas les mêmes droits sociaux que nous autres Blancs, en particulier sur le plan de la santé… Tu vois le genre.

Red étouffa un bâillement et tâta dans sa poche sa boîte ronde de tabac à chiquer.

— D'après ce que j'ai compris, il a une poule, une Noire bien sûr, qu'aurait besoin d'être greffée, et il s'est servi du prétexte pour changer d'avis, prendre fait et cause pour toi et entraîner avec lui tous ses excités de congénères. Je n'en sais pas plus car, pour tout te dire, il commençait à me barber sérieux, ce brave Leroy. Ça faisait plus d'une heure qu'il parlait, jurait, gesticulait ! Alors j'ai fermé mes écoutilles.

Red afficha l'un de ses sourires en coin réputés pour faire monter en flèche la tension de ses étudiantes.

— Moi, tu sais, je ne m'inquiétais que d'une chose : garder les yeux ouverts, à cause du vieux Dr Armuth, le président. Celui-là, je te prie de croire, il a pas les siens dans sa poche, bien que ce soit quasiment un fossile ! Quelle présence d'esprit il a encore !

Red se tut, le temps de sortir une de ses chiques et de l'installer entre ses lèvres. Caleb, lui, continuait de s'interroger sur la volte-face de Leroy. Il devait bien y avoir une raison pour qu'il ait ainsi changé d'avis. Quel genre de passe-droit ou de faveur allait-il demander en retour ?

— Espérons en tout cas que cette affaire ne mettra pas un terme brutal à la brillante carrière de chercheur qui s'annonçait pour toi, dit Caleb, feignant le plus grand sérieux. C'est que Henry va devoir se trouver un nouveau labo, maintenant…

— Henry, dis-tu ? Bon sang, vieux, j'aurais aimé que tu voies sa tête !

Red tout en mâchant sa chique s'était mis à rire.

— Si je te dis qu'il était hors de lui, c'est même pas le quart de la vérité. On aurait dit un taureau furieux. « Qu'est-ce qui s'est passé ? qu'il m'a demandé en grondant comme un fauve. Comment ça se fait que le vote se soit fait à l'unanimité ? » Il me regardait comme s'il voulait me bouffer tout cru : un vrai cinglé.

— Qu'as-tu répondu ? demanda Caleb, qui avait du mal à garder son sérieux, imaginant trop bien la scène.

— Il a fallu que je trouve une bonne excuse, et rapidement encore ! Alors je me suis penché pour lui murmurer à l'oreille : « Tu connais ce négro qui fait partie du comité ? » « Oui, qu'il m'a répondu, tu veux dire M. Williams ? Et alors ? » « Eh ben, il m'a menacé de me couper les couilles si je ne votais pas comme lui et j'ai pris peur ! »

Caleb éclata de rire.

— Henry a dû apprécier, je suppose ?

— Tu supposes bien, ouais. J'aurais voulu que tu voies sa tête ! Depuis, je me dis qu'il va tout faire pour me virer de l'hôpital, mais après tout je m'en fiche. S'il le fait, j'irai soumettre mon cas au Comité d'éthique et de santé publique. De toute façon, le vieux singe s'est envolé pour Zurich aujourd'hui et, de là-bas, il ne pourra pas me faire grand mal.

Caleb dressa l'oreille.

— Zurich, dis-tu ? C'est bien là que se trouve le consortium qui devait le subventionner, non ?

— Oui, m'sieur, exact ! Mais ne soyons pas mauvaises langues. Si ça se trouve, il est pas allé pleurer dans le giron de ses amis. Il a peut-être seulement décidé de prendre quelques jours de vacances bien méritées, après toutes ses émotions !

Au même moment, Henry Brighton ne se sentait pas d'humeur à prendre des vacances — oh, non ! Le vol, sur un appareil de la Swissair, s'était relativement bien passé ; la nourriture s'était révélée correcte et les hôtesses suisses avaient été efficaces et discrètes. Henry cependant, trop préoccupé par ses soucis, n'avait pas remarqué grand-chose. Il se souvenait seulement de la descente brutale de l'appareil sur les Alpes, puis d'un atterrissage sans ménagement à l'aéroport de Zurich-Kloten, qui l'avait laissé le souffle court et les tempes moites. L'attente ensuite à la douane lui avait paru interminable. Henry, qui était nerveux et de fort méchante humeur, aurait volontiers saisi le douanier à la gorge.

Des souvenirs de la journée de la veille lui revenaient par instants, cuisants : Red Felton, avec son sourire insolent, lui expliquant pourquoi il n'avait pas voté contre le projet de Caleb. Une chose était sûre, en tout cas : Henry lui réglerait son compte dès que possible, à ce Texan de pacotille. Pour s'être ainsi moqué de lui, Red ne l'emporterait pas au paradis ! Et dire que Henry avait été si bon avec lui ! De dépit, il flanqua un coup de pied dans son sac de voyage. Quel individu répugnant, ce Red ! Toujours à mâchonner sa chique ! Il ignorait jusqu'au sens du mot droiture ! Cela, Henry ne le lui pardonnerait jamais.

Tout à sa hargne, Henry se cogna la hanche du poing, et le Suisse d'un certain âge qui se trouvait derrière lui dans la queue lui lança un regard inquiet.

Suspendu à un mur de la salle de la douane se trouvait un gigantesque écusson aux armes de la ville. Henry, malgré ses préoccupations, ne put s'empêcher de le remarquer et sursauta : il représentait trois hommes décapités tenant leur tête sous leur bras. Henry, qui pourtant n'était pas superstitieux, y lut le pire des présages.

Pour ne rien arranger, Ortweiler n'avait pas envoyé de voiture pour lui à l'aéroport. Henry passa en vain en revue les chauffeurs en uniforme qui attendaient, certains brandissant des pancartes. « M. Bemelmans, IBM », lut-il sur l'une de celles-ci. Juste derrière se trouvait un petit homme blême et tout maigrelet qui en tenait une autre, sur laquelle était écrit « Cardinal Elphinstone » en jolis petits caractères gothiques. Mais pour Henry, personne. L'un des chauffeurs, le voyant observer les pancartes, lui demanda s'il n'était pas Maurice Kovacs, du Département d'Etat, par hasard. Henry le rembarra vertement et fila en vitesse. En Suisse allemande, où l'on aime les titres presque autant qu'en Allemagne, s'il y avait eu une pancarte pour lui, elle aurait affiché : « Herr Professor Doktor Brighton. » Voilà qui ne lui aurait pas déplu…

En désespoir de cause, il prit son sac de voyage et s'en fut vers le car de l'aéroport, qui le conduisit dans le centre-ville. Là, il prit un taxi jusqu'à son hôtel, le Métropole.

Arrivé dans sa chambre, de rage, de fatigue et de frustration, il saisit une serviette dans la salle de bains et la déchira en menus morceaux. Puis il demeura planté devant les débris, haletant, et finalement assez content de lui. Il ignorait qu'il avait encore tant de force dans les mains.

Il but ensuite deux grands verres d'eau glacée, avant de s'allonger sur le lit, attendant qu'on l'appelle au téléphone. Cinq heures plus tard, il attendait toujours.

40

Tard dans l'après-midi, Henry reçut enfin un appel de la secrétaire de Herr Ortweiler. Pouvait-il se rendre au siège du consortium ce soir à 19 heures précises ? On comptait sur sa ponctualité, insista la femme. Les bureaux du consortium se trouvaient sur l'autre rive du lac, à environ une heure de voiture. Non, hélas, il n'y avait pas de véhicule de fonction disponible à cette heure-là pour venir le chercher, mais Henry pouvait prendre un taxi. Sinon, il y avait un autobus dont les horaires étaient très réguliers.

A son corps défendant, Henry prit un taxi, ayant peur de se perdre avec les transports en commun. Lorsqu'il quitta son hôtel, il faisait encore chaud dehors, malgré la petite brise qui venait du lac.

L'immeuble abritant le siège du consortium était invisible de la route, et le chauffeur de taxi dut négocier un virage à 90° pour s'engager dans une allée bordée de sapins et de mélèzes. Assez vite, la maison apparut. C'était une villa, qui avait dû connaître des jours somptueux au début du siècle, et que séparait du lac une pelouse si bien tondue et si épaisse que l'on aurait dit un drap de velours vert.

Comme le taxi s'en approchait, Henry détailla l'imposante bâtisse. Elle était de style victorien tardif, comme l'exigeait la mode en Suisse à une certaine époque, et s'élevait sur trois étages, avec des tourelles et des pignons en brique.

Une énorme porte d'entrée que soulignait un encadrement en pierre de taille dominait un perron imposant. Henry remarqua que le toit de la villa était hérissé d'antennes diverses scintillant dans le soleil couchant. Il ne put réprimer un sourire fugitif. Voilà qui faisait sérieux ! Les gens qui l'attendaient n'étaient pas de simples fabricants de cachets d'aspirine. Henry allait pénétrer dans le Q.G. d'une des plus grosses holdings de l'industrie pharmaceutique. Un honneur qui n'était pas donné à tout le monde.

Le taxi, une Mercedes, s'immobilisa devant le perron. Henry sortit de voiture, régla sa course et monta les quelques marches jusqu'à la porte. De toute évidence, le bâtiment était protégé par un système de sécurité discret mais efficace. Une caméra habilement camouflée était braquée sur la porte, et une autre, également dissimulée, devait surveiller l'entrée de la propriété.

A peine Henry avait-il sonné qu'un homme jeune, vêtu d'une redingote, vint lui ouvrir la porte. Henry n'avait plus vu personne habillé ainsi depuis son dernier séjour à Londres, lorsqu'il était allé encaisser un chèque à la Coutt's Bank !

Le jeune homme l'invita à traverser à sa suite le gigantesque hall d'entrée, puis ils montèrent une volée d'escalier recouverte d'un épais tapis et longèrent une galerie dont les murs étaient ornés de portraits d'hommes en pied, tous affublés d'austères barbes et de moustaches. Enfin, le valet s'immobilisa devant une impressionnante porte de chêne massif qu'il ouvrit avec une clé. La porte avait pourtant une jolie poignée ancienne en cuivre, mais qui de toute évidence n'était là que pour la décoration.

La pièce où entra Henry était très haute de plafond, et s'y trouvait une très longue table en acajou verni entourée de douze chaises de cuir à haut dossier. Devant chaque siège, sur la table, était placé un buvard de cuir supportant un bloc de papier et un stylo en or. Enfin, sur l'un des murs trônait, orienté de telle sorte que tout le monde puisse le voir, un immense écran de télévision. Les hautes fenêtres de la salle donnaient sur le lac.

Henry n'eut guère le loisir d'admirer la vue. La moitié des chaises à peu près étaient déjà occupées. Herr Ortweiler, qui avait pris place à l'une des extrémités de la longue table, se leva pour accueillir son hôte.

— Vous connaissez, je crois, le Dr Hans Salzman, notre conseiller pour la recherche, et le Dr Ivan Grosse, de Bâle…

Suivit une liste de noms que Henry oublia aussitôt. Les individus présents étaient apparemment de gros bonnets de différents laboratoires pharmaceutiques, installés en Allemagne et en Suisse, pour la plupart. Après avoir serré de multiples mains, Henry prit le siège que Herr Ortweiler lui indiquait. Il était infiniment mal à l'aise, ayant en effet compris qu'Ortweiler n'était pas au courant du retournement de situation concernant les recherches de Caleb Winter. A un moment ou à un autre de la réunion, il devrait bien le mettre au courant — mais certainement pas maintenant.

— Navré de vous avoir dérangé si tard, professeur Brighton, mais j'ai pensé que vous aimeriez voir de vos yeux l'effet de notre sensationnelle nouvelle sur la Bourse de New York.

Sur ces mots, Ortweiler consulta rapidement sa montre. Il était exactement 19 heures.

— Nous avons tous passé la journée ici, reprit-il, afin de coordonner minutieusement l'opération. Le timing est essentiel, vous en êtes conscient, j'imagine, car nous ne voulons pas que les autres places boursières de par le monde apprennent la nouvelle avec trop de retard.

Henry hocha la tête d'un air entendu, comme s'il comprenait très bien ce dont parlait Ortweiler.

— A présent, reprenait ce dernier, il est exactement 14

heures à New York, et l'annonce a été faite à la Bourse il y a seulement un petit moment.

Ortweiler s'interrompit soudain et haussa légèrement les sourcils : la porte venait de s'ouvrir et le jeune homme en redingote apparut, muni d'un téléphone portable. Il murmura quelques mots à l'oreille d'Ortweiler, dont le regard se posa l'espace d'un instant sur Henry. Le Suisse prit ensuite l'appareil et écouta. Autour de la table régnait un respectueux silence, et l'on entendit Ortweiler prendre une profonde inspiration. Puis sa main qui tenait le téléphone se mit à trembler, et Henry redouta un instant que l'homme ait une crise d'épilepsie.

Très rapidement après, Ortweiler posa le téléphone sur la table. Il faisait un effort visible pour recouvrer le contrôle de lui-même. Il attendit que le jeune homme en redingote eût quitté la salle pour poser ses deux mains à plat devant lui.

— Messieurs, je viens d'apprendre... Un flash d'information passe en ce moment sur une chaîne de télévision nationale américaine. Notre studio est en train de l'enregistrer. On nous le projettera sur cet écran dès que possible.

Ortweiler se tut et demeura sur son siège comme en transe, les yeux braqués droit devant lui. Les autres l'observaient dans un silence embarrassé, s'interrogeant sur ce qui avait pu se produire. Quant à Henry, il était sur des charbons ardents, ne sachant que penser. Avait-on annulé l'annonce de la mise au point de la nouvelle insuline ? A moins que l'on eût découvert que le produit avait des effets secondaires dangereux ? Il en était là de ses suppositions lorsque le grand écran de télévision s'éclaira.

Soudain apparut, avec une netteté stupéfiante, l'image de Caleb Winter en personne, debout sur un podium devant une batterie de micros. Henry ne put réprimer un hoquet de surprise, et tout de suite après il reconnut l'endroit d'où parlait Caleb : la grande salle de conférences de l'hôpital de New Coventry !

L'enregistrement n'avait pas pris l'émission à son début, et l'interview de Caleb durait visiblement déjà depuis un moment.

—... un traitement révolutionnaire pour les malades atteints de diabète, disait le chirurgien. L'implantation de tissu pancréatique animal embryonnaire dans le corps humain est désormais possible, et cela signifie que les diabétiques et ceux qui souffrent de déficiences du pancréas ne seront plus tenus de prendre de l'insuline.

L'écran devint noir durant trois secondes, et Henry en profita pour ronger nerveusement l'ongle de son index gauche. Puis la lumière revint, et sur l'écran apparut un speaker tout excité, un homme jeune aux cheveux blonds et au regard dur, planté en plein soleil devant la Bourse de New York.

— Grosse surprise, il y a un petit moment, à la Bourse de New York. Une firme pharmaceutique suisse a mis au point une nouvelle molécule d'insuline absorbable par voie orale. Cette annonce aurait dû provoquer un effet boomerang à la Bourse, où sont cotées les actions du laboratoire qui produit le médicament en question, mais la nouvelle n'a pas eu l'impact escompté, en raison de l'annonce faite un peu plus tôt par l'hôpital de New Coventry. Le Dr Caleb Winter, en effet, a déclaré que désormais, grâce à des greffes de tissu embryonnaire pancréatique, les malades diabétiques n'auraient plus besoin d'insuline. Le marché a donc répondu par une baisse spectaculaire des transactions portant sur les actions de firmes pharmaceutiques, et cette baisse, selon les observateurs, devrait s'accentuer au cours des mois qui viennent, dans la mesure où de nouvelles techniques et procédures chirurgicales tendent de plus en plus à remplacer les médicaments. A présent, nous rendons l'antenne à notre correspondant, sur place à l'hôpital de New Coventry, qui va nous apprendre les derniers détails sur cette découverte révolutionnaire…

Sans attendre davantage, Henry se leva et gagna la porte pour sortir de la salle. L'escalier était désert et, Dieu merci, le grand hall du rez-de-chaussée aussi. Quand il fut dehors, Henry reprit l'allée en sens inverse, marchant comme un automate et, en arrivant sur la route, il reprit le chemin de Zurich à pied. Il avait fichu en l'air toutes ses économies pour acheter des actions du consortium ; il avait donc tout perdu. Pire, il devrait avoir à faire face à un appel de marge, puisque le cours des actions qu'il avait achetées à terme aurait baissé. Il lui faudrait donc acquitter la différence, et il n'avait pas le premier sou pour le faire. Incapable de penser à autre chose, Henry marchait, marchait et marchait toujours, sans même savoir s'il était sur la bonne route.

Caleb descendit du podium pour affronter les questions des journalistes. Un homme à cheveux gris, le nez chaussé d'une paire de lunettes à monture épaisse, se trouvait au premier rang. Caleb l'avait déjà vu : il était journaliste au *New York Times*, dont il tenait la rubrique scientifique. Il demanda à Caleb :

— L'annonce publique de votre découverte n'est-elle pas un peu prématurée ? Je suis depuis longtemps votre carrière, et j'ai constaté qu'en général vous attendiez des résultats plus complets avant de médiatiser vos recherches.

Caleb lui adressa un large sourire.

— C'est vrai. Cependant, les résultats que nous avons obtenus dans le cas présent sont exceptionnellement prometteurs. Nos cultures de tissus, grâce aux nouvelles techniques que nous avons mises au point, se sont révélées des succès complets.

Il se tut un instant avant de reprendre :

— Et il y a bien sûr d'autres considérations que nous avons dû prendre en compte, mais je ne suis pas disposé à en parler maintenant.

— Docteur Winter, existe-t-il une relation entre la nouvelle sensationnelle que vous venez de rendre publique et l'annonce que nous avons entendue au sujet de la découverte d'une nouvelle molécule d'insuline assimilable par voie orale ?

La question avait été posée par une toute jeune femme au joli visage fin encadré de cheveux coupés très court.

Caleb se tourna vers elle, et, la trouvant ravissante, déploya tout son charme.

— Nous venons seulement d'apprendre la mise au point de cette nouvelle insuline, dit-il avec toute l'innocence du monde. N'oubliez pas que nous sommes à New Coventry, une petite ville de province. Les nouvelles, ici, circulent lentement.

Sur ces mots, il consulta sa montre. La conférence de presse avait duré plus longtemps que prévu, et il était en retard pour sa consultation privée. Après avoir salué les journalistes, il se fraya un chemin jusqu'à la porte de la salle. Son air déterminé découragea sans doute quiconque aurait voulu l'intercepter, car il sortit sans difficulté.

Près d'une demi-douzaine de personnes étaient installées dans la salle d'attente. Il est vrai que Caleb avait plus d'une heure de retard. En traversant la pièce, il lança de vagues excuses à la cantonade et se dirigea vers le bureau derrière lequel se tenait Cathie Allen, l'infirmière de service. Sur sa table, elle avait placé la pile des dossiers des patients.

— Docteur Winter, dit-elle en le voyant, il y a un certain M. Leroy Williams qui vous attend devant votre bureau.

Caleb hocha lentement la tête et disparut dans le couloir.

Il trouva Leroy assis sur un banc contre le mur, à côté

de l'entrée de son bureau. Il paraissait très détendu, et se leva à son approche.

— Salut, Doc ! dit-il avec un large sourire. Ravi de vous revoir. Je suis franchement content que tout se soit bien passé pour vous au second vote du Comité.

Se gardant de répondre, Caleb attendit la suite.

Leroy se tourna alors pour indiquer du doigt une petite vieille dame, noire, toute maigre, et dont les jambes évoquaient des allumettes. Elle leva sur Caleb des yeux pleins d'espoir derrière ses lunettes à verres épais.

— Je vous présente ma tante Allie, reprit Leroy, toujours rayonnant. Le doc de Willimantic, le bled où elle vit, dit qu'elle a une tumeur du pancréas et qu'il faut que vous vous en occupiez. Docteur Weinstein, il s'appelle… Vous le connaissez, non ?

41

Quand Céline s'éveilla, ce matin-là, elle s'assit au bord de son lit et un lent sourire se dessina sur son visage. Elle se sentait encore meurtrie, douloureuse et fragile, mais tellement vivante ! Aujourd'hui était son dernier jour à l'hôpital. Elle allait enfin partir !

Un moment plus tard, alors qu'elle avait fait sa toilette sans l'aide de personne, on frappa à sa porte et Etta Pringle, l'infirmière en chef, entra dans la chambre, suivie de toutes les infirmières et aides-soignantes du service.

— Eh bien, Céline, êtes-vous prête ? demanda Etta.

— Pas tout à fait encore. Je n'ai pas terminé mes bagages.

Etta se mit à rire.

— Je ne parlais pas de ça ! Je vous demandais si vous étiez prête à affronter les journalistes et les caméras de télévision.

Elle se tut, et Céline vit que les autres infirmières la dévisageaient en souriant.

— C'est que vous êtes devenue une célébrité, reprit Etta.

Céline se redressa, inquiète.

— Ne me dites pas que ces gens vont venir dans ma chambre ?

— Non, non. Vous les verrez quand vous quitterez l'hôpital. Ils sont occupés à installer leur matériel devant l'entrée principale. Quand vous sortirez, nous vous escorterons pour qu'on nous voie aussi à la télévision.

Etta hésita avant de poursuivre.

— Permettez-moi de vous dire, madame de la Roche, que vous vous êtes révélée une patiente formidable. Mes collègues et moi avons eu du plaisir à vous soigner, et vous nous avez beaucoup appris. Nous ne vous oublierons jamais.

Sur ces mots, elle tendit la main à Céline, qui la serra. Sans doute, songeait cette dernière, était-ce le petit discours classique que l'on faisait aux malades lorsqu'ils partaient. Etta pourtant avait semblé très sincère. Voilà qu'elle reprenait :

— Le Dr Winter ne va pas tarder à arriver. Avant que vous ne partiez, il est encore une chose que nous aimerions vous dire : une fois que vous aurez franchi la porte de cet hôpital, nous espérons ne plus jamais vous revoir.

En entendant ces derniers mots, le premier réflexe de Céline fut la surprise, puis elle comprit. Etta en vérité lui souhaitait de ne jamais retomber malade, et c'était infiniment gentil de sa part.

La jeune femme remercia tout le monde, et les infirmières repartirent. Céline, cependant, ne demeura pas longtemps seule. Quelques minutes plus tard, Cathie Allen passait la tête par l'entrebâillement de la porte.

— Je voulais vous dire au revoir, déclara-t-elle en entrant dans la chambre. Vous avez une mine superbe ! On vous dirait prête à reconquérir le monde.

Céline sourit.

— Ne vous moquez pas de moi, Cathie ! Je tiens à peine debout !

— Comment vous sentez-vous ? Je veux dire, moralement ?

— Très bien. J'ai beaucoup réfléchi à tout le travail qui m'attendait, une fois que je serais sortie d'ici. Je viens de terminer la lecture d'un manuscrit qui devrait devenir un best-seller. D'après mon directeur, les ventes de nos livres grimpent en flèche, et je n'ai qu'une envie : reprendre mon poste dans ma maison d'édition.

Cathie la regarda en riant.

— Boulot, boulot, boulot, comme d'habitude, n'est-ce pas ?

— Pas tout à fait, non. Je vois les choses un peu différemment, maintenant.

Céline avait parlé avec beaucoup d'assurance, mais ne désirait pas s'étendre sur le sujet. Un silence s'établit, et Cathie, en un geste automatique, sortit un paquet de cigarettes de son sac. Elle le regarda, puis le remit à sa place.

— A quelle heure votre mari vient-il vous chercher ? demanda-t-elle.

— Il a dit qu'il passerait vers 11 heures.

Céline avait une petite voix triste soudain, et sa belle assurance s'était envolée.

— J'ai comme l'impression désagréable qu'il va me poser à la maison comme un paquet avant de disparaître, murmura-t-elle.

— Bien sûr que non ! s'exclama Cathie.

Elle eut alors un clin d'œil malicieux à l'adresse de Céline avant de poursuivre, prêchant le faux pour savoir le vrai :

— Nous pensions toutes que vous quitteriez l'hôpital avec le Dr Winter et que vous iriez vivre avec lui.

— Il ne m'a jamais rien demandé de tel, répliqua Céline. Pour être honnête, s'il l'avait fait il y a seulement quelques jours, je serais partie avec lui et en aurais été la plus heureuse des femmes !

— Vous avez changé d'avis ? Pourquoi donc ?

— Je crois avoir compris quel homme il était et je ne suis pas sûre que nous soyons faits l'un pour l'autre.

Céline baissa les yeux et réprima un soupir.

— Avant mon opération, voyez-vous, Cathie, Caleb me disait qu'il ne devait pas laisser libre cours à ses sentiments afin de pouvoir prendre toute décision médicale me concernant avec le plus d'objectivité possible. Il ne voulait pas que ses émotions prennent le pas sur sa raison.

— Il s'est pourtant beaucoup impliqué pour vous, fit valoir Cathie. Il a joué sa carrière pour vous sauver. S'il n'était pas allé contre la décision du Comité d'éthique et de santé publique, vous auriez subi une D.P.C., et aujourd'hui, vous seriez un corps mutilé, encore hérissé de tubes, de perfusions et de sondes, avec une espérance de vie bien médiocre.

— Je le sais, soupira Céline, et je n'oublierai jamais ce que je lui dois. Après l'opération, il s'est montré très attentif avec moi… et même davantage. Il m'a suivie comme si j'étais son unique malade, et parfois s'est laissé aller à des attitudes qui me faisaient penser qu'il était épris, lui aussi. C'est un homme très séduisant, savez-vous ?

— Je l'ai remarqué, oui, dit Cathie en riant.

— Néanmoins, si nous passions beaucoup de temps ensemble, poursuivit Céline, qui semblait perdue dans ses souvenirs, nous parlions peu. Au début, cela ne me gênait pas. J'étais fatiguée, je dormais beaucoup. Mais, à mesure que je me rétablissais, j'ai voulu remplir ces silences.

Elle se tut un instant pour sourire à Cathie.

— Voyez-vous, je me suis rendu compte que finalement nous n'avions rien à nous dire. Nous ne savions parler que de ma santé et de son travail, ce qui finalement était la même chose, compte tenu des circonstances. Caleb ne lit que des revues professionnelles et, moi, l'immunologie ne m'intéresse pas. Apparemment, ce manque de centres d'intérêt communs ne troublait pas Caleb. Mais moi, si. Beaucoup, même.

Céline semblait toute triste à présent. Elle prit un mouchoir en papier pour se tamponner discrètement les paupières.

— Je ne sais pas ce qui m'arrive, dit-elle, souriant malgré ses yeux embués, je deviens tellement émotive !

— Moi, je vous préfère ainsi, affirma Cathie avec chaleur. Vous étiez si froide, si lointaine, la première fois que je vous ai vue à votre arrivée à l'hôpital ! Je me demandais si vous étiez humaine !

— Un jour, Maureen Spark est venue me voir, reprit Céline comme si elle n'avait pas entendu la jeune infirmière, et elle m'a dit clairement ce que je pensais sans oser vraiment me l'avouer. Sur le moment, je n'ai pas voulu l'entendre mais, une fois seule, j'y ai repensé et j'ai réfléchi, jusqu'au moment où l'évidence s'est imposée : Caleb et moi ne pourrions jamais former un vrai couple.

Céline croisa les bras et se redressa, déterminée, soudain.

— C'est aujourd'hui que je dois lui dire la vérité, déclara-t-elle. Nous n'avons pas le droit de nous leurrer plus longtemps l'un l'autre.

En sortant du bloc opératoire, Caleb se rendit au Harkness Building à la hâte. La perspective de revoir Céline l'emplissait de joie ; pourtant, sans qu'il pût se l'expliquer, il éprouvait aussi une forme d'appréhension. Ces derniers jours, inexplicablement, quelque chose dans leur relation s'était modifié de façon très subtile, et il ne savait ni quoi ni pourquoi. Or Caleb n'aimait pas être incertain, moins encore ne pas comprendre et, de ce fait, il se sentait très mal à l'aise. Tout en marchant dans les couloirs, il voulut se rassurer. Peut-être Céline était-elle devenue un peu plus distante simplement parce que sa condition de malade à l'hôpital commençait à lui peser ? Ou alors était-ce l'effet de fatigue consécutif à la grave opération qu'elle avait subie ? En tout cas, une chose hélas était certaine : il s'était créé une distance entre eux, et Caleb redoutait qu'elle ne devienne infranchissable.

Dans sa poche, son bip retentit, et Caleb s'arrêta au poste des infirmières pour prendre la communication. C'était l'ambassade d'Arabie Saoudite à Washington. Un très haut personnage du royaume, qui demeurait au palais de Riyad, souffrait d'une inflammation du pancréas. Le Dr Winter pouvait-il se rendre là-bas dans les plus brefs délais ?

Caleb promit de rappeler l'ambassade lorsqu'il aurait consulté son planning. Depuis sa conférence de presse à la télévision, il était harcelé de toutes parts, soit pour voir des malades, soit pour donner des conférences ou des interviews. *Time Magazine* publiait cette semaine un long reportage sur lui, et un important producteur de télévision l'avait sollicité pour être l'invité vedette d'une de ses émissions les plus populaires, la semaine suivante.

Reprenant le couloir, Caleb oublia l'Arabie Saoudite pour songer de nouveau à Céline. Il se posait beaucoup de questions sur les aspects pratiques d'une situation qu'il ne maîtrisait pas. Aujourd'hui, Céline allait rentrer chez elle, très probablement avec son mari. Que se passerait-il ensuite ? Voudrait-elle attendre d'être complètement remise avant de venir vivre avec lui ? Et, dans ces conditions, que deviendrait Charles ? Lorsqu'elle l'aurait quitté, où voudrait-elle habiter avec Caleb ? En attendant, Charles saurait-il prendre soin d'elle, si d'aventure elle retombait malade ? Toutes ces questions laissaient Caleb à la fois anxieux et désemparé, et plus il y pensait, moins il trouvait de réponses. C'était sans doute la première fois de sa vie qu'il se sentait dépassé par des problèmes pourtant objectivement maîtrisables, et il ne comprenait pas lui-même pourquoi il était tellement démuni.

Il s'immobilisa devant la porte de Céline, prit une profonde inspiration et sentit alors sa joie et son optimisme renaître. Tout se passerait bien pour eux, il en était certain, soudain.

Lorsqu'il entra dans la chambre, Céline leva aussitôt les yeux vers lui. Il avait toujours sa belle assurance et le cœur de la jeune femme s'émut quand il lui sourit après avoir refermé la porte derrière lui.

— Vous êtes superbe, lui dit-il. Tout est prêt pour votre départ ?

— Tout, absolument tout, répliqua Céline.

Quelque chose dans sa voix alerta Caleb. Il posa sur elle un regard à la fois interrogateur et incertain.

— Il faut que je vous examine, dit-il. Pouvez-vous défaire votre jupe afin que je voie votre cicatrice ?

Céline desserra la taille de son vêtement et le fit glisser avant de s'allonger sur le lit. Caleb se pencha sur son abdomen : la plaie formait maintenant une jolie cicatrice rose bien nette, dont le tissu était parfaitement sain.

— Dans quelques mois, on ne verra plus rien, affirma le chirurgien tout en palpant de sa main experte le ventre de la jeune femme.

Ses yeux néanmoins ne quittaient pas le visage de Céline, et celle-ci sentait qu'il voulait l'interroger sans savoir par où commencer. Eh bien, ce serait elle qui attaquerait !

— La vie ne sera jamais plus la même sans vous, Caleb, murmura-t-elle d'une voix mal assurée.

— Ne dites pas de bêtises.

Il la dévisageait intensément, à présent.

— Cette maladie et cette opération n'auront été qu'un interlude désagréable dans votre vie. Dans quelques semaines, vous aurez tout oublié, moi y compris.

Il souriait, mais ses yeux gris reflétaient une étrange tristesse.

— Non, Caleb, je ne vous oublierai pas. Vous savez bien que je suis tombée amoureuse de vous, murmura encore Céline d'une petite voix étranglée.

Il y eut alors un silence d'une intensité presque pénible, et sur le visage de Caleb apparut une expression que Céline n'y avait encore jamais vue. Lentement, très doucement, il prit la jeune femme par le menton et plongea son regard dans le sien.

— Et moi donc, Céline, dit-il d'une voix rauque, si vous saviez comme je suis tombé amoureux de vous !

Céline se dégagea d'un geste très doux.

— J'ai compris beaucoup de choses grâce à vous, dit-elle, pesant ses mots, et je vous serai toujours reconnaissante de tout ce que vous avez fait pour moi. Vous m'avez sauvé la vie — et pas seulement sur un plan médical.

Caleb s'était redressé et posait sur Céline des yeux indéchiffrables.

— J'ai un vieil ami, Didier Franchet, qui est venu me voir à l'hôpital, reprit la jeune femme. Il a tout de suite compris ce qui était survenu entre vous et moi. Il ne m'en a pas parlé, bien sûr ; il a seulement dit : « L'amour, c'est comme les oreillons : quand ça arrive, on ne pense plus qu'à ça, et ça disparaît au bout de deux ou trois semaines sans laisser la moindre trace. » Je savais qu'il faisait allusion à nous deux et, sur le moment, je n'ai pas voulu le croire. Je ne le crois d'ailleurs toujours pas, Caleb. Moi, je vous aimerai toujours pour tout ce que vous êtes, et tout ce que vous m'avez donné. Et j'espère que Charles, vous et moi continuerons à nous voir et apprendrons à mieux nous connaître, maintenant que je vais quitter l'hôpital.

Un instant, Céline se demanda si elle avait le droit d'inclure Charles dans ses projets d'avenir. Oh, et puis l'on verrait bien, plus tard…

Tandis qu'elle parlait, l'expression de Caleb s'était

subtilement modifiée, et Céline comprit qu'il se refermait sur lui-même, s'éloignait d'elle, si vite que jamais elle ne pourrait le rattraper. Brusquement, il avait le même regard que lorsqu'il l'avait vue pour la première fois, dans le couloir de sa consultation. Un regard froid, clinique, évaluateur.

— J'espère aussi que nous continuerons à nous voir, déclara-t-il, presque mondain soudain. Et surtout, ne vous reprochez pas d'être tombée amoureuse de moi : cela faisait partie du traitement. Une femme se remet mieux si elle aime son chirurgien.

Sur ces mots qu'il avait voulus blessants, il se détourna pour s'approcher de la fenêtre. Un sourire d'autodérision apparut sur son visage : tomber amoureux de sa patiente ne faisait pas, en revanche, partie du traitement… C'était seulement une preuve de sottise et de faiblesse, et Caleb haïssait la faiblesse. Il prit une profonde inspiration avant de faire face de nouveau à Céline.

— Vous pouvez vous rhabiller, à présent. J'aimerais ensuite vous expliquer certaines choses.

Pendant que Céline remettait sa jupe, il regarda encore par la fenêtre, puis, lorsqu'elle s'assit sur le bord du lit, il tira une chaise et s'installa face à elle. Il prit alors la parole d'une voix posée, très professionnelle :

— Je vous ai un jour expliqué que mon laboratoire avait travaillé des années pour préparer notre première transplantation de pancréas, vous vous en souvenez ?

— Oui, répondit Céline en souriant, et je suis arrivée, présentant exactement le cas qu'il vous fallait.

— Une fois le diagnostic posé avec certitude, il a fallu décider si vous pouviez être un receveur adéquat ; vous comprenez, j'imagine, combien cette décision était vitale, non seulement pour vous, mais aussi pour l'avenir de nos travaux.

Le cliquetis d'un chariot retentit dans le couloir. On venait récupérer les plateaux du petit déjeuner. La vie continuait, à l'hôpital, songea Céline, le cœur serré. Bientôt, elle ne ferait plus partie de cette routine... La voix de Caleb la ramena à la réalité.

— Le premier impératif, disait-il, était de vous faire accepter ce que nous estimions être le meilleur traitement pour vous. Et cela non plus n'a pas été facile, Céline, je puis vous l'assurer. Votre vie était en danger, et, à cause de votre obstination et de la résistance que vous nous opposiez, vous auriez pu mourir.

Caleb esquissa un fugitif sourire.

— Je n'ai pas mis longtemps à comprendre combien vous méprisiez la médecine hospitalière et tout le système hospitalier en général !

Céline sourit à son tour.

— Ah bon ? Il était donc si facile de lire en moi ?

Le médecin ne répondit pas et sourit encore.

— Quand il a fallu vous préparer à accepter cette opération, je me suis fait l'effet d'un cavalier qui monte un cheval endiablé et veut l'immobiliser entre les poteaux de départ. Vous piaffiez littéralement, et il fallait vous rassurer.

— En d'autres termes, vous m'avez manipulée ? C'est ce que vous essayez de me dire ?

— Certainement pas, protesta Caleb, qui avait recouvré toute son assurance. Nous ne vous avons pas manipulée, mais nous vous avons aidée à concentrer votre énergie dans la bonne direction.

Il se tut et regarda la jeune femme bien en face avant de déclarer avec un aplomb déconcertant :

— Vous comprenez maintenant pourquoi, si je m'étais laissé aller à m'impliquer émotionnellement avec vous, je n'aurais jamais été sûr de prendre les bonnes décisions médicales à votre sujet. Vous n'étiez pas une malade facile, Céline.

La jeune femme avait-elle bien entendu ce qu'il venait de dire ? Il niait purement et simplement ce qu'il avait assuré un peu plus tôt, à savoir qu'il était tombé amoureux d'elle ! Un comble ! Même sa voix avait changé. C'était désormais celle d'un médecin parlant à sa patiente.

— Maintenant, venons-en à la suite, dit-il. Votre départ d'ici va être couvert par les médias. La télévision et une armée de journalistes vous attendent devant l'hôpital. Vous comprenez, je pense, que votre opération vous a fait entrer dans l'histoire médicale ?

Céline se contenta de hocher la tête.

— L'administration de l'hôpital et les réseaux de télévision se sont arrangés pour que votre sortie s'effectue à 11 h 30. Ainsi, elle pourra être retransmise aux journaux télévisés de 13 heures.

Sur ce, il se mit en devoir de lui expliquer succinctement ce qu'elle devrait répondre en cas de questions techniques de la part des journalistes. Il lui décrivit ensuite les protocoles de suivi médical auxquels elle devrait se soumettre et lui remit une feuille tapée à la machine indiquant le traitement médicamenteux qu'elle aurait à suivre.

— Bon, je crois que nous avons tout passé en revue, Céline, conclut-il enfin. Je pense en toute honnêteté que vous êtes définitivement guérie, mais il faudra encore quelques mois pour que nous en ayons la certitude.

— Dois-je revenir vous voir régulièrement à votre consultation ?

— Oui. Les rendez-vous sont pris, et notés sur la feuille que je vous ai remise.

Céline se tut, réfléchit, et soudain regarda Caleb avec défi.

— Une question encore, dit-elle. L'intervention que j'ai subie risque-t-elle de m'empêcher d'avoir des enfants ?

Elle vit son interlocuteur se figer l'espace d'un instant,

mais, quand il parla, il était parfaitement naturel, toujours médecin avant tout.

— En principe, non, mais il serait peut-être bon que vous attendiez d'être tout à fait remise pour…

— Merci de vos conseils. Caleb, le coupa-t-elle. Je crois que dès ce soir je serai « assez remise pour… », comme vous dites. A présent, il faut me promettre de venir nous voir, Charles et moi.

— C'est promis.

Caleb sourit, et Céline lui rendit son sourire. Pourtant, jamais ils n'avaient été aussi loin l'un de l'autre.

42

Après le départ de Caleb, Céline s'allongea sur son lit. Elle était soulagée, mais triste aussi, et toutes ces émotions l'avaient épuisée. Elle ferma quelques instants les yeux, puis les rouvrit et jeta un regard circulaire autour de sa chambre. D'une certaine manière, quitter l'hôpital la soulagerait, et elle avait hâte d'en partir, maintenant. Elle se releva afin de rassembler les quelques effets qu'elle n'avait pas encore rangés dans son sac de voyage, replaça deux manuscrits dont elle n'avait pas achevé la lecture dans leurs enveloppes, puis, fatiguée de nouveau, décida de s'allonger encore un moment.

A 10 h 30, elle consulta sa montre. Son cœur fit un bond dans sa poitrine ; la perspective de revoir Charles l'emplissait de crainte.

Incapable de rester en place, elle se leva pour se diriger vers la fenêtre. Il lui semblait qu'elle s'apprêtait à retrouver un monde qui avait fondamentalement changé en l'espace de quelques semaines, un monde où elle était désormais une étrangère.

Dehors, le ciel était très clair après un petit orage qui avait éclaté à l'aube, et l'on voyait au loin la ligne des collines, qui se détachaient bien sous le soleil déjà haut. Ce beau temps était bon signe, se dit Céline, qui sentit aussitôt monter en elle un sursaut d'assurance et de détermination.

Après tout, elle savait ce qu'elle devait faire pour donner à sa vie le sens qu'elle souhaitait.

Se détournant de la fenêtre, elle gagna la petite salle de bains afin d'y rassembler ses affaires de toilette. Au passage, elle se regarda dans le miroir. Comme elle avait maigri ! Sa jupe flottait autour de sa taille. D'ailleurs, cela ne lui allait pas si mal. Caleb Winter devrait ouvrir une clinique d'amaigrissement, songea-t-elle en souriant. Rien de tel qu'un cancer et une grave opération pour perdre les kilos superflus !

Charles arriva à 11 heures précises, accompagné de Dan Carfield. Ce dernier, vêtu comme à son habitude d'un costume de tweed brun, entra dans la chambre en s'appuyant sur sa canne. Il semblait tout content. Charles, quant à lui, paraissait en grande forme, mais Céline, qui l'observait avec appréhension, eût été incapable de dire ce qu'il ressentait. Il l'embrassa avec une certaine raideur, puis ressortit très vite de la chambre pour aller régler quelques formalités au bureau des admissions. Céline se retrouva donc seule avec Dan.

Celui-ci prit la chaise près de la fenêtre et regarda la jeune femme avec un sourire amusé.

— Vous êtes très belle, chère amie, dit-il, et vous semblez tout à fait guérie. A présent, j'aimerais profiter de l'absence de Charles pour vous faire part de certaines choses.

Il se cala contre l'inconfortable dossier de son siège.

— Charles est arrivé quatrième aux éliminatoires du championnat de jumping, et, comme on sélectionnait les cinq premiers, il est qualifié pour la prochaine épreuve.

— Oh, quelle bonne nouvelle ! s'exclama Céline avec sincérité. Je suis enchantée pour lui !

Hélas, elle n'en était pas moins inquiète pour la suite.

Dan allait-il lui dire que Charles l'abandonnait pour Marion Redwing et avait déjà quitté la maison ?

Le vieux monsieur la rassura vite. Il tenait, expliqua-t-il, à être le premier à lui annoncer que tout était en règle pour qu'elle prenne la direction de Fortman et Carfield.

Puis il lui raconta ce qu'avait manigancé Didier Franchet et, tout d'abord, Céline ne voulut pas le croire.

— Oncle Didi…, murmura-t-elle lorsque Dan lui eut expliqué dans le détail combien le Français s'était montré retors et malhonnête. C'est impossible !

Curieusement pourtant, Céline n'éprouvait pas la déception sans doute proche du désespoir qui aurait été la sienne quelques semaines plus tôt en apprenant pareille nouvelle. A l'époque, elle se serait sentie abandonnée. Aujourd'hui, oncle Didi appartenait déjà à un monde qu'elle avait quitté, et dont elle ne faisait plus partie intégrante.

Changeant de sujet, Dan poursuivit :

— Pendant que vous étiez immobilisée ici, Charles a pris quelques initiatives assez astucieuses.

Ce disant, il se pencha pour respirer l'odeur du gardénia, avant de continuer.

— D'abord, il a percé à jour la machination organisée par ce gredin de Didier Franchet, et s'est arrangé pour le mettre hors d'état de nous nuire. Ensuite, il a — pardonnez-moi l'expression — damé le pion à l'ami arabe de Franchet, Al-Khayib, et de belle manière encore.

Là-dessus, Dan raconta à Céline l'affaire des téléphones et des climatiseurs installés dans les nouveaux bureaux de sa société, et la jeune femme ne put s'empêcher de rire de bon cœur.

— Il y a un dernier point dont j'aimerais vous entretenir, dit enfin Dan, après un moment d'hésitation. Il s'agit de Charles et vous.

Céline crut que son sang se figeait dans ses veines.

Cette fois, elle savait ce qu'il allait dire : tout était fini entre Charles et elle, et il voulait la quitter…

Contre toute attente, Dan reprit, cherchant ses mots :

— Vous formez une équipe formidable lorsque vous êtes séparés. Pourquoi ne pas tenter de continuer de même maintenant que vous serez ensemble ?

Céline ne demandait que cela et aurait voulu le dire, mais, pour quelque obscure raison, les mots ne sortaient pas de sa bouche. Dan l'observa par-dessous ses sourcils broussailleux.

— Charles a été très bouleversé par votre maladie, vous savez. Et…

A cet instant, la porte de la chambre s'ouvrit, livrant passage à Charles. Dan, incapable de cacher son soulagement, s'exclama :

— Le voilà, justement, il vous en parlera lui-même.

En entrant dans la pièce, le premier regard de Charles fut pour Céline. C'était un regard anxieux, mais souriant.

Comme son époux s'approchait, Céline murmura d'une voix altérée :

— Charles, je suis profondément heureuse de te voir.

Suivirent de longs instants d'un silence chargé d'émotion. Ce fut Dan qui le rompit, visiblement mal à l'aise.

— Hum… Hum… dites donc, Charles, et si vous racontiez un peu à Céline les problèmes de ce pauvre Anwar Al-Khayib ?

Charles se mit à rire.

— Je vois que vous avez lu l'article paru sur lui ce matin.

Dan hocha la tête et Charles, se tournant vers Céline, expliqua :

— D'après le journal, tout était prêt pour que le vieil immeuble auquel tu tenais tant et dont vous avait expulsés Anwar Al-Khayib soit démoli. Les gros engins se trouvaient sur place, les palissades étaient montées quand, soudain, quelqu'un a donné l'ordre de tout arrêter. Un décret était passé, interdisant la démolition du bâtiment.

— Oh, Charles, s'exclama Céline, visiblement contrariée, ce n'est pas toi qui as orchestré tout ça, au moins ? J'avais un accord avec Al-Khayib.

— Moi ? dit Charles, plaçant une main sur son cœur. Jamais ! C'eût été contre tous mes principes.

Il eut un sourire malicieux à l'adresse de sa femme avant de poursuivre.

— A propos, savais-tu que Dan était membre de la Commission pour la conservation du patrimoine historique de la ville de New York ?

L'heure était venue maintenant d'affronter les médias. Quatre aides-soignants arrivèrent dans la chambre de Céline. L'un poussait un fauteuil roulant, dans lequel la jeune femme s'installa. Les autres se chargèrent de ses bagages et des fleurs. Très vite, Porky apparut aussi, tout excité, et impeccable dans une veste d'un blanc immaculé.

Le petit cortège s'ébranla en direction des ascenseurs. Sur le palier attendaient Etta Pringle et son équipe d'infirmières.

Un moment après, le groupe se retrouvait au rez-de-chaussée et se dirigeait vers la sortie. Céline tenait fermement la main de Charles dans la sienne.

Un petit attroupement s'était formé devant l'entrée principale de l'hôpital, beaucoup de passants tenant à voir ce qui attirait autant de journalistes et de cameramen.

Lorsque Céline apparut sur le perron, la lumière du soleil lui fit cligner les yeux. Et puis, presque aussitôt, elle sentit plus qu'elle ne vit quelqu'un surgir derrière son fauteuil roulant. Elle n'eut pas besoin de se retourner pour savoir que c'était Caleb. Très vite aussi Maureen les rejoignit, ravissante avec ses cheveux roux qui flamboyaient littéralement dans le soleil. Elle se plaça tout près de Porky.

Céline aperçut, sur le trottoir opposé, Trevor, son chauffeur, qui lui souriait, debout à côté de la limousine qui la ramènerait chez elle. Elle lui fit un petit signe de la main.

Tous s'étaient immobilisés sur le perron de l'hôpital, tandis que les flashes crépitaient autour d'eux. L'équipe chirurgicale était là au grand complet, ainsi que tous les gens qui avaient soigné Céline en réanimation et le personnel du laboratoire.

La jeune femme, quant à elle, avait l'impression de se trouver entourée de toute sa famille, et un sentiment de grand bonheur l'étreignait.

Apparut encore un homme au visage tiré qu'elle ne connaissait pas et que Caleb lui présenta comme étant Marshall Prince, le directeur administratif de l'hôpital. Il était suivi par un Noir, très grand et très beau, qui portait au cou un lacet de cuir auquel pendait une longue dent, sans doute de léopard. L'homme sourit avec jovialité à Céline, et dès que les caméras se mirent en action il passa un bras amical autour des épaules de Caleb.

Une fois les télévisions satisfaites, ce fut le tour des reporters de la presse écrite, qui assaillirent Céline et la suivirent tandis que, toujours poussée dans son fauteuil roulant, elle gagnait sa limousine. Charles, qui marchait à côté d'elle, avait posé une main très protectrice sur son épaule.

Une toute jeune journaliste réussit à approcher Céline, malgré la foule qui l'entourait. Elle était jolie, avec un petit visage fin, et paraissait un peu effrayée. Néanmoins, elle posa à Céline la question que cette dernière, depuis son réveil, le matin même, ne cessait de se poser.

— Qu'avez-vous retiré de cette expérience, madame de la Roche ?

Céline immobilisa son fauteuil roulant en bloquant les roues avec ses mains.

— Voilà ce que j'ai appris, dit-elle.

Tirant la main de Charles, elle l'obligea à se pencher vers elle et, quand il fut à sa hauteur, elle l'embrassa sur la bouche avec fougue.

Le lendemain, la photo de ce baiser devait faire la une de tous les journaux.

Une fois Céline installée dans la limousine avec Charles, Porky dut très vite retourner s'occuper de ses patients, et Maureen vint se placer auprès de Caleb. Dieu comme il semblait vieilli subitement ! Maureen ne put s'empêcher de ressentir de la tristesse pour lui. Ensemble, ils restèrent un moment plantés sur le trottoir à regarder la limousine grise s'éloigner et, quand elle eut disparu à l'angle de la rue, ils regagnèrent l'hôpital à pas lents, chacun perdu dans ses pensées.

Toujours sans échanger une parole, ils empruntèrent les interminables couloirs conduisant au laboratoire. Pour une fois, Caleb, d'habitude si pressé, avait réglé son pas sur celui de Maureen.

Arrivé au labo, il se dirigea d'abord vers la fenêtre : en bas, dans la rue, les techniciens des télévisions rangeaient leur matériel dans leurs camions. Le médecin eut tout à coup l'impression que leur départ symbolisait pour lui la fin d'une grande aventure.

Il voulut se ressaisir et prit une profonde inspiration. Il fallait bien qu'une grande aventure s'achève pour qu'une nouvelle puisse commencer…

Il se tourna vers Maureen, qui se tenait plantée au milieu de la pièce, toujours muette.

— Nous avons mille choses à faire, dit-il d'une voix très basse. Nous avons perdu Collie et peut-être aussi

Milo. On ne sait pas encore s'il sera un jour en mesure de revenir parmi nous.

Maureen ne répondit rien. Elle songeait à Porky, qui désormais travaillerait avec eux au laboratoire, et elle en concevait un étrange bonheur. Oh, Porky ne serait sans doute jamais aussi brillant que Caleb Winter — mais d'un certain point de vue, et pour Maureen en tout cas, c'était plutôt une qualité…

Caleb, qui ne cessait de l'observer, lui trouva soudain un éclat singulier, une sorte d'aura qu'il avait bien connue autrefois et qu'il reconnaissait avec un petit pincement au cœur.

— O.K., Maureen, dit-il en se tournant de nouveau vers la fenêtre. La fête est finie. Il est temps de se remettre au travail.

REMERCIEMENTS

Mes remerciements vont à tous ceux qui, par leur compétence et leurs conseils, m'ont aidé à écrire ce livre, en particulier Michaela Hamilton, ma directrice éditoriale, infatigable et si talentueuse, ainsi que tous les membres de son équipe et John Paine.

Best-Sellers n°494 • roman

Un nouveau jour - Joan Johnston

Kristin Lassiter est bouleversée : Bella Benedict, la mère de Max, son grand amour de jeunesse, lui demande de venir lui rendre visite en Angleterre, dans son château de famille. Bella, que Kristin n'a jamais revue depuis le jour où Max lui a brisé le cœur, dix ans auparavant. Pourquoi son ex-belle-mère cherche-t-elle soudain à la contacter ? Et quelle est cette fameuse mission qu'elle dit vouloir lui confier ? Une mission qui, apparemment, est susceptible de lui rapporter beaucoup d'argent. Kristin hésite. Elle élève seule sa petite Félicity et elle a vraiment du mal à s'en sortir financièrement. La proposition de Bella pourrait certes être un moyen de remédier à ce problème, mais elle craint de rouvrir d'anciennes blessures en croisant Max... Et ce qu'elle redoute encore plus, c'est que son secret - celui que le chagrin l'a conduite à préserver toutes ces années - n'éclate au grand jour.

Best-Sellers n°495 • suspense

L'inconnu de Shadow Falls - Maggie Shayne

Depuis des années, Olivia Dupree, professeur de littérature, voue une admiration sans bornes à Aaron Westhaven, un célèbre romancier qui vit caché. Aussi est-elle très surprise lorsque ce dernier accepte de venir parler au cours de la conférence qu'elle organise pour ses étudiants. Mais le jour prévu, quelle n'est pas la stupeur d'Olivia lorsqu'elle est convoquée par la police à l'hôpital, au chevet d'un inconnu victime d'une tentative de meurtre... Une stupeur qui ne fait que s'accroître quand elle apprend que sa carte de visite se trouvait dans la poche de cet homme qui a perdu la mémoire... Qui peut bien être cet étranger séduisant et mystérieux ? Est-il l'écrivain qu'elle avait fini par considérer comme son âme sœur ? Et si ce n'est pas le cas, que faisait-il à Shadow Falls avec sa carte de visite dans la poche ? Soudain, prise de panique, Olivia craint de voir ressurgir le secret d'un passé qu'elle fuit depuis seize ans.

Best-Sellers n°496 • suspense

Noir Secret - Brenda Novak

Brillante substitut du procureur, Grace Montgomery ne s'attendait pas à voir un jour ressurgir les terribles démons de son passé. A l'âge de neuf ans, Grace a en effet été victime des désirs pervers de son beau-père, le révérend Barker, un homme pourtant respecté de tous dans la petite ville de Stillwater. Et même après la mystérieuse disparition du révérend, ce n'est que dans la fuite et le silence qu'elle a trouvé refuge. Un refuge, hélas, bien fragile. Car aujourd'hui, alors que les souvenirs viennent forcer les portes de sa conscience, d'importantes zones d'ombres persistent, assorties d'un obscur malaise qui l'invite à penser qu'elle a joué un rôle dans la disparition de son bourreau. Sinon pourquoi, après toutes ces années, se sentirait-elle toujours coupable ? Résolue à clore ce chapitre douloureux de son existence, Grace n'a plus le choix : elle doit retourner à Stillwater pour exhumer le passé…

Best-Sellers n°497 • thriller

Frayeur - Michelle Gagnon

Appelée sur une nouvelle scène de crime à Phoenix, Kelly Jones, agent spécial du FBI, découvre une mise en scène macabre : le corps de la victime a été minutieusement découpé, et ses différents membres, artistement répartis aux extrémités d'un socle en forme d'étoile. Pire encore, Kelly comprend bientôt que ce qu'elle a vu n'est que l'un des rouages d'un projet macabre plus vaste encore, et que le meurtrier séquestre Madison, une jeune adolescente de seize ans. Un kidnapping sur lequel enquête son fiancé, Jake Riley, un ancien flic brillant et charismatique reconverti dans la libération d'otages. Perturbée par la tournure des événements mais épaulée par Jake, Kelly est prête à tout pour déjouer le complot derrière lequel, elle en est persuadée, se cache un adversaire plus redoutable que jamais. Un adversaire qui exige une rançon aussi inédite qu'effroyable.

Best-Sellers n°498 • roman

L'héritière australienne - Lynne Wilding

A la mort de son père, Carla Stenmark hérite d'un domaine viticole dans la Barossa Valley, en Australie. Une propriété dont son père ne lui a jamais parlé. Pas plus que de son passé secret, qu'elle découvre à la lecture de son journal intime : accusé à tort d'avoir séduit la fiancée de son frère, Rolfe a été renié et banni par son propre père. En s'installant à Sundown Crossing avec son fils, c'est donc un double défi que Carla s'apprête à relever : remettre en état un vignoble en friche depuis des années, et renouer avec le clan Stenmark, bien qu'héritière d'un fils maudit…

Best-Sellers n°499 • historique

La malédiction des Carlyle - Shannon Drake

Angleterre, 1892.

A l'idée d'affronter le comte de Carlyle, dont la réputation suffit à la faire frissonner, Camille est terrifiée. Hélas, elle n'a pas le choix : son tuteur, l'homme qui l'a recueillie alors qu'elle n'était encore qu'une enfant, et qu'elle aime par-dessus tout, a été injustement emprisonné au manoir des Carlyle. Alors peu importent les rumeurs qui prétendent que le comte est l'héritier d'une redoutable malédiction qui touche quiconque essaie de l'approcher, Camille est déterminée à rencontrer cet homme et à obtenir la libération de son protecteur. Mais sa détermination vacille dès son arrivée au manoir. Car derrière le masque terrifiant que le comte porte en public, elle découvre un regard profondément troublant, celui d'un homme blessé qui détient la clé d'un terrible secret…

Best-Sellers n°500 • thriller

Tabous - Nora Roberts

A près de soixante-dix ans, Eve Benedict est de ces stars qui ont bâti leur carrière par un travail acharné, mais aussi par le talent et la beauté. Un oscar et deux Tony Awards ont consacré ce parcours sans défaut. Quatre maris, des amants et de multiples liaisons lui ont construit une image sulfureuse. En faisant appel à la journaliste Julia Summers pour rédiger ses mémoires, Eve a décidé de se mettre à nu, sans tabou, quitte à dévoiler ses zones d'ombre, déclencher des scandales ou détruire des réputations. Mais à peine Julia a-t-elle emménagé avec son fils dans la propriété de Beverly Hills qu'un climat de menace s'installe : lettres anonymes, cambriolages… Pour l'une comme pour l'autre, écrire ce livre va désormais devenir une question de vie ou de mort. Car de ce face-à-face entre Eve et Julia, aussi subtil que cruel, un secret inavouable va émerger. Un secret mortel pour qui se risquerait à le divulguer.

Best-Sellers n°501 • historique

Sur ordre du roi - Margaret Moore

Pays de Galles, 1205

Promise par le roi au ténébreux Madoc de LLanpowell, lady Roslynn de Were redoute de rencontrer son fiancé, que tous surnomment « l'ours de Brecon ». Hélas, après la trahison dont s'est rendu coupable son époux disparu, elle est désormais à la merci du roi et doit se plier à ses ordres. Et puis, même si cette alliance ne lui apportera jamais l'amour auquel elle aspire, elle représente sa seule chance de s'éloigner de la cour, où elle subit les pires humiliations depuis la mort de son mari. Aussi accepte-t-elle de se rendre au manoir de LLanpowell pour s'offrir au sombre Madoc en dépit de ses réticences. Mais alors qu'elle pensait que le guerrier accepterait sa main - et sa fortune – sans hésiter, Roslynn a la surprise de découvrir que ce mariage lui déplaît au moins autant qu'à elle. Pis encore ! Madoc refuse catégoriquement de prendre pour épouse une femme choisie par un autre… Désespérée à l'idée de retourner auprès du roi, Roslynn décide alors de tout faire pour séduire l'ombrageux guerrier…

Composé et édité par les
éditions HARLEQUIN
Achevé d'imprimer en octobre 2011

BRODARD & TAUPIN

La Flèche
Dépôt légal : novembre 2011
N° d'imprimeur : 64709

Imprimé en France